2011年上海市国民经济和社会发展报告

REPORT ON NATIONAL ECONOMIC AND SOCIAL DEVELOPMENT OF SHANGHAI FOR 2011

周 波 主编

上海市发展和改革委员会

U0132726

2011

上海社会科学院出版社

编写人员名单

主　编　周　波
副主编　肖　林
编　委
蒋应时　吴建融　叶明忠　汤志平　池　洪　王建平　周　亚　周　强　翁华建
沈念东　浦再明　颜莹舫　戴建敏　王思政

编审小组成员
郭　宇　杨雪萍　姚荣伟　张宝春　王晓艳　夏玉贤　唐晓宏　张伟丽　包　涵

参与编写单位

市发展改革委	市经济信息化委	市商务委	市教委
市科委	市公安局	市民政局	市财政局
市建设交通委	市农委	市环保局	市人力资源社会保障局
市文广影视局	市卫生局	市人口计生委	市国资委
市地税局	市工商局	市质量技监局	市统计局
市体育局	市旅游局	市绿化市容局	市住房保障房屋管理局
市交通港口局	市安全监管局	市政府合作交流办	市政府发展研究中心
市金融办	上海世博局	市食品药品监管局	上海证监局
上海银监局	上海保监局	市发展改革研究院	市信息服务业行业协会
市集成电路行业协会	市生物医药行业协会	市汽车行业协会	市电子商务行业协会
市会展行业协会	船舶工业行业协会	陆家嘴金融贸易区	漕河泾新兴技术开发区
张江高科技园区	上海综合保税区	闵行经济技术开发区	市北高新技术服务业园区
临港产业区	金桥出口加工区	浦东新区发展改革委	黄浦区发展改革委
卢湾区发展改革委	静安区发展改革委	徐汇区发展改革委	长宁区发展改革委
普陀区发展改革委	闸北区发展改革委	虹口区发展改革委	杨浦区发展改革委
闵行区发展改革委	嘉定区发展改革委	宝山区发展改革委	金山区发展改革委
松江区发展改革委	青浦区发展改革委	奉贤区发展改革委	崇明县发展改革委

主要编撰人员（按姓氏笔划排列）

丁 洁	丁振新	王才兴	王龙兴	王晓光	王晓河	王晓艳	王 雷	王 辉
王 晖	方伽俐	方 琪	叶继涛	叶鹏举	田 华	左秀庆	刘 磊	刘 刚
刘 俊	刘慧颖	江国献	余诗平	吴社勤	吴星贤	张宝春	张昇平	李如心
李晶晶	汤俊敏	杨志强	杨雪萍	杨新发	汪 莹	沈 洁	沈伟峰	苏宗文
宋建民	陆 静	陆 赟	陈少雄	陈永胜	陈 莉	陈莉莉	陈 卿	陈 轶
严俊杰	狄海英	邵泊洋	杭 敬	郁立新	范 迪	周学强	姚荣伟	胡淑华
赵淳怡	赵锁根	赵 雁	赵 江	赵 岚	武 鹏	段晓阳	钟小明	唐振宇
夏玉贤	倪宏星	徐 璐	徐展国	徐 麟	秦 坤	高广文	高 洁	高炜宇
留 青	翁 璇	翁长茂	贾国富	郭 宇	龚维刚	龚华生	龚 晋	钱祖根
崔元起	崔远见	崔亚军	黄卫芳	黄 文	黄治国	曾志荣	詹 翔	虞志华
潘 健	操春燕	甄明霞	戴擎宇	鄢 妮				

目　　录

第三部分　城市发展篇

第四部分　改革开放篇

第五部分　社会发展篇

第六部分　区县发展篇

第七部分　开发区发展篇

第八部分 附 录

关于上海市 2010 年国民经济和社会发展计划执行情况与 2011 年国民经济和社会发展计划草案的报告

（2011 年 1 月 21 日上海市第十三届
人民代表大会第四次会议通过）

上海市发展和改革委员会

各位代表：

受上海市人民政府委托,向大会报告关于上海市 2010 年国民经济和社会发展计划执行情况与 2011 年国民经济和社会发展计划草案,请予审议,并请各位政协委员和其他列席人员提出意见。

一、2010 年上海市国民经济和社会发展计划执行情况

2010 年是上海世博会举办年,是"十一五"规划实施最后一年。全市人民在党中央、国务院和中共上海市委的坚强领导下,深入贯彻落实科学发展观,坚决贯彻落实中央应对国际金融危机一揽子计划,按照"五个确保"的总体要求,一手抓世博会举办,圆满完成了党中央、国务院交给上海的光荣任务;一手抓经济社会发展转型和"十二五"规划编制,全市经济社会发展呈现良好态势,完成了市十三届人大三次会议和"十一五"规划确定的目标任务。

（一）世博会举办成功精彩难忘

全力以赴成功举办世博会。按照中央要求和部署,在国际社会积极帮助和全国人民大力支持下,在全市人民顾全大局、无私奉献下,上海将办好世博会作为 2010 年头等大事,全面落实科学办博、勤俭办博、廉洁办博、安全办博方针,全力以赴、攻坚克难、精益求精,优质高效做好各项世博筹办和举办工作。上海世博会参展机构、参观人次、活动组织、志愿者服务均创下世博历史新纪录,成为世博会历史上参与度最广泛的一次盛会（见图 1）。围绕"城市,让生活更美好"主题,上海世博会充分展示了城市文明成果、交流了城市发展经验、传播了先进城市理念、探讨了城乡互动发展,成功展现了我国改革开放的辉煌成就,全面促进了国际国内经济文化交流,实现了成功、精彩、难忘的目标,兑现了中国向国际社会作出的庄严承诺。

图1　世博会举办成功精彩难忘

世博带动效应明显。世博会举办直接带动了旅游会展、商业销售、交通运输、住宿餐饮等服务业快速增长,有力促进了上海经济发展。世博会举办改善了城市基础设施体系和市容市貌,全面提高了城市文明程度和市民文明素质,凝聚形成了为国争光、全心为民、团结协作、严谨科学、追求卓越、爱岗敬业的上海世博会精神,充实和丰富了上海城市精神内涵。上海世博会在文化发展、科技创新、环境保护、城市管理等领域的生动展示和探索实践,也为今后上海转型发展积累了宝贵经验、提供了丰富资源、注入了强大动力。

(二)结构转型升级取得积极进展

综合经济实力迈上新台阶。全市生产总值达到1.7万亿元,比上年增长9.9%,"十一五"年均增长11.1%。地方财政收入达到2873.6亿元,比上年增长13.1%,"十一五"年均增长15.1%(见图2)。

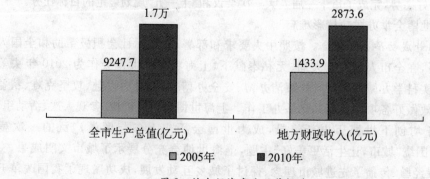

图2　综合经济实力显著提升

服务业发展呈现新亮点。全年第三产业增加值比上年增长 5％,基本形成"5、6、7、8"发展格局,即第三产业从业人员占比超过 50％,增加值占比接近 60％,贡献的地方财政收入占比超过 70％,实到外资占比接近 80％。不断改善服务业政策环境,探索扩大营业税差额征收范围,出台实施了一批推动现代服务业发展的政策措施,文化创意、信息服务、中介服务以及生产性服务业等新兴服务业快速发展。上海迪士尼项目正式签约。上海成功获批国家高技术服务产业基地和国家云计算服务创新发展试点示范城市,闸北区成为国家服务业综合改革试点区域。

制造业结构优化效益提升。全年规模以上工业增加值比上年增长 18.4％,高技术产业产值增长明显快于全市工业增长,汽车、信息、石化等重点行业快速发展。工业效益领先产值增长,全年规模以上工业企业实现利润 2216.6 亿元,比上年增长 56.7％,比"十五"末翻番(见图 3)。注重加强技术改造,全年工业技术改造投资占工业投资比重超过 50％。张江高科技园区、漕河泾新兴技术开发区、嘉定汽车城获批国家新型工业化产业示范基地。

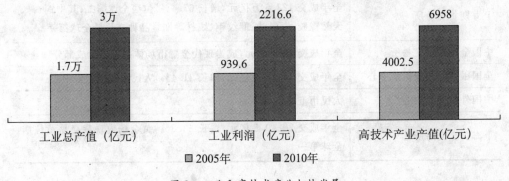

图 3 工业和高技术产业加快发展

需求结构不断优化。全年社会消费品零售总额达到 6036.9 亿元,比上年增长 17.5％;全社会固定资产投资总额达到 5317.7 亿元,比上年增长 0.8％。社会消费品零售总额不仅增速持续领先增长,并且规模首次超过固定资产投资总额(见图 4)。消费惠

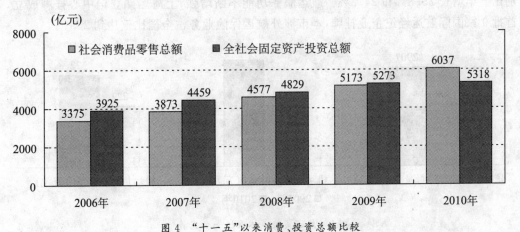

图 4 "十一五"以来消费、投资总额比较

民政策成效持续显现,受理汽车以旧换新 1.4 万辆,实现销售收入 20.4 亿元;家电下乡和以旧换新销售各类家电 408 万台,实现销售收入超过 153 亿元。

（三）城市综合服务功能不断增强

国际金融中心建设取得新突破。金融创新和开放步伐加快,沪深 300 股指期货平稳推出,上海股权托管交易中心挂牌成立,信贷转让市场启动运行,融资融券、单机单船融资租赁、境外机构投资境内银行间市场等创新业务相继推出,跨境贸易人民币结算业务稳步扩大。金融市场体系不断深化(见表1),全年金融市场(不含外汇市场)交易总额为 386.2 万亿元,比上年增长 53.9%;金融机构进一步集聚。

表 1　上海金融市场的地位和作用

主 要 市 场	地 位 和 作 用
上海证券交易所	全年股票成交 30.4 万亿元,位居全球第三;筹资额位居全球第四
上海期货交易所	全年成交 123.5 万亿元,增长 67.4%,位居全球第二;其中铜、锌、天然橡胶、燃料油、螺纹钢、线材等期货品种交易量全球第一
中国金融期货交易所	全年成交 41 万亿元,成为现代金融市场体系重要组成部分
全国银行间同业拆借中心	全年成交 181.3 万亿元,增长 31.4%,人民币利率定价中心
中国外汇交易中心	人民币汇率定价中心
上海黄金交易所	全年成交 20219.5 亿元,增长 83.3%,黄金场内现货交易量位居全球第一

国际航运中心建设深入推进。深化国际航运发展综合试验区政策方案,免征营业税政策取得实效,启运港退税政策稳步推进,上海浦东机场综合保税区一期封关运作。航运集疏运体系继续完善(见图5),国际标准集装箱吞吐量跃居全球第一;洋山保税港区水水中转集拼正式开展,水水中转比例提高至 38% 左右;机场旅客吞吐量、机场货邮吞吐量分别比上年增长 25.8% 和 24.8%。航运服务功能不断增强,上海船舶登记中心挂牌成立,首批 9 家国际航运经纪企业挂牌,本市涉外航运保险业务占全国比重达到 2/3。

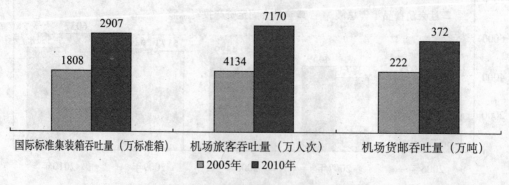

图 5　航运集疏运体系进一步完善

国际贸易中心建设加快推进。深化研究国际贸易中心建设政策,虹桥商务区和外高桥国际贸易示范区建设加快推进。深化贸易便利化措施,新型国际贸易试点启动实施。全年商品销售总额达到 3.7 万亿元,比上年增长 24.2％;上海关区进出口总额 6846.5 亿美元,比上年增长 32.8％,其中进口、出口总额双双超过 2008 年水平(见图 6);服务贸易总额达到 1000 亿美元左右,"十一五"年均增长约 25％。

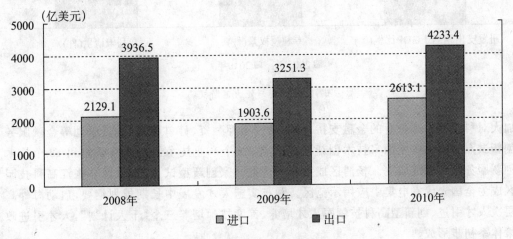

图 6　上海关区进出口商品总额

城市信息化水平进一步提高。信息化建设步伐加快,新增集约化信息通信管线 415 沟公里,完成光纤覆盖改造 120 万户家庭,新建 3G 基站 1300 个,新增无线热点 1400 个,互联网用户普及率达到 68％。下一代广电网已覆盖中心城区 100 万用户。全球首个 TD－LTE 试商用网络在世博园区启用。全市信用信息进一步公开,个人和企业信用联合征信系统接入政务外网。

(四) 自主创新步伐不断加快

战略性新兴产业加快培育。认真贯彻落实国家关于加快培育战略性新兴产业的决定,研究制定上海加快培育战略性新兴产业的初步思路和相关规划。高新技术产业化加快推进,启动实施高新技术产业化两批 74 个重大项目,颁布实施智能电网、物联网、云计算产业发展三年行动方案,推动大型客机总装、LED 新型显示等重点项目落地。

自主创新能力持续增强。积极承接国家重大科技专项,由上海牵头承担的项目累计达到 310 项,一批阶段性成果实现产业转化。围绕重大基础科学问题,鼓励支持 194 项基础研究重点项目。全社会研究与试验发展经费支出相当于全市生产总值比例达到 2.83％(见图 7)。全市专利授权量、申请量分别比上年增长 39％和 7.7％;高技术产业自主知识产权拥有率达到 30％左右。全面落实世博科技行动计划,新能源汽车、半导体照明等一批创新成果在世博会上得到充分展示和应用。

创新环境进一步优化。设立上海市创业投资引导基金,组建新能源、新材料、集成电路、生物医药、软件和信息服务等五只创投基金,吸引社会资本支持战略性新兴产业发展。

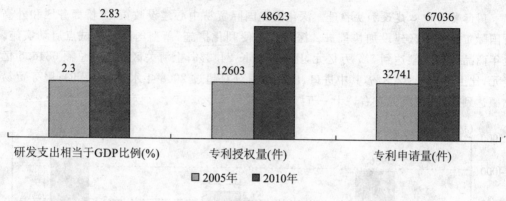

图 7　自主创新能力不断提高

加大对科技型中小企业的金融支持,推动股权质押融资、订单融资、投贷联动等金融服务创新试点。启动实施国家技术创新工程试点,22 个产业技术创新战略联盟和 12 个技术创新服务平台相继成立。杨浦区成为全国首批国家创新型试点城市(区),张江高科技园区成为全国光伏发电集中应用示范区。颁布实施人才发展中长期规划纲要,启动海外高层次人才引进、创新型高科技领军人才培养、首席技师培养三个"千人计划",人才引进政策体系初步形成。

(五)资源节约、环境友好型社会建设取得重要进展

节能降耗工作取得实效。加强对重点用能单位和主要用能领域节能管理,建成全市工业能效监控平台,出台上海市建筑节能条例,推进节能产品惠民工程,推广合同能源管理示范项目,扩大差别电价实施范围。全年淘汰高能耗、高污染落后产能项目 934 项、实现节能能力 100 万吨标准煤。全年单位生产总值综合能耗进一步下降,完成"十一五"目标任务。积极调整能源结构,加快发展清洁能源,上海 LNG 项目一期工程、东海大桥海上风电一期工程等重大项目相继建成。完善应对气候变化实施方案,启动一批低碳发展实践区试点。

生态环境质量明显改善。污染减排主要指标超额完成"十一五"目标任务,环境空气中二氧化硫、氮氧化物、可吸入颗粒物以及主要水体中化学需氧量浓度进一步下降。全年环保投入相当于全市生产总值比例保持在 3% 左右,第四轮环保三年行动计划加快推进(见表 2),已启动和已完成项目占总数的 90%,水环境、大气环境治理与保护等重点领域取得积极进展。全年环境空气质量优良率达到 92.1%,绿化覆盖率达到 38.15%。

资源集约利用水平不断提升。深化循环经济试点和生态园区创建,扩大企业清洁生产覆盖面,提高资源综合利用能力和水平。预计全市万元生产总值用水量下降到 76 立方米左右,工业园区单位土地产值提高到 63 亿元/平方公里左右。出台加油站油气回收利用实施细则和支持政策,回收率达到 70% 以上。深入推进固体废弃物"减量化、资源化、无害化",生活垃圾无害化处理率达到 84.9%,老港再生能源利用中心一期工程、金山垃圾焚烧厂开工建设,医疗废物处置完善工程建成投运。

表 2　第四轮环保三年行动计划重点领域取得积极进展

领　　域	主　要　工　作
水环境治理与保护	• 青草沙水源地原水工程基本建成 • 白龙港污水处理厂扩建二期工程加快建设,白龙港污水处理厂污泥处理工程调试运行 • 西干线改造工程总管全线贯通 • 太湖流域水环境综合治理项目全面开工
大气环境治理与保护	• 加快建设宝钢公司 1、2 号烧结机脱硫工程,开工建设吴泾第二发电厂脱硝示范工程 • 关停吴泾热电厂、杨树浦发电厂、闵行发电厂等 87.9 万千瓦小火电机组,按期完成"十一五"关停任务 • 完成 101 台 10 蒸吨/小时以上工业锅炉的二氧化硫治理 • 提前实施机动车新车国Ⅳ标准,全市出租车全部达到国Ⅲ以上排放标准
工业污染防治	• 吴泾工业区污染源整治基本完成,金山卫化工集中区域环境综合整治有序推进,宝山南大地区环境综合整治全面启动 • 工业区块环境基础设施完善工程继续推进
生态保护和建设	• 全面完成世博园区生态建设,崇明生态环境建设有序推进 • 辰山植物园、卢湾南园滨江绿地、宝山炮台湾公园二期等相继建成开放

(六) 人民生活水平持续改善

积极的就业政策深入实施。完善鼓励创业带动就业政策体系,延长了稳定岗位和职业培训特别计划政策执行期限,将就业援助计划转化为长效制度安排。全年累计帮助成功创业 1.2 万人,安置就业困难人员约 1.8 万人;对 11.3 万名企业职工、3.4 万高校毕业生和 11.1 万来沪务工人员开展了职业技能培训;创建 170 个阳光职业康复援助基地,为就业困难残疾人提供就业援助。全年新增就业岗位 63.2 万个,其中非农就业岗位 12.2 万个;城镇登记失业率为 4.2%,连续 6 年控制在 4.5% 以内。

覆盖城乡的社会保障体系不断完善。进一步完善社会保障制度,积极研究并稳步推进各类社会保险制度整合。继续提高社会保障水平,增加各类退休人员养老金,统筹调整提高各类保障标准(见表 3)。制定出台关于稳定价格总水平保障群众基本生活的政策措施,对城乡低保对象等困难群体发放临时补贴,减轻物价上涨对低收入群体基本生活影响。全年城市和农村居民家庭人均可支配收入分别达到 31838 元和 13746 元,比上年增长 10.4% 和 11.5%。为老服务不断加强,新增养老床位 1 万张,新建老年人日间服务中心 20 家,新设社区老年人助餐服务点 65 个,为 25.2 万名老人提供居家养老服务。颁布实施慈善事业发展纲要。成功创建全国残疾人工作示范城市。

表 3　覆盖城乡的社会保障体系不断完善

政策	内　　容
完善保障制度	• 养老保险：在浦东、松江、奉贤三区实施"新农保"试点；实施企业人才柔性延迟申领基本养老金年龄试点 • 医疗保险：将本市城镇自由职业者、个体工商户基本医保并入城镇职工基本医疗保险 • 社会救助：在浦东、静安、闸北开展支出型贫困救助试点；完善市民社区医疗互助帮困计划，降低门急诊起付线、提高报销比例
提高保障标准	• 继续增加各类退休人员养老金，"城保"、"镇保"、"农保"分别每月增加 166 元、70 元和 35 元 • 城镇低保标准提高到每人每月 450 元，农村低保标准提高到每人每年 3600 元 • 提高公益性岗位从业人员报酬，其中公共服务类从每月 1050 元提高到 1210 元、社会协管类从每月 1200 元提高到 1300 元 • 失业保险金月平均领取标准提高到 596 元

　　"四位一体"住房保障体系初步建立。经济适用住房分配供应在徐汇、闵行试点有序推进基础上，放宽准入标准，在中心城区和有条件的郊区逐步推开。颁布实施本市发展公共租赁住房的实施意见。加快保障性住房建设（见图 8），全年新开工建设各类保障性住房 1300 万平方米左右，廉租住房累计受益家庭达到 7.5 万户。积极探索旧区改造新机制，推进旧区改造和旧住房综合整治。

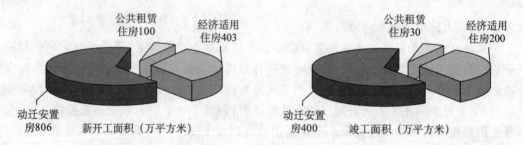

图 8　住房保障体系建设加快推进

　　公交优先战略成效显著。全市日均公共交通客运量达到 1620 万人次，比上年增长 13.2%。轨道交通 10 号线、2 号线延伸段、7 号线二期、11 号线支线段建成运营，运营线路总数达到 12 条，总长度达到 452.6 公里（见图 9），轨道交通日均客运量超过 510 万人次。公交日均优惠换乘超过 230 万人次，老年人日均免费乘车超过 50 万人次。地面公交线网不断优化，新增公交专用道 48.3 公里，新辟公交线路约 360 条，增设 4 个"P＋R"公共换乘停车点。稳步提高公交司乘人员收入水平。

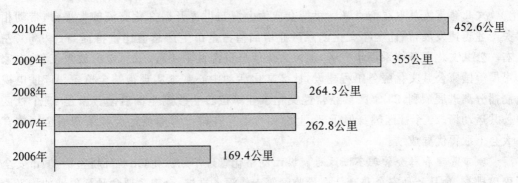

图 9　轨道交通运营线路长度

（七）公共服务和社会管理进一步加强

教育改革和发展不断深化。颁布实施上海中长期教育改革和发展规划纲要,签订部市共建国家教育综合改革试验区协议。在郊区新建和改扩建了 54 所中小学校,组织中心城区优质教育资源赴郊区大型居住社区开展对口办学。实现义务教育阶段 47 万来沪从业人员子女全部在公办学校或政府委托的民办小学免费就读。积极缓解"入园难"问题,新增幼儿园 50 所。启动新一轮基础教育课程和教学改革,开展中高职教育贯通培养模式试点。高等教育内涵建设工程进展顺利。

医药卫生体制改革稳步推进。贯彻落实国家医药卫生体制改革总体要求,研究制订本市实施意见和重点改革方案,出台一系列配套文件。积极推进本市医药卫生体制改革基础性工作,在促进公共卫生服务均等化、实施基本药物制度、加强医疗服务体系建设等方面取得进展(见表 4)。健康城市建设顺利推进。

表 4　医药卫生体制改革重点任务进展情况

主要领域	进 展 情 况
促进公共卫生服务均等化	• 在 21 项国家基本公共卫生服务项目基础上,增补 21 项服务内容,本市基本公共卫生服务项目累计达到 42 项 • 全面完成对 15 岁以下人群补种乙肝疫苗、农村孕产妇增补叶酸等国家重大公共卫生服务项目 • 向 25 万户家庭提供免费急救包并开展相关应急逃生培训
实施基本药物制度	• 发布上海市实施国家基本药物制度工作方案 • 688 种药物列入本市基本药物目录,在各基层卫生机构实行零差率销售
加强医疗服务体系建设	• 推动本市医疗机构结构调整和布局优化,郊区三级医院"5+3+1"项目全部开工建设,在卢湾等区县开展区域医疗联合体试点 • 在全国率先建立统一的住院医师规范化培训制度,1800 多名住院医师接受了培训 • 探索建立与国际接轨的社区家庭医生制度

文化体育发展取得新成果。世博会成为上海与世界开展文化交流的大平台,带动相关产业迅速发展,预计全年文化创意产业增加值占全市生产总值比重将提高到 9.6%左右。公共文化服务体系逐步完善,加快文化信息资源共享工程、农村电影放映工程、农家书屋等国家公共文化服务工程建设,社区文化活动中心基本实现街镇全覆盖。广播电视制播分离进展顺利,25 家区县经营性文化事业单位转企改制全面启动。新建 45 个社区公共运动场、20 个社区健身俱乐部,上海体育健儿在第十六届亚运会和第四届全国体育大会上取得优异成绩。

城市管理和社会管理不断改进。城市网格化管理不断深化,市容环境整治、城市安全隐患排查、食品药品安全和产品质量监管等工作深入推进,全市主要食品评价性抽检平均合格率近 93%,完成 34.5 万名来沪务工人员安全生产培训。开展第六次人口普查工作。基本建成实有人口信息共享和应用平台,加快推进实有人口、实有房屋全覆盖管理。加快推进社区事务受理服务中心标准化建设,社区基层基础功能进一步提升。建立健全社会组织工作协调机制。加强社会工作者专业化建设,基层矛盾纠纷排查化解力度不断加大,街镇综合治理大平台和基层大调解工作体系初步形成。社会治安综合治理全面加强,平安建设实事项目顺利完成。

(八) 体制机制改革取得新突破

浦东综合配套改革试点进一步深化。积极构建适应大区域扁平化特点的政府管理体制,调整形成“7+1”开发区管理格局。行政审批制度改革深入推进,工商、质监、税务协同试行企业设立联动登记操作程序,企业办事便捷程度大幅提高。充分发挥“两个中心”建设核心功能区作用,消费金融公司、国际贸易结算中心试点、期货保税交割试点等一批重大功能性先行先试项目取得突破。依托张江创新资源集聚优势,科技投融资体系建设加快推进,发起设立上海市新能源创业投资基金和浦东科技型中早期企业创业投资基金。

重点领域改革纵深推进。围绕“两高一少”目标,深化行政管理体制改革(见表 5)。国有企业开放性、市场化重组联合深入推进,市属国资从非金属矿采选业、造纸及纸制品等 9 个行业全部退出,一批国企完成上市重组,市属经营性国有资产证券化率提高至30.5%。贯彻落实国家鼓励和引导民间投资健康发展的若干意见,进一步优化非公经济发展环境,在全市推广知识产权质押融资制度,出台促进融资性担保行业发展的政策措施,建立中小企业服务中心,推进中小企业应用电子商务平台试点。全市 50 家小额贷款公司正式开业,累计投放贷款 175 亿元。非公有制经济增加值占全市生产总值比重达到49.4%,比“十五”期末提高约 6 个百分点。

表 5　深化行政管理体制改革

主要领域	进　展　及　成　效
深化行政审批制度改革	• 出台《上海市行政审批目录管理办法》,在部分领域推行行政审批标准化试点 • 基本完成网上审批平台主体功能建设 • 推进并联审批和告知承诺,50%的新设内资企业实施并联审批

续表

主要领域	进 展 及 成 效
加大信息公开力度	• 报送市人代会审议的市级部门预算由 35 个扩大到 100 个 • 公开审计整改报告,扩大审计结果公开范围 • 推进行政执法、行政处罚信息公开
完善行政执法体系	• 颁布实施关于进一步规范和加强行政执法工作意见、行政执法人员行为规范 • 修改完善文化领域相对集中行政处罚权办法
健全财政管理体制	• 推进实施市与区县财税管理体制改革 • 出台关于规范和完善本市罚没收入收缴管理实施意见,加强行政性收费的规范管理 • 建立"全覆盖、全流程、全上网、全透明"的全市一体化政府采购信息管理平台

(九) 内外开放水平进一步提高

利用外资结构质量继续优化。全年外商直接投资实际到位金额达到 111.2 亿美元,比上年增长 5.5%,累计实到外资突破 1000 亿美元(见图 10)。创新利用外资方式,在全国率先设立外商投资合伙制企业。继续加大外资功能性机构引进力度,新增跨国公司地区总部、投资性公司、研发中心 82 家,累计达到 837 家。

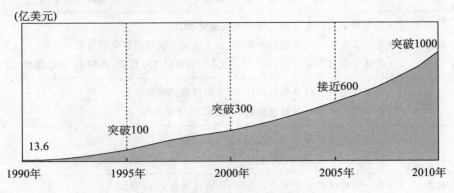

(亿美元)

突破1000

接近600

突破300

突破100

13.6

1990年　　1995年　　2000年　　2005年　　2010年

图 10　累计实到外资规模不断提升

"走出去"步伐不断加快。对外直接投资规模不断扩大,全年对外投资总额达到 24.2 亿美元(见图 11),比上年增长 57.5%;"十一五"累计对外投资达到 60 亿美元,其中民营企业占本市对外投资主体数量和投资额分别达到 2/3 和 1/3 左右。完成对外承包工程和劳务合作营业额约 73 亿美元。企业人民币对外投资取得新突破。

国内合作与对口支援工作取得新成绩。全年新增各地来沪注册资本百万元以上企业 1.7 万家,新增注册资本超过 1600 亿元。贯彻落实国家长三角地区区域规划,进一步完善长三角地区协调合作机制,积极推动泛长三角区域合作。围绕共建共享世博会,交通、信息、环保、金融等重点专题合作取得重要进展。对口支援工作取得新成效(见表 6),全年安排对口支援项目 571 项,涉及金额 4.3 亿元,支援都江堰灾后重建工作提前一年胜利完成。

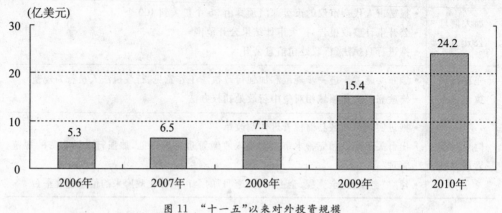

(亿美元)

图 11 "十一五"以来对外投资规模

表 6 对口支援工作取得新成效

对口地区	支援内容及成效
都江堰	• 顺利完成对口支援都江堰灾后重建"三年任务、两年完成"的目标 • 医疗卫生、民房重建、教育配套、市政等 117 个援建项目全面交付使用
新疆	• 圆满完成对口支援阿克苏第六批援建项目 • 对口支援喀什工作顺利开展,总额 3 亿元的援建项目全部启动 • 与喀什签订产业投资项目 75 项,总投资超过 250 亿元,其中 16 项已落地
西藏	• 第五轮对口支援日喀则地区 48 个项目全部提前竣工 • 开展第六轮援藏项目前期调研,启动 19 个项目
云南	• 实施援滇项目 358 个,涉及资金 1.8 亿元 • 协助云南举办招商推介活动,签署 9 个沪滇合作项目,协议资金总额达 58 亿元
三峡库区	• 与三峡库区共签署 9 个合作项目,协议资金达 11 亿元
青海	• 启动对口支援青海果洛工作,开展对口支援前期调研

(十)城乡统筹发展基础进一步夯实

高效生态农业稳步发展。扎实推进高产示范创建工作,建立稻麦高产示范点 1277 个,全年粮食总产量达到 118.4 万吨。继续推进农业设施化、组织化、标准化发展,新建设施粮田 7533 公顷、设施菜田 1890 公顷;新认定 15 个国家级和 50 个市级农业产业化重点龙头企业,农民专业合作社累计达到 3486 个。西郊国际农产品交易中心一期和展示直销中心等农产品交易服务平台投入运行。

农村生产生活环境不断改善。加强农村基础设施和环境建设,完成 10 条区域对接道路建设,完成农村村庄改造 114 个,继续推进低收入农户危旧房、农村生活污水处理设施等改造(见图 12)。农村有线电视入户率达到 80.5%,郊区 540 所村卫生室和 145 家社区卫生服务中心实现新型农村合作医疗实时报销。郊区县"千村万户"农村信息化培训完成 1.8 万人,宣传普及 27.6 万人。

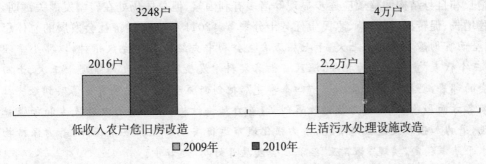

图 12　农村生产生活环境不断改善

　　郊区城镇化建设加快推进。研究制定加快郊区新城发展的政策意见,从基础设施建设、产业发展、社会事业布局等方面给予新城建设更大支持。完成嘉定、奉贤南桥、青浦、金山新城规划修编调整,加快推进新城重点基础设施和产业项目前期工作。新增金山枫泾镇和青浦练塘镇开展小城镇发展改革试点,试点范围扩大至 12 个。农村集体建设用地流转试点开始启动,新一轮农民宅基地置换试点稳妥推进。

　　2010 年上海经济社会发展取得的成绩来之不易,这是党中央、国务院和中共上海市委统揽全局、正确领导的结果,是全市人民团结一致、奋力拼搏的结果。但同时,在计划执行过程中我们也清醒地看到,全市经济社会发展和城市运行仍存在一些值得高度重视的新情况、新问题。一是三产增长的稳定性仍需增强。2010 年受股市房市波动影响,本市金融业增加值增速明显回落,房地产业增加值大幅下降。尽管世博会的举办对服务业发展拉动作用明显,新兴服务业呈现快速发展态势,但仍难以弥补金融、房地产业下滑对第三产业发展的负面影响,三产增速明显减缓,增加值占全市生产总值比重比上年出现回落,未能实现三产比重进一步提高的年初预期目标,加快形成服务经济为主产业结构的任务任重道远。二是物价上涨压力加大。2010 年我国物价水平出现明显上涨,本市居民消费价格涨幅也连续多月超过 3%。特别是食品价格上涨幅度较大、涨价品种覆盖面广,对居民生活特别是困难群体生活造成影响。国家和本市出台了一系列稳定物价措施,但受全球流动性过剩、国际输入性通胀压力上升、各类成本增加、游资投机炒作等因素影响,今后一个时期物价上涨压力仍然较大。三是公共安全和城市管理存在薄弱环节和制度性瓶颈。"11·15"特别重大火灾事故的发生,给人民群众生命财产安全造成严重损失,带来的教训极为惨痛,说明上海在公共安全和城市管理中存在制度性缺失,特别是在安全生产、消防安全监管等方面工作还有许多不到位、不落实,城市网格化、精细化管理和应急处置能力都需进一步加强,这些问题必须从制度上解决。此外,经济社会发展中的一些深层次矛盾和问题仍然存在。为此,我们必须切实增强忧患意识、责任意识、创新意识,在今后工作中通过不断深化改革、破除障碍、完善机制来加以解决。

二、2011 年上海市国民经济和社会发展主要目标与任务

2011 年是实施"十二五"规划的第一年，是改革创新的突破年，也是国内外经济环境更加复杂多变的一年。综合判断，2011 年上海发展面临世界经济持续复苏、国内经济稳定增长和自身结构调整效应逐步显现等诸多有利因素，但总体仍处在转型发展关键期，全年稳增长、促转型、抓改革、惠民生任务十分繁重。2011 年上海经济社会发展的总体思路是：全面贯彻落实党的十七大、十七届历次全会和中央经济工作会议精神，以邓小平理论和"三个代表"重要思想为指导，深入贯彻落实科学发展观，按照九届市委十三次、十四次全会的部署，坚持科学发展、推进"四个率先"，把创新驱动、转型发展贯穿落实到经济社会发展各方面和各环节，着力推进改革创新，着力加快结构调整，着力改善民生和加强社会建设，着力加强和改进城市管理，着力强化城市运行安全和生产安全保障，着力保持物价总水平基本稳定，实现"十二五"经济社会发展开好局、起好步。

为此，我们在安排 2011 年经济社会发展主要目标时，兼顾需要与可能，兼顾年度计划与"十二五"规划衔接，通过调整改革指标体系，充分体现"三个突出"，引导全市各方面把工作重点放到创新驱动、转型发展上来，放到重视民生、改善环境上来。一是突出结构质量效益。重点是淡化总量指标，突出结构、质量、效益指标，突出创新能力、城市功能指标。提出经济增长 8% 左右的预期目标，一方面是考虑到受 2011 年外部发展环境更趋复杂、世博会直接带动效应减弱等因素影响，本市经济增长难度将明显大于上年，要实现这一目标仍需付出艰苦努力；另一方面是要按照创新驱动、转型发展要求，进一步强化结构、创新、功能指标，为全市结构转型升级争取更大空间，为今后持续发展奠定扎实基础；同时这一目标也与本市"十二五"规划目标相衔接。此外，为体现加快"四个中心"建设和战略性新兴产业发展，在年度目标中增加了金融市场交易总额、航运服务业营业收入、商品销售总额和战略性新兴产业增加值等指标。二是突出民生改善。重点是聚焦解决人民群众"三最"问题，突出就业、收入、居住等重要民生指标，着力推进以改善民生为重点的社会建设。为体现住房保障工作推进力度，在年度目标中增加了保障性住房供应指标。三是突出可持续发展。重点是强化节能减排、环境保护等约束性指标，促进经济社会发展与资源环境相协调。为体现国家对节能减排工作新要求，在年度目标中增加了关于二氧化碳、氨氮、氮氧化物等减排指标。经综合平衡，建议 2011 年上海国民经济和社会发展计划指标体系分为结构效益、创新能力、服务功能、社会民生、节能环保五大类。现对主要目标建议如下(见表 7)：

（一）关于结构效益的主要目标与措施

建议目标为：立足加快转型、优化结构、提高质量、降低消耗、保护环境，全市生产总值增长 8% 左右；第三产业增加值、战略性新兴产业增加值占全市生产总值的比重均进一步提高，地方财政收入增长 8%，非公有制经济增加值占全市生产总值比重达到 50% 左右，居民消费价格指数与国家价格调控目标保持衔接。

确定上述目标，就是要把加快结构调整作为转型发展的主攻方向，加快构建现代服务业为主、战略性新兴产业引领、先进制造业支撑的新型产业体系，大力发展非公经济，坚决

将稳定价格总水平放在更加突出位置,着力处理好保持经济平稳发展、调整经济结构、管理通胀预期的关系,持续提升经济发展的质量和效益。

表 7　2011 年上海经济社会发展主要指标预期目标

序号	指标名称	2011 年预期目标
1	全市生产总值	增长 8%左右
2	地方财政收入	增长 8%
3	第三产业增加值占全市生产总值比重	进一步提高
4	战略性新兴产业增加值占全市生产总值比重 *	进一步提高
5	非公有制经济增加值占全市生产总值比重	50%左右
6	居民消费价格指数	与国家价格调控目标保持衔接
7	全社会研究与试验发展经费支出相当于全市生产总值比例	3%左右
8	每百万人口发明专利授权数	380 件左右
9	高技能人才占技能劳动者比重	26%左右
10	金融市场交易总额 *	增长 20%以上
11	航运服务业营业收入 *	增长明显快于全市服务业
12	商品销售总额 *	增长 20%左右
13	城镇登记失业率	4.5%以内
14	新增就业岗位数	50 万个以上
15	城乡居民家庭人均可支配收入	与经济保持同步增长
16	保障性住房新开工建设和筹措	1500 万平方米左右
17	保障性住房供应 *	1150 万平方米左右
18	廉租住房累计受益家庭	对符合条件的住房困难申请家庭应保尽保
19	环保投入相当于全市生产总值比例	3%左右
20	单位生产总值综合能耗	进一步下降
21	单位生产总值二氧化碳排放量 *	进一步下降
22	主要污染物排放量削减率(二氧化硫、化学需氧量、氨氮 *、氮氧化物 *)	完成国家下达目标

注:其中标注"*"的为 2011 年新增指标。

1. 加快产业结构优化升级,大力发展现代服务业和战略性新兴产业

紧紧围绕"四个中心"建设,积极推动金融、航运物流、现代商贸等服务业做大规模、提升能级。围绕国际文化大都市、智慧城市和世界著名旅游城市建设,大力发展文化创意产

业、信息服务业和旅游会展业。实施新兴服务业相关扶持政策,鼓励发展高技术服务业、专业服务业和中介服务业,培育发展医疗保健、教育培训、体育健身、家庭服务等社会性服务业。加快推进服务业综合改革试点,积极争取国家生产性服务业领域扩大增值税征收范围改革试点,推进闸北国家服务业综合改革试点,力争在服务业管制、税制、体制和法制等方面取得突破。依托世博品牌效应,抓紧明确世博会地区后续利用规划和功能定位,推进土地审批、招商引资、项目储备等前期工作,启动世博园区开发建设。大力推进高新技术产业化,加强政策引导、实施专项工程、完善投融资体系,全力培育和发展战略性新兴产业(见图 13)。加快改造提升传统制造业,继续实施重点产业调整和振兴规划,滚动实施技术改造三年行动计划,加快淘汰高耗低端制造业,鼓励本市企业发展总集成总承包、研发设计、采购营销等生产性服务业,增强新产品开发和品牌创建能力。

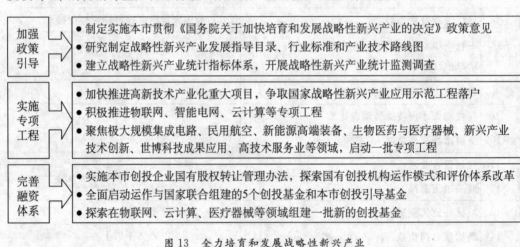

图 13　全力培育和发展战略性新兴产业

2. 完善体制机制和政策环境,鼓励支持非公经济蓬勃发展

认真贯彻国家关于鼓励和引导民间投资健康发展若干意见,进一步放宽市场准入,支持民间资本进入法律法规未明确禁止准入的行业和领域;强化民资国资联动发展,鼓励民营企业参与国资国企和垄断行业改革,建立民营企业与国有企业配套协作机制;完善政府采购制度,加大对中小企业产品和服务的采购力度。聚焦拓展民营企业融资渠道,大力完善改制上市、小额贷款公司、村镇银行、集合债券、融资担保、融资租赁、科技保险、知识产权或股权期权抵押等组成的中小企业融资体系。围绕优化利用外资结构,健全重大外资项目协调机制,加强产业链高端招商引资,引导外资更多地投向"四个中心"建设、培育壮大现代服务业和战略性新兴产业等领域,大力发展总部经济和国际服务外包。

3. 加强市场供应和价格监管,保持物价总水平基本稳定

大力扶持生产、稳定市场供应、降低流通成本,严格落实"菜篮子"、"米袋子"行政首长负责制,建立主副食品价格稳定基金,确保主副食品价格基本平稳(见表 8)。加强农产品、加工食品等主副食品生产、流通、消费全过程监管,确保食品安全。强化价格调控,建立健全市场价格调控协调会商和市区联动机制,确保国家和本市各项价格政策措施落实到位;健全重要商品市场监测预警体系,及时发布供求和价格信息,正确引导社会预期。加强公共服务领域价格调整管理,审慎稳妥推进价格改革。强化市场价格监管,引导经营者加强价格自律,严厉查处各类价格违法行为,整顿和规范市场价格秩序。加大对困难群众和特殊群体的补贴和补助,完善与价格水平挂钩的社会救助和保障机制,保障困难群众基本生活不受影响。

表 8　　确保主副食品价格基本平稳

领　域	主　要　工　作
大力扶持生产	• 增加郊区蔬菜种植面积,提高本地绿叶菜供应量 • 实施绿叶菜专项生产补贴,提高蔬菜生产农资综合补贴标准,完善农业保险补贴政策,继续实施"菜篮子"等农业电价扶持政策 • 加快推进标准化畜禽、水产养殖场以及主副食品市外生产储备基地建设
稳定市场供应	• 通过订单农业、协议供货等方式,在全国发展稳定的农副产品供应商,加快推进农副产品批发市场和冷链物流建设 • 增加标准菜市场建设的投入,在中心城区发展小菜店,推进生鲜超市提升工程 • 建立蔬菜储备,完善粮食、食用油等重要商品储备制度
降低流通成本	• 减少农副产品流通环节,推进郊区菜田与中心城区标准化菜场的对接,加大农商联手、产销对接力度 • 落实完善鲜活农产品运输绿色通道政策 • 进一步规范和降低本市集贸市场摊位费、超市进场费

(二) 关于创新能力的主要目标与措施

建议目标为:立足提高自主创新能力,全社会研究与试验发展经费支出相当于全市生产总值比例达到 3％左右,每百万人口发明专利授权数达到 380 件左右,高技能人才占技能劳动者比重达到 26％左右,科技成果应用转化能力进一步提高;立足增强制度创新活力,浦东综合配套改革试点取得重要突破,国有资产证券化率继续提升,行政服务效能持续提高,对内对外开放深度广度进一步拓展。

确定上述目标,就是要把加强自主创新、深化改革开放作为转型发展的强大动力,充分发挥科技第一生产力和人才第一资源的作用,加快建立有利于转型发展的体制机制和开放格局,真正使全市转型发展建立在创新驱动的坚实基础上。

1. 深入推进创新型城市建设,不断提升城市自主创新能力

加强部市院市合作,加快实施极大规模集成电路制造装备及成套工艺、新一代无线移动宽带网、重大新药创制等国家重大专项,推进国家蛋白质科学研究上海设施、国家肝癌科学中心等研发基地建设,力争攻关突破一批核心关键技术。加强企业创新主体地位,深化实施国家技术创新工程试点,抓紧组建一批以骨干企业为依托的产业技术创新战略联盟,加快科技成果应用转化,培育一批创新型企业。加强创新服务支持,争取创建张江国

家自主创新示范区,争取紫竹科学园区升级为国家高新技术开发区,加快建设杨浦国家创新型试点城区,启动实施区县"创新热点"计划;深化财政科技投入管理制度改革,统筹政府资金,改革投入机制和评估办法,提高各类政府性资金使用效率;大力发展科技服务业和科普事业,加强知识产权保护,深入实施标准化发展战略。

2. 深化改革攻坚开放突破,破解制约科学发展的瓶颈障碍

大力推进浦东综合配套改革试点,完善部市合作、市区联动机制,争取国家支持开展新型国际贸易示范区、国家自主创新示范区、服务业税制改革等试点,力争在新型区域管理体系、贸易大通关等领域取得突破。深化国资国企改革攻坚,改造完善国有资本流动平台及运行机制,充分发挥国有股权管理功能,推动企业集团整体或核心业务资产上市,进一步提高经营性国有资产证券化率。聚焦核心主业、核心技术和核心竞争力,加快国资国企开放性、市场化重组,进一步压缩国资行业布局和管理层级,引导国资加快向战略性新兴产业和现代服务业集聚,引导有条件的国企逐步向生产性服务企业转型。完善国资经营预算制度和国资收益分享制度,健全国资分类监管体系。围绕"两高一少"目标,深入推进行政管理体制改革,全面加强政府自身建设(见图 14)。坚持以开放促改革促发展,提高对内对外开放水平。深入实施国家长三角地区区域规划,完善泛长三角合作机制。加大对新疆、西藏、云南、青海和三峡库区等对口地区帮扶力度,构建对口支援都江堰市长效

提高行政效率	• 深化行政审改:完成区县审批事项清理,以及国务院第五批取消和下放审批事项的对应清理;全面实施建设工程、企业设立并联审批;推动行政审批事项全部上网、全程上网,实现所有市级部门审批业务系统、区县审批平台与市级网上审批管理服务平台互联互通
	• 下移管理重心:加快完善"两级政府、三级管理"体制,合理划分市、区县和街镇管理权限;全面实施市与区县财政管理体制改革,优化调整地方税收市区分享比例,完善财政转移支付机制
	• 建设电子政务:推动形成社会管理、公共服务事项"网上一口受理、在线协同办理"工作格局,建立电子监察、网络投诉、行风政风测评平台和电子政务绩效评估体系,制定出台电子政务管理办法、规范标准,健全安全保障体系
增加行政透明	• 扩大信息公开:除法律、法规有特别规定外,所有市级部门预算报市人代会审议,所有市政府部门预算向社会主动公开;进一步扩大公开政府非税收入收支安排;公开世博会运营资金决算审计结果和世博会建设项目跟踪审计结果;推进行政审批、行政事业性收费、国资监管和涉及重大公共利益的行政处罚信息公开;加强政府部门之间信息共享、互联互通
	• 健全决策机制:健全重大行政决策规则,将公众参与、专家论证、风险评估、合法性审查和集体讨论决定等作为重大决策必经程序;加强重大决策跟踪反馈和责任追究,促进决策执行和质量提高
严格依法行政	• 规范执法行为:完善行政执法程序,规范流程;完善执法告知制度,积极探索柔性执法;深化行政执法体制改革,建立联动执法机制;严格执行执法人员资格制度,全面提高执法人员素质
	• 强化行政监督:强化对重大决策、重点工作的行政监察,在若干领域开展专项整治,扩大"制度加科技"预防腐败机制运用领域,加强行政复议,探索建立行政复议委员会;自觉接受市人大及常委会监督,主动接受市政协民主监督,高度重视司法监督、舆论监督和社会公众监督;完善政府绩效评估制度,严格落实党政领导干部问责制

图 14　推进行政管理体制改革

机制。探索完善本市"走出去"政策促进体系、服务保障体系、风险防范体系和应急处置体系，继续推进人民币境外投资等试点，鼓励有条件的本土企业实施跨国并购，加快培育本土跨国公司和知名品牌。

3. 加快集聚创新创业人才，强化人才对转型发展支撑作用

坚持人才优先、以用为本和国际化方向，全面实施人才发展中长期规划纲要，加快国际人才高地建设。抓紧实施海外高层次人才引进、创新型高科技领军人才培养、首席技师培养三个"千人计划"，高度重视培育和扶持创业型创新人才，着力提高整个城市的创新创业活力。继续加大对人才开发的投入，抓好人才创新创业平台建设，落实和完善人才奖励、股权期权激励、子女教育、安居、医疗、户籍等各项政策。推进浦东国际人才创新试验区建设，力争在人才管理体制、出入境便利政策等方面取得突破。

（三）关于服务功能的主要目标与措施

建议目标为："四个中心"建设加快推进，金融市场交易总额增长 20％以上，航运服务业营业收入增长明显快于全市服务业，商品销售总额增长 20％左右，城市文化软实力进一步提高，城市信息化水平进一步提升，城市综合服务功能和国际影响力不断增强。

确定上述目标，就是要把增强城市综合服务功能作为转型发展的重要内容，全力推进国际经济、金融、贸易、航运"四个中心"建设，加快推进国际文化大都市和"智慧城市"建设，进一步提高整个城市的资源配置力、文化软实力和国际影响力。

1. 全力推进"四个中心"建设，切实增强城市国际竞争力

深化落实国务院 2009 年 19 号文件精神，建立完善部市协调推进机制，在"四个中心"建设方面争取更多的政策先行先试（见表 9）。围绕国际金融中心建设，进一步完善金融市场体系，加强金融业务创新，扩大金融对外开放，优化金融发展环境，加快各类金融机构集聚，加大金融对转型发展的支持力度。围绕国际航运中心建设，深化落实国际航运发展综合试验区政策措施，加快发展航运经纪、船舶交易、航运金融、航运保险、航运仲裁、现代物流等航运服务业，加快完善现代航运集疏运体系。围绕国际贸易中心建设，着力打造贸易平台、集聚贸易机构、转变外贸方式、改善贸易环境，推进内外贸结合、货物贸易与服务贸易结合、实体贸易与网上贸易结合的市场体系建设。

表 9 加快推进国际金融、航运和贸易中心建设

领 域	主 要 工 作
国际金融中心建设	• 金融市场完善：加快启动上海证交所国际板，积极筹建中国保险交易所，推动建设全国信托受益权转让市场、上海股权托管交易中心和张江高新技术企业进入代办股份转让系统 • 金融业务创新：推动跨境交易所交易基金、项目收益债券、黄金支持债券、铅期货、石油期货等新产品上市，探索金融机构综合经营、房地产信托投资基金等试点 • 金融对外开放：深化人民币国际贸易结算试点，支持境外机构在境内发行人民币债券 • 金融环境优化：进一步完善本市鼓励金融创新和吸引高层次金融人才政策措施，推动建立金融风险监测、评估、预警制度，大力推进金融法治建设，加快陆家嘴—外滩金融集聚区建设

领　域	主　要　工　作
国际航运 中心建设	• 国际航运发展综合试验区建设：加快推进启运港退税、报检报关"一单两报"等创新试点，争取开展中资船舶保税登记、保税物流跨关区联动、降低综合试验区和邮轮港航收费等试点，继续推进期货保税交割试点 • 现代航运服务体系建设：探索建立干散货运价指数和航运中心信息平台，研究完善船舶供应市场，推进集装箱电子标签应用和国际标准研制，争取中国船员招募中心、国家级船员服务行业协会和国家级船员评价中心等落户；推动建设"三港三区"、北外滩等航运服务集聚区 • 现代航运集疏运体系建设：加快建设京沪高速铁路上海段、S6 高速公路等交通设施重大项目，推进杭申线和黄浦江上游航道整治工程，增强对外交通运输能力
国际贸易 中心建设	• 打造贸易平台：抓紧规划建设虹桥商务区大型会展场馆，加快建设外高桥国际贸易示范区，积极培育国家级技术进出口平台、大宗商品交易市场、电子商务市场和物流资源交易平台 • 集聚贸易机构：积极引进贸易总部、跨国采购中心和贸易促进机构；依托世博品牌和世界著名旅游城市建设，吸引著名商业集团和消费品牌进驻，引导和扩大社会消费 • 转变外贸方式：鼓励自主知识产权、自主品牌、自主营销商品出口，鼓励先进技术、关键零部件、国内短缺资源和节能环保产品进口；大力发展口岸贸易、服务贸易和新型国际贸易 • 改善贸易环境：完善贸易便利化推进机制和评价指标体系，加快电子口岸、海关与出入境检验检疫部门联网建设；支持民营外贸企业融入跨国公司产业链

2. 围绕国际文化大都市建设，加快提升城市文化软实力

大力宣传和弘扬上海世博会精神，使其成为推动经济社会发展的强大精神力量。深入开展群众性精神文明创建活动，完善志愿者服务制度，在全社会形成奉献、友爱、互助、团结的文明风尚。深化文化体制改革，探索建立公共文化服务财政保障、招投标采购和第三方评估机制，深化广播电视制播分离改革，推进国有文艺院团、区县经营性文化单位转企改制，推动转制文化企业上市融资和兼并重组。积极发展公益性文化事业，提高公共文化服务质量和水平。结合世博场馆后续利用和郊区新城建设，规划建设一批重大公共文化设施。继续推进惠民文化工程建设，完善社区文化活动中心运行机制和内容配送，促进公共文化资源合理配置、统筹利用。加快文化创意产业发展，依托文化产权交易平台，推动文化创意与金融结合，探索文化企业资产证券化试点，促进风险投资、股权投资基金与文化创意企业对接；推动文化创意与科技融合，加快发展工业设计、服装设计等文化创意产业，培育数字出版、网络视听等文化新业态；充分依托创意产业集聚区、上海国际工业设计中心、国家数字出版等产业基地和迪士尼主题乐园建设，推动文化创意产业集群发展。

3. 加快推进"智慧城市"建设，全面提高城市信息化水平

加强信息基础设施建设，组织实施 180 万户家庭光纤到户建设改造工程，实现百兆宽带接入能力覆盖 300 万户家庭；加快推进"三网融合"，新建覆盖 100 万户有线电视用户的下一代广播电视网络系统,基本实现第三代移动通信网络全市域覆盖;加快建设新亚太海底光缆系统,海光缆国际通信容量继续保持全国 50% 以上。促进产业智能化发展,聚焦精细化工、汽车、航空、先进重大装备等重点领域,建设示范数字园区、数字工厂,加强中小企业信息化应用推广,推动信息化与工业化深度融合;以建设国家云计算服务创新发展试点示范城市为契机,启动实施"云海计划",加快建设云计算产业和创新基地;加快建设上海物联网中心,全面推进物联网关键技术攻关、重要标准研制和应用示范。聚焦电子商务、数字惠民、数字城管等行动,加快提升城市智能化管理和服务水平(见图 15)。

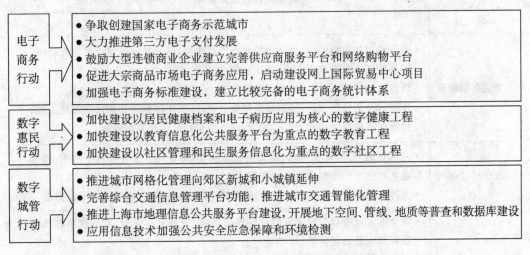

图 15　提升城市智能化管理和服务水平

(四) 关于社会民生的主要目标与措施

建议目标为:城乡居民家庭人均可支配收入与经济保持同步增长;城镇登记失业率控制在 4.5% 以内,新增就业岗位 50 万个以上,其中新增非农就业岗位 10 万个;新开工建设和筹措保障性住房 1500 万平方米左右,供应保障性住房 1150 万平方米左右,对符合廉租住房条件的住房困难申请家庭应保尽保;为老服务不断加强,社会保障体系进一步健全,城市现代化管理和公共服务水平进一步提高。

确定上述目标,就是要把加强社会建设和强化民生保障作为转型发展的根本出发点,把加强公共安全和城市管理作为转型发展的重大任务,深入实践世博"城市,让生活更美好"主题,进一步健全城市管理常态长效机制,不断完善保障和改善民生的制度安排,加快推进社会事业改革发展,着力统筹城乡一体化发展,让全体市民共享发展成果。

1. 切实加强城市管理和社会管理,确保城市运行安全和生产安全

深刻吸取"11·15"特别重大火灾事故沉痛教训,始终把人民群众安全放在首位,在人民群众广泛参与下,研究制定加强城市运行安全和生产安全保障的综合措施。全面查找和消除各种安全隐患,切实加强轨道交通、地下空间、高层建筑等领域和公共场所、重点区域安全防范,重点强化建筑市场、燃气供应、危险品运输等行业安全监管。建立健全城市运行安全和生产安全管理制度及法规体系,层层落实监管职责,完善应急预案,普及公共

安全和应急防护知识。以建筑市场为重点,深入整顿规范市场秩序。坚持以人为本、管理为重、安全为先,切实将世博城市管理经验转化为常态长效制度,深化城市网格化管理,强化市容市貌、"三乱"顽症等治理力度,巩固和放大世博管理效应。坚持管办分离、管养分开和市场化运作,增加市区两级城市管理维护费用,扩大开放作业服务市场,建立城市维护管理长效机制。坚持以人为本、服务为先、社会参与、共建共享,切实加强和改进基层社区、社会组织、平安建设、人口管理等重点领域的社会管理,努力创造和谐稳定的社会环境(见表 10)。

表 10　加强和改进社会管理

领　域	主　要　工　作
加强基层建设	• 完善政府条块协同、权责一致的社会管理体制,促进基层管理力量整合联动 • 加强社区事务受理中心、社区卫生服务中心、社区文化活动中心运行机制和管理体制建设,完善社区生活服务体系 • 推进居委会自治家园建设,加强村委会建设,强化村务公开和民主管理工作;加强住宅物业管理和业委会建设,建立健全社区协商共治机制
鼓励社会参与	• 完善登记管理、评价考核、购买服务等制度,培育和发展各类社会组织,探索建立社会组织枢纽式服务管理模式 • 完善本市社会工作者职业制度,探索建立社会工作者各服务领域专业标准
维护社会安全	• 健全重大事项社会稳定风险分析评估制度,完善公共安全、群体性事件预防预警和应急处置体系 • 完善矛盾纠纷排查调处制度,完善初信初访办理、第三方参与信访、信访事项终结等机制,构建街镇综合治理工作中心的联动机制 • 深入开展平安建设,完善网上网下一体的治安防控网络,严厉打击各类违法犯罪活动
强化人口管理	• 健全实有人口、实有房屋全覆盖管理服务机制,探索建立户籍人口居住地服务和管理制度 • 鼓励来沪人员参与社区公共事务和社区管理,创造条件让来沪人员更好地融入城市发展

2. 大力推进住房保障体系建设,着力改善市民居住条件

依托大型居住社区建设,加快完善"四位一体"住房保障体系(见表 11),大力推进经济适用住房、公共租赁住房和动迁安置房建设筹措和供应,继续扩大廉租住房受益面。加强土地出让金净收益、公积金增值收益对廉租住房和公共租赁住房建设筹措的支持,多渠道拓展保障性住房建设资金来源。加强大型居住社区规划控制和土地储备,确保保障性住房用地优先供应。加快大型居住社区内外配套设施建设,确保主要配套设施与保障性住房同步交付使用。建立完善政府住房保障目标责任制,完善市区联手、以区县为主的建设管理机制。全面实施旧区改造新机制,稳步推进旧小区综合整治和旧住房改造。同时,进一步加强房地产市场调控,坚持"三个为主",严格落实差别化住房税收、信贷政策,按照

国家部署做好房产税改革试点各项准备工作,促进房地产市场平稳健康发展。

表 11　进一步完善"四位一体"住房保障体系

领　域	主　要　工　作
经济适用住房	• 稳步推进中心城区和部分郊区经济适用住房申请供应工作 • 适时调整放宽经济适用住房准入标准
公共租赁住房	• 制定公共租赁住房配套政策,建立健全建设、管理运营机制 • 在有条件的区开展公共租赁住房供应试点工作
动迁安置房	• 加强区区联手,加快腾地和配套建设 • 加大供应力度,让动迁居民尽快入住
廉租住房	• 继续放宽廉租住房申请家庭准入标准 • 推行实物配租新机制,提高实物配租比例 • 对符合廉租住房条件的住房困难申请家庭继续应保尽保

3. 完善就业分配保障体系,持续保障和改善民生

实施更加积极的就业政策,加大创业政策扶持力度,加强对高校毕业生、农村富余劳动力和就业困难人群就业帮扶,探索将来沪从业人员全面纳入公共就业服务范围,健全面向全体劳动者的职业培训制度,全年新增就业岗位 50 万个以上、非农就业岗位 10 万个、扶持成功创业 1 万人。深化收入分配制度改革,完善职工工资决定、正常增长和支付保障机制,继续调整最低工资,提高各类养老金、城乡低保、就业补助、失业、工伤优抚等各项待遇。贯彻落实国家《社会保险法》,坚持广覆盖、保基本、多层次、可持续方针,加快完善面向全市常住居民的社会保障体系(见图 16)。建立家庭支出型贫困预警和综合帮扶机制。加强社区为老服务,探索建立大型居住区和郊区新城同步规划建设养老配套设施机制,全年新增养老床位 5000 张,为 26 万名老人提供社区居家养老服务。

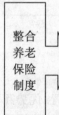

整合养老保险制度
• "城保":贯彻落实国家养老保险关系转移接续政策,完善城镇企业职工基本养老金计发办法,继续实施柔性延迟领取养老金年龄政策
• "镇保":进一步健全个人缴费机制,制订将"镇保"参保企业及从业人员逐步纳入"城保"方案
• "农保":全面实施"新农保"制度,推进新、老"农保"制度平稳过渡;制定将"新农保"参保企业从业人员纳入更高层次社会保险制度的方案
• "综保":启动将"综保"逐步过渡纳入"城保"

完善医疗保障体系
• 完善城镇职工基本医疗保险制度,研究逐步缩小不同人群的医保待遇差异
• 将大学生医保纳入城镇居民基本医疗保险范围
• 继续提高新型农村合作医疗筹资水平,逐步缩小城乡医保差距
• 完善医疗救助制度,继续扩大医疗救助覆盖面
• 加快推进国家医疗保险服务标准化试点建设,研究鼓励商业医疗保险发展相关政策

图 16　加快完善社会保障体系

4. 加快社会事业改革发展，完善基本公共服务体系

加快发展教育事业，依托部市共建国家教育综合改革试验区，大力实施教育中长期改革和发展规划纲要。加大教育转移支付力度，提高公办小学、初中生均公用经费基本标准，在郊区和大型居住社区新建一批学校。加快推进高等教育内涵建设工程。扩大中等职校免费教育范围，提高来沪从业人员子女报考中等职校的比例。完善学前教育公共服务体系，新增 40 所幼儿园。坚持基本医疗卫生服务公益性，积极稳妥推进医药卫生体制改革，努力为全体市民提供安全、有效、公平、可及的基本公共卫生和基本医疗服务（见图17）。加快发展体育事业，贯彻落实全民健身实施计划，推进公共体育设施建设，全力办好第十四届国际泳联世界锦标赛等重大赛事。加大人口发展战略研究力度，深入推进优生促进工程和人口早期启蒙工程。继续实施公交优先战略，优化地面公交线网和枢纽布局，实现地面公交和轨道交通便捷换乘。

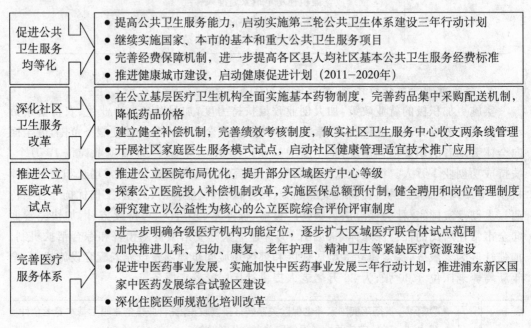

图 17　推进医药卫生体制改革

5. 加快郊区新城建设，统筹城乡一体化发展

制定实施本市加快城乡一体化发展政策意见，推动建立城乡一体的资源配置、优势互补发展机制。充分发挥郊区新城带动作用，加快提升嘉定、松江新城综合功能，加快推进青浦、奉贤南桥、浦东南汇新城建设，加快推进金山、崇明新城和新市镇优化发展。建立郊区新城开发协调和管理机制，推动基础设施、重大功能性项目向新城集聚，完善人才引进、户籍管理、子女入学等配套政策，促进产业发展与新城建设互动融合，促进基础设施和社会事业同步建设。立足与新城分工互补，加快建设具有较强产业支撑和公共服务能力的小城镇。大力发展高效生态农业，提高农业集约化、组织化、科技化、标准化程度，全面加

强农田水利建设。继续加强非农就业和农民技能培训,积极发展农业旅游业,推进农村集体经济组织产权制度改革,多渠道增加农民收入。加快郊区三级医院"5+3+1"项目建设,全年改造村庄 100 个、改造农村生活污水处理设施 4 万户。贯彻落实国家农村征地条例,继续推进农村宅基地置换、农村集体建设用地有偿使用和流转等试点。进一步完善生态补偿机制。抓紧制定本市主体功能区规划实施指导意见及相关配套政策。

(五)关于节能环保的主要目标与措施

建议目标为:单位生产总值综合能耗和单位生产总值二氧化碳排放量均进一步下降,二氧化硫、化学需氧量、氨氮、氮氧化物等主要污染物排放量削减率完成国家下达目标,环保投入相当于全市生产总值比例保持在 3% 左右。

确定上述目标,就是要把加强节能减排和环境保护作为转型发展的重要着力点,积极应对气候变化,更加注重源头治理和长效机制建设,大力发展低碳经济、绿色经济和循环经济,促进全市经济社会发展与资源环境相协调,努力提升生态文明水平。

1. 着力推进节能降耗,大力发展低碳经济

强化节能降耗目标责任制,将年度节能降耗目标任务分解落实到各部门各区县。制定出台商业、旅游、医院、机关、学校等领域用能指南,出台高耗能行业和产品能耗定额标准,探索建立行业单耗水平考核指标。建立全市统一的节能监控信息平台,落实重点用能单位能源利用报告、能源审计等制度,加快推进重点领域节能工程建设和管理(见表 12)。严控高耗能行业发展,调整淘汰高污染、高能耗、高危险、低效益落后产能 600—700 项,实现节能能力 60—70 万吨标准煤。大力推进能源结构调整,积极发展天然气、风能等清洁能源,推进张江光伏发电集中应用示范区、崇明绿色能源示范县建设。推广节能低碳技术和产品,加大推进合同能源管理项目实施力度,促进节能服务产业发展。完善节能降耗长效机制,严格执行前置性投资节能评审制度,探索实施能耗总量控制、节能量交易、强制性能耗标准和能效标识等制度,落实扩大差别电价政策,推进第一批低碳发展实践区试点。

表 12　加强本市重点用能领域节能工程建设和管理

领　域	主　要　工　作
工业节能	• 组织实施工业锅炉改造、余热余压利用等重点节能工程 • 强化工业重点用能企业节能管理,积极推行合同能源管理 • 推广节能电机等节能产品,淘汰替代 S7 系列及以下变压器等落后用能设备,降低变压器空载损耗
建筑节能	• 新建高标准节能建筑 60 万平方米,对新建居住建筑全面执行 65% 的节能标准 • 继续实施大型公共建筑和政府办公建筑的能源审计 • 制订并出台上海市大型商业设施能耗限额标准、上海星级饭店能耗限额标准 • 继续对大型商场严格执行空调温度控制标准和空调清洗措施
交通节能	• 严格执行交通工具燃料消耗量限值标准,加快淘汰能耗高、排放超标的老旧车型 • 鼓励私人购买新能源汽车,支持新能源汽车在公交等行业的试点应用 • 继续推进新型乳化柴油在公交行业扩大试点应用

2. 积极推进污染减排，大力发展绿色经济

分解落实主要污染物年度减排目标任务，强化环保责任制和执法监督。启动建设"十二五"重点项目，完善减排工程建设补贴、燃煤锅炉清洁能源替代补贴和污染物超量削减激励等政策。全面完成第四轮环保三年行动计划。启动燃煤电厂脱硝工作，推进宝山南大、金山卫化工集中区等重点地区环境综合整治，深化本市太湖流域水环境综合治理。有序推进青草沙原水通水切换工作，让市民喝上优质长江水。加快推进中心城增绿、郊区新城建林和外环生态专项等工程，完成绿地建设1000公顷。构建环保主动预防机制，深入推进规划环评，严格实施"批项目、核总量"制度，大力推进重点企业排污许可证制度，健全全防全控的环境风险防范体系。

3. 加强资源节约集约利用，大力发展循环经济

严格实施"批项目、核土地"制度，完善耕地占补平衡机制，积极推进和规范农村土地综合整治、城乡建设用地增减挂钩试点，合理开发利用地下空间，切实提高土地综合利用效益。加强节水型城区建设，实施节水示范工程，大力推广和应用节水技术。鼓励和引导绿色消费，大力推广清洁生产、再制造生产模式，积极开展多层面、多领域的循环经济试点示范，推动建立循环经济统计制度。制订生活垃圾减量化计划，启动生活垃圾分类投放、分类收集、分类运输、分类处置试点，提高生活垃圾减量化、资源化和无害化处置水平。

三、2011年上海市重大建设项目计划

2011年上海市重大建设项目安排，要坚持以科学发展观为指导，围绕"十二五"规划目标任务和创新驱动、转型发展的要求，在继续保持投资适度规模、优先保障续建项目的同时，更加突出结构调整、功能提升，更加突出公共安全、民生改善，更加突出郊区建设、城乡统筹，进一步发挥重大建设项目对全市经济社会发展的引导、支撑和带动作用。

2011年重大建设项目安排将突出"三个重点"：一是加快投资结构转型。坚持优化结构优先于规模增长，推动固定资产投资进一步向科技创新、战略性新兴产业、现代服务业、生态环保、保障性住房等重点领域倾斜，进一步增强自主创新能力，加快形成服务经济为主的产业结构，推动经济社会加快转型发展。二是加快投资布局转移。适应城乡一体化发展的要求，把郊区建设放在全市发展更加突出的位置，进一步加大对郊区新城和新农村建设投入力度，积极推进符合功能导向的产业项目向郊区集聚，加快郊区和大型居住社区公共交通、能源、供排水等基础设施建设，以及教育、医疗等公共服务设施配套，努力提升郊区实力水平。三是加快投资方式转变。按照量力而行、尽力而为的原则，合理控制政府投资规模，加强政府主导项目的规划约束和实施管理；更加有效运用产业、规划、土地、金融、财税等政策，给予市场主导项目政策引导和支持；充分发挥政府投资的引导和带动作用，创造条件吸引全社会投资。

2011年重大建设项目共安排正式项目84项，预备项目44项；其中，年内计划新开工项目20项，建成或基本建成项目12项。具体安排情况如下：

（一）全力推进自主创新和产业结构调整重大项目建设

1. 加快建设科技研发设施，提升城市自主创新能力

继续深化部市合作和院地合作，聚焦中科院浦东科技园，开工建设国家蛋白质科学研

究上海设施项目;继续推进中科院浦东科技园上海新技术基地项目、中科院上海新药创制技术保障条件建设项目,加快建设上海佘山天文台 65 米射电望远镜项目;基本建成中科院生命科学基础研究与应用研究平台及技术保障条件建设项目,进一步增强上海在生命科学、新材料、天文等领域的基础创新能力。根据国家创新能力发展规划,依托本市科研优势,新开工数字电视国家工程研究中心项目;加快推进国家肝癌科学中心、清洁高效煤电成套设备国家工程研究中心、抗体药物国家工程研究中心等国家级重大科研设施建设,提升基础科研能力。

2. 培育发展战略性新兴产业,提高产业核心竞争力

聚焦建设具有国际竞争力的新一代信息技术开发、生产和服务基地目标,新开工建设中国(上海)网络视听产业基地项目;继续推进华力微电子 12 英寸集成电路芯片生产线、上海天马 4.5 代 AMOLED(有源驱动有机发光二极管)中试线、上海数据港云计算 IAAS(基础设施服务)平台项目;启动松下等离子六面取等离子面板等项目前期工作。聚焦新能源战略,积极推进大型风力发电机组开发、生产,全力推进华锐风电科技上海临港基地项目前期工作。聚焦形成我国综合实力领先的高端装备研发和制造基地目标,着力提升重大装备自主设计、制造和总包能力,全力推进中国商用飞机公司能力建设、中航商用飞机发动机研发中心、ARJ—21 支线飞机批生产能力建设项目、中船长兴造船基地二期工程等建设。聚焦建设成为我国生物技术创新成果重要源泉目标,新建上海复星医药金山生物医药产业基地建设项目,深化上海医药集团生物医药产业基地、国药集团奉贤生物医药产业基地等项目前期工作。

3. 加快改造重点优势产业,促进传统制造业优化升级

以高端化、服务化、品牌化为方向,着力提高优势产业核心竞争力,形成自主研发与制造体系,提升自主品牌价值,加大传统制造业技术创新和改造力度,基本建成宝钢集团浦钢搬迁工程(罗泾地块)第二步实施等项目;全面推进上海汽车工程研究院自主品牌研发中心扩建项目、上海汽车临港产业基地自主品牌新产品技术改造项目;适时启动拜耳增资扩建、上海烟草(集团)公司科技创新园等项目前期工作。

4. 围绕"四个中心"建设,加快提升现代服务业能级

依托世界著名旅游城市建设,全面推进迪士尼项目及其外围配套基础设施项目,吸引旅游会展、文化创意、商业零售等产业集聚,打造国际旅游度假区。聚焦世博园区后续开发,加快研究确定世博区域功能定位和总体规划,积极启动相关项目前期工作。着眼提升城市综合服务功能,大力推进现代服务业集聚区等载体建设,加快建设上海中心、上海国际金融中心(上海金融交易广场)、上海国际航运服务中心等商务楼宇,开工建设中国博览会综合会展项目,全面推进虹桥商务区综合开发建设。基本建成上海吴淞口国际邮轮码头工程。结合特大型城市发展特点,着力完善农产品流通机制,在充分评估西郊国际农产品市场一期工程建设成效基础上,深化二期工程服务功能配置。

(二)继续推进生态环保和节能减排重大项目建设

1. 加强生态环境设施建设,营造生态宜居绿色家园

全力推进郊区供水集约化工程建设,开工建设崇明岛东风西沙水源地建设工程,积极

开展嘉定原水支线工程前期工作,确保郊区供水安全,提高郊区居民饮水水质。强化水环境综合治理,推进白龙港污水处理厂扩建二期工程以及南线输送干线完善工程,提升污水处理能力。继续推进苏州河环境综合整治三期工程。牢固树立绿色发展理念,大力提高垃圾处理能力,新开工建设老港综合填埋场一期工程,继续推进老港再生能源利用中心建设项目,抓紧推进老港固体废弃物综合利用基地内河工程、老港固体废弃物综合利用基地渗沥液排放管道工程的项目前期工作。

2. 强化节能减排设施建设,确保完成节能减排目标任务

加快推进竹园污水处理厂污泥处理工程,减少污泥二次污染,全面启动燃煤电厂脱硝改造工程项目前期工作。有重点推进清洁能源开发利用,继续建设崇明北沿风电工程,抓紧推进上海东海大桥海上风电二期工程、老港风电场二期工程等项目前期工作。

(三)大力推进城市运行安全保障重大项目建设

1. 完善多元化能源设施体系,保障能源供应安全高效

健全上海供电网络,稳步提高电力供应能力和可靠性,建设和储备一批500千伏、220千伏输变电工程。继续建设国家重大天然气项目配套工程,加快西气二线、天然气北通道建设,进一步完善多气源互补供应格局。建成上海临港燃气电厂一期工程,提高大浦东能源保障功能。健全能源储备体系,进一步整合煤炭储备能力,加快建设石洞口燃气生产和能源储备项目。抓紧推进五号沟LNG备用站扩建工程、闵行燃机电厂、崇明燃机电厂、崇明三岛天然气管网工程、崇明前卫风电二期工程等项目前期工作。理顺体制,加快推进崇明农村电网改造,提高供电稳定性能。加快皖沪合作电源项目建设,探索异地合作建设煤炭储备基地。

2. 加强公共安全设施建设,增强城市应急处置能力

加快实施中心城区排水系统改造工程,新开工大定海、新宛平、龙华机场、庙行、庙彭等改造项目,积极应对突发天气变化,努力消除城市积水隐患。切实加强消防安全、轨道交通安全、应急处置等城市安全设施的规划和建设,购置大型直升飞机,新开工建设武宁、恒丰、光华、南站、杨行等消防站点建设,着力完善消防设施保障体系,重点增强地铁救援、高层建筑防火以及公共场所突发事件处置能力。按照完善机制、整合建设、资源共享、提升能力的原则,深化农产品质量安全检测中心项目前期工作,强化农产品质量和供应安全保障。

3. 加快信息基础设施建设,着力构建现代智慧城市

围绕构建城市信息基础设施体系,在确保信息安全和社会安全的基础上,重点推进信息基础网络升级改造,积极推进城市智能化管理,新开工建设城市光纤宽带网、面向"三网融合"的下一代广播电视网、郊区县数字电视整体转换等项目。

(四)着力推进社会民生重大项目建设

1. 加快建设保障性住房体系,改善广大市民居住条件

坚持改善民生、居住为先的理念,新开工建设和筹措1500万平方米保障性住房,加快建设宝山罗店、闵行浦江、青浦华新、浦东航头、松江泗泾、嘉定云翔等大型居住社区,提高保障性住房供应能力。积极推进大型居住社区外围道路、公交枢纽、供排水、绿化和教育、

医疗、文化、为老服务等配套设施建设,不断提升居民居住品质。

2. 加强社会事业设施能力建设,提高公共服务水平

围绕提升高校教学科研水平目标,新开工建设华东理工大学奉贤校区二期工程、上海海事大学教学实习船项目;继续推进中欧工商学院三期工程建设;建成上海电机学院临港校区一期工程等;加快推进上海体育学院中国乒乓球学院项目,适时启动高校学科知识创新平台建设;聚焦行业特色学校发展,推进医疗器械高等专科和出版印刷高等专科迁建项目。围绕提供优质医疗服务,全面推进市级医疗设施和服务能力建设项目、中山医院肿瘤及心血管病综合楼等项目,发挥医疗设施服务保障作用;注重发挥中医"治未病"优势,新开工建设上海中医药大学附属龙华医院国家中医临床研究基地项目;全面推进"5+3+1"郊区三级医院建设,提高郊区医疗服务水平;积极推进新虹桥国际医学中心(一期)项目前期工作,全面启动上海(浦东)国际医学中心建设;结合医改方案的实施,加快推进基于市民电子健康档案的卫生信息化项目建设。围绕构建国际文化大都市,着力完善公共文化体系,加快推进上海交响乐团迁建、上海京剧院迁建项目实施,全力推进上海自然博物馆、钱学森图书馆项目建设,深化上海世博会博物馆方案论证。进一步发挥政府投资的引领导向作用,整体规划、分步推进为老服务设施建设,提升市级福利设施能级,启动市第四社会福利院、众仁乐园二期、市儿童福利院迁建项目前期工作。

(五)有重点推进城市交通基础设施重大项目建设

1. 稳步推进对外交通设施建设,提升城市综合服务功能

按照国家统一部署,基本建成京沪高速铁路上海段项目。继续推进浦东国际机场第五跑道圈围工程,为上海机场功能完善创造陆域条件;积极推进浦东机场第四及第五跑道、沪通及沪乍铁路等前期工作。完善网络布局,增加高速公路通道,增强城市运输能力,新开工建设 S26 公路东延伸项目;继续推进崇明至启东越江通道、S6 高速公路建设;加快嘉闵高架路、S3 公路、S7 公路、沿江通道等项目前期工作。充分利用长江黄金水道,加快推进"江海直达",继续推进杭申线航道整治工程,基本完成黄浦江上游航道整治工程,积极开展大芦线二期前期研究。

2. 继续完善市域交通设施功能,构建城乡统筹的快捷交通体系

完善城市交通网络,促进交通便捷化,以郊区新城建设为重点,充分发挥轨道交通的连通、辐射作用,建成轨道交通 22 号线(铁路金山支线改造)工程,继续推进轨道交通 11 号线北段、12 号线、13 号线等项目建设,积极深化轨道交通 9 号线延伸工程、8 号线三期工程建设方案。继续完善城市越江设施分布,基本建成军工路越江工程,加快推进长江西路越江工程、虹梅南路—金海路越江工程,启动研究辰塔路越江工程、周家嘴路越江工程建设方案。支持大浦东等重点地区发展,建设东西通道(浦东段)扩建工程、中环线浦东段。优化虹桥枢纽及虹桥商务区地区交通功能,基本建成迎宾三路快速通道。围绕解决近郊与中心城区之间干道路网连通问题,加快推进区与区连接道路等项目建设,改善郊区出行条件。启动经济薄弱村道路危桥改造工程推进工作方案,改善农村基础设施条件。落实公交优先发展战略,加快推动公交枢纽建设,确保大部分子项目投入使用。

第一部分

综合经济篇

第一猎谷

综合科和富

1.1 国内外环境

一、国际经济发展环境及其影响

1. 世界经济复苏势头可能加快

2010 年以来，由于发达国家经济刺激政策力度不断加大、消费需求有所恢复，世界经济复苏进程明显加快：一是美国经济增速进一步加快。2010 年四季度美国经济增长 3.2%，是自 2010 一季度以来最强劲的增长。同时，美国个人消费增长 4.4%，为 2006 年以来最高。美国企业的出口量也在增加，10 月至 12 月出口增长 3.2%，快于前一个季度的 2.6%。美联储官员预计 2011 年美国国内生产总值将增长 3.4%－3.9%，高于之前预计的 3.0%－3.6%。二是日本经济增长出现加快迹象。2010 年一季度日本经济增长 0.5%，二季度增长 0.7%，三季度增长 1.3%，呈现加快复苏态势。三是欧洲经济出现好转迹象。德国经济在出口贸易和投资活动的提振下，2010 年国内生产总值大幅增长 3.6%，创自 1992 年两德统一以来的最快增速。同时，法国和英国的经济增长前景也在进一步好转。据国际货币基金组织（IMF）发布的《全球经济展望》报告预测，2011 年全球经济可能增长 4.4%，略高于 2010 年 10 月时预测的 4.2%。

2. 发达国家的"滞"与新兴经济体的"胀"并存

2010 年，发达国家经济增长相对较慢，但同时以"金砖四国"为代表的新兴经济体物价指数却不断攀升。2010 年中国 CPI 上涨 3.3%，俄罗斯全年物价涨幅达到 8.8%，印度为 9.5%，巴西也达到 6.5%。因此，发达国家的"滞"与新兴经济体的"胀"同时并存，新兴经济体成为拉动世界经济增长的主要力量。在此背景下，美国实施了新一轮量化宽松政策，将可能影响全球经济复苏进程：从短期看，量化宽松政策推动资产价格上涨，有助于稳定美国家庭的财富水平；而从中长期看，量化宽松政策能在多大程度上推动实体经济复苏和降低失业率有待观察，特别是其导致的大宗商品价格上涨反过来有可能影响美国经济复苏。因此，发达国家的"滞"和新兴经济体的"胀"相互牵制，有可能造成整个世界经济增长的不稳定和通胀率的高涨。

3. 全球经济增长面临三大风险

2011 年，虽然世界经济走向复苏的总体趋势不会改变，但全球经济再平衡过程中的货币战和贸易战将进一步加剧，世界经济增长的不确定性和复杂性将进一步增大，突出反映在全球经济增长面临的三大风险：

一是全球贸易战和货币战可能进一步加剧，对全球经济再平衡产生巨大影响。金融危机后,国际贸易规则正在发生重大变化,欧美国家试图更多地通过技术性壁垒、绿色壁垒和社会责任标准等新的贸易保护措施,来抑制中国等新兴市场国家的崛起,国际规则的博弈已成为今后国际贸易摩擦的主要特征。特别是美国实施新一轮量化宽松政策将导致美元贬值,使得美元资产大大缩水,大幅减少了美国债务。因此,各国纷纷掀起新一轮汇率干预,韩国、泰国、澳大利亚、印度等亚洲国家更是祭出了征税、加强资本管制和加息等"重型武器"来应对美国的新一轮量化宽松政策,由此引发了新一轮货币战。全球货币战的出现,表明全球金融危机在经历了次贷危机和主权债务危机后,开始进入第三阶段,即国际货币体系的重组阶段。这一阶段需要经历相当长的时间,期间国际金融体系和货币体系将会不断出现波动与震荡。因此,预计 2011 年全球货币体系动荡还会进一步加剧,从而增大了国际经济运行的不确定性。

二是全球流动性进一步泛滥有可能导致全球性通货膨胀。美国启动新一轮量化宽松以来,国际油价已触及每桶 93 美元的高位,2011 年将超过 100 美元;黄金期货合约结算价格已涨至每盎司 1416 美元,创历史高位;铜、钯、铂等贵金属期货价格和大豆、原糖等农产品价格也都创下近几年、甚至是 30 年来的高位。美联储启动新一轮量化宽松政策后,其他发达经济体为了在汇率上寻求自保,可能会或明或暗地重回或跟进扩大量化宽松规模,从而进一步加剧全球流动性泛滥,推升全球通胀预期。在 2010 年底召开的货币政策会议上,日本、欧洲央行纷纷延缓退出策略,以减小美联储新一轮量化宽松政策的影响。其中日本央行 11 月 5 日已先于美联储一步,宣布了一项规模为 35 万亿日元的"全面宽松货币政策",并将基准利率从 0.1% 进一步降至 0—0.1%。欧洲和英国等主要经济体也决定维持原有量化宽松政策规模不变,并表示"如有必要,不排除进一步扩大规模的可能"。而新兴经济体迫于国内通胀压力不得不逐步紧缩货币政策,但同时为了避免本币过度升值,对于货币政策的进一步紧缩也越来越谨慎。在此背景下,2011 年全球流动性将进一步泛滥,有可能导致初级产品价格大幅上涨,加大全球性通货膨胀压力。这一趋势若进一步发展,并与全球经济增速下降结合在一起,有可能使未来全球经济出现滞胀。

三是东日本大地震及相关核泄露将影响全球经济增长。2011 年 3 月 11 日,日本发生里氏 9 级大地震,并引发海啸和核电站泄露事故,此次大地震对日本造成的直接经济损失将达 16 万亿至 25 万亿日元,远大于 1995 年的阪神地震所造成的 10 万亿日元损失。初步估计,此次东日本大地震可能导致 2011 年日本国内生产总值降低约 0.5 个百分点,因此也将影响整个世界经济的增长速度。如,摩根斯坦利预测地震将使 2011 年全球经济增速降低约 0.25—0.5 个百分点。同时,由于日本在全球制造业产业链中占据重要地位,大地震导致全球部分产业链出现断裂现象,而相关产品的生产和进出口中断将对产业链中其他经济体造成一定的负面影响。如,由于中国大量进口日本高技术产品、上游中间产品和装备,中国电子等产业的产能利用率可能会因日本上游产品供货停顿而受影响,一些新建和改造项目可能因为日本设备生产、交货流程被打断而不得不减速。此外,日本大地震对上海外贸以及旅游和服务外包的影响也已开始显现。

二、国内经济发展环境及其影响

1. **国内经济进入稳定增长期,2011 年经济增速将前低后高**

从宏观经济运行趋势看,2010年一季度以来主要经济指标逐步回落,整个经济处于周期性下调阶段。其中GDP增速4个季度分别为11.9%、10.3%、9.6%和9.8%;工业季度累计增速分别为19.6%、15.9%、13.5%和13.3%。2011年,"三驾马车"都有可能后劲不足。从投资需求看,由于银根收紧、清理地方政府融资平台和实施新一轮房地产调控政策,2011年固定资产投资将会受到较大影响,尤其是新一轮房地产调控政策的实施有可能使支撑上年投资高速增长的房地产投资出现大幅回落,进而使全社会固定资产出现大幅下滑。从消费需求看,出于对通胀的担忧,2010年三季度全国消费者信心指数在连续上升5个季度后首次出现回落,预示着未来居民的消费支出有可能出现下降。据有关调查显示,全国有近50%的家庭计划在未来一年内减少消费支出。从出口需求看,受全球经济复苏放缓、贸易保护主义抬头、人民币升值、企业原材料及劳动力成本上升等多重因素的影响,2011年出口增速有可能出现回落。鉴于上述形势,国内外各研究机构均预测,2011年我国经济增长率将有所回落。世界银行预测2011年中国经济增速将下降到8.7%左右;国务院发展研究中心和瑞银集团预测将下降到9%左右;清华大学中国与世界经济研究中心和光大证券预测将下降到9.5%左右。在增长态势上,预计2011年一季度经济增长率将滑到谷底,二季度以后会逐步回升,总体上将呈现"前低后高"的走势。

2. 通货膨胀压力将明显加大

2010年以来,在经济趋稳回落的同时,我国物价呈现加速上涨的趋势。一季度CPI上涨2.2%,二季度上涨2.9%,三季度上涨3.5%,并且从5月份开始,CPI涨幅持续超过3%的警戒水平,特别是11月份更是达到5.1%,创28个月来的新高,全年累计涨幅达到3.3%。

与前几轮物价上涨相比,这一轮物价上涨具有4个明显特征:一是促使物价上涨的长期因素大于短期因素。长期因素的释放主要表现在两方面:第一,多年来货币超发产生的累计效应,加上在应对危机中大规模投放货币,导致市场流动性急剧膨胀。2000年我国GDP总量为8.9万亿元,广义货币供应量为13.5万亿元,是GDP的1.5倍,多出了4.6万亿元;而到2010年末,广义货币余额已达72.6万亿元,GDP只有39.8万亿元,超发货币将近33万亿元。大规模的货币投放必然导致市场流动性急剧膨胀和物价持续上涨。第二,生产成本持续微涨的累积效应。改革开放以来,我国凭借廉价劳动力吸引了大量投资,成为"世界工厂",但随着最低工资标准的逐步提升以及劳动者权益保护的加强,产品的劳动力成本呈现持续上升态势,促使产品相对价格体系的上调。因此,与2008年由农产品供给因素所导致的物价上涨不同,这一轮物价上涨的实质一方面是过剩的流动性在寻找出路,另一方面是产品价格体系上调中的成本推动。二是促使物价上涨的外部冲击因素大于内生因素。导致本轮物价上涨的重要因素是国际大宗商品价格上涨向国内传导和国际游资的冲击,具有输入型和炒作性的特征:一方面,2010年以来,巨额国际资本将国际大宗商品市场作为牟利的首选领域,导致了国际大宗商品价格持续大幅上涨;另一方面,在我国努力维持人民币币值稳定的情况下,国际游资大量涌入,不仅导致我国外汇占款大幅增加,而且对物价上涨"推波助澜",形成了人民币"外升内贬"的现象。因此,从某种角度看,本轮物价上涨实质上是对人民币升值的替代。三是促使物价上涨的结构性因素大于总量因素。此轮物价上涨中,食品类和非食品类商品、投资保值类和易耗类商品的价格变化存在着明显反差。2010 年,全国食品价格上涨 7.2%,黄金珠宝的价格大幅上涨,而一般商品价格基本平稳。特别是姜、蒜、绿豆等部分农副产品已成为变相的金融产品,出现了金融化炒作现象。因此,本轮物价上涨中有可能出现继成本推动型、需求拉动型和输入型之后的又一个新的通胀类型,即金融炒作型。四是促使价格上涨的预期因素大于现实因素。此轮物价上涨很大程度上是受到市场预期因素的影响,包括对美国新一轮量化宽松政策、全球初级商品价格上涨和国内流动性过剩的预期影响。因此,不少商品价格的上涨幅度被放大。事实上,2010 年全国 CPI 上涨幅度不仅大大低于 1993－1995年 14.7%－24.1%的通胀率,而且低于 2007－2008 年 4.8%－5.9%的通胀水平。物价问题之所以会成为社会关注的焦点,除了食品价格上涨过快外,主要是出于对未来预期的担忧。上述四大新特征表明,与传统的通货膨胀相比,目前的通货膨胀已经出现变型。因此,传统的加息和提高存款准备金率等宏观调控手段的作用和效果有限,今年物价上涨的势头很可能超出 4%的目标值。

3. 成本上升压力将加大

2010 年以来,各种影响生产成本的因素正在逐步攀升:一是工资上调,年初以来各地基本工资大致上涨 10%至 20%,部分厂商加薪甚至超过这个幅度。二是资源产品价格调整,各地都在调整用水、用电价格。三是汇率改革,自 6 月初启动新一轮人民币汇率改革以来,人民币兑美元汇率已累计升值超过 2%。四是出口退税政策调整,从 7 月 1 日起国家调整了 2831 项商品的出口退税政策,其中取消 553 项产品出口退税,降低 2268 项商品出口退税率。五是原材料价格上涨,全国能源、原材料价格不断上涨,特别是进入下半年以后,各地为完成节能减排任务,拉闸限电,限制高耗能的能源、原材料企业开工,有可能导致高耗能产品掀起新的涨价潮。这些因素有可能在 2011 年形成叠加效应。2010 年由于受恢复性增长的影响,企业效益大幅增加,各种成本上涨因素的影响不很突出。2011年恢复性增长因素将消失,各种成本上涨因素的冲击将越来越突出,可能导致企业效益大幅下滑,不排除再度出现 2008 年初曾出现过的大量企业关闭、停业状况,对此必须予以警惕。

4. 宏观政策环境将继续趋紧

当前,国内加强宏观调控,可能对上海的发展产生一定影响。一是加大楼市调控力度,中国人民银行与银监会联合宣布,各商业银行暂停发放居民家庭购买第三套及以上住房贷款,对不能提供一年以上当地纳税证明或社会保险缴纳证明的非本地居民暂停发放购房贷款,贷款购买商品住房,首付款比例调整到 30%及以上等。二是货币政策逐步收紧,中国人民银行上调金融机构人民币存贷款基准利率,一方面可以降低目前存在的负利率问题,另一方面也将给过热的投资热潮降温,增大了未来投资的成本。由于目前宏观调控坚持在楼市调控、节能减排和淘汰落后产能方面不放松,全国经济增长可能会进一步下降,预计 2011 年我国 GDP 增速将为 9%左右,比 2010 年有所回落。

(上海市政府发展研究中心)

1.2 世 博 会

一、2010 年世博会总体情况

在党中央、国务院的坚强领导下,在世博会组委会、执委会和上海市委、市政府的科学指导下,在全国人民的大力支持和各相关单位的共同努力下,2010 年上海世博会历经 184 天安全、平稳、有序的运行,于 10 月 31 日圆满落幕。上海世博会的成功举办得到了国际展览局和国际社会的充分肯定。

1. 上海世博会创下多个世博史上新纪录

上海世博会共有 246 个国家和国际组织、25 个企业,以及中国 31 个省区市和香港特别行政区、澳门特别行政区、台北世界贸易中心、中国残联等参展。参展方建造了 96 个国家和国际组织展馆,79 个城市最佳实践案例,18 个企业馆,另有组织方建造的主题馆 5 个分馆和世博会博物馆,以及中国省区市联合馆、香港馆、澳门馆、台湾馆、阳光生命馆、公众参与馆,参展规模创世博会历史之最。

本届世博会累计参观者 7308.4 万人次,单日最大客流 103.3 万人,创历届世博会单日参观人数最高纪录。首次问世的"网上世博会"在世博期间累计入"园"参观者多达8234 万人次,页读数累计超过 8.7 亿次。

上海世博会客流情况

1. 客流总量和最高峰日客流:均创历史纪录

上海世博会客流总量为 7308.4 万人次,日均客流为 39.7 万人次;会期最高峰日客流约为103.3 万人次。本届世博会客流总量和最高峰日客流均双双打破 1970 年大阪世博会保持的历史纪录,达到世博会 159 年以来新的顶峰。上海世博会与 1970 年大阪及近两届注册类世博会(即 2000年汉诺威、2005 年爱知世博会)客流总量和最高峰日客流比较见下表。

上海、大阪、汉诺威及爱知世博会客流总量和最高峰日客流对照表

	2010 年上海	1970 年大阪	2000 年汉诺威	2005 年爱知
客流总量	7308 万	6421 万	2000 万	2205 万
最高峰日	103.3 万	83.6 万	27.6 万	28.1 万

2. 客源地分布:"江浙沪"三地客源超 50%

世博会参观者客源地分布较为稳定,据上海市城市综合交通规划研究所 7—10 月份的调查

（每次 1.5 万个调查样本）显示，上海游客约占 27.3%，江苏、浙江分别约占 13.2% 和 12.2%，其他省区市游客比重为 41.5%，另据国家统计局上海调查总队 7—10 月份的调查，境外参观者约占 5.8%。以此比率估算，本届世博会吸引上海本地游客量约为 1995 万人次。

　　3. 客流整体走势：客流走势波状起伏，峰谷落差较大

　　本届世博会 5—10 月份客流量分别约为 803 万人次、1310 万人次、1379 万人次、1246 万人次、1001 万人次和 1570 万人次。

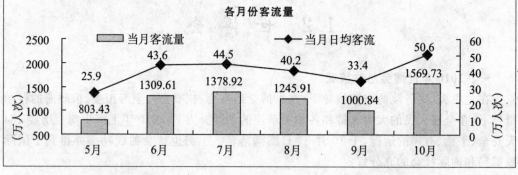

各月份客流量

　　2. 各类活动丰富多彩

　　184 天会期中，来自 176 个国家、13 个国际组织、36 个城市和 4 个企业的 1200 余支团队上演了 1172 个节目，共演出 22925 场次，累计吸引观众逾 3400 万人次。200 多个国家、国际组织、城市、企业参展者精心准备的文艺活动，以及一大批具有民族、民间、民俗特色和浓郁地域文化特色的文艺节目，展示了世界文化的多样性和中华艺术的独特魅力。

　　3. 论坛取得圆满成功

　　世博论坛直接演绎世博会主题，集中体现世博会精神遗产，也是展望未来的重要平台。世博开幕前，共举办了 53 场公众论坛。世博会期间，举办了 1 场高峰论坛、6 场主题论坛、1 场青年高峰论坛。国务院总理温家宝出席开幕式并作主旨演讲。联合国秘书长潘基文、7 位外国国家元首或政府首脑、60 余位演讲嘉宾和 2000 余名全球政界、学术界、企业界人士和优秀青年妇女代表、媒体代表出席论坛。高峰论坛深入探讨了一系列与城市发展有关的问题，并发表了《上海宣言》，形成了对全球城市创新与可持续发展的共识。

表 1—2—1　世博会主题论坛概况

地点	日期	主题	平 行 分 论 坛
宁波 上海	5 月 15—18 日	信息化与城市发展	"信息化与城市建设和管理"、"信息化与城市生活"、"信息化与全球合作"、"现代物流与航运中心建设"、"产业信息化"、"教育信息化"和"信息化与社会责任"7 个分论坛
苏州 上海	6 月 12—15 日	城市更新与文化传承	"物质文化遗产保护：寻找城市的个性与标识"、"城市多元文化的融合与共生"、"城市文化创新与实践，创意产业与文化旅游"、"非物质文化遗产保护：延续城市的历史脉络讨论"、"跨文化交流与城市文化变迁"、"文化生态"6 个分论坛

地点	日期	主题	平行分论坛
无锡 上海	6月 20—23日	科技创新与城市未来	"科技创新保障城市安全"、"科技创新引领城市发展"、"科技创新提升城市竞争力"、"科技创新创造美好未来互动环节"4个分论坛
南京 上海	7月 3—6日	环境变化与城市责任	"低碳发展与气候变化应对"、"产业发展与绿色创新：生产和能源"、"公众参与绿色城市建设"、"城市环境综合治理和清洁能源发展"、"产业发展与绿色创新：可持续建筑"、"可持续的生产和生活模式"6个分论坛
绍兴 上海	9月 9—12日	经济转型与城乡互动	"城乡互动与公共服务均等化"、"增长模式转变与经济可持续发展"、"人口流动与社会融合"、"全球化背景下的城市群经济融合"4个分论坛
杭州 上海	10月 4—7日	和谐城市与宜居生活	"区域协同与城乡和谐"、"和谐城市与支撑系统"、"和谐城市与女性智慧"、"城市治理与社区参与"、"建成环境与宜居生活"、"社会保障与和谐城市"7个分论坛

4. 参观者服务周到细致

园区志愿者获得赞誉。世博会期间,共有79965名园区志愿者参与运行服务,其中包括1266名国内其他省区市志愿者和204名境外志愿者。这些志愿者分13批次,无私奉献、热情服务,为游客提供了129万班次、1000万小时约4.6亿人次的服务,获得了来自社会各界的称赞,被亲切地叫作"小白菜"。世博园区共设56个参观者服务点,向参观者提供问询接待、物品寄存、失物招领、物品租赁、母婴接待、残障援助、热水供应等一系列服务。园区内外设置19个临时医疗点,确保游客健康安全。世博会期间,共发放1亿份世博导览图,接待参观者问询108.5万人次。

内外联动力保交通通畅。园区内设有4条地面公交线路、5条观光线、1条轨道交通专用线、5条越江轮渡航线、8条水门航线。截至10月31日,园区内交通累计运送游客约1.8亿人次,为参观者游园提供了便捷的交通服务。建立了内外联动机制,为应对大客流,及时增加园区周边道路、停车场的交通管理力量,及时增加地铁、公交、出租车等运能,特别是在晚间离园高峰期间,增加公交车、出租车和地铁运行班次,确保游客顺利离园。

园区商业满足游客需求。园区公共区域餐饮面积约8.2万平方米,加上部分展馆内的83家特色餐厅,形成了正餐和快餐结合,中西美食汇聚的特点,丰富了游客的用餐选择。园区设有特许零售店、便利店及其他临时商业设施约2万平方米,展馆内纪念品商店155家,为游客提供了琳琅满目的世博纪念品。

5. 参展者服务主动高效

始终坚持"参观者有所想、组织方有所谋,参观者有所呼、组织方有所应,参观者有所求、组织方有所为",做深做细参展方运营服务工作,保证各展馆运行有序。30余家单位在参观者服务大厅内为参展方提供高效的一门式服务。切实为参展方人员入境、物资通关、入园、故障设备抢修、住宿接待和交通等各个方面提供便利和协助。世博会试运行和运行阶段顺利召开了 9 次上海世博会总代表指导委员会会议,在绿色通道使用标准、热门场馆排队、场馆预约、敏感问题处置等方面开展了有效的合作,改进了展馆运行。运行期间,组织者协助参展方共举办国家馆日活动、国际组织荣誉日仪式 191 场。组织上海 18 个区县与参展方结对,并组织参展方到长三角 15 个城市参加友谊日活动,促进了互信和友谊。

6. 世博安保细致严密

构建统一高效的世博指挥体系和统一指挥模式。园区安保经受住了百万以上超大人流、高频度警卫任务和各种突发事件的严峻考验。制定各类安保方案,确保安检、警卫任务、突发事件处置、秩序维护、排队管理、不法商贩整治等各项世博安保任务落实到位。

7. 新闻宣传充分及时

世博会期间,世博会新闻中心共接待了 18.6 万人次的中外记者。世博会国际广播电视中心提供 3 万多个小时的世博节目资源,充分满足了媒体的报道需求。中外媒体及时充分地对世博会开闭幕式、国家馆日活动、世博论坛、文化演出活动等开展了大量报道。

二、2011 年世博后续工作总体思路

1. 完成有关场馆拆除和移交工作

一是完成场馆拆除工作。世博会闭幕后,园区撤展相关工作随即启动。2010 年底,园区展馆内展览撤展工作基本完成,相关展馆拆除工作启动,至 2011 年 1 月,共有 7 个场馆完成展馆或地块交接。2011 年 5 月 1 日前,世博会各参展方要按期完成展品撤离和场馆拆除,完成土地或场馆的交接和验收工作。二是做好外国移交的自建馆后续开发管理工作,明确开发定位和管理模式,确保有关场馆得到有效利用。三是道路和场地方面,完成社会道路及相关交通设施向所在区的移交工作,基本完成园区路网对外开放,提高世博会地区交通便捷程度。开放部分滨江公共绿地,做好相关管理工作。

2. 做好世博会后续开发相关工作

深化并完成世博会地区后续开发利用规划,完成园区后续开发定位研究及相关区域业态策划,明确功能定位和开发进度安排。同时,做好园区过渡阶段的管理保障,制定相关工作实施方案并启动实施。抓紧推进世博博物馆筹建相关工作,目前参展方展品已基本收集完成,力争年内进行世博会纪念展。建立健全世博园区后续开发管理体制,落实主体、明确责任、全面推进。积极推进园区招商引资、项目储备、土地审批等前期工作,依照规划逐步启动园区后续开发建设。

3. 确保中国馆续展平稳安全有序

2010 年 12 月 1 日起,中国馆开始为期半年的续展。续展获得参观者欢迎,截至 2011 年 1 月 8 日,中国馆运行 39 天时参观人数累计达到 100 万人次,日最高客流达 4.7 万人次,各项运行工作平稳有序。2011 年,将继续做好中国馆续展相关各项工作,保障展馆相关设施正常运行,引导客流确保各项参观者服务、安保等工作平稳有序。做好中国馆续展闭幕前后相关工作,以及相关后续开发利用安排。

4. 做好世博经验总结等收尾工作

完成世博会经验总结,适时对外发布相关信息,扩大上海世博会的后续推动效应。认真做好世博会相关项目的审计决算工作,妥善做好世博会资产处置等收尾工作。

（上海世博会事务协调局）

1.3 财 政

一、2010 年财政运行基本情况

2010 年,上海主动服务改革发展稳定大局,坚定信心,迎难而上,团结奋进,着力拓展和充分发挥财政职能作用,不断提高财政运行的质量和效率,为实现全市经济社会平稳较快发展做出了新贡献。

(一)预算收支执行情况

全市地方财政收入 2873.6 亿元,比上年增长 13.1%,完成预算的 104.8%,加上中央财政与本市结算净收入 387.8 亿元,加上上年结转收入、调入预算稳定调节基金、动用历年结余、调入资金等 64.3 亿元,以及国家实施积极的财政政策,由财政部代理发行的本市地方政府债券收入 71 亿元,全市可以安排使用的财政收入总计 3396.7 亿元。全市地方财政支出 3302.9 亿元,增长 10.5%,完成调整预算的 106.3%,加上结转下年支出 33.1 亿元、市级和部分区县安排预算稳定调节基金 57.2 亿元,全市财政支出总计 3393.2 亿元。全市财政收支执行结余 3.5 亿元。

市本级财政收入 1393.2 亿元,增长 10.8%,完成预算的 105.1%,加上中央财政与本市结算净收入 387.8 亿元,加上上年结转收入、调入资金等 36.8 亿元,减去市对区县的税收返还和转移支付 550.5 亿元,加上国家实施积极的财政政策,由财政部代理发行的本市地方政府债券收入 71 亿元,市本级可以安排使用的财政收入总计为 1338.3 亿元。市本级财政支出 1278.7 亿元,增长 6.8%,完成调整预算的 109.6%,加上结转下年支出 33.1 亿元、安排预算稳定调节基金 26.5 亿元,市本级财政支出总计 1338.3 亿元。市本级财政收支执行基本平衡。

(二)财政运行情况

1. 财政收入任务圆满完成

2010 年,全市坚持依法理财治税,加强预算管理,严格收入征管,确保了年初既定收入目标圆满完成。全年收入预算执行呈现 3 个特点:一是消费和服务业对财政收入的拉动效应明显。二是"两个中心"建设对财政收入增长的支撑作用进一步增强。三是工业结构调整、效益改善对财政收入的增长发挥了重要作用。

2. 财政支出体现"三个聚焦"

2010 年,市本级年初预算安排坚持统筹兼顾、突出重点的原则,进一步调整和优化财政支出结构,努力体现"三个聚焦",即:聚焦惠民生、聚焦调结构、聚焦促和谐,各项重点支出得到较好保障。市本级"三个聚焦"支出合计 1072.1 亿元,占市本级财政支出的83.8%。

3. 认真落实市人大预算决议

按照市十三届人大三次会议有关决议,以及市十三届人大财政经济委员会的审查意见,紧紧围绕市委提出的"五个确保",立足当前、着眼长远,继续实施积极的财政政策,稳步推进财政管理制度改革,切实强化财政监督检查,着力完善公共财政体系,努力为"十二五"发展奠定更加坚实的财力基础、提供更加完善的财政体制机制保障。一是增强综合平衡能力,着力发挥财政政策在促进转变经济发展方式中的功能作用。二是坚持有保有压原则,着力保障和改善民生。三是积极稳妥地推进财税管理体制改革,切实增强财政政策导向功能。四是加强基础管理工作,提升财政预算管理水平。五是加大财政信息公开力度,提高财政预算透明度。六是加大财政监督检查力度,加快构建完善的长效监管机制。

二、2011 年财政发展总体思路

(一) 2011 年财政工作的指导思想

2011 年,上海财政将深入贯彻落实科学发展观,紧紧围绕市委确定的"六个着力",把"创新驱动、转型发展"贯穿落实到财政改革发展的各方面和各环节。进一步深化推进财政改革,建立健全与社会主义市场经济体制相适应的公共财政体系,加快构建有利于科学发展和转变经济发展方式的财税管理体制。结合实施积极的财政政策,进一步优化财政支出结构,着力完善财政政策体系,发挥财政政策在稳定增长、改善结构、调节分配、促进和谐等方面的作用。坚持依法理财、统筹兼顾和增收节支的方针,深入推进财政科学化精细化管理,继续从严控制一般性支出,进一步提高财政资金使用效益。

(二) 2011 年财政收支预算目标

2011 年,全市地方财政收入预算 3103 亿元,比上年增长 8%,加上中央财政与本市结算净收入 299.9 亿元、上年结转收入 33.1 亿元,全市地方财政收入总计 3436 亿元。全市地方财政支出预算 3436 亿元,增长 4%。全市财政收支预算平衡。

2011 年,市本级财政收入预算 1519 亿元,增长 9%,加上中央财政与本市结算净收入299.9 亿元、上年结转收入 33.1 亿元,减去市对区县的税收返还和转移支付 577 亿元,市本级地方财政收入总计 1275 亿元。市本级财政支出预算 1275 亿元,下降 0.3%。市本级地方财政收支预算平衡。

把 2011 年全市地方财政收入增长指标确定为 8%,与全市经济增长保持同步,主要考虑是:2011 年宏观经济形势总体向好,全市经济有望保持平稳较快发展,将有利于全市财政收入的持续稳定增长。但同时,外部经济环境依然较为复杂,一些重点行业收入增长面临回调压力,加上 2010 年上半年财政收入基数较高,以及国家结构性减税政策等因素,财政收入增长存在较大不确定性。同时,基于国家明确从 2010 年 12 月 1 日起对外资企业征收城市维护建设税和教育费附加,因政策调整而增加的市本级收入大于区县级收入,以及增长难度较大的房地产业收入主要集中在区县级。因此把市本级收入增长指标设定为 9%。

　　市本级支出预算在继续控制一般性支出的基础上,围绕"六个着力",统筹安排"公共财政预算"和"政府性基金预算"两本预算,进一步突出"五个重点":一是重点支持和促进创新驱动。二是重点支持和促进结构调整。三是重点支持和促进民生改善与社会建设。四是重点支持和促进城乡统筹。五是重点支持和促进城市管理与运行安全。

　　(三) 2011 年财政工作重点

　　1. 继续实施积极的财政政策,进一步完善支持和促进"转方式、调结构"的财政政策

　　综合运用多种财政政策杠杆,聚焦重点领域和关键环节,鼓励体制机制创新。一是整合扩大市级财政的"转方式、调结构"专项资金。二是鼓励和支持制造业特别是先进制造业主辅分离。三是积极实施扩大增值税征收范围改革试点。四是着力促进提高科技型中小企业的创新发展能力。五是进一步优化中小企业融资环境。六是有效推进创新载体建设。

扩大增值税征收范围改革

　　在生产性服务业领域扩大增值税征收范围是强化税收在促进经济发展方式转变中的作用,从制度上解决货物和劳务税制不统一,逐步消除重复征税,促进现代服务业发展的重要举措。2011年,上海将积极跟踪国家有关部门增值税立法,以及在一些生产性服务业领域扩大增值税征收范围试点的研究进程;同步与国家有关部门研究生产性服务业增值税扩围的相关问题,争取国家有关部门支持上海率先实施增值税扩围试点改革。

---

　　2. 加强财政统筹协调,大力推进以改善民生和加强社会管理为重点的社会建设

　　坚持保障和改善民生的优先方向,进一步调整和优化财政支出结构。一是全面推进落实国家和本市中长期教育改革和发展规划纲要。二是支持和促进完善覆盖城乡多层次的就业和社会保障体系。三是积极稳妥地推进医药卫生体制改革。四是建立健全保障性住房建设财政投入机制。五是深化推进收入分配制度改革。六是推进实施公交优先战略。七是着力强化城市运行安全和生产安全保障。

　　3. 全面实施新一轮市与区县财税体制改革,加快构建有利于转变经济发展方式的财税管理体制

　　全面深化完善"税收属地征管、地方税收分享"的市与区县财税管理体制改革。一是优化财政体制分配,促进区县经济发展方式转变。二是完善税收征管关系,促进市与区县经济联动发展。三是完善财政转移支付机制,促进区县基本公共服务均衡性。四是是强化基层组织财力保障,促进区县增强风险防范能力。

　　4. 着力深化财政预算管理制度改革,积极推进财政管理创新

　　按照提高预算完整性和透明度的要求,推进实施财政科学化精细化管理,切实提高财政运行的规范性、有效性。一是认真做好全市国有资本经营预算、社会保险基金预算的试编工作,加快建立和形成科学完整、有机衔接、公开透明的政府预算体系。二是进一步完善预算编制和执行管理制度。三是进一步完善财政信息公开机制。四是进一步强化财政支出绩效评价。

政府预算体系

我国的政府预算体系，由公共财政预算、国有资本经营预算、政府性基金预算、社会保障预算组成，全面反映政府收支总量、结构和管理活动。其中：公共财政预算，是政府凭借国家政治权力，以社会管理者身份筹集以税收为主体的财政收入，用于保障和改善民生、维持国家行政职能正常运转、保障国家安全等方面的收支预算；国有资本经营预算，是国家以所有者身份依法取得国有资本收益，并对所得收益进行分配而发生的各项收支预算；政府性基金预算，是国家通过向社会征收以及出让土地、发行彩票等方式取得收入，并专项用于支持特定基础设施建设和社会事业发展而发生的收支预算；社会保障预算，是政府编制的全面反映各项社会保障资金收支规模、结构和变化情况的计划。

5. 大力推进增收节支，确保财政预算收支平衡

努力完成财政收入预算，积极化解收支矛盾，确保完成预算任务。一是依法加强税收征管。二是规范非税收入收缴管理。三是将按预算外资金管理的收入（不含教育收费）全部纳入预算管理，依法取消预算外资金。四是坚决压缩一般性支出。五是进一步加强财政监督检查力度。

（上海市财政局）

1.4 税　　收

一、2010 年税收基本情况

2010 年,在市委、市政府和国家税务总局的正确领导下,上海紧紧围绕经济社会发展和世博会举办等重点工作,积极主动做好组织收入、落实政策、优化服务、强化征管等各项工作,全市税务工作取得了新成效。

1. 税收收入平稳增长,为经济社会发展提供可靠财力支撑

税收规模不断扩大。2010 年上海地区产生的国内税收总量(包括海关代征税)超过8000 亿元,占全国比重达到 10.3%。

表 1-4-1　2010 年上海市税务收入情况

	征收额 (亿元)	比上年增长 (%)	增收额 (亿元)
税收收入	5920.5	15.6	800.4
其中:不含证券交易印花税的税收收入	5615.2	17.3	827.9
其中:地方级税收收入	2500.5	15.5	335.3

整体增幅渐趋平稳。全市税收增长在经历了 2007 年的快速增长、2008 年的迅速回落,以及 2009、2010 两年的恢复性增长后,增幅渐趋平稳,经济和税收发展已进入高基数均衡增长时期。从周期看,税收相对于经济稍显滞后,具体表现为:经济回升时,税收缓慢回升;经济高涨时,税收大幅增长;经济回落时,税收缓慢回落,经济低迷时,税收深度下降。

二三产业齐头并进。2010 年全市二三产业税收增幅分别为 15.7% 和 18.4%,二三产业税收协调增长反映了上海大力发展现代服务业和先进制造业的成效。从行业看,工业、商业、金融、房地产、商务服务业、交通运输业税收占比超过九成。其中,2010 年房地产业和金融业比重分别为 11.7% 和 9.4%。

2. 税收政策全面落实,为经济社会发展提供有力的政策支持

认真贯彻落实上海国际金融中心、航运中心建设方面的营业税免税政策,贯彻落实增值税转型和小规模纳税人降低税负政策,继续落实企业研发费用加计扣除政策和高新技

术企业认定及相关政策。认真研究完善营业税差额征收管理办法,积极支持服务经济发展。认真落实房地产市场调控政策,调整上海市住宅开发项目土地增值税预征办法,加强土地增值税清算管理。2010年上海执行一系列结构性减税政策后,减税规模约297亿元,全年办理出口退(免)税达608亿元。同时,及时梳理现行税制与形成服务经济为主的产业结构不相适应的问题,提出"确定认定标准改进企业研发费用加计扣除办法"、"鼓励战略性新兴产业实施资产重组"、"支持人才引进,鼓励自主创新"、"进一步完善服务业税制"等政策建议,得到国家税务总局的高度重视。

3. 纳税服务与征收管理齐头并进,为经济社会发展提供良好治税环境

将全面落实政策作为纳税服务的重要内容,通过强化办税服务厅、税务网站、12366纳税服务热线功能及逐步完善纳税人呼声响应机制,加大政策宣传辅导和问题处理的力度,确保政策落实到位。在全市范围试点推行自助办税终端(ARM),搭建便利的信息化税企互动平台,提高服务效率。以简化、优化涉税行政审批手续及办税方式为抓手,围绕分类管理、集约联动和信息管税3条主线开展税源专业化管理新模式试点,致力于减轻纳税人的办税负担,提升征管质效,促进和谐共融。

二、2011年税收工作发展总体思路

(一)2011年税收工作指导思想

2011年是"十二五"规划的开局之年,是上海推动创新驱动、转型发展的突破年。无论从服务上海经济发展、实现产业升级和结构调整来看,还是从开展税收政策先行先试、实现税收职能和管理升级来看,上海税务都面临着十分繁重的改革任务。对此,全市各级税务部门将按照市委、市政府提出的把创新驱动、转型发展贯穿落实到经济社会发展的各方面和各环节,全面推进"六个着力",实现"十二五"经济社会发展开好局、起好步的要求,以及国家对上海率先开展税收政策试点改革寄予的期望,进一步认清形势,明确目标,奋发有为,奋力争先,通过强化税收的财力保障作用、深化税收的政策环境保障作用、提升税收的服务环境保障作用,逐步提升税收服务经济发展、服务社会建设的能力。

2011年,上海税收工作的指导思想是,坚持服务科学发展、共建和谐税收的工作主题,积极有效发挥税收职能作用,推进各项改革,大力组织收入,为推动创新驱动、转型发展取得实质性进展提供政策支持和财力保障;持续改进和优化纳税服务,强化税源专业化管理和信息管税,为推动创新驱动、转型发展取得实质性进展营造良好环境和氛围;加强队伍建设,推进反腐倡廉,为完成各项税收工作任务提供有力的政治和纪律保证。

2011年,国家初步安排上海市税收收入计划比2010年实际完成数增长10%左右,市人代会通过了地方财政收入增长8%的目标。总体分析,2011年收入形势基本看好,上海有信心克服经济发展中的困难,全面完成市人代会和国家确定的收入目标。

(二)2011年税收工作重点

1. 推进各项税制改革,率先实现创新突破

根据上海市转型发展的需求及重要性、可能性等原则,对现行税制进行重点突破和率先试点。一是配合国家做好在部分生产性服务业领域扩大增值税征收范围的改革试点。二是全力做好个人住房房产税改革试点的各项工作。针对出现的新情况、新问题,通过案

例分析研究,对试点政策进行深化和细化。在法律法规的框架下,加紧研究建立健全适合房产税个人纳税人特点的税收征管、纳税服务的制度和具体措施,推进政府部门间的电子信息共享机制,提高管理和服务的效率,方便纳税人办理涉税事项。三是完善税收征管体制。一方面要抓紧做好户管调整工作,确保对纳税人的服务及管理实现无缝衔接;另一方面要优化税务机构设置,实施专业化、信息化管理,为建立适合上海大都市特点的税收征管模式进行有益探索。

2. 全面落实已出台各项政策,确保政策取得实效

深化落实国务院关于推进上海加快发展现代服务业和先进制造业、建设国际金融中心和国际航运中心的税收政策,配合扩大跨境贸易人民币结算业务开展,加快人民币结算业务的退税进度。进一步落实洋山航运企业税收优惠政策,用足用好航运保险税收优惠政策,支持设立在洋山保税港区经营 SPV 业务企业的发展。落实上海期货交易所期货保税交割业务的相关税收优惠政策。认真落实鼓励就业再就业、加快中小企业发展等方面税收优惠政策。继续贯彻落实企业研发费用加计扣除、离岸服务外包业务免征营业税和技术先进型服务企业减免企业所得税的政策。完善营业税差额征收管理,进一步体现税收政策对全市新兴业态做大做强的支持。落实增值电信业务统一营业税税率的政策,促进电信网、互联网、广电网融合发展。在政策落实过程中,要加强对税收政策执行情况的检查,健全反馈机制,开展效应分析评估,并通过开展税收执法专项督察,确保税收政策取得实效。

3. 加强政策储备研究,争取早日出台

面对上海率先发展的特点和各种新兴业态出现后对政策突破的需求,除了要寻找现有政策支持的切入点、契合点用足用好政策以外,还要针对可能成为制约转型发展的税制税政瓶颈问题,深入开展调研,具体包括:从支持服务经济发展的角度,加快研究新兴业态的税收政策;对合伙制外商投资股权投资企业制订相关配套税收政策问题继续深化调研;研究推进个人税收递延型养老保险试点、启运港退税政策方案,以及支持国资国企改制的涉税政策问题。

（上海市地方税务局）

1.5　国际金融中心建设

一、2010 年上海国际金融中心建设基本情况

2010 年,上海认真贯彻落实国发[2009]19 号文件精神,以金融市场体系建设为核心,以金融改革创新开放先行先试和营造良好金融发展环境为重点,加快推进上海国际金融中心建设,取得了新的重要进展。

1. 金融市场体系进一步完善

金融期货市场正式启动,沪深 300 股指期货合约平稳推出。全国银行间市场贷款转让交易系统正式运行。上海股权托管交易中心挂牌成立。全球首家专门以基础设施为标的物的融资交易平台——上海国际基础设施融资交易中心揭牌。保险交易市场建设稳步推进。张江高新区企业进入代办股份转让系统试点准备工作顺利推进。期货保税交割业务试点正式启动。信托登记服务体系建设以及在上海建立全国性的信托受益权转让市场等工作也在稳步推进之中。

2. 金融市场保持平稳较快运行

存贷款规模快速增长。2010 年末,上海中外资金融机构本外币各项存款余额 52190亿元,比上年增长 17.0%,全年新增本外币存款 7607.7 亿元;本外币各项贷款余额34154.2 亿元,增长 15.1%,全年新增本外币贷款 4493 亿元。新增企业贷款主要投向第三产业,同时对中小企业信贷支持力度明显加大。金融市场交易持续活跃。全年上海金融市场(不含外汇市场)交易总额 386.2 万亿元,比上年增长 53.9%,其中:股票成交额30.4 万亿元,继续位列全球第三,仅次于纳斯达克交易所和纽约交易所;沪市总市值 17.9万亿元,保持全球第六的排名。市场融资功能稳步提升。全年银行间债券市场筹资合计达到 16253.5 亿元;金融机构、企业在上海证券市场筹资 7585.1 亿元,增长 96.1%。保费收入快速增长。2010 年,上海保险市场保费收入 883.9 亿元,比上年增长 32.9%。

表 1—5—1　2010 年金融机构、企业直接融资情况

	2010 年	比上年增长(%)
上海证券市场(亿元)	7585.1	96.1
其中:股票(亿元)	5532.1	65.5
公司债(亿元)	2053	291.3

续表

	2010 年	比上年增长(%)
银行间债券市场(亿元)	16253.5	−12.6
其中:企业债(亿元)	3561.1	−16.3
短期融资券(亿元)	6742.4	46.2
中期票据(亿元)	4924	−28.5
商业银行债券(亿元)	929.5	−67.3

注:表中不含政策性银行直接融资数据,不含资产支持证券数据。

3. 金融机构体系不断健全

至 2010 年末,上海新增各类金融机构 63 家,总数达到 1049 家,其中:银行业 236 家,证券业 136 家,保险业 319 家,地方政府监管类金融机构 136 家,外资金融机构代表处 222 家。大型金融机构功能中心不断集聚上海,持牌经营的中行贵金属业务部、农行私人银行部、民生银行票据中心落户上海,中国人保、太保获保监会批复在沪设立航运保险运营中心。消费金融公司、汽车金融公司等各类消费金融机构加快发展,全国首家消费金融公司——中银消费金融有限公司挂牌运营。澳新银行中国法人子行在沪注册。梅隆西部基金管理公司落户上海。股权投资企业、小额贷款公司、村镇银行等新型和准金融机构发展迅速。

4. 金融产品和业务创新不断推进

跨境贸易人民币结算试点企业范围进一步扩大,结算业务量快速增长。至 2010 年末,上海地区试点企业由首批 92 家增加到 1.6 万家,累计结算额达 743 亿元。证券公司融资融券业务试点正式启动,上海有 5 家券商获得试点资格。银行间市场信用风险缓释工具、超短期融资券陆续推出。金融租赁公司发债正式启动,交银租赁公司在银行间市场成功发行 20 亿元债券。上汽通用成功发行国内首单汽车金融公司金融债券。个人本外币兑换特许业务试点由 1 家扩大到 4 家。中国外汇交易中心启动人民币对林吉特、卢布等小币种交易。交银金融租赁公司、招银金融租赁公司在上海综合保税区成功设立首批单船、单机项目公司,正式开展船舶、飞机融资租赁试点。基于新版上海出口集装箱运价指数(SCFI)的衍生品在一些海外机构推出。

5. 金融对外开放稳步扩大

外资法人银行发行人民币债券获得进展,三菱东京日联银行(中国)有限公司在银行间债券市场发行 10 亿元金融债券。外商股权投资企业试点工作稳步推进,国内首家合伙制外资股权投资企业、首家合伙制外资股权投资管理企业在上海成立。率先开展外商投资股权投资企业试点、新型国际贸易结算中心试点。境外机构在境内开立人民币结算账户、境外银行参与境内银行间市场获得突破,境外央行、港澳人民币清算行、跨境贸易人民币结算境外参加银行等三类机构获准运用人民币投资银行间债券市场。劳合社中国再保险公司获得直保业务牌照。沪港、沪台金融合作不断加强,与香港特区政府签署《关于加强沪港金融合作的备忘录》,在上海召开了沪港金融合作第一次工作会议;交通银行、浦发银行、上海银行等获批开展新台币和人民币双向兑换业务,台湾第一商业银行、台湾土地银行、国泰世华银行等 3 家台资银行在沪开设分行。

6. 金融发展环境继续优化

成功举办 2010 陆家嘴论坛,以及上海国际金融中心建设领导小组国际咨询委员会第三次会议。继续做好国内外金融机构的引进和服务工作,加强政策宣传及推介。进一步加强上海金融稳定机制建设,印发《关于贯彻国务院办公厅通知进一步做好打击非法集资工作的通知》,构建市有关部门、各区县相互协作的打击非法集资活动联动机制。继续完善落实金融业扶持政策,认真开展金融人才奖申报材料审核、发放工作,积极推进 2010 年度金融创新奖评审工作。

7. 金融国资国企改革不断深化

研究制订金融国资国企管理基本制度,与市国资委签订市属金融国资委托监管协议,明确由市金融办代为行使市属金融企业国有出资人监管责任。研究制订《上海市属金融企业国有资产监督管理试行办法》、《市属金融企业经营业绩考核评价实施办法(试行)》、《市属金融企业重大事项管理暂行办法》、《市属独资金融企业国有资产监督管理暂行办法》等文件,初步建立市属金融企业国资管理制度体系。推动市属金融企业制订三年行动计划,指导市属金融企业明确发展定位、发展目标和任务措施。完成市属金融企业 2009 年绩效考核工作,研究并落实市属金融企业 2010 年和任期考核约定方案。进一步推进市属金融国资国企资源优化配置和重组上市。

8. 金融服务经济社会发展能力不断提升

不断加强金融对战略性新兴产业、现代服务业、先进制造业、文化创意产业、高新技术产业、中小企业的金融支持,制订出台一系列相关政策措施。积极推进股权投资企业、小额贷款公司和村镇银行发展。至 2010 年末,全市已有 193 家内资股权投资企业、227 家内资股权投资管理企业、47 家外资股权投资管理企业、1 家合伙制外资股权投资企业、1家公司制外资股权投资企业;58 家小额贷款公司获批筹建,50 家小额贷款公司已正式开业;5 家村镇银行开业,1 家获批筹建。继续加强对民生项目的金融支持,研究推动公共租赁房投融资平台建设,研究公共租赁住房开发建设的投融资方案,完成市政府实事项目"在市郊大型居住社区等地新建 1000 台银联 ATM 机"。

二、2011 年上海国际金融中心建设总体思路

2011 年,上海将继续深入贯彻落实国务院 19 号文件精神,认真实施《上海市推进国际金融中心建设条例》,按照"一个核心、两个重点"的推进思路和"创新驱动、转型发展"对金融服务的新要求,着重推进以下工作:

1. 加强金融市场体系建设,拓展金融市场功能

加快发展债券市场,支持银行间、交易所债券市场协同发展,积极推进建立统一互联的债券交易结算体制,扩大债券市场的深度和广度。推进科技园区非上市公司进入代办股份转让系统进行股份转让试点,加快建立与统一监管下的全国性场外市场相衔接的区域性非上市公司股份转让市场。推进期货品种开发上市,积极发挥股指期货功能。推进

金融衍生产品市场的进一步发展。积极推进保险交易所、票据市场、信托受益权转让市场建设,扩大贷款转让市场规模。

2. 扩大金融对外开放,提高国际化程度

加快推进符合条件的境外企业在境内发行人民币股票的工作,加大力度推进跨境 ETF 产品在上海证券交易所上市。推动境外机构和企业在境内发行人民币债券,加快境外上市公司在境内发行人民币公司债进程。进一步扩大跨境贸易人民币结算试点,拓展人民币走出去渠道,完善人民币回流投资渠道,吸引更多境外人民币资金直接参与境内金融市场。研究向境外人民币持有主体更多开放上海金融市场的思路和举措。丰富人民币对外汇交易的品种,发展成熟的、有深度的人民币外汇市场。深化沪港金融合作,推进上海与香港的证券产品合作,支持沪港两地银行共同开发人民币跨境贸易融资、银团贷款等业务。

3. 提升金融服务水平,促进经济转型发展

积极争取开展个人税收递延型养老保险产品试点。进一步扩大保险资金项目投资领域,如投资公共租赁住房、土地储备开发及医疗卫生和养老机构等。发挥资本市场作用,促进本市国资国企优化重组和整体上市。进一步加强上海各类上市资源培育,促进上海企业改制上市工作。加强金融对新型国际贸易结算中心、中小企业、改造提升制造业、文化产业发展、"三农"等方面的支持力度。提升保险社会管理职能的创新能力,推动相关责任保险发展,推进社区综合保险升级。探索建立市区联动的金融服务工作机制。进一步推进航运金融工作。

4. 集聚发展金融机构、壮大金融机构体系实力

继续探索金融机构综合经营试点。深化市属金融国资国企改革,支持国内大型金融机构在上海设立总部或具有总部功能的机构,吸引更多金融机构入驻。继续吸引台资金融机构集聚上海,加强沪台金融交流与合作。积极鼓励有条件的金融机构"走出去",加快国际化步伐。鼓励银行、证券、保险、基金、期货等金融机构发展壮大。深化本市小额贷款公司试点,推进本市融资性担保行业规范发展,促进本市内外资股权投资企业快速发展。研究在上海建立和培育壮大债券发行担保机构。鼓励国内外信用评级机构在沪发展。推动和规范非金融机构支付服务组织发展。

5. 改善金融发展环境,巩固金融发展基础

加强金融监管环境建设,探索建立贴近金融市场的金融监管体制机制,争取金融管理部门部分与金融市场相关的审批权下放到其在沪的分支机构。进一步健全有利于人才集聚的体制机制,落实好鼓励金融创新和吸引高层次金融人才的政策措施。积极支持和促进信用评级、资产评估、投资咨询、会计审计、法律服务、金融资讯等与金融相关的各类专业服务业发展。加强金融信用体系建设,积极推动在上海建立我国金融资讯信息服务平台和全球金融信息服务市场。编制发布上海金融景气指数。研究上海国际金融中心服务全国的更多措施。发挥金融稳定工作机制作用,维护金融安全与稳定。加快《上海市金融集聚区布局规划》的完善和报批,推进金融集聚区建设。

（上海市金融服务办公室）

1.6　国际航运中心建设

一、2010年上海国际航运中心建设基本情况

2010年,在国发19号文引领下,上海以国际航运发展综合试验区建设为载体,以完善优化现代航运集疏运体系和现代航运服务体系为重点,积极谋划上海国际航运中心建设发展规划,全力以赴推进国际航运中心建设,各项工作取得实质进展。

(一)推进上海国际航运中心建设主要工作

1.推进现代航运集疏运体系优化的重点项目建设

航空方面,虹桥综合交通枢纽工程顺利竣工,虹桥机场2号航站楼投入运营;实施《调整上海地区空域结构方案》,完成世博期间上海地区空域调整、新辟航路航线、调整班机航线等工作。港口方面,有序推进洋山深水港区四期前期工作。内河航道方面,有序推进赵家沟、大芦线一期、杭申线、黄浦江(泖港段)、大芦线二期(大治河段)等项目建设。铁路方面,正式建成开通沪宁、沪杭城际高速铁路;有序开展京沪高铁建设、沪通铁路前期工作;继续优化调整城市货运站布局;利用沪宁、沪杭原有线路能力的释放,打造海铁联运快速货运产品。公路方面,加速推进郊环北部越江通道项目前期工作。

2.完善现代航运服务体系,提升航运服务能力

一是努力创建和集聚功能性的航运服务机构。筹建一批功能型航运服务机构,建立航运经纪人制度。积极推进建立中国船员评估中心、船员服务行业协会的各项工作。成立工作组争取中国船舶油污基金管理中心落户上海。二是实施《船舶交易管理规定》。引导和规范船舶交易市场健康发展。建立中国船舶交易信息平台。三是提升口岸服务环境。制订《完善优化"一门式"口岸通关服务中心布局方案》,加快推进洋山、浦东机场、北外滩和外高桥地区的"一门式"口岸通关服务中心建设工作。四是提高港航信息化水平。编制形成上海国际航运中心综合信息共享平台规划方案,启动综合信息共享平台一期项目。

3.探索建立国际航运发展综合试验区

一是加强政策创新研究。形成《关于深化落实国发19号文加快推进上海国际航运发展综合试验区方案研究》,提出16项需要重点推进的事项。二是深化水水中转集拼业务。实现水水中转箱从外地口岸转关至洋山陆上园区并退税。三是大力发展保税展示业务。四是推进启运港退税政策试点。重点与湖北省、山东省加强合作,研究形成青岛—洋山、武汉—洋山直达航线的试点方案和新的实施细则。五是深化落实洋山保税港区航运企业免征营业税政策。对新成立并注册在洋山保税港区内的航运、仓储、物流、装卸企业(不含

上海市企业设立的分支机构),除特大型企业外,将企业实际缴纳的税款中可返还区县的部分,返还给招商单位所在的区县。

4. 积极发展航运金融服务

一是启动单机单船融资租赁项目。交银租赁和招银租赁的 6 家融资租赁项目公司相继注册浦东机场综合保税区和洋山保税港区。二是推动期货保税交割业务取得突破。积极向国家有关部委争取政策支持,在洋山保税港区对进口保税储存的铜和铝 2 个品种通过上海期货交易所开展保税期货交割业务试点。三是推进上海出口集装箱运价指数(SCFI)应用。四是促进航运保险业务发展。推动试行无船承运业务经营者保证金责任保险,鼓励和引导保险公司积极进行产品创新和服务创新,开发适应市场需求和符合上海特点的无船承运人业务经营者保证金责任保险产品。

5. 促进和规范邮轮产业发展

一是加快推进吴淞口国际邮轮码头建设。完成吴淞口国际邮轮码头一期泊位建设,加快建设吴淞口国际邮轮码头客运站体。二是落实境外大型邮轮沿海港口多点挂靠政策。积极落实邮轮通关便利措施,全天候办理邮轮报检等手续。为邮轮多点挂靠监管提供信息服务,实行邮轮安全航行全程监控。

(二)上海国际航运中心建设的主要成效

1. 现代航运集疏运体系进一步优化,综合服务能力显著提升

2010 年末,浦东、虹桥两机场已形成 5 条跑道、4 座航站楼的规模,可保障高峰日2400 架次起降。外高桥六期主体工程建成开港。全线贯通长江口深水航道三期工程12.5 米水深航道,初步形成连通江浙的高等级内河航道网络。上海与江浙联系的高速公路增加到 8 条、48 车道,其他公路通道达到 23 条、74 车道,疏港货运通道路网结构得到进一步优化。虹桥枢纽高铁车站投入运营。上海全年各种运输方式完成货物运输总量81023.9 万吨,比上年增长 5.3%。旅客发送总量 13431.7 万人次,增长 20.6%。全年上海港口货物吞吐量达到 6.5 亿吨,增长 10.4%。

表 1—6—1　2010 年上海货物运输量与旅客发送量

指　标	单　位	绝对值	比上年增长(%)
货物运输量	万吨	81023.9	5.3
铁　路	万吨	958.5	1.8
水　运	万吨	38803	2.2
公　路	万吨	40890	8.3
机　场	万吨	372.3	24.8
旅客发送量	万人次	13431.7	20.6
铁　路	万人次	6094.7	18.1
港　口	万人次	89.6	−0.2
公　路	万人次	3634	21.3
机　场	万人次	3613.4	25

表1－6－2　2010年上海港口服务能力

指　标	单　位	绝对值	比上年增长(%)
港口货物吞吐量	亿　吨	6.5	10.4
港口集装箱吞吐量	万国际标准箱	2906.9	16.3
浦东、虹桥机场航班起降	万架次	55.1	15.5
进出港旅客	万人次	7170.1	25.8
国内航线进出港旅客	万人次	5098.8	24.7
国际航线进出港旅客	万人次	1509.6	29
地区航线进出港旅客	万人次	561.8	27.8

2. 现代航运服务体系不断完善,服务能力逐步提高

一是航运服务机构进一步聚集。相继成立上海船舶交易市场经营管理有限公司、船舶保险公估有限公司、航运运价交易有限公司、上海国际航运信息中心、上海船舶登记中心等航运服务机构。二是船舶交易信息服务功能凸显。至年末,全国已有26家船舶交易机构已成为上海航交所的"中国船舶交易信息平台"会员。平台共公示成交船舶91艘次,共接受1057艘次船舶的成交信息报送。三是口岸服务环境进一步改善。上海口岸"一单两报"试点方案基本成型,转入实质性推进阶段,完成了3家试点企业"一次录入、分别申报"的报检和报关业务流程测试。

3. 国际航运发展综合试验区建设不断创新突破

一是水水中转集拼业务大幅拓展。相继开拓厦门、南京、大连、重庆、南通、江阴、连云港及武汉等8个口岸的集货渠道。二是保税展示业务开始运作。洋山保税港区进口汽车常年展厅正式揭牌运作,初步在洋山保税港区形成以"常年展示、保税库存、先检后报、三港联动"为特点的进口汽车保税展示新模式和新平台。由中航工业与上海临港集团共同推动建设的洋山保税港区航空保税展示馆开馆运营。洋山保税港区航运企业免征营业税政策得到进一步落实。

4. 航运金融服务业发展迈上新台阶

一是单机单船融资租赁项目取得实质性进展。截至2010年末,交银租赁、招银租赁公司的5架飞机项目和1艘远洋方便旗船舶项目率先实现试点运作,国银租赁20架飞机项目在机场综保区设立了项目公司。二是期货保税交割业务取得突破。在洋山保税港区对进口保税储存的铜和铝通过上海期货交易所开展保税期货交割业务试点,获得国家有关部门批复。三是上海出口集装箱运价指数(SCFI)金融衍生品应用取得进展。摩根斯坦利与欧洲Delphis航运公司以SCFI为结算标准,采用场外现金结算的掉期合同形式,达成集装箱运价掉期协议。2010年国际航运市场据SCFI完成对冲交易已累计到1000万美元以上。四是航运保险业务稳步发展。保监会批复中国人民财产保险股份有限公司、中国太平洋财产保险股份有限公司在上海试点设立"航运保险运营中心"。

二、2011 年上海国际航运中心建设总体思路

（一）发展形势和面临挑战

从世界范围看,全球经济正在逐渐复苏,但影响全球经济的不确定性因素很多,世界国际航运业务回暖还面临许多挑战。从国内看,我国经济保持平稳较快发展的势头,将为上海国际航运中心建设提供有力的支持。长江三角洲地区区域规划获得正式批准实施,将成为上海国际航运中心建设的强大推动力。上海加快转变经济发展方式和产业结构调整,将加速促进国际航运中心建设。一方面,国家和上海将继续加大对现代服务业的政策倾斜,将使现代航运服务体系建设得到有效推动;另一方面,国际金融中心建设的加速推进,有助于加快形成以航运金融、航运保险等为主体的高端航运服务高地。

同时,上海国际航运中心建设也面临着诸多挑战。航运相关法律、鉴证、评估、代理、咨询、经纪、交易等中介服务机构规模较小、专业化和国际化程度不高的局面有待进一步改善。口岸通关环境和发达国家相比仍有差距,航运金融服务水平有待提升,航运相关税收政策有待进一步完善,航运复合型人才相对缺乏。港口集疏运结构还需进一步优化。港口集疏运方式仍以公路为主,大量集装箱卡车频繁往返于长三角地区,加剧了城市交通拥堵;铁路设施与港口缺乏紧密衔接,海铁联运等多式联运发展速度有待进一步提升;洋山港支线数量不足,缺少近海专用泊位,限制了港口作业效率和功能的进一步发挥;上海空域资源紧张与航空需求增长之间的矛盾日益突出,基地航空公司的国际竞争实力有待全面提升。

（二）发展思路和任务举措

2011 年,上海国际航运中心建设将继续深入贯彻落实国务院[2009]19 号文件精神,依托"两个中心建设"部际协调会议机制,加强与中央部委的沟通,紧紧围绕集疏运体系和航运服务体系建设,深化综合试验区政策研究,力求硬件建设与软件完善相结合,落实政策与探索创新相结合。加快推进启运港退税、报检报关"一单两报"等创新试点,加快发展航运经纪、船舶交易、航运金融、航运保险、航运仲裁、现代物流等航运服务业。推动"三港三区"、北外滩等航运服务集聚区建设,争取综合试验区先行先试政策有进一步突破。

1. 进一步优化现代集疏运体系建设

支持上海港航企业与沿海、沿江、长三角地区港航企业开展多种形式合作,促进跨区域联合。继续推进洋山深水港四期前期、启动外高桥七期前期研究。推进杭申线、黄浦江(泖港段)等航道工程及配套港区建设,推进洋山深水港区进出港航道以及长江口航道与外高桥、罗泾港区间航道疏浚工作,建立航道维护长效机制。推动江海直达船型的实际应用,进一步提高水水中转比例。促进绿色港口建设,推进岸基供电等港口节能减排项目实施。开展郊环北部越江通道前期研究,改善集装箱道路运输环境,完善港口周边区域交通组织。利用既有线路能力释放,加快发展海铁联运。推进《调整上海地区空域结构方案》落实,提高空域可用资源与上海航空枢纽建设发展的匹配度。

2. 积极提升航运服务功能和水平

优化口岸环境,完善一门式通关服务,启动报检报关"一单两报"试点。依托相关企业,加强交通电子口岸建设,推进航运中心综合信息平台规划实施。发挥上海航交所船舶

交易和运价信息汇聚优势，深化船舶交易信息平台建设，推进航运运价衍生品交易业务发展。继续支持船舶交易、航运咨询和航运仲裁等航运服务业发展，大力扶持发展航运经纪业。争取海关总署支持，出台国际航行船舶物料供应监管办法，营造良好的港口环境。编制物流发展规划，完善物流服务体系。研究物流服务与进出口贸易的无缝衔接，提升中资航运、物流企业服务。研究甩挂运输新模式，推动甩挂运输市场发展。推进船员市场建设，加强航运复合型人才培养，吸引航运高端紧缺人才入沪。

3. 努力推进国际航运发展综合试验区建设

继续创新特殊监管区监管模式，切实发挥"三港三区"整体优势，促进上海港干支线集装箱中转一体化，优化上海口岸拆拼箱业务通关流程和环境。争取期货保税交割、融资租赁等业务规模有较大幅度提高。研究并尝试建立中资船舶特殊登记制度，发挥船舶集聚对航运服务业集聚的带动作用。推动各区县积极招商航运企业落户洋山，加速国内外航运企业集聚。落实启运港退税政策试点，争取逐步扩大实施范围。实施上海口岸报检报关"一单两报"试点。深入研究综合试验区港口费收优惠政策、特殊监管区域"境内关外"政策、保税物流跨关区联动操作办法，为进一步争取国家支持做好准备。

4. 推进邮轮产业发展

推进吴淞国际客运码头建成运营。规范国际邮轮票务代理和船舶代理市场。发展邮轮供给、水陆联动服务和相关信息服务产业。争取国家有关部门支持，研究形成允许境内外企业在上海注册设立邮轮公司、开展相关经营业务的方案。举办"中国国际邮轮产业发展高峰论坛"。

5. 完善保障机制

依托上海"两个中心建设"部际协调机制，加强与国家部委沟通，切实解决推进工作中的困难和问题。研究建立"上海国际航运中心建设专项资金"，努力培育航运要素市场及相关航运产业发展。深化航运立法研究，起草推进国际航运中心建设条例或航运中心建设相关专项立法的建议。建立上海国际航运中心建设统计指标体系，开展航运中心建设相关政策实施效果后评估工作。进一步完善航运中心建设日常推进机制。

（上海市发展和改革委员会、上海市建设和交通委员会）

1.7　国际贸易中心建设

一、2010 年上海国际贸易中心建设基本情况

2010 年是"十一五"规划落实的最后一年,也是加快推进上海国际贸易中心建设的重要一年。面对复杂多变的国内外经济环境,在市委、市政府的正确领导下,全市商务贸易领域紧紧抓住世博会举办的重大机遇,一手抓服务保障世博,一手抓推动商贸发展,使上海国际贸易中心建设取得了良好进展。2010 年,全市商品销售总额 37383.3 亿元,为 2005 年的 2.9 倍。外贸进出口总额 3688.7 亿美元,是 2005 年的 1.98 倍;口岸进出口总额 6846.5 亿美元,是 2005 年的 1.95 倍。服务贸易进出口额从 2005 年的 324 亿美元上升到 2010 年的 1000 亿美元左右,年均增长约 25%,占全国比重 28%。

1. 贸易市场体系更加完善

2010 年,全市 1000 多家商品交易市场成交额达 5600 亿元,规模以上 74 家商品交易市场成交额达 4480 亿元,其中钢铁、有色金属、白银等市场价格已成为全国市场风向标。上海石油交易所推出我国能源要素市场的第一笔 LNG 和 LPG 现货竞买交易。上海被商务部认定为全国流通领域现代物流示范城市,医药、危险化学品、冷链、汽车等专业物流服务能力在全国领先,A 级物流企业达 94 家,其中 5A、4A 级物流企业 49 家,占 52.2%。

2. 贸易便利化程度进一步提高

进一步推进跨境贸易人民币结算业务,截至 2010 年末,上海共有 16468 家企业获得跨境贸易人民币结算试点资格,跨境贸易人民币结算额达 746 亿元。2010 年,上海海关根据海关总署的统一部署,深入分类通关改革。目前,上海海关 60% 的进口报关单和 97% 的出口报关单均已纳入改革范围,7 家企业试点"报关单证集中代存"模式,口岸通关效能显著提升,有力促进了贸易便利化

3. 贸易环境进一步改善

2010 年,上海海关大力推进政务公开,深化门户网站建设,探索建立行政执法的动态公开机制,规范贸易秩序,保障贸易安全。开通启用"12360 服务热线",建立"统一受理、后台协作、统一回复"的工作模式,向社会提供"一站式"的咨询投诉、信访举报、政策解读等服务,形成海关与社会之间的良性互动机制。加大知识产权边境保护力度,建立健全进出口货物知识产权状况预确认制度,支持国家品牌战略,配合有关部门对国内名牌商品、出口创汇能力强的商品、科技含量高的商品和自主创新类的产品进行重点保护,坚决打击进出口领域内的假冒、盗版、侵权等行为,净化上海口岸贸易通道,提升"中国制造"的对外

形象。此外,做好大型展览会、文体赛事的通关安保服务,为保障供应链安全,汇聚上海商贸人气、营造和谐商贸氛围提供支持。

二、2011 年上海国际贸易中心建设总体思路

2011 年是"十二五"开局之年,是上海"创新驱动、转型发展"的突破之年,上海将紧紧围绕国际贸易中心建设,着力加快现代市场体系建设,着力提升开放型经济的水平,着力发挥重要贸易平台的支撑作用,着力营造更具竞争力的商务发展环境,着力加强自身建设,进一步构建大开放、大市场、大流通的发展新格局。

1. 着力加快现代市场体系建设,加快构建搞活流通扩大消费的长效机制

大力促进交易市场和物流现代化。加快完善全市商品市场体系,促进本地市场与国际国内市场联接,增强市场辐射和资源配置功能。着力建设国家级大宗商品电子交易示范市场,积极培育新型大宗商品和消费品电子交易市场,鼓励和引导传统商品市场转型升级。大力发展现代物流,引导企业运用供应链管理和信息技术推动物流专业化、社会化发展。发挥大型物流资源交易平台集成优势,对接大宗商品市场、传统贸易商以及农产品生产基地,提升资源配置能力。继续推进长三角物流一体化建设,落实与广西、海南等地的物流合作重点项目。加快推进城市配送物流,形成高效、绿色、便捷的城市配送物流服务体系。支持洋山、外高桥、浦东空港等重点物流园区拓展功能,促进贸易与物流融合发展。加快打造新车销售、二手车交易、报废机动车回收为一体的汽车流通产业链。深入推进全市再生资源回收体系,促进节能减排和循环经济发展。推动药品流通行业结构调整,进一步完善全市药品流通市场体系。

在扩大消费中提升市场流通水平。用足用好国家及本市扩内需、促消费政策,深入做好家电下乡和以旧换新等工作,保持和增强政策效应。组织开展以"上海购物节"为重点的各类营销活动,不断激发消费热情,充分挖掘消费潜力。积极培育新的消费热点,发展体验消费、休闲消费、文化消费、健身消费,满足多层次的消费需求。加快推进市、区两级商业中心进行结构调整,实施差异化战略,形成经营特色和商业氛围;鼓励和支持有条件的商业中心建设成为集展示、交易、零售、发布等功能于一体具有专业特色的商贸功能区。加快推进特色商业街建设,进一步做深做特、发展规模,提高特色商业街集中度。支持商贸流通企业做大做强,鼓励和引导企业整合产业链,完善服务链,实现开放性的兼并重组,促进集团化、连锁化、集约化经营。认真组织开展打击侵犯知识产权和制售假冒伪劣商品专项行动,整顿和规范市场秩序,营造安全便利的消费环境。大力推进商务信用建设,开展"诚信经营"创建活动,积极发展中小商贸企业信用销售和融资担保。

2. 着力提升开放型经济的水平,加快形成参与国际经贸合作与竞争的新优势

切实转变外贸发展方式。继续推进国家汽车及零部件出口基地和国家科技兴贸创新基地(生物医药)基地等国家级出口基地建设,重点推进大虹桥服装服饰等出口创新基地建设,提升品牌创意设计能力,提高出口产品的竞争力和附加值。积极推动加工贸易从单一加工环节向上下游产业链延伸,并为其扩大内销创造条件。建立海外营销中心,鼓励企业加大市场开拓力度。努力扩大进口特别是高端产品进口,认真梳理影响进口的制度障碍,加快搭建更好的服务平台,使展示、售后服务、物流、金融、维修服务融合发展,增强上

海高附加值产品进口集散功能。充分利用两岸四地经贸合作和我国与东盟等达成的自贸区协议，扩大对台港澳地区和自贸区的进出口。继续推进跨境贸易人民币结算试点，发挥出口信用保险对增强企业抗风险能力的积极作用。推动大型跨国公司和各类进出口企业共同发展，特别是民营企业发展。充分发挥保税区的作用，努力推动保税区从出口加工向离岸贸易、离岸研发、服务外包、数据服务等方面发展，成为上海"四个中心"建设的前沿阵地和突破口。

3. 着力发挥重要贸易平台的支撑作用，加快实现国际贸易中心的功能性突破

加快国家级会展平台建设。扎实做好虹桥大型会展设施前期工作，争取年内尽快开工。按照统筹规划、合理布局的原则，完善全市展览场馆的功能调整和配套设施建设，形成"东西联动、错位竞争、优势互补"的新格局。完善会展扶持政策，规范行业秩序，创造会展业发展的良好环境。抓住后世博机遇，大力发展品牌展会，吸引国内外知名品牌展会落户上海，进一步做强工博会、跨采大会、华交会等国家级品牌展会，做大世贸商城等常年展，提高上海会展业的整体竞争力。

促进电子商务平台建设。充分发挥全市电子商务联席会议作用，在政策、标准、监管、服务等方面创新思路，优化电子商务发展环境。鼓励大型连锁商业企业建立和完善供应商服务平台和网络购物平台，推进重点商圈和特色商业街的电子商务应用，培育一批知名度高、实力强、运作规范的网络购物示范企业。依托部市合作机制，启动建设中国国际网上贸易中心项目，力争形成国内权威、具备国际影响力的商务信息及交易促进综合服务平台。加强电子商务标准建设，建立比较完备的电子商务统计体系。

深化服务业和服务贸易平台建设。完善推进工作机制，继续开展集聚区专项研究，加强对服务业的分类指导。大力推动服务业集聚区完善功能、提升品质，成为面向国内外的现代服务集群发展基地。加快发展会计、审计、法律、咨询、评估、设计等专业服务业，大力发展金融保险、信息服务、商务服务等新兴服务业，促进典当、融资租赁、拍卖等特殊行业健康发展。加强服务贸易和服务外包的联动发展，支持技术、文化、中医药和软件等重点领域以及信息服务、商贸流通和金融等新兴服务出口。推进服务贸易平台建设，力争中国技术进出口交易中心落户上海。加快服务外包专业园区建设，促进服务外包持续发展。依托钻石消费市场旺盛需求，推动上海钻石交易中心建设。

推进国际贸易示范区建设。争取外高桥国际贸易示范区先行先试政策，进一步降低准入门槛，加快推进离岸贸易等新型国际贸易试点工作；探索完善保税与保税延展业务统一监管运作机制、货物流与资金流分离下的外汇管理体系；积极关注融资租赁、期货保税交割等新兴业务。大力培育示范区贸易功能，加快形成一批全国领先、内容丰富的高端专业化贸易平台，将国际贸易示范区打造成与国际市场接轨的进出口贸易服务基地。

4. 着力营造更具竞争力的商务发展环境，加快实现"两高一少"的目标要求

深入推进贸易便利化。依托本市贸易便利化推进机制，适时增加贸易便利化联席会议成员单位，加快推动贸易的全面便利化和全程便利化，重点研究促进进口的贸易便利化措施。鼓励各部门围绕提高通关效率出台新的工作措施。积极争取国家层面加大对贸易便利化推进力度并支持上海先试先行，努力为企业进出口创造更加方便的条件。

　　扎实推进公平贸易工作。推动建立市级层面的反补贴联合应对机制,强化应对技术性贸易壁垒工作机制,采取政府引导、行业协会组织、企业实施的模式应对国外的技术性贸易壁垒。加快推进公平贸易行业工作站建设,逐步推行"产业安全运行数据直报系统",进一步发挥行业协会、企业在应对贸易摩擦中的作用。

　　切实增强公共服务职能。积极借助"两个中心"部际协调机制和国际贸易中心"部市合作"机制,积极争取国家有关部委的支持。积极发挥投资贸易促进机构、行业协会和中介组织在市场拓展、咨询服务、标准制定等方面的作用。发挥经贸外事在投资贸易促进中的积极作用。

(上海市商务委、上海市发展改革研究院)

1.8 固定资产投资

一、2010 年固定资产投资基本情况

2010 年,在市委、市政府的领导下,上海坚决贯彻国家宏观调控政策措施,继续保持投资总量,不断改善投资质量,持续优化投资结构,确保固定资产投资与经济社会发展相协调。2010 年全市固定资产投资总额达到 5317.7 亿元,比上年增长 0.8%。

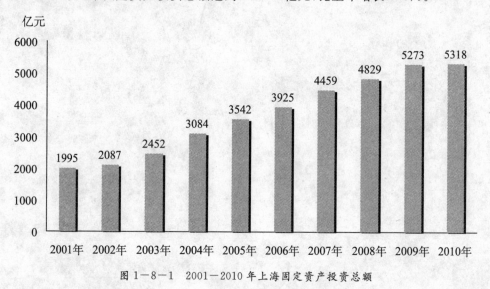

图 1-8-1　2001-2010 年上海固定资产投资总额

投资结构进一步优化。从产业投向看,第一产业完成投资 16.4 亿元,比上年增长43.8%,占全社会固定资产投资总额的比重为 0.3%;第二产业完成投资 1435.4 亿元,增长 0.6%,占比为 27%;第三产业完成投资 3865.9 亿元,增长 0.8%,占比为 72.7%。

(一) 主要领域投资情况

1. 房地产开发投资保持较快增长

房地产市场受投资惯性拉动,自 2010 年上半年以来一直保持较快增长。全年完成投资 1980.7 亿元,比上年增长 35.3%。房地产施工面积 11295 万平方米,增长 13.4%,其中住宅施工面积 7313.9 万平方米,增长 11.6%;房地产新开工面积 3030.6 万平方米,增长 21.7%,其中住宅新开工面积 2111.1 万平方米,增长 22.7%。

2. 工业投资基本持平

受国际经济形势回暖的带动,2010年全市工业领域完成投资1422亿元,比上年增长0.1%。工业六大支柱产业完成投资730.7亿元,增长16.7%。中国商用飞机公司能力建设项目、ARJ-21支线飞机批生产能力建设项目、"909"工程升级改造——12英寸集成电路芯片项目、日月光半导体(上海)有限公司二期增资项目、上海天马4.5代AMOLED中试线项目均按计划实现开工。这些重大产业项目的推进,对上下游产业带来积极影响,提升产业投资信心,对工业投资保持稳定起到拉动作用。

3. 基础设施投资先增长后回落

2010年,基础设施投资达到1497亿元,比上年下降29%。全年走势呈现大幅波动,年初基础设施投资增速创全年最高点,增幅达44.3%,之后呈逐步下降态势。主要原因是为确保世博会的成功举办,一批重大基础设施项目按时间节点要求在2009年年底和2010年年初集中建成。其中,上海至南京城际轨道交通、虹桥综合交通枢纽基础设施、龙耀路越江、外滩通道改建工程、轨道交通10号线、2号线延伸段等项目按期建成;上海动车段、西干线改造工程等提前建成。

(二) 投资体制改革情况

根据《上海市市级建设财力项目管理暂行办法》精神,结合市级建设财力管理的实际情况,制订了《上海市市级建设财力项目储备库管理暂行办法》、《上海市市级建设财力项目财务监理管理暂行办法》、《上海市市级建设财力项目工程监理管理暂行办法》、《上海市市级建设财力项目审计监督暂行办法》。"四个办法"重点围绕市级建设财力全过程管理,就项目储备、财务监理、工程监理、竣工审计4个环节,进一步规范市级建设财力投资项目管理,增强了决策的科学化、程序化、透明化,加强和改善了对市级建设财力投资项目的监督管理。

二、2011年固定资产投资工作总体思路

(一) 2011年固定资产投资发展形势预测

2011年是"十二五"开局年,上海固定资产投资工作重点将放在稳定规模、优化结构、提升内涵上,投资总量保持上年水平。

1. 基础设施投资将基本持平

2011年,城市基础设施项目仍将保持一定的投资规模。在重大建设项目中安排城市交通基础设施重大项目21项,年度计划投资近370亿元;在生态环保和节能减排、城市运行安全保障等领域也有一批重大项目年内开工,年度计划投资近160亿元,年度计划投资总量基本与上年持平。

2. 工业投资将保持稳定

2011年工业投资总体将延续2010年的态势,受土地指标、节能减排、商务成本等制约因素影响较大的钢铁、化工等行业投资将受到一定影响,但电子信息产品制造业、成套设备制造业、生物医药制造等行业投资将有所增长,预计工业投资将保持稳定。

3. 房地产开发投资将保持一定规模

2010年全市房地产开发投资快速增长,2011年年初将有一个惯性增长。但受政策调控和保障性住房加大推进力度的双重影响,房地产供应结构将有所调整,预计全年房地产投资仍将保持一定规模。

（二）2011 年固定资产投资重点工作

2011 年,全市固定资产投资工作将深入贯彻落实市委、市政府的工作要求,紧紧围绕"十二五"的规划目标任务,在继续保持投资规模适度发展的同时,更加突出结构调整、功能提升,更加突出公共安全、民生改善、更加突出郊区建设、城乡统筹。2011 年,共安排重大项目正式项目 84 项,预备项目 44 项。其中,年内计划新开工项目 20 项,建成或基本建成项目 12 项,年度计划投资约 1000 亿元。主要聚焦以下领域:

1. 全力推进自主创新和产业结构调整重大项目建设

共安排正式项目 28 项,年度计划投资 190 亿元。重点是围绕国家战略,加快推进建设一批国家级重大科研设施;培育发展新能源、信息技术、生物医药战略性新兴产业,提高产业核心竞争力;加快改造重点优势产业,促进传统制造业优化升级;围绕"四个中心"建设,加快提升现代服务业能级。

2. 继续推进生态环保和节能减排重大项目建设

共安排正式项目 9 项,年度计划投资 37 亿元。重点是围绕提高郊区居民饮水水质、强化水环境综合治理,大力提高垃圾处理能力,推进清洁能源开发利用。

3. 大力推进城市运行安全保障重大项目建设

共安排正式项目 11 项,年度计划投资 124 亿元。重点是围绕完善多元化能源设施体系,保障能源供应安全高效;健全上海供电网络,稳步提高电力供应能力和可靠性;切实加强消防安全、轨道交通安全、应急处置等城市安全设施的规划和建设,增强城市应急处置能力。

4. 着力推进社会民生重大项目建设

共安排正式项目 15 项,年度计划投资 284 亿元。重点是围绕人民群众最关心、最直接、最现实的利益问题,重点是加快建设保障性住房体系,改善广大市民居住条件;积极推进大型居住社区外围道路、公交枢纽、供排水、绿化和教育、医疗、文化、为老服务等配套设施建设,不断提升居民居住品质;建立有效便利的公共卫生和医疗服务体系;按照高校内涵发展要求,推进高等教育建设项目;围绕建设文化大都市,推进文化体育重点项目建设。

5. 有重点推进城市交通基础设施重大项目建设

共安排正式项目 21 项,年度计划投资 367 亿元。重点是稳步推进对外交通设施建设,提升城市综合服务功能;继续完善市域交通设施功能,构建城乡统筹的快捷交通体系;围绕解决近郊与中心城区之间干道路网连通问题,加快推进区与区连接道路等项目建设,改善郊区出行条件。

（上海市发展和改革委员会）

1.9　消　费

一、2010 年居民消费基本情况

2010 年,为应对复杂多变的国际国内形势,国家实施了一系列扩大内需、促进消费的政策,全市商业抢抓世博机遇,积极采取有力措施搞活流通、调整结构、扩大消费,确保了市场持续繁荣、销售快速增长的发展势头。

1. 消费保持较快增长势头

2010 年,全市实现商品销售总额 3.7 万亿元,月均 3115 亿元,比上年增长 24.2%,持续保持较高增长速度,凸显了流通现代化和国际贸易中心建设的成果。全市实现社会消费品零售总额 6036.9 亿元,月均 503 亿元,比上年增长 17.5%。其中,在汽车、成品油、家电、黄金等大宗消费品销售快速增长带动下,全市批发和零售业实现零售额 5358 亿元,比上年增长 17.5%。在世博游客大量集中来沪带动下,住宿和餐饮业实现销售额 678.91 亿元,比上年增长 16.9%。

2. 消费结构升级步伐加快

随着居民消费高档化、品牌化、时尚化倾向日益增强,消费结构升级步伐加快,耐用消费品已成为居民消费的重要领域,销售增速明显提高。2010 年,全市限额以上批发和零售业企业耐用消费品实现零售额 1609.2 亿元,比上年增长 27.3%,增速高出非耐用消费品零售额 10.7 个百分点。汽车类商品销售快速增长,全市限额以上企业实现汽车类商品零售额 792.2 亿元,比上年增长 24.9%;二手车销售也保持较高水平。在家电以旧换新政策带动下,全市液晶大屏幕彩电、家用冰箱、洗衣机等商品持续旺销,家电类商品销售整体走强,为进一步扩大消费提供了有力支撑。2010 年,全市限额以上企业(单位)实现家用电器和音像材料类商品零售额 351.91 亿元,比上年增长 21.6%。黄金销售价量齐升,2010 年国际黄金价格由每盎司 1122 美元涨至 1360 美元左右,直接带动国内黄金零售价格大幅上涨,再加上世博金银条、贺岁金条热销,拉动黄金销售额大幅上升。全市限额以上企业实现金银珠宝类商品零售额 190.6 亿元,比上年增长 76.6%。

3. 世博对消费带动作用明显

世博会举办期间,全市单月社会消费品零售总额均超过 500 亿元,其中 6 月份和 10 月份增速超过 19%;5—10 月住宿和餐饮业销售额分别增长 14.7%、25%、27.2%、27.6%、27.1% 和 27.4%,增速较年初明显加快。世博特许商品销售创造新纪录。世博会招募的 347 家特许生产商设计开发上市的 2.7 万种世博产品,涵盖日用品、食品、贵金属制品、集邮品、钻石制品和出版物等 29 个大类,并在全国设立了近 5000 家特许零售网点。至 2010 年末,世博特许商品实现销售额 309.6 亿元,刷新我国国际大型会展活动特许商品销售规模的最高纪录。世博园区商业消费红火。5－10 月,园区商业(包括公共区域和展馆区)累计实现商品零售额 45.1 亿元。公共区域商业实现零售额 32.6 亿元,其中以特许商品为主的商品实现零售额 12.7 亿元。展馆区域餐饮和特色商品实现零售额 12.5 亿元。

4. 城市化进程持续助推城镇消费

根据"中心城市体现繁荣繁华,郊区体现实力水平"的要求,一批与国际大都市相匹配的现代化城镇建设初具规模,城镇消费已占绝对比重,增速明显快于乡村。2010 年,全市城镇消费品市场实现零售额 5643.3 亿元,占社会消费品零售总额的 93%,比上年增长 17.8%;乡村消费品市场实现零售额 393.5 亿元,占社会消费品零售总额的 7%,增长 12.2%。

5. 非公、混合制商业企业领先发展

2010 年,全市非公、混合商业经济实现零售额 5634.5 亿元,增长 17.6%,增速领先,占社会消费品零售总额的比重达 93.3%,成为推动消费品市场增长的主要力量。其中港澳台投资、外商投资和私营商业经济增速居前,分别增长 24.5%、20.2% 和 20%。国有、集体商业经济在竞争中平稳发展,共实现零售额 402.4 亿元,比上年增长 15.1%。

二、2011 年居民消费展望

2011 年,国内外经济环境仍很复杂,不稳定、不确定因素依然存在,各项拉动内需、扩大消费政策的效果持续性有待观察,通胀预期进一步增强。但也应看到,在国家一系列扩大消费政策措施作用下,后世博效应的发挥、改善民生力度的增强、消费者信心的恢复,将有力推动消费品市场发展。

1. 经济企稳回升奠定扩大消费基础

2010 年,全球经济的下行趋势已得到初步遏制,正逐步走出衰退的阴影,出现二次探底的可能性不大。我国经济向好,政策效应初步显现,居民收入和消费已出现一些积极变化,显示消费者信心正逐步回升,将进一步推动消费增长。

2. 消费政策有望持续发挥效应

目前我国消费在经济总量中的比重依然偏低,对经济增长的拉动作用有待进一步提高。消除抑制消费增长的因素,让居民最终消费的潜力充分释放将是今后较长时期内的重要工作。商务部等部委将家电以旧换新政策推广实施期延长至 2011 年年底,将对家电消费市场持续增长起到促进作用。

3. 城市化进程加快为扩大消费提供广阔空间

"十二五"期间,上海将坚持城乡一体、均衡发展,以郊区新城建设为重点提升城乡统筹水平,构筑区域协调发展新格局。随着郊区城市化进程的不断推进,城市中心区人口增长缓慢甚至停滞,城市周边区域不断扩增,卫星式的郊区中心加速发展,为进一步扩大消费提供广阔空间,进而带动消费品市场的繁荣与活跃。

4. 奢侈品市场将持续升温

近年来,我国奢侈品消费呈现快速增长态势,已成为全球第二大奢侈品消费国。奢侈品消费已由"崇尚"变成一种"时尚",奢侈品的销售和进口均呈高速增长态势。2011年,随着上海经济持续平稳健康发展、人民币对美国及欧洲主要国家货币的持续升值,以富裕阶层为主要消费群体的奢侈品市场将继续升温。

5. 后世博商业发展值得期待

虽然世博期间旅游消费的拉动以及相应的溢出效应随世博结束而消失,但是世博会后,包括中国馆在内的一部分场馆会继续开放,为迎接世博会进行的城市改造也将使本市呈现出全新的面貌。这些因素仍将在一段时间内对国内外游客产生持续的吸引力。世博特许商品的开发和销售所形成的平台、渠道和资源优势的充分利用,将继续发挥促进消费、拉动内需的重要作用。

（上海市统计局）

1.10　价　　格

一、2010 年价格工作基本情况

（一）2010 年价格基本形势

2010 年，受国际能源原材料价格大幅上涨、国内物价上涨压力加大等因素影响，全市居民消费价格总水平呈现波动上升态势，7 月份以后逐月攀升，全年居民消费价格总水平比上年上涨 3.1%，其中新涨价因素贡献 2.4 个百分点。价格运行呈现以下特点：

1. 价格上涨覆盖面较广

从两大分类看，消费品和服务项目价格双双走高，全年分别上涨 3.5% 和 2%。从八大类构成看，呈现"六升两降"格局，除食品类大幅上涨 7.7% 外，居住类、医疗保健和个人用品类、烟酒及用品类、家庭设备及维修服务类、娱乐教育文化用品及服务类价格也都出现不同程度的上涨，涨幅分别为 37%、3.5%、1.1%、1.1% 和 0.9%；交通和通信类、衣着类价格则有所下降，降幅分别为 2.6% 和 1.4%。

2. 价格上涨主要由食品类价格上涨带动

2010 年，上海居民消费价格总水平上升，主要由食品、居住、医疗保健和个人用品类上升引起，三者合计共拉动全年居民消费价格 3.4 个百分点。其中，食品类价格上涨 7.7%，拉动全年居民消费价格上涨 2.5 个百分点，贡献率达到 80.6%。食品类价格 16 个子类中有 14 类价格出现不同程度上涨，上涨面超过九成，特别是大米价格上涨 16.6%，鲜菜价格上涨 11.5%，水产品价格上涨 16.4%。受水价调整影响和贷款利率提高影响，居住类价格拉动居民消费价格上涨 0.5 个百分点；医疗保健和个人用品拉动 0.4 个百分点。

3. 两大生产价格持续上涨

2010 年，上海工业品出厂价格比上年上涨 2.3%，原材料价格上涨 11.2%。工业品出厂价格中，生产资料价格上涨 2.7%，其中采掘和原料两类产品价格分别上涨 16.9% 和 16.6%；生活资料产品价格上涨 0.7%，其中食品、一般日用品和衣着类价格分别上涨 4.4%、1.7% 和 0.6%。原材料价格中，九大类原材料价格呈现持续全面上涨态势，其中燃料动力类、有色金属、化工类及黑色金属大幅上涨，涨幅分别达到 29%、29.4%、16% 和 13.9%。生产价格上涨导致的成本上升，成为推动居民消费价格上涨的重要因素之一。

（二）2010 年价格工作回顾

2010 年，面对国内外复杂多变的经济形势，上海认真贯彻落实国家宏观调控政策，一手抓世博价格监管,为世博会成功、精彩、难忘奠定坚实基础;一手抓价格总水平稳定,加强价格调控监管,圆满完成年初预定的目标任务,为加快推进全市经济发展方式转变、进一步保障和改善民生作出了积极贡献。

1. 积极推进世博价格监管

以服务世博为目标,以优化服务为主线,认真推进世博园区、涉博行业、重点区域价格监管。园区餐饮价格经及时整改后整体下降,园区物流收费得到规范,涉博敏感价格秩序良好。世博期间,围绕餐饮、百货、连锁超市、交通客运、停车收费等涉博重点行业认真开展行业整治,依法查处价格违法行为,快速处理价格矛盾,有效维护了消费者的价格权益。

2. 多措并举加强市场价格综合调控

针对下半年食品类价格上涨较快的特点,及时制定稳定消费价格总水平保障群众基本生活的12条措施。密切关注居民生活必需品、重要生产资料的市场供应和价格变动,健全价格应急监测机制,及时预警重要商品价格异动。以维护粮、油、肉、蔬菜等生活必需品市场秩序为重点,加强市场价格行为监管,把恶意囤积、哄抬价格、变相涨价以及合谋涨价、串通涨价、捏造散布涨价信息行为作为打击重点。注重充分发挥行业协会作用,引导经营者加强价格自律。充分考虑群众的切身感受和社会的承受能力,把握好政府管理价格的调整时机和力度,从严控制政府调价项目。12月1日起,所有收费公路对运输鲜活农产品车辆免收通行费,降低了农副产品流通成本。

3. 稳妥推进资源环境价格改革

根据国家统一部署三次调整成品油与车用液化气价格。平稳实施第二步水价调整方案。继续深化电价改革,完善促进节能减排的电价政策,取消高耗能用电价格优惠,实施燃煤发电机组脱硫电价考核。继续深化环保收费改革,调整医疗废物处置收费标准。稳步推进燃气价格改革,实施非居民用户燃气价格疏导方案。

4. 加大清费减负工作力度

根据国家关于开展治理和规范涉企收费工作的要求,组织治理和规范涉企收费工作,建立治理和规范涉企收费联席会议制度,有序推进全市治理和规范涉企收费,形成规范经营性服务收费、社团收费具体意见。结合行政审批制度改革,继续加强行政事业性收费清理工作,决定取消和降标收费项目100余项。

5. 加强公益性价格管理

结合推进医药卫生体制改革,研究制定了完善上海市药品价格管理工作方案,降低部分偏高的药品价格。实施临床诊疗类医疗服务价格调整政策,适当拉开不同级别医疗机构手术价格差距,基本完成国家规定的医疗服务项目规范和价格调整工作。开展规范教育收费工作,扩大中等职业学校免学费政策覆盖范围,严禁学校收取安保费。

二、2011年价格工作总体思路

(一)2011年价格形势分析

2011年,上海经济社会发展面临世界经济持续复苏、国内经济稳定增长和自身结构调整效应逐步显现等诸多有利因素,但是,国内外经济环境将更加复杂多变,价格上涨的压力仍然较大:一是输入型通胀因素。为摆脱国际金融危机,发达国家选择低利率和量化宽松货币政策,国际市场能源、基础原材料和主要农产品价格连续保持上涨态势,对国内及本市的传导压力加大。二是货币流动性因素。我国货币政策已由适度宽松转为稳健,但是考虑到前期积累的流动性仍然较为充裕,可能会继续对稳定价格总水平形成较大压力。三是翘尾和其他新涨价因素。预计全市2010年物价上涨对2011价格的翘尾影响较大;2011年国家继续提高粮食最低收购价格,粮油等主副食品价格上涨的压力仍然较大;国内原材料及劳动力价格呈上涨态势。

(二)2011年价格工作主要思路和重点措施

2011年上海价格工作将全面贯彻党的十七大和十七届三中、四中、五中全会精神,按照中央经济工作会议要求和市委、市政府"六个着力"工作部署,把稳定价格总水平作为首要任务,全面加强价格调控监管,审慎稳妥推进价格改革,夯实基础基层工作,为促进经济发展方式转变、保障和改善民生营造有利的价格环境。

1. 保持价格总水平基本稳定

巩固完善促进农产品生产和流通的价格政策,从严控制政府定价项目的调整,着力保持价格总水平基本稳定,力争全年全市居民消费价格指数与国家价格调控目标保持衔接。一是保持主副食品价格基本稳定。完善扶持蔬菜生产的价格政策,继续实施"菜篮子"等农业电价扶持政策。加强化肥等重要农业生产资料价格监管。贯彻落实国家稳步提高粮食最低收购价政策,建立健全蔬菜、粮食、食用油等重要商品储备制度。加大流通秩序整顿力度,确保鲜活农产品绿色通道政策落实到位。二是确保公共产品和服务领域价格稳定。严格控制政府定价的公共产品和服务的价格调整。引导负责提供公共产品和服务的企业特别是国有企业,合理分担成本上升压力。三是推进清费治乱工作。按照"两高一少"要求,健全收费常态清理机制,清理调整不适应发展形势要求的收费事项,严格控制新增收费项目。加强涉企行政事业性收费、经营服务性收费、社团收费管理,坚决取缔乱收费,做好取消不合理收费项目、重新核定收费标准工作。按照"检查一个行业、规范一个行业"的总体思路,继续做好涉企收费检查。四是加强宣传引导。增加价格宣传的主动性,及时准确发布重要商品供求状况和价格信息。完善价格舆情监测和信息反馈机制,做好应对价格突发事件的舆论引导工作。

2. 加强民生领域价格管理

完善保障和改善民生的价格配套政策。一是加强社会民生领域价格管理。继续完善保障性住房价格管理制度,出台经济适用住房价格管理试行办法。促进电信服务市场价格形成机制进一步完善,推动电信资费水平整体下降。规范殡葬行业价格行为。修订旅游参观点价格管理办法。二是完善社会救助和保障机制。进一步完善与价格水平挂钩的社会救助和保障机制,认真做好低收入群体生活成本调查等配套工作,完善临时价格补贴发放办法。三是加快教育卫生领域价格配套改革。配合医药卫生体制改革,推进实施基本药物制度,合理制定和调整医药价格,优化医疗服务价格结构。配合教育体制改革,完善幼儿园、高中教育收费政策。四是完善成本监审工作机制。加强农产品、资源性产品以及垄断行业、公益性服务行业成本监审工作,试点推进部分行业成本信息公开。

3. 加强市场价格监管

综合运用经济、法律等手段加强市场监管,创新价格监管长效机制,建立健全监测和预警相结合、现场监管与非现场监管相结合、市场调节与政府调节相结合的监管体系。一是完善政府调节市场机制。细化落实重要主副食品、生活必需品的市场调控预案,配合建立主副食品价格稳定基金,确保重要商品市场供应。二是加强价格监测预警。密切跟踪主副食品、生活必需品以及重要生产资料的价格变动,推动建立覆盖不同级别和类型的批发市场、覆盖不同品种和区域的田头交易市场的价格实时监测制度。推进建立市区联动、部门联动的价格预警和应急机制。三是维护市场价格秩序。完善重要时段、重大节庆期间重要商品和服务价格监管机制,推进主要商业中心和重点行业明码实价。以居民生活必需品、重要生产资料价格为重点,加强市场价格巡查。加强反价格垄断基础工作,推进反垄断价格执法。依法查处价格违法案件,严厉打击囤积居奇、串通涨价、哄抬价格、价格垄断等违法行为。扩大价格诚信体系覆盖范围,健全经营者价格诚信制度,完善行业价格自律约束机制,引导和带动行业内自觉规范价格行为。

4. 加强基层和基础工作

围绕提高依法治价、科学管理水平,大力加强价格基层和基础工作,增强全系统工作主动性和前瞻性,确保各项价格调控政策措施落实到位。一是加强制度建设。研究修订《上海市定价目录》。全面梳理上海市已出台的价格法规、规章和政策文件。推进价格监测制度建设,完善和规范工作流程。二是加强职能建设。围绕热点难点问题,加强价格综合研究,提高市区两级物价部门研究探索能力和管理实践水平。拓展成本调查、成本监审、价格认证工作领域。推进价格公共服务常态化,继续开展"价格服务进万家"活动。构建全市联网的价格举报管理平台,积极做好价格投诉举报处理工作。三是加强队伍建设。通过多种形式开展业务培训,开展全市价格监督检查业务能手评选活动。继续加强价格督察员队伍建设。在重点行业、交易市场、大型商场等单位探索设立物价员。四是加强信息化建设。提升全市价格监测监管信息化水平。丰富网上办事事项、完善网上办事流程、提高网上办事效率。加强价格政策、价费标准、价格动态等价格信息的发布工作。

（上海市发展和改革委员会）

1.11 科技与自主创新

一、2010 年科技发展基本情况

2010 年,上海科技创新工作坚持以率先提高自主创新能力为主线,着眼于抢占科技制高点、培育经济增长点、服务民生关注点,加快推进科技创新,持续加强创新体系和创新环境建设,取得重要进展。

一是科技资源进一步集聚。上海光源等重大科研设施正式建成投入使用,65 米射电望远镜、国家蛋白质科学设施等开工建设。现有国家实验室 1 家,国家重点实验室 37 家,国家工程技术研究中心 13 家,市级重点实验室 81 家,市级工程技术研究中心 95 家等一大批研发基地。已有 319 家跨国公司在沪设立研发机构。形成了结构合理、层次衔接的创新人才队伍,在沪两院院士达到 162 人。

二是科技投入稳定增长。2010 年,全社会研发投入达到 477 亿元,相当于全市生产总值的比例达到 2.83%。其中,来自企业的研发投入占比稳定保持在 2/3 左右,企业正成为研发投入的主体。

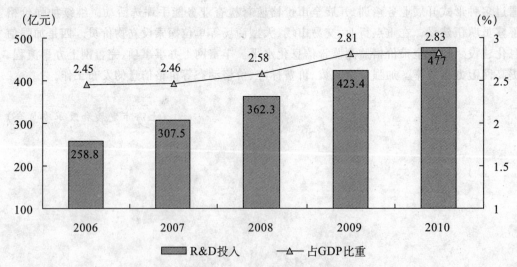

图 1—11—1 2006—2010 年上海全社会 R&D 经费投入情况

三是科技成果产出保持稳定增长。2010 年,上海发明专利申请量达 2.6 万件,比上年增长 18.9％；发明专利授权量 6867 件，增长 14.5％。2010 年度，上海有 58 项（人）获得国家科学技术奖励，占全国授奖总数的 16.3％，再次实现五大奖项的全覆盖。

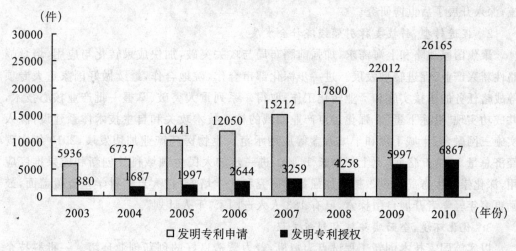

图 1－11－2　2003－2010 年上海发明专利申请量和授权量

表 1－11－1　2002－2010 年上海获国家科技奖励情况

年　份	2002	2003	2004	2005	2006	2007	2008	2009	2010
获国家奖情况（项）	31	27	42	44	42	52	57	56	58
占全国获奖比重（％）	11.8	10.6	14.0	14.0	12.9	15.4	16.4	15.0	16.3

四是高技术产业快速发展。2010 年，全年高技术产业完成工业总产值 6958 亿元，比上年增长 33.7％，增幅高出全市规模以上工业总产值 10.6 个百分点，占全市规模以上工业总产值的比重为 23.2％。全年共签订各类技术交易合同 2.6 万项，合同金额 525.5 亿元，比上年增长 7.3％。

五是科技创新创业环境进一步优化。11 月 1 日，新修订的《上海市科学技术进步条例》正式实施，人才中长期规划纲要和鼓励促进科技创业的实施意见等一批政策相继出台，为科技创新创业提供了强有力的法制保障和政策支持。

2010 年，全市在科技进步与自主创新方面重点开展了以下工作：

1. 服务世博，科技让世博更精彩

全力保障世博科技成果的集成应用和正常运行。以"科技，让世博更精彩"为主题，经过前瞻布点、对接需求、聚焦应用 3 个阶段，集全国智慧和力量，组织开展了技术攻关和集成应用，共有 1100 多项世博科技成果成功应用于世博会，科技创新创造了"诸多第一"。新能源汽车的示范应用是世界上新能源汽车数量最多、品种最齐、规模最大、负荷最强的示范运行；世博门票成为有史以来最大规模的电子标签门票应用案例；世博园内开通了全球首个 TD－LTE 演示网；世博园区成为全球最大的 LED 照明示范区；世博主题馆是全球单体建筑最大的太阳能光伏建筑一体化电站。自主创新成果为世博会的成功、精彩、难忘提供了强有力的支撑。与此同时,依托世博契机,积极推进世博科技理念的传播与交流,深入开展了后世博研究。

2. 促进转型,科技支撑引领经济社会发展

聚焦国家战略和上海需求,加强前瞻布局与攻关突破,加快成果转化与应用,培育战略性新兴产业,促进转型发展。进一步深化部市合作、院地合作,继续做好国家重大专项等战略任务的承接实施和产业转化工作,取得一系列重大突破、掌握一批产业核心技术,并成功实现"沿途下蛋"。强化重点产业领域的核心技术攻关和自主技术体系建设,深入实施三网融合、十城千辆和十城万盏等应用示范。生物医药产业加快发展,2010 年实现经济总量 1427.9 亿元,比上年增长 14%。进一步加大民生领域科技创新和成果推广应用,深化崇明生态岛建设。持续加强基础研究和人才培养,扩大自然科学基金覆盖面,鼓励更多年轻学者开展自由探索,已有 183 人入选国家"千人计划"。

3. 优化环境,全面实施技术创新工程

以实施国家技术创新工程试点为契机,着力营造良好的创新创业环境。一批科技企业成为行业领军企业,新增小巨人企业(培育)141 家,涌现出国家级创新型(试点)企业 22 家、市级创新型企业 200 家、高新技术企业 3129 家、技术先进型服务企业 220 家;2476 家企业实际享受 2009 年度研发费加计扣除政策,减免所得税 34.3 亿元。深化产学研合作,聚焦半导体照明、生物医药、新能源汽车等重点产业领域,试点建设 22 家产业技术创新战略联盟和 12 家市级技术创新服务平台。进一步强化科技金融结合,加快发展商业银行专营服务机构、创业投资引导基金、科技保险等。加快建设张江高新区自主创新示范区,促进创新要素集聚和创新集群培育,张江高新区实现营业总收入 6619 亿元,比上年增长18.4%;上缴税收 442 亿元,增长 36.7%。着力推动区县创新,杨浦创新型城区试点建设取得突破。进一步强化国内外科技合作和科学普及。

4. 深化改革,科技管理体制机制加快完善

2010 年,按照"做优顶层、强化指导,做实基层、增强活力,虚实结合、分工协调"思路,成立张江高新区管委会,统筹张江"一区多园"发展。加快推进应用技术创新体系建设,启动上海电缆所新型科研院所建设试点,进一步深化上海科学院等应用型科研院所改革发展。进一步改革完善科技计划管理,通过试行后补贴、推进预算评估、验收审计等,加大对企业主体和成果转化项目的资助力度,强化加强过程管理和经费监管。建立政府科研项目信息共享平台。

二、2011 年科技与自主创新工作发展总体思路

"十二五"规划开局之年,上海科技工作将按照市委、市政府的总体要求,以规划的部署实施为契机,贯彻落实科技进步条例,以加快创新价值实现、提升科技创新效率为主线,以改革为动力,着力推进战略性新兴产业的培育和发展、社会民生与城市建设管理的科技创新、张江高新区和区县的创新发展,加快抢占科技制高点,培育经济增长点,服务民生关注点,为上海实现创新驱动、转型发展,建设创新型城市提供强有力的科技支撑。

1. 加快培育和发展战略性新兴产业

围绕战略性新兴产业的培育和发展,着力突破产业核心技术、关键技术、共性技术,抢占未来发展先机。一是组织实施重大技术攻关。发挥组织协调作用,动员区县力量,承接和实施国家战略任务,加快国家重大专项的阶段性创新成果产出和转化。聚焦重点产业领域,布局实施一批重大项目,突破一批产业核心技术,打造新兴产业自主技术体系。加快推进生物医药产业发展,引导促进产学研合作,加快推进上药集团张江产业园区、国药集团生物制品生产基地等重大项目建设,促进创新成果在园区落地和产业化。加快推进传统产业的改造与提升,进一步促进制造业信息化。二是建立健全应用技术创新体系。深化上科院等应用型科研院所的改革与发展,组建上海产业技术研究院。推进战略性新兴产业的行业共性技术和关键技术的研发与突破,加强标准、检测等公益性服务。建设一批国家级及市级产业技术创新服务平台。加强技术应用和转移,加快科技服务业和以新技术、新模式、新业态为特征的现代服务业发展。三是大力发展民生科技。针对城市公共安全与防灾、城市交通、生态环境改善等重点领域,加快技术创新和集成应用。进一步加强医疗健康、食品安全、农业农村等领域的科技攻关。深化实施崇明生态岛科技支撑,研究实施世博园后续开发、虹桥商务区建设和新城镇建设的科技示范。四是持续提升基础能力。调整优化基础研究投入结构,鼓励和支持科研人员开展自由探索。部署实施若干具有重大突破潜力、兼具科技制高点和重大应用前景的重大重点科学研究任务。加强研发基地建设,推动建设一批国家和市级研发基地,强化企业研发基地建设。启动建设生物样本库等重大科学工程。加强创新人才培养。

2. 加快张江自主创新示范区建设和区县创新发展

深化实施聚焦张江战略,加快推进张江高新区国家自主创新示范区建设,充分发挥张江的示范引领和辐射带动作用。一是建立健全张江管理体制机制。围绕"一区多园"发展格局,健全管委会工作机制,完善与区县、分园的工作对接机制,动员和引导园区内的企事业单位和各类社会组织参与高新区的建设与管理。二是拓展张江创新资源布局。着力培育和发展创新集群,推动创新要素向高新区汇聚。聚焦核心园,发挥核心园的引领示范和先行先试作用。加快推进高新区扩区,进一步形成"一区多园"的合理布局,争取紫竹科学园区成为国家级高新区。加强与长三角其他园区的合作,探索建设创新联动区和产业承接区。三是优化张江创新创业环境。制定出台张江国家自主创新示范区建设的政策意见和政府规章,修订张江专项资金使用办法,促进产业政策、金融政策、财税政策、人才政策和科技政策的协同与优化。推动张江高新区进入代办股份转让系统扩大试点范围。加强张江城区功能建设,研究制定张江品牌发展战略,加快拓展张江的影响力和辐射力。加快推进区县创新发展,启动实施区县创新热点计划。建立健全市区联动机制,加快实施创新热点计划,重点支持有条件的区县实施重大专项和重要创新成果的技术转移和产业化,发展壮大特色产业和战略性新兴产业。进一步推进杨浦创新型城区建设和浦东、闵行国家科技进步示范区建设。进一步优化科技创业服务体系。加快建设完善科技企业孵化服务链,完善服务体系。加强区县科技创新服务中心建设,建成区县科技创新创业一门式服务窗口。

3. 深入实施技术创新工程

以实施国家技术创新工程试点为契机，着力营造良好的创新创业环境。一是培育创新型企业。深入实施科技小巨人工程，推广实施"加速企业创新计划"，支持企业研发机构、研发队伍建设和创新管理能力提升。加快发展产业技术创新战略联盟。进一步推进科技创新创业政策的落实，提高政策兑现率。二是提升研发公共服务平台功能。实施科技 114 工程，加快由资源集聚共享平台向创新支撑服务平台体系建设的转型升级，加强数据中心和综合服务窗口功能建设。在微纳加工、无线通信测试、创意设计等重点领域建设专业技术服务平台。三是加快科技与金融的结合。构建科技金融信息服务平台，加大对金融机构的服务，促进科技和金融部门的人员交流。加强与风险投资、天使投资机构的合作。鼓励和支持商业银行专营服务机构建设，促进投贷联动、信用互助等试点，加快发展科技保险、融资担保。加大对科技型企业上市的服务和支持力度。进一步加强国内外科技创新合作。深化长三角创新体系建设，继续做好科技对口支援工作，不断深化科技对外开放，支持企业引进来和走出去，充分利用全球创新资源。营造良好的社会创新氛围。加强科普工作，继续办好浦江创新论坛，加强科技宣传和科研诚信建设。

4. 深化科技管理体制机制改革与完善

围绕提升创新效率、实现创新价值，改革完善科技管理体制机制。一方面，按照创新管理的要求，从创新链出发，抓两头、成体系，以重大项目布局和技术应用与转化为重点，加强资源统筹，加强任务聚焦，加强评估反馈，改革完善科技计划体系。合理调整设置计划和专项，对国家战略任务、重点任务和常规工作进行分类管理，加强各类计划之间的衔接。继续做好重点项目评估，试点开展计划和专项的系统评估，开展研发基地和科普工作评估。加强软科学研究，加快软科学研究基地和研究队伍建设，加强科技信息与数据的研究分析与开发。另一方面，创新财政科技投入机制，在支持的对象上，加大对企业创新的投入；在支持的环节上，加大对成果转化和技术转移的投入；在支持的内涵上，加大在"软件"方面的投入；在支持方式上，加大科技与金融的结合力度，加快推进后补贴、跟投等试点，发挥市场机制作用，引导社会资本、金融资本投入。继续推进财政科技项目信息共享平台建设。

（上海市科学技术委员会）

1.12 新农村建设

一、2010 年新农村建设基本情况

2010 年,上海市按照以工促农、以城带乡的要求,加大农村基础设施建设和社会事业建设向郊区倾斜的力度,围绕切实改善农民生产生活条件,聚焦农村基础设施薄弱环节,在社会主义新农村建设领域取得了一定的成效。农村环境面貌不断改善,农民社会保障水平得到提高,郊区教育、医疗、卫生事业加快发展,农村居民人均可支配收入水平不断提高,2010 年达到 13746 元,比上年增长 11.5%。

1. 郊区环境不断优化

村庄改造工作进展顺利。2010 年,市级财政安排投入专项奖补资金 1.8 亿元,对涉及 5.7 万农户的 153 个行政村开展了村庄改造工作,完成了 114 个村庄改造任务。农村村庄改造主要聚焦基本农田保护区、水源保护区、生态林地区和规模化农民集中居住区,以提升农村路桥设施、改善农村水环境、开展村庄环境整治、绿化美化村庄、配套公共服务设施为主要内容,在为郊区农民改善生产生活条件方面取得显著成效。

农村路桥建设不断推进。为解决区与区之间连接道路,尤其是远郊与近郊、近郊与中心城区道路之间衔接不畅的矛盾,发挥道路网络整体功能,2010 年重点推进了打通"断头路"实事项目工程,当年开工建设 29 条区域对接道路,完成 10 条道路建设,进一步完善郊区农村道路路网。制定农村公路建设管理办法,规范农村乡道、村道建设与管理。进一步加大枢纽站、公交场站建设,优化完善郊区公交线网,推进通郊线路、农村公交线路,进一步改善农村农民出行条件,郊区符合公交通达条件的行政村基本实现公交通达率 100%。

农村低收入危旧房改造基本完成。2010 年完成农村低收入户危旧房改造 3248 户,累计完成 5911 户改造工作,基本解决现有农村低保家庭或无能力自行改善居住条件的低收入农户家庭的危旧房改造,各级财政投入资金近 1 亿元。以档案信息化为重点,以建立农房质量安全监管服务制度为关键,进一步提高农村危旧房改造工作水平。

农村水环境治理取得成效。为解决农村生活污水直排河道、污染水体的问题,2010 年进一步加大农村生活污水处理力度,有效改变生活污水直排河道状况,促进农村地区河道水环境质量改善。进一步探索适合上海地区的农村生活污水处理工艺、水质验收标准以及建后管护机制。完成 1000 公里村沟宅河整治,完成农村地区 4 万户农户生活污水收集处理工作。基本完成郊区 143 公里黑臭河道整治,实现郊区河道基本消除黑臭的目标。

2. 农村社会事业发展取得明显进步

农村教育培训投入加大,城乡教育培训资源日趋均衡。郊区现有普通中学461所、职业高中13所、小学498所、幼儿园688所。本市3—6岁学前儿童入学率98%,适龄儿童入学率99.9%以上,高中阶段入学率96.5%。继续加大对郊区的教育投入,积极推进城市优质教育资源向郊区农村辐射,对郊区43所义务教育阶段相对薄弱学校实行委托管理。

农村卫生服务体系进一步完善,服务水平明显提高。努力为郊区农民提供经济、便捷、有效的基本医疗和公共卫生服务。在2009年实现800所村卫生室医疗费用实时结算的基础上,继续推进145家社区卫生服务中心和540所村卫生室新农合实时结算,500多名乡村医生参加了信息化实务操作培训。全市155万农民参加新型农村合作医疗,五保户、低保户、残疾人应保尽保率达到100%,合作医疗人均筹资水平超过600元,政府扶持与个人缴费之比达2∶1,门诊和住院补偿比例较去年有所提高。全市政策统一、区域补偿均衡、筹资稳定增长、管理规范便捷的新农合制度正在逐步形成。

农村社会保障制度日趋完善,保障水平稳步提高。2010年底,"农保"参保人数为68万人,领取养老金人数32万人,人均月养老金水平约360元,比2008年增加50元。"镇保"参保人数达到155万人,其中领取养老金人数近40万人,人均月养老金水平约760元。4月1日起,郊区农村居民"低保"救助标准调整为家庭人均年收入3600元,净增400元,覆盖对象5万余户、约11多万人,基本实现"应保尽保"。

农村公共服务设施建设大力推进,服务体系不断完善。以建制村为单位,因地制宜、科学规划、合理布局,大力推进农村社区公共服务中心,不断延伸社区服务功能,提升农村社会公共服务能力。截至2010年底,全市1700个行政村中已基本实现"三室一站一店"全覆盖,其中,社区事务代理室、标准化村卫生室、综合文化活动室、便民农家店以及农家书屋实现村村覆盖;为农综合服务站按农业生产面积布局,全市累计建成624家。绝大多数农民能够足不出村享受教育、娱乐、就医、购物、办事等生产和生活便利服务。

二、2011年新农村建设总体思路

1. 深入推进农村村庄改造工作

2011年村级公益事业财政奖补试点工作在全国推开,上海正式列入试点单位。按照村级公益事业奖补政策与村庄改造工作相结合的要求,积极做好政策衔接,制定实施方案,出台新一轮政策意见。以实行一事一议村级公益事业财政奖补政策为契机,进一步提高村庄改造工作水平,扩大改造范围,实现100个村、2万农户的村庄改造目标。同时,充分发挥市郊农场职工危旧房改造工作联席会议办公室的作用,积极推进农场职工旧住房改造工作,重点推进一期工程项目建设。

2. 继续推动农村社会事业均衡发展

继续推进教育卫生优质资源在郊区合理配置,促进城乡教育卫生事业均衡发展。适应郊区人口导入需求,新建一批中小学校和幼儿园,提高郊区农村师资水平,加强农业职业教育建设。进一步优化完善郊区农村基层卫生网络,继续实施乡村医生定向招生、定向培养。推进村级公共服务中心设施建设,加强公共服务的软件建设。加强和掌握外来务农人员的有关情况。

3. 配合加强对农村富余劳动力非农就业的促进工作

继续贯彻落实好《关于推进本市农村劳动力非农就业的指导意见》,对一些行之有效的做法,努力形成长期性政策。搭建多部门协作的工作平台,建立低收入标准认定机制和农户资格动态确认办法。继续推进低收入农户家庭至少一人实现稳定就业。研究缩小城市和农村"低保"标准的差距,探索建立对农村低保人员的分类施保政策。鼓励农村富余劳动力到家庭服务业就业、创业,并落实相关补贴政策。

4. 进一步完善农村社会保障制度

探索建立个人缴费、集体补助、政府补贴相结合的新农保制度,实行社会统筹与个人账户相结合,与家庭养老、土地保障、社会救助等其他社会保障政策措施相配套,保障农村居民老年基本生活。2010 年试点范围为浦东新区、松江区和奉贤区,2011 年底实现全市新农保全覆盖。继续关注试点工作的进展情况。配合调整"镇保"办法,提高其养老和医疗保障水平。进一步加大新农合支持力度,提高筹资水平和补偿水平,逐步缓解农民抗大病、重病风险的能力。

（上海市农业委员会）

1.13　标准化战略和品牌建设

一、2010 年标准化战略和品牌建设基本情况

2010 年,上海标准化和品牌建设工作围绕加快"四个中心"建设,把确保世博会成功举办放在首要位置,努力提升服务经济社会又好又快发展的有效性,全市共采用国际标准和国外先进标准项目 210 项,制修订上海市地方标准 72 项,办理企业产品标准备案 5035 项,标准化推进专项资金资助项目 174 项。共有 255 项产品、124 项服务和 5 个区域被推荐为 2010 年度上海名牌产品、名牌服务和名牌区域。

1. 聚焦世博举办,努力发挥城市运营管理等领域标准化作用

一是围绕服务质量提升,大力推进公共导向系统标准化工作。推进世博园区等第一批 10 个大型交通枢纽、重点公共场所的公共导向系统标准化示范试点建设,新批准铁路上海站等第二批 5 个公共导向系统标准化示范试点项目建设。二是强化标准技术保障,开展世博信息化应用标准的制订工作,完成《世博会业务系统信息安全建设规范》等 4 项地方标准的审定和发布。其中基于因特网的世博会体验型展馆平台接入技术标准,规范了参展商网上世博会的接入技术要求,满足了网上世博会观众的参观需求,这也是世博会召开 159 年来第一次采用网上世博的方法,成为中国办博的一大创举,仅一个月点击量就超过 1.1 亿人次。三是围绕服务城市形象提升,推进市容环卫、交通服务、旅游等标准化示范试点建设。推进世博园区市容环卫标准化示范试点建设。示范区围绕"环境让世博更精彩"的目标,在上海世博园区内高温、高人流量、高垃圾产量等困难条件下,确保市容环境卫生保障体系良好有序运行,得到参展方和观众的一致好评。新批准上海大众、巴士出租汽车公司和闸北区世博人家等市级服务业标准化试点建设,以企业标准体系建设为抓手,规范服务要求,以良好的城市面貌迎接各方来宾。

2. 聚焦经济转型,标准化战略和品牌建设工作取得新成效

一是拓展服务业工作新领域。组织制订并发布社区事务受理中心建设服务规范、旅行社服务质量要求与等级划分等涉及民生服务领域地方标准,批准徐汇区社会福利院养老服务等 19 个市级标准化示范试点项目的创建工作,稳步推进南京路商贸服务、卢湾服务外包等各级服务标准化示范区试点建设。为确保上海名牌服务企业的服务质量保障和提升,对出租车、星级宾馆、餐饮等服务行业进行满意度测评,客观反映行业内名牌企业的整体服务质量状况,以名牌创建为切入点,组织引导企业提高服务质量水平,进一步发挥名牌战略的引领、示范作用。二是创新开展高新技术标准化工作。配合浦东新区综合配

套改革,重点开展张江国家高新技术产业标准化示范区建设,通过示范试点充分发挥标准化在技术创新、产业发展中的重要作用。大力推进大型客机国家重大专项标准化示范(试点)建设。新批准太阳能光伏发电、汽车用超级电容器、智能楼宇中的物联网建设工程等18个市级标准化示范试点项目建设,初步实现示范试点领域向重点高新技术产业的拓展。三是推进先进制造业标准化工作。以大力推进采标标志工作为抓手,努力落实采标政策,完成采标标志项目 145 项、采标认可项目 45 项。汽车、钢铁、船舶、电子信息等重点行业的重点产品采标率已达 90% 以上。申报上海重点新产品和国家重点新产品采标率达 80%。加快重点产业技术成果转化,上海物联网、内燃机等战略性新兴产业和支柱产业开始实质性参与国际标准的制订工作,上海国际港务集团参与承担的 ISO/PAS 18186《集装箱 RFID 货运标签系统》正式发布,对推动上海重点产业的国际标准化工作、提升上海产业国际竞争力具有重要意义。

3. 聚焦节能减排,节能和环保工作取得新进展

一是加快节能和环保地方标准的制订步伐。完成超级电容电动城市客车营运技术规范、生物制药行业污染物排放标准等 13 项节能环保地方标准的制修订工作。启动旅游饭店建筑用能标准、节能技术改造及合同能源管理项目节能审核通则等 21 项节能环保地方标准的立项前研究和项目申报工作。二是进一步拓展节能和环保标准化示范区试点建设。稳步推进青浦工业园区热电等节能和环保标准化示范区试点建设,新批准花园坊产业园区等 7 个第二批市级节能环保标准化示范试点项目建设。积极引导重点产品质量攻关,以节能降耗、环境保护、装备更新和安全生产、降废减损为重点,在上海名牌产品生产企业中广泛开展质量改进活动。据统计,2010 年共计 30 个项目获"上海市重点产品质量振兴攻关成果奖",总体经济效益显著。

4. 围绕质量提升,名牌推进工作取得新成绩

一是借助世博机遇,以名牌推进为抓手共同提升服务质量,实现名牌推进工作与旅游行业开展质量提升活动的紧密结合,与提升食品行业的质量水平相结合,与建材企业产品质量诚信体系建设相结合。二是规范和完善了名牌推进机制,加强上海名牌标志的使用和管理。全面评估产品类申报企业在产品质量水平、质量保证水平等六大方面内容,强化对服务名牌创建工作的指导能力。三是加大自主品牌专项资金扶持力度,共资助金额近700 万元。全市共有 255 项产品、124 项服务和 5 个区域被推荐为 2010 年度上海名牌产品、名牌服务和名牌区域,名牌产品企业 2009 年总计实现销售收入超过 1515 亿元以上,其中 13 家企业销售收入超过 10 亿元。名牌服务企业 2009 年总计实现业务收入 826 亿元,其中 16 家企业销售收入超过 10 亿元。目前,有效期内的上海名牌企业销售总额占全市规模以上企业销售总额 43%。

二、2011 年标准化战略和品牌建设总体思路

2011 年,全市标准化战略和品牌建设工作将继续围绕上海"四个率先"、"四个中心"的战略定位,围绕"十二五"规划总体思路,紧贴经济社会发展各项中心工作,全面提升工作效能,努力为促进上海经济社会又好又快发展提供更有效的技术支撑。

（一）标准化战略总体思路

1. 细化一个规划。标准化"十二五"发展规划,细化制定并落实上海市标准化工作年度计划,明确重点工作措施和重大推进项目。

2. 固化两类成果。一是固化世博后续成果。研究制订大型会展活动相关的城市建设与管理、旅游服务、信息化应用等相关标准,用标准化手段提炼、固化成果,形成长效机制。二是固化《上海市标准化发展战略纲要》第一阶段实施成果。修订、研究、出台一批规章或规范性文件,将成熟的工作方式、方法制度化、规范化。

3. 优化三种资源。一是优化政府资源。积极有效发挥"上海市标准化工作联席会议"机制,加强重点领域标准化工作组建设,更好地发挥标准化在推动技术创新、促进产业升级、增强竞争优势等方面的作用。二是优化行业资源。充分发挥行业中介组织的纽带作用,进一步鼓励企业参与国际、国家标准化活动,在高新技术产业、现代服务等优势行业中探索建立行业层面和专业性的标准化例会制度。三是优化技术资源。加强重点行业、重点领域、重点产业标准化技术组织建设。整合在沪全国标委会、市级标委会和市标准化研究等技术资源,提升为政府部门、行业和企业提供标准化服务的能力。分类建立本市标准化专家库,探索建立技术层面的标准化专家指导、咨询委员会。

4. 强化四项推进。一是强化推进政策措施。充分发挥上海市和部分区县政府标准化推进专项资金的政策引导作用,研究推出重点领域标准化指导意见和政策措施。二是强化推进示范试点。把示范试点工作从单个的区域示范向综合示范拓展,从企业标准体系的示范向国家重大工程项目拓展,从工业、农业向现代服务业、高新技术产业等领域拓展。三是强化推进中小企业。围绕企业需求,完善面向中小企业的标准化技术讲坛制度,有计划、有针对性地开设系列技术讲座。加强标准化行政事务相关服务,建立企业标准审查咨询服务平台,探索企业标准先进性评估制度。积极引导中小企业建立完善企业标准体系,鼓励和推动企业联盟标准（联合企业标准）的制订与实施。四是强化推进宣传培训。积极开展标准化宣传培训活动,培育社会公众的标准化意识。

5. 深化五大领域。一是夯实现代服务业标准化工作基础。二是提升先进制造业和高新技术产业标准化工作水平。三是深化农业标准化工作。四是推进节能减排标准化工作。五是加强社会管理与公共服务领域标准化工作。

（二）品牌建设工作总体思路

1. 优化上海名牌推荐方式。探索建立政府推动、第三方评价的名牌推荐工作体系,规范名牌推荐工作机制。继续推进制造行业和服务行业评价规范的制订,建立健全行业评价规范体系。完善上海名牌评价专家队伍建设。稳步推进评价标准、评价程序和评价专家资质管理实现三规范、三公开。

2. 进一步深化各部门、行业、区县之间的合作。进一步发挥好政府、行业和企业之间的相互促进、相互联动的作用,建立和完善相关工作网络,加强沟通协作,充分发挥行业组织在名牌推进工作中的作用。

3. 开展上海名牌企业和评价专家的卓越绩效培训。紧密结合"二千一百工程",加快导入卓越绩效模式,大力推动本市名牌企业学习、实践当今世界先进管理理念和企业最佳管理实践的结晶——卓越绩效模式,树立"以质取胜"的名牌企业形象。

4. 加强上海名牌的日常监督管理工作。调研制造、服务行业上海名牌企业的产品/服务质量状况,研究上海名牌长效监督管理机制,出台本市名牌监督管理工作实施意见,引导名牌企业持续推进名牌战略的同时,强化品牌管理意识,落实名牌推荐后续监管职责与义务。

5. 积极探索名牌宣传的新机制、新途径。以企业自主宣传和名牌整体宣传相结合为主,挖掘上海名牌宣传新阵地,全面展示上海实施名牌战略取得的重大成就,宣传推广上海名牌。

6. 继续实施自主品牌专项资金资助工作。完成《上海市加快自主品牌建设专项资金管理暂行办法》的修订工作,进一步落实自主品牌和质量提升相关专项资金资助政策,引导更多企业走品牌建设道路。

7. 加强质量攻关工作。以上海名牌企业为重点对象,进一步加强质量攻关活动的推行力度,继续充分发挥行业组织和区县政府的指导作用,引导更多企业走质量效益型的发展道路。吸收一批涵盖各行业、精通行业前沿先进技术、并对质量管理工作熟悉的专业人才作为后备专家。

（上海市质量技术监督局）

第二部分

产业发展篇

第二部分

六 业态界说

2.1 服 务 业

一、2010 年服务业发展基本情况

2010 年,上海成功举办世博会,加快推进"四个中心"建设,加快转变发展方式,深化调整经济结构,现代服务业发展取得新成效。

（一）上海服务业发展主要成效

2010 年,上海第三产业实现增加值 9618.3 亿元,比上年增长 5%,"十一五"时期年均增长 12.2%。服务业占全市生产总值的比重达到 57%,比上年有所回落,比"十五"末提高了 5.4 个百分点。世博会成功举办、"四个中心"建设加快推进,成为带动服务业结构升级和平稳增长的主要支撑因素。

1. 世博会带动旅游会展、批发零售、住宿餐饮等服务行业快速增长

全年旅游产业实现增加值 1360.8 亿元,比上年增长 30.1%,占全市生产总值比重达到 8.1%。国际旅游入境人数达到 851.1 万人次,增长 35.3%。星级饭店客房平均出租率为 66%,比上年提高 15.8 个百分点。批发和零售业实现增加值 2512.9 亿元,增长 13.1%。商品销售总额 37383.3 亿元,增长 24.2%,增幅提高 4.9 个百分点。住宿和餐饮业实现增加值 266.5 亿元,增长 6.8%。限额以上住宿和餐饮业实现营业额 599.5 亿元,增长 31.1%。

2. 国际金融中心建设取得新突破

金融业平稳增长,全年金融业实现增加值 1931.7 亿元,比上年增长 4.9%。深入贯彻落实国务院 2009 年 19 号文件,股指期货、融资融券、贷款转让市场、境外机构投资境内银行间市场等金融创新业务相继推出,跨境贸易人民币结算试点进一步扩大。金融市场体系不断深化,金融机构继续集聚。至年末,上海金融机构各项存款余额 5.2 万亿元,比上年增长 17%;各项贷款余额 3.4 万亿元,增长 15.1%。全年上海证券交易所股票成交额 30.4 万亿元,下降 12.2%。期货交易所成交额 123.5 万亿元,增长 67.4%;金融期货交易所成交额 41.1 万亿元,黄金现货交易量跃居全球第一位。银行间同业拆和借债券市场成交额 179.8 万亿元,增长 30.7%。全年新增各类金融单位 116 家,全国 2/3 的法人银行落户上海。

3. 国际航运中心建设取得积极进展

交通运输业保持平稳发展,2010 年交通运输、仓储和邮政业实现增加值 746.4 亿元,增长 11.1%;货物运输总量 8.1 亿吨,增长 5.3%;旅客发送量 1.3 亿人次,增长 20.6%。

全年上海港货物吞吐量达到 6.5 亿吨,连续 6 年保持全球第一;国际集装箱吞吐量达到 2906.9 万标箱,跃居全球第一位;浦东国际机场货邮吞吐量跃居世界第三位。洋山深水港一期二期等项目建设投入使用,特案减免税、启运港退税等试点实施,上海海事仲裁院、上海国际航运仲裁院、上海船舶登记中心等机构相继成立,涉外航运保险业务占全国比重达到 2/3。

4. 房地产市场调控政策取得成效

成交面积明显下降,全年房地产业实现增加值 1042.5 亿元,比上年下降 22.8%。商品房销售面积 2055.5 万平方米,下降 39%;其中商品住宅销售面积 1685.4 万平方米,下降 42.4%。存量房交易面积 1966.9 万平方米,下降 30%;其中存量住宅交易面积 1522.2 万平方米,下降 38.9%。

表 2－1－1　2010 年上海第三产业发展情况

行　　业	增加值（亿元）	比上年增长（%）	占全市生产总值比重（%）
第三产业	9618.3	5	57
＃交通运输、仓储和邮政业	746.4	11.1	4.4
批发和零售业	2512.9	13.1	14.9
信息传输、计算机服务和软件业	636	5.7	3.8
金融业	1931.7	4.9	11.4
房地产业	1042.5	－22.8	6.2

5. 服务业投资和吸引外资稳步推进

全年第三产业固定资产投资 3865.9 亿元,比上年增长 0.8%,占全社会固定资产投资总额的比重为 72.7%。其中,金融业投资 30.1 亿元,增长 92.6%;批发和零售业投资 73.15 亿元,增长 69.2%;房地产业投资 2119.46 亿元,增长 30.3%。全年第三产业实到外资金额 88.3 亿美元,比上年增长 16%,占实到外资总额的比重达到 79.4%。其中,租赁和商务服务业、批发和零售业实到外资增长较快。总部经济较快发展,功能性外资机构继续聚集。年内新增跨国公司地区总部 45 家,外资投资性公司 22 家,外资研发中心 15 家。

(二)服务业发展主要工作

1. 探索突破体制机制瓶颈,开展服务业综合改革试点

按照国家开展服务业综合改革试点和上海开展市级专项改革试验的有关要求,鼓励和指导有条件的区县结合本区县实际,积极申报国家服务业综合改革试点区。闸北生产性服务业集聚发展示范区代表上海申报国家综合改革试点区,并获批成为国家首批服务业综合改革试点区域。

2. 研究制订推动服务业发展的税收政策

针对营业税重复征税阻碍专业化分工和二三产业融合的弊病,为进一步支持上海现

代物流业、信息服务业、专业服务业、人力资源服务业、金融服务业、文化创意产业等新兴业态做大做强,制定出台《营业税差额征税管理办法》,进一步明确营业税差额征税扣除项目的具体内容,扩大了10个扣除项目范围,于2010年9月1日起开始实施。为鼓励和支持制造业主辅分离,促进生产性服务业加快发展,探索研究面向社会从事研发设计、检验检测、信息服务、总集成总承包和供应链管理服务的生产性服务业企业的扶持政策。

3. 加大财政对服务业发展的支持力度

贯彻落实《上海市服务业发展引导资金使用和管理办法》、《上海市服务贸易发展专项资金使用和管理试行办法》和《上海市促进服务外包产业发展专项资金使用和管理试行办法》精神,支持航运、信息、物流、文化、旅游、会展、现代商贸、创意产业、教育培训、医疗和专业服务等领域,以及生产性服务业、服务业集聚区、服务贸易和服务外包等发展。2010年,共计对104个项目、132家服务外包企业、6家培训机构和84家服务贸易企业给予2.0亿元专项资金支持。

4. 组织制订上海服务业相关发展规划

2010年,根据全市国民经济和社会发展"十二五"专项规划编制工作的安排,着手编制了服务业"十二五"专项规划,初步提出"十二五"期间要重点发展金融、航运物流、商贸、信息服务、文化创意、旅游会展等服务业重点领域,加快培育发展新兴金融、专业服务、研发设计、电子商务、数字出版、节能环保服务、教育培训、高端医疗、体育和家庭服务业等新兴服务业。文化创意产业、生产性服务业、信息服务、数字出版、旅游、体育、养老服务、服务贸易等领域也分别制订了"十二五"发展规划。

二、2011年服务业发展总体思路

2011年,上海将按照全市"十二五"规划的指引,进一步聚焦重点领域、扶持新兴产业,克服重重困难,实现现代服务业平稳增长,

1. 深入探索突破服务业体制机制瓶颈的有效途径

开展服务业综合改革试点工作,通过完善服务业政策措施、鼓励服务领域技术创新、加大服务业专项资金支持力度、进行服务业管理体制改革和机制创新等措施,突破服务业发展的制度约束,进一步释放服务业发展潜力。服务业综合改革试点将紧密围绕创新驱动、转型发展,以制度创新为核心,以新需求引领和新技术应用为重点,重点围绕6个方面进行:一是推动现代服务业集聚发展,二是推动生产性服务业转型发展,三是推动生活性服务业提升发展,四是推动农业服务业融合发展,五是推动新兴服务业创新发展,六是推动高技术服务业加快发展。成立由市领导任组长、各相关部门组成的市服务业综合改革试点协调推进小组,统筹协调全市服务业综合改革试点的各项工作。

2. 加快推进与"四个中心"密切相关的重点领域发展

依托"四个中心"建设,充分发挥世博后续效应,抓住新一轮国际服务业转移等战略机遇,加快推进金融、航运、商贸、中介服务、生产性服务等重点领域发展。金融服务业要聚焦金融市场体系建设,加快推进非上市公司股份转让市场、信贷转让市场建设,全力推进跨境贸易人民币结算试点,开展金融机构综合经营、商业银行进入证交所债券市场等试点,抓紧推进市场基准利率机制、跨境支付清算体系、大宗商品期货市场等建设。航运服

务业要聚焦探索建立国际航运发展综合实验区,加快完善航运发展环境和政策支持体系,落实好免征营业税政策,研究探索有利于洋山保税港区发展国际中转业务的航运支持政策,大力发展航运金融服务,支持开展船舶融资、航运保险等高端服务。商贸服务业要依托国际贸易中心建设,深化行政审批制度、贸易管理制度和口岸通关模式改革,提高市场开放程度和贸易便利化水平,打造期货、产权、技术等多个交易平台,构建具有国际国内市场资源配置功能的市场体系,吸引国内外各类企业总部、国际国内贸易组织、贸易促进机构和行业组织,打造国际贸易中心标志性和区域性的空间载体。中介服务业要降低准入门槛,明确政府部门职责分工,推进资源整合和信息共享,加快形成严格、透明、规范的淘汰机制,聚焦投资咨询、信用评级、融资担保、资产评估、航运保险、船舶租赁、航运信息咨询、电子商务、技术中介等领域,积极培育与国际金融中心、国际航运中心、国际贸易中心相适应的中介服务体系。生产性服务业要聚焦总承包、物流服务、研发设计、专业售后服务、金融、保险、租赁、贸易等领域,推进汽车、装备、石化、钢铁、轻纺、有色金属等制造业企业向生产性服务业领域延伸发展。降低准入门槛,重视扶持发展中介服务业。

　　3. 加快文化、教育等领域体制机制创新

深化体制机制改革,推动行政管理体制改革和政府职能转变,积极推进行政审批制度改革。顺应经济发展带来的居民文化消费需求增加的新需要,深化文化产业的体制机制改革,加快推进出版发行单位转企改制和兼并重组,加快电影制片、发行、放映单位和文艺院团转企改制,推动上海文化企业做大做强,加快文化与教育、体育、旅游等领域的联动发展。利用建设国家教育综合改革试验区的契机,探索教育基本公共服务均等化改革试验,深化教育管理体制改革,完善教育督导制度,探索营利性和非营利性民办学校分类管理办法,推动社会性教育培训机构有序健康发展。满足人口老龄化进程加快的需要,加快发展养老服务,构建现代养老福利制度,整合社区服务资源,积极培育公益性民间组织,适度发展营利性养老服务项目。

　　4. 利用信息技术提升改造传统服务业

大力实施信息化领先发展和带动战略,推动信息技术与金融、物流、商贸、教育、医疗等领域的渗透融合,提升服务业各领域的信息化管理运营水平,丰富服务技术手段,提高服务水平。利用新一代信息技术,加快服务业模式创新步伐,着力发展在线交易与支付、金融数据分析、云计算服务、数字出版、呼叫中心、远程教育、远程医疗、精准网络营销、企业信息集中托管等新业务模式。

　　5. 加快培育壮大新兴服务业

准确把握经济危机后全球新技术发展和应用的新趋势,以应用新技术、创新服务模式为手段,以引导和满足多样化的市场新需求为出发点,整合资源,聚焦政策,突破瓶颈,大力鼓励扶持新兴金融、专业服务、研发设计、电子商务、数字出版、教育培训、医疗保健、体育、节能环保、家庭服务等新兴领域加快发展,努力提升新兴服务业规模和能级,抢占服务业发展新高地。研究制订促进新兴服务业发展的政策措施。

（上海市发展和改革委员会、上海市统计局）

2.2　银　行　业

一、2010 年银行业发展基本情况

2010 年,上海银行业总体保持平稳发展势头,信贷投放保持合理水平,信贷结构持续优化,创新发展日趋活跃,整体金融服务品质稳步提升。2010 年末,上海银行业金融机构资产总额 6.9 万亿元,比上年增长 11%;各项存款余额 5.2 万亿元,增长 17%;各项贷款余额 3.4 万亿元,增长 15.1%。不良贷款继续实现"双降",不良贷款余额 272 亿元,比上年末减少 74.8 亿元,不良贷款率 0.8%,比上年末下降 0.4 个百分点,再创历史新低。拨备覆盖率达 213.4%,较上年末提高 63.7 个百分点。贷款损失准备率 235.7%,较年初提高 24.1 个百分点,风险抵御能力进一步增强。2010 年累计实现净利润 797.8 亿元,比上年增长 33.9%,比 2008 年增长 12.6%。

2010 年,上海银行业运行主要呈现出以下主要特点:

1. 全力做好世博金融服务,金融服务品质大幅提升

上海银行业借助世博盛会召开契机,全力提升金融服务品质。一是在硬件设施建设和服务软环境两个层面,通过合理调配网点资源、提高窗口服务效能、优化服务流程、强化服务意识等方式,显著改善服务质量。二是在安全保卫、系统维护和案件管控等方面强化认识、积累经验,进一步提升上海银行业危机处理能力和管理水平。三是通过世博会的成功举办,向海内外充分展示上海银行业的金融服务形象,提升了上海银行业的品牌知名度,对上海银行业的今后发展将会产生深远影响。

2. 信贷结构持续优化,支持和促进上海经济转型

上海银行业金融机构积极调整信贷投向,突出支持重点,持续优化信贷结构,将信贷资源更多投向消费、小企业、贸易、现代服务业等重点领域。一是消费信贷增势强劲,全市全年个人汽车贷款增加 223 亿元,比上年增长 90%;上海各中资银行分行信用卡消费金额达 1607 亿元,增长 31%,比社会消费品零售总额增速高 13.5 个百分点。二是小企业贷款快速增长,2010 年末小企业贷款总量 4614 亿元,比上年末增长 25%。三是人民币贸易融资业务规模翻番。2010 年末全市贸易融资总量达 1394 亿元,比上年末增长 19%。其中人民币贸易融资总量由 308 亿元增至 623 亿元,有力支持了国内外贸易发展的需求。四是积极支持现代服务业发展,对公贷款中第三产业贷款占比稳步上升,年末占比达 72.3%,贷款增长最快的五个行业是分别是文化、体育和娱乐业增长 74%,批发和零售业增长 30%,房地产业增长 29%,科学研究、技术服务和地质勘查业增长 26%,以及租赁和

商务服务业增长 21%。五是积极支持节能环保产业发展。年末全市绿色低碳行业贷款达 310 亿元,比上年末增长 10%;"两高一剩"或产业结构调整指导目录中淘汰类项目行业贷款则减少 35 亿元,贷款余额仅占各项贷款的 0.17%。

3. 机构与业务创新不断深入,持续助推"两个中心"建设

一是非银行金融机构等新金融业态发展迅速。上海首家消费金融公司正式挂牌运营,农银金融租赁公司开业运营,交银租赁、招银租赁成功在综合保税区内设立项目公司开展单机单船融资的业务。企业集团设立财务公司也取得明显进展。二是小企业金融服务水平明显增强。小企业专营组织架构日益壮大,截至 2010 年末在沪持牌小企业专营机构有 3 家、专营小企业业务的城商行 2 家、村镇银行 5 家,此外 20 家异地来沪中小银行分行中大部分设立了小企业专营部门并开设小企业特色支行。三是银行业金融机构债券发行实现突破。银监会批准首批 6 家外资银行发行债券,均为上海落户的外资法人银行。其中三菱东京日联银行已成功在银行间市场发行 10 亿元金融债券,成为首家境内成功发行金融债券的外资银行,另有 2 家在香港发行,其他 3 家外资银行债券发行申请已获受理。金融租赁公司发债实现突破,交银租赁成功发行 20 亿元人民币的金融债券。上汽通用汽车金融公司发行了 15 亿元的人民币金融债券。四是并购贷款、利率互换等创新业务稳步推进。上海银行业并购贷款业务累计发放已超过 100 亿元。银行已开始涉足信用类衍生产品。同时,推出了挂钩国内股指期货、境内交易所黄金品种等多种类型的理财产品。

二、2011 年银行业发展总体思路

2011 年,上海银行业将紧紧围绕"创新驱动、转型发展"的总体要求,在结构调整和发展方式转变过程中,严控各类风险,转变盈利方式,提升核心竞争力,增强内部控制,实现银行业与经济发展的协调互动。

1. 抓住机遇,苦练内功,加快银行业机构发展转型

一是切实提高银行信贷对经济转型的支持力度。继续优化信贷投向,切实增强信贷投放对上海经济转型的支持力度。对于绿色信贷、高新技术产业化领域及物联网等战略性新兴产业的先进制造业和高新技术产业信贷,以及个人消费信贷等未来上海转型发展中需要支持的领域投入更多的关注。并继续优化小企业金融服务差别化政策,确保小企业贷款增幅高于贷款平均增幅。二是坚持均衡稳定投放信贷,切实在银行精细化管理方面狠下功夫。严格按照"三个办法、一个指引",坚决摈弃"冲时点、抢规模"的"规模情结",继续贯彻落实信贷"实贷实付"。按照"以存定贷,存不足,贷少放"的总体要求完成贷款的发放。进一步加强法人银行资本管理工作。三是继续完善考核机制,切实以管理创新推进银行转型发展。进一步完善公司治理结构、强化股东责任。在合理吸收社会资本参股银行业金融机构的同时,银行股东强化在支持银行持续补充资本实力和合规审慎经营方面的责任、承诺。建立更加科学的内部激励与约束机制。持续改善上海银行业的竞争环境,形成银行业之间的良性竞争。

2. 立足创新,迎难而上,提升银行业机构的服务能力

一是继续弘扬世博精神,不断提升上海银行业服务创新能力。认真总结世博金融服

务的先进做法，"以点带面"，利用世博金融服务创新契机，带动上海银行业在体制、机制和业务上的创新，带动银行服务模式和经营模式的调整优化，不断提升"后世博"时期上海银行业的服务创新能力。二是加快业务转型，进一步提高核心竞争力。进一步提高产品的风险定价能力，为银行业务创新奠定基础。抓住人民币国际化和利率市场化改革进程加速的历史机遇，积极参与并开发各类与利率、汇率挂钩的远期、掉期、期货以及期权产品，有效发挥价格引导作用，为进一步推进利率、汇率市场化改革奠定市场基础，提高整体风险定价能力和资源配置效率。发挥营运中心集聚优势，培育并提升银行业资产管理能力。围绕上海成为资产管理中心、人民币新产品的设计和定价中心的未来发展目标，利用各银行自身战略事业部制改革机遇，积极争取各类营运中心落户上海，深化业务管理和创新考核，提升专业服务能力和资金积聚能力。继续加快推进信托、金融租赁公司、财务公司、汽车金融公司、货币经济公司等非银行金融机构的创新发展。三是加快航运金融创新发展。集中专业人才，加强航运金融的研究与产品开发，进一步拓展航运金融服务范围和支持力度，进一步扩大在浦东综合保税区内单航单机融资租赁业务的试点，不断带动国际金融中心与国际航运中心发展的良性互动，将金融服务有效拓展到航运产业的上下游企业，提高对船舶建造市场、航运企业经营、二手船买卖市场在内的产业链的服务。

3. 着眼金融安全，有效防控重点风险

一是重点强化房地产贷款的风险管控。结合融资平台清理，切实推行集团并表授信管理，严控大型房企集团贷款风险。主动预先布防，有效控制高风险房地产企业风险暴露。继续严格执行差别化住房信贷政策。二是按照既定部署推进融资平台风险缓释。按照分类处置原则加快落实各项整改措施。严格控制融资平台贷款增量。以平台贷款为重点，切实改进中长期贷款偿还方式。建立政府融资平台贷款管理长效机制。三是加强规范银信合作等"影子银行"业务。规范银信合作业务。严格规范信贷资产转让，加强对信贷资产转让市场的跟踪与分析。四是坚持不懈抓好案件防控。实施目标管理与事先承诺制。加大教育、查处与问责力度。提升案防管理的精细化。开展"案防成果巩固年"活动，推动"案防执行年"活动固态化、常态化。五是高度关注流动性风险和市场风险管理。

（上海银监局）

2.3　证券期货业

一、2010 年证券期货业发展基本情况

2010 年,上海资本市场以"稳定、规范、发展"为主线,加快推进改革创新举措,服务国民经济发展全局的功能进一步强化,为上海国际金融中心建设作出了积极贡献。

表 2—3—1　2010 年上海证券期货市场基本情况

项　目　名　称		数　　　值
上海证券交易所	累计股票成交额	30.4 万亿元
	占沪深两市成交总额比重	55.8％
	沪市总市值	26.5 万亿元
上海期货交易所	累计期货成交额	123.5 万亿元
	占全国市场总额比重	40％
中国金融期货交易所	累计股指期货成交额	82.1 万亿元
	累计股指期货成交量	0.9 亿手
上海企业资本市场筹资		1184.2 亿元
上海资本市场直接融资比重		20.9％
上海经济证券化率		146.3％

注:期货成交额、成交量均为双边计算。

1. 资本市场支持和服务经济发展方式转变力度进一步加大

2010 年,上海上市公司利用资本市场筹资达 1184.2 亿元,仅次于 2007 年,比上年增长 20.7％,约占全国的 9.4％。其中,首发上市筹资为 116.8 亿元、股票再融资为 923.1 亿元、公司债融资为 12.8 亿元、资产注入为 131.5 亿元。2010 年末,上海经济证券化率达到 146.3％,直接融资比重为 20.9％,继续高于全国平均水平。全年共有 15 家企业在 A 股市场首发上市,是上年的 2 倍多,其中中小板 7 家、创业板 8 家,另有 7 家过会待发行。同时,有 87 家拟上市企业辅导备案。上海的自主创新企业资源与资本市场的良性互动机制逐步形成。

2010 年,共有 14 家公司完成并购重组,业务结构进一步优化,产业链得到有效整合,

有力地推动了上海经济结构调整升级。百联股份、上实发展等公司公告了整合方案,部分改制上市公司整体上市工作取得进展。至 2010 年底,上海有上市公司 177 家,仍是全国上市公司数量最多的地区之一。

2. 上海证券、基金、期货经营机构创新发展不断推进,竞争力进一步增强

证券公司积极开展组织创新和业务创新。新设 1 家券商直投公司;2 家公司率先设立资产管理公司;5 家公司建立香港分支机构,其中国泰君安香港子公司成功首发上市,海通香港发行了人民币基金产品,并收购大福证券;5 家公司开展融资融券业务试点,其中首批 3 家(占全国 50%)。2010 年末,上海试点公司信用资金账户数量占全国 53.4%,融资余额占全国 47.4%,融券余额占全国 37.5%,业务规模在全国保持领先优势。7 家公司开展了期货中间介绍业务。6 家券商直投子公司成功开展项目运作。

上海融资融券试点平稳启动有序运行

融资融券交易,又称信用交易,分为融资交易和融券交易。融资交易就是投资者以资金或证券作为质押,向券商借入资金用于证券买卖,并在约定的期限内偿还借款本金和利息;融券交易是投资者以资金或证券作为质押,向券商借入证券卖出,在约定的期限内,买入相同数量和品种的证券归还券商并支付相应的融券费用。

经过 5 年准备,融资融券试点于 2010 年 3 月 31 日正式启动。作为我国证券市场一项重大创新,融资融券业务试点的推出,有利于改变我国证券市场长期以来单边做多的运行方式,增加市场流动性,提高透明度和价格发现效率,提供风险管理工具,也有利于完善证券公司的盈利模式。融资融券业务对于完善金融市场功能具有重要意义。

至 2010 年底,上海有 5 家证券公司进入试点,其中首批试点的有 3 家,占全国总数的 50%。根据监管部门确立的"有效控制风险、稳步发展业务"的理念,上海试点证券公司业务平稳增长,风险控制情况良好,业务规模在全国保持领先优势,信用资金账户数量占全国 53.4%;融券融资余额 60.4 亿元,融资余额占全国 47.4%,融券余额占全国 37.5%;实现息费收入 2.0 亿元,占全国 68.1%;其中海通证券、国泰君安、光大证券等 3 家公司业务指标居行业前列。

基金公司创新发展取得新成绩。"走出去"步伐加快,3 家公司在香港设立子公司。汇添富香港获得了在香港从事投资咨询与公募、私募资产管理的业务资质。基金电子商务推进工作取得进展。上海汇付数据服务有限公司成为全国首家基金相关支付服务提供商。2010 年末,上海 31 家基金公司共管理基金总份额 7975 亿份,占全国 33%,管理基金总净值 8022 亿元,占全国 32%,均位居全国首位。

期货公司综合实力进一步增强。股指期货业务发展迅速,截至 2010 年末,上海期货公司共开立股指期货账户 1.5 万户,约占市场总开户数的 24%,成交额 24 万亿元,占全国的 29.4%,均位居全国首位。2010 年末,期货公司总资产比上年增长 84%,净资产增长 58.7%,客户保证金余额增长 88.2%,净利润增长 57.3%,其中客户保证金余额排在全国首位。

表 2－3－2　　2010 年上海证券期货经营机构情况

类　　别	家数	占全国比重（%）
证券公司（含 2 家券商所属资产管理公司）	16	15
证券公司直投子公司	6	—
证券公司在沪营业部	471	—
证券公司在沪分公司	40	—
基金管理公司	31	50
异地基金公司在沪分公司	21	—
证券投资咨询公司	20	20
证券评级机构	2	40
外资证券、基金代表处	77	48
期货公司	26	16
期货公司在沪营业部	98	—

　　3. 规范发展态势良好，金融生态环境持续优化

　　各类市场主体规范运作水平进一步提高，上海资本市场保持了规范发展的良好态势。证券公司建立了信息隔离墙机制，合规问责及合规有效性评估机制得到健全，敏感性分析和压力测试机制进一步完善，"参一控一"政策落实取得进展。基金公司围绕"三条底线"，不断加强合规管理，管理层等核心人员合规责任进一步强化，监察稽核、内控评价功能进一步发挥，合规运作、风险管理水平进一步提升。期货公司继续落实期货保证金和净资本监管工作要求，充分发挥总经理、首席风险官及关键岗位联席会议机制作用，完善治理结构、夯实管理基础、规范营销行为。投资者权益保护力度进一步加大，打击内幕交易和基金"老鼠仓"专项行动取得成效。全年共办理涉嫌内幕交易、"老鼠仓"立案案件和非正式调查案件 21 件。查办打非案件 286 起，向公安机关移送和通报线索 139 件，向工商部门通报线索 48 件，通过媒体曝光非法网站 436 家。此外，证券期货市场诚信建设不断推进，上海证券同业公会率先建立上海证券营销人员从业信息备案和诚信公示平台，实现"先公示后展业"。率先成立全国基金业第一家地区性行业自律组织上海市基金同业公会，推动基金行业自律发展。

　　二、2011 年证券期货业发展总体思路

　　（一）上海证券期货业发展面临的机遇和挑战

　　2011 年，我国仍处于可以大有作为的重要战略机遇期，资本市场稳定健康运行、证券期货业加快创新发展具有有利条件和坚实基础。从宏观经济金融环境来看，未来几年，美国、欧洲等主要经济体预计将保持复苏态势，新兴经济体在世界经济格局中的地位将进一步上升。全球再度发生大范围金融危机的概率趋于下降，全球资本市场基本渡过最坏的时期。我国经济仍将保持平稳较快增长的良好势头，国内生产和消费市场

潜力巨大,转变经济发展方式和调整经济结构步伐加快,科技创新能力不断增强,我国居民储蓄和外汇储备充裕,社会投融资需求依然旺盛。从资本市场发展趋势来看,经过 20 年的发展,我国资本市场的运行机制逐步健全,市场效率明显提高,承载力、影响力和服务能力显著增强,社会各界对大力发展资本市场的共识不断深化,资本市场进入一个新的发展阶段。从上海国际金融中心建设来看,上海将在人民币国际化过程中发挥重要作用。金融市场功能进一步拓展,对外开放进一步深化,服务经济转型发展的能力不断提升,金融机构实力不断增强,发展环境不断优化,这些都将为上海证券期货行业提供更为广阔的发展空间,带来更多的资金、机构、人才和资源,创造更多的创新发展机会。从证券期货行业自身发展基础来看,经过近几年综合治理和强化监管等一系列重要基础性工作,经营机构治理结构得到优化,经营状况明显好转,资本实力显著提高,功能定位逐步回归,创新能力不断提升,行业形象日益改善,"走出去"步伐进一步加快,为下一步加快发展奠定了良好基础。

但同时,影响资本市场稳定运行的不确定因素依然较多。世界经济复苏进程仍将艰难曲折,美国推行量化宽松货币政策以来全球流动性泛滥,主要发达国家与新兴国家经济政策分歧加大。我国资本市场面临世界经济格局调整、国际金融市场波动、跨境资本流动的影响。国内经济结构不合理、收入分配差距扩大等长期性、结构性问题与房地产价格过高等短期问题交织叠加,各种"两难"问题凸显。资本市场总体上仍处于"新兴加转轨"阶段,市场基础仍需加强,市场体系和结构有待完善。证券期货经营机构竞争能力和创新能力仍需进一步加强。

（二）2011 年证券期货业发展总体思路

2011 年,上海证券期货业将进一步围绕提升行业核心竞争力、提高行业合规管理和风险控制水平的发展主线,努力形成一批资本实力较强、行业影响较大、经营规范透明、创新活跃有效、国际竞争力初步形成的证券期货经营机构,吸引和培养一批适应上海国际金融中心建设需要、具有国际视野的高级管理人才和专业人才,推出一批满足市场需求、具备领先优势、有利于市场功能发挥的产品和业务,力争在全国行业发展中发挥带动作用。

1. 着力提高直接融资比重,夯实行业发展基础

围绕经济结构调整目标,增强对经济发展的服务能力。支持上海金融类企业、文化类企业、高科技高成长性中小企业和战略性新兴产业企业改制上市和再融资,鼓励上海上市公司开展并购重组整合资源提高整体质量,加快推进张江高新技术园区非上市公司进入代办股份转让系统试点,为行业提供更多的业务发展机会,吸引机构集聚,推进业务创新。

2. 着力提升行业核心竞争力

引导证券公司以客户需求为导向持续提升专业服务能力,鼓励投资顾问业务发展,稳步扩大融资融券业务规模,加快经纪业务转型升级,支持发行上市和开展市场化并购整合。鼓励基金公司创新产品,设立专业子公司,拓宽基金销售渠道和支付模式,促进独立销售机构快速发展。以打造资产管理中心为目标,支持上海的证券公司和基金公司积极开展理财业务创新,拓展境外资产管理业务,推进境外募集资金进行境内证券投资业务试点。鼓励期货公司积极争取投资咨询业务试点。

3. 着力提高行业合规管理和风险控制水平

进一步完善证券、期货公司治理,充分发挥董监事会、合规和稽核部门作用,在法律法规允许范围内建立健全激励约束机制。加强内控建设,强化内部约束机制,有效预防、及时发现并快速纠正经营管理中的违规问题。落实证券公司信息隔离墙制度,推动完善客户分类和产品风险评估机制,加强保荐业务和财务顾问业务监管。督促基金公司防范利益冲突,严厉打击"老鼠仓"、非公平交易和各种形式的利益输送行为。完善期货公司净资本动态监控机制,加强期货公司客户保证金管理。督促经营机构强化风险管理意识,提高风险管理能力,完善风险管理工具、方法和系统,改进风险识别、评价和控制流程。推进行业信息系统备份能力建设和信息安全等级保护,确保核心系统安全稳定运行。有效发挥行业自律组织作用。

4. 着力完善行业生态发展环境

进一步完善监管方式,加强政策指导,推动机构创新发展。健全金融管理部门协作机制,为行业发展提供有效支持。加强行业诚信体系建设,拓展诚信记录使用的广度与深度。充分发挥行业自律组织"自律、服务、传导"功能,促进规范有序竞争。加强金融法制建设,完善金融执法体系,优化上海证券期货业司法环境。完善地方政府政策支持体系,完善人才发展环境,进一步提升上海对国内外金融人才的吸引力。

（上海证监局）

2.4　保　险　业

一、2010 年保险业发展基本情况

2010 年,上海保险业按照"转方式、调结构、防风险、促发展"的要求,紧紧围绕服从服务于上海"两个中心"建设,在稳健发展、规范自律、保障民生、加强监管等方面取得较好成效。上海保险行业实现原保险保费收入 883.9 亿元,比上年增长 32.9%,其中财产保险公司原保险保费收入 197.2 亿元,增长 24.1%;人身保险公司原保险保费收入 686.7 亿元,增长 35.7%。保险业赔付支出 194.5 亿元,增长 10.1%。至 2010 年底,全市共有保险机构 115 家,保险专业中介机构 302 家。

1. 服务经济社会发展,努力转变发展方式

一是以服务世博为重点,提升保险服务功能。狠抓服务质量,打造世博保险品牌,在认真做好世博会规定保险、商业保险组织实施的同时,专门建立了世博保险快捷理赔程序和世博投诉事件专项管理机制,举全行业之力,切切实实做好世博保险各项服务工作,对 1336 件保险报案及时处理。世博会举办 184 天,保险服务零投诉。二是以服务两个中心建设为重点,引领行业健康发展。全行业认真做好上海保险业"十二五"规划的编制工作,制定上海保险业改革创新三年行动计划。支持上海航运中心建设,通过政策支持和制度指引,推动人保、太保在上海建立"航运保险营运中心"。以服务民生为出发点积极参与"两个中心"建设,不断扩大保险覆盖面。三是以结构调整为重点,努力提升发展质量。在寿险领域积极引导寿险公司销售模式转变,推进银保业务结构调整,推广需求分析销售方式,研究保险营销员生存状况和持续发展问题,鼓励引导电话、网络等新兴保险直销渠道发展。在产险领域积极关注车险业务发展质量,关注商业车险费率市场化和交强险费率地区化等领域的改革试点,不断完善交强险费率浮动机制。

世博保险

历经了数年的筹备,集国内外保险行业智慧于一体的世博保险方案于 2007 年 4 月 16 日经过国务院批准,世博保险规章于 2007 年 6 月 18 日经过国际展览局批准;2007 年 12 月,人保成为世博会保险全球合作伙伴;2008 年 10 月,世博会三项规定保险共保体正式签约;2009 年,世博会商业保险产品备案和再保险安排等前期工作逐一落实。相关的世博保险安排,在保障范围、产品设计、服务模式、事务管理等各方面积极创新,为世博前、世博中、世博后不同阶段提供了全方位高水平的风险管理和保障方案。

本届世博会保险方案包括法定保险、规定保险和商业保险三大类,其中包括世博建设阶段的建筑安装工程保险;所有展馆及展品艺术品等的财产保险;组织者工作人员、参展方工作人员、票务工作人员、园区志愿者、安保人员、演职人员、世博礼宾官等意外险;世博园区及展馆内涉及参观者第三者保险保障的综合责任险;以及延伸至世博园区外 13 万城市服务站点志愿者以及 4000 台世博出租车等商业性保险保障,实现了世博会从主办方到参展方,从参观者到志愿者及配套服务提供方风险保障的"全覆盖"。世博保险的共保体,采用轮值主席团的"1+2"日常管理模式、复合激励的办法等创新思路和方法,取长补短,优势互补,为世博会各项工作的顺利推进提供了可靠的组织保障。建立共保体有利于各成员保险公司各展其所长,充分发挥各自品牌、人才、技术、服务等方面的优势,形成整体合力,分散风险,提高保障系数。

根据本届世博会规定保险方案,上海保险业按时完成规定保险的承保工作。其中包括:第一,综合责任保险。由组织者统一为自身及参展方签订大保单,覆盖范围涵盖整个世博园区及相关水域面积、停车场等,保险覆盖率达到 100%。第二,建筑安装工程保险。保险覆盖面达到 98%,其中组织者项目全部投保。第三,财产保险投保。覆盖面达到 95%,其中组织者财产全部承保。第四,展品和艺术品保险。由于部分参展方在国外安排保险,国内世博保险共保体承接了约 1/3 参展方的展品,组织方负责展品全部承保。第五,其他商业保险。世博会商业保险主要集中在对各类特殊人群的保障和对世博服务用车等交通工具的保障上。在人员保障方面,世博会为组织者的员工、实习生、票务人员、各类志愿者、安保人员、演职人员及世博礼宾官等提供了全面的人身意外险保障,保障人数超过 25 万人,保障金额超过 1100 亿元;在交通工具保障方面,配合相关部门为组织者自用车辆及用于世博服务的出租车辆提供车险保障,保障车辆超过 4500 台,还为世博园内用于越江交通的所有摆渡船只提供了船舶险保障。

世博会运行期间,保险公司较好落实理赔服务方案,提供高品质理赔服务。世博会举办 184天,1336 件保险报案得到了及时处理,保险服务零投诉,为上海世博会的安全、稳定运行作出了贡献,集中体现了保险业在社会管理中的独有作用。第一,上海保险业建立了全方位服务网络,保证渠道畅通。根据上海世博会需要,运行期间世博保险共保体成立了世博营业部服务点、驻世博局参展者服务大厅服务点、园区服务点、定点医院服务点等全方位服务网络,各服务点人员与相关片区管理部及相关单位紧密配合、协同工作。第二,上海保险业推动建立了定点医院快速赔付机制,丰富服务内涵。定点医院快速赔付机制是世博保险公司专门针对世博会提供的一项便捷的理赔服务内容,目的是为了加强医疗跟踪、加快人伤赔付,为组织者的组织管理工作提供支持。针对就诊时无法自行垫付诊疗费的特殊伤患者,通过启动理赔备付金,实现及时治疗的目的。此外,还建立了绿色理赔通道,优先处理人身赔偿案件,妥善处置财产损失案件,实现快速赔付。

航运保险

航运保险是航运金融的重要组成部分。作为国际航运中心重要组成部分,船舶、物流、港口等都对保险有巨大的需求。首先,船舶是重要的物流交通工具,是巨额移动财产,风险系数极高,事故频发且后果严重,特别需要保险服务。第二,上海港腹地的经济发展,意味着未来的上海港货运量将进一步大幅增长,对国内货物运输保险和海上货物运输保险等的需求都将持续增长。第三,洋山深水港规划建设成世界第一大港口,它不仅是一个航运港,而且集保税区、自由港和出口加工贸易区三者为一体,港区内巨大的物流、人流和信息流、港口基础设施、港口作业、航运金融、航运责任等都蕴含着巨大的保险需求。第四,上海国际航运中心所辐射的长三角区域的相关保险需求也将显现。

2010 年是上海航运保险发展关键的一年。上海保险业服务于国际航运中心建设,大力发展船舶保险、海上货运保险、保赔保险等传统保险业务,积极探索新型航运保险业务,培育航运再保险市场,积极开展与航运保险相关的风险管理服务、改进保险承保理赔服务、推进保险条款的国际化和培育发展保险中介,采取建立航运保险的行业协会和支持航运保险专业化经营改革创新等监管措施,使航运保险的内涵和外延不断扩大,目前已获得了一定的规模效应、积聚效应和政策效应,上海推动形成了相对集中的国际航运保险市场。

上海航运保险市场初具雏形。专业性航运保险机构迅速设立和聚集。2010 年 8 月 9 日,保监会批复同意中国太保、中国人保在上海试点成立"航运保险运营中心",并给出了 6 个月内完成筹建的时间表。苏黎世金融服务集团与上海浦东新区合作设立了"苏黎世国际航运与金融研发中心"。支持航运保险相关专业中介机构成立。2010 年 7 月 29 日克拉克森等 9 家国际知名航运经纪企业正式在沪注册,成立全国首批国际航运经纪公司。同月,上海首批 135 名航运经纪人获颁执业证书,正式走向市场。经中国保险监督管理委员会批准成立的国内首家专业船舶保险公估公司——上海船舶保险公估有限责任公司正式落户上海。

上海航运保险业务发展迅速。一是规模上台阶。上海地区船舶险和货运险总量达到 21.94 亿元,占全国相关业务量的 17%,相当于国内其他五大主要港口业务量总和。二是保持高增速。船舶险和货运险总量比上年增长 30.91%,超过当年上海港吞吐量增速 23 个百分点,增速在国内六大港口中排名第二。三是政策推动有显现。2010 年全年共有 33 家享受免征营业税,免征税额达 5504.23 万元,带动航运保险业务增量达到 5.18 亿元。自《国务院关于推进上海加快发展现代服务业和先进制造业建设国际金融中心和国际航运中心的意见》(国发[2009]19 号)文件颁布实施以来,注册在上海的保险企业享受免征国际航运保险业务营业税额已达 7941.39 万元。四是产品创新积极。美亚保险特别推出了创新型险种"港口和码头综合保险"、"物流经营人综合责任保险"等航运保险新产品。

2. 改进服务水平,努力提高行业形象

一是不断改进理赔服务。着力发挥保险风险保障、防灾防损作用,全力做好伊春"8·24"空难、上海"11·15"特大火灾等重大灾害理赔服务工作。抓住车险理赔这一社会关心热点,督促保险公司开发保单和理赔记录信息查询系统,推动车险定损中心相关建设工作,配合建立理赔定损人员培训资格认证制度,督促公司不断改进车险理赔服务水平。二是加强信访法律服务。积极开展信访调研,加强信访法律服务,探索进一步加强和改进上海保险信访工作方案,着手研究推动由监管机构、市场主体、同业公会、群众都参与的信访投诉调解机制。三是做好消费者保险知识服务。组织编写车险理赔服务便民手册和《非寿险案例汇编》,坚持不懈推动保险进学校、社区和政府,帮助消费者对自身诉求的正当性与合理性形成清晰认识。

3. 发挥公会作用,完善行业基础建设

一是强化行业自律。指导同业公会规范寿险公司银保渠道价格竞争,制定了相关业务指引,推动全行业签署《上海地区人身保险公司电话营销服务承诺》。积极推动开展车险自律公约的执行情况检查,有效防止恶性竞争反弹,并将行业自律范围从车险扩大至非车险领域。二是推进信息化建设。拓展上海机动车辆联合信息平台功能,扎实推进人身险信息平台建设工作并取得实质性进展,建成上海保险兼业代理管理系统。三是推进行业标准化建设。推动行业制定《保险事故车辆维修协作单位标准》、《上海市寿险同业窗口服务标准(2010 年版)》,开展保险服务质量规范地方标准化工作,逐步制定新的保险服务地方标准。

4. 防范化解风险,努力提高监管水平

一是以现场检查为抓手,推动行业合规经营。对包括保险机构、保险中介机构、保险机构代表处在内的全行业进行了数据真实性和业务合规性的全面检查,对 8 家保险公司、14 家保险中介机构、4 家外资保险代表处和 14 名相关责任人进行了严肃处理。二是以分类监管为抓手,构筑行业风险防线。完成对上海地区各产寿险公司、各专业中介机构的年度分类评级工作。密切关注保险机构和保险市场的发展动态,从"机构分类、业务分类、问题分类"等不同维度强化分类监管的政策效果。三是以制度建设为抓手,推动行业整体发展。包括修改完善风险处置的应急预案、强化和完善高管人员监管制度、强化寿险专管员和统计联系人制度、出台保险兼业代理管理办法、推广专业中介非现场监管系统和机构及高管人员管理系统、推动产险行业建立车险理赔服务系统等。

二、2011 年保险业发展总体思路

2011 年是"十二五"时期的开局之年,上海保险业将以科学发展为主题,以转变发展方式为主线,围绕"转方式、促规范、防风险、稳增长",坚持依法监管、科学监管、有效监管,着力防范与化解保险市场风险,着力规范保险市场秩序,着力满足人民群众的保险需求,着力保护保险消费者利益,促进上海保险业健康发展、创新发展、开放发展。

1. 转方式、调结构,切实推动行业科学发展

一是大力推进财险的业务转型。围绕上海国际航运中心建设和上海经济转型,大力发展航运保险、科技保险,为各类新兴产业提供风险管理与保障服务。推进环境污染责任保险,加强对低碳企业的保险服务。大力推进责任保险、家财保险、人身意外伤害保险等险种的发展。积极为都市农业、观光农业、生态农业提供保险服务。积极推进出口信用保险、科技保险、保单融资保险等,服务中小企业发展。二是大力推进寿险结构调整。适应上海养老保障的需要,加快推进个人税延型养老保险的试点工。继续以医疗卫生体制改革为契机,在有关医疗信息共享机制建设、委托商业保险建立罕见病风险管理、开展高端医疗保险、研究老年护理保险方面进行研究和开拓。继续推进客户需求导向的销售模式。推动银保合作的新模式。积极推动银行和保险公司之间进行客户资源共享。积极研究网络销售等新的渠道,加强团险业务的行业自律,加强对团险业务的监管检查。

2. 下决心、出重拳,切实管住市场违法违规行为

一是继续加强对各个市场的监管检查。加大检查的频度,提高检查的效率。针对上海保险市场实际,将检查结果与信访投诉、分类监管等信息结合起来,开展对重点公司、重点业务领域的检查。开展专项巡查、调研式检查,不断丰富检查的形式和内容。二是加强监管合作,开展协同监管。针对近年来保险业连续发生多起大案要案的情况,出台相关规范性文件,强化重大案件的检查手段。加强与工商、税务、审计、公安、经侦等执法管理部门以及其他金融监管部门的合作,开展反洗钱、反商业贿赂、反保险欺诈等执法检查。三是健全组织机构,充实稽查力量。进一步加大保险领域犯罪的打击力度,进一步加强对上

海保险机构的集合检查。四是坚持同查同处,加大处罚力度。按照同查同处的原则,加强对保险公司和保险中介机构的检查,追究违规机构和当事人的责任,追究分管领导以及公司一把手的责任。五是完善监管制度,健全长效机制。在完善兼业代理登记系统的基础上,着手开发专业代理登记系统,强化保险公司对代理机构的管理责任。严格执行保险机构见费出单、零现金收付费、保单承保理赔信息客户自主查询、理赔服务公开承诺等制度,从制度上加强对"三乱五假"等问题的防范。

3. 全方位、多角度,切实把好行业风险防范的闸门

一是加大对高管人员的管理。坚持处理事和处理人相结合,继续加大对高管人员的问责追究,继续完善高管人员任职资格考试制度,继续完善高管人员不良记录档案库,发挥监管效能。二是推进保险公司内控制度建设。适时推出《上海保险公司合规管理指引》,把公司的主要内控制度作为现场检查的重要内容,对内控管理不到位的公司,将对高管人员从重处罚。三是完善分类监管制度。根据保监会分类监管的指标体系,认真开展分类监管的评级。在此基础上,根据上海保险市场的实际情况,不断完善分类监管的指标,加强对新设立机构的风险管理引导,加强对公司市场退出机制的研究。从市场准入到经营管理,直至市场退出全过程实施差异化监管,采取有针对性的监管措施。四是进一步发挥同业公会作用。围绕"自律、维权、服务、交流"四项职能积极发挥同业工会作用。不断提升费率和手续费行业自律水平,提升自律公约的约束力。推动产、寿、中介各个信息平台开发建设,加强保险营销员、代理机构的管理。围绕行业维权、宣传教育、人民调解、行业培训、对外交流等方面积极提高公会为行业服务的水平,为行业的发展营造良好的环境。

4. 动真情、出实招,切实保护保险消费者利益

一是加强诚信建设。继续推动同业公会加强对银保从业人员的管理。建立保险营销员、理赔人员、代理公司和修理厂等领域黑名单制度。完善保险企业和保险高级管理人员诚信档案。继续推动行业建立车险理赔质量评比制度,研究车辆修理零配件和修理工时费行业标准。二是加强信息披露。加大信息公开力度,提高保险消费者及社会大众对保险行业经营管理服务的认知度。建立健全财险承保理赔信息自主查询机制,研究车险客户身份认证工作。按照人身保险新型产品信息披露管理办法,规范保险公司新型产品销售行为。加大对保险诚信服务的社会监督。三是建立健全投诉处理机制。集中监管力量,发挥行业组织作用,利用机构主体优势,探索调解组织创新。加大对重要信访投诉举报案件的调查处理力度。加强对保险公司投诉处理工作的指导和规范。继续加强保险公司一把手信访负责制,对问题突出的保险公司强化一把手的责任。四是加强消费者教育。加强和推动行业整合资源开展保险宣传,引导保险消费者正确购买合适需要的保险产品。综合使用各种传媒和宣传平台,认真做好保险宣传工作,扩大保险业的社会影响,营造良好的社会舆论环境。

（上海保监局）

2.5　房地产业

一、2010 年房地产业发展基本情况

2010 年，上海把房地产业发展作为推进上海经济发展和改善民生的重点，着力保持行业健康稳定发展。

1. 加强和改善房地产市场调控，促进房地产市场平稳健康发展

积极贯彻落实国家各项房地产市场调控政策，进一步加强供应和需求双向调节，先后制订了限购、加强境外机构和个人购房管理、允许动迁安置房提前上市、提高商品房预售标准等办法。完善商品住房销售方案备案管理制度，规范商品住房预订销售行为，加大违法违规行为查处力度。综合采取信贷、税收、土地、行政、法律等手段，既抑制投机性购房，坚决遏制地价、房价上涨势头，又满足合理住房需求，注重改善广大市民的居住条件。2010 年，受保障性住房开工建设规模不断扩大等因素推动，全市共完成房地产开发投资1981 亿元，比上年增长 35.3%。全年新建商品房销售面积 2056 万平方米，减少 39%，其中新建商品住房销售面积 1685 万平方米，减少 42.4%；存量房买卖登记面积 1967 万平方米，减少 30%，其中二手存量住房买卖登记面积 1522 万平方米，减少 39%。为规范住房租赁市场，切实维护租赁双方当事人的合法权益，认真开展调研，着手修订《上海市居住房屋租赁管理实施办法》，按照综合管理和属地化管理的原则，进一步强化居住房屋租赁管理，促进居住房屋租赁市场的健康发展。

2. 全力以赴抓好建筑整治和世博运行保障工作，积极构建长效管理机制

完成 1996 年前高层旧住房综合整治 1511 万平方米，多层旧住房综合改造 4706 万平方米，建筑立面清洁 9922 万平方米。世博期间，为确保小区的安全和稳定，全力做好住宅小区各项安保防范工作。对全市 1.2 万余名保安经理和近 9 万名物业保安人员进行全覆盖世博安保培训；对全市 1 万余个住宅小区实行不间断安全防范督查；检查水箱、水池 16 万余只，确保二次供水安全管理；检查 8584 个住宅小区地下停车库防汛防台措施及相关制度落实情况；检查配电房 2.5 万余个，整改用电安全隐患；检查全市 800 余个房屋拆迁和拆除基地，确保基地的环境整洁、安全、平稳；检查各类危旧住房 2196 万平方米，开展危旧房查排险工作。世博后，认真总结迎世博建筑整治的经验，进一步明确责任，形成"有人查、有人管、有人修"的长效常态管理制度和网络。此外，结合"11.15"特别重大火灾事故，认真开展住宅小区、旧住房建筑整治和房屋拆迁拆除工地的消防安全专项检查。

3. 加强物业管理和房屋修缮改造工作，有效提升房屋管理水平

开展物业法规修订工作,制订出台《上海市住宅物业管理规定》,着力加强物业行业监管工作。推进物业招投标平台建设,已有 17 个住宅小区通过平台落实前期物业。开通962121 物业服务热线查询系统,主动接受市民监督。积极推进旧住房综合改造。全面开展高层住宅电梯更新改造、直管房全项目大修、郊区老城镇旧住房改造调研和旧住房改造摸底调查工作。抓紧实施旧住房综合改造,全年完成高层旧住房综合整治 16 万平方米,多层旧住房综合改造 872 万平方米,小区环境改善 396 万平方米。继续推进成套改造工作,完成杨浦、宝山、闸北等区成街坊旧住房综合改造试点。

4. 落实住宅领域节能减排目标,推进住宅产业现代化

夯实技术支撑,完成《节能省地型住宅适用技术应用指南》、《住宅全装修设计导则》等技术文件,建立全装修住宅报建、预售、报监、竣工验收备案、交付使用等的全过程监管程序。2010 年全市竣工全装修住宅 227.4 万平方米。加强政策引导,共 22 个、约 175 万平方米住宅项目列入"建筑节能项目专项扶持资金"扶持范围。推进"四高"优秀小区创建和住宅性能认定,对保障性住房和商品住房项目实施分类推进,共创建"四高"小区 49 个,总建筑面积 869.3 万平方米。加强住宅交付使用许可和质量管理,全市新建住宅交付使用审核发证 449 个项目,1744.54 万平方米,强化分户验收合格证明审核,加强保障性住房建设质量的监管。进一步加强住房配套管理。建立新建住宅配套项目储备库,明确各区重点及系统工程建设,积极推进保障性住房基地的配套设施建设,确保配套设施与住宅项目同步建设和同步交付使用。

二、2011 年房地产业发展总体思路

2011 年是"十二五"的开局之年,也是抓住后世博发展机遇、把迎博办博有效做法转化为长效管理机制的关键之年,上海将继续把房地产作为推动经济和改善民生的大事,加强市场调控力度,完善管理机制,加强物业管理和房屋修缮改造,进一步提升市民居住环境和质量,促进房地产市场健康发展。

1. 加强市场调控,进一步促进房地产市场健康发展

抓紧落实《国务院办公厅关于进一步做好房地产市场调控工作有关问题的通知》(国办发[2011]1 号)和上海市实施意见中的各项措施,继续坚持"以居住为主、以市民消费为主、以普通商品住房为主"的发展原则,严格执行差别化信贷和税收政策,做好房产税试点实施工作,坚决抑制投机性购房,有效遏制地价、房价上涨势头,引导合理住房消费,促进住房市场的健康稳定发展。一是进一步做好限购工作,跟踪政策执行情况,并根据实际进一步明确相关操作口径,开发专项信息查询系统。二是进一步加强房地产市场监管,重点强化商品住房销售方案的指导和审核,实施"一房一价"销售制度,加强现场监管,加大对违法违规行为的查处力度,确保各项调控政策落实到位。三是进一步规范发展存量住房市场和租赁住房市场,形成租售并举、增量和存量市场联动的良好格局。抓紧研究修订《上海市房地产转让办法》,完善房地产交易规则。加强房地产经纪行业管理,进一步完善存量房交易网上备案管理,适时实施存量房交易资金监管,继续保持存量住房市场的发展活力。加快推进《上海市居住房屋租赁管理实施办法》的修订,规范租赁行为,维护租赁双方当事人的合法权益;积极鼓励企业、单位开展房屋租赁业务,研究探索建立房屋租赁平

台,加快发展住房租赁市场。

2. 完善管理机制,切实加强住宅小区消防安全和旧住房修缮、房屋拆除工地生产安全

巩固和保持"迎世博 600 天行动"的成果,加强对居住安全长效管理体制机制的专题研究,提出完善居住安全管理的思路对策,形成具体制度和规范。加快建立住宅小区防火安全管理长效机制,强化住宅小区消防安全动态信息管理,引导城市消防救援资源的合理布局和科学配置。完善消防安全日常管理制度和标准,推进消防安全精细化管理。建立消防安全监督检查机制,坚持消防安全管理巡视督查制度。加大消防宣传培训和执法力度,提高市民群众消防安全意识和自救能力。进一步梳理和完善企业安全生产、文明施工规章制度,形成长效管理机制,加强对旧住房修缮改造项目、房屋拆迁拆除工地生产安全和文明施工的监管。

3. 加强物业管理和房屋修缮改造,进一步提升市民居住质量

抓紧落实物业保修金、业主大会及业主委员会运作和日常管理等相关制度,并做好培训和宣传工作,引导广大市民群众树立正确的物业管理消费理念,依法行使权利和履行义务。一是培育和引入第三方中介机构为业主提供专业化服务,提高业委会依法履职能力,帮助业主提高自我管理能力,完善业主自我管理模式。二是加快物业企业和从业人员信用体系建设,将诚信情况与企业的资质等级的变更、招投标市场的准入门槛、年度评优项目的创建等直接挂钩,促使全市物业服务行业服务水平的不断提升。三是建设物业服务招投标市场,在将前期物业管理纳入全市统一的物业管理招投标平台的基础上,将业主大会采用招投标方式选聘物业服务企业的项目纳入平台。此外,深入推进旧住房综合改造。继续开展旧住房成套改造、拆落地改造工作,鼓励有条件的小区开展改善旧小区环境和完善旧小区配套设施的工作,提升旧住房综合改造的管理水平,进一步改善居民居住环境。推动高层住宅老旧电梯更新改造、直管公房全项目大修、郊区城镇旧住房改造试点和市郊国有农场危旧房综合改造等工作。

4. 加大节能环保和住宅产业化推进力度,切实提高住宅建设整体质量和配套水平

一是扎实推进住宅"四节一环保",完成装配整体式保障性住房和商品住房示范项目开工建设 60 万平方米,建立住宅产业化专家委员会和培育 1 个国家住宅产业化基地,落实土地供应、容积率奖励和建筑节能专项资金补贴等鼓励措施。二是推进全装修住宅发展,健全全装修住宅建设监管机制,新出让地块严格执行外环线以内 60% 以上、其他地区30% 以上的比例要求,加强项目建设过程监管和指导。三是计划落实可再生能源利用住宅项目 60 万平方米建筑面积,积极推进 65% 节能标准实施。四是全年创建"四高"优秀小区 40 个左右,实施住房城乡建设部住宅性能认定项目 20 个左右,稳步提高新建住宅的综合性能。修改并施行"四高"小区创建评分标准。推进保障性住房性能认定工作,完成10 个以上项目性能认定,并建立长效推进和管理机制。继续加强新建住宅交付使用和质量管理,切实落实分期建设公建配套设施的同步交付,满足市民的基本生活需求。

(上海市住房保障和房屋管理局)

2.6 物 流 业

一、2010 年物流业发展基本情况

1. 物流业规模持续扩大

2010 年,上海港口货物吞吐量完成 6.5 亿吨,继续保持世界第一,集装箱吞吐量 2905 万标准箱,首次成为世界第一大集装箱港,"枢纽港"重要标志的集装箱水水中转比例达 37.7%。机场货邮吞吐量 370 万吨,其中浦东机场货运排名继续稳居全球第三。

2. 物流资源交易平台建设取得新进展

上海陆上货运交易中心建设取得新进展。一是成功研发物流搜索引擎,使用户及时了解供需信息,实现资源优化配置,凸显 56135 物流平台信息发布、物流交易和价格发现等功能。二是对接传统贸易商,促进其转型为供应链服务集成商。如与浙江物产金属集团对接,帮助其对交易、采购、生产、配送等环节进行整合以实现高度协同,形成贯穿整条产业链的闭环服务链,使其每吨钢铁贸易流通物流成本降幅达 20%—30%。三是对接大宗商品市场,延伸市场的产业链和价值链。如与国内最大的中远期电子交易市场——上海大宗钢铁电子交易市场建立战略合作伙伴关系,为大宗钢铁客户提供综合物流解决方案。采购商可通过 56135 平台对物流服务进行询价、报价并成交,实现在线交易与异地交割。平台对接后,大宗钢铁的实物交割率比去年同期增长了 100%。

3. 城市配送物流加快发展

一是城市配送物流服务世博功能充分显现。政府部门、商贸、物流企业形成联络机制,建立应急预案和处置规程,确保世博重要商品和物资应急保障物流及时、安全、高效运作。二是形成《上海市加快推进城市配送物流发展实施方案》,明确城市配送物流发展的布局、主要任务和措施,推进重点物流园区—区域性配送中心—末端配送节点的三级城市配送网络建设。三是零星危险化学品物流服务体系初步建立。北芳物流利用 GPS 技术和 IT 信息平台实现城市零星危险化学品实时可视监控配送管理。百联晶通化轻建设零星危险化学品物流基地,实现危险化学品物流动态配送和静态储存全流程安全监控。

4. 洋山保税港区物流服务功能不断拓展

一是由展示功能带动贸易发展,由贸易功能带动物流发展,使洋山保税港真正成为国际供应链的亚洲枢纽。进口汽车保税展示已经成为国内综合保税区范围内启动最早、规模最大、影响最广泛的进口汽车保税展。航空原材料、零部件及设备、模具及塑料产品等航空设备保税展示及交易平台初具形态。二是多式联运、中转集拼等航运物流加快发展,

保税港区服务和辐射能力进一步提升。"水水中转集拼"业务示范效应逐步扩大。上海集拼仓储物流有限公司已相继开拓厦门、南京、大连、重庆、武汉等 8 个口岸的集货渠道。三是跨国公司亚太采购配送中心、供应链管理中心、有色金属集散中心以及大型航运企业逐步集聚。2010 年保税港区引进企业 112 家,超过之前 4 年引进企业数的总和。国际著名的电子、通讯品牌纷纷选择洋山保税港区建立面向亚太分拨中心。

5. 区域物流联动发展成为各方共识

政府部门合力推进。物流牵头部门共同谋划长三角地区"十二五"物流业发展规划;交通港口部门联合发布《关于推进长三角地区道路货运(物流)一体化发展的若干意见》;工商部门建立工商登记协同机制,统一和规范企业登记注册条件和登记注册程序;安监部门探索建立危险化学品道路运输安全联控机制,在世博会期间签署三地安全监管协议;口岸部门共同推进长三角区域大通关合作,建立和健全"点对点、城与城"、以项目为抓手、以需求为导向的工作模式;海关部门签订区域合作备忘录,优化转关管理模式,促进区域内通关作业规范统一;检验检疫部门拓展业务合作,大力推进区域直通放行试点,有效提升口岸服务效率。

行业协会协同推进。上海市物流协会与苏浙物流协会组建长三角地区现代物流合作联盟,发布《中国长三角地区物流行业行规行约》倡议,建立行业自律机制。上海市交通运输行业协会与上海市组合港管理委员会办公室共同组建"上海国际航运中心发展促进会",加快长三角地区航运企业、港口企业发展。上海市国际货代行业协会开展长三角货代企业信用等级评估互认,规范长三角区域内进出口代理市场。三是高校、科研机构助力推进。复旦大学、海事大学、同济大学、交通大学等高校加强与长三角地区高校、物流园区和企业的合作,研发物流技术,提供物流方案咨询。上海标准化研究院联合浙江省标准化研究院共同起草《物流服务合同准则》国家标准。

6. 物流企业服务水平不断提高

截至2010年底,上海已拥有A级企业94家,其中4A以上企业49家,占52.2%。30家企业获评"全国先进物流企业"。27家企业获"上海服务名牌"称号。一批企业加大研发创新力度,成为国内物流业佼佼者。如上海国际港务(集团)的现代港口物流服务示范工程关键技术、上海博科资讯的物流企业管理自主平台 MAP 的开发和应用获 2010 年度中国物流与采购联合会"科技进步奖"一等奖。一批企业加快建设物流服务平台建设,通过平台的信息化、标准化建设,为中小企业提供服务,提升中小企业服务水平。如上海新跃物流建设"物流汇"中小型陆运物流企业公共服务和管理平台,向第三方陆运物流企业推出物流管理软件、物流企业电调系统、呼叫中心服务、车辆全球定位服务等,改善物流企业的内部管理水平和服务质量。

7. 物流业发展环境进一步优化

物流产业政策不断深化、细化。从税收政策看,69 家物流企业享受差额征收营业税的政策试点;洋山保税港区免征物流运输等环节的营业税近 16 亿元。从财政政策看,国家国债专项资金和服务业引导资金以及上海服务业引导资金、技术进步和信息化专项资金,聚焦重点支持物流园区、现代化物流设施、物流信息平台、物联网技术应用等几十个项目,累计资助资金达亿元。从交通管理政策看,为保障世博期间世博园区周边商贸物流业的正常运行,向世博期间管控区内部分重点商贸物流企业发放通行证104张。为满足城市配送物流量日益增长的需求,提高上海城市道路资源利用率,对重点城市配送物流企业中心城区通行证发放比例进一步提高。

二、2011年物流业发展总体思路

2011年是"十二五"发展开局之年,是"创新驱动、转型发展"突破之年,上海将加快形成要素集聚、功能完备、运行高效的供应链物流产业体系,成为与国际金融、贸易、航运中心地位相匹配的,具有全球物流资源配置能力的国际重要物流枢纽和亚太物流中心之一。

1. 拓展口岸综合服务功能,加快国际航运中心建设

贯彻落实国务院"两个中心"文件精神,发挥洋山保税港的综合优势,通过信息互通、资本联合、业务合作等多元化途径,加强"三港三区"一体化发展。积极推动水水联运、水陆联运、公铁联运、空陆联运,形成多式联运有效衔接和保税物流功能充分发挥的口岸集疏运网络。大力发展国际采购配送、国际中转、转口贸易等增值物流服务,进一步提高通关效率,降低物流成本。

2. 加强区域物流联动发展,培育现代物流市场

以上海电子口岸平台和上海陆上货运交易中心网络平台为载体,推进中国物流资源交易中心项目建设,形成"大物流、大市场、大流通"。一要联接上海物流园区、工业园区、商品交易市场,促进物流专业化、社会化发展;二要联接长三角、珠三角、环渤海地区以及四川、重庆等,实现区域物流资源的优化配置,培育规范有序的现代物流市场;三要联接国际市场,鼓励企业走出去,加强国际合作,增强物流竞争力和辐射力。

3. 构建城市配送物流服务体系,建设全国流通领域物流示范城市

发布《上海市加快推进城市配送物流发展实施方案》,大力发展以公交货运为主要模式的共同配送,以连锁商业、电子商务、涉及城市公共安全和生活安全的危险化学品、食品冷链、医药品等物流配送为重点的专业配送,以及以保障重要物资供应为核心的应急配送,制定以定车型、定时段、定地点为主要内容的"三定"通行政策,通过试点、示范突破发展瓶颈,构建"高效、便捷、绿色、经济、安全"的城市配送物流服务体系。

4. 推动制造业与物流业联动发展,促进产业转型升级

结合国家开展"两业"联动示范活动,支持制造业企业运用供应链理念和信息技术,优化作业流程。制定鼓励大型制造企业集团剥离、整合内部物流的政策,推进实现制造业物流服务社会化和专业化。鼓励物流企业全面融入制造业产业供应链,提供供应链物流方案设计、物流金融等增值服务,加快促进企业转型升级,提升产业综合竞争能力。

5. 创新电子商务物流发展,突出服务支撑和质量提升

结合上海国际贸易中心、国家电子商务示范城市建设,以大宗商品电子交易、居民网络购物、企业网络营销与采购为重点,推动电子商务领域物流、金融、贸易融合。支持电子商务企业通过企业自建、与第三方物流合作等方式,构建低成本、广覆盖的物流网络。同时,鼓励电子商务企业与物流企业合作,率先开展物联网技术研发与应用,不断提高物流服务质量和水平。

(上海市商务委员会)

2.7 旅游业

一、2010年旅游业发展基本情况

2010年,上海旅游行业认真贯彻落实国务院[41]号文件和市委、市政府工作部署,全力以赴、扎实做好世博旅游接待服务各项工作,圆满完成了年初确定的各项任务。全市全年旅游收入达3053.2亿元,比上年增长30.3%。其中,旅游外汇收入达64.1亿美元(约435.3亿元人民币),增长33.5%。全市接待国内游人数达2.2亿人次,增长73.6%;接待入境旅游人数达851.1万人次,增长35.3%,其中入境过夜游客人数达733.7万人次,增长37.6%。

1. 借力世博引擎、宣介都市旅游,国际、国内旅游市场开发取得显著成效

主攻境外近程市场,加大中程市场的开发力度,适度组织远程客源市场的宣传和促销。赴36个国家和地区开展世博旅游宣传活动76次。邀请覆盖五大洲30个国家和地区的海外旅游媒体、旅行商共111批次来沪考察,推介世博旅游,并与日本、韩国、德国等国家开展双向交流活动411次。加强与境外主流媒体合作,报道上海都市旅游产品。主动对接世博会,精心筹办上海旅游节,圆满完成2010年中国国际旅游交易会承办任务,积极推动一批有影响的国际会议来沪举办。

2. 加强培训、提升能级,为世博游客提供周到细致的服务保障

组织开展"服务创佳绩、明星耀世博"系列岗位练兵活动。对近10万名旅游行业从业人员进行了培训,在全市1万余名导游中开展了"青年导游员大赛"活动,印发世博培训教材,组建100人的金牌导游员服务队。构建世博旅游长三角"小语种导游员"信息库及资源共享平台,将14个小语种的2200余名导游纳入平台管理,实现资源共享。

3. 主动靠前、加强协调,保障世博团队游客文明有序安全观博

协调增设世博相关设施。组建上海世博会试运营演练旅游团队临时指挥部,完善世博旅游大巴停车场配套服务设施。旅行社共组织了66.8万个团、2087.7万人次的游客入园参观,占入园总人数的28.6%,其中经全市14家世博指定旅行社组织的团队游客数达1090万人次,占团队游客总数的52.2%,对平衡客流起到了积极作用。

4. 充分挖潜、合理引导,保证了持续大客流情况下"有房住、有床睡"

创新开发世博人家、世博农家等住宿产品。落实世博旅游住宿统计预报制度,引导来沪游客"错峰观博"、"错时住宿"。组织全市大型旅游网络公司引导游客网上提前预订住房。引导游客"在沪参观、离沪住宿",及时分流游客。在沪游客没有出现"无房可住、无床

可睡"的情况。

5. 强化行业自律、积极规范市场,旅游政风行风建设有了新的提升

积极推进旅行社标准化、品牌化、信息化建设。做好政风行风网上测评、纠风在线网上投诉、962114政风行风热线的调研、统计、核查、督办和答复等工作。委托市质量协会定期开展游客满意度测评工作,游客满意度测评报告显示:上海市旅游业管理较规范、安全性较高,满意度测评总体评价达到85.1分,比上年同期有较大提升。印发《关于进一步加强世博期间旅行社和导游人员管理的通知》,会同上海世博局制定了《关于本市旅行社及其工作人员违规使用上海世博会中国国家馆团队预约资源的处理办法》打击相关违规违纪行为。

6. 层层落实责任、前移防范关口,旅游安全保障和应急管理工作扎实有效

制定细化安保方案和《上海世博旅游突发事件处置预案》。突出做好暑期高温、节假日的旅游安全,持续不断开展安全生产大检查,确保暑期世博旅游安全。加强相关人员安保培训,提高旅游行业应对突发事件的能力。举办"上海市旅游行业突发事件应急演练",招募培训6000余名平安志愿者,推进平安世博建设。印发《关于在本市旅游行业排查旅游安全隐患的紧急通知》整改安全隐患;印发《关于进一步加强旅游车辆安全管理工作的实施意见》,规范旅游车辆合同文本、旅游车辆准入标准。

7. 延续世博经验、科学谋求发展,全面绘就后世博旅游发展蓝图

积极借力世博引擎,深化后世博旅游发展研究。拟订《关于加快旅游业发展建设世界著名旅游城市的意见》。聚焦"创新、融合、提升"目标,较好完成了"十二五"旅游业发展规划和专项规划编制工作,旅游业已被列为"十二五"上海市现代服务业重点产业。建立健全旅游公共服务、景区景点、旅馆、旅行社、世博人(农)家等11个方面的标准规范,扎实推进工业旅游标准实施和全国旅游标准示范点建设工作。组织开展11期"东方旅游讲坛",举办区县旅游管理部门及骨干旅游企业负责人研修班,组织开展职务培训,为后世博旅游业发展贮备人才。积极打造后世博长三角区域城市旅游品牌。

8. 完善服务设施、改进服务方式,旅游公共服务保障更加便捷

新建、改建了45个旅游咨询服务中心并及时投入使用,世博期间共接待各地游客近60万人次,发放各类资料近200万份。完成"962020"热线数据库信息的整合更新和功能拓展工作,共受理旅游咨询3.3万人次,接通率达100%,受到中外游客的一致好评。上海旅游集散中心与长三角区域24个地级市签订合作协议,提供"一站式"服务。积极推进上海旅游人力资源网二期开发工作,扎实推进上海旅游集散中心主站建设。新增100台旅游"e"点通多媒体触摸屏,完成其中、英、日版建设,并开通世博旅游专栏。

二、2011年旅游业发展总体思路

2011年是实施旅游业"十二五"规划的开局年,也是上海旅游业"创新驱动、转型发展"的突破年。上海旅游行业将围绕建设世界著名旅游城市的目标,按照"融合、创新、提升"的发展要求,以"战略转型、功能提升、空间重塑"为核心,实现上海旅游业"十二五"良好开局。2011年上海旅游业发展的主要目标是:接待国内旅游人数1.7亿人次,国内旅游收入2585亿元;接待入境旅游人数735万人次,旅游外汇收入61亿美元。

1. 推进旅游业发展实施意见和规划制定工作

召开上海市旅游产业发展大会，发布《关于加快旅游业发展建设世界著名旅游城市的意见》，制定实施方案等配套文件，分解任务、落实责任、加强督查。成立上海市旅游发展领导小组。稳步推进《上海市旅游业发展"十二五"规划》。推动上海市"十二五"旅游重大项目开工建设，推进迪士尼主题乐园、国际旅游度假区和虹桥商务区内旅游项目等的前期工作。

2. 融合发展，创新培育都市旅游产品

一是大力发展商务会展旅游。扩大商务旅游论坛影响，鼓励旅游企业不断拓展商务市场。研究出台扶持政策和激励措施，促进上海会展旅游的发展。坚持和深化上海会议大使制度。加强旅游与会展的相互促进，提高会展素质和旅游收入。二是重点发展水上旅游。制定上海水上旅游发展五年规划，全面谋划上海江、河、湖、海、岸的旅游发展。发展上海的邮轮、游艇、游船旅游。重点推进黄浦江和苏州河水上旅游发展，策划推出"苏州河一日游"。推动上海港国际客运中心软件提升，建成旅游咨询服务中心，推出更多邮轮产品线路和包船产品，促进水、陆旅游联动。三是促进旅游与商业、文化、创意、赛事的结合。加强商旅文结合，充分整合成熟的商业、文化设施，鼓励创意园区、博物馆、收藏馆等打造创意旅游产品，更进一步实现旅游与体育赛事的结合，在提升 F1 中国大奖赛、大师杯、国际马拉松等传统赛事的旅游接待水平的同时，把游泳世锦赛、女子国际公路自行车赛等大型赛事办成旅游的盛事。

3. 建设旅游公共服务实事项目，完善旅游发展环境

一是推进旅游信息服务升级转型。筹划上海旅游信息服务中心总部改扩建项目，整合实现旅游信息咨询、旅游公共援助等六大服务功能。探索强化 10 个 4A、5A 景区（点）的游客服务中心的功能。进一步完善集"热线服务、咨询服务、网络服务"三位一体的旅游信息公共服务体系。二是加快旅游集散中心的设点布局。建成上海旅游集散中心总站，推动浦东、杨浦、青浦等旅游综合服务中心的规划建设，使之具备旅游咨询、票务预定、投诉处理等复合服务功能，为游客出游提供便利。三是推进旅游便民实事工程。推进旅游咨询服务进社区活动，为居民提供旅游咨询、合法维权等服务。围绕"开发旅游便捷服务项目、拓展优惠支付环境"的宗旨，重点推进"上海都市旅游卡"和银联标准的"上海旅游卡"的使用，鼓励游客旅游消费。

4. 加大城市推广，树立世界著名旅游城市形象

一是创新途径，加大上海城市形象宣传。充分利用网络、新媒体、新技术等平台，加大对上海城市形象的推广。继续加大请进来的力度，加强同世界旅游记者联合会等海外记者组织的交往与合作，借力、借脑，提升上海旅游在国际上的知晓度和美誉度。二是针对客源，加大海外旅游营销投入。创新宣传促销的方式和手段，保持入境旅游的稳步增长。针对传统的日、韩及东南亚入境客源市场，重点推出主题和专项旅游产品。保持港、澳、台门客源市场的份额，重点推出美食游和购物游。扩展美、法、德、意等远程入境客源市场，重点推出会展旅游和邮轮旅游。积极关注成长性良好的澳新市场，促进游客人数增长。三是整合资源，加大国内旅游市场推广。继续完善上海城市形象及旅游推广资源库的建

设,全方位积累城市形象宣传资料。丰富"经典上海"的国内宣传内容,扩大上海旅游在国内的影响力。整合后世博的旅游资源,进一步打造并按主题推出"最受欢迎的 2010"系列产品。

5. 加强旅游法规、标准的制定和完善工作

一是推进旅游法制建设。研究制定《上海市水上旅游管理办法》,促进邮轮、游艇、游览船市场的规范发展。创新方法,加强旅游法律法规的宣贯工作,进一步提升与旅游相关的法律服务水平。二是开展新一轮旅游标准化建设。制定新一轮上海旅游标准化工作计划,完善上海旅游标准体系。依据上海市地方标准《旅行社服务质量要求及等级划分》,积极开展旅行社等级评定试点工作。依据上海市地方标准《旅馆业服务质量要求》,加大旅馆服务达标创优工作。大力推进旅游标准化示范试点工作,着力把上海建设成为旅游标准化最先进的城市之一。

6. 创新旅游管理,保障旅游安全

一是继承发扬行之有效的世博旅游管理机制和方法。学习世博园区旅游人数实时统计制度,探索建立全市重大旅游景区(点)旅游人数统计体系。巩固和放大世博旅游管理效应,加强和改进旅游市场管理,形成健全高效的常态管理长效机制。二是建立健全旅游目的地评价和监督管理机制。挑选培养第三方评价机构,完善评价标准,优化工作流程,强化以游客评价为主的旅游目的地评价机制。三是建立健全旅游安全运行保障机制。始终把旅游安全放在首位,以旅游交通、旅游设施、旅游餐饮安全为重点,深化旅游应急预案和应急体制、机制建设。严格执行《上海市处置旅游突发事件应急预案》,推动建立旅游应急救援网络和机构,加强应急队伍建设,加强旅游企业消防、卫生、治安等方面的实战演练,切实提高预防和处置突发事件的能力。

7. 深化区域旅游合作

一是促进长三角旅游城市群一体化发展。继承发扬世博会留下来的行之有效的合作体制机制,深化长三角旅游业联动发展,联手推进。利用高铁、空港等联系纽带,培育机制,打造旅游精品。探索建立长三角旅游安全合作协议和旅游突发事件处理机制,探索建立长三角投诉快速处理联动机制。二是加强与关联城市的旅游合作。以水上旅游为核心,加强与周边国家和长江沿岸重点旅游城市的合作与交流,强化产品共同开发、联手推广,探索长效合作机制。三是加大旅游对口支援力度。重点围绕新疆喀什地区、西藏日喀则地区、三峡库区等开展旅游对口支援工作,落实相关合作交流协议。

（上海市旅游局）

2.8　会 展 业

一、2010 年会展业发展基本情况

2010 年是世博年,也是上海会展业发展关键之年。一年来,上海会展业围绕 2010 上海世博会的成功召开,参与世博、服务世博,实行了园内园外联动,进一步推动了上海会展业健康有序发展。

(一) 各类展览会运行情况

2010 年,在上海举办的各类展览会项目 642 个,总展出面积 804 万平方米(不包括世博会),其中在上海 10 个主要场馆举办的展览会项目 480 个,比上年减少 46 个,下降8.7%,总展出面积 766 万平方米,比上年增加 43 万平方米,增长 5.9%。

1. 国际展览会规模和质量不断提升

2010 年,上海共举办国际展览会项目 232 个,比上年减少 11 个,下降 4.5%,总展出面积 577.5 万平方米,比上年增加 17.5 万平方米,增加 3%,其中境外参展面积 147 万平方米,境外参展比例为 25.5%。国际展览会规模质量不断提升,展出面积在 3 万平方米以上的项目已达 51 个,比上年增加 2 个,展出面积 411.51 万平方米,比上年 382.9 万平方米增加28.62 万平方米,增长 7.5%,其中 10 万平方米(含 10 万)以上的国际展览会项目 16 个,比上年增加 1 个,总展出面积 235.3 万平方米,增长 7.7%;5—10 万平方米(含 5 万)的国际展览会项目 17 个,比上年增加 1 个,总展出面积 110.0 万平方米,增长 6.2%;3—5 万平方米(含3 万)的国际展览会项目 18 个,与上年同,总展出面积 66.2 万平方米,增长 8.9%。

表 2-8-1　上海展览会项目按规模进入前 10 名的项目情况表

序号	展 会 名 称	展览面积(万平方米)
1	第十六届中国国际家具展览会	40.0
2	中国国际工程机械、建筑机械、工程车辆及设备博览会	23.0
3	第十七届中国国际建筑、装饰展览会暨专业屋面、墙面、地面材料及门窗幕墙展览会/第十七届中国国际建筑装饰科技精品展览会暨第九届中国国际建筑陶瓷及卫浴科技精品展览会/第十八届上海国际酒店用品博览会/第十一届中国清洁博览会	15.0

序号	展　会　名　称	展览面积 （万平方米）
4	中国国际橡塑展	15.0
5	上海国际汽车零配件、维修检测诊断设备及服务用品展览会	13.8
6	中国国际纺织机械展览会暨 ITMA 亚洲展览会	12.7
7	第十八届上海国际印刷包装纸业工业展览会/第十八届上海国际广告技术设备展览会	12.7
8	中国国际纺织面料及辅料（秋冬）博览会/中国国际产业用纺织品及非织造布展览会	12.7
9	中国华东进出口商品交易会	12.7
10	第十九届中国国际电子电路展览会/SEMICON CHINA 2010/慕尼黑上海激光、光电展/慕尼黑上海电子展	12.7

表 2－8－2　举办 3 万平方米以上国际展览会项目主（承）办单位情况表

序号	单　位　名　称	项目数 （个）	总展出面积 （万平方米）
（一）在上海注册的主（承）办单位		32	307.1
1	慕尼黑展览（上海）有限公司	3	40.3
2	上海博华国际展览有限公司	1	40.0
3	上海市国际展览有限公司	4	31.2
4	法兰克福展览（上海）有限公司	3	28.8
5	上海外经贸商务展览有限公司	2	27.7
6	上海环球展览有限公司	2	27.7
7	上海现代国际展览有限公司	2	16.1
8	上海世博集团	1	10.4
9	汉诺威米兰展览（上海）有限公司	1	10.4
10	上海协升展览有限公司	1	10.0
11	上海万耀企龙展览有限公司	1	8.1
12	上海协作国际展览有限公司	2	7.2
13	上海商展办展览有限公司	1	6.9
14	上海国际展览中心有限公司	1	6.9

续表

序号	单 位 名 称	项目数（个）	总展出面积（万平方米）
15	上海东博展览有限公司	1	6.9
16	杜塞尔多夫展览（中国）有限公司	1	6.9
17	上海诺盖斯展览策划有限公司	1	5.8
18	上海百文会展有限公司	1	5.8
19	上海跨国采购中心有限公司	1	3.5
20	华汉国际会议展览（上海）有限公司	1	3.5
21	上海国际汽车城东浩会展中心有限公司	1	3.0
（二）	北京来沪办展的主（承）办单位	19	105.3
1	中国国际贸易促进委员会轻工行业分会	3	22.5
2	中国国际贸易促进委员会纺织行业分会	1	12.7
3	亚洲博闻有限公司	1	6.9
4	中国五金交电化工商业协会	1	6.9
5	中国医药保健品进出口商会	1	6.9
6	中国电子器材总公司	1	5.8
7	中国国家旅游局	1	5.8
8	北京爱博西雅展览有限公司	1	4.6
9	中国百货商业协会	1	4.6
10	中国国际贸易促进委员会建筑材料行业分会	1	4.6
11	中国中联橡胶有限公司	1	3.8
12	通用国际广告展览有限公司	1	3.5
13	中国国际贸易促进委员会	1	3.5
14	中国玩具协会	1	3.5
15	中国纺织品商业协会	1	3.5
16	中国国际贸易促进委员会化工行业分会	1	3.1
17	中国眼镜协会	1	3.1
合计：		51	411.5

2. 国内展览会规模大幅提升

2010 年，上海共举办国内展览会 410 个，总展出面积 226.5 万平方米，比上年增长 38.8％。其中 2 万平方米以上的展览会项目有 16 个。

表 2—8—3　2 万平方米以上的国内展览会项目情况表

序号	项　目　名　称	规模(万平方米)
1	2010 第五届进口汽车博览会	3.0
2	2010 春季中国(上海)婚博会	2.4
3	2010 夏季中国(上海)婚博会	2.4
4	2010 冬季中国(上海)婚博会	2.4
5	第十届全国农药交流会暨农化产品展览会	2.4
6	第九十八届中国鞋业、皮具商品博览会暨"名品名店"对接展会	2.3
7	第十届上海墙纸布艺展览会暨家居软装饰展览会	2.3
8	2010 上海门业产业展览会	2.3
9	2010 上海书展	2.3
10	2010 上交会暨第三届国际进口商品博览会	2.1
11	上海结婚展	2.0
12	上海之春房地产交易展示会	2.0
13	第二十七届中国上海房地产展示交易会	2.0
14	第二十八届中国上海房地产展示交易会	2.0
15	第七届(春季)上海纺织服装采购交易会	2.0
16	上海世博会安徽周主题博览会	2.0

3. 展览会展商、参观客商国际化程度不断提高

2010 年,上海各类展览会吸引的展商共 23.5 万家,其中国际展览会的展商为 16.0 万家,比上年增长 5.8%;国内展览会的展商为 7.5 万家,比上年增长 25%。各类展览会吸引的参观客商共 1032.5 万人次,其中国际展览会的参观客商为 812.5 万人次,比上年增长 5.0%;国内展览会的参观客商为 220 万人次。

表 2—8—4　十大场馆承接展览会项目数量、面积情况表

	数量(个)			面积(万平方米)		
	项目数量	其　中		总面积	其　中	
		国际	国内		国际	国内
上海新国际博览中心	70	70	0	427.7	427.7	0
上海光大会展中心	172	58	114	158.9	61.1	97.9
上海展览中心	57	25	32	53.4	28.2	25.2
上海国际展览中心	49	38	11	37.2	30.6	6.6

	数量（个）			面积（万平方米）		
	项目数量	其　中		总面积	其　中	
		国际	国内		国际	国内
上海世贸商城	52	20	32	46.2	21.8	24.5
上海国际会议中心	9	7	2	2	1.6	0.4
东亚展览馆	32	2	30	15.6	1.3	14.3
浦东展览馆	13	6	7	7.9	3	4.8
上海汽车会展中心	5	1	4	7	1	6
上海农展馆	21	0	21	9.9	0	9.9
合计：	480	227	253	765.8	576.2	189.6

（二）国际会议情况

2010 年上海世博会的成功举办，进一步推动了国际会议的发展。期间，全球相关专家和学者围绕"城市，让生活更美好"这个"和谐城市"的主题和以"城市多元文化的融合"、"城市经济的繁荣"、"城市科技的创新"、"城市社区的重塑"、"城市和乡村的互动"等副主题召开了数十个高层次专业性的会议和研讨论坛，对全球城市经济、科技、环境等的发展具有十分深远的意义。此外，由于世博会的带动，浦江论坛等大型国际会议也在规模和国际化方面都有了较大的提升。2010 年全年，上海共举办各类国际性会议 900 多场，涉及参会人员近 30 万人次，其中境外参会者达到 5 万人次。

（三）节事活动情况

2010 年上海的八大节事活动亮点纷呈，同时配合世博会的召开，开辟了新的专题，带动了上海经济的联动发展，丰富了人们的精神文化生活。如上海国际电影节在专业架构、活动规模及社会影响力等方面迅速提升，报名影片、市场招展、创投项目还是出席红地毯、电影论坛的明星与嘉宾，数量上都再次刷新电影节创办以来的纪录；上海旅游节共吸引游客达 900 万人次，创历年新高；上海购物节共推出主题活动 500 多项，其中重点活动 85项，2000 多家商业企业、20000 多个网点踊跃参与，购物游专线增至 12 条；上海国际服装文化节全面整合上海国际服装文化节和上海时装周的活动资源，在办好服装文化节的同时，抓住世博契机，打造成为自主品牌国际化的服务平台、国际品牌辐射中国的展示高地、原创设计培育提升的孵化基地、海派文化传承发展的有效载体。

（四）会展企业积极参与世博、服务世博

从 2009 年起，在上海会展行业协会的积极推荐下，业内具有代表性的各会展企业参与筹博、服务世博，上海展示工程企业积极参与世博会投标。通过招标竞争，业内有 36 家企业中标，获得了 2010 上海世博会服务供应商和受援国服务供应商资格，经过协调、平衡，业内企业共承接了 99 个国家馆、21 个省区市馆、44 个企业综合馆的深化设计、布展搭

建和运营工作,以及 26 场大型活动的组织和服务工作,为世博的成功举办作出了贡献。

二、2011 年会展业发展总体思路

(一) 2011 年上海会展业发展面临较好的外部环境

1. "后世博效应"将逐步显现,为会展业发展提供了前所未有的良好机遇

2010 年世博会为上海会展业的发展搭建了一个良好的国际交流平台,通过参与世博会,进一步开阔了上海会展企业的视野,创造出一些新的展会主题。同时,世博会的举办,进一步改善了上海城市的软硬件设施,提升了城市的国际品牌形象和综合服务能力。此外,世博会也为上海会展业培育了一大批专业服务人才,有利于提升上海会展业的人才和服务水平。

2. 上海"四个中心"建设和国家对长三角地区建设世界级城市群的战略定位,奠定了上海建设国际会展中心城市的基础

上海"四个中心"的建设,更加丰富了会展业发展的条件,将吸引更多高端的商务客户,优化会展产业链的内涵,提升上海会展业的国际化程度。同时,国务院批准实施长三角地区建设世界级城市群的战略定位,必将引起长三角地区会展资源的新一轮优化整合,对上海会展业的场馆建设、品牌展会的培育、高端国际会议的发展、知识产权的保护和管理水平的提升,提出更高的要求。同时,长三角地区门类较为齐全的产业也为会展业发展提供了重要的产业基础,有利于发挥展会对产业的带动效应。

3. 各级政府对会展业发展更为重视

随着上海产业结构的调整,发展现代服务业将成为各级政府特别是中心城区的重要任务,对会展业拉动经济发展的效应也将产生新的认识。目前,已有浦东新区、长宁等区考虑将会展业作为本区现代服务业发展的重要内容之一,已经制订或计划出台相关的鼓励扶持政策,这将为本市会展业实现大发展提供良好的外部环境。商务部也拟出台《关于加快培育国家级国际经贸展览会的指导意见》和相关认定办法,将为上海加快培育国家级国际经贸展览会带来契机。

4. 新场馆投入使用

2011 年,随着上海新国际博览中心两个新单馆以及世博展览中心的投入使用,上海室内可供展览面积从 27 万平方米增加到 37 万平方米,将大大缓解上海展览场馆租用的饱和状态,有效地缓解上海会展场馆的不足。目前上海会展业逐步进入规模、质量和效益同步提升的发展阶段。经过前 5 年的快速发展,上海会展业项目数量和规模都有了较大的发展,再加上场馆供给的增加,预计 2011 年上海展览会总规模将有 15% 以上速度的增幅。随着上海会展环境的不断改善,一些国际知名品牌展会也将进入上海,上海会展业发展将逐步过渡到规模和数量为主向规模、质量和效益同步提升的重要发展阶段。

(二) 2011 年会展业发展总体思路

2011 年中国共产党成立九十周年,是"十二五"开局之年,也是上海"创新驱动,转型发展"启动之年。在新的一年里,上海将牢牢把握科学发展这个主题,把握加快转变经济发展方式这条主线,加强行业自律,推动上海会展行业和谐、健康发展。

1. 认真落实"十二五"规划

在调查研究的基础上,制订推进鼓励上海会展业发展的若干政策措施,争取年内出台。修订上海展览业管理办法。进一步规范会展行业,组织力量编制展览、会议、展示工程、场馆行业标准。进一步深入研究上海会展业对社会经济的贡献度,提高上海会展业的社会地位。鼓励会展企业做强做大,推动一批会展项目成为国内外品牌项目。

2. 推进虹桥国家会展平台建设工作

抓住后世博机遇,大力发展品牌展会,吸引国内外知名品牌展会落户上海,培育做大常年展,提高上海会展业的整体竞争力。

3. 加强对企业的服务和管理

切实提高为企业服务的思想意识,采用多种形式和渠道为会员企业,尤其是中小企业服务。继续扩大对外联络交流,与欧美等地会展行业建立合作关系,进一步推动上海会展业的发展。

4. 完善行业协会组成架构

为加强专业管理,在已建立展示工程和主(承)办专业委员会的基础上,加快成立会议专业委员会,积极推进上海国际会议(论坛)的发展;成立场馆专业委员会,进一步规范场馆管理,提高场馆资源的利用率。吸收大专院校教师和理论工作者参与专业委员会,建立由专家和学者组成的专家咨询委员会,提升整个行业理论水平,推进产学研结合。同时,争取完成上海市会展行业工会的组建工作。

(上海市会展行业协会)

2.9　信息服务业

一、2010 年信息服务业发展基本情况

2010 年,上海信息服务业深入贯彻落实科学发展观,积极面对后金融危机时期的机遇与挑战,扎实推进软件和信息服务业高新技术产业化,产业发展呈现稳定较快增长态势,运行状况总体良好。

1. 经营收入保持较快增长,企业发展迅速

2010 年上海信息服务业实现经营收入 2532 亿元,比上年增长 20.1％,增速与上年基本持平。实现增加值 903.5 亿元,增长 15.2％,占第三产业比重达到 9.4％,占全市生产总值的比重达到 5.4％。截至 2010 年底,有规模以上信息服务企业 3900 家,从业人员达到 32.3 万,其中 2010 年经营收入超亿元企业达到 173 家(不包括信息传输服务企业)。随着交技发展、华平股份和东方财富等企业的上市,上海累计有 29 家信息服务业企业在海内外上市。

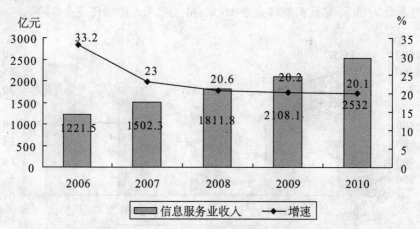

图 2-9-1　2006-2010 年上海信息服务业经营收入及增速

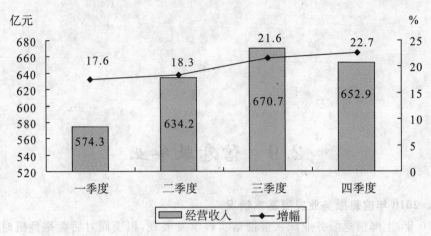

图 2—9—2　2010 年上海信息服务业季度经营收入及增速

2. 软件产业保持平稳增长,企业盈利能力进一步提高

2010 年上海软件产业实现经营收入 1459.5 亿元,比上年增长 21%,增速比上年提高 1 个百分点。企业赢利能力进一步提高,利润总额达到 211.6 亿元,增长 25.1%,占营业收入的比重达到 14.5%。软件企业的实力不断增强,全年新认定软件企业 327 家,登记软件产品 2920 个。截至 2010 年底,通过 CMM/CMMI 3 级以上国际认证的企业达到 117 家,其中 5 级的 18 家、4 级的 17 家。189 家企业获得计算机信息系统集成资质认证,其中一级 12 家、二级 33 家、三级 105 家、四级 39 家。经营收入超亿元的软件企业 150 家,其中经营收入超 10 亿元的软件企业 16 家;员工超千人的软件企业 24 家。

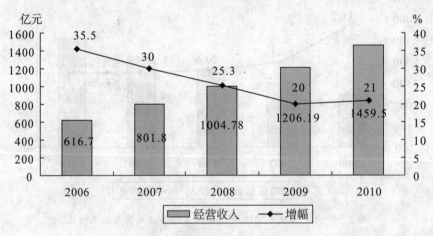

图 2—9—3　2006—2010 年上海软件产业经营收入及增速

3. 互联网信息服务业高速发展,知识密集型现代服务产业群逐步形成

2010 年,上海互联网服务业实现经营收入 361 亿元,比上年增长 34%,增速高于整个信息服务业近 14 个百分点,正快速形成高技术性、高附加值、高增长性的知识密集型现代

服务产业群。在网络游戏领域,盛趣和巨人继续保持稳步增长的势头;淘米网络通过不断推陈出新,进一步巩固了其在儿童虚拟社区的优势地位,营业收入增长近5倍。在网络视听领域,土豆网、激动网、PPS和PPLIVE等四大主流视频网站2010年的营业收入达到5.1亿元,较上年翻番。在金融信息服务业领域,银联、万得信息、东方财富、大智慧、快钱、汇付、花旗和易保等企业发展迅速,全年上海金融信息服务业营业收入超过100亿元,比上年增长45%。

4. 电信传输服务业平稳增长,3G业务发展加速

2010年,上海电信服务业实现经营收入551.9亿元,比上年增长9.2%。截至2010年底,上海电话用户数达到3296万户,其中固定电话用户数935万户,较上年末减少1万户;移动电话用户数2361万户,较上年末净增255万户。随着3G网络建设、业务开发、市场推广等的不断深入,上海3G发展正呈日益加速之势。截至2010年底,上海3G用户规模达到197万,3G已成为拉动上海电信服务业增长的重要动力。

二、2011年信息服务业发展总体思路

2011年,上海信息服务业将继续按照市委、市政府"创新驱动、转型发展"总体要求,以"两个围绕、两个推进"为工作主线,重点实施"五个发展"战略,将信息服务业打造成推动上海"创新驱动、转型发展"的强劲加速器。2011年上海信息服务业发展的主要目标是:经营收入达到3000亿元,增加值占全市GDP比重达到5.6%,信息服务业从业人员达到35万人。

1. 大力发展高端软件产业

一是在基础软件领域,推进实时嵌入式操作系统及开发环境、汽车电子控制器嵌入式软件平台及产业化、面向电子政务领域的应用平台研发和产业化、增强型桌面操作系统、增强型嵌入式操作系统及开发环境等国家"核高基"科技重大专项成果应用;申报国家级国产基础软件应用示范区,集聚应用示范优势资源;制订推进基础软件产业发展行动方案,重点发展操作系统、数据库、中间件等核心基础软件,形成具有国际竞争力的完整基础软件产业链;建设国产基础软件产业基地。二是在服务外包领域,建立上海软件外包电子商务服务平台,同步开拓软件外包的国内和国外市场;成立美国—上海接发包联盟,加强与美国发包联盟合作,开展业务互动;制定信息服务外包行业个人信息保护规范。

2. 积极推进消费型信息服务业

一是在网络游戏领域,推动游戏内容与医学、工业、教育、培训等领域结合;举办电子竞技系列行业活动;建立数字互动娱乐产业园区;继续建设游戏软件测评与认证平台;鼓励发展各类基于网络游戏的衍生产业。二是在网络视听领域,加快建设国家网络视听产业基地,尽快形成产业链各环节的集聚效应;建立网络视听公共服务平台,提供内容制作、产品交易、人才培训等公共服务;支持电信运营商建设网络视听内容应用创新基地。三是在数字出版领域,进一步推动综合性数字内容平台、数字作品版权登记保护平台的建设;依托电子书产业联盟,开展多种形式和主题的电子书产业链对接活动;在有条件的区县试点实施电子书包工程;推动汉王科技、元太科技等电子书龙头企业落户;组织制定电子书交互平台标准和电子课本与电子书包标准。

3．重点发展生产型信息服务业

依托行业性工业软件工程中心，重点推进钢铁制造、数控与伺服、柴油电喷控制、功能安全、轨道交通制动、质量检测等领域工业软件研发和产业化应用。建立船舶、智能电网、车载信息等领域的行业性工业软件工程中心。成立工业工程、智能电网领域的工业软件产业联盟。形成机器人产业对接机制，建设机器人数据共享标准化研发平台。

4．完善专业信息服务业配套

一是在金融信息服务领域，加快建设面向细分客户的专业金融资讯服务平台；重点发展面向银行、保险等领域的金融信息服务系统。二是在贸易信息服务领域，推进国际贸易信息服务业在大虹桥地区集聚发展，建设临空贸易信息服务基地。三是在航运信息服务领域，建设面向航运关键环节的信息系统，在陆家嘴航运服务发展区、临空航运服务发展区、外高桥航运物流发展区、洋山临港航运综合服务发展区和南北外滩航运服务集聚区等重点区域推广应用。

5．推动新兴信息服务业创新发展

一是在云计算领域，创建全国云计算服务创新模式试点城市；依托云海产业联盟，建设面向电子政务、医疗等领域的云计算示范工程；建设云计算开源社区。二是在数据服务领域，建设数据保税区，形成高速网络连接通信枢纽，集聚国内外通信和数据中心资源；建设数据产业基地，集聚增值数据服务企业，推动数据产业发展，形成上海经济新的增长点。三是在车载信息服务领域，成立车联网与车载信息服务产业联盟；制定车联网与车载信息服务相关行业标准及规范。

（上海市信息服务业行业协会）

2.10 电子商务

一、2010 年电子商务行业发展基本情况

2010 年,上海电子商务行业不断发展壮大,成为推动上海产业结构转型、经济发展方式转变以及城市综合竞争力提升的重要因素。

1. 行业总体规模持续增长

近年来,上海电子商务发展呈现良好势头,涌现了一大批模式新颖、运营良好的电子商务企业,形成了若干个电子商务集聚发展的区域。据上海市电子商务行业协会统计,"十一五"期间,上海电子商务交易额年均增幅达 19.6%。2010 年,上海电子商务交易总额为 4252.8 亿元,比上年增长 28.3%。其中,B2B 交易额 3971.9 亿元,占交易总额的比重为 93.4%,B2C、C2C 交易额 280.9 亿元,占交易总额的比重为 6.6%。

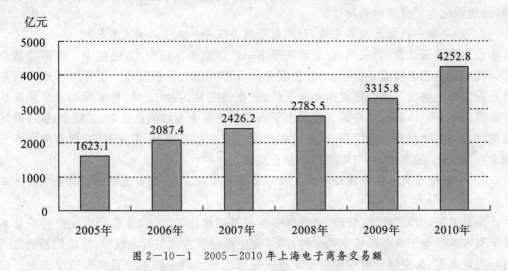

图 2-10-1 2005-2010 年上海电子商务交易额

2. 行业应用覆盖率不断提升

上海电子商务的发展正从低附加值的简单应用向高附加值的创新整合转变,行业应用覆盖率不断提升,制造业、商贸业等产业领域已成为与电子商务融合发展的热点和重点领域。在制造业及其重点行业领域,至 2010 年底,上海骨干电子商务企业已覆盖包括电子信息产品、汽车、石油化工及精细化工、精品钢材、成套设备、生物医药等 6 个重点行业。

在商贸业领域,传统商贸与信息技术融合发展,激发出了各类增值服务和新的价值增长点,一大批新型的 B2C 电子商务企业正致力于打造新一代的零售业 B2C 网上商城模式以及基于"语音＋互联网＋移动"融合架构的电子商务应用平台。

3. 行业模式创新加快发展

上海电子商务行业在支撑体系建设、应用普及、相关产业培育和环境营造等方面取得了积极成果,在优化产业结构、提高经济运行效率、方便市民生活等方面的作用日益显现,全社会对电子商务的认知程度和应用水平明显提高。电子商务产业实现了从新兴产业到国民经济重要组成部分的转变。一批专门从事电子商务的公司,成为世界领先的企业。电子商务模式创新方兴未艾,不断催生出诸如"团购"等新的商务模式。各类型的企业纷纷"触网",开展基于电子商务的销售、采购或服务。为电子商务发展而服务的产业,如物流、支付产业迅速发展。使用电子商务进行网购的消费者正从"尝鲜"的试探心理逐步向"依赖"转变。

4. 第三方电子商务平台加速推动中小企业应用

继续着力提升现代服务业等重点产业领域电子商务应用水平,聚焦有规模且有发展潜力的第三方电子商务平台,扶持和促进中小企业电子商务的推广应用,加快发展依托第三方电子商务平台的中小企业电子商务应用,促进第三方电子商务平台发展。

二、2011 年电子商务行业发展总体思路

2011 年,上海电子商务行业将牢牢抓住经济全球化和新一轮产业升级带来的新机遇,继续深化电子商务创新发展。

1. 加快新一代信息技术应用,引领电子商务服务产业步入新发展阶段

大力推进云计算、物联网、移动互联等新一代信息技术的应用,催生电子商务新的技术架构和新的服务模式,引领电子商务服务产业步入新的发展阶段。引导电子商务服务由目前的线上与线下结合模式向集电子认证、在线交易、在线支付、物流配送和信用评估等支撑服务于一体的方向发展。推动电子商务服务企业由目前数量多、规模小、秩序乱的混沌状态向品牌服务企业主导、服务过程规范的有序状态发展,实现采购、销售等服务实现全程在线化、规范化、并与传统产业融合发展。

2. 加强电子商务基础理论研究及核心关键技术开发,引领与支撑电子商务服务产业发展方向

融合经济、金融、技术、管理、系统等多学科基础理论与方法,重点研究完全网络化条件下有效率的电子商务市场体系结构,网络化生产经营方式与行为规律,网络化消费方式与行为规律等,为发展有效率的电子商务服务形态提供科学依据。研究有效率的电子商务市场结构演化机理与过程,为制定不同发展阶段产业及相关政策提供科学依据。面向未来大规模协同化、网络化、个性化电子商务应用需求,结合新一代信息网络技术发展趋势,研究开发新一代电子商务服务支撑技术与平台,掌握核心关键技术,提高自主发展能力。

3. 探索建立适应电子商务健康快速发展的法规、政策、标准及支撑体系,促进电子商务服务产业创新发展

在法规方面,围绕消费者权益保护、个人隐私权保护、企业商业秘密保护、电子合同、电子发票、网络市场主体、网络市场信息、网络信用等,研究、制定、实践并完善相应法规或暂行管理条例。在产业政策方面,研究制定电子商务服务企业认定管理办法。研究制定并实施电子商务服务产业的资源使用,财政,税收优惠,人才、技术、投资引进等政策。研究建立电子商务服务产业统计指标体系、统计方法及工作机制。在标准规范方面,围绕网络市场主体信息,网络市场信息、网络交易过程等,研究、制定、实践并完善相关标准规范体系。在支撑体系方面,探索电子认证服务机制和认证模式,突破电子认证应用推广难点。充分利用现有网络银行、第三方支付平台等在线支付资源,创新模式、优化流程、规范接口,发展方便、快捷、安全的在线支付服务。优化物流配送布局,发展与电子认证、网络交易、在线支付协同运作的物流配送服务。在创新能力方面,支持建立电子商务综合研究机构、国家实验室、工程研究中心和企业技术中心,形成产学研相结合的良性发展机制,提升电子商务创新发展能力。

4. 培育形成电子商务可信交易环境,保障电子商务服务产业健康发展

综合运用法律法规、标准规范及相关技术手段,围绕电子商务市场主体、市场信息、交易过程、信用信息、网络维权等,建立规范管理、信息交换与共享、不良信息监测等手段与机制,提高电子商务市场主体、市场信息交易过程的可信度,培育形成电子商务可信交易环境,保障电子商务服务产业健康发展。

5. 营造产业化发展环境,促进电子商务服务产业快速发展

充分利用已有资源,在电子商务服务业发展的重点领域、重要地区树立品牌意识,扶持培育并认定一批基础好、规模大、竞争力强的龙头骨干企业。支持发展一批电子商务服务业创业孵化服务机构,促进科技成果转化,培育电子商务服务企业,培养电子商务服务创新人才。推动企业、高等院校、科研机构、中介组织、投融资机构等社会力量建立电子商务服务业产业联盟和产业促进机构,共同参与电子商务服务业科技创新和产业发展。

6. 加强区域间交流合作,推进区域横向联合

加强各区域政府、行业组织间的沟通交流,了解电子商务最新发展动态,积极参与并推动区域间的交流与合作,吸取各自电子商务方面的发展经验。在学术研究、标准规范及支撑体系建设等方面积极开展区域交流与合作。充分发挥上海的引领带动作用,加强长三角的横向联合,推进区域性电子商务发展框架的形成。

7. 加快"国家电子商务综合创新实践区"建设,形成产业集聚区

贯彻落实国家和上海发展战略性新兴产业的总体部署,依托上海雄厚的产业基础和商务环境,进一步促进电子商务技术创新和模式创新,打造"国家电子商务综合创新实践区",探索电子商务集聚区建设的创新机制、模式和政策措施。推动电子商务服务体系建设,充分利用现有资源,发挥中介机构的作用,加强网络化、系统化、社会化的服务体系建设。加快信用、认证、标准、支付和现代物流建设,形成有利于电子商务发展的支撑体系。

8. 大力推进移动电子商务应用

借助3G和无线城市建设契机,大力推进移动电子商务应用。充分利用全市基础设施和手机网民基础优势,重点在城市旅游、社会管理、公共服务、学习生活以及休闲娱乐等

方面加快商用开发和模式创新,不断创造和培育需求,以需求拉动应用增长。鼓励以手机为终端的各种信息化、电子商务应用系统的研发与建设,发展基于手机的小额支付系统与平台建设,推进移动商务基础设施建设。探索政府、协会、电信运营商以及广大应用平台企业之间的协同工作机制,推动移动电子商务产业链的形成。

9. 推进电子商务信用体系建设

加强社会信用体系建设与电子商务应用的有机结合,加强电子商务信用体系建设的理论研究,以服务电子商务交易过程为重点,研究制订相关信用规范,为电子商务信用体系的建立健全以及网上诚信环境的改善奠定标准、规范层面的先行基础。加强政府、行业组织推进与企业应用的有效结合,借鉴并利用社会上已有的企业信用体系与平台,研究制订电子商务信用信息共享交换的技术标准和规范,提升信用信息共享共用的领域和范围;开展信用宣传教育,强化守法、诚信、自律观念,增强企业和公民信用意识。严格信用监督和失信惩戒机制,形成既符合国情又与国际接轨的信用服务体系。

（上海市电子商务行业协会）

2.11 工 业

一、2010年工业发展基本情况

2010年,上海工业系统按照市委、市政府"五个确保"的要求,一手全力以赴办世博、一手集中精力调结构,大力培育战略性新兴产业和高新技术产业,积极推进传统制造业改造升级,较好地完成了全年各项任务和"十一五"主要目标。

1. 工业生产快速复苏回升

全年实现工业增加值6456.8亿元,比上年增长17.5%,增速比上年提高14.6个百分点,"十一五"年均增长11.1%;实现工业总产值突破3万亿元,达到31038.6亿元,增长22.9%,"十一五"年均增长12.8%。六大重点发展工业行业完成总产值19863.3亿元,增长26.6%,增速高出工业总产值3.7个百分点;占工业总产值比重达到64%,较"十五"末提高4.8个百分点。其中,汽车制造业增长最快,"十一五"年均增长32.4%,产值规模跃居六大行业第二位。全年工业出口交货值达到8171亿元,增长22.1%,工业对外依存度为27.4%,较"十五"末下降4.1个百分点。

表2—11—1 2010年上海六大重点发展工业行业发展情况

行　　业	总产值(亿元)	比上年增长(%)
六大重点发展工业行业	19863.3	26.6
电子信息制造业	7061.3	34.7
汽车制造业	3602.2	43.1
石油化工及精细化工制造业	3443.5	13.6
精品钢材制造业	1710.8	16.4
成套设备制造业	3457.6	14.6
生物医药制造业	588	14.7

2. 工业企业效益大幅增长

全年实现工业企业利润总额2216.6亿元,规模较"十五"末增长1.4倍;增速达到56.7%,创新世纪以来最高。六大重点发展工业行业全部实现盈利,利润总额达到1517.6亿元,增长77.2%,增速高于工业企业利润20.5个百分点。其中,电子信息产品制造业利润高速增长 4 倍,钢铁、石化、汽车行业利润分别快速增长 1.8 倍、93.4％和 72.6％。重工业实现利润 1661.7 亿元,增长 73％,占工业利润比重达 75％,分别比轻工业高 50.7 和 50 个百分点。三资企业实现利润 1341 亿元,增长 69.2％,占工业利润比重达到 60.5％。

3. 高新技术产业化取得阶段成效

全年高技术制造业完成总产值 6958 亿元,比上年增长 33.7％。先后研究发布物联网、智能电网、云计算等 3 个专项行动方案,相继成立了上海市基础软件、云计算等产业基地。率先推出国内首个商用集装箱式数据中心"云积木",LPCVD、PECVD 等太阳能薄膜核心设备、IGCC 实现首台业绩突破,首台 3.6MW 海上风电机组并网发电。智能电网用户端设备国家级检测中心、国家 LED 照明产品及工程质量监督检验中心等顺利落户。TD－LTE、LED 半导体照明、新能源汽车等新技术在世博会得到充分展示,世博园智能电网综合示范工程项目获得成功。

4. 工业投资和产业基地建设有序推进

聚焦 10 亿元以上重大项目,建立重大项目推进机制,全年完成工业固定资产投资 1422 亿元,与上年基本持平。加快推进技术改造,实施《重点技术改造项目竣工验收管理办法》,全年开展重点技改项目 230 项,技术改造投资占工业投资比重达到 50％以上。着力提升产业基地能级,加快临港装备、长兴海洋装备等首批国家新型工业化产业示范基地建设,上海国际汽车城、张江高科技园区、漕河泾开发区创建成为国家第二批示范基地。推动上海化工区与奉贤分区、金山分区联动发展,加快漕河泾开发区、外高桥保税区等品牌园区"走出去"步伐。

5. 淘汰落后产能和工业节能降耗力度加大

全年共淘汰落后产能项目 934 个,节约标煤 100 万吨;规模以上工业企业增加值能耗下降 7.2％。在重点地区专项调整方面,完成嘉定马陆、浦东滨海、金山第二工业区专项调整,推进宝山大场地区调整,加快制定浦东合庆、青浦徐泾等地区调整方案。在重点行业调整方面,完成淘汰产业导向目录的编制及修订,制定印染、零星化工、四大工艺等重点行业调整三年行动方案和计划;14 个重点用能产品单耗普遍下降,吨钢综合能耗下降 19.4 千克标煤,电厂火力供电能耗下降 6.2 克标煤/千瓦时,整体工业能效保持全国领先水平。在节能技改方面,实施节能技改项目 251 个,总投资 48 亿元,节约标煤 68 万吨。同时,积极实施合同能源管理项目 43 项,节能量达 2.2 万吨标煤。启动火电、石化、化工、电镀等 12 个重点行业 200 余家企业实施清洁生产审核,完成 22 家企业清洁生产验收。目前,冶炼渣、粉煤灰、脱硫石膏等工业固体废弃物利用率已达 96％以上。

二、2011 年工业发展总体思路

2011 年是"十二五"开局之年,上海将围绕市委、市政府"六个着力"的要求和创新驱动、转型发展的主线,以"发展调整中提升"为核心,围绕培育和发展战略性新兴产业,推进高新技术产业化重点领域和主要项目;围绕技术创新、技术改造和"两化"深度融合,推进传统制造业改造提升和产业集聚发展;围绕淘汰落后产能和节能减排,推进资源能源综合利用和城市和谐发展。2011 年工业发展的主要目标是:实现工业增加值 6500 亿元左右,

比上年增长6％左右；战略性新兴产业和高新技术产业化产值增长15％左右；确保完成调整淘汰项目600—700项；工业能源综合利用效率提高1个百分点。

1. 培育发展战略性新兴产业，大力推进高新技术产业化

主动对接国家战略性新兴产业发展要求，全力推进"四个聚焦"。坚持有舍有取，突破瓶颈，提升战略性新兴产业和高新技术产业的综合竞争力。大力推进重点项目，持续推进100个左右高新技术产业化重点项目，并引导其向41个高新技术产业化基地集聚，在土地、资金、市场、人才、平台建设等方面加强跟踪服务。加大招商引资力度，争取更多各类所有制企业参与战略性新兴产业和高新技术产业化。加快创新体系建设，培育和推荐一批企业申请国家级企业技术中心，支持已获批的国家级研发平台提升功能，争取再建一批国家级研发平台。推进后世博科技成果示范应用，在新能源汽车、三网融合、两化融合、物联网、智能电网、云计算、新一代移动通信、LED显示、光伏建筑一体化等领域申报国家重大应用示范工程。深化市场化推进机制，吸引更多的金融资本和社会资本进入战略性新兴产业和高新技术产业化重点领域。制订落实支持政策，扩大信息服务企业营业税差额征收试点，实施电动汽车购置补贴等鼓励新能源汽车消费政策。推进领军人才队伍建设，落实战略性新兴产业、高新技术产业化重点领域人才规划。

2. 加大淘汰落后产能力度，不断优化和提升产业结构

聚焦调整重点行业，推进纺织印染、小型炼钢炼铁、砖瓦、制革、四大工艺（铸造、锻造、电镀、热处理）、零星化工（含危险化学品生产储存）、医药原料药和中间体、橡胶塑料制品、普通建材、金属冶炼及压延加工等十类能耗高、污染重的行业的淘汰关停和退出。聚焦重点区域专项调整，实施重点地区专项调整项目5—6个。聚焦重点企业集团调整，继续推进华谊集团氯碱化工、吴泾焦化部分落后产能的调整关停，推进上海医药集团51个生产点的整体布局调整整合，进一步推动中央在沪企业的调整工作。

3. 大力推进技术改造和产业集聚，提高先进制造业核心竞争力

加大技术改造力度。实施制造业改造提升推进计划。围绕产品升级换代、工艺流程再造、资源综合利用、引进先进技术和两化融合等方向，推进200个重点技改项目，完善技术改造配套政策。推动产业集聚发展。创建国家新型工业化产业示范基地，争取2—3家示范基地创建成功。大力推进开发区联动发展，推动工业区通过品牌输出方式形成联动机制。推进工业用地节约集约利用，推动工业区盘活存量用地。提高新增工业用地的节约集约利用水平。推进企业开放性和市场化重组。制定并实施上海贯彻国务院关于促进企业兼并重组意见的实施意见。推动先进制造业结构优化，加快电子信息制造、装备、汽车、重化、都市等产业以及生产性服务业发展。

4. 深化工业节能降耗工作，提升工业能源综合利用效率

加快推进能效提升工作。全面启动合同能源管理与节能服务产业、能效电厂与节电产品推广、能量系统优化、淘汰落后用能设备等十大工业能效整体提升工程。建立健全节能服务机制。全面落实节能服务相关政策。开展节能规划与设计、节能评估、节能诊断和能源审计、设计、融资、设备租赁采购、施工安装、节能量审核、运行维护管理等系统总集成总承包服务。提高能效管理水平。制订8个高耗能行业产品能耗限额标准和6个用能产

品能效等级标准,编制《上海市重点行业产品单耗标准指南》。公布 12 个行业 50 种产品的能效对标年度目标,推动高载能行业产品单耗指标赶超国际和国内标杆水平。

（上海市经济和信息化委员会）

2.12　高技术产业

一、2010 年高技术产业发展总体情况

1. 经济规模稳步增长

2010 年,上海市高技术产业总体呈现快速增长的发展态势。全年高技术制造业实现工业总产值 6958 亿元,比上年增长 33.7%,创历史最高水平。累计完成出口交货值 4990亿元,比上年增长 26%。

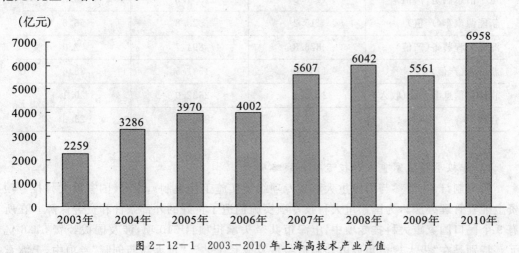

（亿元）

图 2-12-1　2003-2010 年上海高技术产业产值

2. 重点行业快速发展

高技术制造业各分行业产值均有两位数以上增长。其中信息化学品制造增幅为90.6%,航空航天器制造为 62.1%,核燃料加工为 28%,电子及通信设备制造为 32.8%,医疗设备及仪器仪表制造为 24.7%,电子计算机及办公设备制造为 36.7%,医药制造业14.4%。出口交货值快速增长,电子及通信设备制造业、电子计算机及办公设备制造业、医药制造业、医疗设备及仪器仪表制造业分别增长 31%、23%、20%、33%。

全市高新技术产业化九大领域规模达到 8909.5 亿元,比上年增长 23.8%。其中,新能源制造业完成 245 亿元,增长 89.3%,高效晶硅太阳能快速增长,产能超过 1.7GW,比上年增长 150%,薄膜太阳能电池装备实现突破;民用航空制造业完成 33.5 亿元,增长49.6%;先进重大装备制造业同比增长达 13.3%;生物医药制造业较快增长的同时,医药商业实现销售总额 703.0 亿元，服务外包服务收入 86.5 亿元，经济总量达到 1427.3 亿元；电子信息制造业在集成电路、移动通信、新型显示等带动下实现增长 30.3%；新能源汽车制造业完成工业总产值 23.8 亿元，增长 56.5%；海洋工程装备，造船量首次超过 1200 万载重吨，但受振华重工产值下降 40% 的影响，全年产业规模与上年基本持平；新材料重点围绕其它八大领域进行产业链对接，实现了 38.6% 的增长；软件和信息服务业经营收入 2532.0 亿元，比上年增长 20.1%。

表 2—12—1　2009—2010 年上海九大高新技术领域规模

领　　域	2009 年(亿元)	2010 年(亿元)	比上年增长(%)
新能源(产值)	129.4	245.0	89.3
民用航空制造(产值)	22.4	33.5	49.6
先进重大装备(产值)	978.8	1109.5	13.3
生物医药(产值)	502.3	638.2	27.0
电子信息制造(产值)	1458.8	1901.3	30.3
新能源汽车(产值)	15.2	23.8	56.6
海洋工程装备(产值)	876.8	894.7	2.0
新材料(产值)	1105.0	1531.5	38.6
软件和信息服务业(收入)	2108.1	2532.0	20.1
合计	7196.8	8909.5	23.8

3. 积极承接国家重大科技专项和战略项目

研究制订《上海参与国家重大科技专项组织实施工作机制》，出台《国家重大科技专项资金配套管理办法》，为国家重大科技专项实施创造了良好的外部条件和资金保障。在所有 9 个民口国家重大科技专项中，上海市共牵头承担项目 310 项，涉及国拨经费 57.6 亿元。特别是在"极大规模集成电路制造装备及成套工艺"、"重大新药创制"专项中，上海承担项目的国拨经费数分别约占国拨经费总量 31%、20%，为上海加快发展战略性新兴产业提供了一定科技支撑。在国家有关部委的大力支持下，国家和上海市共同出资开工实施"909"工程升级改造项目——建设我国第一条自主可控的 12 英寸集成电路芯片生产线。同时，积极安排资金，加快大飞机、航空发动机、数字电视国家工程中心等战略项目建设。

4. 努力借助世博契机推进高新技术产业化

借世博会契机，重点展示我国高新技术产业发展的重要成果，覆盖新能源汽车、LED、太阳能光伏发电、TD—LTE、物联网、智能电网等新兴技术领域。在新能源汽车方面，展示了 1300 辆各类新能源汽车，是迄今为止世界上"种类最全、数量最多、规模最大、负荷最强"的示范运行。在 LED 方面，整个园区共计使用 LED 芯片 10.3 亿颗，形成了全球最大的 LED 示范区。在太阳能光伏发电方面，世博会光伏建筑一体化应用总装机容量约 4.6 兆瓦，主要集中在中国馆、世博中心、主题馆及南市电厂等建筑，并全部并网发电。

5. 抢占先机加快培育和发展战略性新兴产业

一是聚焦重点领域。在新能源、生物医药、新材料等领域,安排专项资金8.2亿元,启动支持74个高新技术产业化重大项目,在智能电网、物联网、云计算等新兴领域,发布2010－2012年产业发展行动方案,启动实施专项工程。二是鼓励自主创新。中微半导体公司等离子刻蚀设备获得台积电公司正式采购,标志着我国在集成电路高端装备领域实现首台突破。理想能源公司低压化学气相沉积设备(LPCVD),打破国外厂商垄断中国高端太阳能电池设备市场的被动局面。三是创新支持方式。2010年3月,上海市创业引导基金正式揭牌,其中首期10亿元拨付到位,将通过创新财政资金投入方式和运作机制,引导社会资金投向战略性新兴产业领域,并有效发挥市场化力量、专业化团队在筛选项目、培育企业和配置资源等方面的优势,主要投资于种子期、成长期等创业早中期创业企业。参与国家新兴产业创投计划的生物医药、新材料、软件和信息服务业、新能源、集成电路设计等5只创投基金均获得国家批复,通过国家出资2.5亿元、上海市创业投资引导基金出资2.5亿元,吸引各类社会资金超过17亿元。

二、2011年高技术产业发展总体思路

2011年是"十二五"的开局之年,也是国务院发布《关于加快培育和发展战略性新兴产业的决定》后的崭新一年,将为上海战略性新兴产业发展带来更为有利的宏观环境。上海将围绕"高端化、集约化、服务化,推动三二一产业融合发展,加快形成服务经济为主产业结构"的产业发展方针,把战略性新兴产业放在更突出的位置,实现更快速的发展,努力构建现代服务业为主、战略性新兴产业引领、先进制造业支撑的新型产业体系。

战略性新兴产业发展重点领域

坚持市场主导、企业主体、创新驱动、重点突破、引领发展的原则,以提高自主创新能力为核心,以深入推进国家科技重大专项为契机,主动作为,有舍有取,深度对接国家战略性新兴产业规划和政策,大力推进高新技术产业化,力争成为国家战略性新兴产业的创新引领区。

重点发展新一代信息技术、高端装备制造、生物、新能源、新材料等主导产业。坚持信息产业优先发展,以自主发展、促进应用为重点,推动新一代信息技术的研发应用及产业化。着力提升先进重大装备自主设计、制造、总包能力,重点发展干支线飞机、商用飞机发动机、机载系统设备及零部件等民用航空产业,促进卫星及应用等航天产业发展,加快发展高效清洁煤发电、先进燃机、特高压、轨道交通、精密仪器仪表、数控机床等智能制造设备,积极发展海洋油气开采、特种工程船等海洋工程装备及关键配套系统。面向健康生活重大需求,大力发展创新药物、新型疫苗、诊断试剂、现代中药、医疗器械和绿色农用生物产品。落实国家能源战略,聚焦核电、风电、太阳能、智能电网,推进新一代核能技术和先进反应堆、大功率海上风电机组、太阳能核心设备、电力储能设备等新能源高端装备的研制和产业化。加快推进关键新材料的技术攻关和产业化,提升碳纤维、芳纶、超高分子量聚乙烯纤维等高性能纤维及其复合材料发展水平。

积极培育节能环保、新能源汽车等先导产业。开发推广高效节能、先进环保技术装备及产品,积极推进煤碳清洁利用、海水综合利用和污水处理、固废处理、大气环境治理等技术应用,大力发展节能服务业。重点发展纯电动和混合动力等新能源汽车,着力突破电池、电机、电控等关键核心技术,继续开展燃料电池汽车技术研发和标准制定。

一是加快制订规划意见。起草制订上海市贯彻实施《国务院关于加快培育和发展战略性新兴产业的决定》的具体意见，加快编制战略性新兴产业"十二五"规划。

二是推进实施重大项目。积极争取国家战略性新兴产业重大应用示范工程、重大产品技术试点等落户上海。继续实施"909"工程升级改造、4.5 代 AM—OLED 中试线、5 兆瓦海上风机等一批重大项目，启动新一批高新技术产业化重大项目。

三是启动一批专项工程。继续稳步推进物联网、智能电网、云计算专项工程，重点围绕产业链缺失或关键环节，力争突破一批重大关键成果。同时，围绕新兴产业技术创新、世博科技成果应用、高技术服务业、民用航空、集成电路、新能源高端装备、生物医药与医疗器械等领域启动一批重大专项工程。

四是继续组建新兴产业创投基金。推进 5 只与国家联合组建的创投基金运作，围绕新一代信息技术、生物医药等新兴领域，吸引一流团队，集聚各方资源，特别是努力吸引社会资金，组建新一批创投基金。

五是着力突破政策瓶颈。深入研究长期影响战略性新兴产业发展的瓶颈问题，一方面继续争取国家有关部门支持，另一方面力求自主开展试点，争取在科技与金融紧密结合、人才激励、政府支持"软投入"等方面取得突破。

六是研究建立统计体系。配合国家有关部门加快制订战略性新兴产业发展指导目录，建立统计指标体系，开展战略性新兴产业统计监测调查。

（上海市发展和改革委员会）

2.13　信息制造业

一、2010 年信息制造业发展基本情况

2010 年,上海电子信息制造业领域认真贯彻中央和市委、市政府决策部署,紧紧围绕加快经济发展方式转变这一主线,着力推进高新技术产业化,进一步优化产业发展环境,促进产业经济运行质量提升,全年保持了较快增长势头。

1. 规模扩张和质量提升相统一

生产规模再创新高,运行质量上新台阶。2010 年,上海电子信息制造业完成工业总产值 7061.3 亿元,比上年增长 34.7%,对全市工业增长的贡献率达到 32.3%。实现利润 200.2 亿元,增长 4 倍多,完成利税总额 236 亿元,对全市工业利税总额增长贡献率达到 15.2%。人均销售收入突破 128.7 万元,比"十五"末提高 29.3 万元。

2. 经济增长和结构调整相统一

出口持续增长,外向型经济特色明显。2010 年上海电子信息制造业实现出口交货值 5045.6 亿元,比上年增长 26.2%,出口占产值比为 71.5%,出口、内需共同增长成为拉动产业发展的双动力。企业转型升级提速。首次出现利润增速大于收入增速、产值增速大于产量增速的现象。以代工企业为主的电子计算机制造业,利润比上年增长 24.7%,销售收入增长 17.6%;工业总产值增长 36.9%,笔记本电脑产量增长 17%。代工企业逐渐向高端化发展,促转型成效初显。

3. 优势行业和重点产品增长相统一

电子计算机制造业继续保持快速增长,2010 年完成工业总产值 3873.8 亿元,比上年增长 36.9%。重点推进的集成电路制造业完成工业总产值 460.7 亿元,增长 61%,集成电路设计业销售收入首次突破 100 亿元,达到 113.2 亿元,增长 68.9%。消费电子产品升级换代周期加快,消费电子产品产量出现较大幅度增长,连带电子元器件需求旺盛。2010 年上海半导体分立器件产量比上年增长 40%,集成电路产量增长 36%,晶圆片产量增长 49%。液晶电视机产量增长 22%,笔记本电脑产量增长 17%,打印机产量增长 50%,传真机产量增长 261%。

二、2011 年信息制造业发展总体思路

2011 年,上海电子信息制造业面临的宏观环境总体向好,经济结构的不断调整和优化,高新技术产业发展壮大,为信息制造业赢得更多的发展机会。但是,信息制造业发展也面临通货膨胀预期增强、人民币升值压力加大、刺激政策效应递减等因素的挑战。上海

将按照创新驱动、转型发展的要求,以"在发展调整中提升"为主线,以推动产业结构调整和优化升级为目标,抓住高新技术产业化实施的机遇,加快提升电子信息制造业创新能力和集群竞争力,推动产业实现平稳增长。预计 2011 年上海电子信息制造业将继续保持健康平稳发展,比上年增长 6% 左右。

1. 对接国家战略,促进产业发展

积极组织协调,做好国家科技重大专项一"核心电子器件、高端通用芯片和基础软件产品"、专项三"新一代宽带无线移动通信网"的落实工作,尤其是要组织好全市单位积极参与重大专项"十二五"课题的申报和实施工作。

2. 加快培育战略性新兴产业

主动对接国家战略性新兴产业发展要求,重点推进集成电路、新型显示、通信和网络设备产业的发展。在集成电路设计方面,继续加强在移动终端芯片方面的领先地位,拓展在数字电视芯片方面的新应用,争取在汽车电子、物联网核心芯片方面取得突破。在集成电路制造方面,争取 45-40 纳米工艺技术达到量产水平。在通信和网络方面,加强 TD-LTE 系统终端和移动终端的开发力度。在智能终端方面,加大研发力度,扩大规模生产。在新型显示方面,继续推进 TFT-LCD4.5 代线和 5 代线的技术改造,加快 OLED 中试线建设,研究 OLED 量产线建设方案。继续推进 LED 产业化工作,扩大 LED 应用成果。继续推进激光微投影技术研发和产业化工作。

3. 大力推进高新技术产业化

大力推进 12 英寸集成电路芯片生产线、4.5 代 AM-OLED 中试线等项目。组织实施高新技术产业化应用示范工程。推进"后世博"示范应用,在物联网、新一代移动通信、LED 显示等方面率先实施示范,并争取进入国家重大应用示范工程。在 TD-LTE 示范方面,推进上海移动加快落实 TD-LTE 示范网建设,为商业化运营和市场拓展创造条件。在物联网示范方面,重点推进已定的示范工程,加快物联网示范应用。在新能源、物联网、智能电网、TD-LTE 等领域继续争取国家试点任务,探索新兴领域试点政策,为进入全国试点做好准备。

4. 加快发展,不断提升产业能级

积极推进浦东、闵行、松江等区电子信息制造业基地建设。依托区县力量,加大招商引资力度,促进产业升级。继续做好先进技术的跟踪工作,推动产业化发展。在三网融合、物联网、3D 显示、智能移动终端、汽车电子等方面,继续跟踪国际、国内最新进展,将技术和应用充分融合,探索新型商业模式。加快推进平台项目建设,完善上海公共服务环境。继续推进上海集成电路研发中心、上海硅知识产权交易中心、手机测试平台、数字电视工程中心等公共研发平台建设;依托市质量技术监督局下属科研单位,建设上海 LED 检测平台,完善上海 LED 产业链。

(上海市经济和信息化委员会)

2.14　集成电路行业

一、2010 年集成电路行业发展基本情况

2010 年,上海集成电路行业在市委、市政府的关心支持下,充分利用国家鼓励集成电路产业发展的政策措施和国内外经济复苏的有利形势,推动集成电路市场强劲复苏和快速增长。在扩大规模、增加行业投资、提升行业水平、增强自主创新能力等方面,取得了"十一五"以来最好的业绩。

1. 行业进入新一轮发展高潮

上海集成电路行业在克服了国际金融危机和全球半导体市场深度衰退带来的影响之后,2010 年实现快速回升,销售收入规模创历史新高。全年总销售额达到 537.9 亿元,比上年增长 33.7%。其中,设计业、芯片制造业、封装测试业和设备材料业的销售收入分别为 113.2 亿、133.4 亿、250 亿和 41.3 亿元,增长 68.9%、43.8%、20.1% 和 20.4%。

表 2-14-1　2010 年全球、国内和上海集成电路行业销售情况

	全　球	全　国	上海市
销售收入	3005 亿美元	1440.2 亿元	537.9 亿元
增　长　率(%)	32.8	29.8	33.7
占全球份额(%)	100	7.2	2.7
占全国份额(%)	—	100	37.4

表 2-14-2　2010 年上海集成电路各子行业销售情况

子　行　业	2010 年销售收入(亿元)	2009 年销售收入(亿元)	增长率(%)
设　计　业	113.2	67.0	68.9
芯片制造业	133.4	92.8	43.8
封装测试业	250.0	221.6	20.1
设备材料业	41.3	34.3	20.4
全行业合计	537.9	402.3	33.7

2. 技术创新业绩显著

技术创新步伐不断加快。2010 年上海自主开发成功的集成电路新产品达 100 余种，涵盖了 3G 移动通信、智能手机、高清数字电视、LED/LCD 显示驱动、电源管理、IC 卡/电子标签、汽车电子和高性能 CPU 等各类芯片。

工艺技术提升取得明显进展。中芯国际（上海）的 65 纳米制程已进入代工量产，45 纳米制程已通过质量认证，40 纳米制程的关键技术已有突破。上海华虹 NEC 的 0.18/0.13 微米 SiGe BiCMOS 成套工艺、0.25/0.18 微米通用 BCD 产品工艺的开发已取得成功。上海宏力半导体的 0.13/0.09 微米嵌入式自对准分栅闪存产品工艺开发也取得重大进展。上海先进半导体的汽车电子芯片制造平台建设迅速推进，上海贝岭和上海新进的功率器件与高压 BCD 模拟电路工艺已进入产业化生产。

先进封装形式进入量产。BGA（球栅阵列封装）、CSP（芯片尺寸封装）、WLSP（晶圆级芯片尺寸封装）和 MCP（多芯片封装）等进入规模化生产，SIP（系统级封装）的主要技术 TSV（硅通孔技术）已经突破。

设备材料研发收获显著。在国家科技重大专项和上海市高新技术产业化项目的带动下，一批半导体专用设备和基础材料的研发结出了丰硕的成果。具有国际先进水平的中微半导体设备（上海）公司的 65－45 纳米介质刻蚀机和盛美半导体设备（上海）公司的 12 英寸晶圆兆声波清洗机已进入实用化阶段。上海微电子装备公司的先进封装光刻机已进入江苏长电科技公司正式使用。新阳半导体材料公司的铜互连高纯铜电镀液及添加剂，安集微电子公司的 CMP 抛光液，上海华谊微电子材料公司和上海化学试剂研究所的超净高纯化学试剂等也实现了产业化。

二、2011 年集成电路行业发展总体思路

（一）2011 年集成电路行业发展形势

上海集成电路行业在经历了 2010 年高速增长之后，2011 年将回复到持续平稳较快的发展态势。根据《2009－2012 年上海集成电路高新技术产业化发展规划》目标，到 2012 年上海集成电路行业销售收入将达到 800 亿元；预计 2013－2014 年仍保持略高于全球半导体产业和全国集成电路产业的平均增长率；到 2015 年上海集成电路行业全面实现"十二五"规划发展目标，销售收入将达到 1000 亿元，比"十一五"销售收入翻一番。

表 2－14－3　2010－2015 年上海集成电路行业销售收入及增长率预测

年　份	2010	2011	2012	2013	2014	2015
销售收入（亿元）	537.9	656	800	864	939	1045
增长率（%）	33.7	22	22	8	8	12

（二）2011 年集成电路行业重点工作

1. 认真落实国家产业发展新政策，营造良好的产业发展环境

认真贯彻落实国务院颁布的《进一步鼓励软件产业和集成电路产业发展若干政策》，抓紧制定实施细则和配套措施，从财税、投融资、研究开发、进出口贸易、人才、知识产权、市场等方面切实做好贯彻落实工作,进一步营造良好的产业发展环境,推动产业快速发展。

2. 进一步贯彻实施《电子信息产业调整和振兴规划》和上海信息产业"十二五"发展规划

继续实施 IC 设计和整机联动项目。加速实施"909 工程"升级改造项目,进一步发展上海芯片制造业的优势。重点支持先进封装形式的开发和产业化。认真实施国家科技重大专项,推进重大装备和关键材料开发。发挥集成电路产业对战略性新兴产业的支撑作用,使集成电路产业在推动上海新一代信息技术发展中真正起到核心和基础作用。

3. 加强国家级微电子产业基地建设

继续加强上海"一带多区"集成电路产业园区建设,提升公共服务平台对产业发展的支撑作用,完善产业发展配套措施,优化吸引人才和培养人才的环境。进一步发挥微电子产业基地的集聚效应,保持产业在国内领先的优势。

4. 进一步推动行业做大做强

继续调整经济增长方式,完善产品结构,鼓励企业整合重组,集聚资源做大事,创大业。推动企业做大做强,计划在最近两年内培育 2 家销售规模超 100 亿元的芯片制造企业和 5 家销售规模超 10 亿元的设计企业,支持企业创名牌、树品牌,支持建立富有创新特色的战略联盟,切实把上海集成电路产业做大做强。

5. 加速行业技术升级

将上海芯片制造业大生产主流技术提升至 0.13 微米及以下特征尺寸。针对新一代信息技术发展形成的新兴市场,加强集成电路产品设计开发能力。突破世界先进水平的系统级封装(SIP)技术。进一步开发半导体重大装备及关键材料,并尽早实现产业化。加强技术创新体系建设,增加技术研发投入,全面提升集成电路产业技术水平,形成上海特色。

　　　　　　　　　　　　　　　　　　　　　　　　(上海市集成电路行业协会)

2.15　汽车行业

一、2010 年汽车行业发展基本情况

2010 年，上海汽车行业面对中国汽车市场复杂多变市场形势和确保上海世博会成功举行的双重任务，坚持以科学发展观为指导，一手抓经济建设工作，一手抓千辆世博会新能源车的正常运营和上汽—通用汽车馆的展演接待工作，取得了出色的工作业绩，圆满完成了"十一五"发展目标，实现了上海汽车发展的新跨越。2010 年，上海汽车制造业完成工业总产值 3602.2 亿元，比上年增长 43.1%；实现利润 582.9 亿元，增长 72.6%，总产值和利润占全市工业比重分别达到 11.6% 和 26.3%。

1. 上汽集团整车销量取得历史性突破，经济规模跃上新台阶

2010 年，上汽集团实现整车销量 357.2 万辆，比上年增长 31.5%，成为国内首家年产销超过 300 万辆的汽车大集团。其中，乘用车销售 226.7 万辆，增长 41.1%；商用车销售 130.5 万辆，增长 16.6%。上汽集团在国内汽车市场的领先优势进一步扩大，在全球汽车行业的销量排名上升到第八位。同时，上汽集团全年在上海地区整车销售 168.9 万辆，比上年增长 36.3%，高于全国 3.9 个百分点；汽车零部件销售额达到 808.5 亿元，增长 36.9%。

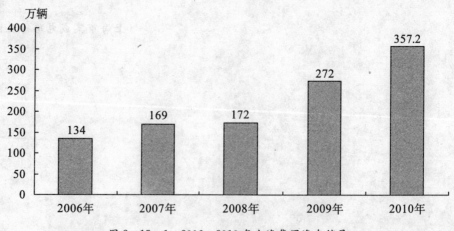

图 2—15—1　2006—2010 年上汽集团汽车销量

2. 形成 3 家百万辆级的汽车生产企业,民营整车企业市场份额不断提高

2010 年,继上汽通用五菱 2009 年整车销售突破 100 万辆大关、成为中国首家年销售百万辆级整车企业后,上海通用和上海大众也相继实现产销超百万辆。上海通用和上海大众整车销售分别达到 103.9 和 100.1 万辆,比上年增长 42.8% 和 37.5%,成为中国首家和第二家年销 100 万辆的乘用车企业,位居乘用车市场第一、二位。上汽通用五菱整车销售 123.5 万辆,增长 15.9%,继续保持微车业务国内领先。民营企业上海华普汽车整车销售 5.9 万辆,增长 48.3%。

3. 自主品牌建设实现新跨越,自主创新能力不断提高

2010 年,上海汽车自主品牌建设实现从单一到系列产品的新跨越,从最初的荣威 750 到荣威 750、550、350、MG6、MG3 等 7 大系列,型号增多,新品不断。“中级轿车荣威 550 自主研发”项目荣获 2010 年度“中国汽车工业科技进步特等奖”,这是该奖项 5 年来首次将最高等级奖项授予具有自主知识产权的中高级轿车项目,也是上海汽车整车项目在汽车行业荣获的最高殊荣。

4. 聚首世博抓住新机遇,圆满完成上海汽车世博任务

世博会期间,上海汽车有 1000 多辆各种车型的新能源汽车为园区内外公共交通提供服务,共运送游客近 2 亿人次,行驶里程 1240 万公里,承担了园区内 75% 以上的客流量。千余辆新能源汽车总体运行安全平稳,车辆完好率达 99%,实现了世博车辆运行万无一失的目标。这是我国新能源汽车技术成果运用历时最长、载客量最多的一次集中展示,是世界范围内最大规模的成功运行。上汽—通用汽车馆接待参观者 200 多万人次,被评为“上海世博会最受大众浏览喜爱的企业馆”第一名。

5. 实施国际经营新战略,全面提升对外战略合作层次

2010 年 11 月,上汽购买 1515 万股美国新通用汽车股票,占其总股本的 0.97%。中美双方签订协议,将在共享车型平台、技术人员培训、交流新能源汽车技术、共享海外网络等方面加强合作与交流。通过支持新通用上市,加强了双方的战略伙伴关系,提升了上海汽车行业的核心竞争力和海外经营能力。同时,印度合资项目稳步推进,上汽与通用组成联合管理团伙,在优化产品结构,推进本地化采购,加强文化交流多方面开展了富有成效的工作。

6. 完成“十二五”战略规划编制,确定今后五年汽车发展目标

围绕上海“十二五”期间创新驱动、转型发展的要求,上海汽车行业将坚持以市场为导向,以提高核心竞争能力为主线,全面提高自主创新水平,努力拓展新的发展空间,实现可持续发展。总体目标是到 2015 年实现年产销汽车 600 万辆能力,海外业务规模在国内汽车大集团中处于领先地位;自主品牌和本土化研发汽车产销量超过总产销量的 40%,形成系统的自主创新能力;新能源汽车国内市场占有率达到 20% 左右;形成具有独立产品开发能力、面向全国市场的零部件配套体系,规模达到 1500 亿元;汽车服务贸易业务立足上海,辐射全国,规模超过 600 亿元。

二、2011 年汽车行业发展总体思路

2011 年是“十二五”开局之年,又是全面落实市政府“创新驱动、转型发展”总体要求的重要之年。2011 年,上海汽车行业要站在新的高度,抓住全球汽车产业合作与分工的机遇,加快推进技术创新和体制创新,积极参与全球汽车产业链整合,不断增强核心竞争能力和国际经营能力,力争发展成全球有影响力的汽车生产基地。围绕"创变方式提内涵、创造纪录上台阶、创新体制谋长远"的工作要求,扎实推进以下工作:

1. 紧密跟踪市场形势,力争全年整车销量再上新台阶

一是要主动适应市场波动变化,积极开拓市场,着力提升企业核心竞争能力。上汽集团全年要实现整车销售 400 万辆,使汽车产销规模再上新台阶,继续确保世界 500 强地位的巩固,并力争排名有新的提升。二是积极关注政策导向,认真研判国家产业政策的调整和变化,提高对市场变化的响应速度,准确把握有关节能和新能源汽车的政策导向,着力拓展三、四线城市的销售市场空间。三是进一步提升整车产品的品牌形象。扬长避短,发挥优势,形成上海汽车行业不可复制的竞争优势,扩大产品信誉,做大销售市场。四是加快形成国际经营的经验和能力,要完善运作模式,积极拓展英国和印度市场,力争使印度项目成为上海汽车行业拓展海外市场的样板工程,使英国项目的上市为开拓欧洲市场积累经验和资源。

2. 抓好自主品牌新品上市,扎实提升质量能力、开发能力和新能源汽车产业化能力

一是荣威、MG 品牌确保新产品上市一炮打响,巩固和提升现有产品销售热度,全年实现自主品牌整车销售 23 万辆。二是继续深化质量工作,打造支撑中高端定位的产品质量。三是建立"扬长避短"的差异化竞争优势,在对外合作中注重学习和积累,加快提高自主品牌的研发能力。四是继续全力推进新能源汽车产业化项目,确保荣威 750 电混轿车成功上市,做好服务并扩大影响力。

3. 树立上海商用车自主品牌形象,提高商用车板块竞争力

一是推进首款国际化商用车品牌 MAXUS 大通上市,并同步登陆国际市场。二是进一步贴近市场,打造有竞争力的拳头产品,扩大市场份额。南京依维柯 2011 年产销要突破 15 万辆,上汽依维柯红岩要提升生产效率,加大新产品市场推广力度,实现全年销售重卡 4.3 万辆。三是启动商用车关键零部件体系布局,制定实施专用车业务规划,大力发展新能源场馆车和观光车等专用车项目,促进旅游车和新能源大客车等新业务发展。

4. 调结构、转方式、提内涵,走节能环保的发展之路

一是加强质量管理,深化供应链 QSTP 提升工作。关注现场质量管理,保证制造质量的稳定性和一致性,全年力争千辆车故障率和 PPM 比上年下降 10%,尤其要重视自主品牌产品的配套质量。二是抓好节能减排和循环经济业务。推广能源管理体系标准,全年万元产值综合能耗下降 4%,乘用车单车能耗下降 1%。积极培育循环经济业务,把握好国家汽车零部件再制造试点机遇,尽快确定业务发展模式,研发新技术、新产品,加快开展报废汽车回收再利用业务的研究。三是推进降本增效工作,加大技术创新,优化产品结构,提高产品附加值。要控制采购成本,降低管理成本,落实降本措施,控制结构成本率,推进"人人成为经营者"管理,把降本增效落到实处。

5. 创新技术管理模式,加快提升零部件核心能力

一是加快技术能力提升。建立零部件技术中心,承担技术发展趋势研究、技术服务平

台搭建和技术发展规划制定的职能。设定业务单元技术发展的层级目标——第一层级要建立以独立开发为主的全面工程开发能力；第二层级应能在工艺开发的基础上，具备二次开发、应用开发能力；第三层级应具备工艺开发能力，完成来图加工制造。完善"一厂一策"，打造拳头产品。对有稳定发展的业务，分为"以我为主，借力发展"和"以外方为主，跟随发展"两种类型。对同质化、附加值低且缺乏竞争优势的产品，进行业务重组或梯度转移。坚持自主与合作开发的技术目标。实行自主研发、联合开发、深度开发和同步开发相结合。二是提高运营管理质量。做实板块管理，建设精益管理体系，建成精准管理样板生产线，精益管理团队和全面建设精益文化。三是继续推进"中性化、国际化"。加强国内市场开拓，强化新配套业务和潜在市场的开拓。扩大重点业务的国际化步伐，抓住跨国公司全球结构调整的机遇，争取有利的合作地位和发展环境。积极寻求兼并重组机会，聚焦新能源产业发展，寻求国际经营能力的突破。

6. 抓紧布局战略资源，实现服务贸易业务新突破

一是提升业务能力，通过深化生产性服务业务模式创新，提高服务增值能力。推进整车物流网络化运作，全年形成 600 万辆运能。打造跨地区零部件物流集散体系。推动物资贸易原材料采购新模式和电子交易平台建设。二是提升产业链掌控能力。推广二手车全产业链服务模式。推进汽车租赁试点与上汽整车品牌经销商的网络资源共享。推进售后配件 2S 网络建设。推进重点城市的旗舰店建设。三是服务产业链高端的抢占能力，推动安吉星、安悦先锋产品的平稳配套，自主研发能力提升及整体布局。四是提高板块管控能力，加强运营管控，推进对服务贸易事业部的内部独立核算，实施虚拟公司运作。

（上海市汽车行业协会）

2.16　船舶工业

一、2010 年船舶工业发展基本情况

2010 年,上海船舶工业加快转型发展,继续保持良好增长态势。工业总产值、造船完工量、配套产值、造船能力分别比 2005 年增长 1.9 倍、2 倍、2.2 倍和 2.1 倍,实现了历史性大飞跃发展,为应对国际金融危机、谋划"十二五"打好了坚实基础。

1. 船舶工业有效应对金融危机影响,继续保持良好发展态势

2010 年,上海船舶全行业完成工业总产值 781 亿元,比上年增长 12.8%。造船产值达到 503 亿元,完工 1210.9 万载重吨,增长 41.3%;合计 107 艘,增长 32.1%;出口额达 62.3 亿美元,增长 10.7%。全年新承接订单 1187.3 万载重吨,比上年增长 3 倍;合计 108 艘。截至 2010 年末,手持船舶订单 3362.3 万载重吨,合计 279 艘,与 2009 年末持平。上海以建造民用船舶为主的船企已全部迈入百万吨级造船企业行列。其中,上海外高桥造船有限公司单厂 2010 年造船完工总量突破 700 万载重吨,连续 6 年位居中国各船厂之首,跻身世界造船三强。

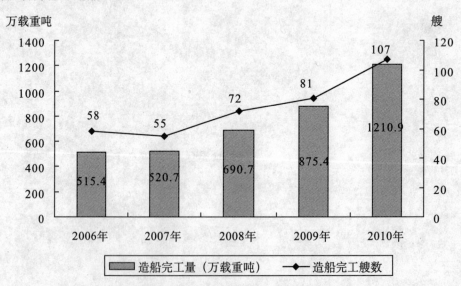

图 2—16—1　"十一五"期间上海地区造船完工情况

　　船舶配套企业稳步发展。2010年,上海船舶配套企业通过能力建设、技术改造和科技创新,依托船用配套设备国产化和自主研发稳步发展。船用低速柴油机年产值超过50亿元,产量跃升至300万马力,比上年增长5.2%。新承接320万马力低速机生产订单,增长了2倍,完成销售收入57.7亿元,增长17.5%。年产能达到370万马力。生产船用大功率曲轴62根,成为我国船用大功率低速柴油机曲轴主要生产基地。

　　但同时,船舶修理市场持续低迷依旧。2010年,上海主要修船企业修船1212艘,完成产值37.8亿元。船舶出口额2306.7万美元,比上年增长32.2%,合计20.8万艘,增长100.3%。

　　2. 科技自主创新能力增强,新产品、新技术研制取得进展

　　高新技术船舶领域,17.5万吨好望角型散货船、14.7万立方米液化天然气(LNG)船批量化生产并成为品牌产品;攻克LNG船关键建造技术并获首届国家能源科技进步奖一等奖且推出16万、17.5万和22万立方米等3个新型LNG船,填补了国内空白,打破了日韩的垄断局面;成功建造国内首艘太阳能船"尚德国盛"号;启动国内首个国际豪华游船研发项目。

　　海洋工程装备与海洋工程船领域,我国首座自主设计、建造的当今世界最先进的第六代3000米深海半潜式钻井平台在上海外高桥造船有限公司出坞,成为我国海工装备制造行业的标志性工程;国内首艘12缆深水物探船"海洋石油720"号开始分段搭载;3000米深水工程勘察船"海洋石油708"号、3000米深水铺管起重船"海洋石油201"号、自升式海上风电安装船"海洋38"、新一代多用途特种海工船"海洋石油623"、上海交通大学"深海工程试验技术"等多个研发项目取得"首次"或"第一";"海上重型起重装备全回转浮吊关键技术及应用"项目获国家科学技术进步奖二等奖。

　　关键系统和配套设备领域,成功研制了一批船舶动力等重点配套产品,提升了产品的国产化、系列化、批量化。包括:批量生产国内功率最大的K98型船用低速柴油机并形成曼恩和瓦锡兰四大系列机型产品;成功制造世界首台6K80ME−C和6RT−flex60C−B智能型柴油机;率先制造世界最大缸径柴油机—CMD−MAN B&W 8K9MC型低速主机;上海沪临重工有限公司顺利达产,推动国产低速柴油机二轮配套;成功研制"零缺陷"的国内首根6RT−flex82C船机曲轴;在船用中央冷却系统控制、船舶自动化、船用航行灯/信号灯控制、减摇鳍以及喷水推进、循环升降、射流管伺服阀等方面取得新进展。

　　3. 提升船舶与海洋工程装备的建造技术水平,助力企业向内涵式发展转换

　　研发和应用先进工法及工艺装备,提升建造效率和效益。产学研联合完成"现代造船模式应用研究"、"敏捷造船关键共性技术研究"等船舶项目,突破造船总装化、改进造船生产体系、造船精细化、造船平移工程、造船信息化等关键技术,缩短船舶建造周期,提升了企业竞争力。

　　开发与研制一批先进的工艺装备,提高造船效率和质量。包括:大型旋转吊具、船厂污水深度处理中水回用装置、高真空焊接烟尘治理设备、甲板机械通用试验台等船厂装备及系列自动化焊接工艺及装备、三维液压顶升装置和艉部作业平台、系列绿色环保涂装工艺系统等。

深化造船技术,推动精益造船。上海外高桥造船有限公司自主开发造船企业管理系统,实行信息化管理、精细化管理和现场 5S 管理,推进数字化造船;沪东中华造船(集团)有限公司自主开发并推广应用造船三维数字化设计平台 PSD,打破国外专业软件的垄断地位,推进船舶数字化集成建造;江南造船(集团)有限责任公司打造"e 江南";中船重工第七一一研究所在国内首次实现用标准化工具设计个性化机舱自动化系统,使船舶设计效率平均提高 30%;通过了"现代造船模式下船舶企业信息集成关键技术与应用示范"等项目。

4. 产学研联动,促进产业结构升级

中船集团与宝钢集团、德国柴油机公司开始新一轮战略合作。上海振华重工(集团)股份有限公司启动与 F&G 在海工设备设计、研发和制造领域的合作。上海佳豪船舶工程设计股份有限公司与全球动力系统公司罗尔斯·罗伊斯公司筹建联合设计团队。香港海翔与英国 Coldharbour 公司落户长兴基地,合力开发船舶压载水处理系统。上海设计公司与兄弟省市合作开发高性能船、特种工程船及配套产品。

5. 推进基地与中心建设,构建上海船舶与海洋装备产业集群

以长兴海工装备岛、浦东外高桥、临港海工基地为主的产业基地基本建成。中船长兴造船基地一期民品年造船能力达 550 万载重吨;二期工程项目已得到国家发改委批准。临港海工项目一期建成投产。中船集团临港柴油机基地和柴油机配套项目基地及船用轴舵系生产基地建成。长兴岛海洋装备产业园成为我国第一个海洋装备制造业生产性服务业功能区。中外运长航集团长兴岛海工配套项目启动。中国船舶工业行业协会船艇分会与中科院上海高等研究院联合打造中国船舶产业创新基地。数字化造船国家工程实验室建设项目正式竣工验收。沪东重机有限公司等企业被认定为国家级企业技术中心。中国海洋石油总公司—上海交通大学深水工程技术研究中心深入探索产学研合作机制。上海海洋科技研究中心(筹)揭牌。江苏新世纪造船有限公司在上海设立研发中心等。

6. 应对造船新规则、新规范,自主开发了一批绿色环保新船型

开工新一代绿色环保好望角型散货船首制船,以全面满足共同结构规范和涂层新标准要求。参与设计德国汉堡南方航运公司 4+4 艘 3800TEU 集装箱船,以完全满足涂层新标准要求。完工交付首台满足国际海事组织(IMO)Tier Ⅱ 船机排放限值标准要求的 7S60MC-C 大功率低速船用柴油机。自主研发国内首创的全船减振降噪综合性系统控制工程。推进"绿色长兴"计划等。

7. 优化修船业务,拓展非船业务,提升船舶企业综合竞争力

中海工业有限公司完成修船区域整合,着力发展大型船舶修理和海工装备及模块制造、轮机特色维修。上海华润大东船务工程有限公司着力调整产品结构,由以常规船舶修理为主进入大型船舶改装领域,以提高修船劳动生产率为中心实施高效修船,向高技术含量船舶的修理和改装工程转型。中国船舶工业第九设计研究院成功完成上海世博会船舶馆、可乐馆、浦西水门码头、世博浦东后勤物流中心等 4 个设计项目和阿联酋馆、俄罗斯馆、法国馆、世博轴等"六馆一轴"的审图项目及澳大利亚馆、香港馆和意大利馆的监理项目。沪东重机有限公司成功自主研发 6000 千瓦核电应急柴油发电机组,跨入核电领域。

江南重工股份公司船舶类产品业务与非船产品业务比例达到 7∶3。

8. 中国船舶馆亮相上海世博会，"远望1"号荣归江南

上海世博会期间，中国船舶馆作为 8 家企业馆中占地面积最大、结构最复杂、展项最多的永久性场馆，同时也是世博会有史以来首个船舶工业独立展馆，以"船舶，让城市更美好"为主题，无故障运营 184 天，共接待贵宾近 1.2 万批次、10.6 万人，接待游客 667 万人，居世博会浦西园区游客接待量第一位。在圆满完成 32 年海洋科考任务后，我国第一代第一艘综合性航天测量船"远望1"号正式退役，并于 10 月 22 日荣归诞生地——江南造船（集团）有限责任公司。

二、2011 年船舶工业发展总体思路

2011 年是我国"十二五"规划实施的开局年。造船业将总体面临接单困难的局面和原材料及配套设备价格上涨、人民币升值、劳动力成本上升导致的成本上升压力，以及海外高技术和国内其他省市低劳务成本的双重压力和挑战。上海将抓住世界造船产业向中国转移的机遇，认真贯彻落实《船舶工业调整和振兴规划》、《国务院关于加快培育和发展战略性新兴产业的决定》以及上海推进海洋工程装备领域高新技术产业化的各项政策，做好下列各项工作：

1. 积极接单，努力渡过难关

顺应航运业的短缺需求变化、船队结构和船东需求变化以及物流总量和结构的变化趋势，全力争取新订单。

2. 提升研发能力与水平，推进国产化进程

船舶建造领域，加强研发设计，加强主流船型的更新换代和成熟高技术船舶的开发优化工作，实现标准化、规模化造船，打造一批精品船型和品牌。高技术船舶与海工装备领域，推进市场潜力大、带动性强、具有一定基础的高技术船型及海工重点产品的研发工作，提高市场占有率，提高产品比重；推进大型 LNG 船、大型液化石油气（LPG）船、大型汽车滚装船、豪华邮轮、极地考察船、新能源运输船等高新技术船舶的开发及产业化；推进豪华游船的开发；推进海洋移动钻井平台、浮式生产系统的开发及产业化；推进海工作业船和辅助船的开发及产业化；推进游艇等水上休闲娱乐船产业的发展；推进内河集运船舶的研发与产业化。配套领域，以总装造船与海工装备建造为依托，推进关键配套设备、系统的自主设计与建造；加强重点配套产品的自主研发和技术引进，培育船舶动力系统和船用配套设备的设计能力，提高工艺技术水平，改进改型能力，健全产品设计数据库；推进以企业为主体，加强配套研究院所与企业的有效对接机制，优化总体产品研发与单项技术和关键技术研发投入，健全设计院所、船厂、配套企业计划联动机制。

3. 节能降耗，降本增效

一是推进自主知识产权设计软件的开发及产业化。开展产品节能减排技术研究，应对造船新标准和新规范的实施。提升工艺技术能力以及建造技术水平和效率，增强市场竞争力和盈利能力，增强造船能力、降本增效。推进精益造船、精细管理。提升品牌效益，完善和健全船舶生产服务体系。二是加强基础共性技术和前瞻性技术应用的研究。以"绿色低碳、节能减排"为方向，开发和储备一批技术性能指标先进、性价比高、引领市场需

求的新船型,形成多级产品研发梯度体系。开发低碳船。从船舶全寿命周期营运成本出发,开发新产品。开展新能源和替代能源船舶的应用研究。研发无压载水、能耗低、排污小、船体重量轻的绿色船舶。推进环保焊接材料和绿色涂料的开发与应用。三是加强政府、协会、学会、企业间合作。利用、整合各种资源,形成合力,全行业推进 IMO 造船新规范新标准的应对工作。

4. 推进人才战略,引进和培养更多的专业人才

推进海工装备创新型研发设计、开拓型经营管理和高级技能人才的引进工作。鼓励院校发挥教学资源优势,与企业需求结合,强化专业人才培训,提高员工素质。推进产学研联合培养机制,为产业持续快速发展提供人才支撑。

5. 继续推进基地和中心建设,完善船舶生产服务体系,推进产业集群化

建设以临港、长兴岛、闵行、金山为主的船舶与海工配套产业基地。完善海工产业基地配套能力和服务水平,促进海工设计和设备配套产业集聚发展。全力推进长兴二期工程项目建设。

6. 继续优化发展船舶修理与改装业务,提升修理、改装产品的附加值;拓展非船业务,提升产业竞争力。

7. 创新投融资环境,助推更多的海工装备及高新技术船舶新业务落户上海,实现上海船舶与海工装备产业持续稳步发展。

（上海船舶工业行业协会）

2.17　生物医药行业

一、2010 年生物医药行业发展基本情况

2010 年,上海生物医药产业继续呈现平稳较快增长态势,行业整体创新能力进一步提高。

1. 产业总体规模稳步增长

2010 年,上海生物医药产业实现经济总量 1427.9 亿元,比上年增长 14%。生物医药制造业完成工业总产值 588 亿元,比上年增长 17.9%;其中,医药工业完成总产值 524.5 亿元,增长 14.6%。从主要行业类别看:化学药品制剂制造完成总产值 194.8 亿元,增长 19.4%;化学药品原药制造完成总产值 76.8 亿元,增长 6.6%;中成药制造完成总产值 36.1 亿,增长 9.8%;生物制药完成总产值 67.6 亿元,增长 16.4%;医疗器械制造完成总产值 111.3 亿元,增长 34.6%。全年医药工业实现利润总额 72.2 亿元,增长 26.9%。完成出口交货值 81.5 亿元,增长 20.9%,其中医疗器械出口交货值 44.5 亿元,占全市比重 54.7%。

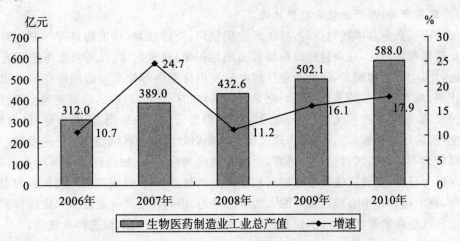

图 2-17-1　2006-2010 年上海生物医药制造业工业总产值及增速

2. 新产品研发持续推进

2010 年,全市共受理药品注册审批 886 项,批准 787 项。其中,获批的新药及仿制药

注册批件 26 项,占全国比重 3.7%。累计完成新产品产值 95.9 亿元,比上年增长 45.9%,其中化学药品制剂制造新产品产值增长率高达 39.7%,产值占全市比重超过 62%。

上海生物医药企业拥有销售过亿的核心产品已超过 55 个。其中,上海西门子医疗器械有限公司的 CT、X 射线医疗设备销售额突破 15 亿元;上海迪赛诺化学制药有限公司的齐多夫定销售额达到 4.1 亿元;上海中信国健药业有限公司的益赛普销售额达到 3.4 亿。

3. 生物医药企业规模不断壮大

2010 年,全市生物医药制造业主营业务收入超过 2 亿元的企业共 54 家,10 亿元以上企业 10 家,其中上海罗氏制药有限公司全年销售收入达到 42.3 亿元,规模位列第一。前 10 位企业的销售收入占全市生物医药制造业销售收入的 34.9%,排名第十位的企业规模已从上年的 7.6 亿元提高至 10.4 亿元。3 个生物医药相关企业获得"2010 年上海市科技小巨人企业",11 家企业被列为"2010 年上海市科技小巨人培育企业"。

产业集聚效应不断显现,浦东张江周康生物医药研发核心区和产业基地全年实现生物医药制造业工业总产值超过 150 亿元,占全市比重超过 25%。上海医药、复星医药、恒瑞医药等重点企业落户浦东张江园区,上海医药临床研究中心积极筹建上海生物医药样本库,上海微创骨科医疗科技有限公司"脊柱植入物的研发与产业化"等 46 项生物医药产业化项目建设进展顺利。

二、2011 年生物医药行业发展总体思路

2011 年,上海生物医药行业将以"加大自主创新力度,推动产业结构调整,有效整合资源要素,促进产业集聚发展"为核心,提升上海生物医药产业创新能力与整体竞争力,实现"生物医药大市"向"生物医药强市"的转变。

1. 谋篇布局,为产业发展提供机遇

加快落实产业总体规划布局,解决产业化空间、资源统筹、梯度转移等问题。对土地资源比较紧张的园区,在项目建设前要对土地容积率、建筑密度、投资强度等进行合理规划。通过集中开发和配套,降低企业行政办公及生活服务等配套设施用地在项目用地中所占比例,最大程度节约土地资源。立足自然条件和产业布局现状,以及完善产业链布局调整的要求,按照以产业化为核心,研发、生产、销售三联动的原则,探索构建"区内研销,区外生产"的产业化布局总体框架,通过园区的辐射效应带动区域经济的快速发展。对土地资源较为丰富的园区,以引进、培育、发展一批规模化企业、加速医药成果产业化、壮大企业规模为目标,发展高端配套原料药和制剂生产制造基地,形成以生产功能区为主的园区布局,将不适宜在中心城区发展的大规模原料药、中间体生产企业逐步梯度转移到园区中。通过盘活存量资产的方式,规避资源浪费、资产闲置等问题,促进产业整合。

2. 完善要素,为产业增速配好资源

一是加强和完善创新环境建设。以浦东综合配套改革为战略平台,借鉴国际经验和通行规则,加强政策机制创新和先行先试,通过建设浦东全国检验检疫改革实验区、设立生物医药类自主创新产品风险化解机制创新试点、支持建立中医药传统知识产权转化机制创新试点、完善"孵化器"平台建设等方式,努力营造与国际通行规则相接轨、与生物医药产业发展规律相适宜的创新环境。二是形成产学研应用联盟。以建立具有国际先进水平的技术应用平台为目标,以大型和骨干创新型企业为主导,以相关产业园区为依托,按照平等自愿、风险共担、利益共享的原则,形成企业自主创新成果的应用体系,促进各类企业、产业园区和相关科技中介服务机构的有机结合,实现多个具有自主知识产权和市场竞争力的新药产业化。

3. 核心突破,为产业升级提供动力

一是努力在药物共性技术(制剂技术、材料技术和信息技术)方面形成较强的创新能力,鼓励发展生物技术领域的大规模细胞培养工艺设计与优化、疫苗佐剂等核心技术,以及符合中药疗效特点的临床评价和体现中医临床治疗特色的中成药关键技术,为构建符合国际标准的药物技术平台打下基础。二是推进制药传统工艺向先进工艺和先进工程相结合的方向发展。创新制药生产工艺,积极引进国内外设计先进的工程理念,实现工艺过程管道化、程控化、数字化和低能耗等一体化,从根本上保证工艺品质及质量控制水平,使之有利于我国的制剂产品与国际接轨,有利于产品进入世界市场,进一步提高产品竞争能力。

4. 聚焦重点,为产业规模创造优势

充分发挥研发资源的有效配置和网络信息的有效能量,支持大病种、大品种优先价值和加强医药商业流通的规模效益,通过加强投入产出的有效性,建立多元化的资金来源,加快项目落地,促进上海生物医药产业做实、做强、做大。以创新体系为核心,建立研发和成果产业化平台,重点扶持创新技术联盟,国家技术工程中心和实验室、中央孵化器工厂、面向多视角的高端 CRO 和 CMO。围绕肿瘤、心脑血管、老年病领域,建立产业链,重点发展大品种和新产品,扶持单抗、中成药、肿瘤和心血管介入治疗器材等。围绕重大传染病领域,建立产品链,重点扶持抗感染药、抗病毒药、疫苗、体外诊断试剂等。围绕健康保健领域,建立信息产业链,重点扶持基因/芯片诊断、数字化医疗影像、远程中央监护系统、新型急救器材等。围绕医药商业流通领域,建立产品信息库,重点扶持基本药物和医保药品招标储配物流信息中心等。

5. 招才引智,为产业腾飞蓄积能量

一要大力培养和引进包括技术人才、市场人才、管理人才在内的高端产业化人才,为生物医药产业化发展注入活力。二要加大对自主创新人才的扶持力度,推进生物医药产业创业人才和团队在财政、税收、金融服务、公共财政、市场准入、产品定价、产品流通、国际化扶持、知识产权等方面获得支持。三要积极对接国家"千人计划"、杰出青年基金、长江学者、曙光计划、领军人才计划、学科带头人等高端人才计划,推动生物医药领域产业和科技人才的集聚。四要加强人才储备和培育,争取国内外著名大学在上海设立研究院和专业学院,发挥科技教育在创新体系中的重要作用。五要不断优化人才集聚环境,继续推进人才公寓建设,提供人才住房资助,满足高科技人才创业初期的住房需求,在交通配套、子女就学、户籍手续办理、就医等方面提供便利。

(上海市生物医药行业协会)

2.18　都市现代农业

一、2010 年都市现代农业发展基本情况

（一）都市现代农业框架基本形成

2010 年,上海克服年初连绵阴雨和年中连续高温的不利气候影响,千方百计保证地产农产品有效供应,农业生产稳步发展,农业经济总体运行平稳,都市农业框架基本形成。

1. 地产农产品供应充足

全年粮食总产量达到 118.4 万吨,水稻单产创历史新高,亩产达到 555.2 公斤。蔬菜产量 397.6 万吨,生猪累计出栏 266 万头,鲜奶累计产量 24.7 万吨,水产品总产量 29.4 万吨,其中名特优水产品产量 5.7 万吨。

表 2—18—1　"十一五"期间上海主要地产农产品产量

年　份	2005	2006	2007	2008	2009	2010
粮食产量(万吨)	105.4	111.3	109.2	115.7	121.7	118.4
蔬菜年上市量(万吨)	325.2	330.0	355.6	346.0	333.0	329.9
生猪出栏数(万头)	280.0	206.1	205.1	258.2	269.7	266.0
家禽出栏数(万羽)	7461	4743	4459	4458	4098	4084
鲜蛋年上市量(万吨)	7.6	4.9	4.9	5.7	5.7	6.3
鲜奶年产量(万吨)	23.8	22.1	22.0	23.3	21.3	24.7
淡水产品产量(万吨)	20.3	16.7	16.4	14.6	15.3	16.8

2. 农业基础设施建设不断增强

全年新建设施粮田 11.3 万亩(累计 129.8 万亩)、设施菜田 4.3 万亩(累计 21.9 万亩)、标准化畜牧养殖基地 58 家(累计建成 251 家)、标准化水产养殖面积新建 3.4 万亩(累计 10.4 万亩),区域特色农产品基地新建 19 个(累计 58 个),2010 年设施农业覆盖率达到 60％以上。粮食主要生产环节实现机械化,农业抗御自然灾害的能力不断增强,农业生产稳定性进一步提高。

3. 农业组织化程度不断提高

从贷款资金、用地用电、产品销售渠道等方面支持农民专业合作社发展。积极引导农

民专业合作社与超市实行产销对接,组织 100 多家合作社与大型超市对接,全市已有 20％的合作社产品进入超市卖场。截至 2010 年末,各类农民专业合作社达到 2552 家,农业产业化龙头企业达到 402 家,农业组织化水平达到 62.5％。

4. 农业"接二连三"功能不断拓展

世博会期间,上海加大郊区农业旅游产品开发力度,全年累计建成各类农业旅游景点近 161 个,命名了 78 家"世博观光农园",全年涉农旅游总人数约 1330 万人次,比上年增长 33％;实现农业旅游收入近 20 亿元,解决当地农民就业约 4 万人次(包括季节性就业)。

5. 农产品质量安全和品牌建设进一步加强

较好完成全年农业部下达的例行监测、监督抽查检测任务和上海市农产品质量安全检测工作,逐步建立蔬菜、水产品、生猪及生猪产品产地准出和市场准入制度,建立农产品质量安全可追溯制度,全市农产品质量安全始终处于可控状态。积极推进农产品认证和品牌建设,至 2010 年末,各类农产品认证总数达到 2095 个,获市级名牌产品 88 个、著名商标 75 个。

(二) 都市现代农业发展主要工作

1. 进一步加大支农惠农政策力度,开展财政支农惠农政策绩效评估管理和资金监管

紧密结合农业生产实际和农民增收的要求,完善高水平设施粮田建设、农民培训补贴、农作物良种补贴、秸秆综合利用、扶持蔬菜生产等多项支农惠农政策。支农惠农专项资金较上年增加 1200 万元。加快支农资金拨付进度,规范补贴资金拨付和公示制度。发出 10 万份《致全市农民朋友的支农政策公开信》,提高农户对政策的知晓率;对良种补贴等 5 项支农惠农政策开展政策后评估,并根据评估成果对补贴政策进行完善;建立涉农补贴资金监管平台建设,对涉及农民的 13 项普惠制补贴项目,通过"一点通",让农民知晓"本人应得、本人实得、别人应得、别人实得"。

2. 积极发挥科技支撑作用,提高农业综合生产能力

积极实施科技兴农战略,培育新品种、推广新技术,促进农业结构的调整和优化。生物制品、工厂化栽培、农产品精深加工和农业信息化等高技术含量、高附加值的农业高新产业发展迅速。2010 年全市农业科技进步贡献率达到 60％,比 2005 年提高了 5 个百分点。

3. 深化农村改革和制度创新,促进农业经营向规模化、集约化转变

至 2010 年末,全市农村土地承包经营权权证签约率达 90％以上,权证发放率达 70％。建成 52 个乡镇土地流转管理服务中心,涉农区县均已建立农村土地承包经营纠纷仲裁委员会。农村集体经济组织产权制度改革积极推进,全面完成村级集体资产清产核资工作,完成 5 个村集体经济组织的股份合作制改革。启动了新一轮农民宅基地置换试点,嘉定区外冈镇等 5 镇工作进入实质性建设阶段。启动农村集体建设用地流转试点工作,6 个试点单位制定完善了农村集体建设用地流转受益分配方案,确保农民合法权益。

二、2011 年都市现代农业发展总体思路

2011 年,上海将认真贯彻中央农村工作会议精神,按照大兴水利强基础、狠抓生产保

供给、力促增收惠民生、着眼统筹添活力的基本思路,坚持创新驱动、转型发展,注重"六个着力",以加快转变农业发展方式为主线,大力发展都市高效生态农业,坚持用现代物质条件装备农业,用现代科学技术改造农业,用现代产业体系提升农业,用现代经营形式推进农业,促进农业生产经营专业化、标准化、规模化、集约化。

1. 加大农业科技创新和推广力度

增强农业科技自主创新能力,全面建设水稻、绿叶蔬菜、西甜瓜、河蟹 4 个农产品产业技术体系,推进科研、教育、推广三位一体共同发展长效机制。加强基层农业技术推广队伍建设,促进先进实用技术的集成推广,探索农业科技推广服务新机制。制定扶持政策措施,加快浦东新区国家农业示范区和市级现代农业园区建设。

2. 大力发展现代种业

充分利用上海综合优势,水稻优良品种在上海的推广,积极推进节水抗旱水稻、沪油系列"双低"油菜等优势作物品种向全国推广。选育蔬菜、花卉、瓜果、食用菌新品种,整合各种资源,聚焦科技力量确保每年培育 2—3 个具有自主知识产权的优良品种。加强生猪良种繁育体系建设和水产良繁种场建设,加强对长江口种质资源的保护和合理利用。积极扶持发展有地方特色和竞争能力的种业企业,在科技、信息和人才等方面加强服务,促进上海种子产业的规模化、集约化发展。

3. 提高农业组织化程度

进一步优化政策环境,依法推进农民合作社规范化建设,创建示范合作社,鼓励有条件的合作社组建联社。推广松江家庭农场实行种养结合模式,试行农业机械互助,提高机械利用效率。发展壮大农业产业化龙头企业,支持龙头企业提高辐射带动能力。加快推进农业适度规模经营,促进农业市场化、规模化、集约化。

4. 提高农业设施化程度

启动 1 万亩高水平粮田设施建设,推进农田林网化和供水管网化,创建一批蔬菜标准园。建设标准化畜禽养殖场 20 家、标准化水产养殖场 1.5 万亩,强化对投入品的监管。继续推进标准化渔船更新改造和标准化渔港建设。加快优化农机装备结构,提高农业机械动力,进一步提升农机作业水平。

5. 推进低碳和循环农业建设

以节地、节水、节肥、节能和综合利用为目标,开发农业生态环境保护和资源综合利用技术。实施秸秆禁烧,推进秸秆综合利用技术,加大测土配方施肥工作力度。科学合理使用化肥农药,有效防治农业面源污染。

（上海市农业委员会）

第三部分

城市发展篇

3.1 城市建设与管理

一、2010 年城市建设与管理基本情况

2010 年,上海深入贯彻落实科学发展观,坚持"建管并举、重在管理",为保持全市经济平稳发展作出了积极贡献。

1. 世博服务保障任务圆满完成

世博场馆设施按期建成。全面完成迎世博 600 天整治任务,全面做好 184 天世博运行服务保障,顽症治理取得明显成效,全市市容市貌明显改观。科学制订世博交通保障方案,充分发挥交通综合信息平台的作用,大力倡导公交出行,经受了单日 103 万超大客流的考验。市政市容环境的整洁有序,交通组织的有力保障,为举办一届成功、精彩、难忘的世博会作出了重要贡献。

2. 重大工程建设有序推进

全年重大工程完成投资超过 1000 亿元,中国商用飞机公司能力建设项目等 27 个项目新开工建设,虹桥综合交通枢纽、外滩综合改造工程、东方体育中心等 29 个项目建成投用。崇启长江通道等 38 个续建项目有序推进。对口支援都江堰市灾后重建任务全面完成。

3. 综合交通运输势头良好

2010 年,全市对外旅客年到发量达到 2.6 亿人次,其中铁路超过 1.2 亿人次,公路、民航分别突破 7000 万人次。全年城市交通年客运量达到 59.3 亿人次;公共交通特别是轨道交通运能显著提升,日最高客运量突破 750 万人次。2010 年上海港集装箱吞吐量达到 2906.9 万标准箱,首次位居世界第一;上海空港货邮吞吐量达到 372.3 万吨,其中浦东机场货邮吞吐量保持世界前三位。

4. 民生改善取得成效

保障性住房新开工建设超过 1200 平方米。全年拆除二级旧里以下房屋 54.6 万平方米。完成农村低收入户危旧房改造 3200 多户、村庄综合改造 114 个、"村沟宅河"整治 1000 余公里、农村生活污水处理设施改造 4 万户。

二、2011 年城市建设与管理总体思路

2011 年既是支撑全市经济平稳发展、确保"十二五"良好起步的开局年,也是充分发挥世博会后续效应、加快建立城市管理长效机制的关键年,上海城市建设和管理将重点做好六方面工作。

1．强化工程建设质量安全管理，大力加强城市运行安全监管

一是全面整顿和规范建筑市场。贯彻落实《关于进一步规范本市建筑市场加强建设工程质量安全管理的若干意见》，集中开展建筑市场整治和建设工程质量安全大检查。充分利用信息化手段，进一步加强对工程质量安全的监管。进一步规范建筑市场各方主体行为，切实落实监理责任，加强承发包以及法人代表和从业人员管理，强化建设工程安全风险源头控制和工程施工现场管理。进一步推进政企分开改革，着力解决建设工程管理和建筑市场中存在的区域封闭、内部循环、暗箱操作等问题。

二是抓好重点领域安全工作。全面查找和消除各类安全隐患。突出高层建筑、轨道交通、高架桥隧、地下管线、供水、供气等重点领域和重点设施，督促各责任单位严格落实各项安全防范措施，提升安全技防水平，全面加强安全运行监控。深化细化相关应急预案，完善处置体系和设施装备，提高应急演练的针对性和有效性，切实增强预防和处置突发事件的能力。

三是切实落实安全管理责任。全面落实安全生产法人责任制，层层细化分解落实安全监管责任，进一步明确责任主体。加强行政监察，加大安全生产责任追究力度。强化全行业的安全知识培训。

2．巩固筹博办博期间的城市管理经验和成果，加快建立健全城市管理长效机制

一是突出顽症治理。针对世博后的市容环境、工程建设、交通组织和市政设施四方面易反弹的问题，突出重复掘路、设摊管理、城市保洁、河道整治、旧住房综合改造、非法客运等重点，落实针对性措施，加强综合治理，防止城市管理难题顽症的大规模反弹。

二是加强城市维护。健全城市维护管理投入机制，加大市、区（县）两级城市维护资金投入。研究制订城市维护管理的技术标准目录和定额目录，进一步完善城市维护标准、规范和定额体系。加快建立城市维护项目招投标管理平台，理顺政企、市区（县）以及建设和维护之间的界面分工，完善城市维护监督考核办法。

三是强化科技支撑。深化城市网格化管理，进一步整合管理资源、拓展应用范围、强化考核监督。积极推动数字化城市管理立法工作。完善市政、绿化专业网格化管理，加快将建设工地、掘路等纳入网格化管理范围。结合郊区新城建设，推进网格化管理在城市化地区的全覆盖。进一步加强网格化管理平台与 12319 城建服务热线以及专业管理、社会管理的联动。

四是扩大社会参与。完善社会动员和市民参与机制，加强城市管理决策、措施的事前征询。完善新闻舆论监督和市民诉求的快速响应反馈机制。加强城市管理的社会监督。发挥志愿者服务队伍作用，提高日常服务和应急服务能力。

3．以重大工程建设为抓手，加快重点区域和郊区新城开发建设

一是完善重点地区基础设施配套。结合世博园区后续开发利用，加快园区及周边区域市政设施建设及交通组织配套。继续推进虹桥商务区及周边设施建设，基本建成京沪高速铁路上海段，抓紧推进嘉闵高架等项目前期工作。积极推进迪士尼项目及外围配套基础设施建设。继续完善大型居住社区周边市政、公建等配套。

二是加快郊区新城基础设施建设。以郊区轨道交通、快速道路、越江设施等为重点，

推进郊区新城基础设施建设。加快建设连接市郊的轨道交通,推进 S26 公路东段、S6 高速公路,以及区域对接道路建设。建成军工路越江隧道,加快长江西路、虹梅南路等越江工程。

三是推进新农村基础设施改善。积极推进农村道路、危桥改造、河道整治、村庄改造、供水集约化、生活污水处理等基础设施和环境建设。完成 100 个村庄改造、4 万户农村生活污水处理设施改造,整治"村沟宅河"300 公里。

4. 以加快保障性住房建设为重点,持续改善市民居住、出行条件不断改善民生

一是不断改善市民居住条件。全面加快保障性住房建设,确保全年新开工建设和筹措保障性住房 1500 万平方米、22 万套(间),供应 1150 万平方米、17 万套(间)左右。积极探索住房公积金支持保障性住房建设试点。继续推进中心城区旧区改造,拆除二级旧里以下房屋 80 万平方米。启动郊区危棚简屋改造,加快推进郊区农村危旧房改造。修订城市居住房屋租赁管理办法,规范居住房屋租赁市场行为。进一步加强物业管理和服务。

二是进一步提升公共交通吸引力。推进轨道交通 11 号线北段、12 号线、13 号线等项目建设,深化 5 号线南延伸、8 号线三期、9 号线三期、10 号线二期、17 号线等项目前期工作。进一步优化公交线网,加强公交与轨道交通、郊区新城、大型居住区等的衔接,全年新辟、调整公交线路约 200 条。完善交通综合信息平台建设,大力推进城市智能交通管理。

三是继续提高市政公用服务水平。以青草沙水源地工程基本建成为契机,有序推进通水切换工作,完成 1000 万平方米以上二次供水设施改造。以迎接公路国检为契机,全面提高公路服务水平。以确保桥隧安全运行为重点,大力提升各类城市道路的质量。稳定气源管理,做好燃气服务供应,鼓励和推广使用安全型燃气器具。

四是妥善化解各类涉民矛盾。全面落实重大项目社会稳定风险分析和评估机制,加强对各类涉民矛盾分析、研判和排查,妥善化解工程建设、轨道交通运营、房屋动拆迁、机场和高架噪声等引发的涉民矛盾。

5. 以住宅产业化和垃圾减量化为突破口,深化节能减排工作

一是全面加强建筑节能管理。贯彻《上海市建筑节能条例》,大力推进建筑节能,新建高标准节能建筑 60 万平方米,对新建居住建筑全面执行 65％的节能标准,并力争形成适合上海气候特点的建筑节能保温技术体系。推进预制装配式住宅发展,加大在保障性住房、大型居住社区中的试点推广力度。做好燃气分布式供能及燃气空调推广工作。

二是继续推进交通运输节能减排。推进机、船、车节能减排技术改造。稳步扩大新能源公交车试点。加强慢行交通系统规划建设,促进区域性公共自行车系统健康发展。不断完善高速公路不停车收费系统,新建 60 条 ETC 车道,实现高速公路全覆盖。

三是推进垃圾分类处置和源头减量。加快生活垃圾处理设施建设,研究生活垃圾源头减量政策,规范餐厨垃圾管理,强化废弃食用油脂的收运和处置,推进垃圾的减量化、资源化、无害化,确保实现年人均生活垃圾处理量减量率 5％的目标。

(上海市城乡建设与交通委员会)

3.2　信息化建设与应用

一、2010 年信息化发展基本情况

2010 年,上海信息化工作深入落实科学发展观,继续实施信息化领先发展战略,围绕全市经济社会发展要求和总体工作部署,加快推进信息基础设施建设,推动信息产业持续健康发展,深化推广信息技术应用,进一步优化信息安全、社会诚信等发展环境,全市国民经济和社会信息化建设取得新进展。

1. 信息基础设施服务功能加快完善

按照"统一规划、集约建设、资源共享、规范管理"的原则,拓展信息基础设施的覆盖面和服务功能。截至 2010 年底,全市互联网国际出口带宽达到 300G,新增约 100G。城域网出口带宽达到 1500G,新增约 300G。集约化信息管线新增 467 沟公里,累计达到 5821 沟公里。新建 WLAN 无线热点 2300 个,累计超过 7400 个。IDC 机架新增约 1200 个,累计达到 11700 个。

全市基本通信服务实现按需提供。全年新建 3G 基站 1500 个,网络覆盖中心城区、郊区新城镇和全市重要交通干线。全市光纤到户覆盖 120 万户,下一代广播电视网覆盖 100 万户。截至 2010 年底,全市固定电话、移动电话、宽带接入用户数分别达到 936 万户、2362 万户、500 万户;其中家庭宽带用户约 440 万户,百兆家庭宽带接入能力累计覆盖 120 万户。全市数字电视用户达到 227 万户,IPTV 用户达到 130 万户。

全面完成世博园区信息基础设施建设。完成世博园区内 42 沟公里的集约化基础通信管线、2 个数据中心、13 个集约化移动通信基站等通信基础设施建设,圆满完成世博会等重大活动的信息通信和无线电保障工作。虹桥综合交通枢纽、保障性住房基地等市重大工程信息基础设施配套建设有序推进。加强信息基础设施规划布局,积极推进三网融合工作。

2. 信息化应用持续深入推进

国家"两化融合"试验区建设深入推进。航空、装备和化工等行业龙头企业信息化应用有力推进,带动了产业链信息化联动发展。形成精益造船系统、虚拟汽车设计、化工装备节能改造等典型项目应用示范。区域"两化融合"计划深化实施。认定浦东、松江、宝山、杨浦 4 个"两化融合"实践区。推动临港产业区等打造"数字园区"。评选出 50 个中小企业信息化示范企业。创建国家"两化融合"人才培训基地,完成 200 名高级人才和 2000 名应用人才的培训目标。全市"两化融合"发展指数达到 72 以上。

国际航运中心信息化建设顺利推进。完成上海国际航运中心综合信息共享平台规划,启动集装箱 RFID 全程跟踪、公共物流信息服务平台等配套项目建设。加快国际金融中心信息化建设。落实《非金融机构支付服务管理办法》,引入和培育具有发展潜力的第三方专业平台和机构。完善电子支付发展环境。全市电子商务交易额达到 4095.1 亿元,比上年增长 23.5%。

加强电子政务建设。完成法人信息共享与应用系统一期开发,覆盖法人登记、资质和监管等领域,已入库 8 家单位 120 万条信息。完成政务信息资源目录服务平台的开发和试运行工作,政府部门备案公文类目录 15.5 万条,试点单位备案业务类目录 2400 余条。实现市 800 兆数字集群政务共网与市轨道交通通讯系统的互联互通。

社会服务和城市建设领域信息化建设深入推进。完成市政府实事项目"实现郊区540 所村卫生室和 145 家社区卫生服务中心新型农村合作医疗实时报销"的相关工作。推进基于市民电子健康档案的卫生信息化工程、无障碍数字图书馆等建设。加强农村信息化推进和宣传力度。市政府实事项目"千村万户"农村信息化培训普及工程全年完成培训 18821 人,宣传普及 293441 人。

3. 信息化综合环境继续优化

信息安全保障能力不断增强。加强重要信息系统安全监管。完成全市 2689 个二级以上信息系统定级备案,290 个三级以上信息系统等级测评。完成全市 73 个重要信息系统、47 个园区信息系统安全测评。完善城域监测预警和应急处置体系。组织 149 家信息安全重点单位开展应急演练。依托市信息安全应急管理平台加强安全监测和应急处置。完成世博会信息安全保障任务。妥善处置 105 起信息安全突发事件,城域网安全态势平稳可控。网络信任体系建设深入推进。全年发放证书 42.7 万余张,累计达到 220 万张。

社会诚信体系建设加快推进。开展先进制造业企业信用管理培训,累计培训 600 人次。初步建立中小企业信用信息采集、比对渠道。将联合征信系统接入政务外网。推进金融、工程建设、食品工业、电子商务、经济适用房和廉租房、物业管理、人才引进、会展、工商等领域的诚信体系建设。

信息化规范管理与合作交流工作继续加强。成功举办 2010 上海国际信息化博览会。与联合国合作举办世博系列论坛"全球城市信息化论坛"。举办"城市化与信息化"主题论坛。进一步深化长三角区域在无线电联合保障、信息化会展等方面的合作。

二、2011 年信息化发展总体思路

2011 年,上海市信息化发展将围绕加快推进"智慧城市"建设,重点提升信息基础设施和通信服务能级、信息化应用水平和信息安全综合保障能力,发挥信息化对经济社会发展应有的支撑和促进作用。

1. 加快建设"智慧城市"基础设施

一是组织开展光纤到户建设和改造工程。使 300 万户家庭具备 100Mbps 宽带接入能力,新建覆盖 100 万有线电视用户的下一代广播电视网络系统。二是继续优化完善全市 3G 网络。扩大 TD—SCDMA 覆盖范围。拓展无线宽带局域网建设,基本覆盖中心城区和郊区新城热点区域。深化世博会应用示范成果,根据国家部署要求,推进 TD—LTE

规模试验网建设。三是争取国家有关方面支持,将全市互联网国际出口带宽提升至450Gbps,海光缆国际通信容量继续保持占全国 50% 以上。四是拓展超算中心曙光5000A 超级计算机在气象预报、生物医药等领域应用。新建金桥等大型互联网数据中心。

2. 加快推动重点应用工程

一是推进"融合强业"行动。聚焦航空、汽车等重点领域,推动信息技术全面渗透应用。深化实施节能控制与综合利用等专项工程。实施万人培训宣传计划,健全企业信息化评估和指标体系。推进数字园区、数字工厂示范建设。二是推进"电子商务"行动。建设完善装备、物流等领域的行业性电子商务平台,推进中小企业应用第三方电子商务平台,争取电子商务交易额达到 4800 亿元。三是推进"数字城管"行动。城市网格化管理向郊区新城和新市镇延伸,推进上海市地理信息公共服务平台建设,加快"数字海洋"上海示范区建设。完善交通综合信息平台功能,运用信息技术提升应对突发公共事件的能力。四是推进"数字惠民"行动,加快启动基于市民电子健康档案的卫生信息化工程,研究民生服务热线整合建设的相关方案,开展数字化课程试点建设。推动面向残疾人、老年人的信息无障碍建设,完善为农综合信息服务体系。五是推进"电子政务"行动。推进实有人口信息共享和法人信息共享,建设完善行政审批办事平台和电子监察系统,扩大政务信息资源目录备案试点,推进法人网上身份统一认证系统、房屋状况信息查询系统等建设。

3. 加快完善政策环境配套

一是强化信息安全保障。推进国家级信息安全综合服务平台建设,完善上海网络与信息安全应急指挥平台,推进网络与信息安全应急管理中心建设。加强等级保护、安全测评、信息安全人才培养等基础性工作。二是加快信息安全技术研发和产业化。推进数字证书应用和跨区域交叉认证工作。三是加强信息化法制建设。开展信息化促进条例的立法调研。四是推进信息资源开发利用。加大政府信息公开力度,探索全市统一的信息资源管理和应用促进模式。发布政府部门个人和企业信用信息目录(2011 版),推动个人、企业信用信息依法主动或依申请公开,加强信用信息服务平台建设。五是加强专业规划管理。编制上海市信息基础设施布局专项规划,落实全市公用移动通信基站布局专项规划。加快标准规范制订,加快物联网、云计算、智能电网等领域技术、应用、管理标准规范的建立。试点示范,分步实施,探索住宅小区光纤集约化建设模式。

（上海市经济和信息化委员会）

3.3　节能减排和循环经济发展

一、2010 年节能减排和循环经济发展基本情况

2010 年是确保完成"十一五"节能减排目标关键一年,在市委、市政府的坚强领导下,经过全市上下共同努力,"十一五"提出的节能减排目标如期实现。

(一)节能降耗工作进展情况

1. 出台实施一批重大政策

颁布实施《建筑节能条例》,为全市建筑节能工作提供依法行政依据。出台《上海市关于贯彻〈国务院关于进一步加大工作力度确保实现"十一五"节能减排目标的通知〉的实施意见》,提出 28 条强化措施,在强化目标责任、实施能耗总量控制、加大限批力度、扩大差别电价等方面进一步强化和深化。相继制修订了产业结构调整、合同能源管理、循环经济发展、淘汰老旧汽车、推广节能空调、加油站油气回收、秸秆综合利用等多项新的实施细则。

2. 推进一批重大节能项目和工程

全年完成产业结构调整项目 934 项、危化企业调整项目 67 项以及嘉定马陆、浦东滨海等重点地区专项,实现节能能力 100 万吨标准煤。推进重点节能技改项目 194 项,实现节能能力超过 60 万吨标准煤。新建高标准节能建筑 208 万平方米,推广可再生能源与建筑应用 221 万平方米,既有建筑节能改造 118 万平方米。以上海世博会为契机,推进新能源汽车使用超过 1500 多辆。加大节能科技投入,在国内率先进行储能系统接入电网关键技术研究,在洁净煤发电、海上风电、天然气输配和利用等项目上取得关键性的技术突破。

3. 进一步夯实节能基础工作,加强重点用能单位管理

以能源利用状况报告上报和审核为重点,加强对重点用能单位节能指导、监督和管理,首次开展非工业重点用能单位的能源利用状况报告上报工作,基本实现对全市近千家重点用能单位的全覆盖。集中组织、统一招标,对 286 幢政府办公建筑和大型公共建筑实施能源审计。进一步完善能源统计制度,加强预警监测,定期发布能源数据公报,编制能源统计月报。以实施能源计量保障工程为重点,扎实推进能源计量。以完善标准体系为基础,逐步建立健全节能标准体系。开展高耗能特种设备监管,推进节能产品认证和能源管理体系认证试点,强化质量技监部门节能执法监督。开展单位产品限额标准执行情况、高耗能落后设备淘汰情况等专项节能监察,加强节能执法监督。

4. 运用市场机制推进节能工作

根据国家加快推行合同能源管理的意见,出台地方实施意见及相关配套政策,开展节

能服务机构备案工作和节能量审核机构选聘工作,为进一步推进合同能源管理、发展节能服务产业奠定良好基础。推广高效照明产品 1300 万只以上、节能空调 130 多万台套。稳妥有序推进资源环境价格改革,加大差别电价实施力度,积极探索节能减排、环境保护与能源领域的权益交易。

5. 推动全社会节能减排

公共机构节能进一步深入推进,政府机关带头节能,医院、学校、商场、饭店等领域节能工作积极推进,取得明显进展。多个部门组织行业内重点用能单位,采取节能技改、合同能源管理等多种方式,开展分布式供能、地源热泵等节能项目改造。部分团体组织开展"低碳家庭·时尚生活"、"我为节能减排做贡献"、"节能减排小组"等各具特色的活动,发动全社会力量参与节能减排工作。

(二)污染减排工作进展情况

经国家核定,2010 年上海市 COD、SO_2 排放量分别为 22 万吨和 35.8 万吨,比 2005 年分别减排 27.7% 和 30.2%,减排比例分列全国第一和第二,超额完成了"十一五"的减排目标(15% 和 26%)。环境质量创近 10 年来最好水平。环境空气质量优良率连续八年高于 85%,2010 年达到 92.1%。二氧化硫、二氧化氮和可吸入颗粒物年均值分别比 2005 年下降 52.5%、18% 和 10.2%。地表水环境质量总体好转。长江口朝阳农场和黄浦江杨浦大桥等代表性断面化学需氧量分别下降 13% 和 24.1%。

1. 狠抓重点减排工程建设和运行管理,为全面完成污染减排目标奠定了坚实基础

上海污染减排工程取得突破性的进展。"十一五"期间,新改扩建污水处理厂 30 余座,改造和新增污水处理能力 513 万吨/日,建成污水管网 2351 公里。截至 2010 年底,全市城镇污水处理率达到 81%。电厂脱硫工程提前一年半完成了计划任务,建成 1412.4 万千瓦机组的脱硫设施,并启动氮氧化物(NOx)控制试点。着力规范污水处理厂、电厂脱硫等治污设施运行管理,加大了执法监管力度,保证其稳定发挥减排效益。着力解决脱硫石膏、污水厂污泥等综合利用与处置,建成了外高桥、石洞口等电厂石膏煅烧示范线和白龙港、安亭和南汇污泥处理工程。

2. 大力推进结构调整,多种渠道削减污染排放量

一是着力推进电厂"上大压小"。克服上海世博会供电安全等诸多困难,2010 年关停吴泾热电厂、杨树浦发电厂、闵行发电厂等 87.9 万千瓦小火电机组,按期完成"十一五"关停任务。二是加大产业结构调整力度。开展吴泾、金山卫和奉贤星火等重点地区整治,累计实施水泥、焦炭、小炼钢炼铁等结构调整项目 2873 项。三是继续开展工业、农业和社区生活等不同层面的循环经济试点,推进 638 家企业清洁生产审核。

3. 加强政策引导和经济激励,有效挖掘减排潜力

依托节能减排专项资金,制定并落实燃煤电厂脱硫设施建设和上网电价补贴政策,延续黄浦江上游污水处理厂运行和郊区污水厂网建设补贴等激励政策。在全国率先推出 COD 和 SO_2 超量削减奖励政策,分别实现 COD 和 SO_2 超量减排 5 万吨和 3.5 万吨,相当于新建一座处理能力 100 万吨/天的污水处理厂和两座百万千瓦机组脱硫电厂的减排量。严格实施"批项目,核总量"制度,加强发电量和用煤量的优化调度,实施高污染企业限电

避峰等措施。

（三）循环经济工作进展情况

1. 深化总结循环经济试点工作

继续推进全市 33 家循环经济试点单位开展各项试点工作，全面梳理总结国家 6 家和全市 28 家试点单位前阶段工作成效和经验，在区县、园区、企业、社区等不同层次的试点单位中选取国家和上海市的典型案例，进行推广应用。

2. 修订完善循环经济资金扶持办法

在深入调研的基础上对原循环经济扶持办法进行修订完善，制定出台《上海市循环经济发展和资源综合利用专项扶持办法（修订）》（沪发改环资〔2010〕31 号）。对支持范围、项目申报条件和资金拨付程序等进行了调整，更利于办法的实际操作。

3. 制订和实施秸杆、脱硫石膏等循环经济专项扶持政策

研究制订《关于本市推进农作物秸杆综合利用实施方案》，提出上海秸杆综合利用的近、中远期目标，确定重点任务，支持政策、操作流程和部门职责分工等。继续实施上海市脱硫石膏安全处置和综合利用财政补贴政策，对脱硫石膏锻烧线和末端利用按照政策给予支持，使全市脱硫石膏利用率达到 98％以上。

4. 加大力度扶持循环经济项目

对 10 个项目进行补贴，涉及农业、电子废弃物处理、机电产品再制造、废弃物回收体系建设等多个领域，总投资 2 亿元，扶持资金为 2841.4 万元。

5. 积极开展上海城市矿产示范基地项目建设

在遴选上海城市矿产示范基地项目中，挖掘潜在优质项目，对推荐的上海燕龙基再生资源利用基地、鑫广再生资源（上海）有限公司、宝钢产业链城市矿产示范基地、嘉定工业区示范基地等项目加大扶持力度，并积极做好跟踪服务工作。

二、2011 年节能减排和循环经济发展总体思路

（一）节能降耗工作重点

1. 强化地方节能标准体系建设，着力推进重点领域能效达标对标工程

工业领域，选择 30 个左右能源消耗多、节能潜力大的主要产品制定出台地方产品能耗限额标准。建筑领域，研究制订比现行节能标准更具操作性、更易执行监督的节能设计地方性标准，制定出台国家机关、学校、医院、星级饭店、商业设施等合理用能指南。交通领域，研究制订水运、航空、轨道交通、公交、出租等行业合理用能指南或能耗限额标准。发挥标准的引领和倒逼作用，推进对标达标工作。鼓励用能单位向先进性标准迈进，对能耗超限额标准的单位给予差别电价等处罚和媒体公布等。

2. 扎实推进能源审计工作，切实挖掘节能潜力

深入推进能源审计，在 2010 年下半年启动对政府机关、医院、商场、旅游饭店、学校等领域大型公共建筑的能源审计工作的基础上，继续深入推进此项工作，并进一步扩大覆盖面。对其他领域重点用能单位继续开展能源审计。结合审计挖掘节能潜力，推进节能改造，推出一批技改项目，通过合同能源管理等途径，实施节能改造。安排实施 260 项工业重点节能技改项目，可实现节能能力 50 万吨标准煤；安排工业、建筑、交通、公共机构等领

域合同能源管理项目 300 项,可实现节能能力 20 万吨标准煤。

3. 加大淘汰落后产能力度,推进工业节能减排

推进产业梯度转移,促进工业向园区集中,大力发展循环经济,积极改善城市环境。重点调整水泥、制革、纺织印染、零星化工、危险化学品等行业,促进城市发展转型、优化产业结构。组织实施一批重点节能技改项目,实现节能能力 50 万吨标准煤。实施钢铁、石化化工和电力等重点行业实施能量系统优化示范工程。

4. 抓好建筑领域节能,深化交通运输节能

大力推进可再生能源与建筑一体化应用工程。按规定对符合条件的新建住宅建筑,全面实施统一设计并安装太阳能热水系统,进一步加大既有建筑的节能改造力度。加强节能型综合交通运输体系建设,优化运力结构和运输组织方式。推进实施一批交通节能技术改造项目,加大老旧交通工具淘汰更新力度,进一步加大清洁能源车辆应用推广力度。

5. 强化公共机构和公共建筑节能管理

抓好公共机构节能,提高公共机构能源利用效率。公共机构严格执行空调温度控制标准,发挥表率作用。积极推广节能技术、节能产品的应用,实施节能改造项目,加快推进节约型公共机构建设。抓好商业、旅游、金融领域节能,提高能源利用效率。全面推广节能产品,实施节能改造。严格执行公共建筑空调温度控制标准,改进空调的运行管理,加强保养维护,提高能效水平。

6. 发展节能环保产业,推广节能低碳技术产品

大力支持和培育本市节能环保产业的发展,积极扶持一批产业发展重点项目。继续加大节能科技投入和支持力度,努力推进重大节能技术和设备的技术研发和产业化,注重可再生能源等技术在本市低碳实践、示范区域的应用。进一步加大节能高效产品的推广力度。

7. 注重长效机制和能力建设,完善政策调控手段

完善已有节能减排专项资金扶持政策,扩大政策覆盖面,并进一步加大差别电价等价格政策的实施力度。尽快出台实施推进上海市"十二五"节能和应对气候变化规划,并同步推进相关领域、各区县节能专项规划的发布实施。依法组织开展节能减排总结、考核和表彰奖励,加大公示力度。加强节能减排统计、监测、计量、认证和能效标识等基础工作。全面建立和完善节能减排预警预测机制和能耗定期公示制度,加大节能减排监测、监察和执法力度,加强业务培训,进一步提高综合业务能力。

(二) 污染减排工作重点

1. 全力推进重点减排工程建设

一是确保吴泾第二电厂脱硝、宝钢烧结机脱硫等一批重点减排工程建成投运,启动一批电厂脱硝工程。二是确保竹园污水厂升级改造工程投入稳定运行,加快推进白龙港、青浦、奉贤东部等一批污水处理厂扩建工程和污水收集管网建设。三是按计划加快完成金山区、青浦区等一批污水厂污泥处理工程建设,完善脱硫石膏综合利用工程。

2. 以更大的力度推进结构调整和面上污染整治

通过产业结构和布局的优化调整，为转型发展腾出总量创造条件。一是完成 600—700 项结构调整项目。二是要加快中小锅炉清洁能源替代。三是探索开展重点化工企业 VOCs 排放总量控制。四是明确政策，加快对污染严重的黄标车的淘汰进程。

3. 进一步加强政策引导和执法监管

一是严格实施"批项目、核总量"制度，新、改、扩建工业项目新增主要污染物排放总量指标，原则上在本区域、本行业（集团）内通过实施结构调整、清洁能源替代、完善治污设施等来获取，把污染减排作为促进产业结构和布局优化调整的重要抓手。二是研究出台燃煤电厂脱硝工程建设、NOx 超量减排、污染源截污纳管等补贴政策和延续 SO_2、COD 超量削减等激励政策，提高 NOx 排污收费标准。三是继续加强对重点减排设施的监督管理，健全在线监测监控设施运行管理制度，进一步强化对已建脱硫脱硝设施和污水处理厂的运行监管。

（三）循环经济工作重点

一是积极推进生活垃圾源头减量，通过开展试点，由点及面进行全市推广，建立相对完善的生活垃圾回收系统等措施。积极推进生活垃圾资源化利用，开展闵行区餐厨废弃物回收利用试点工作。二是进一步推进废旧服装、废玻璃等废弃物回收利用工作，摸索适合城市废弃物回收处理和综合利用的模式，节约大量土地资源和处置成本。三是推进上海农作物秸秆综合利用，对开展秸秆机械化还田的作业和资源化利用的项目进行补贴，通过政策引导大大减少秸秆焚烧、提高秸秆利用率。四是进一步提升本市电子废弃物、再制造等行业发展水平，积极制定相关标准和行业指南。五是进一步完善资源回收网络体系，整合行业资源，实现统一规划、标准、管理的经营模式，形成若干综合性回收企业。加大物联网技术应用力度，打造智能回收网络。推广回收人员 IC 管理卡，实现"网上收废"覆盖面扩大和延伸。搭建再生资源回收服务信息化平台，鼓励市民和企业的参与和交售。

（上海市发展和改革委员会）

3.4　能源发展

一、2010 年能源发展基本情况

2010 年,上海以举办世博会为契机,积极推进能源基础设施建设,提高能源供应能力,优化能源结构,节能减排、新能源及产业发展等工作都取得明确成效,较好地完成"十一五"规划目标任务,为"十二五"开局奠定了良好基础。

1. 能源建设加快推进

"十一五"期间是上海历史上投资强度最高、保障能力增长最快的时期。电源建设上:外高桥三期、漕泾等超超临界机组投产,新增发电能力近 800 万千瓦,约为"十五"时期新增发电能力的 3 倍。电网建设上:世界上第一条 800 千伏四川向家坝-上海直流输电工程以及 500 千伏宜华直流工程建成投产,全市外来电通道能力超过 1500 万千瓦。建成静安、漕泾等 5 座 500 千伏变电站,以及 28 座 220 千伏变电站、世博园智能电网综合示范工程等一批输变电项目,城市电网的技术水平和配置能力得到很大提升。天然气发展上:进口液化天然气一期和川气东送工程建成供气,五号沟 LNG 事故气源备用站扩建工程竣工投产,形成了多气源供应格局,天然气年供应能力达 45 亿方,增加了 1 倍。天然气主干管网二期工程项目陆续投运,累计建成高压天然气管道 600 公里,燃气安全供应水平得到进一步提高。

2. 一次能源结构不断优化

2010 年,全市能源消费总量约为 1.1 亿吨标煤,"十一五"年均增速为 6.2%。其中,天然气消费量达到 45 亿立方米,年均增速高达 19.2%;全社会用电量 1296 亿千瓦时,年均增速 7.0%;最高用电负荷 2621.2 万千瓦,年均增速 9.5%;煤炭消费量 5800 万吨,年均仅增长 1.7%,煤炭占一次能源消费比重逐步回落,由 2005 年的 52.8% 下降至 2010 年的 49.9%,历史上首次低于 50%;市外来电保持较快增长,所占比重由 7.6% 提高到 12.9%;天然气所占比重由 3.1% 提高到 6.3%。

3. 新能源发展实现重大突破

2010 年,我国首座独立自主建设的大型海上风电示范项目——东海大桥 10 万千瓦海上风电场投产,全市风电装机达到 20 万千瓦左右,比"十五"期末增长了 10 倍。全市光伏电站装机约 20 兆瓦,太阳能热水器集热面积达到 350 万平方米。建成老港垃圾填埋气一期发电项目,全市生物质发电装机容量达到 4.5 万千瓦。

我国首座大型海上风电示范项目并网发电

2010 年 7 月 6 日,我国自行设计、建造的上海东海大桥 100 兆瓦海上风电示范项目并网发电。该项目是我国第一座大型海上风电场,项目的开发建设对提高我国海上风电设备自主制造能力、积累我国海上风电建设管理经验以及推进节能减排、节约土地资源、优化能源结构等具有十分重要的意义。

东海大桥海上风电场在我国风电场建设史上创造了多项"第一":第一次采用自主研发的 3 兆瓦离岸型机组,标志着我国大功率风电机组装备制造业跻身世界先进行列;第一次采用海上风机整体吊装工艺,大大缩短了海上施工周期,创造了一个月在工装船上组装 10 台、海上吊装 8 台的记录;在世界上第一次使用高桩承台基础设计,有效解决了高耸风机承载、抗拔、水平移位的技术难题。

4. 能源发展进入调结构的新阶段

按照国家电力工业上大压小的总体部署,2010 年,全市关停小火电机组 87.9 万千瓦,"十一五"累计关停小火电机组容量达到 178.4 万千瓦;全市装机平均供电煤耗从 2005 年的 343 克/千瓦时下降到 2010 年的 316 克/千瓦时,比全国平均水平约低 20 克/千瓦时。在全国率先完成燃煤电厂的脱硫改造,并启动燃煤电厂脱硝、高效除尘改造试点工作。石洞口电厂建成目前世界上规模最大、年产 10 万吨二氧化碳捕集装置。

二、2011 年能源发展总体思路

2011 年是"十二五"规划实施的第一年。预计 2011 年全市天然气供应将较为充裕,给加快能源结构调整创造了好的条件;但同时,全市能源发展也面临投产发电机组较少、局部地区电网建设滞后不能满足夏季用电需求的矛盾,此外在能源建设涉及社会稳定、节能减排、能源价格等方面也存在较大压力,形势仍较为严峻。2011 年,全市能源工作既要为经济社会转型发展提供安全保障,能源自身发展也要体现转型的要求。

1. 抓好能源规划出台,创新体制机制政策环境

按程序报批"十二五"能源规划以及电力、燃气、新能源发展规划。贯彻落实《石油天然气管道保护法》,研究制订《上海市能源应急储备和保障管理规定》,创新电网建设中的动拆迁机制,推进天然气交易中心建设,研究制订鼓励燃煤(重油)锅炉清洁能源替代的政策,进一步研究分布式供能发展政策。

2. 加快电力项目建设,不断提高电力供应能力

在电源建设上,按计划建设临港燃机电厂,力争年内开工建设崇明燃机、闵行燃机等项目,继续推进市外电源基地。按照国家要求,制订并推进燃煤电厂脱硝改造工作。在电网建设上,针对南桥、泗泾、杨行等热点地区,加快建设一批输变电工程。推进 500 千伏练塘、新余站、220 千伏堡北站、洞庭站,漕泾等送出工程的建设。重点做好 500 千伏虹杨站和 220 千伏大渡河站项目的前期工作。加快崇明农村电网改造。

3. 加强天然气开发,不断提高利用效率

配合中石油开工建设西气二线上海段工程,深化南通至崇明过江管道方案,力争年内开工建设。进一步推进闵行燃机电厂天然气管道、崇明三岛管网、上海 LNG 项目储罐扩建和五号沟 LNG 应急站扩建工程等项目的前期工作,力争尽早开工建设。努力开拓天

然气利用市场,加快人工煤气用户转换。建成虹桥商务区供能中心,启动若干工业区的燃气热电联产项目。

4. 积极发展新能源,努力打造新能源示范城市

力争崇明北沿、崇明前卫等风电场建成投产。东海大桥海上风电二期以及青草沙、老港二期、前卫扩建等陆上风电项目开工建设。张江等光伏发电项目开工建设。实施"崇明国家绿色能源示范县"建设计划。

5. 抓好年度平衡,加强动态监测和需求侧管理

做好 2011 年电力、天然气平衡工作。按照节能优先、保障重点的要求,继续发挥气、电联动机制的作用,及早组织落实外来电、天然气、电煤等资源。密切跟踪主要能源品种供需变化,及时调整应对措施,做好应急预案。

6. 抓好技术创新,推进能源产业加快发展

重点攻克关键设备,提升集成能力,积极发展核电服务产业。推进大型海上风机形成批量生产能力。开展智能电网试点示范,推进智能电网高端装备的研制和产业化。积极支持光伏装备产业发展,形成批量生产能力。全力争取申报国家能源研发(实验)中心,密切跟踪并参与国家先进燃煤发电计划等。

(上海市发展和改革委员会)

3.5　环境保护与生态建设

一、2010 年环境保护与生态建设基本情况

2010 年,上海围绕举办 2010 年世博会和"调结构、促转型"大局,以污染减排和环保三年行动计划为抓手,进一步加大环保工作推进力度,取得较好的工作成效。世博环境保障工作取得全面胜利,"十一五"各项环保目标如期实现,第四轮环保三年行动计划进展顺利。

1.　强化环境保障,突出低碳亮点,为世博会"成功、精彩、难忘"提供重要保证

围绕营造良好生态环境和举办一届绿色世博会的目标,明确"常态长效为主、重点强化保障"的工作思路,建立世博环境保障工作机制,着力加强面上环境综合整治、区域联防联控、应急安全保障和倡导公众参与,取得了明显成效。主要体现在以下几个方面:

一是空气质量和环境面貌大为改观。重点推进扬尘、机动车、黑臭河道、秸秆、噪声等污染整治工作,完成全市 101 台 10 吨以上锅炉烟气脱硫或清洁能源改造,实施 224 辆油罐车、22 座储油罐和 560 多座加油站的油气回收,开展 18 条界河环境治理等。加强长三角空气污染联防联控,建立区域环境空气质量预报预警和应急联动机制,实现 9 个城市空气质量监测数据的共享,联合实施世博园区 300 公里半径范围内污染源、机动车"冒黑烟"、秸秆禁烧等整治工作,形成长三角区域环境空气质量的立体屏障。全年环境空气质量优良率达到 92.1%,世博会期间达到 98.4%(其中优级天数达一半以上);环境空气中二氧化硫、氮氧化物和颗粒物浓度达到近 10 年历史最好水平。

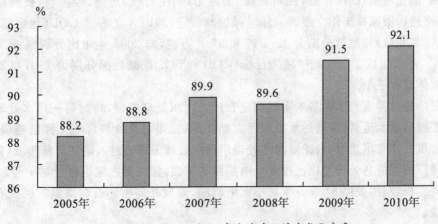

图 3—5—1　2005—2010 年上海市环境空气优良率

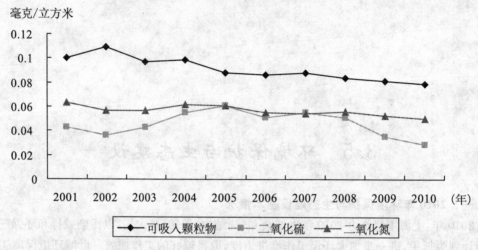

图 3—5—2　2001—2010 年上海环境空气中二氧化硫、氮氧化物和颗粒物浓度

二是城市环境安全得到有效保障。全面落实辐射安全管控措施,对 8500 余家(次)单位开展地毯式检查。对世博期间的移动探伤作业和放射性同位素运输进行全过程严控。对 3700 多家水源地、危废、医废、化学品等风险企业开展全面排查,并督促其落实隐患整改措施。对危险废物产生、收集、运输和处置全过程实施严格监管。妥善处置各类突发次生性环境事件 130 多起。

三是"低碳世博"宣传和园区环保管理成效显著。将"绿色世博"、"低碳世博"作为演绎"城市,让生活更美好"主题的重要内容。发布低碳世博总体方案,组织了"环境变化与城市责任"世博会环保主题论坛和"绿色出行"、"百万市民学环保"等实践活动,广泛传播世博低碳理念。世博园区环境监管得到有效加强,确保餐饮油烟气、油污水、噪声、固废、电磁辐射等防治措施落实到位。

2. 全面推进,攻坚克难,污染减排超额完成"十一五"目标任务并取得显著效益

按照"消化增量,削减存量,控制总量"的原则,利用行政、法律、经济、科技等综合手段,全力推进污染减排工作。经国家环境保护部核定,2010 年上海市 COD(化学需氧量)和 SO2(二氧化硫)排放量分别为 22 万吨和 35.8 万吨,与 2005 年相比分别削减 27.7%和 30.2%,超额完成了"十一五"减排目标(COD 和 SO2 削减目标分别为 15%和 26%)。主要成效体现在三个方面:

一是污染减排重点工程基本实现预定目标。污水处理方面,竹园第一污水处理厂升级改造工程已通水运营,练塘污水处理厂二期扩建、商塌污水处理厂等工程已建成,完成了 235 公里污水管网建设,白龙港污水处理厂污泥处理工程已进入调试运营阶段,青浦区污水处理厂污泥应急处理工程已投运。电厂脱硫方面,加快推进宝钢分公司 1 号、2 号烧结机脱硫工程建设,关停 87.9 万千瓦小火电机组,建设外高桥和石洞口电厂脱硫石膏煅烧示范线。

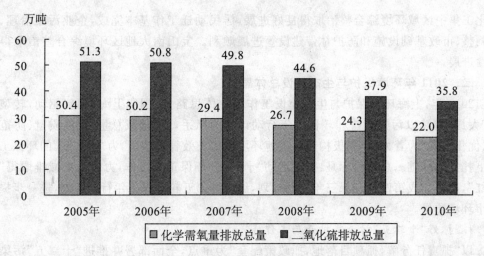

图 3-5-3　2005-2010 年上海市化学需氧量排放总量和二氧化硫排放总量

二是采取强有力措施保证各项工程稳定发挥减排效益。进一步明确了企业责任和污染治理设施运行管理要求,完善责任考核细则。继续加大监督检查力度,开展污染减排大检查,对存在问题的减排企业进行通报,并督促其加快整改。全市所有污水处理厂和脱硫电厂实现在线监测。

三是通过结构减排和政策创新使减排效率得到明显提高。制定污染物削减补贴政策,对关停企业按照二氧化硫、氮氧化物、化学需氧量、氨氮、挥发性有机物(加油站)等污染物排放的削减量进行补贴。继续实施超量减排奖励政策,落实 34 座污水处理厂和 10 家燃煤电厂的 2009 年度超量削减奖励。

3. 聚焦重点,协调难点,第四轮环保三年行动计划进展顺利

第四轮环保三年行动计划的 260 个项目中,完成项目达到 39%,开工(或启动)项目达到 52%。

一是重点环境基础设施建设工程进展顺利。青草沙水源地原水工程进展顺利。西干线改造工程总管已全线贯通,医疗废物处置完善工程建成投运。白龙港污水厂扩建二期工程、白龙港片区南线输送干线完善工程(东段、过江管及连结管)、老港再生能源利用中心等项目开工并加快建设。

二是污染治理有序推进。太湖流域水环境综合治理项目基本实现全面开工。吴泾第二电厂 SCR 脱硝示范工程开工建设。提前实施机动车新车国 IV 标准,全市出租车全部达到国 III 以上排放标准。工业区污水基础设施完善工作全面推进。461 个高架道路沿线、3 个越江桥隧噪声敏感点治理全面完成,392 个高速公路噪声敏感点治理基本完成。

三是生态保护与建设进一步加强。世博园区生态建设项目全面完成。完成 114 个村庄改造项目。8 个循环经济试点项目继续推进,脱硫废渣综合利用示范线建设完成。上海辰山植物园、卢湾南园滨江绿地、宝山炮台湾公园二期相继建成并对外开放。

四是一些环境难点问题取得重大突破。吴泾工业区污染源治理项目全面完成。金山

卫化工集中区域环境综合整治取得良好进展,居民动迁工作基本完成,企业污染治理、结构调整、市政基础设施和防护林带建设等进展顺利。宝山南大地区环境综合整治取得突破性进展。

二、2011 年环境保护与生态建设总体思路

2011 年,上海环境保护与生态建设工作的总体思路是:围绕上海"创新驱动,转型发展"大局,继续以污染减排和环保三年行动计划为抓手,以"削减总量、提高质量、防范风险、优化发展"为着力点,积极构建后世博环境保护长效管理体系,为"十二五"的环保工作打下扎实的基础。总体目标是:全面启动"十二五"环保重点工作,力争污染减排取得"开门红",圆满完成第四轮环保三年行动计划,编制好第五轮环保三年行动计划,进一步提升全市环境质量。

1. 抓好"十二五"污染减排开局工作

以"抓责任分解,抓项目落地,抓政策配套"为重点,全面部署并推进"十二五"污染减排工作,确保 COD、氨氮、SO_2 和 NO_x 的排放量在 2010 年基础上分别削减 2%,同步推进总磷、挥发性有机物(VOCs)、细微颗粒物的排放控制。

一是完善污染减排总体方案和推进机制。制定"十二五"主要污染物总量控制实施方案、分配方案、考核办法和管理办法,分解细化减排责任。研究制定烧结和 20 蒸吨以上锅炉脱硫改造、电厂脱硝或低氮燃烧改造、燃煤锅炉清洁能源替代、石化行业 VOCs 控制、重点行业重点区域污染企业结构调整、污水厂网和污泥处置等重点减排项目的专项实施方案。

二是抓紧落实和推进减排项目。加快推进白龙港污水处理厂二期、竹园污水处理厂污泥处理、郊区污水厂网及污泥处理等工程。继续推进小火电机组关停和宝钢不锈钢公司 2 台烧结机脱硫改造、宝钢电厂、上海石化热电厂等部分机组脱硫工程建设,完成吴泾第二电厂 1 台机组脱硝示范工程。结合全市天然气管网铺设,全面推进基本无燃煤区内燃煤设施清洁能源替代工作。开展 20 吨以上锅炉低氮燃烧和高效除尘试点。优化减排工程运营,强化管理和考核,确保竹园第一污水处理厂升级改造工程等已建减排设施稳定运行并发挥最大减排效益。启动重点企业 VOCs 减排第一批 LDAR 技术试点示范工作。

三是加强相关政策机制的配套。继续严格实施"批项目,核总量"制度,拓展并完善减排工程建设、燃煤锅炉清洁能源替代、超量减排、黄标车淘汰等减排激励政策,促进企业加快建设工程措施,优化污染治理设施运行。研究落实提高 NO_x 排污费等工作。

2. 滚动推进环保三年行动计划

进一步加强项目节点管理,细化年内节点目标。继续加大重点难点项目的协调推进力度,重点加快老港综合填埋场、部分郊区污水厂和配套管网及污泥处理工程等项目的协调,尽快开工建设。稳步推进白龙港污水厂扩建二期、白龙港片区南线东段、老港再生能源利用中心等重点项目。全面完成金山卫化工集中区域环境综合整治规划中的各项任务,协调推动宝山南大地区整治规划的落地并启动实施。继续推进小火电机组关停工作。深入推进太湖流域水环境综合治理、崇明生态岛建设、农村环境整治、绿地林地建设等工作。推进第五轮环保三年行动计划编制工作。

3. 积极构建环保主动预防体系

一是深入推进规划环评。结合"十二五"发展,进一步推进城镇总体规划、重点专项规划和产业规划的规划环评,以及重点区域的区域环评。二是强化环境准入和结构调整。严格实施"批项目,核总量"制度,持续推进工业企业向104个工业区块集中。加快推进104个工业区块以外区域的产业结构调整,以中心城区、水源保护区、沿江沿河以及人口密集区等敏感区域为重点,运用环境标准、经济政策等手段逐步推进劣势企业的淘汰和调整。三是着力规范工业区环境管理。研究制定工业区环境管理办法,逐步完善104个工业区块的环境基础设施和环境管理体系。对当前矛盾比较突出、布局不合理、污染排放量大的区域,加快实施以调整转型为主的环境综合整治。四是积极推动低碳试点和循环经济、清洁生产。开展多层面、多领域的低碳和循环经济试点示范工作。在全市化工、制药、电子等行业深入开展清洁生产审核。继续推进漕河泾、化工区等生态工业示范园区创建工作。

4. 着力加强环境风险防范

一是继续加强饮用水源保护工作。推进东风西沙水库和原水管工程、奉闵支线工程建设、中小水厂关闭等工作。完成一级保护区清拆和二级区排污口关闭,完成饮用水源地流动风险源调查评估,完善饮用水源地水质分析系统,推进饮用水源保护区信息管理系统开发等工作。二是强化对重点行业、重点环节的风险监管。排查化工、石化等行业的环境风险隐患,启动重金属、土壤污染综合防治,强化对危险化学品、辐射源、危险废物和医疗废物的收集、转运和处置等环节的监督管理,着力推进危险废物专业化收运体系建设和危险废物处置设施集约调整。三是进一步完善环境应急体系。完善应急预案,健全联动机制,逐步构建以"主动预防、快速响应、科学应急、长效管理"为核心的环境应急管理体系。

5. 强化后世博环保长效机制建设

一是进一步完善环境法规标准体系。抓紧突发性事故应急处置等领域的立法研究。大力推进重点企业排污许可制度试点工作,启动上海市主要污染物排污许可证第一批单位核发,力争两年内完成。二是强化长三角区域环境合作机制。进一步加强区域空气质量监测和预测预报、区域环境监管与应急联动、区域环境信息共享与发布等工作。完成长三角大气污染联防联控规划编制。继续推进太湖流域环境治理合作。进一步完善执法监管机制,继续加强扬尘、机动车、噪声、餐饮业油烟气、黑臭河道、电子废物等污染整治工作。

（上海市环境保护局）

3.6　绿化市容

一、2010 年绿化市容工作基本情况

2010 年,上海绿化市容行业深入贯彻落实科学发展观,全力以赴保障世博,扎实推进行业发展,不断提升管理水平,市容环境保持整洁干净,街面秩序规范有序,城市景观美观靓丽,应急处置及时有效,全面实现了年初既定的各项工作目标,为举办一届"成功、精彩、难忘"的世博盛会作出了积极贡献。

1. 坚持以人为本,积极推进生态宜居城市建设

老港再生能源利用中心一期工程、金山垃圾处理厂正式开工,浦东、奉贤等区生活垃圾处理设施项目得到落实。全年新建各类绿地 1223 公顷,建成辰山植物园和一批大型公共绿地,完成生态公益林及经济果林建设 1.6 万亩。2010 年,城区绿化覆盖率达到 38.15%,全市森林覆盖率达到 12.58%。不断拓展市民参与城市管理渠道,努力构建政府管理和社会市民参与良性互动的城市管理机制,不断提升市民群众生活环境质量。

2. 加大管理力度,解决一批市容环境的难题顽症

依托城市网格化管理信息平台,加强对无证设摊、跨门营业等专项治理,世博周边及重点区域、重点道路乱设摊现象基本得到遏制。坚决遏制违法建筑增量,逐步拆除历史存量,全年拆除违法建筑 403 万平方米。切实加强建筑渣土运输管理,全年建筑渣土排放申报总量为 4607 万吨,比上年增长 15.2%;偷乱倒清除量为 7.2 万吨,下降 8.7%。深化"五乱"现象整治,严格依法加强管理,加大清除保洁力度,确保了市容环境的整洁干净。

3. 完善法规制度,促进绿化市容长效管理机制

不断总结、固化世博会筹办和保障工作中行之有效的各项工作措施,先后完成《上海市建筑垃圾和工程渣土处置管理规定》、《上海市查处乱张贴乱涂写乱刻画乱悬挂乱散发的规定》、《上海市户外广告设施管理办法》、《上海市流动户外广告设置管理规定》等法规规章的制订、修订工作。制订加强生活垃圾分类工作促进生活垃圾源头减量的实施意见,明确生活垃圾分类减量"大分流、小分类"的工作路径,大力推进生活垃圾"减量化、资源化、无害化"。总结推广世博园区市容环卫标准体系,推行"夜间作业、白天保洁"的作业模式,道路保洁创历史最好水平。固化重点区域、主要道路的花卉街景布置,研究推广立体绿化,试点林荫道路创建。

二、2011 年绿化市容工作总体思路

2011 年,上海绿化市容行业将深入贯彻落实科学发展观,围绕"创新驱动、转型发展"

的总体思路,把握"六个着力"的要求,按照"以人为本、管建并举、管理为重、安全为先"的方针,认真吸收和应用世博先进成果,抓住机遇、加快发展,优化服务、强化管理,增强素质、提高能力,为确保"十二五"开局良好,加快推进上海"四个率先"、建设"四个中心"作出积极贡献。

1. 以加快建立健全常态长效管理机制为重点,大力提升市容环境管理水平

深化道路洁净工程。优质、高效地完成"百个街道(镇)千条道路推行道路洁净工程"市政府实事项目。全面推行"夜间清扫、白天保洁"作业模式,严格实行"组团式作业法",确保道路环境保持优良状态。提高道路保洁机械化作业水平,在百个街道(镇)千条道路全面推行机械化作业,机扫率、冲洗率达到100%。加强道路污染源头的控制,进一步完善各项作业规范,增加作业频次,确保废弃物滞留路面时间控制在20分钟以内。

深化难题顽症破解。重点围绕道路、广场等公共场所保洁,户外广告设施设置管理,生活垃圾分类减量,厨余垃圾、废弃食用油脂规范管理,乱设摊、违法搭建、乱倒渣土、乱张贴综合治理等方面,按既定工作目标,细化工作节点,加强跟踪督办,落实针对性的管控措施,防止世博后城市管理难题顽症的反弹回潮。

深化重点区域、重点道路景观建设。固化重点区域的花卉街景布置,在人民广场、外滩等区域,南京路、淮海路等部分商业街路段,实行全年花卉街景布置。加快立体绿化建设,重点推进机关事业、学校、医院等单位公共服务设施的立体绿化建设,加快发展围墙、桥柱等墙面绿化,推行公厕、公车亭等棚架绿化。试点林荫道路创建,充分利用现有行道树资源,加强修剪技术管理,在衡山路、瑞金路等路段创建林荫道路,在有条件的路段推行栽植双排或三排行道树,进一步营造城市绿色空间。提升景观灯光品质,优化"一江两环"、徐汇滨江段等重点区域景观灯光整体水平,推进"一河一区"和郊区新城景观灯光建设。建成景观灯光监控体系,全面实现中心城区景观灯光联网联控。

深化指挥平台建设。巩固、提升城市管理综合协调机制,及时发现问题、快速处置问题、强化信息互通。加强统筹协调,整合城市管理网格化、12319等信息资源,完善市容环境管理标准,实施分级监管保障。健全网络体系,实现市、区(县)、街(镇)三级网络的相互衔接,建立作业、管理、执法队伍的联动机制,为日常市容环境工作有序开展和重大活动应急保障提供有力支撑。

2. 以促进生活垃圾"减量化、资源化、无害化"为重点,不断推进城市生态环境建设

扎实推进生活垃圾分类减量工作。按照市、区两级政府签订的工作责任书,进一步落实工作职责,制定工作计划,细化工作措施,确保2011年人均生活垃圾处理量比上年下降5%。逐步建立"大分流"垃圾分流收集、运输、处置的物流系统。以"源头减量、有序管理、专业收运、资源利用"为重点,推进装修垃圾收运系统建设,杜绝"混收、混装、混处"等现象。在全市18个街镇、1009个居住区开展日常生活垃圾分类试点工作。

加快落实固体废弃物无害化处置设施建设。按照"一主多点、就近消纳、区域共享"的原则,进一步优化生活垃圾处理设施规划布局,支持并推进生活垃圾处理技术创新研究。加快老港固体废弃物综合利用基地建设,按计划完成再生能源利用中心建设节点目标。加快综合填埋场、内河工程、基地渗沥液应急排放管道工程的前期工作,确保年内全面开

工建设。推进区县生活垃圾处理设施建设,建成松江生活垃圾综合处理厂并投入使用,加快建设宝山、金山生活垃圾处置设施。推进闵吴码头改造等一批项目的前期工作,力争年内开工。

稳步推进城市生态环境建设。按照中心城区增绿、郊区新城建林的总体要求,结合郊区新城开发建设以及宝山南大、金山卫化工集中区等重点地区环境综合整治,继续推进城乡生态环境建设。全年计划新建各类绿地 1000 公顷,其中公共绿地 500 公顷,人工造林1.5 万亩。推动宝山、浦东新区等区的生态专项工程建设,力争张家浜、东沟楔形绿地开工建设,推进沪崇苏高速公路沿线、崇明岛北沿防护林、青草沙水源涵养林以及农田林网、农村"四旁林"建设。进一步健全林业"三防"体系,加强湿地和野生动植物资源保护,重点推进崇明东滩国家级鸟类自然保护区的基础设施建设。

3. 以提升行业管理能级为重点,不断加强为民服务

全面提高公厕服务水平。总结、巩固世博期间公厕服务的成功做法,进一步健全公共厕所导向标志设置,推广在废物箱上安装公厕导向示意图,方便市民和游客。完善公厕保洁标准,加强日常维护,确保公厕环境清洁卫生、设施设备完好。加强应急保障,建立活动厕所保障体系,确保快速、高效应对突发情况。强化岗位培训,实行持证上岗,不断提升公厕服务整体水平,争创公厕服务文明行业。

切实提升绿地、林地服务功能。继续推进老公园改造,加大新技术、新材料、新工艺的应用推广,全年力争完成 5—6 座公园改造项目。合理开放和利用郊区生态林地资源,选择部分基础条件合适的生态公益林、湿地,推进郊野公园建设,提升生态服务功能。进一步完善生态补偿机制,健全林业生态补偿工作考核办法,完善林地基础设施,探索林地资源的综合利用,支持发展林下经济和森林旅游业,着力提升林业产业功能。

继续加强林业科技下乡工作。强化科技指导,通过青年科技人员下乡蹲点,组建经济果林"乡土专家"库等形式,优化栽植技术,进一步提高经济果林的产出和效益。推进示范点建设,建立一批科技下乡示范点,以点带面,辐射带动周边区域,千方百计帮助郊区果农增收。

完善社会动员和市民参与。继续开展绿化、城管执法"进社区、进单位、进工地、进学校"等活动,健全城管执法"定人、定点、定时"服务社区工作机制,主动倾听市民群众呼声。深化"清洁城市行动",建立"城管市民体验日"。加强各类志愿者队伍建设,依托社区、居委的组织优势,进一步充实绿化、城管等各类志愿者队伍,积极引导广大市民群众参与城市管理工作,共同提升城市管理水平与城市文明程度。

(上海市绿化和市容管理局)

3.7　城市运行安全

一、2010 年城市运行安全基本情况

（一）城市基础设施安全运行基本情况

近年来，上海基本建成枢纽型、功能性、网络化的现代化城市基础设施体系和城市基础设施安全运行的保障体系。完善的城市基础设施，基本健全的安全运行管理体系，比较齐全的法规、规范、标准体系，为全市城市基础设施安全运行处于受控状态提供了支持和保障。至 2010 年底，全市城市道路 4713 公里，公路近 1.2 万公里，桥梁 11849 座；全市城市道路地下各类管线约 9.5 万余公里；燃气总用户数为 865 万余户，天然气年供应量达 45 亿立方米；全市日供水能力 1131 万立方米，排水能力 3284 立方米/秒，城镇污水总处理能力达 684 万立方米/天；全市电网内总装机容量达到 1994 万千瓦；全市共建成加油站 861 座；全市通信光缆线路长度达 15.3 万公里；地下空间总建筑面积 5216 万平方米。

1. 严格落实安全运行管理相关法规、规范、标准

在安全运行管理的各类设施领域中，国家和地方法律、法规和规章基本实现全覆盖。其中，国家法律、法规有 18 部；地方性法规规章有 11 部；国家和上海市有关领域技术标准、设计规范和有关规范性文件有 7 部。

2. 市、区（县）两级政府监管部门职责分工明确

安全监察、压力设备监管、消防监督等各项工作已明确相关政府部门负责。对一些综合性的设施安全运行管理，设立了全市性的管理领导小组及办公室或应急保障和联动管理体系，如市道路管线监察办公室、市地下空间管理联席会议办公室等。

3. 设立基础设施安全运行管理部门

配备专业安全管理人员，下属各生产、供应站点及服务网点均设有专门安全工作人员，形成上下联动、覆盖整个企业的安全监管系统。

（二）交通运行安全基本情况

2010 年，上海全方位加强交通安全综合治理工作，基本形成了交通行业安全生产和管理责任链，初步建成了行业安全突发事故应急管理体系，交通行业安全生产和管理长效机制逐步完善。

1. 探索"集约化"，提高整体安全效能

改变公共交通单业经营模式，积极探索轨道交通、公共汽电车、水上公共客运等运输方式间的有效衔接，推动轨道交通与公共汽电车的"两网融合"，增强公共交通的整体运营

效率和应急处置效能。上海中心城区轨道交通的客流负荷明显高于国内外平均水平,但根据国际大都市地铁协会评估运营质量的主要指标——5 分钟以上列车延误事件的发生频率对比分析,上海轨道交通 5 分钟延误事件的控制水平高于国内外平均值,发生频率仅为国内外频率最高城市的 1/10。

2. 运用"信息化",及时发现与处置安全隐患

依托综合交通信息平台、道路交通应急中心、市交通港口局指挥中心,利用 GPS、视频监控等技术手段,对轨道交通、公共汽电车、水上客运、省际客运、危险品运输等行业,实施全方位、全过程的安全监管。

3. 体现"一体化",为安全管理提供体制支撑

世博期间,建立世博交通协调保障组,构建"各司其职、协同配合、指挥有力、运转高效"的世博交通一体化指挥调度体系。目前,正深化交通协调保障组的长效转化方案,建立交通协调保障联席会议,统筹安全管理资源。

4. 实现"法制化",为安全管理提供法制保障

交通运行立法已形成水、陆、空、地下立体化,客、货运多样性的覆盖面。尤其是为了应对世博交通保障,相继制订(修订)了一些法规规章,对应急疏运、应急管理、车辆安全配置和乘客携带危险物品事项等进行了规定,并结合世博后城市管理长效机制建设,将临时规章确定的管理措施上升为法定制度,为安全管理提供法律保障。

(三)公共安全工作基本情况

2010 年,上海围绕平安世博,各方面全力以赴,切实维护城市公共安全。有关调查显示,2010 年上海公众安全感总体评价指数为 84.1,比上年提升 11.4,为历史最好水平。

1. 突出重点,确保世博园区安全运行

构建统一高效的组织指挥体系、保障有力的政策法规体系、服务实战的安保方案体系,形成"立体型布局、扁平化指挥、规范化运作、军警民合成作战"的良好工作格局。精心构筑出入口防线,运营期间累计安检入园人数 1 亿人次、车辆 71 万余辆次。全面强化预警和处置,成功应对大客流考验,确保世博会各项活动的顺利举行。

2. 强化措施,构筑全市立体式安全屏障

全面加强基础防范工作,认真落实危险物品管控和重点目标防范工作措施。深入推进"平安世博"打击整治攻坚战和平安建设实事项目,快侦快破一批有广泛社会影响的案件。严密社会面治安防控,制定落实校园安全防范工作措施,落实"一校一警、一校一表、一校一档"工作要求,检查学校、幼儿园 4.5 万余所。规范公安派出所图像监控室勤务管理,"实兵巡逻"与"视频巡逻"相结合,公安、武警车巡与步巡相结合,有效加强重点区域巡控。在全市轨道交通站点,公交起讫、枢纽站点,以及客运码头、轮渡码头、机场、铁路、长途客运站等,开展安检和驻点守护。依托"环沪护城河"工程,强化市境道口、水上、口岸、海域、空中管控,打造水、陆、空一体化安全防线。专群结合,组织全市 85 万余名平安志愿者投入群防群治工作。扎实推进应急联动体系建设,组织开展各类应急救援综合演练,加强应急联动处置专家库建设,进一步提升应急管理水平和应急处突能力。

3. 周密组织，加强道路消防安全管理

全面推进社会消防安全"防火墙"工程，开展高层及地下建筑、公众聚集场所等消防专项整治行动，依法检查单位 58.7 万家次，挂牌督办重大火灾隐患单位 22 家，填发消防法律文书 49.3 万份，处罚单位 9633 家、个人 2329 名；成功处置"4·13"东方明珠电视塔雷击火灾、"5·9"油罐爆燃事故、"9·16"石蜡仓库火灾、"12·18"浙江丙烯储罐火灾跨区域增援等救援任务 6.5 万余起，营救遇险被困人员 10457 人，抢救和保护财产价值 45.61 亿元。深刻吸取"11·15"特大火灾的惨痛教训，进一步加强公共消防安全管理，不断提升特大型城市防控火灾的综合水平。

二、2011 年城市运行安全工作总体思路

（一）设施运行安全工作总体思路

2011 年，上海城市基础设施建设和管理的任务依然十分繁重，设施安全运行管理需要进一步加大力度，确保把不安全因素消灭在萌芽状态。

1. 加强道路桥梁安全管理

推进城市管理信息化、标准化、精细化、动态化建设，成立上海市城市数字化管理中心，整合现有市政道路监控中心、市网格化管理平台、市政专业网格化、12319 城建服务热线、市政应急指挥中心、交通战备应急指挥中心等资源。推进道路、桥梁隧道三级检查检测制度，将经常性检查、定期检查、特殊检测的开展与落实制度化、规范化。聚焦高架道路、高速公路、大型桥梁、隧道等重要设施和重点部位，开展结构定期检测，加强隐患排查。在越江桥梁上建立安全性能动态监测与分析系统，实现特大型桥梁的动态数据实时采集。

2. 加强供气安全运行管理

加强与上游沟通协调，探索应急储备运营机制，优化天然气调度机制，探索长三角天然气联合保障体系。加强燃气管道设施安全保护工作，加快老旧管网的更新改造。加大燃气器具安装维修市场监督检查力度，不断推进用气隐患整改，强化对地下、半地下室和密闭空间用气安全管理。加大对燃气企业的经营许可证和供气许可证管理力度，开展全市范围的液化气调压器普查工作，加强对销售企业安检工作的监管。加强运输、储存、充装和销售的监管，严厉打击液化石油气经营中的违法行为。

3. 加强地下管线安全管理

加快道路管线非开挖施工及档案管理立法和技术规范制订工作，确保城市综合管线全方位、全过程、全覆盖的监察管理和有效控制。成立"上海市管线管理联席会议"及其办公室，选择试点地区，积极推进统筹管理工作。加快建设全市统一的管线地理信息系统及应急处置方案信息共享平台。抓紧开展地下管线普查工作，大力解决地下管线信息错、漏、滞后等问题，建立准确和实时的上海地下管线信息数据库。细化掘路控制指标，年度指标占全市道路面积的 10% 左右，并将相关管控指标具体细化到每日掘路施工占路指标进行管理；开发计算机掘路管理系统的功能，实现掘路管理网上计划申报、综合、征询、平衡、审批、发布等功能；建立管线掘路计划与掘路执照联动协调机制，实现掘路计划与掘路执照申请两个不同的信息管理系统网上链接，提高掘路计划的管理可控性。

（二）交通运行安全工作总体思路

1. 加大轨交、公交运行安全管理

建设完善客流信息系统,加强客流动态趋势研判,实施远端客流引导措施,通过车站显示屏、广播、电视发布等途径,引导乘客选择避开拥挤区段。区分不同预警等级,采取临时封闭出入口、加开备车、跳站运行、调整运营线路等措施,有序疏导车站内集聚客流。强化重点区域公交线路安全防范,重点区域始发的公交线路每车配备售票员,公交枢纽站和起讫站均配备调度员和巡检员等。

2. 加强对长途客运企业及旅游、团体包车市场的安全管理

督促指导长途客运企业制定、完善各类应急预案,强化行政监管,严禁长途客车中途上下乘客及行李物品,禁止车辆随意停靠站点。整顿旅游、团体包车市场,严厉打击无资质车辆、人员运输。

3. 完善铁路道口安全管理制度

优化落实每处道口的安全管理措施和应急防护办法,细化道口监督检查制度,加大道口安全投入,推广设置钢筋混凝土整体铺面、安装电动防撞栏门、增设列车接近报警器、道口故障报警器等,在重点监护道口设置看守人员,加强安全教育和培训,加强地方监护道口的协管与综合治理工作。

4. 加强交通安全执法和宣传教育

加大对行人乱穿马路,非机动车乱骑行,驾驶员争道抢行等交通违法行为的执法整治力度。强化示范效应,在公交、出租、渣土、环卫等专业运输单位中开展"文明驾车、守礼有序"优秀驾驶人和集体的评选活动,增强企业的安全管理主体意识和驾驶员的安全驾驶责任意识。同时,加强中小学生基础教育,加强对其他各类群体的交通安全知识教育,重点为安全常识、应急处置和逃生知识等,树立全民安全乘车理念、养成文明乘车、文明行路习惯。

(三)公共安全工作总体思路

2011 年,上海将进一步健全和完善城市公共安全体系,最大限度消除城市安全隐患,提高动态环境下的公共安全监管能力、社会面防范控制能力、重大突发事件应急处置能力,坚决防止发生重特大治安灾害事故,确保城市安全运行。

1. 完善城市应急管理机制

进一步加强应急联动体系建设,完善市、区(县)两级应急联动中心建设,实现日常管理机制(平时)和突发事件应急机制(战时)无缝衔接和快速转换,提高市、区(县)两级应急联动中心的指挥调度水平和应急反应能力。加大对各应急联动单位值班值守、指挥调度、队伍建设等的检查力度,经常性开展应急联动单位专业处置队伍实战演练和合成演练,进一步提高处置突发事件的能力。加强综合性专业应急处置队伍的建设,充分发挥警务航空队在城市应急联动体系中的作用,提高协同处置能力。完善重特大事故应急救援机制,规范事故现场处置程序。进一步加强各应急联动单位的应急救援装备建设,为处置各类突发事件做好装备保障。

2. 进一步加强重点部位、重大活动的安全管理

加强城市公共交通系统的安全管理。完善城市轨道、公交、客运码头的人防、物防、技

防措施,按照"大包必查、小包抽查"和"逢疑必查"的安检标准,落实常态化全覆盖安检工作。强化城市轨道、公交线路、客运(客滚)码头、轮渡及周边的治安巡逻。强化大型群众性活动安全管理。以"第十四届国际泳联世界锦标赛"安保工作为重点,努力做好各项大型群众性活动安保工作,确保各项活动安全有序。完善大型群众性活动审批事先会商机制,健全安全风险评估机制,按照"谁审批、谁负责"、"谁主办、谁负责"的原则,有效落实承办者、场所管理者的安全责任,确保大型活动安全。

3. 积极预防和遏制重特大安全事故

一是确保消防安全。推进落实"加强全民消防安全演练和消防知识普及"这一市政府头号实事工程,组织疏散逃生演练,提高社会和公民消防安全意识和防火自救能力。强力推进火灾隐患长效整治行动,进一步提高火灾隐患的发现率和整改率。增配一批特种消防装备和个人防护装备,努力实现全市每 200 幢高层建筑配置 1 辆举高消防车。推进"整治居民小区消防安全问题"工程,综合治理小区各类消防安全管理顽症。从消防行政审批入手,高于"国标",严格落实建筑外墙保温材料的防火标准。二是确保道路交通安全。深化和拓展预防道路交通事故工作措施,巩固政府统一领导、有关部门各司其职、齐抓共管、综合治理、标本兼治的道路交通安全工作格局,创新道路交通事故预防措施,强化重点单位安全监管工作,建立健全顽症整治机制,开展"四类车"违法行为专项治理,严把驾驶人考试和机动车检测安全关。

4. 加强社会面公共安全的防范控制

进一步健全完善社会治安防控体系,深化"网格化"街面巡逻,深入推进派出所图像监控室规范化建设,完善人机互动机制。严格落实危险物品管理措施,落实动态检查措施,防止发生危害公共安全的案(事)件。巩固世博后"落脚点"管理常态长效机制,加强行业场所治安管理。推进内部治安保卫机构建设,打牢重点单位内保工作基础。加强水域、沿海治安巡控,完善苏浙沪二省一市道口公安检查站联动协作机制建设,加强道口查控工作。完善反恐怖应急处置机制,强化实战能力建设,完善预案体系,确保防范有实效、处置有实招。落实防范主体的责任,全面推动重点行业、重要目标反恐怖防范措施落到实处。加大反恐怖防范宣传力度,进一步扩大和夯实反恐怖防范的群众基础。

(上海市城乡建设与交通委员会、上海市公安局)

3.8　市场监管

一、2010 年市场监管工作基本情况

2010 年,以营造上海世博会期间良好市场秩序和消费环境为中心,上海大力加强市场监管执法,积极整顿规范市场秩序,维护了公平有序的市场环境,为服务保障世博会成功举办、推动经济平稳较快发展作出了积极贡献。

1. 积极开展市场综合整治,确保"平安世博"

开展无证无照经营专项整治。全年共取缔无照经营 2.5 万户,疏导办照 1.5 万户,立案查处无照经营案件 7015 件;全市无照经营总量比上年减少 20%,其中高危无证无照经营户减少近 90%,未发生因无照经营引发的重大安全事故和群体事件。以旅馆经营业、娱乐休闲服务业、互联网服务场所、地下空间经营场所、废旧收购行业和印刷行业等为重点,积极查处各种违法行为,消除安全隐患。在全市 44 个农副产品批发市场开展打击欺行霸市专项整治行动,开展打击休闲娱乐场所"黄、赌、毒"等丑恶现象,开展实有人口和实有房屋服务管理,开展世博会反恐工作,开展网络共享设备、卫星电视地面接收设备专项整治,开展刀具安全管控等工作,确保了上海市场安全平稳有序。

2. 大力加强流通环节食品安全监管,确保"供博"食品安全

全力确保"供博"食品安全。对 1632 户世博会食品原料供应商和配送中心进行逐户审核评估,对 91 个供博食品发货点实行 24 小时全程监管,累计监管"供博"食品 4410 吨,抽检供博食品样品 4707 组,制止 981 公斤不合格食品入园。开展包括问题乳粉、桶装饮用水、熟食行业、节假日食品等 19 个方面的食品安全专项整治,取缔无照食品经营户 1051 户,查获不符合食品安全标准的食品 38.9 吨。对乳制品、肉制品、面包糕点等 24 大类的食品近 1.63 万组样品进行了抽检,总体合格率良好。对农贸市场的蔬菜、生猪产品、水产品等实行市场准入制度,强化质量安全监管及产销对接。组织开展对问题海南豇豆、未经检疫肉类及肉类制品、含"瘦肉精"猪肉等产品的专项清查。

3. 加大世博会标志专有权和商标专用权保护力度,营造良好的知识产权保护环境

大力开展世博商标保护工作。对全市 50 余个重点商品交易市场实行驻点监管。全年开展联合专项执法行动 64 次,取缔制假售假窝点 70 余个,查获擅用世博会标志的侵权商品 16 万余件。严厉打击侵犯知识产权和制售假冒伪劣商品违法行为。先后开展了农资市场专项执法检查、打击"傍名牌"等不正当竞争行为、打击服饰和小商品市场售假行为专项执法检查。全年累计查处商标违法案件 3079 件,没收侵权商品(标识)122 万件。

世博商标保护专项执法行动取得成效

　　2010年,上海按照"标本兼治、打防并举"的原则,集中力量开展世博商标保护专项执法行动,确保世博会标志和特许商品得到有力保护。一是形成商标保护合力。签订苏浙沪三地《世博会标志保护联合行动方案》,开展联合专项执法行动,严厉打击出租房窝点售假和黄牛拉客兜售等行为,有效构建了快速发现、定点打击、源头追查的部门协作机制。二是突出商标保护重点。在全面加强对主要商业中心、交通枢纽、涉外宾馆、旅游景点巡查的基础上,对全市50余个重点市场进行全方位、全天候驻场监管,严控服饰和小商品市场内的售假行为。三是查处侵权违法行为。检查各类市场经营主体9.3万户,查处侵犯世博会标志专有权案件582件,没收侵犯世博会标志专有权的商品16万余件,取缔售假窝点70余个,世博商标保护工作取得了良好的法律效果和社会效果。

　　4.加大行政执法力度,依法查处市场违法经营行为

　　以严重危害人民群众身体健康、财产安全、社会经济安全和社会稳定的各类违法行为作为重点,全年共查处各类市场主体违法违规案件6.6万件。积极规范公用企业、大型零售商的竞争行为,加大反不正当竞争与反垄断执法力度,维护公平竞争的市场秩序,查处不正当竞争案件2796件。严厉打击传销和非法直销活动。发送防传销公益短信350万条,开展"打击和预防经济犯罪"现场宣传和"防止传销进校园"主题巡展,查处传销案件10件。加强对直销企业、直销员及其直销活动的监管,创新直销企业监管方式,建立直销企业联络员例会制度。

　　5.整治虚假违法广告,着力净化广告市场秩序

　　加强广告监管。全年广告市场秩序总体规范,全市主要媒体广告监测违法率为0.4%,处于可控低位。世博会期间监测全市主要媒体涉博广告65263条,及时发现和制止侵权违法广告269条。积极规范户外广告发布行为。全年立案查处违法户外广告21件,将全市27580平方米的大型广告电子视屏纳入日常监管范围,与335家户外广告发布单位签订户外大型电子视屏安全保卫责任告知承诺书。开展违法广告专项治理。深入开展针对医药保健类广告、医疗广告、互联网低俗内容广告的专项治理。加强广告发布审查,对多家违法违规广告发布者进行告诫。全年累计查处违法广告案件1752件,其中互联网广告案件322件。

　　6.进一步完善消费维权机制,消费维权工作取得积极成效

　　积极营造和谐稳定的世博消费环境。派员入驻世博园区,及时处置园内消费纠纷,积极开展行政指导,规范世博园区内商家的经营行为。加强12315热线接听力量,建立涉博消费纠纷处理绿色通道,做到及时接收、快速分派、高效办理。12315平台共登录消费者申(投)诉和举报信息12.6万件,其中世博会期间直接涉博的1542件申(投)诉、举报全部及时办结。以世博园区周边及全市商业网点集中区、交通枢纽、旅游景点等为重点,严厉打击虚假宣传、消费欺诈、格式合同"霸王条款"等侵害消费者权益的行为。加强流通领域商品质量监管,对2498个批次的重点商品开展专项检查和质量监测,查处流通领域商品质量案件726件、侵害消费者权益案件1083件、制售假冒伪劣商品案件2270件,为消费者挽回经济损失950万元。

二、2011 年市场监管工作思路

2011 年,上海将大力弘扬世博会精神,进一步攻坚克难、奋发有为,不断创新手段和机制,加强市场监管执法,为科学发展和和谐社会建设营造良好的市场环境。

1. 完善综合治理机制加强无照经营整治

完善"条块结合、以块为主"的综合治理机制,探索无照经营疏导新途径,确保无照经营总量继续下降、高危无照经营基本消除、重热点无照经营明显下降。落实消防安全隐患大排查,对利用地下空间、闲置厂房等作为经营场所的无照经营户开展专项整治,确保不发生重大安全事故和社会公众事件。

2. 积极做好稳定物价保障供应工作

严厉打击农副产品市场囤积居奇、哄抬物价等违法经营行为。加强市场监管,规范主副食品市场秩序,维护主副食品消费安全。支持农商联合、产销对接,保障农副产品市场供应。严格落实索证索票和进货查验等制度,加强市场内食品安全监管。积极探索建立市场食品安全流通信息监管系统。开展文明集市创建活动,努力营造依法经营、诚实守信的市场环境。

3. 加强流通环节食品安全监管

研究制订流通环节食品分类监管办法,加强对重点业态和高风险食品的监管,在乳制品经营单位推行索证索票电子信息追溯系统。研究制定上海市食品流通许可证发放管理办法,进一步规范食品流通许可行为。加强重要节庆、重大活动期间流通环节食品安全保障工作,建立完善保障流通环节食品安全的常态机制和长效机制。做好食品安全突发事件的应对和处置工作。探索开展流通环节食品安全示范店认定工作。

4. 加强商标专用权保护工作

深入开展打击侵犯知识产权和制售假冒伪劣商品专项行动。开展对服饰和小商品市场售假行为的专项整治,加强对商标印制企业的监管。协调开展打击制售假冒汽车配件商品专项执法行动,打击利用互联网销售侵犯注册商标专用权商品的经营行为等。集中曝光一批大案要案,组织开展全市性假冒伪劣商品销毁活动。加强长三角和华东地区商标保护联动协作,整合执法资源,完善商标监管长效措施,营造保护知识产权的良好氛围。

5. 加大反不正当竞争和打击传销的执法力度

重点针对知识产权、房地产市场、主副食品市场、医疗保健等领域,严厉查处商业欺诈、商业贿赂等不正当竞争行为。继续深入调研反垄断热点问题,积极稳妥推进反垄断执法工作。综合运用打击、防范、预防、宣传等手段,建立查办传销和违规直销案件事前报告制度,加强协调配合,严查大案要案,始终保持严打传销的高压态势。探索实施直销企业分类监管,严格规范直销行为。

6. 加大广告监管执法力度

进一步加强广告监测,重点整治食品(含保健食品)、医疗服务、美容服务、教育培训、出入境中介、房地产、收藏品、保健用品等领域的虚假违法广告。探索建立大众媒介广告信用评价指标,促进上海广告业持续健康发展。

7. 加强专业市场的监管工作

加强对全市建筑市场、运输市场的整顿和监管,全力维护城市运行安全和城市公共安全。加大房地产中介市场监管力度,严厉查处房地产执业经纪人出租、转借、转让经纪执业证书等各类违法行为。加强对展览业的监管,完善展览场馆备案制度,打击虚假招展、商业欺诈、不正当竞争等违法行为。继续深化相对集中的拍卖监管模式,建立网上实时拍卖监管机制,规范网上拍卖行为。加强大宗商品交易市场监管,制订统一的市场交易规则,支持并规范现货市场电子商务平台建设,制定风险防范管理预案。加强网络商品交易及有关服务行为监管,依法查处网络交易欺诈行为、销售假冒伪劣商品行为、不正当竞争行为等,维护网络市场经营秩序。

8. 加强"12315"行政执法体系"四个平台"建设

提高"12315"热线受理处理和综合统计分析的能力。加快推进消费者权益保护联络点和联络点网站建设,深入开展健康消费教育和宣传。建立消费维权"绿色通道"机制,倡导消费争议的先行和解,推动行政调解与人民调解、司法调解相衔接。探索推进服务领域消费维权工作,突出重点行业,加强教育引导和行业规范。强化对消费领域合同格式条款的监管,结合消费的重点、热点行业,开展合同格式条款专项整治行动。开展流通领域商品质量监管,探索建立流通领域商品质量追溯体系和电子化管理系统,逐步实现流通领域商品市场准入、仓储、销售、退市的全程信息化监管。加强流通领域商品质量监测,继续开展建材、汽车配件等重点商品专项整治和"家电下乡"市场专项整治。

（上海市工商行政管理局）

3.9　食品药品安全

一、2010 年食品药品安全监管基本情况

2010 年,上海以保障世博会食品药品安全为中心,同步推进食品和药品"两个专项整顿"等重点工作,加强全程监管,保持高压态势,积极营造公众饮食用药安全的良好环境,圆满完成了世博会食品药品安全保障任务,保持了全市食品药品安全动态可控。

1. 世博会食品安全得到有力保障

建立覆盖食物链全程的食品安全保障体系,对供博食品实行来源有效控制、动态安全评估和全程可追溯管理。对入园食品,创设中心厨房运作模式,将园区餐饮单位的食品和原料,统一由经过全面评估审核的、设立在全市的 115 家供博中心厨房加工配送,使食品安全防线前移。注重科技手段应用,开发运用现场电子化监管、食品安全溯源、温度实时监控、视频远程监控、食品快速检测、细菌性食物中毒预警等 6 大系统,着力提升工作效能。对生食食品、熟食、点心、饮料冷冻饮品、盒饭、冷面等高风险食品,实施高频次、全覆盖针对性抽检,及时发现并消除了一批食品安全隐患。每月对园区各餐饮单位食品安全状况开展综合评价,实施餐饮单位食品安全风险分类管理,提高监管效率。强化对食品企业人员的培训指导和加强对公众的宣传引导,增强餐饮企业和游客的自我安全防范意识。世博会期间,对园内餐饮和零售单位的日平均检查覆盖率分别达到 54.1% 和 29.3%,累计快速检测食品 58872 件,总体合格率为 96.2%,共约 6400 万人次的游客和世博工作人员在园内饮食消费,未发生一起重大集体性食物中毒事故,未接到一起重大食品安全问题投诉。对世博相关重大活动食品安全实施全程监督保障,确保了世博中心承担的 1312 项次重大活动相关的近 15 万人次的用餐安全,以及园外 290 项次重大活动共 971 餐次、近35.2 万人次的用餐安全。

2. 食品安全整顿工作取得阶段性成效

在全市范围内开展问题乳粉排查和集中整治行动,经查上海未发现餐饮单位使用问题乳粉的行为。对餐饮服务单位采购和使用食用油脂情况进行监督检查,未发现采购和使用"地沟油"的行为,餐厨垃圾的回收管理总体比较规范。对小餐饮、学校食堂、建筑工地食堂、集体用餐配送单位等进行专项检查,对卫生要求不达标的,责令其进行整治,促进了企业自我管理水平的提高。对全市熟食卤味、盒饭、冷菜等高风险食品和餐饮具清洗消毒等重点环节加强监督检查,大力推进餐饮单位食品安全规范化管理,强化关键设备设施的配置,通过实施量化分级管理,加强监督抽检和社会公示力度,有效防控了集体性食物

中毒等公共食品安全事件的发生。全年累计监督检查餐饮服务单位 19.3 万余户次,监督抽检食品 56056 件、总体合格率 87.3%;抽检食品包装材料 210 件、总体合格率 98.1%;快速检测食品 194437 件、阳性筛检率为 3.3%,共接到集体性食物中毒报告 10 起、中毒 298 人,发生率持续处于低位,并低于近 5 年的平均水平。

3. 药品医疗器械专项整治力度进一步加大

组织开展药品和医疗器械专项整治工作。进一步加强基本药物质量监管,对全市流通、使用领域的基本药物品种分别抽验 1978 件和 1855 件,抽样产品合格率均为 99.7%。重点打击利用互联网和邮寄快递等方式制售假药行为,共查处取缔个人邮购经营假药、利用互联网经营药品和街头收售药品等违法行为数百起,其中 10 余起移送司法追究刑事责任。专项检查全市药品批发零售企业、基层医疗机构和民营医疗机构经营、使用非药品冒充药品行为,共检查产品 9485 批次,发现存在涉嫌非药品冒充药品的产品 306 批次,对其中的严重案件已立案查处。重点监测和查处利用互联网发布虚假医械广告和虚假宣传行为,共监测到违法广告 154 次。

4. 保健食品和化妆品市场秩序进一步规范

组织开展保健食品专项整治、化妆品使用单位专项检查等行动,以及针对美容美发连锁单位的专项突击检查行动,打击违法行为,消除安全隐患。全年共监督检查保健食品单位 13982 户次、化妆品单位 12137 户次,监督抽检保健食品 1145 件、总体合格率 96.8%,化妆品 1761 件、总体合格率 98.3%;共取缔非法经营保健食品单位 80 户,打击 2 个假冒伪劣保健食品生产经营地下窝点,查获可疑产品以及产品外包装标签 84615 件。全年共监测发现保健食品违法广告 193 次,对其中 10 个严重违法保健食品广告及时向社会发布公告,切实保障了消费者的消费安全和权益。

二、2011 年食品药品安全监管工作总体思路

2011 年,上海食品药品监管工作的指导思想是:以邓小平理论和"三个代表"重要思想为指导,认真贯彻落实党的十七届五中全会精神,努力践行科学监管理念,用科学发展观统领食品药品监管全局,坚持"全程监管、依靠科技、落实主体责任、加强宣传引导",巩固有效机制,深化制度创新,突出监管重点,提升监管效能,全力保障公众饮食用药安全,切实维护公众根本利益,努力使上海成为全国食品药品最安全、消费最放心的城市之一。

1. 巩固基础、抓住关键,提升餐饮消费环节食品安全总体水平

扶持和规范中心厨房等新型业态,放大世博效应。完善索证索票、食品安全规范化培训等基本制度,切实发挥制度在保障食品安全方面的基础性作用。加强对集体用餐配送企业、工地食堂、学校食堂、大型餐饮、农村自办酒席等高风险餐饮的安全监管与指导。在元旦、春节、国庆等重大节日以及夏秋季节期间进行集中检查,确保重要节日和重点时段的食品安全。规范重大活动食品安全保障工作的申报、派遣、组织和协调等工作,切实搞好第十四届世界游泳锦标赛等重大活动食品安全保障。组织开展食品安全示范区(县)、示范街和示范店创建工作,力争年内有 5 个区(县)、20 条街(镇)、1000 户餐饮店达到国家级示范标准。

2. 严格药品各环节监管，全过程保障药品质量安全

加强注册资料审核和现场核查，严格医院制剂再评价。强化风险分析和重点环节监管，促进企业提高药品生产质量管理水平。加强药品经营企业证后监管，规范药品经营行为，推进药学服务工作。加强对医疗机构使用药品的监管，着力推进企业实施电子监管码工作，加强基本药物质量安全监管。加大日常稽查力度，及时查处违法行为，避免发生重大药械安全事件。建立健全区（县）不良反应监测机构，完善药品不良反应监测报告和分析评价工作机制，妥善处理药品不良反应和医疗器械不良事件。

3. 狠抓监管条例和质量管理规范的贯彻落实，促进医疗器械产业健康发展

研究落实医疗器械一类备案、二类注册及二类医疗器械临床实验备案工作，进一步完善医疗器械临床试验监督管理和不良事件监测等工作措施。建立上海市医疗器械生产经营企业监管信息平台，及时收集、更新企业基本信息和动态运行信息，加强对医疗器械生产经营企业和医疗机构使用医疗器械的安全监管，促进企业不断增强自主管理和质量信用意识。探索建立上海市植入性医疗器械失效分析评价体系，为医疗器械针对性召回和改进提供科学依据。及时严肃查处患者投诉举报的问题。

4. 拓宽工作思路，加大保健食品、化妆品和肉品监管力度

进一步完善保健食品、化妆品监管网络，加强专业化监管能力建设，全面加强保健食品、化妆品安全监管，着力提升产品监管的科学化、现代化、专业化水平。制定上海市保健食品监督管理规范及化妆品监督管理规范，完善保健食品、化妆品许可、稽查、不合格产品追踪、跨区域案件查处等机制，进一步健全执法制度，规范执法程序，强化执法监督。

5. 着力推进科技和信息化建设，为监管工作提供有力支撑

推进食品安全溯源系统建设和食品安全监管平台应用，加快启动上海市食品安全风险监测与评估中心、植入类医疗器械平台等项目建设。对全市 7 家区域食品药品检验所的功能进行合理定位，进一步提升其检验检测能力。着力加强食品药品安全现场监管技术装备建设，提高一线监督员装备快速检测设备的水平。加快监管信息平台和数据库建设，为科学监管提供有力的技术支撑和信息保障。

（上海市食品药品监督管理局）

3.10　安全生产

一、2010 年安全生产工作基本情况

2010 年,上海围绕"安全办博"工作主线,深化"安全生产年"活动,持续推进安全生产"三项行动"和"三项建设",着力加强安全生产大检查和隐患排查治理工作,严格落实企业安全生产主体责任,狠抓重点行业领域安全监管和事故防范工作,确保了世博会安全、顺利、成功举办。

1. 强化防控举措,努力做好事故防范

坚持"安全第一、预防为主、综合治理"工作方针,加大安全生产工作力度。2010 年,全市道路交通、工矿商贸、火灾、铁路交通、农业机械 5 类事故共造成死亡 1409 人,其中:道路交通事故死亡 1011 人,火灾事故死亡 101 人,工矿商贸事故死亡 290 人,铁路交通事故死亡 6 人,农业机械事故死亡 1 人。亿元生产总值生产安全事故死亡人数比上年下降 20%。但是,令人深感痛心和内疚的是,较大以上事故未能得到有效遏制,2010 年共发生较大事故 18 起,特别是"11·15"特别重大火灾事故的发生,给人民群众生命财产带来严重伤害和巨大损失,带来的教训极为惨痛。这说明上海在安全生产、消防安全监管等方面工作还有许多不到位、不落实,我们一定要痛定思痛,深刻吸取教训,全面加强城市运行和生产安全管理。

2. 采取有效措施,严格落实"安全办博"各项工作

一是优化布局调整,强化技防措施,提高安全水平。启动非工业园区危险化学品生产储存企业布局调整,全年完成 67 家企业"进园入区"。组织对世博会场馆周边、中心城区等重点区域的 131 座加油气站实施了阻隔防爆技术改造。对外环线以内 302 座加油站进行油气回收技术改造。对 879 座加油气站实施 24 小时实时监控。完成外环线内 8 座水厂次氯酸钠替代液氯消毒处理技术改造,从根本上解决频繁液氯运输给城市带来的安全风险。二是实施世博特殊管控措施,提升危险化学品管控能级。制定《上海世博会安全生产监管和保障服务方案危险化学品监管分方案》、《关于加强上海世博会期间危险化学品安全管控工作的意见》等,分级强化和细化危险化学品安全管控责任。建立苏浙沪危险化学品道路运输省际联席会议制度和联控机制,有效落实了"环沪护城河"各项措施。

3. 加强制度建设,进一步强化安全生产责任

以建立健全安全生产控制考核指标体系为抓手,细化工作目标,落实安全措施,完善

履职考核,层层落实责任。各系统(行业)以落实安全责任制为主线,层层签约,深化对从业人员的安全告知、安全承诺与践诺活动。重点在危险化学品、交通运输、建筑施工、冶金和船舶修造、职业健康等重点领域推进落实。

4. 强化执法检查,深入开展各类专项整治

紧紧围绕"平安办博",以世博园区、危险化学品、地下空间、人员密集场所、重大项目建设工地、危险作业场所以及各类废品回收站(点)等为重点,深入开展隐患排查治理,依法严厉打击各类安全生产非法违法行为。2010 年共检查各类企业 57 万余家,落实整改隐患 37 万余项,投入和落实治理资金 20 多亿元,打击各类非法违法行为 13 万余起。年初确定的 7 项市级和 30 项区县、有关部门督办治理的重大事故隐患,已有 6 项和 28 项摘牌销号,取得了较为明显的成效。

5. 深刻吸取教训,全面开展大排查大整治

"11.15"特大火灾事故发生后,全市开展地毯式消防和安全生产大检查、大整顿,严格落实消防和安全生产责任制,坚决消除安全隐患。全市大检查大整治期间共出动 34 万余人次,检查企业 8 万余家,建筑工地 11800 余处,特种设备 9 万台(套),地下空间 23000 余处,高层建筑 24700 余幢,人员密集场所 14000 余家,排查隐患 14 万余项,整改隐患 10 万余项,开具各类执法文书 16000 余份,实施经济处罚企业 570 余家,责令停产停业 41 家,关闭企业 8 家,取缔无证或无照生产经营建设单位 47 家。

6. 筑牢安全根基,不断夯实各项基础工作

一是深入推进安全生产教育培训。全年共培训农民工 344852 人,完成预定目标的115%。经过培训,农民工安全意识和技能有所提高,农民工生产安全事故死亡人数同比下降 1278%。全年培训企业负责人、安全管理人员、特种作业人员 24.8 万人次。二是加强安全生产科技工作。成立第二届上海市安全生产专家组,建立由 300 余名全市各行业领域专业人才组成的安全生产专家库。认真做好国家安全科技成果奖的组织申报和初审工作,共征集上报 26 项涉及危险化学品、冶金、船舶、机电、地下空间等领域的安全理论研究成果和关键技术成果。安全生产作为全市信用体系建设的重要内容,列入本市重点领域和部门信用制度建设应用推进计划,组织上海氯碱、中石化上海高化、宝钢化工、金山石化、吴泾化工等企业实施安全生产诚信试点。三是加快安全生产应急组织体系建设。全市在应急救援机构、应急预案管理、应急救援队伍建设、应急演练等方面取得新进展。依托公安消防部队成立上海市应急救援总队,各区县成立应急救援支队。开展实战应急预案演练 200 多次,参演人数超过 6000 人次。加大应急救援装备投入,初步建成安全生产应急救援平台,建立安全生产应急预案与应急资源数据库。四是积极开展职业危害调查和现状分析评估。深入开展作业场所职业危害申报工作和开展石英砂生产企业、石棉开采、石棉制品制造企业等重点行业职业危害调查摸底工作。全市完成职业危害申报备案企业 10205 家。筹建本市职业健康专家库。深入开展粉尘与高毒物品专项治理行动及专项监督检查。五是持续推进安全社区创建。至 2010 年,全市共建成国际安全社区 11 个、全国安全社区 30 个、上海市安全社区 43 个,58 个社区启动了创建工作,超额完成"十一五"安全社区建设目标。

二、2011 年安全生产工作总体思路

2011 年,上海将深刻吸取"11.15"特别重大火灾事故教训,继续深入开展"安全生产年"活动,以加强城市运行安全和生产安全为工作主线,重点推进安全生产责任制落实、安全生产源头治理、安全生产法治建设和重点行业领域专项治理,提升安全生产应急管理、安全科技进步和安全文化保障能力,努力实现"确保不发生有严重社会影响的重特大事故,确保全市安全生产始终处于受控状态"的总目标。

1. 重点推进安全生产责任制落实

强化企业安全生产主体责任。督促企业落实法定代表人的管理职责,加大安全生产投入,改善企业安全生产基础条件,健全完善严格的安全生产规章制度和岗位安全操作规程,建立和落实企业"一岗双责制",建立主要负责人和领导班子成员现场轮流带班制度,强化对企业事故隐患自查、自纠、自改的督查力度。

强化政府监管责任。形成安全生产综合监管与行业监管指导相结合的工作机制。发挥市、区县两级安委会及其办公室对安全生产的综合协调指导功能,落实 20 项工作制度。进一步加大安全监管力度,全面强化建筑施工、交通运输、危险化学品等重点行业(领域)安全监管,严厉打击非法违法生产、经营、建设行为。

落实安全生产目标考核和责任追究。严格落实安全生产目标考核。建立完善覆盖各区县政府、有关职能部门和国有大中型企业的安全生产履职考核机制。对安全工作不落实,管理不到位,整改不得力,造成严重社会影响和重大人员伤亡事故的,实行安全生产问责和一票否决。继续实施安全生产控制指标执行情况季度通报、重大事故隐患定期通报、各类典型事故案例社会公布制度。严肃事故责任追究,建立事故查处督办制度,对事故查处实行市、区县两级安委会挂牌督办。

2. 重点推进安全生产源头治理

更加有力地开展事故隐患排查治理。以危险化学品、建筑施工、特种设备、人员密集场所、道路交通、轨道交通、水上交通、燃气使用、高层建筑(闲置厂房、租赁场所、地下空间)、农业机械、废品回收等行业领域为重点,全面排查影响城市运行安全和生产安全的重大事故隐患,加大事故隐患治理力度,研究落实治本之策。着力建立健全事故隐患排查治理常态管理机制。加快出台《上海市安全生产重大事故隐患排查治理办法》,完善"四级责任"和"三级督办"的工作机制。

更加有力地加强重点行业领域源头防治。加强各部门、各区县的协作,形成合力,严厉打击非法违法生产、经营、建设等行为,全面落实预防措施,加强消防、交通、人员密集场所、建筑施工、危险化学品、特种设备、电力、燃气、地下空间、农机、渔业、职业卫生等重点行业领域源头防治。

3. 重点推进安全生产法治建设

积极推进安全生产立法。全面梳理安全生产法规规章和政策措施,为安全生产工作提供强有力的制度保障。加大安全生产执法力度。特别是加大暗访抽查力度,提高执法效能。集中开展"打非治违"专项行动,突出抓好交通、危险化学品、建筑施工、特种设备、消防、人员密集场所、烟花爆竹、燃气、地下空间、渔业船舶、农业机械、民爆物品、船舶、冶

金、有色等重点行业和领域的安全执法,严厉打击安全生产领域的非法违法生产经营建设行为,建立规范的安全生产法治秩序。

4. 重点推进相关行业领域专项治理

围绕保障城市运行安全和生产安全,在消防、建筑施工、道路交通、轨道交通、地下空间、特种设备、渔业船舶、农业机械等领域深入推进安全专项治理,促进安全生产责任制落实,强化安全生产监管监察,治理纠正违规违章行为,切实解决安全生产薄弱环节和突出问题。

5. 提升安全生产保障能力

切实加强应急管理工作。定期组织开展各类应急救援演练和市民逃生自救应急演练,督促企业大力开展危险化学品生产、储存、运输,建筑施工、高层建筑、轨道交通、地下空间等领域突发事件的实战演练。推进公路交通、铁路运输、水上运输及搜救、船舶溢漏、危险化学品等行业领域救援基地和队伍建设,优化、整合应急救援信息数据、专家库等应急救援资源,逐步完善应急救援联动机制。加强生产作业场所以及大型超市、商场、酒店、轨道交通站点、公共娱乐场所、校园、医院、社会福利机构等人员密集场所应急逃生装置、安全防护器具的配备。

推动安全生产科技进步。根据行业技术进步和产业升级的要求,制订促进安全技术装备发展的产业政策,鼓励和引导企业研发、采用先进适用的安全技术和产品,鼓励安全生产适用技术和新装备、新工艺、新标准的推广应用,充分发挥科技进步对安全生产的支撑作用。推动运输危险化学品、烟花爆竹、民用爆炸物品的道路专用车辆,旅游包车和三类以上的班线客车年内全部安装使用具有行驶记录功能的卫星定位装置。推动船舶防撞自动识别系统、导航通讯系统等设备的安装与使用,提高船舶安全装备水平和防灾能力。推动涉及生产、使用危险化学品的工艺装置,实施安全联锁、紧急停车等自动化控制技术改造。

推进安全教育培训和安全文化培育。严格企业负责人、安全管理人员、危险化学品从业人员、特种作业人员培训考核制度,督促企业职工全员培训合格上岗。全面完成 30 万农民工安全生产培训,探索建立农民工安全生产培训长效机制。深化道路交通、消防、生产安全、建筑、特种设备、燃气等宣传联动战略,组织开展好"安全生产月"、"5.25 交通安全日"、"11.9 消防日"等品牌专题宣传活动,积极拓展安全生产宣传阵地。将安全文化作为文明创建活动的重要内容,积极倡导市民安全文明行为,广泛推进文明城区、安全社区建设。发挥新闻媒体的舆论监督作用,完善安全生产举报制度,进一步畅通安全生产社会监督渠道,营造"关爱生命、关注安全"的社会氛围。

（上海市安全生产监督管理局）

第四部分

改革开放篇

4.1 经济体制改革

一、2010 年经济体制改革基本情况

2010 年以来,全市按照《2010 年本市深化改革工作安排》和《2010 年浦东综合配套改革试点工作安排》的部署,不失时机地深入推进改革创新,取得了新的重要进展。

1. 行政管理体制改革有序推进

深化行政审批制度改革,出台《上海市行政审批目录管理办法》,推进行政审批标准化,基本完成网上审批平台主体功能建设。加大政府信息公开力度,推进市级财政专项资金和社会公共资金公开透明。完善行政执法体制,对行政执法行为和执法人员加强监督管理。进一步完善市与区县财税管理体制改革。

2. 国资国企改革继续深化

进一步调整国资布局结构,实现国资从非金属矿采选业、造纸及纸品业等 9 个一般竞争性领域退出,国资分布行业从 79 个减少到 70 个。完善法人治理结构,稳步推进董事会建设试点,选择数家国有企业进行薪酬激励改革试点。建设和整合统一的国资监管网络平台,建立健全金融、文化领域的国资委托监管体制。

3. 非公有制经济发展环境进一步优化

加快推行知识产权质押融资制度。推出上海市首批融资性担保公司。在浦东、杨浦实施中小企业集合票据试点。大力发展私募股权基金、创业投资基金和产业投资基金。支持符合条件的企业到创业板上市。开展中小企业应用电子商务平台试点。开通运行法人信息资源共享和应用系统。

4. 科技创新体制改革稳步推进

成立"上海市张江高新技术产业开发区管理委员会",强化对"一区多园"的统筹协调与管理服务。开展应用型转制科研院所整体改革试点。以实施国家技术创新工程试点为依托完善产学研战略联盟。出台《上海市中长期人才发展规划纲要》,修订完善《上海市科学技术进步条例》,加快形成有利于创新创业的社会氛围。

5. 社会领域的改革不断深化

按照国家医改工作要求,研究深化上海市医药卫生体制改革。深化教育体制改革,开展国家教育综合改革试验试点,颁布实施《上海市中长期教育改革和发展规划纲要(2010－2020 年)》。深化文化体制改革,推进实施非时政类报刊转企改制试点,深化广播电视制播分离改革和国有市属文艺院团改革。探索创建文化与创意、科技、金融、贸易联动融

合发展机制。建立健全公共文化服务管理运营绩效评估指标体系。完善社会保障体制，实施新农保制度建设试点。将自由职业人员和个体经济组织人员基本医疗保险并入"城保"。探索实施企业各类人才柔性延迟申领基本养老金的办法。构建完备的住房保障体系，进一步扩大廉租住房受益面，着力探索实物配租新机制和提高配租比例，完善经济适用住房制度，积极发展公共租赁住房。

6. 农村经济体制改革逐步深入

加快乡镇土地承包权流转管理服务中心建设，探索形成公开、公平、公正的市场流转机制。建立健全涉农区县农村土地承包经营纠纷调解仲裁体系。开展农村集体建设用地有偿使用与流转试点，有序推进宅基地置换。推进农村集体产权制度改革，建立若干家股份制公司或社区股份合作社。

7. 浦东综合配套改革试点取得重要进展

按照"三个着力"要求，进一步加大改革创新力度。积极构建适应大区域扁平化特点的政府管理体制，形成"7+1"开发区管理格局。全国银行间市场贷款转让交易系统起步运行，成立上海股权托管交易中心，启动运营全国首批、上海首家消费金融公司。浦东机场综合保税区封关运作，单机单船 SPV 公司融资租赁启动，洋山保税港区获准开展期货保税交割业务。首批 8 家企业获准开展国际贸易结算中心试点，建立全国首家"国家电子商务综合创新实践区"，允许境内自然人在浦东新区参与投资设立中外合资、中外合作经营企业。浦东新区获准为"全国知识产权质押融资试点区"，浦东生产力促进中心获批为全国科技金融服务首批试点单位。完善农村增收机制，深入推进城乡基础教育公共管理和社区卫生服务管理"二元并轨"改革试点。全市形成了多方探索、多点突破的改革新格局。杨浦区加快推进国家科技创新型试点城区建设。闸北区着手开展国家现代服务业综合改革试点。

二、2011 年经济体制改革工作总体思路

2011 年是"十二五"规划开局年，也是上海改革创新年。上海将以科学发展为主题，紧紧围绕"创新驱动、转型发展"，把改革创新作为率先转变经济发展方式的强大动力，力求做到"三个聚焦"：一是聚焦重点，突出制度创新，力争改革新突破。围绕"创新驱动、转型发展"的体制机制瓶颈，以加快结构调整、改善民生和加强社会建设、加强和改进城市管理、强化城市运行安全和生产安全保障、保障物价总水平基本稳定等为重点，加大综合性制度创新力度，着力推进一些重点领域和关键环节改革。二是聚焦载体，突出先行先试，开创改革新格局。继续加大浦东综合配套改革试点的推进力度，进一步发挥浦东新区在改革攻坚突破的示范带动作用。充分发挥其他区县的改革创新积极性，有序设立市级专项改革试验区，在全市推动形成多方探索、多点突破的改革格局。三是聚焦环境，突出法制保障，凝聚改革新动力。加强政策制度保障，保护、促进、规范改革创新活动，营造允许改革失败、不允许不改革的氛围，加快形成鼓励改革、宽容失败的社会环境。2011 年主要改革任务如下：

1. 加大政府自身改革力度，继续深化行政管理体制改革

围绕政府职能转变，全面实行政务公开，深化行政审批制度改革，加快完善公共财政

体系,深入推进依法行政,加快实现"两高一少"目标。完善政务公开工作机制,实施行政审批标准化管理,推进并联审批和告知承诺,建立健全批后监管机制,加强行政事业性收费管理,加强依法行政制度建设,制定区县公务用车制度改革方案。

2. 进一步加大民间投资开放力度,积极促进新兴产业、新型业态的非公有制经济发展

以完善市场准入制度为突破口,加快消除非公有制经济发展的瓶颈制约,支持和引导非公有制经济发展。制定和实施上海市贯彻《国务院关于鼓励和引导民间投资健康发展的若干意见》的实施意见,建立有利于新兴产业、新兴业态发展的制度。制订上海市贯彻《国务院关于促进企业兼并重组的意见》的实施意见,坚持市场化导向,鼓励企业跨所有制、跨地区、跨行业兼并重组。

3. 加大国资国企市场化重组力度,完善国资国企经营管理制度

坚持"市场化、证券化、透明化"导向,统筹盘活国资存量,优化配置国资增量,优化国资布局结构,大力推进国企开放性市场化重组。深入推进国资证券化,全力推动企业集团整体上市或核心业务资产上市。深化国有企业集团管理体制改革,积极推进国有企业下属事业单位改革,推进解决历史遗留问题。深化治理机制改革,探索分类实施中长期激励约束机制,完善国资经营预算制度。

4. 积极推进金融、航运、贸易等领域制度创新,加快构建开放型经济体制

围绕国际金融、贸易、航运中心建设,强化对实体经济的服务功能,努力提高开放型经济水平和城市国际化程度,全面提升国际经济中心城市的地位。完善金融创新发展机制,加快推进国际航运发展综合试验区建设,进一步完善促进贸易便利化的改革举措。

5. 大力推进高新技术产业化,加大战略性新兴产业培育力度

注重发挥张江高新技术产业开发区和杨浦国家创新型试点城区的先行先试示范带动作用,大力推进科技创新体制改革,加大战略性新兴产业的培育力度。加大科技创新改革力度,加快推进张江建设国家自主创新示范区,深化财政科技投入管理制度改革,完善战略性新兴产业培育机制,研究建立战略性新兴产业统计指标体系。

6. 着力完善创新、创业、技能型人才发展政策体系,优化创新创业环境

集成现有政策资源,聚焦创业型创新人才和技能型人才。深化完善技能型人才落户通道,加大对创业创新人才的支持力度。完善人才引进、流动、激励政策体系,创造更加完善的公共服务环境。大力实施人才安居工程,充分释放全社会创新动力和潜力。

7. 加强城市管理和社会管理,提高城市安全运行水平

坚持以人为本、安全为先、管理为重,着力改善城市管理和社会管理。充分激发城市发展活力和动力,确保城市安全有序运行。深化完善城市公共安全体系。深入推进建设工程质量安全管理改革,深化城市维护管理机制改革。完善基层自治机制,培育和引导社会组织参与社会管理。健全社会矛盾化解制度,完善群众权益维护机制。

8. 强化公共服务体系建设,着力保障和改善民生

强化政府公共服务职能,改革基本公共服务提供方式,在教育、卫生、文化、社会保障等重要领域加快推进基本公共服务均等化。探索推进非基本公共服务引入市场机制,逐

步满足人民群众多样化、多层次、多元化的公共服务需求。探索建立基本公共服务指标体系，改革基本公共服务提供方式。全面落实《上海市中长期教育改革和发展规划纲要（2010－2020 年)》和《上海市教育改革和发展"十二五"规划》，大力推进国家教育综合改革试验。制定出台上海医改实施意见和相关配套政策。改革公共文化服务运行机制，进一步完善社会保障体系，建立健全价格调控机制。

9. 积极推进新城建设，加快形成城乡一体化发展格局

大力推进重点新城建设，加快完善新城开发建设和管理体制。加快完善土地管理制度，继续深化农村集体产权制度改革，积极促进城乡公共资源均衡配置，着力破除城乡二元结构，促进城乡统筹协调发展。认真落实《国务院关于严格规范城乡建设用地增减挂钩试点切实做好农村土地整治工作的通知》精神，推进土地承包经营权和农村集体建设用地确权登记和流转，加快建立占补平衡指标交易平台，完善农村集体资产、资金、资源的管理制度。全面实施新型农村社会养老保险制度，积极推进社会保障城乡统筹。

10. 推进浦东综合配套改革试点和市级专项改革试验，加快形成多方探索、多点突破的改革新格局

充分发挥浦东综合配套改革试点的先行先试的带动作用，进一步解放思想，锐意创新，大胆探索。坚持制度创新和引领带动，积极推进国家层面的重大改革试点取得新突破，在全国能借鉴、全市能推广、浦东能突破的重大改革事项上先行先试，为全国改革攻坚探索新路。充分激发基层改革创新的积极性和主动性，结合区县发展需求，在有条件的区县探索设立市级专项改革试验区，充分调动基层改革创新动力，与浦东综合配套改革试点相互促进、相互呼应，在全市范围形成多方探索、多点突破的改革新格局。

（上海市发展和改革委员会）

4.2　浦东综合配套改革试点

一、2010 年浦东综合配套改革试点工作基本情况

2010 年是落实浦东综合配套改革试点第二轮三年行动计划的最后一年。全市按照《2010 年浦东综合配套改革试点工作安排》的部署和要求，进一步加强统筹协调，完善部市合作、市区联动工作机制，不断加大协同推进浦东综合配套改革试点的力度，在重点领域和关键环节取得新的重要进展。

1. 深入转变政府职能，政府管理创新和"两区合并"效应进一步强化

启动新一轮行政审批制度改革。出台《浦东新区进一步深化行政审批制度改革方案》，积极推进审批事项清理、取消、调整和管理流程优化创新等改革，全部审批事项从 423 项减少为 263 项。正式实施"内资企业设立联动登记"改革，实行"一口受理、一表登记、一次审查、一网流转、一次发证、一口收费"的联动登记模式，企业办理设立登记平均时间从 11 个工作日缩短为 4.5 个工作日。探索行政审批事项标准化、信息化和扁平化管理，将行政审批事项要素纳入目录，实行编码规范管理。放宽中外合资、中外合作经营企业设立条件，允许境内自然人投资设立外商投资企业，进一步拓展民间资本投资渠道。为适应"两区合并"后进一步深化区域开发、提高管理效率的要求，按照"区内事区内办"的原则，建立"7+1"的开发区管理格局，调整优化开发区管理体制。创新社会组织培育机制。大力培育社会组织，聚焦社区事务服务、社区卫生服务、社区社会事业服务等领域，进一步发挥公益类社会组织承接政府职能、参与公共服务的作用。加强枢纽型社会组织建设，全区共 21 个街镇成立了社会组织服务中心（社）。完善浦东公益服务园的运作机制，强化公益服务园在社会组织项目培育、机构孵化、人才输送、标准制订等方面的功能和作用。

2. 深入加强金融、航运和贸易领域的制度创新，浦东"四个中心"核心区功能进一步强化

金融改革创新取得新突破。股指期货正式在金融期货交易所推出并顺利运行。全国银行间市场贷款转让交易系统在张江上线运行，工行等 21 家银行签署了《贷款转让交易主协议》。成立上海股权托管交易中心，基本完成上海 OTC 市场的基础载体建设。成立中银消费金融公司，正式启动运营全国首批、上海首家专为个人消费者提供贷款服务的消费金融机构。出台《浦东新区关于促进融资租赁企业发展的意见》，给予融资租赁企业享受金融机构和金融人才政策。与上海银行签署战略合作协议，启动中小企业融资银政合作项目。股权投资企业加快集聚浦东。积极探索完善航运服务体系和加强国际航运发展

综合试验区的制度创新。浦东机场综合保税区顺利封关验收并正式投入运作,有力推动了亚太空运国际中转中心建设。在上海综合保税区创设了 6 家全国首批单机单船融资租赁项目公司,打破了长期被境外机构垄断的飞机、船舶等方面的高端航运金融服务市场。在海关总署支持下,获准在洋山保税港区对进口保税储存的铜和铝 2 个品种通过上海期货交易所开展期货保税交割业务试点。创造性推进国际航运发展综合试验区建设,在营业税优惠政策、开设离岸账户、启运港退税、中转集拼监管机制等方面先行先试,探索推进政策和制度创新。不断充实完善外高桥国际贸易示范区内涵。在外高桥保税区启动建设"空运货物服务中心",在外高桥和机场保税区之间建立空运直通模式。离岸国际贸易取得关键性突破,国家外汇管理局批复允许启动"新型国际贸易结算中心专用账户"试点,已有 8 家企业在试点。进一步优化新型商务模式发展的体制环境。浦东新区获准成为首个"国家电子商务综合创新实践区",唐镇成为首个"国家电子商务创新试点镇"。以春宇供应链、快钱等企业为突破口,加快推进有利于新型商务模式发展的政策、体制和制度创新。扎实推进"全国质量监督检验检疫创新示范区"建设。进一步明确内涵和推进机制,开展跨国采购检验检疫模式创新研究探索,并将生物材料检验检疫改革试点由张江高科技园区扩展到全区,已有 21 家企业获得试点资质。

3. 进一步完善科技投融资体系和促进高新技术产业化,加快实现向以创新驱动为主的发展模式转变

进一步完善科技投融资机制。开展国资创投机制改革试点,通过改变国资背景投资公司的盈利模式、资金补充方式和退出方式,激励国资创投公司对科技创业项目投资积极性。进一步深化知识产权质押融资试点。以浦东新区获批"全国知识产权质押融资试点区"为契机,通过对银行、担保机构、金融服务机构开展知识产权质押融资进行奖励、风险补偿等方式,探索无担保、无实物抵押的知识产权直接质押融资试点。建立健全高新技术产业化支持机制。设立科技中小企业股份制改造资助专项资金,支持科技型企业上市前的股改工作,加快推动科技型企业上市。以浦东科投公司为平台,筹备发起设立"上海市新能源创业投资基金"和"浦东中早期企业创业投资基金",加快推进高新技术产业化。启动创建"国际人才创新试验区"。专门设立浦东高层次人才服务中心,为高层次人才提供医疗、保险、子女入学等方面配套政策服务。制订《浦东新区引进海外高层次人才的实施办法》,推出浦东新区"百人计划"。积极推进科技立法。出台《关于推进浦东新区高新技术产业化的决定》,为自主创业和高新技术产业化营造良好的法制环境。

4. 加快破除城乡经济与社会二元结构和推进基本公共服务均等化,促进城乡统筹协调发展

积极推动小城镇发展改革试点。在六灶镇和川沙新镇探索推进土地增减挂钩试点,在合庆镇益民村启动农村集体建设用地流转试点。完成全区各镇农村土地承包经营权流转管理服务中心建设。探索完善农村增收机制。在新场镇新卫村和周浦镇横桥村试点,有序开展农村集体经济组织产权制度改革,已注册成立 2 个社区股份合作社,通过产权制度改革增加了村级集体经济成员的财产性收入。出台有关基本农田保护、农业直补等 10 项具体政策性意见及实施细则,加强区级财力直补力度,实行政策南北双向覆盖。促进城

乡社会事业均衡发展。深入推进教育管理体制二元并轨,实现义务教育经费全区统筹,促进了城郊教育均衡发展的"四个统一",即统一拨款标准、统一硬件配备水平、统一信息平台、统一提供教师培训与发展机会。义务教育阶段农民工子女已全部免费进入公办学校和享受政府补贴的民办学校学习。完善医疗卫生城乡一体化管理体制,制订《浦东新区社区卫生服务管理体制二元并轨实施意见》。深化医疗联合体模式,制定《关于在浦东新区两个区域医疗联合体实行医保总额预付的试点意见》。进一步加强了农村卫生工作,出台《浦东新区镇村卫生服务一体化管理实施意见》。探索"家庭首诊医师"服务模式试点,加快推进"国家中医药发展综合改革试验区"建设。完善新型农村合作医疗制度,实现筹资、补偿、管理层面的全区统一,切实提高农村地区居民的医疗保障水平。

二、2011 年浦东综合配套改革试点工作总体思路

2011 年是上海的改革突破年,也是浦东综合配套改革试点第三轮三年行动计划启动年,是进一步发挥浦东新区改革创新的先行先试示范带动作用的关键年。上海将深入贯彻落实科学发展观,按照十七届五中全会和市委九届十三次会议关于"十二五"时期深化改革的总体要求,围绕"三个着力",坚持需求导向、问题导向、项目导向,在全国能借鉴、上海能推广、浦东能突破的重点领域和关键环节进一步加大先行先试的改革力度,率先构建与"创新驱动、转型发展"相适应的新体制和新模式,充分发挥浦东在改革开放中的先行先试作用、在推进"四个率先"中的示范带动作用和在建设"四个中心"中的核心功能作用,继续当好全国改革开放的排头兵、全市转型发展的领头羊。重点是力求做到"聚焦五个方面改革,强化五大综合功能"。

1. 聚焦陆家嘴金融城,在区域管理和金融创新方面实现新突破,提升服务经济的引领功能

突出陆家嘴金融城的载体功能,借鉴国外成熟的金融城管理经验,探索创新多方参与的陆家嘴金融城管理体制和治理机制,打造金融城品牌。继续完善金融市场体系,在有关部委支持下,争取在上证所推出国际板,启动运作上海股权托管中心,推动建立保险经纪人市场。提升金融的产业促进功能,推动外汇管理创新,深化跨境贸易人民币结算试点,推动金融与贸易、航运、科技等产业融合发展。优化金融等服务业发展环境,进一步深入研究制约金融等服务经济发展的管制、税制、体制和法制等瓶颈问题。特别是参照国际通行惯例,以外汇管理创新为重点,完善跨国公司总部运营的政策及制度环境,以营业税征管创新为重点,完善金融专业服务业发展体制环境,加快建设服务经济制度创新示范区。

2. 聚焦综合保税区,在推动离岸与在岸业务创新方面实现新突破,提升航运贸易综合服务功能

探索自由贸易园区新模式,探索综合保税区成为自由贸易园区的途径和可能性,提升国际金融、贸易、航运、投资等经济活动的便利程度。拓展高端服务贸易功能,扩大国际贸易结算中心试点规模和范围,大力发展高端产品维修、检测、研发、数据处理等离岸服务外包业务。提升高端航运服务功能,推进浦东国际航运服务中心建设,以多元化、规模化为抓手推进融资租赁特别功能区建设。不断优化新兴贸易业态和商务模式发展环境,探索大宗商品市场交易模式及监管模式创新。

3. 聚焦创新驱动,在优化人才服务体系方面实现新突破,提升创业对创新的带动功能

积极推进张江"国家自主创新示范区建设",在推动科技管理体制创新、完善科技投融资体制、支持创新主体发展、推动科技成果产业化等方面,不断深化改革,努力通过制度创新推动自主创新。加快"国际人才创新试验区"建设,启动实施"百人计划",加快引进集聚海内外高层次人才。加快突破影响创业人才集聚的各类瓶颈问题,推动张江高科技园区和临港新城成为具有特殊优势的"创业新城"和"国际人才自由港"。优化中小企业创新环境,贯彻落实国务院《关于鼓励和引导民间投资健康发展的若干意见》,进一步拓宽民间投资的领域和范围。深化国资创投机制、知识产权质押融资、银政合作等多种形式金融服务。积极推动产业"优二进三",努力突破规划等瓶颈问题,充分发挥存量资源的整合效应,加快推进生产性服务业发展。

4. 聚焦城乡统筹,在小城镇发展改革方面实现新突破,提升城乡要素整合功能

推进城乡建设用地增减挂钩试点,以六灶、川沙小城镇发展改革试点为载体,通过对农村建设用地进行整理复垦,提升农业的规模化经营和产业化水平。有序推进集体经济组织产权制度改革,进一步探索社区股份合作社等集体资产股份化运作模式。以征地安置政策南北对接和新农保试点为重点,不断完善财政保障和转移支付机制,提高城乡在公共服务、基础设施、就业保障等方面的统筹配置水平。深化村庄改造和农民增收长效机制创新。深化教育卫生改革,不断完善和创新教育公共治理结构,满足多元教育需求。稳步推进医疗卫生改革,加快建设国家中医药发展综合改革试验区。创新社区治理结构,探索多种形式的基层社区自治、共治模式,深入创建农村社区建设试验区。

5. 聚焦政府管理,在完善区域管理体制方面实现新突破,提升政府公共服务功能

完善"7+1"开发区管理体制机制。进一步理顺区与开发区、开发区与街镇之间的事权财力关系,确保"开发区的事开发区办"。理顺开发区管委会与开发公司职能关系,提高区域开发和服务企业的效率与水平。强化各镇的综合管理能力和街道的精细化管理服务水平,努力实现"强镇优街"。深化行政审批制度改革。落实《浦东新区进一步深化行政审批制度改革的方案》,制定行政审批事项管理和改革办法,优化浦东市民中心等行政审批办事平台运行机制,深化企业市场准入、建设项目审批以及行政事业性收费等重点领域改革,推进行政审批标准化、信息化和扁平化改革。加快培育社会组织,深化社会组织登记模式改革,探索政府购买公共服务新机制。继续推进国资国企和投融资体制改革。借鉴世博会在城市管理方面的经验,继续完善城市公共管理体系。

(上海市发展和改革委员会)

4.3 国资国企改革

一、2010 年国资国企改革发展基本情况

2010 年,在市委、市政府的正确领导下,上海国资国企改革发展工作取得新进展。截至 2010 年末,全市地方国有资产总量(权益)达到 11020.8 亿元,比上年增长 13.6%。市国资委系统企业全年累计实现营业收入 12089.7 亿元,增长 50.6%;利润总额 800.2 亿元,增长 95.7%;归属母公司净利润 370.6 亿元,增长 87.6%。

1. 推进开放性市场化重组联合,优化国资布局结构

通过"引进来",提升企业能级。完成东方航空与上海航空、中航技集团与上海广电 TFT 五代线、中国北车集团与上海电气轨道交通设备发展公司的联合重组。通过"走出去",拓展企业发展空间。上汽集团、锦江国际、上港集团、百联集团、光明食品集团等先后与美国、比利时、新西兰等优势企业合作,积极开拓市场,优化产业链。通过国资系统内部整合,优化资源配置。上海建工与市政院、英雄集团整建制划转普陀区等实现优势互补、互利共赢。通过与非公经济开展合作,引入民营企业的活力,据产权交易市场统计,全年非国有企业受让国有企业产权 266 宗,资产总额 110 亿元。国资布局调整取得成效,行业跨度从 79 个收缩到 70 个。有效管理层级压缩在三级以内的企业从 4 家上升到 11 家。全年清理退出非主业企业(含壳体企业)725 户。推动国资聚焦战略性新兴产业、先进制造业和现代服务业,23 家企业 30.5 亿元研发投入视同于考核利润。

2. 推动国有资本证券化,促进上市公司健康发展

通过非公开发行、资产置换等多种方式,加快企业集团整体上市和核心业务资产上市。上海建工、锦江股份等 10 家企业基本完成整体上市或核心资产上市,现金融资 556 亿元,资产注入 169 亿元。上港集团、上海医药等 12 家企业进入审批程序。全市经营性国资证券化率从年初的 25.4% 提高到 30.5%。制订并发布《关于进一步加强本市国有控股股东所持上市公司股份管理规定》,规范最低持股比例、股份转让及收入使用、信息披露等行为。对 652 个国有股东证券账户进行标识管理。与中国证券登记结算有限公司合作,对国有股东证券账户股权变动情况进行动态监控。

3. 完善法人治理机制,积极推进中长期激励

11 家主要产业类企业集团实行规范董事会建设试点、监事会团队化管理。经资格认定委派的 35 名外部董事,6 名外派监事,以及董事会各专门委员会认真履职,企业科学决策、风险防控、管理水平有所提高。逐步落实董事会"选人用人、投资决策、考核奖惩"等职

权,上汽集团、上海电气、光明食品集团已新聘经营班子成员。良友集团等市管企业领导人员岗位通过市场化方式公开选聘。近 50％的产业类企业集团董事会实行任期考核。按照"成熟一家推进一家"的原则,光明乳业实施股权激励,5 家整体上市或核心资产上市企业形成相关方案。

4. 完善国资监管体制,完成国资监管全覆盖工作

根据"统一授权、统一规则、分类监管"要求,基本完成市政府委办局所属企业政企分开、经营性国资划转工作,涉及 23 家企业,国有权益 560 亿元。以契约方式,分两批对 13 家单位所属金融保险、科教文卫等领域经营性国有资产实行委托监管,落实战略规划和投资、收益和预算、资产评估、业绩考核和薪酬分配等 9 个方面监管内容。各委托监管单位按照"责任有主体、行为有规范、问责有对象"的目标,建立健全制度,规范法人治理结构、加强经营业绩考核等工作。

5. 全面提高国资监管水平,管控能力进一步加强

进一步优化国资监管信息系统,形成"3＋X"国资监管网络运行格局。国资委层面建立"财务风险预警、企业土地管理监管、产权交易预警监测"3 大监管系统。企业集团层面,推广一批在"资金运行、财务管理、物资采购、资产处置、工程建设"等关键环节建立监管系统的成功做法。截至 2010 年底,财务风险预警系统已与 41 家企业集团联网。对债务、现金流、盈利能力和投资等 4 大类风险进行定期检测,处于红灯状态的单位按要求做出成因分析,提出处理预案。企业土地管理监管系统已导入企业集团土地位置、面积、权属、租用情况等信息。重点加强产权交易后"监事会跟踪检查,竞价变更由上级董事会复审,市国资委每月按 10％比例抽查"等工作。国资监管各项基础管理有新的提高。形成较完整的财务预算审核标准和工作流程。完成评估管理办法调整试点,按照产权关系分级落实评估项目的核准、备案责任。

"3＋X"国资委系统企业廉洁风险内控机制建设体系

着眼于增强国资监管规范性和透明度,结合市纪委"项目化管理"推进"制度加科技"建设的要求,市国资委在总结企业集团做法和经验的基础上,初步形成了"3＋X"国资委系统企业廉洁风险内控机制建设体系的思路。所谓"3",就是在市国资委层面,在国资监管重要环节,建立"财务风险预警、企业土地管理、产权交易预警监测"3 个信息监管系统。所谓"X",就是在企业集团和重要子公司层面,总结、提升和推广一批按照"制度加科技"要求,建立"资金运行、财务管理、物资采购、资产处置、工程建设"等信息监管系统的典型和成功做法。比如,上海城市建设投资开发总公司设立了网上银行实时监控系统,上海城建集团公司建立了资金集中管理平台等。"3＋X"力求上下联动,点面结合,形成制度与科技互为支撑、互为补充的开放、渐进体系,在实践中不断深化内涵、不断扩展外延。

---

6. 全力支持世博,促进社会责任建设和民生改善

以"出精品、出精彩、出精神"为目标,完成世博会各项任务。上海建工、现代设计、建科院等单位承担了世博园区 80％的建设任务、70％的设计任务和 60％的项目管理。锦江国际、久事公司等 20 个企业集团共组织 1.3 万名员工,完成园区内外交通运输、能源保障、通信畅通以及商品供应等工作。全系统接待各方来宾 4000 批 5.7 万人次。

二、2011 年国资国企改革发展总体思路

2011 年是"十二五"规划的开局年,也是上海国资国企攻坚破难的改革年。2011 年上海国资国企改革发展的总体思路是:按照九届市委十三次、十四次全会和上海经济工作会议的部署,坚持"创新驱动,转型发展",进一步贯彻落实《关于进一步推进上海国资国企改革发展的若干意见》,解放思想,振奋精神,坚持"市场化、证券化、透明化"导向,突出"改革与创新",力争在国资国企改革发展的重点领域和关键环节取得突破,确保"十二五"起好步,开好局。

1. 提升市场竞争力,加快推进企业转型发展

通过资源集聚,做强做优十余家综合实力在全国同行业中位居前列的企业集团。对管理基础较好、市场竞争力较强、行业领先地位牢固、未来实现较快发展有保证的企业集团,重点推进体制机制改革,提供宽松环境,配优配强班子,集中优势资源,确保企业的活力和动力。对有较强综合实力和基础,但面临激烈市场竞争、内部资源整合和优化管理任务较重的企业集团,重点加大服务力度,强化考核导向,加快解决历史遗留问题,集中精力发展主业。投资类公司要通过拓展投融资渠道、提高营运效率,确保风险可控、自我平衡、持续发展。应用型科研院所要立足发展,加快改制转型,通过与产业集团战略合作,实现优势互补。政企分开划入企业要分类明确改革目标和路径,形成发展新优势。

2. 盘活国有资产存量,加快国有资本证券化

根据市委、市政府关于深化国资国企改革的总体要求,进一步确立"加快整体上市、理顺管理体制,国资有序流动"的发展思路,全力推动企业集团实现整体或核心业务资产上市,打造有竞争力的公众公司。市属经营性国资资本证券化率提高到 35％左右。深化企业集团管理体制改革,使企业运作更规范、更透明。发挥国有资本流动平台作用,在有进有退、做强主业中增强国有企业活力和动力,在更大范围、更高层面发挥国资集中力量办大事的优势,充分发挥市场监督的力量,不断提高国资监管效率。

3. 优化国资布局,加快开放性市场化重组

按照国资国企"十二五"规划总体要求,组织企业集团编制新一轮三年行动计划。继续推进行业收缩和层级压缩工作。退出塑料制品等 5 个行业,行业布局从 70 个收缩到 65 个。退出不符合本市产业发展规划、四级及以下、与一级企业主业无关、连续 3 年亏损等企业,有效管理层级控制在三级以内的企业集团从 11 家增加到 15 家。调整清理 300 户非主业企业(含壳体企业),完成 20 个破产项目。认真落实国务院《关于促进企业兼并重组的意见》,力争在财税分成、土地税收优惠等政策上有所突破。深化国资国企开放性、市场化重组联合,鼓励和支持企业与中央、外地、民营和外资企业进行合作。加快优势企业"走出去"步伐,推动国资委系统企业之间的战略合作,以及非主业资产的整合,基本完成出租车行业整合。

4. 深化治理机制改革,加快实施中长期激励

继续推进企业规范董事会建设试点,已设立董事会的企业进一步规范工作流程,全面落实董事会权责。理顺国资委与董事会,董事会与经理层、党委会、监事会的关系,使董事会成为企业的"治理中心、决策中枢和责任主体"。建立健全外部董事考评制度。加大经

营者市场化、职业化选聘力度。按照干部管理权限,推进领导班子任期制,实行契约化管理。推动董事会试点企业建立和完善对经营者的业绩考核办法,使经营者的薪酬充分反映企业规模差异、效益好坏和经营者能力高低、贡献大小。全面实施以绩效为导向的考核评价,形成中长期激励制约机制。整体上市公司优先实行股权激励。董事会运作规范的企业,授权董事会在完成战略规划和考核目标的前提下,对经理人员和骨干实施中长期激励。

5. 完善创新机制,加快推进企业科技进步

建立健全多层次、开放式的技术创新体系,聚焦战略性新兴产业,鼓励企业开展技术创新合作。探索以创业投资、风险投资等方式参与、支持战略新兴产业发展。进一步完善企业研发投入视同考核实现利润的激励机制。以项目为载体,以创新领军人才为重点,加大激励力度。加大海外高层次人才引进力度,加强战略性新兴产业和高新技术产业人才队伍建设。对企业重点项目当年新增科技人才激励费用在工资总额中单列,对完成国家重点科研攻关项目、获得国家科技进步奖以上的企业负责人给予特别奖励。在部分科技型企业试行虚拟股权、创新成果产业化提成等激励办法。

6. 完善监管方式,加快提高国资监管水平

全面应用国资监管信息系统,形成国资管理信息化统一平台。持续拓展和完善监管业务模块,突出动态监管和预警功能,财务风险预警系统向重要子公司延伸。积极推进"两化融合",建立考评制度,大力提升企业集团整体信息化水平,促进企业转型发展、提高管控能力、增强核心竞争力。探索推动产权登记由行政管理向出资人管理转变,境外资产监管由主要依赖产权登记单一手段向全覆盖、全过程转变。制订加强境外企业国有资产监管意见,明确监管程序及责任。继续推进全面预算管理,进一步加强企业内部审计工作。完成评估管理从行政管理向出资人管理方式的转型。建立健全国有资本经营预算制度,拓展国有资本经营预算收入渠道,建立可持续的资金循环运作机制。60%以上产业类企业实行任期经营业绩考核。推进企业法务建设和总法律顾问制度,加强全面风险管理,健全企业内控机制。

7. 增强企业社会责任,加快促进保障和改善民生

加强对不同类型企业收入分配的分类指导,制订进一步完善企业职工收入分配的指导性文件,提高工资集体协商企业覆盖面。继续做好促进就业工作。全面推进国有企业财务信息公开,提高国资监管信息透明度。产业类企业集团率先,其他企业3年内向社会公开发布企业社会责任报告或可持续报告。全力支持国有企业参与扶贫帮困、慈善捐助等社会公益活动。完成援疆援藏和定点帮扶老少边穷地区的任务。

（上海市国有资产监督管理委员会）

4.4 非公经济发展

一、2010 年非公有制经济发展基本情况

2010 年,上海私营个体等非公经济保持稳定增长,结构调整和发展转型步伐加快,民营企业自身素质不断提高,社会贡献日益显著,为上海举办一届"成功、精彩、难忘"的世博会、成功应对复杂多变的国内外经济环境冲击、实现经济社会平稳较快发展的大局作出了积极贡献。

1. 私营和个体经济生产总值增幅领先

2010 年,全市私营个体经济实现生产总值 4060.3 亿元,比上年增长 10.3%,增幅比上年增加 1.5 个百分点,增幅高于公有制经济,但低于非公有制经济;占全市生产总值总量和占非公经济总量比重分别为 24.1% 和 48.7%,分别比上年增加 0.4 和减少 0.4 个百分点。"十一五"期间,私营个体经济年生产总值约翻了一番①(2.09 倍),年均增长约13%,占全市总量比重增加了 3.1 个百分点。

2. 民间投资保持增长态势,私营投资增速大幅提高

全年全社会固定资产投资总额中民间投资额为 1982.4 亿元,比上年增长 19%;占总额比重 37.3%,比上年大幅增加 13.2 个百分点。其中,私营经济投资额为 992.2 亿元,增长 41.3%,增速高于国有经济、股份制经济和外商及港澳台投资,占全市固定资产投资总额比重为 18.7%。"十一五"期间,固定资产投资额中的民间投资约增长 2.1 倍,年均增长 10%,占全市总量比重增加了 10.7 个百分点。

3. 私营和个体经济产权投资发展迅速

按上海联合产权交易所统计口径,2010 年,私营和个体经济按受让方计,产权交易宗数、成交金额和涉及交易总量分别为 833 宗、99.9 亿元和 167 亿元,增幅分别为 28%、105.4% 和 95.2%,占全市总量比重分别为 42.4%、4.5% 和 4.8%。按出让方计,私营和个体经济产权交易宗数、成交金额和涉及交易总量分别为 375 宗、51.2 亿元和 86.8 亿元,增幅分别为 21%、-0.8% 和 -15.5%,占全市总量比重分别为 19.1%、2.3% 和2.5%。

4. 私营企业对外投资

2010 年,经核准的上海私营企业对外直接投资项目 167 个,投资金额 7.7 亿美元,分

---

① 按现价计,以下凡"十一五"期间同类比较同。

别占全市总量的 62％和 37％。

5. 私营经济社会消费品零售额保持较快增长

全年私营经济实现社会消费品零售额 1729.8 亿元,占全市总额比重为 28.7％。私营经济社会消费品零售额和比重,均高于国有经济和外商投资经济;其同比增长率高于国有经济,略低于外商投资经济。

6. 私营企业进出口总额快速增长

2010 年,全市私营企业进口商品总额为 202.1 亿美元,比上年增长 40.3％,占全市总额比重为 10.8％;私营企业出口商品总额 228.1 亿美元,增长 31％,占全市总额比重为 12.6％。私营企业进出口总额年增幅均高于同期国有企业、外商投资企业。

7. 私营企业和个体工商户数量、规模保持扩张

2010 年末,全市私营企业累计户数为 70.6 万户,总注册资本 14170.3 亿元,分别比上年增长 12％和 25.5％。个体工商户累计户数 35.6 万户,资金数额 70.4 亿元,分别增长 6.7％和 19.2％。私营企业集团为 662 户,比上年净增 127 户。

8. 民办非企业单位稳定发展

2010 年末,全市民办非企业单位总户数为 6218 户,比上年净增 347 户。其中,居户数前五名的分别是:教育类非企业单位 2731 户,民政类 1486 户,体育类 328 户,文化类 207 户,科技类 172 户,共占全市总量的 79.2％。

9. 私营企业税收保持较大增幅

2010 年,全市私营企业和个体工商户纳税户数分别为 52.8 万户和 12.2 万户,分别比上年增长 12.6％和 6％。私营企业和个体工商户税收额分别为 937.9 亿元和 79.6 亿元,分别增长 15.5％和 2.1％,占全市税收收入总量比重分别为 16.7％和 1.4％。"十一五"期间,私营企业和个体工商户税收年均增幅分别达到 13.5％和 13％。

10. 非公经济从业人员不断增加

2010 年,全市私营企业和个体工商户从业人员分别为 572.5 万和 43.7 万人,分别比上年增长 4.4％和 7.1％。私营企业从业人员中,投资人和雇工之比约为 1∶3.3。

二、2011 年非公有制经济发展总体思路

2011 年,上海将以贯彻落实国务院关于鼓励和引导民间投资健康发展的若干意见为契机,大力完善非公经济发展的政策制度环境,进一步加强市场、税收、融资、人才、信息和公共服务等方面的支持,创造公平竞争、平等准入的市场环境,促进非公经济加强自主创新和转型发展,特别是要鼓励和引导非公经济发展与"四个中心"建设、现代服务业和战略性新兴产业发展、城乡一体化、国有资本开放性重组紧密结合,为经济社会发展注入强大活力和动力。

1. 进一步细化完善支持非公经济发展的政策措施

加大投资体制改革力度,进一步放宽投资领域限制,积极引导民营企业积极投入与"四个中心"建设相关的航运、金融、贸易等领域的投资和产业发展,支持具有成长潜力的中小企业发展。鼓励民营企业加大对自主创新能力和品牌的投入,吸引民间投资投入物联网、智能电网、新能源、服务外包、新媒体等新兴产业领域,鼓励民资参与保障性住房、城

市基础设施的建设和发展,参与国有企业的兼并重组。提高民营企业的发展质量和效益。完善政府组织体制,加强对民营企业特别是民营中小企业的服务和监管,完善适应非公经济发展特点的服务机制,提高政策执行力。探索形成适应新兴行业、新型业态发展的工商管理方式和税收政策,如放宽新设企业登记经营名称和范围;根据国家新修订的营业税暂行条例及实施细则中规定的差额征收管理办法,制定交通运输、服务外包、科技服务等行业试行营业税差额征收办法,解决营业税重复征税的问题,促进这些行业的发展。

2. 聚焦高新技术产业和新型服务业态,提升非公经济产业能级

结合全市产业发展导向,积极引导非公经济向新能源、新材料、生物医药、环保节能等具有高附加值、高技术含量、高产业带动力的产业集聚。进一步提升民营企业技术研发、自主设计、自主品牌培育能力和水平,增强民营企业核心竞争力和品牌影响力,提升制造业发展能级。以二、三产业融合发展为重点,推动服务外包、科技研发、节能环保、文化创意等生产性服务业发展。鼓励非公经济进入电子商务、信息服务等新兴行业。

3. 加强引导,优化非公经济发展布局和结构

结合上海中心城区和郊区的产业布局与新城镇发展规划,重点布局先进制造业以及与制造业相关的生产性服务业、科技服务业和商旅休闲服务业,引导民营企业向各类科技园区、生产性服务业集聚区、大学科技园、市和区县工业园集中。

4. 完善促进非公经济发展的服务平台

完善民营企业的融资服务平台,充分利用上海拥有相对完整和发达的资本市场与金融机构优势,积极拓展民营企业特别是民营中小企业的融资渠道,支持具备条件的民营企业上市或发行债券直接融资。完善民营企业创新服务平台,依托上海现有的各类技术服务平台,为民营企业提供研发和产学研服务。完善民营企业投资信息服务平台,为民营企业国内外投资提供信息、政策咨询服务,积极吸引国内各地企业来上海投资和发展。完善民营企业总部服务平台,利用上海金融、法律、信息等生产性服务业发达和上海大市场的优势,积极吸引国内民营企业总部落户上海。

5. 突破瓶颈制约,着力提升民营企业的融资、创新、走出去、品牌塑造等能力

加强民营企业融资能力建设,鼓励和支持民营企业创新融资模式,形成多层次、多渠道的融资服务方式。加强民营企业创新能力建设,鼓励和支持民营企业加大创新投入,积极开展技术创新、商业和服务模式创新,提升企业竞争力。加强民营企业走出去能力建设,鼓励具备条件的民营企业对外投资、购并境外企业产权、承包境外工程,同时加强抵御境外投资风险的能力,扩大企业的发展空间。加强民营企业品牌塑造与推介能力建设,鼓励民营企业发展和保护自主品牌及其产品。

（上海市发展和改革委员会）

4.5　对外贸易

一、2010 年对外贸易基本情况

2010 年,全市按照"拓市场、调结构、促平衡"的要求,坚持多措并举,努力做好各项工作,全年外贸进出口总额达 3688.7 亿美元,比上年增长 32.8%,略低于全国 1.9 个百分点,占全国比重为 12.4%。其中出口额 1807.8 亿美元,增长 27.4%;进口额 1880.9 亿美元,增长 38.5%。

1. 外贸规模已超过国际金融危机前水平

2010 年,全市外贸进出口呈现快速恢复态势,单月对外贸易额屡创新高,12 月份突破 350 亿美元大关,达到 355.2 亿美元;其中出口额 163.5 亿美元,进口额 191.7 亿美元。全年进出口总额、出口额、进口额分别比 2008 年增长 14.5%、6.7%和 23.1%。

2. 扩大进口战略取得明显成效

2010 年,全市通过促进贸易便利化、搭建进口平台等措施,努力扩大进口。全年进口额超过出口额 73 亿美元,进口增速大于出口增速 11.1 个百分点。特别是上海外高桥保税区全年进出口 730 亿美元,其中进口占将近八成,达到 568.8 亿美元。从商品来看,进口增速较快的主要有汽车及其零部件和铁矿砂及精矿等大宗商品。

3. 出口商品结构进一步优化

从贸易方式看,一般贸易出口增速大于加工贸易。全年全市一般贸易出口增长 29.5%,高于全市出口增速 2.1 个百分点;加工贸易出口增长 23.2%,低于全市 4.2 个百

表 4-5-1　2010 年上海按贸易方式进出口情况　　　　　（单位:亿美元）

项　　目		出　　口		进　　口	
		金额	比上年增长(%)	金额	比上年增长(%)
总　　值		1807.8	27.4	1880.9	38.5
贸易方式	一般贸易	632.7	29.5	848.7	38.9
	加工贸易	1003.7	23.2	381.9	25.7
	其他方式贸易	171.4	47.9	650.3	46.7
	其中:两区一库仓储	162.8	60.4	605.6	44.8

分点;其他贸易项下的出口异军突起,大幅增长 60.4%。从商品分类看,高新技术产品出口势头良好,增幅达 32.2%,超过全市 4.8 个百分点。

4. 市场多元化格局加快形成

2010 年,进出口市场多元化战略进一步显效。上海对香港、日本、美国、欧盟等四大传统市场进出口规模在全市占比下降 1.9 个百分点,增幅低于全市 4.5 个百分点。对东盟、非洲、俄罗斯、巴西、澳大利亚等进出口增速都在 40% 以上,其中对东盟、俄罗斯的进出口增幅达 50% 以上,东盟已取代香港成为上海第四大贸易伙伴。

表 4－5－2　2010 年上海进出口贸易伙伴情况　　　　（单位:亿美元）

主要出口贸易伙伴情况				主要进口贸易伙伴情况			
位次	国家或地区	出口金额	增速(%)	位次	国家或地区	进口金额	增速(%)
总　值		1807.84	27.4	总　值		1880.85	38.5
1	欧　盟	417.32	19.4	1	欧　盟	344.66	37.1
2	美　国	409.91	27.7	2	日　本	308.71	36.6
3	日　本	196.46	22.2	3	东　盟	256.65	61.4
4	东　盟	177.40	38.7	4	美　国	202.75	34.4
5	中国香港	134.09	22.1	5	中国台湾	150.05	34.9
6	韩　国	58.92	25.6	6	韩　国	146.41	58.2
7	中国台湾	56.54	39.0	7	澳大利亚	56.25	52.1
8	澳大利亚	45.59	33.5	8	智　利	42.61	36.5
9	非　洲	40.98	27.4	9	巴　西	40.89	28.0
10	印　度	38.51	22.0	10	非　洲	28.19	86.0

5. 服务贸易取得新进展

2010 年全市服务贸易总额突破 1000 亿美元,比 2005 年增长 2 倍左右,规模占全国 1/4 以上,相当于全市货物贸易额的 30% 以上。其中,实现服务贸易出口 400 多亿美元,实现服务贸易进口 500 多亿美元。

二、2011 年对外贸易工作总体思路

1. 培育外贸发展新引擎

继续推进国家汽车及零部件出口基地和国家科技兴贸创新基地(生物医药)等国家级出口基地建设。重点推进大虹桥服装服饰等出口创新基地建设,提升品牌创意设计能力,提高出口产品的竞争力和附加值。积极推动加工贸易从单一加工环节向上下游产业链延伸,并为其扩大内销创造条件。加快建立海外营销中心,鼓励企业加大市场开拓力度。借助两岸四地经贸合作和我国与东盟等达成的自贸区协议,扩大对台港澳地区和自贸区的进出口。利用参与企业扩容的有利时机,大力推进跨境贸易人民币结算试点,发挥试点工作在外贸发展中的促进作用。

2. 加大对进口支持力度

认真梳理影响进口的制度障碍,加快搭建更有效的进口服务平台,引导企业更好地利用国内外两个市场、两种资源,努力扩大进口特别是高端产品进口,进一步增强上海高附加值产品进口集散功能。积极推动外贸企业和外销商品进入内贸流通网络,支持内贸企业借助外贸企业的资源优势开拓国际市场,实现内外贸的对接联动、融合发展。

3. 大力发展服务贸易

发挥全市服务贸易发展联席会议作用,努力形成工作推进体系。加快研究推进服务贸易与货物贸易联动发展的政策措施,积极推动软件出口、国际物流、技术贸易、文化服务贸易、专业服务贸易等重点领域扩大出口,加紧研究中医药、体育等服务贸易新兴领域的促进措施。大力推进中国技术进出口交易中心、国家文化服务贸易翻译支持基地等国家级平台落户上海。支持服务贸易重点企业加强品牌建设,开拓国际市场。进一步做好服务贸易统计工作,建设运行全市服务贸易统计综合评估体系。

4. 加快推进国家会展平台建设

扎实做好虹桥商务区国家会展项目前期工作,争取年内尽快开工。按照统筹规划、合理布局的原则,完善全市展览场馆的功能调整和配套设施建设,形成“东西联动、错位竞争、优势互补”的新格局。完善会展扶持政策,规范行业秩序,创造会展业发展的良好环境。抓住后世博机遇,大力发展品牌展会,吸引国内外知名品牌展会落户上海,进一步做强工博会、跨国采购大会、华交会等国家级品牌展会,做大世贸商城等常年展,提高上海会展业的整体竞争力。

5. 推进国际贸易示范区建设

争取外高桥国际贸易示范区政策先行先试,进一步降低准入门槛,加快推进离岸贸易试点工作;探索完善保税与保税延展业务统一监管运作机制、货物流与资金流分离下的外汇管理体系;积极关注融资租赁、期货保税交割等新兴业务。大力培育示范区贸易功能,加快形成一批全国领先、内容丰富的高端专业化贸易平台,将国际贸易示范区打造成与国际市场接轨的进出口贸易服务基地。充分发挥保税区的作用,努力推动保税区从出口加工向离岸贸易、离岸研发、服务外包、数据服务等方面发展,成为上海“四个中心”建设的前沿阵地和突破口。

6. 深入推进贸易便利化

依托全市贸易便利化推进机制,适时增加贸易便利化联席会议成员单位,加快推动贸易的全面便利化和全程便利化,重点研究促进进口的贸易便利化措施。鼓励各部门围绕提高通关效率出台新的工作措施。积极争取国家层面加大对贸易便利化推进力度并支持上海先试先行,努力为企业进出口创造更加方便的条件。

7. 扎实推进公平贸易工作

推动建立市级层面的反补贴联合应对机制,强化应对技术性贸易壁垒工作机制,采取政府引导、行业协会组织、企业实施的模式应对国外技术性贸易壁垒。加快推进公平贸易行业工作站建设,逐步推行“产业安全运行数据直报系统”,进一步发挥行业协会、企业在应对贸易摩擦中的作用。

(上海市商务委员会)

4.6 利用外资和境外投资

一、2010 年利用外资和境外投资基本情况

（一）2010 年利用外资基本情况

2010 年，全市实际利用外资再创新高，达到 111.2 亿美元，比上年增长 5.5％；累计实际利用外资突破 1000 亿美元，达到 1064.3 亿美元，成为全国继广东、江苏之后第三个实到外资破千亿美元的省份。合同利用外资恢复快速增长态势，达到 153.1 亿美元，增长 15.1％；新设外资项目 3906 个，增长 26.4％；累计批准外商投资企业项目 59497 个，吸收合同外资 1751.2 亿美元。

1. 合同利用外资复苏回升

从 2010 年 2 月起，全市合同外资结束了连续 12 个月单月同比下降趋势，在 2009 年下降 22.3％的基础上，增速超过 15％，总额突破 150 亿美元，为实到外资后续增长打下了基础。

2. 利用外资结构持续优化

2010 年，全市实际利用外资中三、二、一产业比重分别为 79.4％、19.8％和 0.8％，合同利用外资中三、二、一产业比重分别为 81.1％、18.8％和 0.1％，服务业占比继续提高。商务服务业、房地产业和商贸业是服务业利用外资的主要行业，三者合同利用外资合计达到 103.5 亿美元，占服务业利用外资的 83.4％。

3. 总部经济保持良好发展势头

2010 年，全市新认定卡夫食品企业管理（上海）有限公司、纳尔科（中国）环保技术服务有限公司等跨国公司地区总部 45 家，新设英联食品、道康宁等投资性公司 22 家，新设百事亚洲研发中心、乐金电子研发中心等外资研发中心 15 家。截至 2010 年底，全市共有跨国公司地区总部 305 家、投资性公司 213 家、研发中心 319 家，其中财富 500 强企业累计已有 74 家在上海设立了地区总部。

4. 大项目投资保持主导地位

2010 年，新批 1000 万美元以上大项目 203 个，合同外资 125.7 亿美元，占全市合同外资的 82.1％，比上年提高 1 个百分点。其中新批制造业 1000 万美元以上项目 52 个，合同外资 23.3 亿美元，占制造业合同外资的 84.1％。

表 4-6-1　2010 年新引进的部分现代服务业和先进制造业项目

领　域	项　目	基本情况
融资租赁	盛通融资租赁(上海)有限公司	投资总额 1500 万美元
	创富融资租赁(上海)有限公司	投资总额 3000 万美元
股权投资管理	国盛里昂(上海)股权投资管理有限公司	投资总额 4394 万美元
航运服务	上海霍克太平洋公务航空地面服务有限公司	投资总额 2563 万美元
	希杰供应链管理(上海)有限公司	投资总额 8990 万美元
商贸业	上海宝山宜家家居有限公司	投资总额 1.37 亿美元
	德旭商贸有限公司	投资总额 9000 万美元
	优衣库商贸有限公司	投资总额 9000 万美元
信息技术	日月光集成电路制造(中国)有限公司	投资总额 12 亿美元
	映瑞光电科技(上海)有限公司	投资总额 5000 万美元
新能源	崇明北沿风力发电有限公司	投资总额 7786 万美元
	吉富新能源科技(上海)有限公司	投资总额 7000 万美元
新能源汽车	卡耐新能源上海有限公司	投资总额 2637 万美元
	捷新动力电池系统有限公司	投资总额 2375 万美元
节能环保	上海环境集团有限公司	投资总额 5.62 亿美元

5. 新加坡在沪投资最为活跃

2010 年,新加坡在沪投资项目 200 个,比上年增长 43.9%,合同外资 22.5 亿美元,增长 2.2 倍。香港仍是上海最大的外资来源地,但有下降趋势,全年合同外资 68.1 亿美元,下降 9%,占全市比重减少 11.8 个百分点。欧盟来沪投资总体表现低迷,合同外资 11.1 亿美元,下降 30.8%。其中投资额较大的德国、荷兰降幅分别为 47.3%、56.5%,英国增长 9.2%。美国对沪合同外资 3.6 亿美元,下降 12%。

表 4-6-2　2010 年上海合同外资主要来源地

合同外资项目数(个)			合同外资总额(亿美元)		
位次	国家或地区	项目数	位次	国家或地区	金额
总　值		3906	总　值		153.1
1	中国香港	1335	1	中国香港	68.1
2	日　本	566	2	新加坡	22.5
3	中国台湾	399	3	日　本	13.0
4	美　国	297	4	英属维尔京群岛	9.7

合同外资项目数(个)			合同外资总额(亿美元)		
位次	国家或地区	项目数	位次	国家或地区	金额
5	新加坡	200	5	开曼群岛	4.7
6	韩　国	187	6	美　国	3.6
7	英属维尔京群岛	112	7	德　国	3.1
8	德　国	100	8	毛里求斯	2.2
9	英　国	71	9	韩　国	2.1

（二）2010 年境外投资基本情况

2010 年,全市对外投资继续保持快速增长,全年核准对外直接投资项目 301 个,对外直接投资总额 24.2 亿美元,比上年增长 57.5%;其中,中方投资额 20.7 亿美元,增长 40%。完成对外承包工程营业额 69 亿美元,增长 3.6%;完成劳务合作营业额 6.5 亿美元,累计派出各类劳务人员 15910 人次,增长 13.4%。

1. 国有企业对外投资总额仍占半数以上

私营企业投资的项目数多但金额较小,分别占境内投资主体数量和投资额的 62% 和 37%;而国有企业投资的项目数少但金额大,占比分别为 18% 和 53%,占到了全市投资总额的一半以上;外资企业投资的项目数和金额占比分别为 20% 和 10%。

2. 重大项目引领对外投资大幅增长

2010 年,全市各类新设、增资及并购超过 1000 万美元的重大对外投资项目 28 个,投资总额 19.3 亿美元,占全市对外直接投资总额的 79.5%。并购类项目投资总额 14.4 亿美元,占全市的 58.7%。正是这些项目引领全市对外直接投资大幅增长。

3. 对外投资地区分布逐渐多元

2010 年,亚洲市场仍是上海企业对外投资的主要目的地,实现投资额 10 亿美元,占全市对外投资的 41.3%;对欧洲投资 6.3 亿美元,占全市的 26%;对北美洲投资 3.7 亿美元,占全市 15.3%;对拉丁美洲投资 3.6 亿美元,占全市 14.9%。对台投资取得突破,促成了上海航空股份有限公司台湾分公司等第一批赴台投资项目的落地,迈出全市对台投资的第一步。

4. 对外承包工程产业及市场分布进一步优化

从产业结构看,2010 年全市对外承包工程完成营业额主要分布在制造及加工业、房屋建造业、电力工业、电子通讯业等 4 个领域,占营业额的 92.8%;其中高技术含量的制造及加工业、电力工业、电子通讯业等占营业额的 65.5%,产业结构更趋合理。从市场分布看,亚洲仍是全市对外承包工程的主要市场,完成营业额 37.6 亿美元,但占比下降 2 个百分点。欧洲市场大幅上升,完成营业额 16.1 亿美元,占全市的 23.3%,比上年上升 10 个百分点。

二、2011 年利用外资和境外投资工作总体思路

2011 年上海利用外资和境外投资的主要目标是：利用外资稳定增长，产业结构和区域布局进一步优化；非金融类对外直接投资增长 10％左右，对外承包工程和劳务合作保持较快发展。

1. 继续积极有效利用外资，进一步提高利用外资质量和水平

优化外资产业结构。鼓励外资投向高新技术、绿色低碳等领域，扩大生产性服务业和医疗、教育、旅游等领域的对外开放。国务院已经决定逐步取消对外资举办医疗机构的股比限制，开展外商独资医疗机构试点，将合资合作医疗机构的审批权限下放至省级主管部门。

创新利用外资管理模式。积极推行投资环境综合评价，构建新型外资促进机制。进一步简化外资审批程序，推行网上审批。将外资准入管理与经营者集中反垄断审查、外资并购安全审查有机结合起来，依法保护国内产业安全。

大力发展服务外包。鼓励示范城市结合自身条件，形成特色产业和发展模式，实现优势互补、错位发展。发挥好国家级开发区和产业聚集园区的作用。

2. 积极实施"走出去"战略

加大政策支持和服务保障力度。用好财税金融政策，研究拓宽外汇储备有效运用以及人民币跨境流动的渠道和方式。健全投资促进和保护机制，推动有关国家改善投资环境，维护境外企业、机构和人员的合法权益。

加强法制建设和宏观指导。推动出台《对外投资条例》以及《对外劳务合作管理条例》和相关司法解释，健全对外投资核准和备案制度，推进对外劳务管理体制改革。

推动重大项目合作。引导企业发挥产业聚集效应，推进部分产业有序向外转移，促进国内产业结构调整。继续推动境外重要能源、矿产资源合作。

规范企业境外经营秩序。抓紧出台境外中资企业规范经营和风险防范指导意见，深入落实《对外承包工程管理条例》。加强国内企业境外并购指导。健全境外风险防范和应急处理机制。

（上海市商务委员会）

4.7 长三角地区合作与发展

一、2010 年长三角合作与发展基本情况

2010 年是长三角地区合作与发展具有里程碑意义的一年。5 月 12 日,国家正式对外发布《长江三角洲地区区域规划》(以下简称"长三角规划"),这是贯彻落实《国务院关于进一步推进长江三角洲地区改革开放和经济社会发展的指导意见》(以下简称《指导意见》)、进一步提升长三角地区整体实力和国际竞争力的战略部署,对当前和下一步长三角地区合作与发展具有重大的指导意见。长三角地区三省一市坚持以邓小平理论和"三个代表"重要思想为指导,深入贯彻落实科学发展观,切实落实 2009 年底主要领导座谈会精神,加强协调、密切合作、协同攻坚,长三角合作与发展各项工作取得了新进展。

1. 转变经济发展方式取得新成效

一是工业高位增长,产业结构不断优化。规模以上工业保持高位增长,高新技术产业和新兴产业增速明显快于工业增速,服务业投资增速明显快于工业投资增速。二是消费市场持续旺盛,投资增速保持稳定。三省一市消费品零售总额增速均超过 17%,与投资保持协调发展。三是外贸出口形势好于预期,利用外资势头良好。外贸出口增速均超过 30%,外贸结构进一步优化。外资保持稳定增长,投资规模不断扩大。四是地方财政收入快速增长,企业效益进一步改善。财政增速均超过 15%,明显快于 GDP 增速。工业企业利润增速均超过 40%,效益增速快于产值增速。五是社会事业加快发展,民生保障不断增强。城乡居民家庭人均可支配收入增速均在 10%左右。保障性住房加快建设,受益面不断扩大。

2. 共建共享世博取得显著成绩

一是加强合作,共同为世博举办创造良好环境。实施"环沪护城河工程",加强交通安检工作,积极创造安全有效、畅通有序的交通运输环境。开展机动车污染联控和信息沟通、严控农田秸秆焚烧、区域污染应急减排联动等工作,确保世博空气质量。加强区域电力资源调配,全面推动世博保电工作。共享设备和人力资源,全力落实世博无线电保障、世博通信与信息安全。跨地合作、联合查处与世博会相关的工商违法行为,加强供博食品安全监管,共同净化世博期间市场环境。二是共享机遇,进一步放大世博带动效应。充分利用世博活动周的机会,江苏举行了全省开发区招商引智推介会,签约项目 41 个,总投资达 42.6 亿美元。安徽在上海世贸商城开设了近 2 万平方米的经贸主题馆,重点展示皖江城市带和合芜蚌自主创新综合试验区的发展机遇。世博会主题论坛在长三角 6 个城市举

办,世博主题体验之旅范围覆盖长三角 16 个城市,进一步放大了世博效应。组织了形式多样、内容丰富的参观和宣传活动,近距离学习和感受世界先进的发展理念。

3. 贯彻落实长三角规划开局顺利

一是协同编制实施方案。在贯彻国务院《指导意见》的基础上,聚焦区域合作的重点难点,突出操作性和开创性,分别研究制订了贯彻落实长三角规划的方案。在研究起草方案过程中加强沟通、强调对接、力求同步。二是将落实长三角规划与各地编制“十二五”规划相结合。自觉用长三角规划指导各地“十二五”规划编制,加强在城镇体系、产业布局、重大基础设施建设、区域法规政策方面的衔接,确保国家的战略意图在五年规划中得到充分体现。三是加强长三角规划的宣传解读。配合国家发改委对长三角规划进行了全面解读。解放日报分三期、新华日报和浙江日报专版发表了国家发改委领导、苏浙沪三地政府有关部门领导以及三地专家学者的署名文章,取得了较好的社会反响。

4. 重点领域务实合作取得新突破

一是基础设施一体化水平进一步提高。沪宁城际、沪杭高铁、申嘉湖高速公路等相继投入使用,区域内由公路、港航、铁路、航空组成的立体交通体系初步构筑完成。跨省市能源、环保、信息项目进展顺利。二是经济合作进一步深化。积极贯彻国家战略性产业发展战略,长三角地区正在形成一批产业布局合理的特色优势产业集群。联合开展技术攻关,产业链合理分工取得新进展。共同争取中央支持,开展长三角地区金融合作。推进区域创新体系建设,深化科技资源共享。三是社会事业联动逐步加快。进一步加强区域流动人口服务与管理的合作,逐步形成统一用工市场。深入推进异地享受养老、失业保险、医保等工作,人员来往的便利性不断提高。四是制度对接稳步推进。完善“大通关”机制,加强海关特殊监管区的联动。推进信用服务机构的备案互认,加快“信用长三角”网络共享平台建设。开展工商联合执法,切实维护长三角地区良好的市场秩序。五是合作地域有序拓展。吸纳合肥、盐城、马鞍山、金华、淮安、衢州等六城市为长三角城市经济协调会成员,长三角核心区的辐射作用进一步放大。

5. 区域合作机制进一步完善

一是编制《2010 年长三角地区合作与发展报告》,向社会比较全面地展示一年来长三角区域合作的工作、成果和来年安排。二是综合考虑发展需要,初步构建长三角地区合作与发展指标体系,提出“合作”与“发展”两大类共 11 个二级指标,加强对区域合作成效的分析和评估。三是根据长三角规划的要求,研究设立长三角合作与发展促进基金,提出初步成果,促进区域深度合作。

6. 泛长三角区域合作势头良好

安徽省已全面参加“决策层”和“协调层”的主要活动,参与“执行层”即“10＋1”专题合作范围进一步扩大。安徽省承接长三角地区产业转移规模继续扩大,全年长三角地区投资安徽省 1000 万元以上项目超过 1 万个,总投资超过 1 万亿元;实际到位资金超过 2500 亿元,占安徽省 1000 万元以上项目实际到位资金的一半以上。浙江省、江苏省、上海市名列全国到安徽投资的前三位,分别占投资总额的 27％、17.6％、12.4％。

二、2011 年长三角合作与发展总体思路

2011 年,长三角地区将牢牢把握长三角地区发展上升为国家战略的重大机遇,坚定信心、携手并进、共谋发展,以区域一体化促进长三角地区整体实力和国际竞争力的提升。

1. 积极推动实施长三角规划

切实抓好长三角规划的实施工作,各地、各部门都将围绕落实长三角规划精神,制订实施计划,落实责任、明确分工,确保完成长三角规划提出的目标。突出工作系统性和连续性,将落实长三角规划与落实《指导意见》结合起来,进一步深化细化和调整完善相关工作要求。突出操作性,将落实长三角规划与编制实施"十二五"规划结合起来,确保国家的战略意图在各地"十二五"规划体系中得到充分体现。根据长三角规划要求,抓紧编制专项规划,并加强省级规划与长三角规划之间的对接。切实加强长三角规划实施机制建设,认真开展实施情况的报送、评估、督促等工作。

2. 加强"十二五"规划的沟通和衔接

坚持将"十二五"规划的编制和实施放在长三角一体化发展的大背景下予以谋划和推进。加强研讨和交流,努力在国内外形势、发展阶段、面临问题等方面集思广益、统一思想。在城镇体系建设上加强合作,共同促进长三角世界级城市群建设。在产业布局和重大基础设施上注重错位互补,实现区域资源合理配置。

3. 深化专题组合作

立足长三角一体化发展的新形势新问题、新需求,深化合作内容,拓展合作领域,力求取得实效。努力做到"三个更加注重":一是更加注重规划引导。围绕《规划》的战略定位、发展目标和重点任务,结合本地"十二五"规划的相关要求,精心选择合作项目,不断提升区域一体化水平。二是更加注重机制建设。机制是区域合作的基础。要尊重原有合作惯例,按照常态化、规范化、制度化的要求,建立健全专题组的合作平台、工作章程、重大事项协商制度、成果发布渠道等,逐步形成有分有合、责权对等、利益共享的工作格局。三是更加注重务实合作。要聚焦人流、物流、信息流、资金流和技术流的体制障碍,从要素流动便利化着手,针对性开展专题合作。

4. 创新合作机制

继续完善决策层、协调层、执行层"三级运作、统分结合、务实高效"的区域合作机制,强调发挥政府的引导作用,在长三角发展白皮书编制、区域合作指标体系采集和发布、共同促进基金设立等方面进一步探索和完善,进一步丰富区域合作机制。在长三角合作基础上,进一步扩大泛长三角合作范围。注重发挥长三角联席会议办公室的日常协调职能,加强协调层与执行层之间的互动和联系。更加强调市场的基础性作用、企业的主体地位,发挥行业协会、中介组织、专家咨询委员会等机构的作用,营造多方共同参与的区域合作格局。

(上海市发展和改革委员会)

4.8 国内合作交流

一、2010 年国内合作交流工作基本情况

2010 年，上海合作交流工作紧紧围绕市委、市政府"五个确保"的总体部署，聚焦世博倾全力，突出重点抓落实，圆满地完成了年度各项工作任务。

1. 圆满完成世博会内宾接待工作任务

成立世博内宾接待服务指挥部，制订《内宾接待工作总体方案》、《应急处置预案》、《内宾接待工作手册》、《接待服务项目管理实施办法》等规范，建立接待综合信息平台，加强接待人员培训，为来沪参观世博会的各方贵宾提供周到服务，受到来宾好评。市内宾接待服务指挥部办公室获评"世博会先进集体"、全国"五一劳动"奖章，获得党中央、国务院表彰。

2. 扎实落实中央对口支援工作新要求

召开全市对口支援与合作交流工作会议，明确工作新要求。市有关领导先后率团赴新疆学习考察，明确提出"民生为本、产业为重、规划为先、人才为要"的工作思路和"党委领导、政府推动、社会动员、企业参与"的推进方法。成立援疆工作前方指挥部，启动对口支援喀什试点项目 20 多个、总投资 4.7 亿元；签订产业援疆项目 75 项，总投资 258.9 亿元；开通东航上海—喀什航线，设立浦发银行喀什分行。按照中央援青工作要求，派出首批 7 名援青干部，投入资金 2500 万元，启动对口支援青海果洛州试点项目。对口支援都江堰灾后重建三年任务两年全部完成，共计投入资金 82.5 亿元，完成项目 117 个，签署《关于构建上海市对口支援都江堰市工作长效机制的框架协议》，对口支援都江堰由灾后重建转向长期经济合作。在上海其他对口支援地区（不包括喀什、果洛、都江堰）全年共投入无偿援助资金 5.1 亿元，实施帮扶项目 688 个；帮助培训 2.9 万人，选派青年志愿者、教师、医生、科技工作者等 1000 多名。完成第六轮援助新疆阿克苏项目，圆满结束对口支援新疆阿克苏任务。第五轮援助西藏日喀则项目提前竣工，完成援藏干部轮换交接，开展第六批援藏项目编制工作。召开上海—云南对口帮扶合作第十二次联席会议，明确"十二五"帮扶工作思路；继续实施"三个确保"重点村建设，稳步开展"整乡规划、集中连片开发"试点，扶持当地发展优势产业，启动对口帮扶独龙族前期工作。举办上海对口支援三峡库区移民工作第三次联席会议暨援建项目现场观摩会，推进新农村示范点建设，加大移民就业基地标准厂房建设规模，帮助库区召开经贸洽谈会，促成一批合作项目，协议资金达 11.2 亿元。举办"对口地区农特产品迎春博览会"，开通"携手网"，帮助对口地区企业在沪设立直销点、专营点，多渠道扶持对口地区农特优产品进入上海市场。

3. 抓住办博机遇推进服务企业工作

借助世博会观展平台,市区联手、部门合作,先后 3 次举办"看世博、谋发展、促合作"主题活动,邀请 150 余家国内优势企业 400 余名企业家来沪观博和投资需求对接,促成 44 家企业签订合作意向,投资规模 466 亿元,其中 26 家企业投资项目已经落地,金额 186 亿元,最大的中航电项目,投资达 13 亿美元。编辑印发《上海市对内开放服务企业相关政策汇编》和《2010 投资在上海》,宣传上海投资发展环境。推进南徐家汇国际商务区建设,打造各地来沪企业总部、各地在沪商会、各地在沪企业(协会)联合会、各地驻沪办事机构集聚区。围绕产业结构调整,深入开展目标招商,新增各地来沪落户企业数(注册资金 100 万元以上)1.7 万家,注册资本约 1600 亿元。

4. 围绕落实政府协议促进区域合作

制订 2010 年推进上海与兄弟省区市合作框架协议工作计划,明确 118 项工作内容的责任单位、时间节点和推进机制。围绕落实国务院有关推进长三角地区改革开放和经济社会发展的"指导意见"与"区域规划",会同长三角城市召开专题研讨会,解读规划;制订上海贯彻落实《长江三角洲地区区域规划》的实施方案。完善长三角城市经济协调会体制机制,新增淮安、盐城、金华、衢州、合肥、马鞍山为成员,成员城市增加到 22 个。联合苏浙两省实施"环沪护城河工程",共享电力、宾馆、车辆、通信、信息设备等资源,构建世博安保和交通联动机制;推进世博体验之旅专题合作与示范点评选,开展"长三角家庭文明游世博示范行动"活动,共享世博旅游机遇。加强"长三角大型科学仪器协作共用网"建设,跨区域仪器设施服务量超过 2.3 万次;举办第三届长三角地区金融论坛,与苏浙两省签署《共同推动长三角地区金融服务一体化发展合作备忘录》;举办第三届虹桥论坛,探讨高铁时代长三角一体化发展的思路。推进物流、会展、医保、异地养老、园区合作等 7 个城市合作专(课)题,取得阶段性进展。泛长三角区域合作有序推进,扩大"10+1"专题合作组范围。组织企业赴安徽考察,参与皖江城市承接产业转移示范区建设。

5. 着力推进合作交流组织保障体系

修改《市对口支援与合作交流工作相关会议制度》,完善领导小组工作机制。修改完善上海市国内合作交流专项资金管理办法,制订对口支援新疆资金管理办法,对全市对口支援与合作交流专项资金进行统筹管理。稳步推进各地在沪商会、企业联谊会和上海在外地商会建设,扩展合作交流服务平台。启动应对兄弟省区市受灾援助应急响应机制,先后向青海地震、西南干旱、南方洪涝、甘肃泥石流等受灾地区捐赠人民币 6200 万元。

二、2011 年国内合作交流工作总体思路

2011 年,上海合作交流工作将以科学发展观为指导,围绕"创新驱动、转型发展",立足"三个服务",抓开局,抓开拓,抓重点,抓落实,为新时期提升合作交流工作水平奠定坚实基础。重点要做好以下几项工作:

1. 适应形势发展,扎实做好对口支援工作

按照中央的新要求,坚持"立足长远,因地制宜,突出重点,注重实效"的工作方针,坚持"民生为本、产业为重、规划为先、人才为要"的基本思路,坚持"党委领导、政府推动、社会动员、企业参与"的推进方法,集中集聚,分类推进,有序实施,全年在 9 个对口支援地

区,安排资金 21.2 亿元,计划实施项目 316 个。其中,安排人力资源培训资金 3468 万元。在新疆,投入资金 15.5 亿元,实施项目 111 个,重点推进富民安居工程,启动一批教育、卫生、科技等社会事业援建项目,扶持发展农业园区、工业园区,帮助招商引资,支持特色产业发展。在西藏,全面启动第六批援藏工作,援建重心向 5 个受援县下移,安排资金 2.6 亿元,实施项目 71 个,重点推进以安居工程为突破口的新农村建设,援助一批民生、社会事业、基础设施、特色产业发展等项目。在云南,围绕贯彻落实国家新十年农村扶贫开发纲要和沪滇帮扶合作目标,以集中连片贫困地区为主战场,全面推进"整乡规划、整村推进、连片开发"试点工作,投入资金 2.3 亿元,实施帮扶项目 80 个。加大对迪庆藏区的帮扶力度,加快对口帮扶怒江独龙族工作,实施一批产业发展和社会事业项目,提高帮扶合作科学化水平。在三峡库区,安排资金 5500 万元,以帮助产业发展和移民就业为主线,继续深化园区合作,实施新农村建设、社会事业等项目 35 个,在青海,安排资金 3000 万元,完成援青专项规划编制,围绕保障和改善民生,重点推进 8 个试点项目建设,集中力量抓好开局。在都江堰,重点推进落实两地政府间签订的框架协议,推进后续合作。

2. 围绕转型发展,提升服务企业工作水平

修改完善市对口支援与合作交流专项资金管理办法有关实施细则,加大专项资金对合作交流工作的支持力度。加强对各地在沪商会、联合会、协会等社会团体的指导,强化服务企业平台功能。健全招商工作网络,完善信息沟通机制,联手开展"共享后世博机遇,共推新产业集聚"主题活动,吸引国内优势企业来沪投资兴业。继续推进南徐汇国际商务区项目建设,加大吸引各地企业总部、研发中心、销售部门来沪力度,发展总部经济。做好"看世博、谋发展、促合作"活动签约项目的跟踪服务工作,促进项目落地。推进合作交流数据库建设,加强各地来沪投资数据采集分析,探索合作交流工作发展态势评估指数化。服务各地来沪举办产业园区推介和招商引资宣传活动,推进产业合作。

3. 落实国家战略,务实推进重点领域合作

深入贯彻国务院有关推进长三角改革开放和经济社会发展的指导意见,以落实长三角规划实施方案为抓手,明确责任分工,落实目标任务。推进设立长三角地区合作与发展共同促进基金,合力建设创新型区域和资源节约、环境友好型社会。深化长三角城市专题合作,力争在民生领域有所突破。举办第四届虹桥论坛,吸引长三角城市参与虹桥商务区建设。推进长江流域中心城市合作,完善合作机制。围绕服务上海国际航运中心"一体两翼"港口战略布局,推动沿江地区在港口、物流、通关改革、产权交易、产业转移、园区共建等方面的合作取得新进展。重点支持在江苏大丰、启东(江海产业园)、皖南等地区共建产业集聚区,推进上海产业集群转移,拓展上海发展空间。制订上海参与西部大开发实施意见,引导企业投资中西部地区特色优势产业,参与能源资源基地建设。发挥上海科教资源优势,深化教育、卫生等领域交流,深入开展产学研合作,帮助中西部地区培训紧缺人才。加强与东北地区、沿海地区的产业合作,推进政府间合作框架协议落实;组织参加各地重大经贸展会,促成一批合作项目。

(上海市人民政府合作交流办公室)

第五部分

社会发展篇

5.1　就业促进

一、2010 年就业促进工作基本情况

2010 年,上海市坚决贯彻落实中央的一系列方针政策和市委、市政府"五个确保"的总体要求,围绕服务世博大局,继续实施"1+3"就业计划,大力开展就业促进工作,全面完成各项就业促进指标。全年全市新增就业岗位 63.2 万个,其中非农就业 12.2 万个。截至 2010 年底,全市城镇登记失业人数 27.7 万。帮助成功创业 1.2 万人。外来从业人员综合保险参保人数 404.8 万。

1. 继续实施稳定岗位和就业援助特别计划

出台关于进一步做好稳定就业局势有关工作的通知和《关于进一步加强就业援助工作的若干意见,继续执行稳定岗位特别计划,将就业援助特别计划转化为长效性政策安排,并将企业吸纳就业困难人员的补贴期限从两年延长到三年。

2. 推进创业带动就业

继续推进"鼓励创业带动就业三年行动计划",落实鼓励扶持创业的各项政策措施。进一步优化小额担保贷款、房租补贴等扶持政策,完善创业政策扶持体系。充分运用上海创业公共服务信息网、开业指导专家志愿服务团、制定创业办事规范流程和创业者指导手册、细化产业和主要行业分类创业指导方案等多种方式和手段,加强创业公共服务。通过举办各项主题活动加大宣传力度,营造有利于创业的良好舆论氛围。

3. 加强重点群体就业服务

一是积极推进大学生就业。举办"2010 公共就业服务进校园"等专项活动,做好高校毕业生求职服务。继续推进青年(大学生)职业见习计划。继续实施大学生基层服务项目,招募高校毕业生到农村基层"三支一扶"。二是做好困难人员就业援助。开展"就业援助月"等专项活动,改善就业困难人员的就业环境。2010 年,全市新安置困难人员就业1.9 万人,消除"零就业"家庭 1000 余户。三是加强农民工就业服务。通过开展"春风行动"等专项活动,送岗位、送政策、送培训、送服务,积极做好农民工就业服务工作。

4. 提升劳动者职业技能

继续实施职业培训特别计划。调整完善补贴培训办法。规范培训机构管理。深入推进农民工职业培训工作,实施农民工技能提升三年行动计划。加强高技能人才培养评价工作,启动实施"首席技师千人计划",推进校企合作,举办各种形式的职业技能竞赛活动。2010 年,全市共完成职业培训 41.1 万人,高技能人才占技能劳动者比例达到 25%。

二、2011 年就业促进工作总体思路

2011 年,上海促进就业工作仍面临较大压力,经济结构转型伴随劳动力结构调整的任务艰巨,社会保障制度的调整改革导致企业用工成本提高等,将会对促进就业工作产生不利影响,总体就业形势不容乐观。就业总量矛盾与结构性矛盾并存,劳动者职业技能素质与产业发展不相适应的结构性矛盾仍然突出。高校毕业生、就业困难人员、农民工等重点人群的就业压力仍然较大,促进就业的工作任务依然十分繁重。为此,上海将全面贯彻十七届五中全会和中央经济工作会议精神,按照市委、市政府"创新驱动、转型发展"和"六个着力"的总体要求,以扶持创业、加强培训为重点,继续实施积极的就业政策,确保就业局势持续稳定,努力实现"十二五"良好开局。

1. 努力完成促进就业目标任务,统筹做好重点群体就业工作

认真落实就业工作目标,继续推进充分就业社区建设,全年新增就业岗位 50 万个以上,其中农村富余劳动力非农就业 10 万人,城镇登记失业率控制在 4.5％以内。坚持市场化就业导向,实施公共就业服务进高校、职业见习、就业援助和创业扶持等政策措施,落实大学生就业专项计划。完善就业补贴机制,调整公益性劳动岗位组织模式,更有效地帮助就业困难人员特别是零就业家庭人员实现就业。探索完善跨区域就业补贴和低收入农户非农就业补贴政策,进一步促进非农就业。在认真评估"稳定岗位"等特别计划实施效果的基础上,主动服务新一轮产业结构调整,积极将援企稳岗的阶段性措施转化为稳岗位、促就业的长效机制。贯彻《国务院办公厅关于发展家庭服务业的指导意见》,积极开展促进本市家庭服务业发展政策措施研究。

2. 加强政策扶持力度,推进创业带动就业

依托市、区两级"促进创业工作小组",努力实现"创业带动就业工作三年行动计划"的目标任务,全年帮助成功创业 1 万人。创新小额贷款运作模式,加大房租补贴政策扶持力度,进一步完善区县创业园区管理机制。发挥中国(上海)创业实训基地的引领整合作用,重点扶持初创期创业和青年(大学生)创业。加强宣传引导,树立创业典型,着力营造政府各部门扶持创业、全社会支持创业的良好氛围。

3. 加强职业培训,健全面向全体劳动者的职业培训制度

深入贯彻国务院《关于加强职业培训促进就业的意见》,以"培训一人,就业一人"为目标,重点开展对就业困难人员定向培训和初级技能培训,加强对大中专毕业学年学生职业培训。以"就业一人、培训一人"为目标,着力开展在职职工技能提升培训,重点加强产业结构调整或兼并重组企业职工的稳岗和转岗培训。完善培训经费直补个人办法,探索建立培训经费直补企业的鼓励机制。结合外资企业教育费附加政策改革,进一步加大对企业职工技能培训支持力度。紧密结合产业发展的需求,运用学校、企业和社会各类资源,推进公益性、开放性实训基地建设。

4. 大力加强公共就业人才服务,进一步规范人力资源市场

继续开展"就业援助月"、"春风行动"、"高校毕业生就业服务月"等公共就业人才服务专项活动,为人力资源市场供求双方提供有针对性的集中服务。推进统一规范灵活的人力资源市场建设,打击非法职业中介,整顿职业培训市场。完善指标体系和各项调查统计

制度,继续开展失业动态监测,加强职业供求信息分析,探索建立失业预警机制。

5. 进一步做好农民工工作,完善"三位一体"的服务机制

完善职业培训、就业服务、劳动维权"三位一体"的服务机制。指导区县建立为来沪人员提供免费公共就业服务的场所或窗口,构建全市性农民工公共就业服务平台。推进"农民工技能提升三年行动计划",鼓励农民工参加上岗前培训和在职技能提升培训,全年培训农民工 20 万人。强化劳动用工和社会保障执法监督,切实维护农民工的合法权益。

6. 实施首席技师"千人计划",推动高技能人才队伍建设

通过政府提供资金扶持和公共服务,积极培养一批技艺精湛、勤于实践、善于创造的首席技师。充分发挥企业的主体作用,采取校企合作、高师带徒、技能竞赛、公共实训等多种形式培养高技能人才。坚持政企对接、条块结合,聚焦现代服务业和先进制造业,重点依托大型骨干企业集团,建立高技能人才培养基地,辐射带动高技能人才培养。探索技能人才多元评价机制,重点扩大企业评价技能人才的自主权,逐步形成社会化鉴定、企业内评价、院校资格认证和专项考核相结合的考核评价体系。

（上海市人力资源和社会保障局）

5.2　社会保障

一、2010年社会保障工作基本情况

1. 调整社会保障待遇标准

统筹考虑、分步实施，制定并实施了增加企事业单位退休人员基本养老金的办法，对"城保"、"镇保"、"农保"退休人员增加养老金。调整了最低工资、失业保险、工伤保险等有关保障待遇标准。

2. 进一步完善养老保险制度

贯彻落实国家要求，出台上海市流动就业人员养老保险关系转移接续实施意见。出台企业各类人才柔性延迟办理申领基本养老金手续的政策，充分发挥各类人才的作用，保障参保人员利益，促进社会保障基金可持续发展。完善企业职工养老金计发办法，实现新老办法平稳过渡。

图5-2-1　2005-2010年上海市城镇基本养老保险参保人数

3. 推进基本医疗保险制度体系建设

出台上海市流动就业人员基本医疗保险关系转移接续办法。加强医保制度整合，将城镇自由职业者和个体工商户纳入城保医保。进一步完善居民医保制度。颁布实施上海

市2010年版基本医保目录。积极探索对全市二级公立医院试行医保预付试点。建立定点医院执业医师信息库,实行执业医师医保服务管理。

4. 开展新型农村社会养老保险试点工作

贯彻落实国务院《关于开展新型农村社会养老保险试点的指导意见》要求,在浦东新区、松江区、奉贤区启动新型农村社会养老保险试点工作。在国家规定的基础上,进一步明确缴费标准和市级基础养老金标准,加大各级财政对新型农村社会养老保险的财政投入,着力提高上海郊区农民的养老保障水平。

5. 加强社保基金监管

启动基金预算执行情况监控试点。采取自查和抽查相结合的方法,对社保基金管理使用情况进行全面检查。继续推进社保基金网上实时监管系统二期建设,在原有监控内容基础上,实现了对财政专户基金财务和预算执行情况的实时跟踪,完善了系统功能。

二、2011年社会保障工作总体思路

2011年,上海社会保障工作将按照市委、市政府"创新驱动、转型发展"和"六个着力"的总体要求,贯彻实施《社会保险法》,进一步完善社会保障体系,适度提高保障待遇标准,切实保障和改善民生,努力实现"十二五"良好开局。

1. 推进城乡统筹,完善养老保险制度体系

贯彻落实国务院城镇企业职工基本养老保险关系转移接续暂行办法,调整完善城镇职工基本养老保险计发办法,启动外来从业人员综合保险、小城镇社会保险制度调整。推进浦东、松江、奉贤新型农村社会养老保险制度试点,并在全市郊区全面推开,努力实现新老农保平稳过渡。研究完善城镇居民养老保险制度。根据积极稳妥的原则,进一步做好柔性延迟申领养老金工作。适度提高各项养老保险待遇标准,保障各类退休人员基本生活。大力发展企业年金等补充保险,推进多层次养老保险体系建设。

2. 落实医改方案,完善基本医疗保险制度体系

研究提出简化分类、归并人群、缩小城镇职工医保参保人员门诊待遇差距的方案。调整完善小城镇医保、外来从业人员医保制度,适当提高居民医保筹资和待遇水平。提高社区医疗互助帮困待遇。研究老年护理保障计划试点工作方案。研究进一步扩大诊疗项目医保支付范围,减轻参保人员医药费负担。合理控制"自费医疗项目",推进总额预付,减少浪费,防止过度医疗。开展定点医疗机构分级管理,继续支持符合条件的民营医疗机构纳入医保定点,推进医保定点药店扩展工作,加强医保服务协议管理。修改完善定点医药机构管理办法,推进执业医师库、诊疗项目库和药品代码库建设。探索建立医保联合执法机制,加强定点医药机构监管。鼓励商业医疗保险发展。

3. 完善工伤、失业、生育保险制度,充分发挥各项基本社会保险的保障功能

贯彻工伤保险条例,研究修订上海市工伤保险办法,落实提高工亡补助金标准、扩大工伤认定范围等规定。将外来从业人员工伤保险纳入面上统一管理,进一步完善老工伤人员纳保政策。开展工伤康复试点,积极探索工伤预防。调整失业保险金标准,探索研究失业医疗补助费纳入城镇职工医疗保险制度具体办法。开展生育保险政策的调研评估,提出进一步促进生育保险基金可持续发展的政策建议。

4. 加强协调配合,做好《社会保险法》贯彻实施准备工作

分层次、分对象广泛开展宣传教育,做好《社会保险法》宣传普及工作。认真开展学习培训,重点抓好骨干培训,全面准确把握《社会保险法》立法宗旨、基本原则和主要内容。抓紧清理相关法规、规章和政策文件及社会保险经办规则,做好立、改、废等工作。

5. 加强监督管理,保障社会保险基金安全

全面做好征缴、稽核和专项审计,确保社会保险费应收尽收。按照国务院《关于试行社会保险基金预算的意见》,研究制定上海市社会保险基金预算实施办法,做好基本社会保险基金预算编制,提高预算的执行与管理水平。贯彻国家《社会保险基金非现场监督工作规则》,探索建立符合全国统一要求、适合上海市基金监管特点的社保基金监管信息系统。逐步将企业欠薪保障金等纳入网上实时监管范围,进一步强化监管系统功能。

（上海市人力资源和社会保障局）

5.3 住房保障

一、2010 年住房保障工作基本情况

2010 年,上海市委、市政府把加大保障性住房建设和供应力度,加快解决中低收入家庭住房困难作为改善民生的重点,不断创新思路、健全机制,形成了具有上海特点的廉租住房、经济适用住房、公共租赁房和动迁安置房"四位一体"住房保障体系框架,住房保障覆盖面不断提高,市民居住条件进一步改善。

1. 保障性住房建设加快推进

围绕年初确定的保障性住房新开工建设 1200 万平方米的目标,进一步加大推进力度,年内实现动迁安置房新开工 806 万平方米,经济适用住房新开工 403 万平方米。为确保保障性住房按计划开工建设,全市有针对性地开展了以下重点工作:一是完善推进政策。制订《上海市大型居住社区动迁安置房源定价管理暂行办法》、《关于加快本市市属动迁安置房建设推进的若干意见》、《上海市经济适用住房配建暂行意见》等政策文件。二是完善推进机制。积极协调大型居住社区建设中的难点问题,特别是土地规划、建管手续、环评、配套、动迁腾地等重点协调工作;进一步完善督查制度,督促大型居住社区保障性住房建设各项工作按期进行。三是提高建设质量。始终把建设质量、施工安全放在首位。编制出台《上海市保障性住房建设导则》和《上海市保障性住房设计导则》,严格建设标准,强化过程监管,加强施工管理,完善管理体系,不断提升保障性住房建设质量。四是加快配套建设。根据"四个同步"的要求,加快落实大型居住社区外围大市政配套、教育、卫生、文体、邮政、商业等设施建设,及时满足入住居民的生活需求。

2. 廉租住房受益面继续扩大

进一步放宽廉租住房准入标准,扩大政策覆盖面,对符合条件的廉租住房申请家庭做到"应保尽保"。2010 年,共新增廉租住房家庭 8682 户,累计享受廉租住房家庭达到 7.5 万户。努力提高实物配租比例,积极推动徐汇、虹口、闸北、长宁、杨浦、浦东等中心城区实施实物配租新机制。多渠道筹措廉租实物配租房源,制订出台廉租实物配租房源筹措的市级补助资金试行办法,为进一步筹措廉租房源提供资金和政策支持。

3. 经济适用住房试点顺利开展

在徐汇、闵行两区开展申请审核供应试点,完善相关配套政策和运行机制,推进经济适用住房申请家庭的审核公示、摇号排序、轮候选房、签约购房等工作。至 2010 年末,徐汇、闵行两区共有 1819 户居民签订了购房合同,占选房居民的 93.8%。2010 年三季度,在试点经验基础上,放宽经济适用住房申请准入标准,在 10 个中心城区和 3 个有条件的近郊区全面推开经济适用住房供应工作。同时,进一步修改完善实施细则、住房面积和经济状况核对办法,制订出台上海建立健全街镇住房保障机构的指导意见。年底前,卢湾、黄浦、虹口、闸北等中心城区经济适用住房申请咨询工作已经启动,其余各区也在抓紧开展准备。

4. 公共租赁住房积极筹划

2010 年,全市通过新建、配建、改建、转化和收购等方式,建设和筹措公共租赁住房(含单位租赁房)100 万平方米、约 2 万套(间)。加快研究、出台公共租赁房建设、供应相关政策措施。颁布上海发展公共租赁住房的实施意见和相关配套政策。同时,推进单位租赁房建设和使用管理工作,协调各区县和有条件的园区、大型企业等单位确立单位租赁房建设项目,享受水、电、燃气等优惠政策。

5. 旧区改造稳步推进

在新开基地全面实行"数砖头加套型保底"政策和事前征询制,并逐步建立健全拆迁新机制相关配套措施。制定下发《关于房屋拆迁补偿安置结果公开的实施意见》、《上海市城市房屋拆迁单位管理实施办法》以及《上海市房屋拆迁工作人员管理办法》等文件,进一步深化"阳光拆迁",强化房屋拆迁行政管理。推行以电子协议为核心的拆迁管理信息系统,提升房屋拆迁信息化管理水平。建立拆迁基地公信评议制度,积极引入第三方监督机制,并在杨浦、闵行两区开展了律师参与房屋拆迁工作试点。

二、2011 年住房保障工作总体思路

2011 年,上海将紧紧围绕改善住房民生这一重点任务,抓住机遇,开拓奋进,全面推进廉租住房、经济适用住房、公共租赁住房和动迁安置房"四位一体"的住房保障体系,进一步改善居民居住条件,提高住房保障水平。2010 年,全市将新开工建设和筹措保障性住房 1500 万平方米、22 万套(间),供应 1150 万平方米、17 万套(间)左右,着力改善广大市民的居住条件和居住环境。

1. 进一步扩大廉租住房受益面

继续放宽廉租住房申请准入标准,完善租金配租和实物配租政策,对符合条件的低收入住房困难家庭做到"应保尽保"。充分发挥区和街道的作用,通过配建、改造、收购、转化和代理经租等方式,加大廉租实物配租适配房源的筹措力度,着力提高实物配租比例。

2. 加快经济适用住房建设和供应

落实各项优惠政策措施,加快经济适用住房的建设和供应。完成中心城区和部分郊区共 13 个区的申请供应工作,组织其他区(县)实施申请供应工作。在总结面上推开工作经验,完善运行机制和办法的基础上,进一步放宽申请准入标准,扩大经济适用住房政策受益面。从土地供应源头着手,落实在商品住房项目中配建不低于 5% 保障性住房的政策。2011 年计划新开工建设经济适用住房约 500 万平方米、8 万套;供应约 500 万平方米、8 万套。

3. 建立健全公共租赁住房建设管理机制

进一步完善公共租赁住房运行机制和相关配套政策,加大公共租赁住房的建设和供应力度,逐步缓解本市青年职工、引进人才和来沪务工人员等的阶段性居住困难。建立健全公共租赁住房建设、管理运行机制,拓宽公共租赁住房的投融资渠道,组建一批公共租赁住房专业运营机构,负责公共租赁住房的投资、经营和管理,推动完成当年公共租赁住房建设和供应任务。进一步贯彻落实《关于单位租赁房建设和使用管理的试行意见》,积极鼓励产业园区、大型企事业等单位建设公共租赁房。重点在农村集体经济组织发展市场化租赁房方面有所突破,科学规划、合理布局农村集体建设用地建设单位租赁房,特别对于靠近城镇或工业园区的闲置农村集体建设用地,按照"产城融合"的发展理念,整合资源、合理规划,调动镇、村和农民的积极性,发展与产业布局、就业人员层次相适应的单位租赁房。2011年,通过新建、改建、配建、转化、收储等多渠道建设和筹措公共租赁房(含单位租赁房)200万平方米,约4万套(间),安排供应50万平方米,约1万套(间)。

4. 加紧推进动迁安置房建设

在推进保障性住房建设中,继续突出"以区为主"的建设机制,明确区县的主体责任。不断完善例会、简报、督查等工作制度,深化专题协调,加快基地动迁、各类手续办理、配套以及工程质量管理等环节,确保年度建设任务顺利完成。进一步完善和细化相关的配套政策,加快完善外环大市政配套,进一步提升市政、交通和公建的配套水平,尽力满足旧区改造动迁居民的安置需要。建立住房保障工作考核制度,加强对区县政府工作的绩效评估和检查督促,推动各项任务的落实。充分发挥中心城区各区的积极性,在有条件的地区进一步挖掘潜力,建设就近动迁安置房,为动迁居民提供多元化安置选择。年内,计划新开工动迁安置房约800万平方米、10万套,搭桥供应约600万平方米、7.5万套。

5. 进一步推进旧区改造新机制

重点是做好《国有土地上房屋征收与补偿条例》出台后的贯彻实施工作。贯彻落实条例的规定,结合上海近几年来加快旧区改造新机制、新政策的试点执行和面上推进实际情况,开展调研、加快研究,拟订房屋拆迁的实施办法,做好新条例实施与全市拆迁工作稳妥推进的有效衔接。坚持拆、改、留等多种方式并举,继续推进中心城区旧区改造,计划拆除二级旧里以下房屋80万平方米。启动郊区危棚简屋改造,加快推进郊区农村危旧房改造。以贯彻实施新条例为契机,落实拆迁行为规范化管理措施。继续保持和巩固经实践检验、取得的良好成效的机制和政策。加大监督检查力度,巩固结果公开的成果,确保执行到位。联合监察部门,重点监督检查公开执行、规范操作、信访接待、公信评议、责任落实等方面,保障结果公开的各项要求落到实处。深化"创建规范拆迁示范点"活动。以创建活动为立足点,加大对创建活动典型经验的宣传力度,不断深化和丰富创建活动的内涵,探索"创建活动"的长效机制,并力推创建活动在本市全面铺开。完善拆迁信息化管理系统。完成"电子协议"为主体的拆迁信息化管理系统建设,对拆迁基地、拆迁操作进行全方位、实时的管理和监控,实现"过程全监控"、"结果全公开"、"统计全覆盖"。四是抓好拆迁队伍的转型提升。狠抓队伍素质建设,重点加强日常检查,加强社会监督,通过信访、举报各种渠道,落实惩处、退出机制,为新条例执行提供人力资源保障。

(上海市住房保障和房屋管理局)

5.4　公共交通

一、2010 年公共交通发展基本情况

2010 年,上海圆满完成了世博交通保障、安保等任务,公交优先战略深入贯彻落实,为"十二五"开局打下了坚实的基础。

1. 公共交通客运量大幅攀升,客运结构呈现历史性突破

公共交通客运量大幅增长。全年完成公共交通客运总量 59.3 亿人次,比上年增长 13.5%。日均客运量 1623 万人次,增长 13.5%,其中:轨道交通 516 万人次,增长 42.9%;地面公交 769 万人次,增长 3.8%;出租汽车 314 万人次,增长 3.8%;轮渡 24 万人次,下降 5%。

表 5—4—1　2010 年上海市公共交通日均客运量结构及增幅

	单　位	2009 年	2010 年	增长(%)
日均客运量	万人次	1430	1623	13.5
轨道交通	万人次	361	516	42.9
地面公交	万人次	741	769	3.8
出租汽车	万人次	302	314	3.8
轮　渡	万人次	26	24	—5.0

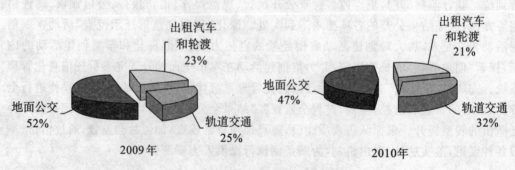

图 5—4—1　2009 年和 2010 年公共交通客运结构图

公共交通客运结构出现新变化。轨道交通客运比重达到 31.8%,比上年提高 6.5 个百分点;地面公交所占比重为 47.4%,比上年下降 4.4 个百分点;出租汽车占 19.3%,下降 1.8 个百分点;轮渡占 1.5%,下降 0.3 个百分点。

区域公交快速发展。截至 2010 年底,区域公交线路达 578 条,比上年增加 76 条,运营车辆 4542 辆,增加 21.2%,日均客运量达 193 万人次,增长 25.3%。区域公交客运量在近两年内增长了近 60%,占全市地面公交客运量的比重由 18% 提高到 25.1%。

2. 世博交通保障任务圆满完成

圆满完成世博客流运送任务。通过集约化交通出行方式共运送世博客流 1.5 亿人次,其中:5 条涉博轨道交通线路的 12 个涉博站点运送客流 5971 万人次,占总运送量的 40.4%;地面公交运送客流 1665 万人次,占 11.3%;世博专属出租车运送客流 1114 万人次,占 7.5%;水上巴士运送客流 138 万人次,占 0.9%;旅游大巴运送客流 5895 万人次,占 39.9%。世博运行期间,上海交通经受了 24 次 50 万人次以上大客流,连续阴雨、40 天高温、强对流、台风等极端天气,以及五一、端午、中秋、国庆等黄金周的严峻考验。世博交通总体服务得到广大市民和各方观博游客的肯定。

3. 公共交通基础设施建设加快推进

深入贯彻公交优先战略,加快推进公共交通基础设施建设。根据上海市城市总体规划,年内轨道交通网络 10 次扩容,网络规模和效应进一步升级,2 号线东、西延伸段、7 号线北段、10 号线、11 号线支线、13 号线世博段基本建成投入试运营。至年末,全市轨道交通运营线路达到 12 条,运营线路长度 452.6 公里,运营车站 275 个。形成一票换乘车站 36 个,其中二线换乘 27 个、三线换乘 8 个。按轨道交通站点 600 米覆盖半径计算,外环线以内覆盖率超过 29%,内环线以内覆盖率约 67%。累计建成各类综合客运交通枢纽 50 个、公交专用道 161.8 公里;全年优化调整公交线路 425 条,其中新辟公交线路 127 条。

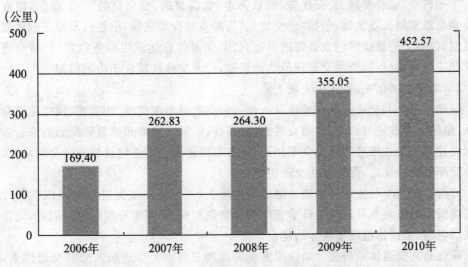

图 5-4-2 "十一五"时期上海轨道交通运营线路长度

4. 公共交通行业装备技术和信息化水平不断提高

行业装备技术水平不断提高。全年新投入轨道交通运营列车 153 列、车辆 1009 节，轨道交通运营列车总数达 445 列、车辆 2842 节，分别比上年增加 52.4％、55％；公共汽电车运营车辆 17455 辆，60％达到国三排放标准；出租汽车运营车辆 50007 辆，全面达到国三排放标准。全年更新公交车 2400 辆、出租车 15862 辆。投放新能源公交车、出租车共687 辆，并在公交 20 路、26 路开展电电混合、超级电容公交车试点。

信息化水平不断提高。全面完成 2010 年市政府实事项目"在全市有人售票公交线路上配置手持式公交卡读卡器"；推进公交信息化，新增 3200 辆公交车新装车载信息系统，全市安装卫星定位车载终端设备的车辆达 10473 辆；完成 10 个交通枢纽信息联网。

5. 公共交通行业改革和管理稳步推进

进一步完善公交改革，区域经营市场格局基本形成，中心城区形成以浦东、浦西为两大经营主体的市场格局，两级管理区县基本实现"一区一骨干"。进一步完善市场化运作机制、促进形成集团之间、市与区域之间、营运企业之间适度竞争机制。

推进实施《上海市公共汽车和电车客运服务规范》，全市公交线路累计达标率 68％；积极推动轨道交通与公共汽电车的"两网融合"，切实提升公共交通服务能级；推进崇明三岛轮渡纳入市内公共交通体系。出台《促进本市出租汽车行业健康持续发展的指导意见》，进一步改善出租车驾驶员的工作条件；探索出租汽车站点候客运营新模式；深入研究区域性出租汽车发展管理模式。

二、2011 年公共交通发展总体思路

2011 年，上海公共交通行业将深入贯彻落实科学发展观，围绕"创新驱动、转型发展"的总体要求，坚持"安全为先、服务为本、管理为重、发展为要"的方针，从"开局"、"落实"、"突破"三方面着手，抓好各项工作，全面推动公共交通事业的健康持续发展。

1. 围绕世博后常态运行，抓长效机制

牢固树立"综合交通、公交优先、信息为本、低碳交通、安全交通"5 个理念，建立和完善公共交通发展长效机制：包括"公交优先"持续发展保障机制，出租汽车稳定健康发展保障机制，公共交通低碳绿色发展促进机制，公共交通信息化应用服务机制，公共交通安全监管和应急处置机制，公共交通规范执法机制，公共交通区域联动协调机制。

2. 围绕公交优先，抓深化突破

继续推进公共交通基础设施建设。进一步完善城市枢纽型、功能性、网络化综合交通体系，继续大力推进与铁路、轨道交通、大型居住区、郊区新城和迪斯尼配套的综合客运交通枢纽建设。继续推进实施公交专用道，在市郊因地制宜推进建设快速公交网络，大力推进公交车辆信号优先，促进公共交通快捷准点。

完善出租汽车行业管理机制。继续贯彻落实《关于进一步促进本市出租汽车行业健康持续发展的指导意见》，建立科学有序的总量调控机制，探索有期限经营制度，完善油运价联动机制，推进出租汽车候客站建设。

深化公共交通体系研究。加快探索将轮渡和三岛水上客运纳入公共交通体系，探索建立水上巴士，在黄浦江水域试点开通 1—2 条水上巴士航线，力争在苏州河水域试点开

通1条水上巴士航线。

3. 围绕行业安全,抓规范管理

加强行业日常安全监督。按照"查隐患、定措施、增投入、建制度"的要求,深入安全隐患排查,严格执行现有各项制度,在继续保持行业现有安保技防水平基础上,推进实施"五个一":建设一个应急指挥平台、编制一套应急处置预案、组建一支应急抢险队伍、准备一批应急抢险物资以及制订一部应急装备标准。

重点做好轨道交通行业安全监管。树立轨道交通运营安全为先的理念,严格落实各项安全监管措施,从定规范、出标准、抓落实、严检查的角度,切实做好安全运营。做好《上海市轨道交通运营安全事故处置规定》及相关应急预案的组织实施。

4. 围绕创新发展,抓改革深化

深化行业行政审批制度改革。大力推进行政审批标准化管理,加大告知承诺审批力度,增加实施告知承诺的审批事项。继续整合受理窗口,完善业务管理系统。组织开展行政审批执法监督和事后监管督查活动。

积极促进"两网融合"。积极推动轨道交通与公共汽电车的"两网融合",推进轨道交通、公交配套设施建设和公交线网优化调整,不断向郊区农村和偏僻地区覆盖和延伸,着力解决"最后一公里"问题。全面落实公交服务规范,进一步加强线路经营权的年度管理与考核,完善线路经营权退出机制,完善公交财政扶持政策。

完善出租汽车行业健康持续发展政策。坚持公司化、品牌化、规模化的发展方向,完善科学有序的出租汽车总量调节机制。探索出租车驾驶员队伍的职业化建设,规范出租汽车个体工商户行为,优化出租汽车油运价联动机制。适时出台进一步提高出租车驾驶员收入、改善驾驶员工作环境的综合措施。

5. 围绕依法行政,抓水平提升

创新行政执法方式。积极探索依法依规、合情合理的交通执法取证方式。严格履行执法程序,规范自由裁量权使用。加强执法监督,全面开展行政执法监督检查,探索建立适应新形势的执法监督方式。提高执法装备科技水平,建立完善"有效发现、联动稽查、依法查处、信息沟通、源头预防、科技防范"机制,持续打击整治非法营运。

提升行政执法信息化水平。加快构建上海市交通港航综合数据库,全面采集行业基础信息,通过综合分析、安全事故预警、行业发展趋势研判等为决策提供技术支撑。重点建设交通行政执法信息系统,推进各部门间的信息资源共享,提高交通行政执法效率和准确性。

（上海市交通运输和港口管理局）

5.5 教 育

一、2010 年教育发展基本情况

2010 年,上海教育工作在市委、市政府领导下,深入贯彻科学发展观,以办人民满意的教育为主题,以编制实施上海市中长期教育改革和发展规划纲要为主线,着力推进教育事业的改革与发展,着力提升各级各类教育的内涵与质量,全面完成全年工作目标,各项事业取得了较快发展。

截至 2010 年底,全市共有幼儿园 1252 所、小学 766 所、普通中学 755 所、中等职业技术学校 101 所、特殊教育学校 29 所、普通高等学校(含民办高校及高等职业技术学院)66 所、工读学校 13 所。共有在园幼儿 40.0 万人、小学生 70.2 万人、普通初中生 42.6 万人、普通高中生 16.9 万人、中等职业技术学校学生 15.8 万人、特殊教育学生 0.5 万人、普通高校本专科在校学生 51.6 万人、研究生 11.2 万人、各类成人高等教育在校生 35.0 万人、工读学校学生 0.3 万人。全市 3—6 周岁适龄幼儿入园率达到 98%,义务教育入学率保持在 99.9% 以上,普及九年制义务教育的各项指标达到或超过国家标准。主要推进了以下工作:

1. 落实规划纲要,谋划上海教育科学发展新篇章

2010 年,上海市与教育部签订《教育部上海市人民政府共建国家教育综合改革试验区战略合作协议》,确定双方在探索教育公共管理新体制和新机制等 7 个领域加强合作。正式颁布《上海市中长期教育改革和发展规划纲要(2010—2020 年)》。启动"完善政府学前教育公共服务职能"等 27 个国家教育体制改革试点项目。

2. 围绕世博主题,德育工作实效性得到提高

组织、指导各区县和中小学利用世博资源开发区域和校本化世博课程,开展世博主题教育。继续深化中小学"两纲"教育,启动第三批中小学骨干教师德育实训基地建设,继续实施上海市中小学教师人文素养提升工程,合理布局全市青少年实践活动基地。推进大学生思想政治教育工作,拓展辅导员培训和交流平台。制订《上海学校心理健康教育三年规划》,加强学生心理健康教育。大力加强中职德育教师队伍建设,制定中职学校德育工作评估方案。

3. 统筹推进城乡教育事业,基础教育均衡化水平进一步提升

积极破解"入园难"问题,学前教育资源建设和管理进一步加强。加大政府投入力度,加快幼儿园园舍建设进度,全年新增 50 所幼儿园,平稳完成幼儿园招生工作。深化课程

教学改革,组织 5100 名学生参加第四次国际学生评估项目(PISA),上海学生在科学、数学、读写能力三项测评均高居全球 65 个参与测评的国家和地区首位。实施上海市提升中小学(幼儿园)课程领导力三年行动计划(2010-2012)。全面完成"进城务工人员随迁子女义务教育三年行动计划",实现全市 47 万进城务工人员随迁子女全部在公办学校或政府委托民办小学免费就读。为全市 162 所以招收进城务工人员随迁子女为主的民办小学配备标准图书室,增配体育运动器材。扎实推进特殊教育三年行动计划。推进高中特色化、多样化发展。推行普通高中学业水平考试制度,组织开展普通高中信息技术和地理学科学业水平考试。推进优质高中教育资源辐射郊区农村。加大教育督学、督政力度,保障基础教育均衡优质发展。

4. 开展办学模式改革,职业教育发展生机与活力不断增强

开展地方政府促进高等职业教育发展综合改革试点和"创新政府、行业、企业、高职院校办学体制、机制"改革。全市选择护理、交通、电子信息 3 个职教集团内的 7 所中高职院校进行中高职贯通培养模式试点。继续推动职业教育集团化办学。先后成立了 8 个行业职教集团和 5 个区域职教集团。完成 46 所学校专业布局结构调整优化工作。继续实施国家示范性高职院校建设计划。完善中职免费教育和帮困助学政策,对城市家庭经济困难学生从 2010 年秋季起实施免除学费政策,万余名城市低保家庭学生享受免费教育。全市中等职业学校中 36% 的学生纳入免费教育政策范围。

5. 优化发展定位和专业布局结构,高校内涵发展继续深化

探索上海市高等学校分类管理改革,推进高等教育内涵建设工作。结合新一轮"985工程"和"211 工程"三期建设,开展部属高校发展定位规划和学科专业布局结构优化调整工作。积极开展中央财政支持地方高校专项资金的相关工作,22 所市属高校获得中央专项资金 1.1 亿元支持,上海市政府按 1∶1 的比例给予配套支持。实施卓越科学教育、卓越工程教育、卓越医学教育和卓越文学艺术教育四大卓越教育计划。开展临床医学硕士专业学位教育与住院医师规范化培训结合改革试验。开展全日制专业学位研究生教育改革试验。继续实施大学生教学质量和教学改革工程,深化研究生教育综合改革,加大学生创新实践基地建设力度

6. 完善终身教育服务体系,学习型社会建设步伐加快

加大终身学习体系的设施和资源建设力度,推进社区教育实验。继续开展街道社区学校、乡镇成人学校评估和示范性老年大学(学校)创建评估工作。优化课程教材,丰富学习内容,健全社区教育师资队伍建设。制定《社区教育教师专业技术职务和职业岗位标准》,加强"上海市民终身学习网"和"上海老年人学习网"建设。开展"开放大学"成人教育体系建设。以筹建"上海开放大学"为契机,探索基于"学分银行"系统建设的成人与继续教育"立交桥"体系,推进上海电视大学、区县业余大学(社区学院)、行业企业职工大学之间的"学分互认"工作。深入开展学习型组织创建活动,推选 300 个机关、74 个街镇、118家企事业单位、1000 户家庭开展创建示范活动。

7. 加强人事改革和师资培养,教师队伍水平进一步提升

启动教育系统事业单位岗位设置管理工作。完善义务教育学校绩效工资制度。开展

各类基础教育师资培训,全年共有 17298 余名农村中小学、幼儿园教师参加培训。继续实施"东方学者"岗位计划,共有 59 人(含 1 个团队)入选。做好"千人计划"申报工作,市属高校累计共有 4 人入选。继续实施"高校优青科研专项基金"项目。全市 60 所高校有 1173 位教师入选,55 所市属高校 1066 位教师获得"优青基金"资助。依托职教集团开展特聘兼职教师的资助政策,开展"双师型"师资队伍建设。

8. 扎实推进上海教育的其他各项工作

大幅增加对民办高校和中小学的资金扶持力度。对民办高校开展了 2 批次的政府扶持资金申请与拨付工作。搭建世博教育友好交流平台,接待 31 个国家、地区和国际组织共 67 批 5369 人次来访,联合国秘书长、联合国教科文组织总干事、部分国家教育部长、欧盟教育文化总司长以及 80 余名世界知名大学校长来沪开展教育交流合作。积极引进国外优质教育资源,筹建上海纽约大学。做好中外合作办学机构和项目复核工作,全市累计有 189 个机构和项目通过教育部复核。加强对中外合作办学独立机构的监管。启动"上海市外国留学生服务中心"项目建设,做好出国留学服务工作。继续组织开展 2010 年上海学生阳光体育大联赛活动,启动大中小学课余训练一条龙建设计划,开展上海市全国学生体质健康调研。深化招生录取工作和有关制度改革,提高学生就业指导与服务水平。继续以物资援助、师资培训、教师支教、边疆少数民族地区人才培养等形式开展教育对口支援都江堰、新疆、海南、云南等工作。

二、2011 年教育工作总体思路

2011 年,上海教育工作将坚持科学发展观,贯彻落实国家和上海市教育工作会议精神,全面实施国家和上海市中长期教育改革和发展规划纲要,制定实施上海"十二五"教育改革和发展规划,进一步推进教育公平,进一步重视改善民生,努力办人民满意的教育。

1. 编制实施"十二五"规划,统筹推进重点项目

完成上海市教育改革和发展"十二五"规划编制工作。统筹安排"完善政府学前教育公共服务职能"等 27 个国家教育体制改革试点项目、上海中长期教育改革和发展规划纲要确定的 10 个"教育综合改革重点试验项目"和 10 个"重点发展项目"。

2. 加大推进力度,进一步提升基础教育发展水平

在全市新增 40 所以上幼儿园,有效应对入园高峰。制定实施学前教育生均公用经费定额标准和困难幼儿资助等政策。加快民办三级幼儿园建设,扎实推进学前儿童看护点管理工作。深化基础教育课程教学改革,研究试行义务教育教学质量综合评价体系,引导义务教育学校确立正确的教育质量观。继续推进 400 所农村中小学"聚焦课堂教学"教育信息化应用推进工作。抓紧在教育资源紧缺地区建设公办学校。加快中小学校舍安全工程实施进度,确保完成校安工程三年规划目标。组织中心城区优质教育资源赴郊区新城和大型居住社区办分校或对口办学,努力提升郊区新城和大型居住社区新建公建配套学校的办学起点。开展第二轮郊区农村义务教育委托管理学校绩效评估,启动第三轮郊区农村义务教育学校委托管理工作,进一步增加郊区农村受托管义务教育学校的数量。鼓励部分区县探索高中多样化发展形式,推进普通高中特色发展。进一步扩大公办学校接收进城务工人员随迁子女的比例,切实保障进城务工人员随迁子女接受义务教育的权益。

加强民族班教师队伍建设,进一步提升办学质量。进一步提高基础教育阶段生均公用经费标准。

3. 注重教育教学改革,创新职业教育发展方式

做好 7 所职业院校试点中高职教育贯通培养模式跟踪调研,深入了解相关院校试点工作推进情况,及时调整课程方案,加强教学和学生管理。启动国家级示范性高职院校二期建设工程,扶持第一批高职示范院校向有国际影响的高职院校的方向发展,在已成立的13 个职业教育集团的基础上,继续推动有条件的区县和行业组建职业教育集团。开展高等职业教育发展综合改革试点,探索高等职业教育融入产业发展、区域经济发展的有效模式,建立由政府、行业、企业参与共建共管的办学体制,以及与产业界直接联动的工学结合人才培养模式。加快推进职业院校专业布局结构调整优化和课程教学改革步伐。逐步扩大实施中职校学生免费教育范围。

4. 实施内涵建设工程,持续提升高等教育服务社会能力

探索分类管理改革,逐步建立高校分类指导服务体系。通过"085 工程"的具体项目进行引导和支持,建立高校办学质量分类评估标准。结合"985 工程"和"211 工程"三期建设,开展部属高校发展定位规划和学科专业布局结构优化工作。开展市属本科院校发展定位规划认定工作,加强学科专业评估与指导。实施本科教学质量与教学改革工程。实施研究生创新计划与专业学位研究生教育综合改革。加强高校知识创新和知识服务能力建设。着力推进高等教育国际化,积极筹设"上海纽约大学",支持区县政府引进高水平中外合作办学机构和国际教育园区建设。建设外国留学生教育专业和课程体系和本市外国留学生社会服务体系,组建上海市外国留学生服务中心,扩增"上海市外国留学生中国文化体验基地"和"上海市外国留学生实习基地"。增设上海市"孔子学院(孔子课堂)"奖学金,设立大学生海外学习专项资金,设立"海外名师项目"。

5. 坚持扶持与规范并重,促进民办教育健康发展

进一步加大公共财政对民办教育的扶持力度,推进区县加强对民办教育的投入和支持。开展政府扶持资金使用过程管理与绩效评价,进一步明确政府扶持资金导向,引导民办学校重点用于师资队伍建设、提高教学质量和改善办学条件等方面。探索民办学校分类管理制度。进一步规范民办学校财务管理。推进民办学校法人财产权管理。加强民办学校信息化建设。

6. 推进学习型社会建设,完善终身教育体系

推进市民终身学习公共服务设施建设。指导各区县建立独立的社区学院,指导各街道、乡镇建立社区学校,重点加强 300 个居委、行政村社区教育学习站点的建设。深入开展学习型组织创建工作。培育优秀学习团队,创建学习型社区,创建学习型企事业单位,召开现场交流会,重点推广非公企业创建先进单位工作经验。规范和完善民办非学历教育及高等非学历教育管理工作。

7. 加强各级各类师资培养与培训,整体提高教师队伍素质

促进德育教师队伍专业发展,注重班主任队伍的分层分类培养,继续做好辅导员和高校思政课教师培训和骨干研修工作,培养专家型学生思想政治教育工作者和马克思主义

学科带头人。完成教育系统事业单位岗位设置管理工作。开展上海市特级教师评选工作，**充**分发挥特级教师引领作用，继续开展农村教师分类分层开展培训。建设专兼结合的"双师型"职业教育教学团队。启动校长教学改革领导力培训计划、百名"专业带头人"培养计划和千名"双师型"教师培训计划"三支队伍"建设工作。建立鼓励校企合作培养教师制度，加强国家级和市级职业教育师资基地建设。进一步加大海外优秀人才招聘力度，积极申报国家"千人计划"，继续实施上海市"千人计划"和上海高校特聘教授（东方学者）岗位计划，启动"上海高校教师产学研践习计划"，提高高校教师中具有企业、科研院所以及政府等实际部门工作经历教师的比例。实施民办教育"强师工程"，投入专项资金培养民办学校骨干教师、青年教师、专业校长和管理人员。鼓励民办学校青年教师在职攻读研究生学位并予以奖励。

8. 坚持以学生发展为本，优化学生成长发展环境

研究普通高中学业水平考试成绩在高校招生中的运用办法，出台相应政策，进一步完善招生考试制度，加强高校毕业生就业服务工作。努力做好首届教育部直属师范大学免费师范生就业服务工作。加强网络就业市场建设，深入开展毕业生就业状况调查。建立高校学生食堂价格稳定的长效机制。切实做好学生帮困资助工作。实施学生健康促进工程，积极推进青少年艺术和科普工作。着力提升学校安全水平。进一步提升学校技术防范水平，形成人防、物防、技防"三防一体"的立体防范体系。积极开展突发事件应急处置和逃生演练活动，切实提高学生安全防范意识。

（上海市教育委员会）

5.6 文 化

一、2010 年文化发展基本情况

2010 年,全市文化系统深入贯彻落实科学发展观,坚决执行中央关于文化建设的重要方针政策,紧紧围绕市委提出的"五个确保"要求,努力做好各项工作,圆满完成全年及"十一五"规划确定的任务目标。

1. 全力以赴办好世博,营造欢乐和谐的文化氛围

圆满完成世博会开闭幕式、中国国家馆日文艺晚会、"上海周"等重要文化活动承办工作以及城市足迹馆、世博会博物馆筹建运营工作。着力加强文化文物广播影视行业窗口服务建设,确保世博会期间各级各类文化设施的环境整洁、功能完善、服务一流、世博氛围浓厚。推出 24 小时自助图书服务、文明观众培养、200 家示范网吧评选、美术馆手机蓝牙导览服务等创新举措,体现了以人为本的服务理念。

2. 以人为本,公共文化服务体系建设推进有力

基本完成市中心城区有线电视数字化整体转换工作,完成整转的用户可收看到 76 套标清数字电视节目,部分用户还可收看到 60 余套付费数字电视节目、17 套高清电视节目及享受视频点播等互动服务。重点推进东方社区文艺指导中心加强文艺指导员派送工作。组织开展各类群众文化活动 47 万余场次,参与人次近 4000 万。21 件作品在全国第十五届"群星奖"评选中获奖,创历年之最。

3. 深化改革,文化产业发展取得新的突破

深入推进区县经营性文化事业单位转企改制,有效激发国有文化单位的发展活力。全面启动三网融合试点工作。与上海紫竹科学园区共同推进首个国家级网络视听基地——"中国(上海)网络视听产业基地"建设。拟订《上海市关于促进电影产业繁荣发展的实施意见》,明确了加快电影产业发展的总体思路、主要目标和 9 项重点工作。制订《关于金融支持文化产业发展的指导意见》。

4. 加强扶持,重大文艺创作和文化活动繁荣活跃

上海昆剧团的昆剧《长生殿》(精华版)、上海京剧院的京剧《成败萧何》同时荣获第十三届文华大奖,创历年最高。《万国风采耀浦江》用艺术手法全景记录了世博会盛况,在中国馆展出广受好评。上海电影集团的《赵氏孤儿》、《锦衣卫》,上海炫动传播股份有限公司的《喜羊羊与灰太狼之虎虎生威》票房收入超亿元。成功举办 2010"上海之春"国际音乐节等重大文化活动。

5．夯实基础，文物保护与博物馆工作得到加强

全面完成第三次全国文物普查关键阶段—实地文物调查工作，调查覆盖率和完成率均达到 100%，新发现并登记不可移动文物 1802 处。完成徐家汇天主堂、嘉定孔庙等 7 处市级文物保护单位申报全国重点文物保护单位，以及南翔、高桥、练塘和张堰申报国家历史文化名镇等工作。上海中国航海博物馆、上海动漫博物馆、上海土山湾博物馆、上海会馆史陈列馆等一批具有上海特色的重点博物场馆建成并对社会开放，博物馆数量和质量明显提高。非物质文化遗产和古籍保护成果丰硕。公布第二批市级非物质文化遗产项目代表性传承人 130 名。公布《圣政记十二卷》(明抄本)等 258 种珍贵古籍列为第二批市级珍贵古籍名录。500 多部珍贵古籍入选国家第三批《国家珍贵古籍名录》，入选数量居全国之首。

6．注重监管，文化市场发展环境健康有序

主动创新监管措施，探索建立市、区县、街镇三级联动巡查制度。开展互联网低俗之风专项整治行动，加强网络视听协调工作机制、准入机制和分级惩戒机制，推进视听网站、手机电视和 IP 电视监管平台。

二、2011 年文化发展总体思路

2011 年，上海文化工作将在坚持正确舆论导向、增强创新活力、推动公共文化服务均等化、提升产业发展能级、加强文化遗产保护与传承、推动"走出去"等方面取得新突破，从平等对待、鼓励支持民营文化机构发展入手，在调动社会各界积极性，吸纳更多社会资本投资上海文化文物广播影视上打开新局面，形成政府主导、政策引领、社会各方面共同参与建设的良好格局。

1．深化文化体制改革，切实增强文化发展活力

以电台、电视台为重点，深化公益性事业改革。按照"增加投入、转换机制、增强活力、改善服务"的方针，稳妥推进制播分离改革，扎实推进频道频率制改革。继续深化国有文艺院团体制改革，在重大文化活动、重大对外文化交流项目、评奖评优、人才培养等方面，同等条件下对转制院团予以倾斜，培育自主经营、富有活力的合格市场主体。借鉴电影院转企改制的成功经验，全面完成全市 25 家区县经营性文化单位的转企改制工作。稳步推进公益性文化事业单位改革，鼓励公益性事业单位深化内部机制改革，提高管理水平，增强服务能力。

2．坚持公共文化服务均等化，确保文化民生持续改善

完成中心城区有线电视数字化整体转换收尾工作。完成全市有线电视网络"一城一网"整合。启动郊区县有线电视数字化整体转换。优化基层公共文化设施网络。依照"促进增量、盘活存量、均衡布局、提升效益"原则，积极推进上海历史博物馆、上海大艺术宫、上海现代艺术馆、上海图书馆二期、上海少儿图书馆新馆、上海崧泽遗址博物馆等市级公共文化设施建设立项。丰富公共文化内容供给。加大力度推进文化信息资源共享工程、乡镇综合文化站等重大工程，探索建立长效管理运行机制，扩大文化惠民工程的覆盖面。开展国家公共文化服务体系建设示范区创建工作，积极培育、宣传、推广公共文化服务体系建设典型。

3. 坚持创新驱动，着力提升文化产业发展能级

大力发展广播电视产业，重点完成郊区县有线网络大容量、双向交互升级改造及100万户下一代广播电视网建设。进一步提高上海电影产量与生产规模，特别是沪产电影原创能力。健全扶持动漫产业发展局际联席会议制度，落实好对动漫企业的财税优惠政策，推动张江动漫谷等重点动漫园区发展和上海市动漫公共技术服务平台建设。推动中国（上海）网络视听产业基地建设成为国家广电总局和上海市政府部市合作项目，建设网络视听国际交流合作和内容公共服务平台。按照用好资源、盘活存量的原则，在完成西藏路剧场群调研工作的基础上，尽快启动老剧场恢复建设、运营工程。

4. 加大文化遗产保护力度，推动博物馆建设

启动《上海市文物保护管理条例》立法调研，制订上海市登记不可移动文物管理暂行规定。编制上海工业遗产总体保护规划。对全市博物馆、纪念馆及带有文物收藏研究功能的陈列展示馆进行梳理，建立完备的博物馆业务档案，逐步实行分级分类管理。完善上海市非物质文化遗产保护名录。建立市级非物质文化遗产资源信息存储和工作管理平台。以春节、元宵等传统节庆以及"文化遗产日"、国际博物馆日等系列活动为契机，以民族民俗民间文化博览会和首届"社区民博会"为载体，进一步加大文化遗产保护的宣传力度。

5. 加强有效监管，确保健康有序的发展环境

加强演出、娱乐、网吧、动漫游戏及美术品市场日常管理，继续实施涉外和港澳台营业性演出告知承诺、境外演出团队或个人背景信息收集等制度，支持网吧连锁企业发展，加强重大美术品展览活动预审力度，实施网络游戏"适龄提示"和"未成年人家长监护"工程。进一步完善市、区县、街镇三级联动巡查制度，使其成为文化市场监管长效机制。加强广播电视播出秩序整顿和播出内容管理。加快建设高清电视、IP电视、互联网电视、手机电视等监管平台，进一步清理网络视听节目环境，重点查处淫秽、低俗、暴力、侵权盗版等违法违规网络视听节目，规范互联网视听节目传播秩序。推动建立上海市新媒体行业协会，加强行业自律。

6. 繁荣内容创作生产，满足广大群众多层次文化需求

精心组织纪念中国共产党建党90周年、辛亥革命100周年主题创作、优秀剧目展演展示活动。以推进上海市重大文艺创作项目为抓手，实施"新品、优品、精品"工程，提升广播影视节目原创能力。积极落实国家扶持京昆艺术配套政策，推进国家昆曲艺术抢救、保护和扶持工程，做好国家重点京剧院团保护和扶持规划（二期）等项目评审申报工作，落实好文化部关于地方剧种保护扶持方案以及木偶保护扶持方案。重点关注和推动音乐剧等现代演艺业发展。继续开展文化下乡和普及活动，让广大人民群众共享文化创造的优秀成果。深入推进"高雅艺术进校园"活动，不断提高青少年的艺术修养。

7. 深化交流合作，大力推动文化"走出去"

参与文化部与意大利合作举办的中国文化年活动以及赴瑞典、爱尔兰、加拿大等国开展文化交流。精心办好中国上海国际艺术节、上海国际电影节、上海电视节和"上海之春"国际音乐节、中国国际动漫游戏博览会暨卡通总动员等活动，进一步提升品牌的国际影响

力。组织上海京剧院、上海越剧院等单位赴台举办"海派文化艺术节·上海戏剧季"系列展演出活动,在沪举办"海峡两岸文化产业及文化投融资论坛"、"台北电影周"、"香港文化周"等活动。积极支持"上海东方卫视"通过租赁频道、时段、合办栏目等形式在海外落地,提高"东方卫视国际频道"的原创率、首发率、落地率,提升上海电视台"外语频道"的境外传播效果。

8. 深化职能转变,着力建设勤政为民的高效政府

加强行政审批工作的标准化建设。进一步加强政府信息公开工作,依托电子政务平台建设,优化政府信息公开工作内部流程,加强门户网站政府信息公开内容建设,提高信息更新速度,加大主动公开和依申请公开力度,提高主动服务水平。

9. 建立联动机制,促进区县文化文物广播影视发展

以启动"十二五"规划为契机,进一步加强市、区两级文化主管部门的工作联动,统筹推进全市文化文物广播影视重大项目,充分利用市、区两级扶持政策和优质资源。以推进经营性文化事业单位转企改制为抓手,进一步激发国有文化单位的活力。大力支持民营文化机构发展,在优秀作品评选表彰、演员职称评定、社会保障、优秀剧目支持等方面大力扶持民营艺术院团发展。

(上海市文化广播影视管理局)

5.7 卫　生

一、2010 年卫生事业发展基本情况

2010 年,上海卫生系统深入贯彻落实科学发展观,全力做好上海世博会卫生保障,推进医药卫生体制改革,较好完成了各项工作任务。市民健康指标进一步改善,全年全市人口平均期望寿命为 82.1 岁,孕产妇死亡率为 9.6/10 万,婴儿死亡率为 6.0‰,继续保持发达国家和地区水平。

1. 全力以赴完成世博卫生保障任务

建立世博园区、世博周边区和城市运行区三层架构的医疗救治体系,并根据气候、客流变化和对就诊人群的研判,及时调整园区内医疗资源部署,在 5 个医疗站基础上增设 11 个医疗点。世博会期间,各医疗站点累计接诊 12.9 万人次,出动急救车 8533 次。顺利完成开闭幕式、中国国家馆日等重大活动期间贵宾医疗保障工作。

建立覆盖全市的传染病监测网络,与相关部门密切合作,将疫情发现关口前移,做好输入性传染病防控。为园区内餐服人员、志愿者等人群开展疫苗接种。加强重性精神病人治疗管理工作。加强饮水卫生和场馆空气监测。通过各种有效渠道及时向公众发布健康游园注意事项。园区无重大传染病传播,无集体性食物中毒事件发生,无饮用水安全事件发生,无重大公共卫生事件发生,实现市委、市政府关于园区卫生保障"四个确保"的要求。

组织开展"健康世博、健康上海—市民健康行动",发放 1000 万套"健康世博礼包"。完成世博会病媒生物控制保障任务。实施上海市公共场所控制吸烟条例,大力开展控烟普法培训和宣传,推进园区内控烟工作。卫生部和世界卫生组织在实地考察后正式宣布上海世博会实现"无烟世博"目标。

2. 积极谋划,稳妥推进,不断深化医药卫生体制改革

经过近两年的充分调研、广泛征求意见和反复修改完善,上海医改《实施意见》和《近期重点实施方案》制订工作基本完成,并于 2011 年 3 月 16 日至 22 日向社会公开征求意见。

落实国家医改重点工作要求。全面完成农村妇女住院分娩补助、"两癌"筛查、农村孕产妇增补叶酸等国家重大公共卫生服务项目任务要求。拟定上海市基本公共卫生和重大公共卫生增补项目。制定出台上海市实施国家基本药物制度的工作方案,确定社区卫生服务机构 688 种基本药物,启动基本药物集中招标采购工作。健全基层医疗卫生服务体系,开展社区卫生人员在岗培训,进一步加强各郊区县卫生机构镇村一体化管理,人均社区公共卫生服务经费达到 46 元。起草上报公立医院改革试点实施方案,有序推进各项试

点任务。

推进上海市医改五项基础工作。郊区三级医院建设"5＋3＋1"9 个项目全部开工建设。医疗联合体试点工作指导意见已经下发,卢湾—瑞金联合体于 2011 年 1 月正式启动试点。住院医师规范化培训的各项配套制度基本建立,第一批 1841 名住院医师已在各基地接受培训。基于居民电子健康档案的卫生信息化工程已立项,成立了"健康档案工程"指挥部,筹建了"上海卫生信息工程技术研究中心"。家庭医生制度作为下一轮深化社区卫生服务综合改革的突破口,已起草形成试点工作方案,并初步确定了试点单位。

3. 重大疾病防控和妇幼卫生工作取得新成效

继续加强甲型 H1N1 流感、艾滋病、结核病、手足口病等重点传染病防控。完成麻疹疫苗强化免疫接种和乙肝疫苗补种任务。完善"三位一体"慢病防治模式,加强心脑血管和糖尿病等重点慢性病的综合防治。在卫生部开展的有关考核评估中,上海市健康教育和健康促进相关工作成绩列全国第一;疾控工作绩效考核成绩连续两年优秀,列全国前茅。推进市妇幼保健中心建设,加强孕情和妊娠风险监测,组织全市产科质量督导,妇幼保健工作水平稳步提升。

4. 医疗服务管理得到加强

启动新一轮医院等级评审工作,全市 4 家二级甲等医院通过评审提升等级。加强医疗质量管理,开展"医疗质量万里行"和大型医院巡查,新建健康体检质控中心,深化临床路径实施试点,开展"优质护理服务示范工程"。下发《关于 2010 年加强本市医疗机构医药费用控制的若干意见》,控制公立医疗机构医疗费用不合理增长。强化医疗服务监管,出台医疗事故行政处罚若干规定,设立 10 条吊证"红线";加强医疗机构、人员、设备和技术监管。完成"呼叫 120 手机实时定位"市政府实事项目和上海市空中医疗救援体系建设。

5. 基层卫生工作取得新进展

开展社区卫生服务收支两条线实施情况督查,进一步完善社区卫生服务医保总额预付办法。继续巩固新农合应保尽保,实现新农合基金区县级统筹,人均筹资达到 750 元。顺利完成郊区 540 所村卫生室和 145 家社区卫生服务中心新农合实时报销的市政府实事项目。落实村卫生室公共卫生服务经费。

6. 中医药事业进一步发展

召开全市促进中医药发展大会,出台关于加快中医药事业发展的意见和中医药发展三年行动计划。成立上海市中医药事业发展领导小组。推进龙华医院国家临床研究基地建设和浦东新区国家中医药发展综合改革试验区建设。加强国际标准化组织中医药技术委员会秘书处工作,开展中医药标准化研究和中医"治未病"研究。

7. 学科人才建设成效显著

开展医学领军人才推选工作,启动新一轮百人计划与优秀青年人才培养。开展社会医疗机构优势专科评选,14 个专科被评为首批建设单位。王振义院士获得 2010 年度国家最高科学技术奖。2010 年全市卫生系统获得国家级科技奖项 13 项;获上海市科学技术奖 52 项,占全市 16.9%;获中华医学奖 22 项,占全国 21.6%。

8. 卫生法制和监督工作切实加强

进一步推进卫生行政审批制度改革。制定实施卫生标准化工作三年行动计划。加强全市公共场所卫生、饮用水卫生、学校卫生、放射卫生和传染病防控监督工作。实施职业病防治规划,成立职业健康检查、职业病诊断、职业卫生技术服务等3个质控中心。

9. 精神文明和政风行风建设取得成效

在连续8次上海世博城市服务文明指数调查中,医院行业调查指数始终名列生活服务类窗口行业前三位。进一步加强卫生政风行风建设,执行医药购销领域商业贿赂不良记录制度,加强对医药购销领域商业贿赂行为的查处力度。

10. 大力开展国际交流和对口支援

以世博会为契机,努力拓展卫生领域国际交流范围和合作渠道,促进国际社会对上海医疗卫生的了解和认知。积极落实对口支援云南工作,与云南省19家医院确立对口支援关系。研究制订卫生援疆工作建设项目规划。完成对口支援都江堰的工作收尾。对云南和湖北宜昌夷陵地区千余名医疗卫生人员开展执业助理医师资质培训。

二、2011 年卫生事业发展总体思路

2011年,上海卫生工作将以深化医药卫生体制改革、实施"十二五"卫生规划为重点,努力破解体制机制难点问题,实现创新驱动、转型发展,争取在"十二五"开好局,为医改取得预期目标奠定基础。

1. 深入推进医药卫生体制改革

正式发布《中共上海市委、上海市人民政府关于贯彻〈中共中央、国务院关于深化医药卫生体制改革的意见〉的实施意见》和《上海市深化医药卫生体制改革近期重点实施方案》。加快制定医改配套文件,对有关政策进行细化,推进医改方案有效落实。落实国家医改重点工作要求和上海市医改近期重点任务。优化医疗资源布局,推进医疗资源整合和卫生信息化建设,提高医疗服务效率和水平。加强卫生人才队伍建设,全面实施住院医师规范化培训,开展家庭医生制服务试点。开展医改任务落实情况监测与医改中期评估。

2. 启动卫生"十二五"规划实施

紧紧围绕"创新、转型"这一主线,依靠5个"立足",即立足制度建设、立足科技创新、立足城乡统筹、立足多元发展、立足国际接轨;实现三个转变:一是卫生事业发展模式从外延发展为主向内涵发展为主转变,二是健康服务策略从以治疗为中心的疾病管理向以健康为中心的全程管理转变,三是卫生管理方式从传统管理向现代化、专业化、精细化管理转变。

3. 提高公共卫生服务和保障能力

促进基本公共卫生服务均等化,全面实施国家和本市基本公共卫生服务项目和重大公共卫生服务项目。制订公共卫生绩效考核评估标准和指标体系。启动实施第三轮公共卫生三年行动计划,完善公共卫生服务模式,提升服务能力。加强各类疾病监测、预警、防控,继续做好重点传染病防控。开展全国慢性病综合防治示范市创建工作。提高突发事件应急处置能力。组建上海市国家突发急性传染病防控应急队伍、华山医院国家卫生应急"移动医院",完善市级应急医疗救援队伍装备。建设卫生应急进社区示范基地。加强妇幼保健工作。深入推进建设健康城市行动和爱国卫生工作,继续开展全民健康自我管理活动,启动实施《上海市健康促进规划(2011—2020 年)》。

4. 积极稳妥推进公立医院改革试点

完善公立医院结构布局。继续推进郊区三级医院"5+3+1"项目建设,探索部分二级医院功能转型,启动实施老年护理体系建设。深化区域医疗联合体试点,适时增加试点单位。完善公立医院体制机制。完善对复旦大学和第二军医大学所属医院的部市共建共管机制,加强全行业属地化管理。探索公立医院投入补偿机制改革,加大财政投入,推进实施医保总额预付制,加强医药费用控制。健全以聘用制和岗位管理为核心的人事管理制度,完善职工收入分配和绩效考核制度。加强公立医院管理。建立以公益性为核心的公立医院综合评价评审制度。继续推进全市 11 所试点医院、54 个病种的临床路径管理试点。启动医师不良执业行为记分管理和医师定期考核。推进卫生信息化专项工作。启动市区两级数据共享交换平台建设,开展以电子病历为核心的医院信息化建设试点。

5. 加强基层卫生工作

继续深化社区卫生综合改革。进一步完善社区卫生服务补偿和运行机制,研制出台关于社区卫生服务收支两条线管理支出标准和绩效考核工作的指导意见。探索开展家庭医生制服务。全面实施基本药物制度。进一步提高新农合的筹资和住院报销水平。

6. 大力促进中医药事业发展

加快龙华医院国家中医临床研究基地硬件建设,推进浦东新区国家中医药发展综合试验区和曙光医院研究型中医院建设。推动 12 项中医药适宜技术和中医康复技术进社区、进农村、进家庭。启动上海市海派中医专科流派传承研究中心工作。继续开展院校教育与师承培养相结合的"现代中医师承模式"人才培养。

7. 加强医学科研和学科人才建设

研究建立上海市医学科学研究院,优化完善市预防医学研究院、市中医药研究院、市卫生发展研究中心的运行机制,发挥平台作用,整合资源,集成优势,提高上海医学的自主创新能力。继续实施住院医师规范化培训工作,加强住院医师培训质量控制,启动专科医师培训。加强高层次人才队伍建设,启动新一轮医学领军人才、优秀学科带头人、优秀青年医学人才培养计划,坚持提高与普及并重,加强公共卫生、全科医学、康复、护理、药学、院前急救、卫生管理、医学信息、心理咨询等薄弱领域的人才培养。通过订单定向免费培养,充实乡村医生队伍。加强医学学科建设。启动 10 个"重中之重临床医学中心"和 10 个"重中之重临床学科"建设。

8. 积极推进其他各项工作

发展现代医疗卫生服务业,重点做好浦东新区(上海)国际医学园、新虹桥国际医学中心重点项目的规划和设置。落实卫生保障和对口支援各项任务,继续加强对西藏日喀则地区、新疆喀什地区、青海果洛州、四川都江堰市、云南 4 个州市和三峡地区的卫生对口支援工作。推进卫生行政审批制度改革。进一步加强卫生监督能力建设,在部分郊区县开展网格化监督试点。

(上海市卫生局)

5.8　体　育

一、2010 年体育工作基本情况

2010 年,上海体育系统深入贯彻科学发展观,着力围绕服务世博等重点工作,开拓进取,真抓实干,全面完成了全年和"十一五"各项目标任务。

1.　"全民健身与世博同行"活动蓬勃开展,实事工程超额完成

切实实施好"迎世博 600 天行动"计划,保障体育场馆文明规范开放,较好地完成了环境整治、活动宣传、安全保障等工作。世博期间,在园区开展的群众体育活动达 3800 余次,参与人数逾百万。积极宣传和贯彻国务院全民健身条例,制订《上海市全民健身实施计划(2011-2015)》。扎实推进市政府实事工程,新建 55 处社区公共运动场,全市社区公共运动场总数累计已达 316 处、764 片。重大体育赛事精彩纷呈,赛事效益进一步提升。体育彩票销售成绩喜人,2010 年体育彩票销量首次突破 15 亿元。

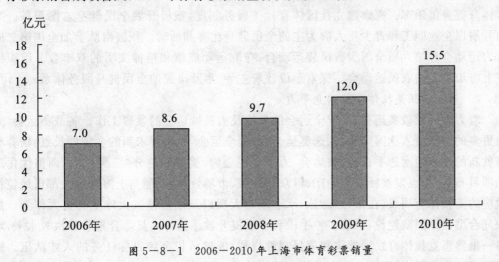

图 5-8-1　2006-2010 年上海市体育彩票销量

2.　圆满完成全国体育大会和广州亚运会参赛任务

在 2010 年 5 月举行的第四届全国体育大会上,上海共派出 440 名运动员参加了全部 34 个大项的比赛,破 1 项世界纪录,获 57 个一等奖、116 个二等奖、133 个三等奖,获奖总数列各代表团首位,一等奖数列第二位,创历届最好成绩,赢得精神文明和运动成绩双丰收。在 11 月举行的广州亚运会上,102 名上海籍运动员、18 名上海籍教练员入选中国代

表团,共获得 53 枚金牌,实现了金牌、奖牌和参赛人数超上届的"三个突破"。

3. 成功举办上海市第 14 届运动会

成功举办以"奋勇争先创一流,健康文明促和谐"为主题的第十四届市运会,组织工作细致严密,赛风赛纪严谨规范,赛场氛围热烈有序,比赛成绩明显提高,实现了热烈、精彩、成功的目标。通过市运会平台,培育和发现了一批体育后备人才,促进了体教结合,推动了群众体育和竞技体育协调发展。

4. 如期完成东方体育中心建设,全力做好世游赛筹备工作

上海承办的 2011 年第十四届世界游泳锦标赛将是我国迄今为止承办的规模最大、规格最高、参赛人数最多的国际单项体育赛事,主赛场东方体育中心已经建成。赛事各项筹备工作有序推进,得到国际泳联和国家体育总局的充分肯定。

二、2011 年体育工作总体思路

2011 年是备战伦敦奥运会、争夺参赛资格的突破之年,也是城运会、智运会取得好成绩的决战之年。上海体育工作将以科学发展观为统领,着眼长远,以"要坚守诚信,要创新转型,要拼搏奉献"为指导思想,以"上海体育工作走在全国前列"为总体目标,转变观念、创新转型、提高水平,努力为"十二五"规划开好局和建设体育强市打下坚实的基础。

1. 深入贯彻全民健身实施计划

大力推进上海市全民健身计划,启动"天天运动,人人健康"的"全民健身 365"活动,促进体育生活化、健身科学化、服务信息化。实施新一轮百姓健身实事工程,建设 50 条健身步道、10 个百姓游泳池,完善 30 个社区健身房。夯实基层体育组织力量,新建 20 个社区体育健身俱乐部。探索建立社区体育社工服务制度,积极开展全民健身志愿服务。大力开展以企业职工和青少年人群为主的全民健身比赛和活动。积极组队参加全国第二届智力运动会和第九届全国少数民族运动会,夺取运动成绩和精神文明的双丰收。组织做好上海市第七届农民运动会。探索形成政府主导、惠及市民的全民健身服务体系。

2. 切实增强竞技体育核心竞争力

着力做好伦敦奥运会、辽宁全运会的备战及南昌城运会的参赛工作。备战奥运会,力争更多的运动员入选国家队、入选奥运会;备战全运会,积极寻求新的金牌增长点,培养和造就新的优秀运动选手;决战城运会,力争实现金牌、奖牌和总分"三突破"。调整优化运动项目布局,重点发展社会影响广、群众基础强、市场效益好、能与上海国际大都市地位相适应的竞技体育项目,在田径、游泳、水上基础大项以及足篮排三大球上有更大作为。加快复合型教练团队建设,采取多种手段和方法提升教练员等人员综合素质和执教水平,培养一批熟悉竞技体育发展规律和项目制胜规律、能够承担金牌目标任务的人才队伍。探索形成均衡发展、效能统一的竞技体育管理体系。

3. 认真落实体育后备人才培养战略

全面贯彻"上项目、上规模、上水平,提高成才率"的业余训练工作方针,推进区县项目布局和业余体校建设。研究制订第十五届市运会竞赛规程,发现、选拔 2017 年全运会后备人才队伍。加强一、二、三线体系建设,积极试点一、二、三线教练员纵向之间的交叉竞争上岗制度。促进体教结合上新台阶,采用双向督导方式,组织开展学校业训和体校文化

教学的督导工作。探索形成项目优化、输送优质的后备人才培养体系。

4. 全力办好世界游泳锦标赛

集中各方力量,高质量做好筹备和办赛工作,确保赛事成功圆满举办,努力提升赛事的国际影响力和对上海城市的贡献力。创新东方体育中心的运营管理模式,提高场馆利用的综合效益。进一步提升六大品牌赛事的办赛质量,精心培育品位高、品牌精、品质好的重大国际赛事。积极申办、引进提升城市形象、群众参与度高的赛事。统筹协调各类赛事资源,充分调动区县和社会力量办赛的积极性,进一步办好"一区一品"赛事。切实规范赛事管理,完善赛事申报、审批、申办运作程序。探索形成品牌凸显、效益突出的体育赛事运作体系。

5. 加快体育产业创新发展步伐

积极贯彻国务院办公厅关于加快发展体育产业的指导意见,将体育产业作为高端服务业的重要部分和朝阳产业、健康产业、低碳产业来谋划和发展。扶持和发展社会力量兴办体育健身休闲产业。积极培育品牌赛事观赛旅游和体育休闲主题旅游。规划建设体育商贸、体育休闲集聚区。鼓励和引导市民体育消费。充分挖掘资源,提高体育彩票销量。探索形成结构优化、市场规范的体育产业发展体系。

6. 加快体育设施规划布局和重大项目建设进程

做好上海国家级训练基地、体育产业和体育彩票服务中心、棋牌中心等项目的前期工作。加快制定全市公共体育设施布局规划。多渠道投资兴建体育设施,加强中小型体育场馆和体育服务设施建设,满足市民体育消费需求。探索形成布局合理、资源统筹的体育设施建设体系。

7. 提升科教支撑体育发展的引领能力

完善科研工作团队模式,整合外部资源,采取"合力"攻关的形式为运动训练服务,建立运动训练康复中心。加快重点实验室平台建设,提升上海体育科技的核心竞争力。加强运动员文化教育和反兴奋剂工作,加大科学健身、科学选材力度。探索形成重点突破、支撑发展的体育科技创新体系。

8. 加强体育信息化建设

推进便民、惠民、高效、快捷的全市体育信息资源共享工程,形成市级体育信息中心,区县、训练中心、场馆等单位为分中心的格局。完善上海体育网站,及时准确发布体育信息,为广大市民提供更多更好的体育信息服务。认真做好体育外事、新闻报道和体育文化工作。探索形成快速高效、便民利民的体育信息服务体系。

9. 积极探索体育场馆运营管理的新模式

在确保公共体育场馆的公益性质和主体功能的前提下,创新体育场馆运营机制,提高体育设施综合利用和运营能力。积极完善政策,健全机制,扶持体育场馆运营专业机构,提高体育场馆经营管理水平。有条件的场馆要设法布局业余训练,提高场馆利用率。探索形成服务优质、多业并举的体育场馆运营体系。

(上海市体育局)

5.9　城乡居民收入与支出

一、2010 年城市居民家庭收支基本情况

2010 年,面对复杂多变的国内外经济环境,上海深入贯彻落实科学发展观,坚决执行中央应对国际金融危机的一揽子计划,按照"五个确保"的要求,实现了经济平稳较快发展、城乡居民收入两位数增长,全面完成了"十一五"时期城乡居民收入持续稳定增长的目标,城市居民家庭人均可支配收入年均增长 11.3%,农村居民家庭人均可支配收入年均增长 10.5%。

2010 年,上海城市居民家庭收支均实现两位数增长。根据抽样调查,全年城市居民家庭人均可支配收入 31838 元,比上年增长 10.4%,增幅提高 2.3 个百分点;城市居民家庭人均消费支出 23200 元,增长 10.5%,增幅提高 2.3 个百分点。居民家庭平均消费倾向为 72.9%,比上年提高 0.1 个百分点。

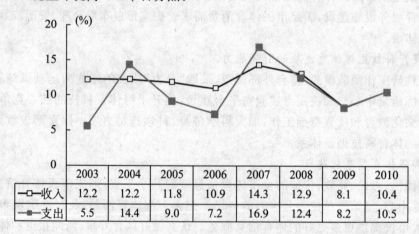

(%)	2003	2004	2005	2006	2007	2008	2009	2010
收入	12.2	12.2	11.8	10.9	14.3	12.9	8.1	10.4
支出	5.5	14.4	9.0	7.2	16.9	12.4	8.2	10.5

图 5-9-1　城市居民家庭人均可支配收入和支出增长趋势

1. 工资性收入增长平稳,转移性收入增长较快

工资性收入平稳增长,是拉动城市居民家庭可支配收入增长的首要力量。2010 年上海城市居民家庭人均工资性收入 21745 元,比上年增长 9.8%,增幅比上年提高 5 个百分点,占可支配收入的比重为 68.3%,拉动可支配收入增长 6.7 个百分点。工资性收入平稳增长的主要原因:一是企业经济效益运行良好,特别是世博会的成功举办也给相关企业带来积极的影响,2010 年企业奖金数量及加薪情况均好于上年;二是 2010 年 4 月 1 日起,上海市上调职工最低工资标准,上调幅度达到 16.7%;三是继续实施积极的就业政策,城市居民家庭就业情况明显好转,2010 年城市居民家庭就业面达到 55.2%,比上年提高 0.6 个百分点。

经营净收入和财产性收入保持较快增长。2010 年上海城市居民家庭人均经营净收入为 1628 元,比上年增长 13.4%,增幅提高 10.8 个百分点。居民家庭人均财产性收入为 511 元,增长 8%,其中人均出租房屋收入为 442 元,增长 16.8%,出租房屋收入的快速增长是财产性收入保持增长的主要支撑力量。

转移性收入保持稳健增长,成为拉动可支配收入增长的持续力量。近年来,转移性收入的持续较快增长是拉动可支配收入持续增长的重要因素。2010 年上海城市居民家庭人均转移性收入为 7954 元,比上年增长 11.7%,拉动可支配收入增长 2.9 个百分点。在转移性收入中,养老金或离退休金占八成左右,是其主要组成部分。城市居民家庭人均养老金或离退金收入达 6794 元,增长 13.8%,拉动可支配收入增长 2.9 个百分点。

表 5-9-1　2006-2010 年上海城市居民家庭人均可支配收入构成　　(单位:%)

年　份	人均可支配收入	工资性收入	经营净收入	财产性收入	转移性收入
2006	100.0	67.6	4.6	1.5	26.4
2007	100.0	70.3	4.9	1.6	23.3
2008	100.0	70.9	5.2	1.4	22.5
2009	100.0	68.7	5.0	1.6	24.7
2010	100.0	68.3	5.1	1.6	25.0

2. 低收入家庭收入增幅高于高收入家庭,收入差距有所缩小

从城市居民内部不同收入水平家庭的差距来看,2010 年,按相对收入水平五等分的 20%低收入家庭人均可支配收入为 14996 元,比上年增长 13.6%,增幅高出平均水平 3.2 个百分点。20%较低收入和 20%中等收入水平家庭的人均可支配收入增幅也高于平均水平。20%低收入家庭和 20%高收入家庭的人均可支配收入之比由上年的 1:4.4 缩小为 1:4.2。

表 5-9-2　2006-2010 年上海城市居民家庭可支配收入情况　　(单位:元)

年份	平均水平	低收入家庭	中低收入家庭	中等收入家庭	中高收入家庭	高收入家庭
2006	20668	8973	13045	16774	22994	42884
2007	23623	10297	15131	20249	27286	47149
2008	26675	11593	17550	22675	30239	53733
2009	28838	13205	19320	24717	32212	57726
2010	31838	14996	21780	27484	35120	62465
2010 比上年增长(%)	10.4	13.6	12.7	11.2	9.0	8.2

3. 家庭消费支出持续增长,八大类消费均保持增长态势

从消费结构看,"八大类"消费均保持增长态势。其中,食品类支出 7777 元,比上年增长 5.9%,食品支出占消费支出的比重为 33.5%。家庭设备用品及服务支出、交通和通信类、居住类及衣着类支出分别增长 31.8%、16.5%、13.2% 和 12.6%。教育文化娱乐服务类、医疗保健类支出分别增长 7.1% 和 0.3%。城市居民家庭消费支出的主要特点表现为:

表 5-9-3   2010 年上海市城市居民家庭人均消费支出情况

指　　标	绝对值(元)	增长(%)	比重(%)
人均消费支出	23200	10.5	100
食品	7777	5.9	33.5
衣着	1794	12.6	7.7
居住	2166	13.2	9.3
家庭设备用品及服务	1800	31.8	7.8
医疗保健	1006	0.3	4.3
交通和通信	4076	16.5	17.6
教育文化娱乐服务	3363	7.1	14.5
其他商品和服务	1218	7.2	5.3

一是家电类消费支出大幅增长。在家电产品自身更新换代需求和继续实行的"以旧换新"政策等的带动下,上海城市居民家庭家电类消费热情高涨,成为拉动消费增长的重要动力之一。2010 年,包括空调、洗衣机、电冰箱等在内的人均家庭设备消费支出为 521 元,比上年增长 24.7%。人均购买彩色电视机支出为 342 元,增长 15.1%。

二是世博带动旅游持续升温。在上海世博会的带动下,城市居民旅游支出持续升温。2010 年,上海城市居民家庭人均旅游支出为 1441 元,比上年增长 13.1%。

三是交通类支出增幅明显提高。受汽车购置税优惠及"以旧换新"政策效应的带动,汽车及相关消费支出增长明显。2010 年,上海城市居民家庭人均交通类支出 2891 元,比上年增长 19.2%,增幅大幅提高 14.7 个百分点;其中家庭交通工具人均支出 1220 元,增长 21.6%。

四是住房装潢支出增长较快。2010 年,城市居民家庭新房装修和老房翻新装修数量有所增加,带动了人均住房装潢支出的增长。城市居民家庭人均住房装潢支出 868 元,比上年增长 23.2%。

二、2010 年农村居民家庭收支基本情况

2010 年,上海坚持城乡统筹、增收惠民的基本原则,努力构建农村居民增收的长效机制,农村居民收入水平不断提高。惠农政策成为农村居民收入增长的主要推动力,主要表

现为：一是社会保障制度逐步完善助推转移性收入增长；二是政策支持拓宽财产性收入来源。根据抽样调查，全年农村居民家庭人均可支配收入 13746 元，比上年增长 11.5％，增幅比上年提高 3.3 个百分点。农村居民家庭人均消费支出为 10225 元，增长 4.3％，增幅比上年回落 3.3 个百分点。

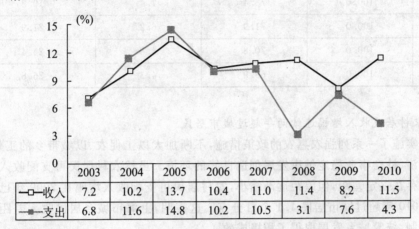

	2003	2004	2005	2006	2007	2008	2009	2010
收入	7.2	10.2	13.7	10.4	11.0	11.4	8.2	11.5
支出	6.8	11.6	14.8	10.2	10.5	3.1	7.6	4.3

图 5-9-2　农村居民家庭人均可支配收入与支出增长趋势

1. 工资性和转移性收入增长较快，拉动总收入增长作用明显

工资性收入较快增长，就业稳定性增强。2010 年农村居民家庭人均工资性收入 9606 元，比上年增长 10.1％，拉动可支配收入增长 7.2 个百分点。其中，在企业中劳动得到收入 6855 元，增长 11.2％；在非企业组织中劳动得到收入 1582 元，增长 6％；提供劳务收入 1169 元，增长 10.1％。

家庭经营收入基本持平，规模经营渐成趋势。2010 年农村居民人均家庭经营纯收入 589 元，与上年基本持平。家庭经营第一产业纯收入 364 元，下降 13.9％；家庭经营第二、三产业纯收入 225 元，增长 34.7％。农村居民家庭经营收入低位徘徊的主要原因是农业生产组织方式逐渐变化。上海积极扶持农村农业合作社、家庭农场和集体农场的发展，农业生产规模集中经营渐成趋势，以家庭从事农业生产的农户日渐减少。农民家庭土地转承包日益增多，家庭经营收入转为财产性收入，获得了更为稳定的土地流转收益。

财产性收入小幅增长，租金承包转让收入增长明显。2010 年农村居民家庭人均财产性收入 970 元，比上年增长 4.1％。其中，房屋租金收入 602 元，增长 12.3％，增幅比上年提高 10.6 个百分点；转让承包土地经营权收入 220 元，增长近四成，多数承包耕地集中转化为规模经营。

转移性收入快速增长，社会保障水平逐年提高。2010 年农村居民家庭人均转移性收入 2581 元，比上年增长 24％；占可支配收入的比重为 18.8％。其中人均养老金收入 2855 元，增长 43.3％，是转移性收入增长主要动力。

表 5－9－4　2006－2010 年上海农村居民家庭人均可支配收入构成　　（单位:%）

年份	人均可支配收入	工资性收入	家庭经营纯收入	转移性和财产性收入
2006	100.0	74.8	8.3	16.9
2007	100.0	73.4	7.4	19.3
2008	100.0	71.9	6.2	21.9
2009	100.0	70.8	4.8	24.4
2010	100.0	69.9	4.3	26.8

2. 农村居民收入增幅连续两年超过城市居民

上海实施了一系列强农惠农的政策措施,不断加大以工促农、以城带乡的工作力度,为农村经济、社会事业稳定健康发展创造良好的环境。虽然农村居民可支配收入金额与城市居民存在一定差距,但差距逐渐缩小,农村居民可支配收入增幅在 2009 年已略超城市居民,2010 年超过城市居民 1.1 个百分点。这表明,上海市城乡居民收入差距扩大趋势得到遏制,统筹城乡发展取得了积极成效。

3. 家庭消费支出增长较慢,八大类消费支出六升两降

根据抽样调查,2010 年农村居民家庭人均生活消费支出 10225 元,比上年增长 4.3%。八大类消费呈现"六升两降"的特点。其中,食品、衣着、家庭设备用品及服务、交通通信、文教娱乐用品及服务、其他商品和服务消费支出均有不同程度增长,居住和医疗保健消费有所下降。主要特点为:一是食品消费支出小幅增长。全年农村居民家庭人均食品消费支出 3807 元,比上年增长 4.6%,占全部消费支出的 37.2%。二是衣着消费支出持续上升。农村居民家庭人均衣着消费支出 554 元,增长 11.7%,增幅比上年提高 5.5 个百分点。三是居住消费支出下降。农村居民家庭人均居住消费支出 2070 元,比上年下降 1.6%。其中,水电煤费用支出 576 元,增长 12.7%;购房支出 1001 元,下降 5.7%,主要是受国家商品房政策调控的影响,购买商品房数量减少。四是家庭设备用品消费支出较快增长。农村居民家庭人均家庭设备用品及服务消费支出 528 元,比上年增长 9.8%。五是交通工具和燃料消费增长较快。农村居民家庭人均用于交通和通信消费支出 1459 元,比上年增长 20.4%。其中,购买交通工具支出 675 元,增长 34.2%,2008 年起实施的一揽子刺激汽车消费政策,大大激发了农村居民的购车热情,近年来汽车消费均保持较好的增长水平;受车辆增加和油价上涨双重因素影响,交通工具燃料支出达到 146 元,增长 55.7%;交通客运费支出 142 元,保持上年水平。六是世博效应促进旅游娱乐消费。农村居民家庭人均文化教育娱乐用品及服务消费支出 1012 元,比上年增长 7.3%。七是医保政策减轻农民负担。农村居民家庭人均医疗保健消费支出 585 元,比上年下降 20.8%。

表 5—9—5　2010 年上海农村居民家庭消费支出

指　标	绝对值(元)	增长(%)	比重(%)
人均生活消费支出	10225	4.3	37.2
食品类	3807	4.6	5.4
衣着类	554	11.7	20.2
居住类	2070	−1.6	5.2
家庭设备用品及服务	528	9.8	14.3
交通和通信	1459	20.4	9.9
文教娱乐用品及服务	1012	7.3	5.7
医疗保健	585	−20.8	2.1
其他商品和服务	210	9.9	37.2

（上海市统计局）

5.10　民政保障

一、2010 年民政工作基本情况

2010 年,上海围绕服务世博大局,围绕贯彻落实部市合作协议,各项民政工作得到不同程度的提升、拓展和深化。

1. 在迎办世博、服务世博中提升了民政工作水平

成功发放"世博大礼包"。共计发放大礼包 6271271 份,约 14 万名居(村)委会成员、社区志愿者直接参与发放工作,社会反响良好。世博双拥工作深入推进。全市 200 多个街道(镇)、237 个企事业单位与世博安保部队结对共建,为部队提供了良好的服务保障。建立了覆盖全市的救助管理部门联动机制和工作网络,世博会期间,共救助流浪乞讨人员 21764 人次,全面完成了世博救助任务。创新开展居委会自治家园活动,向来访者展示了中国丰富的基层民主自治生活,全市 21 个居委会自治家园,接待境外游客上千人。推出"缤纷世博"等 14 个世博会主题彩票,与邮政部门共推世博"邮彩联票",总发行量达 30 万张,创世博史、邮票史和彩票史之先。集中开展"世博关爱行动",为 509 万人(户)困难群体发放一次性生活补贴 7.1 亿元。

2. 在服务经济转型、加快社会建设中深化了民政工作职能

全面完成养老服务市政府实事项目。新增 1 万张养老床位,新设 50 个社区老年人助餐服务点,新建 20 家老年人日间服务中心。"9073"养老服务格局初步形成。城乡低保水平继续提高。2010 年城镇居民最低生活保障标准由每人每月 425 元调整为每人每月 450 元,农村居民最低生活保障标准由每人每年 3400 元调整为每人每年 3600 元。截至 2010 年底,全市城镇居民低保对象为 35.4 万人,农村居民低保对象为 8.1 万人。医疗救助工作力度不断加大,全年享受医疗救助的人数达 10 多万人次,大重病医疗救助人均水平达到 4000 多元。圆满完成年度退役士兵和军休干部接收安置工作,全年共接收安置退役士兵 4402 人。继续推进政社分开,全市 524 家企业协会实现了政社"四分开"。创新社会组织发展模式,全国首家由政府、社会组织和社会企业三方互动跨界合作的市社会创新孵化园于 2010 年 7 月正式开园。

表 5-10-1 2010 年上海市养老设施、养老服务及资金投入情况

项 目 名 称		数 值
全市养老机构		625 家
其中	市区县政府办养老机构	33 家
	街道乡镇办养老机构	260 家
	社会办养老机构	332 家
全年新增养老床位数		10843 张
全市养老床位总数		97841 张
其中	市区县政府办养老机构床位	9065 张
	街道乡镇办养老机构床位	36591 张
	社会办养老机构床位	52185 张
养老床位占 60 周岁及以上老年人口比例		3.1%
全年建设养老床位总投入资金		127601 万元
其中	市建设财力和市级福利彩票公益金资助	5000 万元
	区县、街镇投入	98834 万元
	社会力量投入	23767 万元
全市拥有社区老年人日间照料中心		303 家
拥有社区老年人助餐服务点		404 家
社区居家养老服务月服务人数		25.2 万
13 万名老人经评估得到服务补贴,约占服务总人数比例		52%
自费购买服务老人 12.2 万名,约占服务总人数比例		48%
养老服务补贴总投入资金		30038 万元
其中	市、区两级福利彩票公益金各资助	2000 万元
	市级财力投入	12743 万元
	区级财力投入	15295 万元

进一步完善社区事务受理服务中心"一门式"功能。积极开展"全年无休、全区通办、长效维护"机制的试点,群众满意率达到 99% 以上。"962200"社区服务热线民政咨询业务正式开通,构建了多方协同的快速响应机制。完善社区公益服务项目的创投和招投标工作机制。2010 年,全市公益创投有效申请项目 150 个,公益招投标项目 127 个,受益人群近百万。加强居委会自治能力建设。通过"社区剧场"等实景模拟的方法,对全市 3723 名居委会主任进行自治能力培训。全市共创建村务公开和民主管理示范村 173 个。积极推进社工人才队伍建设。大力培育专业社工机构。截至 2010 年底,全市获得各类社工职

业资格人数已达 11598 人,培育发展专业社工机构 41 家。

稳步提升专项社会事务管理水平。建立"沪苏"、"沪浙"联席会议制度和平安边界建设评估指标,加强地名公共服务建设。建立重大节日的婚姻登记应对机制,2010 年 10 月 10 日当日,全市共办理结婚登记 1 万多对,创受理结婚登记的单日最大数。完善对福利企业的补贴政策,开展专产专营的探索,加强残疾人就业培训。全市 1500 家福利企业提供了 3.6 万名残疾人集中就业岗位。出台全国首部《殡葬代理服务规范》地方标准。确保了清明、冬至期间全市 800 万人次、70 万辆车次的祭扫安全。

二、2011 年民政工作总体思路

2011 年,上海民政工作将着力于在经济、社会的良性互动中发展,着力于在应对民生保障的新挑战中发展,着力于在构建社会建设新格局中发展,逐步建立以"惠民利和、共治维和、专业助和、科技创和、勤廉促和"为内容的现代民政发展机制。

1. 加大保障和改善民生力度,完善社会救助,发展社会福利

继续推进市政府实事项目建设。全市新增 5000 张养老床位,为 26 万名老年人提供社区居家养老服务,新建 20 家老年人日间服务中心,新设 40 个社区老年人助餐服务点。以农村为重点,新建 100 个、改造 200 个老年活动室。

完善以低保为核心的生活救助制度。探索建立低保标准与物价指数、人均消费支出、最低工资标准、经济和社会发展等关联因素的联动机制。逐步缩小城乡救助保障水平的差距,拓展以医疗、教育为重点的专项救助制度,重点向农村倾斜。全面推广医疗救助"一站式前置服务"模式。探索破解"支出型"贫困难题,建立科学的"硬支出"核贫指标体系,进一步提高社区综合帮扶的能力。

加大对养老事业支持力度,鼓励社会力量参与养老事业建设。加大各级财力对养老机构建设的投入和日常运营补贴力度。力争在落实大型居住区养老设施公建配套、稳定从业人员队伍等方面的政策有所突破。研究试点发行特种养老福利彩票。做好老年友好城市和老年宜居社区创建试点工作。同时,提升孤残儿童、困境儿童、残疾人等群体的社会福利水平。逐步建立"政府主导、部门协作、社会参与"的孤儿保障工作机制。开展困境儿童福利政策研究。

逐步缩小农村和城镇抚恤补助标准的差距。检查落实和完善优抚业务进社区"一门式"工作。扎实做好双拥宣传工作,提高全民国防观念和双拥意识。进一步促进双拥工作社会化,不断推动军民融合式发展。推进退役士兵安置工作改革发展。构建全方位、多层次的退役士兵教育培训体系,提高退役士兵自主参与劳动力市场就业竞争的能力。积极完成军休干部年度接收安置任务。积极开展军休干部"共享社区,共建社区"活动和"军休志愿行动"。

推动现代慈善事业发展。积极开发慈善资源,健全社区经常性捐助网络,推进慈善超市的长效机制建设。提倡"愉快捐",推广各种形式新颖、喜闻乐见、方式便捷的慈善募捐活动,探索和实践"联合劝募"和"公益信托"等慈善募捐新途径。打造有社会影响的慈善品牌新项目。推动企业社会责任建设,搭建企业和慈善组织的合作平台。开展慈善组织能力建设和人才培训计划,推动举办首届上海慈善公益展览会和举办第二届"上海慈善

奖"评选活动。

2. 提升基层自治工作能力,改善社会组织健康成长的社会生态环境,优化社会管理,推动社会创新

推动上海基层民主和社区建设深入发展。探索建立居委会自治能力建设网上支持平台。继续推进居委会标准化建设。全面完成"难点村"治理工作。继续开展创建村务公开和民主管理示范单位活动。50%的区县创建为市村务公开和民主管理示范单位,40%的区县创建为全国村务公开和民主管理示范单位。建设50个社区生活服务中心。加强特大型居住区行政管理体制、社区公共设施配套、社区服务提供方式和城乡结合部地区基层政权建设研究。深入开展平安边界创建活动,全面完成村居核界工作和全国第二次地名普查工作任务,实行历史地名保护名录制度,开发建立全市政区地名数据库。

改善社会组织健康成长的社会生态环境。推进社会组织诚信体系和公信力建设,提升社会组织法人治理能力,完善社会组织法人数据库建设。研究制定社会组织孵化基地建设管理指导意见,全面开展社会组织规范化建设评估。巩固和深化企业协会政社分开成果,探索推进行业协会的直接登记管理。进一步强化社会组织年度检查。严格查处非法社会组织和违法行为,健全市区两级联合执法机制。

完善公益创投和公益招投标机制。推进民生服务社会化运作机制。研究制订《上海市福利彩票公益金使用管理办法》,进一步规范公益资金使用。完善评审制度。引入注册会计师审计制度,与专业会计师事务所和第三方评估机构合作,对所有公益招投标和创投项目进行审计和绩效评估。

3. 推广社会工作专业理念和方法,建立专业服务标准化体系,提高专业服务质量,拓展社会服务领域

推动形成现代社工体系和实践模式。修改完善上海社工职业制度,探索建立社工各服务领域的专业标准。制订社工机构评估指标。多领域发展社工实务,鼓励专业机构开展品牌项目运作。探索形成重大和突发事件社工介入的长效机制。大力开展"三实"工程,尽快建立一批社工实验室、实习园和实训基地,申报设立全国社会工作示范单位上海观察点。启动"百家社工师事务所培育"项目。加强市社工协会建设,发挥其整合资源、提供专业支持的作用。扩大政府购买社工服务的份额。培养领军人才,启动高级社会工作人才计划。

推进养老服务标准化建设。建立从业人员服务补贴制度,鼓励支持社会力量参与养老服务领域,培育一批有资质、有能力、有品牌的养老设施专业化运营管理机构。

提升民政专项社会服务能力。率先在全市民政系统普及社工知识,形成社工人才梯队,制定鼓励社工职业发展和品牌项目开展的政策。推进落实婚姻登记颁证中心的规范化建设,配合做好婚姻登记信息全国联网工作。通过婚庆、婚介行业协会等社会组织逐步规范,提高婚姻管理服务水平。规范社会弃婴的收养,确保被收养儿童的健康成长。完善基本殡葬救助保障措施,设立帮困济丧基金,对无丧葬补助的居民提供丧葬补贴,提高海葬补贴标准,继续大力推进惠民实事工程,深化以提高群众满意度为核心的"蓝带行动",全面提升殡葬服务现代化水准。

4. 适应智能化社会需求,推动运用与网络信息社会发展相适应的现代民政服务手段

筹建国家科技备灾上海中心,抢占救灾减灾技术高地。加强灾情采集传输能力,逐步完善救灾通信"天—地—现场"一体化信息获取和传送能力。健全数据灾难备份系统。形成"北京—上海"两地的全业务灾难备份系统。加强社区综合减灾工作。以基层社区为单位,编制社区灾害风险地图,2011 年初步建成"社区灾害风险评估示范点"20 个。创建"全国综合减灾示范社区",提高社区居民的自救能力和互助意识。定期进行防灾减灾宣教活动,开展各项防灾演练。

构建以数字社区和信息无障碍工程为主要内容的数字惠民工程。建设以社区事务"一门式"、居民经济状况核对系统、"一号通"非紧急类民生服务热线为内容的数字社区工程,以及面向残疾人、老年人等弱势群体的信息无障碍工程。以民政社区服务热线"962200"为基础,加快与其他服务热线的联网互动,探索建立非紧急类民生综合服务热线"一号通"建设。加快推进社区事务受理中心标准化建设。在中心城区扩大"全年无休、全区通办"试点范围,逐步实现服务大厅、电话呼叫、网上自助受理服务"三网合一"。完善收入核对信息交换平台,逐步拓展信息核查渠道,加大核对工作在住房保障、居民最低生活保障、医疗救助、教育救助等民生保障工作领域的应用力度。

提高社会福利和服务的科技含量。积极推进老龄科研和老龄产业工作,探索建立"上海老年福祉科技研发中心",加强新科技在为老服务中的应用,鼓励企业利用新技术开发适合老年人使用的新产品。

(上海市民政局)

5.11　人口综合调控和管理

一、2010 年人口综合调控和管理基本情况

2010 年,全市人口工作深入贯彻落实科学发展观,按照中央对上海提出的实现"四个率先"、建设"四个中心"的部署和要求,紧密结合上海实际,以举办世博会为契机,深化综合改革,推动体制机制、政策制度和服务管理创新。全市低生育水平继续保持稳定,实有人口综合服务和管理工作不断加强,统筹解决人口问题全面推进,"十一五"人口计生规划目标全面完成。

(一) 人口概况

根据全国第六次人口普查结果,2010 年末,全市常住人口为 2301.9 万人,其中户籍人口 1412.3 万人;来沪半年以上的流动人口 897.7 万人。全市常住人口出生为 17.5 万人,其中户籍人口出生为 10 万人,外来常住人口出生 7.5 万人;全市常住人口出生率为 8.5‰,自然增长率为 2.8‰;户籍人口出生率为 7.1‰,自然增长率为 −0.6‰;全市户籍人口计划生育率为 99.2% 以上,流动人口计划生育率为 87.1%。总体来看,全市各项人口计生指标完成情况良好,低生育水平保持稳定,常住人口总量平稳增长。

(二) 人口综合调控与管理主要工作

1. 统筹协调机制建设进一步加强,全市人口计生工作全面加强

高度重视人口和计划生育工作,统筹解决人口问题,推动形成"纵向到底、横向到边"的人口综合服务和管理格局。加强世博期间人口综合服务和管理,扎实推动户籍人员居住地服务和管理试点工作。制定实施关于开展全市户籍人员居住地服务和管理试点方案,召开户籍人员居住地服务和管理试点工作动员大会,正式启动试点工作。

2. 联建共享,加快实有人口信息管理平台建设

一是推进上海市实有人口信息管理系统(二期)建设,世博会召开前投入试运行。二是广泛动员,建立完善基础信息采集社会动员机制。逐步配齐配强社区综合协管队伍,建立并完善全市人口信息员网络。三是强化措施,确保实有人口基础信息质量。开展"两个实有"全覆盖大检查,做好第六次全国人口普查户口整顿工作以及入户调查工作,全面完成人口计生基础信息核查。

3. 大力推进优生促进工程,婴幼儿早期启蒙工作深入开展

出台关于开展优生促进工程的指导意见,全面推进免费孕前优生健康检测。实施上海市免费孕前优生健康检查项目,11 个区县参加市级试点,其中 6 个区作为区政府实事

项目或重点工作予以推进。立足社区，深入推进婴幼儿早期启蒙工作。积极探索开展 0—3 岁婴幼儿综合发育能力普测试点，启动 0—3 岁婴幼儿早期启蒙入户指导服务标准体系的制定工作，打造优生优育网络平台——"宝优网"，与加拿大哥伦比亚大学深化项目合作建设"科学育儿国际合作项目基地实验点"。

4. 流动人口计划生育"一盘棋"工作继续深化，区域协作联动顺利推进

积极推进流动人口计划生育"一盘棋"各项工作。按照统筹管理的要求，加强部门配合，将流动人口计划生育工作融入"实有人口、实有房屋"两个实有全覆盖工作。认真抓好流动人口动态监测工作和全员流动人口统计信息工作。积极参加全国流动人口计划生育基本公共服务均等化试点工作。积极参与并牵头泛长三角流动人口计划生育区域协作，与泛长三角各省建立一孩生育服务证办理、社会抚养费征收、公共服务均等化等协作制度。

二、2011 年人口综合调控和管理工作总体思路

2011 年，上海市人口综合调控和管理工作将深入贯彻科学发展观，以统筹解决人口问题为主线，全面推进人口工作，深化人口计生综合改革，启动实施"十二五"人口计生事业发展规划，着力加强统筹协调机制建设，着力完善政策，着力推进人口计生公共服务转型发展，着力提升流动人口服务管理水平，加快转变政府职能，强化人财物和信息化保障，为上海新一轮发展和实现"四个率先"、建设"四个中心"营造良好的人口环境。

1. 以"六普"人口数据开发利用为抓手，深入开展人口重大问题研究

充分挖掘"六普"人口数据，围绕经济发展方式转变、加强社会管理和民生改善，深入开展市和区(县)两级人口重大问题的战略性、政策性、实证性研究，完善人口研究长效机制。开展人口综合服务和管理课题调研。开展常规性全市避孕节育抽样调查、人口计生社会热点问题抽样调查。建立人口发展监测体系与人口安全预警机制，进一步做好人口统计、人口预测和人口出生预报工作，不断完善实有人口统计工作机制。

2. 深入推进优生促进工程和婴幼儿早期启蒙工程，全面提升出生人口素质

深入开展出生缺陷一级预防，全面实施优生促进工程，积极创造条件将优生促进工程列入区县政府实事项目。认真做好首批免费孕前优生健康检查项目试点工作的评估和经验总结，扩大免费孕前优生健康检查项目试点范围，大力普及优生科学知识，强化宣传服务和咨询指导，提高孕前优生人群覆盖率。深入推进人口早期启蒙工程，进一步健全与国际大都市相适应的社区人口早期启蒙公共服务体系，完善政府推动、部门协作、社会参与、家庭响应的社区 0—3 岁科学育儿指导服务工作机制。进一步加强独生子女社会行为教育和培养工作，认真组织实施青少年健康人格工程，引导独生子女健康成长。

3. 加强人口计生依法行政，不断完善人口计生利益导向机制

进一步加强完善人口计生地方性法规、规章和规范性文件。适度提高独生子女父母奖励费和独生子女父母年老奖励扶助费等标准。研究改进上海市农村部分计划生育家庭奖励扶助制度、计划生育家庭特别扶助制度。探索建立积极的、低成本的、可持续的养老保障模式，探索建立针对独生子女父母的年老扶助制度。积极推动计生奖励扶助政策与社会普惠政策相衔接，不断提升家庭发展能力。深入开展生育关怀行动，发动社会力量，

整合资源,多元运作,积极扶助计划生育困难家庭。不断完善独生子女保险计划。

4. 强化流动人口服务管理,加大综合治理出生性别比偏高问题的力度

推动流动人口计生工作全面纳入本市实有人口、实有房屋"两个实有"全覆盖管理范围,推进流动人口计划生育分类分层管理。积极稳妥地开展流动人口计划生育基本公共服务均等化试点。不断完善流动人口源头互动有序管理机制,深化流动人口计划生育服务管理区域协作制度。加强区(县)资源整合,形成规范统一的区域"一盘棋"工作机制。加强市内人户分离人员计划生育服务管理,推进户籍人员居住地服务和管理试点工作,扎实做好户籍人口计划生育居住地管理。进一步完善和落实宣传倡导、利益导向、全程服务、严查"两非"、统计监测等措施,不断完善政府主导、部门配合、群众参与、标本兼治的工作机制,使流动人口出生人口性别比继续趋于回落。

5. 强化人口计生服务管理各项保障措施

一是加强社区综合协管队伍建设。进一步配足、配强社区综合协管队员,深入推进"队伍运作组织化、管理使用规范化、岗位作业标准化"建设,落实定期考评机制。二是完善实有人口服务管理相关法规和政策。跟踪、掌握相关法规和政策执行情况,将世博会期间行之有效的政策、措施转化为长效机制。三是进一步提升上海市实有人口信息管理系统应用效能,整合扩大各成员单位数据交换范围,逐步实现实时更新。依托政务网,实现上海市实有人口信息管理系统应用终端逐步向街道(乡、镇)、居(村)委延伸。积极开展户籍人员居住地服务和管理试点,探索人口计生信息化居住地管理模式。

（上海市人口和计划生育委员会、上海市公安局）

第六部分

区县发展篇

6.1　浦东新区

一、浦东新区 2010 年国民经济和社会发展回顾

2010 年,浦东新区在市委、市政府的正确领导下,紧紧围绕"五个确保"总体要求,一手抓服务保障世博,一手抓经济社会发展,各项世博配套服务工作全面完成,"十二五"规划编制和总规修编工作有序推进,经济社会总体保持良好发展势头,较好完成了"十一五"和年度各项目标任务。

1. 经济保持平稳较快增长,结构进一步优化

经济总量和发展质量进一步提高。全年实现地区增加值 4707.5 亿元,比上年增长 12.4%。地方财政收入完成 425.4 亿元,增长 12%。

世博拉动作用显著。全年社会消费品零售总额突破 1000 亿元,比上年增长 20.6%。其中,世博园区浦东部分拉动新区社会消费品零售总额增长 5.7 个百分点。第三产业增加值继续保持两位数增长,三产增加值比重完成年度目标任务。一批功能性三产项目取得积极进展,全年新建成商业面积 45 万平方米左右。

工业经济在实现高增长的同时继续调整优化。工业总产值全年实现 8488 亿元,比上年增长 21.1%。工业结构进一步优化,高技术产业产值增速快于工业平均增速,企业效益增长明显快于产值增速。138 个产业结构调整项目基本完成,89 项节能技改项目加快推进。

张江、金桥等"7+1"产业联动效应持续释放。产业投资加快,迪士尼乐园项目通过国家核准正式启动建设,商用飞机研发中心一期工程竣工、总装基地加快推进前期土地储备,华力微电子 12 英寸线等一批重大项目开工建设,全年完成工业投资 336.7 亿元,保持高位运行。大唐电信、海航集团、复星医药等一批项目落户,全年完成内资招商引资 400 亿元,比上年增长 34.4%。全区全年土地供应量明显放大。

2. 国际金融、航运、贸易中心核心功能区建设加快推进,创新功能进一步增强

金融服务功能不断提升。功能性金融机构引进工作取得实效,摩根士丹利中国总部、澳新法人银行等落户浦东,各类金融机构达到 649 家。股权投资及管理机构新增 TPG、凯雷两家全球前十大私募股权基金。陆家嘴商务配套不断完善,一批商办楼宇加快建设。

航运服务功能不断拓展。浦东机场综合保税区正式封关运营,单船单机 SPV 融资租赁项目正式启动。注册资金超亿元的大新华物流控股(集团)有限公司等一批大型航运企

业落户浦东。港口吞吐量再创新高,推动上海港成为全球第一大集装箱港。

贸易功能建设稳步推进。实现外贸进出口总额 1865.6 亿美元,比上年增长 34.2%。贸易平台加快建设,空运货物服务中心等功能性项目建设取得实质性进展。电子商务快速发展,全年实现电子商务交易额 3000 亿元以上。贸易便利化继续推进,上海外高桥保税区被英国伦敦《金融时报》评选为世界最佳贸易区。跨国公司总部进一步集聚,总数达到 150 家,占到全市一半左右。

创新功能继续增强。全社会研发经费支出相当于生产总值比例保持在 3% 以上。生物医药公共服务平台二期等一批项目加快推进。中国科学院上海高等研究院入驻浦东,蛋白质科研上海设施开工。科技立法积极开展,形成《关于推进浦东新区高新技术产业化若干问题决议》。

3. 和谐社会建设稳步推进,人民生活水平不断提高

就业和社会保障工作取得新成效。城镇和农村居民家庭人均可支配收入分别达到32330 元和 13898 元,分别比上年增长 11% 和 12.1%。全年新增就业岗位 14.2 万个,城镇登记失业人数控制在 4.7 万人以内,成功扶持 2600 人创业,带动就业 1.5 万人以上。全年保障性住房开工面积达到 390 万平方米,竣工 195 万平方米,新增廉租住房受益家庭1210 户,完成 4725 户逾期在外过渡的动迁居(农)民回搬安置工作。社会保障制度不断完善,养老服务和社会救助进一步加强。"走千听万"工作深入开展,一批急、难、愁问题得到进一步解决。

社会事业加快发展。进一步加大城乡、南北之间统筹力度,建成一批公共社会事业项目。优化资源配置,不断提升教育质量。推进全科医师家庭责任制试点,实现新型农村合作医疗基本全覆盖和全区筹资水平的统一。积极推进一批大型文化设施和基层文化中心建成开放,加大文化配送服务力度。以世博为契机,积极开展一系列丰富的文体活动。

"三农"工作取得新进展。浦东新区成功获批国家现代农业示范区。农业发展得到有力推进,东滩 5 万亩粮田垦复工作全面完成,成功举办浦东新区第二届农博会。农村二轮土地延包工作积极推进,规范农村土地承包经营权流转管理。多渠道促进农民增收,农民收入稳步提高。村庄改造工作扎实推进,农村基础设施及村民居住环境进一步改善。

实事工程顺利推进。着力解决人民群众最关心、最直接、最现实的利益问题,顺利推进与居民生活密切相关的 57 项民生实事工程项目。全年以民生改善为重点的社会建设投入完成 134.6 亿元,比上年增长 16%。

4. 综合配套改革深入推进,先行先试成效显著

重点领域实现新突破。启动新一轮行政审批制度改革,改革后新区行政审批事项从423 项精简到 263 项,企业注册登记环节"工商、质监、税务"三部门联动改革正式启动。国际贸易结算中心试点、单船单机 SPV 融资租赁等十大功能性项目先行先试取得突破。积极推动教育、卫生管理体制二元并轨。

表 6-1-1　2010 年浦东新区十大功能性先行先试项目取得突破

序号	项　　　　目	序号	项　　　　目
1	股指期货顺利推出	6	浦东机场综合保税区正式封关运作
2	全国银行间市场贷款转让交易系统起步运作	7	国际贸易结算中心试点
3	上海股权托管交易中心成立	8	启动水水中转集拼业务
4	单船单机 SPV 融资租赁公司正式设立	9	期货保税交割试点正式启动
5	消费金融公司获批设立	10	空运货物服务中心项目启动运作

5. 服务保障世博工作全面完成，城市建设管理水平进一步提高

世博服务保障工作圆满完成。全面落实各项安保措施，圆满完成重点区域和重要节点的安保工作。组织动员 17 万志愿者参与世博服务工作，积极弘扬志愿精神，赢得广泛赞誉。强化保障和监管，医疗卫生、食品安全、交通组织等保障有力。城市管理水平进一步提高。生态区建设积极推进。

城市基础设施建设加快推进。全社会固定资产投资完成 1432.3 亿元，比上年增长 0.8%。世博配套设施建设全面完成，迪士尼乐园、商用飞机和大型居住区配套道路加快前期手续办理和开工建设。

二、浦东新区 2011 年国民经济和社会发展展望

(一) 2011 年发展思路和主要预期目标

2011 年，浦东新区将全面贯彻落实中央经济工作会议、市委九届十四次全会和区委二届十四次全会精神，按照市委市政府统一部署和要求，坚持问题导向、需求导向和项目导向，坚持在发展中调结构，以保持经济持续快速发展、加快社会建设和民生改善为目标，以综合配套改革试点为动力，进一步聚焦创新驱动、发展转型，进一步聚焦民生改善，进一步加强统筹发展，进一步发挥世博后效应，努力为"十二五"开好局、起好步。

2011 年浦东新区国民经济和社会发展主要预期目标是：在确保加快发展转型、功能提升的基础上，地区增加值保持 11%-12% 的增速，总量达到 5000 亿元以上。地方财政收入增长 12%。全社会固定资产投资将继续在高位保持相当规模，与上年基本持平。社会消费品零售总额增长 13% 左右。进出口贸易总量达到 2000 亿美元左右。以民生改善为重点的社会建设投入保持两位数增长。城乡居民家庭人均可支配收入持续稳定增长。

(二) 2011 年国民经济和社会发展主要任务

1. 着力推进"四个中心"核心功能区建设和服务经济发展

金融中心方面：一是拓展空间、集聚机构。推进太平金融大厦、招商银行大厦等 11 个项目近 78 万平方米的商务楼宇竣工，新引进金融机构 40 家左右、总量接近 700 家。二是营造更好的环境。加快陆家嘴二层连廊项目二期工程开工建设，推进陆家嘴金融城商务楼宇商业配套达标提升工程，开通陆家嘴金融城环城巴士等。三是促进金融和产业的融合发展，通过深化国际贸易结算中心试点、单机单船融资租赁、银企银政合作等促进贸易

金融、航运金融、科技金融等发展,提升金融服务经济的水平。同时,积极配合上级部门做好金融创新和金融市场建设工作。

航运中心方面:一是加快先行先试,继续深化融资租赁等已经试点的项目,积极争取洋山港船用保税油等新的试点项目。二是加快基础设施建设和载体建设,完善集疏运体系,推进浦东国际航运服务中心等一批重点项目建设。三是加快航运机构、航运企业的集聚,以及航运服务业的发展。

贸易中心方面:一是平台搭建和业态创新。推动大宗商品交易市场和电子商务发展,集聚一批具有综合商社功能的高能级贸易主体和贸易促进机构。二是深化国际贸易结算试点。积极发展离岸贸易,争取引进一批国际贸易结算中心、定价中心,全年力争新增跨国公司地区总部 10 家以上。三是加快商业发展。推动陆家嘴区域的高端商业业态发展,推进一批重点项目竣工开业。规划和引进若干个大型品牌直销中心,争取 1 个项目年内开工。预计全年可竣工开业商业面积超过 50 万平方米。

同时,充分发挥迪士尼和后世博效应,加快会展旅游、文化产业发展,推动形成新的增长点。围绕城市综合服务功能完善和环境营造,加快生活和生产支撑性服务业发展。

2. 不断推进战略性新兴产业主导区建设和战略新兴产业发展

一是大力推进基地和重点项目建设,积极组织开展战略招商。推进一批以战略性新兴产业项目为主体、总投资超千亿元的工业投资项目。积极开展战略招商,做到开工一批、引进一批、储备一批。二是聚焦交叉边缘前沿领域发展。积极争取中移动 TD-LTE 在浦东试点,启动建设浦东物联网产业化基地,加快下一代信息技术产业的发展,力争在云计算、物联网等新兴产业发展上实现新进展。启动建设唐镇电子商务港项目,推动春宇供应链、快钱、一号店等电子商务企业发展壮大,争取电子商务交易额增加到 4000 亿元。推动世博科技成果转化应用,积极推进有关示范性项目建设。三是进一步优化创新创业环境。推进中科院浦东科技园二期、生物医药与医学及医疗器械孵化器等创新载体建设。贯彻落实《关于推进浦东新区高新技术产业化若干问题决议》,继续加强人才服务等配套环境建设,完善投融资体系,进一步增强自主创新活力。

3. 不断加大城乡统筹与民生投入力度

“三农”方面,一是村庄改造计划。启动涉及 62 个村,近 4 万户的第二批村庄改造计划。二是农民增收计划。进一步通过政策补贴到“人头”、补贴到“田头”、补贴到“村里头”、补贴到“厂里头”等举措,推动农村居民家庭人均可支配收入持续稳定增长,实现“十二五”期间年均增长 12.5% 左右的发展目标。三是积极推进国家现代农业示范区建设,大力发展高效生态农业,加快转变农业发展方式。

住房保障方面,一是加快各类保障性住房建设,计划开工约 400 万平方米,其中动迁安置房 300 万平方米,公租房 60 万平方米,经适房 35 万平方米,新增廉租住房受益家庭 1100 户。二是加快解决发展中积淀下来的一批居民居住问题,按计划推进一批旧改和“城中村”、“厂中村”改造。

社会事业方面,坚持两手抓,一手抓基本和公共服务,一手抓高端和市场化。推进一批中小学、幼儿园的新建、迁建、改建,启动上海纽约大学建设等。实施包括东方医院等 8

家医院,以及一批社区卫生服务中心新建和改扩建。推进浦东文化公园等一批标志性、功能性文化设施建设,积极抓好一批社区文化中心设施完善,开展好群众文化活动。

社会保障方面,一是全面实施新农保试点,在提高整体水平的基础上,进一步缩小南北农保养老金最低水平差距至55元。二是实施征地安置新政策,推进南北被征地人员社会保障标准的全面统一,加大化解征地安置历史遗留问题工作力度,保障被征地农民合法权益。同时,积极探索建立"支出型"贫困群体救助帮困体系。

4. 不断提高城市建设和管理水平

一是积极推进世博城市管理经验长效化,进一步提高城市管理水平。同时,按照全市统一部署,特别加强城市公共安全管理。加强对重点区域以及石化、危险化学品生产运输企业等一些特殊敏感对象的消防安全、公共安全的监督管理,避免事故发生。二是进一步加快基础设施建设。重点推进轨交11号线南段等一批重大功能性基础设施建设,迪士尼乐园、商用飞机、大型居住区等重大工程配套项目建设。基本完成南北对接道路建设。预计全年可完成投资300亿元左右。三是推进新一轮城市功能和形态开发。分层次、有重点地推进中心城区深度城市化、重点开发区域产城融合化、迪士尼乐园等区域功能主体化及郊区城乡一体化。在继续强化和完善陆家嘴、金桥、外高桥等较成熟区域的配套服务功能同时,大力推进临港主城区、迪士尼乐园、世博等新重点区域的开发建设。四是积极推进国家生态区创建工作。加强生活垃圾减量化、资源化工作,力争实现生活垃圾处置减量5%。推进供水集约化工作,做好部分地区切换青草沙水源工作等。

表 6-1-2　2011 年浦东新区重大工程项目表

类　　别	项　　　　目
轨道交通工程	• 积极配合推进轨交 11 号线南段、轨交 11 号线迪士尼乐园专用线、轨交 9 号线(民生路—曹路车辆段)、轨交 12 号线、轨交 13 号线(长青路—孙桥)建设
骨干路网建设工程	• 重点推进中环线浦东段东段、罗山路延长线快速化改建工程,做好 S2、S3 等新扩建项目前期工作 • 加快推进川南奉公路、闻居路、川沙路、华东路、申江路、金科南路等建设,基本完成南北对接道路建设 • 加快推进秀浦路、周祝公路、横新公路、康梧路、南祝公路、周邓公路、闸航公路、长清路及跨线桥工程等建设,进一步完善内部路网
大型项目配套工程	• 迪士尼乐园配套:加快推进迪士尼乐园专用线建设,启动申江路地面道路、南六公路和唐黄路等 6 条配套道路以及川沙 A-1 地块围场河、中心湖等首批配套工程建设,配合做好迪士尼乐园内部项目建设的前期工作,争取项目早开工、多投入 • 商用飞机项目配套:加快推进科苑路、张东路、军民公路、两港大道、下盐公路、经二路、东海大道、商飞总装基地护场河一期工程等商用飞机项目配套工程建设 • 大型居住区配套:加快推进川周公路扩建、河滨路新建、上南路道路改建工程、芦恒路改建、东靖路、沈杜公路、沈梅路等大型居住区配套道路项目建设

5. 努力实现综合配套改革与关键领域新突破

启动实施新一轮综改三年行动计划。积极推进重点领域改革,聚焦陆家嘴金融城,在区域管理和金融创新方面实现新突破。聚焦综合保税区,在推动离岸与在岸业务创新方面实现新突破。聚焦创新驱动,在优化人才服务体系方面实现新突破。聚焦城乡统筹,在小城镇发展改革方面实现新突破。聚焦政府管理,在完善区域管理体制方面实现新突破。

（浦东新区发展和改革委员会）

6.2 黄 浦 区

一、黄浦区 2010 年国民经济和社会发展回顾

2010 年,黄浦区坚决按照市委、市政府工作要求,以"创平安、保世博,调结构、稳增长,攻旧改、促民生"为重点,振奋精神,扎实工作,全面完成了 2010 年和"十一五"规划各项目标任务。

1. 主要经济社会指标圆满完成

全年实现区增加值 740 亿元,比上年增长 9%。区级财政收入 64.4 亿元,增长 15.2%。社会消费品零售总额 421.4 亿元,增长 10.9%。引进内资注册资金 71.6 亿元,合同外资 5.4 亿美元。固定资产投资 102.2 亿元。节能减排在提前完成"十一五"规划目标的前提下,2010 年的单位增加值综合能耗与上年基本持平。

2. 世博保障任务胜利完成

世博会前,黄浦区全力以赴确保各项重大市政配套工程全面竣工,外滩综合改造工程、世博配套停车场等都在世博节点前交付使用。城区环境综合治理取得明显成效,城市景观更加优美。世博会期间,重点抓好世博运行的各类服务保障工作。先后圆满完成了世博会开幕式、闭幕式等重大节点安保任务。累计开展志愿者服务 288.3 万人次。城区"6-26-66"全覆盖的网格化指挥管理平台高效运转。各类检查、监管、应急等工作机制建立健全。窗口服务水平全面提升。全区共接待国内外代表团组 287 批 7044 人次。

3. 产业结构不断优化

2010 年,黄浦区现代服务业实现税收 53.8 亿元,比上年增长 16.5%,占全区总税收比重为 34%。商业完成税收 51 亿元,增长 21.1%,占全区总税收比重为 32.2%。社会消费品零售总额 421.4 亿元,增长 10.9%;世博特许商品销售额达 58 亿元。全年实现商业结构调整 6.8 万平方米,引进地区总部 3 家、旗舰店 8 家、国际品牌 50 个。老字号品牌向外拓展网点 210 家。房产业实现税收 27.2 亿元,增长 3.5%,占全区总税收比重为 17.1%。旅游业总收入 93.4 亿元,增长 12.6%;税收 3.4 亿元,增长 53.2%。文化娱乐业税收 5820 万元,引进文化娱乐企业 27 家。工业总产值 225.4 亿元,增长 22.2%。进出口总额 25.2 亿美元,增长 15.4%。

4. 外滩金融集聚带建设取得实质性进展

《外滩金融集聚带建设规划》编制完成并获市政府批准。《外滩金融集聚带建设发展

纲要(2010—2020 年)》经区人大审议通过并发布。东方证券资产管理等 19 家新金融机构,以及摩根士丹利资产服务咨询等专业服务企业相继入驻黄浦。半岛酒店、斯沃琪艺术中心等一批高端商业和文化机构正式开业。"外滩金融牛"正式落户外滩金融广场。与市有关部门联手在外滩源建立了金融家俱乐部。

5. 民生和社会保障继续加强

全年新增就业岗位 4.6 万个,城镇登记失业人数控制在 14040 个目标数内。来沪从业人员综合保险覆盖数近 10 万人。完成 9 项政府实事项目。全面完成"全国残疾人工作示范城市"创建任务。拆除旧房 20.3 万平方米,完成收尾或基本收尾地块 5 块。

6. 社会建设稳步推进

完成市八初级中学综合楼等教育事业项目。完成小东门社区卫生服务中心的迁址执业。推进区医疗中心项目等一批医疗卫生项目。组织、承接了百余场"社区文化进世博"、"世博文化进社区"等各类演出活动。三山会馆上海会馆史陈列馆正式开馆。积极开展"全民健身与世博同行"等形式多样的群众体育活动。花样轮滑队在十六届亚运会上取得一金一银一铜的优异成绩。大力推进以"智慧外滩"为重点的信息基础设施集约化建设。

7. 社会保持和谐稳定

进一步推进信访工作责任制。社会治安秩序良好,报警类 110、刑事案件发案数分别比上年下降 35.8%、19.9%,没有发生影响世博的重大案件。组织开展了 3 次全区安全生产大检查,狠抓安全生产责任落实。全区火灾事故同比下降 50.7%,未发生亡人火灾事故。荣获"全国安全社区"称号。市级文明社区全覆盖。

8. 认真做好"十二五"规划编制工作

充分发扬民主,广泛集中民智,在形成 29 个专项规划的基础上,形成了《上海市黄浦区国民经济和社会发展第十二个五年规划纲要》,并经区人大审议通过。

9. 第六次全国人口普查取得阶段性成果

全区近 3000 名普查指导员和普查员围绕"四个到位"(思想认识到位、宣传信息到位、工作落实到位、工作效果到位)的目标,先后完成了普查区域划分、户口整顿、宣传动员、入户摸底、入户登记、快速汇总、非专项编码等阶段性工作。全区共划分 1384 个普查小区,共登记 26 万余户,登记总人数达 80 余万人。

二、黄浦区 2011 年经济和社会发展展望

(一) 2011 年发展思路和主要预期目标

2011 年是实施"十二五"规划开局之年,也是黄浦新一轮发展启动年,黄浦区将坚持以科学发展为指导,紧紧围绕打造现代化国际大都市核心商务区和上海"四个中心"重要功能区的总体目标,紧紧围绕"金融外滩、经典黄浦"的发展主线,充分利用世博会后续效应,以"聚焦金融外滩、推动转型发展、促进和谐稳定"为着力点,加快推进外滩金融集聚带建设,不断优化产业结构,着力推进六大产业发展,大力改善民生,促进经济社会全面协调可持续发展,努力为黄浦"十二五"发展开好局、起好步。

2011 年黄浦区国民经济和社会发展的主要预期目标见表 6—2—1:

表6-2-1　2011年黄浦区国民经济和社会发展主要预期目标

指　标　名　称	单位	2011 年	
		数值	比上年增加
一、经济总量			
1. 地区增加值	亿元	—	7%左右
2. 财政总收入	亿元	—	7%左右
3. 区级财政收入	亿元	71左右	10%左右
4. 商品销售总额	亿元	2090	—
5. 引进内资注册资金	亿元	80	—
6. 合同外资金额	亿美元	4	—
二、结构效益			
1. 现代服务业(六大产业)区级税收增长率	%	—	10%左右
2. 金融业区级税收增长率	%	—	12%左右
三、城区建设与旧区改造			
1. 拆除旧房面积	万平米	20	—
2. 商办楼竣工面积	万平米	18	—
3. 固定资产投资	亿元	110-120	
四、民生保障			
1. 新增就业岗位	万个	3(以市下达目标为准)	
2. 登记失业控制人数	万人	1.404(以市下达目标为准)	
3. 保障性住房受益家庭覆盖率(廉租房)	——	应保尽保	
4. 职工年平均工资增长	%	10%	
五、社会事业			
1. 财政性教育投入占区级财政支出比重	%	—	15%
六、生态与环境保护			
1. 单位增加值综合能耗下降率	%	完成下达目标	—
2. 新增绿地面积	公顷	0.9	—

（二）2011年国民经济和社会发展主要任务

1. 以调整优化产业结构为抓手,保持经济平稳较快增长

坚持集聚发展高端服务业和改造提升传统服务业"双轮驱动"方针,着力推进六大产业发展。一是大力发展金融服务业。以集聚金融业发展的新业态、新业务、新领域、新力量为重点,着力引进股权投资等新型金融业态,鼓励金融创新试点,支持金融业与航运、能

源等其他产业融合发展,着力打造资产管理中心、资本运作中心、金融专业服务中心。二是加速发展专业服务业。巩固发展会计、审计等优势行业,大力扶持商业管理咨询等潜力行业,积极发展教育培训、认证评级等新兴行业。三是积极发展航运物流业。继续吸引国内外知名航运物流公司总部、运营结算中心等核心管理机构,重点发展国际船代、国际货代以及与之相配套的上下游物流行业,打造门类齐全、资源高效配置的国际航运物流服务供应链。四是提升发展商贸旅游文化服务业。进一步增强贸易服务功能,大力引进国内外总部型、功能性的大型贸易机构,加快发展内贸和外贸一体、货物和服务贸易并举的现代贸易服务业;积极促进商旅文联动发展,进一步完善都市黄金旅游圈项目,积极推进环人民广场文化演艺娱乐集聚区建设。五是稳步发展房地产业。推进高端商务楼宇建设,借鉴吸收世博会低碳环保理念,切实提升楼宇品质;继续推进保障性住房建设,完善房地产市场管理和行业监管。六是做大做强信息服务业。以国家大力发展战略性新兴产业为契机,加快科技京城产业结构调整,高起点推进工信部电信研究院华东分院建设,逐步打造国家级手机研发测试公共服务平台;出台加快推进移动互联产业专项支持政策及相关配套措施。

2. 以外滩金融集聚带开发为重点,积极实施城区改造建设

重点推进外滩金融集聚带开发建设。外滩源地区完成益丰大楼改造项目。推进洛克菲勒外滩源项目。外滩南京路地区加快启动179、163地块项目。十六铺地区加快推进204、B4、8-1地块项目。南外滩滨水区2011年正式启动综合改造工程。积极推进596、新和平地块出让工作。平稳有序推进旧区改造。探索"拆、改、留、修"多方式旧改新路,探索历史风貌保护区旧里街坊试点改造方式。2011年拆除旧房20万平方米,受益居民3000户(户籍数)。积极推动商务楼宇和住宅建设,有序推进老大楼、次新大楼置换改造。

3. 以确保城区安全文明为目标,切实加强城区常态长效管理

完善综合管理。延续世博期间形成的分级管理工作模式,调整完善"1-6-26-120"网格管理工作平台。推广运用"三联"管理模式;继续施行第三方考核机制和问责管理机制。加强市容秩序管理。强化对无证设摊、违章搭建等的执法和管理。完善市容环境实时监控系统,探索"非现场执法管理"和"后台执法管理"模式。强化安全管理。落实消防安全检查,加强火灾预防常态管理。进一步完善监管机制,实施食品药品安全全程管理。全面加大安全生产隐患排查力度。提高全区的安全生产信息化水平。编制质量白皮书。确保特种设备重大隐患监控率和隐患整改率达到100%。改善生态环境。加强渣土综合管理。加强生活垃圾分类收集,生活垃圾无害化处理率达到95%以上,生活垃圾减量5%。全面完成第四轮环保三年行动计划。加强扬尘、建筑施工和社会生活噪声等的监管及防控,环境空气质量优良率稳定在90%以上。

4. 以保障和改善民生为落脚点,全面推进社会建设

一是推进社会事业协调发展。深化教育内涵建设,扎实推进办学生喜欢的学校。推进区医疗中心建设项目。完成居民电子健康档案信息系统建设。制订中医药事业发展三年行动计划。积极推进区文化馆新馆建设工程。围绕纪念建党90周年,策划组织大型文艺演出。完成第二次全国文物普查目标任务。推行"人人运动计划"。实施体育实事工

程。举办 2011 年世界花样轮滑中国公开赛。推进黄浦体育馆和黄浦工人体育馆项目建设。加快外滩地区信息基础设施建设,全力打造"智慧外滩"。争创新一轮全国科普示范城区(2011－2015)。二是保持社会和谐稳定。进一步加强信访工作领导责任制,加强矛盾源头预防和处置。切实抓好世博安保常态应用。落实重大事项社会稳定风险评估机制,健全各类综合应急体系。三是提升社区服务管理水平。完善社区事务受理中心标准化建设,推进"居民自治家园"工作。精心培育和扶持各类公益性社会服务组织、社工队伍和志愿者队伍。四是促进劳动就业工作。进一步完善政府促进就业的政策措施,积极探索公益性劳动组织的规范管理,加强职业技能培训。完善就业和劳动关系预警机制,完善劳动关系协调机制,完善工资正常增长机制,完善劳动监察、仲裁机制。五是提高民生保障水平。以经适房申请供应工作为重点推进住房保障工作。年内全面展开经适房审核、排序、选房、配售阶段的各项工作。稳步推进廉租房工作,积极探索实施公共租赁房屋政策。继续推进生活污水纳管改造。加强对南市水厂备用取水口周边水环境整治。切实做好青草沙原水系统切换过程中排空检修工作。确保完成 8 项政府实事项目。

5. 以加快机制创新为突破口,提高政府性项目资金的运作效率

一是合理调整安排好政府项目资金的运作计划,以旧区改造、土地储备、社会事业和民生项目为重点,做到结构优化、总量平衡。二是结合当前区融资平台的整改,通过增加资本金、提高信用等级等,保证融资平台的健康有序运作,提高其自身还贷周转能力,加强对各类垫付和出借资金的清理收回工作,确保建设发展资金需求。三是加强政府融资手段创新,积极探索企业债券、投资信托基金等融资手段,积极发挥社会资本、区属国有企业资本参与区域融资功能拓展的作用。四是按照"制度加科技"的要求,健全政府性投资项目监管长效机制,保证资金运行安全、高效,不断提高资金管理科学化、制度化和规范化水平。

(黄浦区发展和改革委员会)

6.3　卢　湾　区

一、卢湾区 2010 年国民经济和社会发展回顾

2010 年,卢湾区在市委、市政府领导下,按照"五个确保"的要求,全面实现区"十一五"和当年经济社会发展的各项目标。全年实现区增加值 122.5 亿元,比上年增长 10.6％;区级财政收入 51.3 亿元,增长 10.1％;万元增加值能耗继续保持为全市最低区县之一;新增就业岗位 35303 个;地区登记失业人员始终控制在市政府考核指标 7000 人以内。

1. 服务保障世博任务圆满完成

城区运行安全平稳有序。出色完成不同等级要求的安保任务,确保浦西园区、卢浦大桥和马当路、鲁班路、高雄路出入口及周边重要区域安全有序,保障了开幕开园、国家馆日、闭幕闭园等重大活动顺利举行。

城区管理水平明显提升。全面完成迎世博 600 天行动计划,按时完成城市建设管理 36 大项 84 子项任务,城区环境始终保持整洁美观。城区文明程度明显提高,在历次市文明指数测评中始终名列前茅。组建 137 名世博园区高峰志愿者、4721 名城市服务站点志愿者和 5 万余名城市文明志愿者队伍。

接待服务体现精品特色。世博会期间共接待内外宾客 581 批 8521 人次,精心组织参加国家馆日等世博活动 50 余场。成功举办上海旅游节开幕大巡游等商旅文活动。推出一批世博特色旅游项目,田子坊客流比世博前增加一倍。

"田子坊"名片工程初见成效

作为国家 AAA 级景区,"田子坊"在世博会期间共接待海内外游客近 200 万人次,获得了广泛的赞誉和肯定。上海琉璃艺术博物馆、上海花韵等文化亮点项目相继开业,成功举办了尔冬强"鸟瞰上海 2010"摄影展等各类文化活动。全面实施 48 项安保工程,通过完善预案、靠前指挥、部门协同、及时应对,成功经受了世博期间大客流、高温用电、汛期等多重考验,实现了安全、有序、和谐的目标。

---

2. 区域经济保持平稳较快发展

经济结构持续优化。重点产业发展能级进一步提高。区首家小额贷款公司正式开业。"江南智造"创意产业集聚区被列为市区联动项目。卢湾区成为全市首个服务外包标准化示范区,现代服务业增加值比上年增长 12％。高附加值企业加快集聚。全年新增总

部型企业 8 家、领袖级企业 15 家、世界 500 强企业 5 家。合同利用外资 7.2 亿美元。新增内资企业注册资金 23.9 亿元。实现二次招商 112 家。涉外税收比重继续保持中心城区首位。年税收超亿元楼宇达到 18 幢。全面完成淮海中路商业结构调整三年行动计划。路易威登等品牌旗舰店相继开业，淮海路建路 110 周年系列庆祝活动圆满成功，日月光中心落成开业。全年实现社会消费品零售总额 187.5 亿元，增长 12.1%。

城区建设稳步推进。功能性项目建设有序推进。113 街坊、市政俱乐部等项目完成竣工。新天地朗廷酒店、思南公馆核心区精品酒店投入运营。香港广场等楼宇完成改造。104、105 街坊等项目完成形态建设。约 8 万平方米的南园滨江绿地建成开放。圆满完成节能减排年度目标。重点用能单位实现能源审计全覆盖。积极推进商务楼宇节能。完成大上海时代广场等节能改造。在全市年度节能目标任务考核中，名列中心城区第一。

改革创新不断深入。"四位一体"行政审批服务平台二期建设圆满完成。首次有 2 家企业被认定为市科技小巨人企业，3 家企业被列入"国家科技型中小企业创新基金项目"。百兆家庭宽带接入能力覆盖率达到 25%。成为全国 6 个"社区科普益民计划"试点城区之一，上海青少年科技探索馆和民防科普教育馆被命名为全国科普教育基地。新增"中国驰名商标"2 个、"上海市著名商标"3 个、"上海名牌"11 个，9 家企业被评为上海市中小企业品牌企业和品牌产品（服务）。

行政审批承诺时间再次压缩 22%

　　"四位一体"行政审批服务平台是卢湾建设服务型政府、深入推进行政审批制度改革的重要载体。2010 年，"四位一体"行政审批服务平台成功完成二期项目开发，实现前后置审批"一口收件"和工商营业执照、质监组织代码证、税务登记证"三联动"，新增企业后续经营服务、网上申报预审等功能，平台运行效率和质量进一步提高。

3. 以改善民生为重点的社会建设不断加强

民生保障不断改善。全区就业困难人员和"零就业家庭"按期安置率达到 100%。为 7568 位老人提供居家养老服务，实施独居、高龄、困难老人助餐补贴。拆除各类旧房 10 万平方米，实现廉租房租金配租应保尽保。大力推进老式住宅卫生设施改造等 10 项为民办实事工程，认真解决 242 件群众关心的日常生活问题。

社会事业全面发展。完成向明中学西校区改扩建等项目。开展市公立医院医疗卫生体制改革试点，形成"瑞金—卢湾区域医疗联合体"项目方案。卢湾籍运动员在广州亚运会上创历史最好成绩，列全市各区之首。成功举办 2010 年国际体育舞蹈世界大奖赛等赛事。

社会管理不断加强。推进居民委员会规范化建设，建立健全"两个实有"全覆盖管理长效机制。深入开展"安全生产年"、消防安全大检查等活动。被世界卫生组织命名为"国际安全社区"。

二、卢湾区 2011 年国民经济和社会发展展望

（一）2011 年发展思路和主要预期目标

2011 年，卢湾区将深入贯彻落实科学发展观，积极适应国内外形势新变化，以科学发展为主题,以加快转变经济发展方式为主线,坚持创新驱动、转型发展,充分发挥世博后续效应,着力推进改革创新,着力提升服务业发展能级,着力保障和改善民生,着力强化安全保障和城市管理,着力加强社会管理创新,着力推进文化繁荣发展,促进经济社会全面协调发展,为"十二五"发展开好局、起好步。

2011 年卢湾区国民经济和社会发展的主要预期目标是:区增加值比上年增长 10%;区级财政收入增长 8%;万元增加值能耗下降率完成市政府考核目标;新增就业岗位21000 个,地区登记失业人员控制在 7000 人以内。

(二) 2011 年国民经济和社会发展主要任务

1. 加快转变经济发展方式,提升服务业发展能级

优化现代服务业结构。加快总部型、功能型、创新型为重点的金融服务企业集聚,大力发展以证券期货、股权投资、融资租赁等为重点的金融服务业。积极引进跨国公司地区总部和销售中心、结算中心、投资中心、管理中心等企业机构,扩大商贸流通业发展规模。加快发展设计创意、文化创意、网络与信息创意,加快"江南智造"创意产业集聚区建设。提升发展以会计服务、法律服务等为重点的专业服务业,着力发展以都市旅游为重点的休闲服务业,积极发展服务外包,鼓励发展新兴服务业。促进房地产业平稳健康发展。持续推进商业结构调整。提升淮海中路商业发展能级,加快推进爱马仕等项目。加强专业特色街建设,认真做好嵩山路等业态调整工作。加快中南部地区商业结构调整步伐,促进日月光中心与田子坊联动发展。积极推动海外滩项目招商和开业。大力发展总部经济,吸引总部型、领袖级、知识密集型企业以及功能性组织机构入驻,支持有条件的企业提升为总部型企业。积极引进实力强、成长性好的内资、民营企业,推进中小企业上市。完善企业发展政策措施,健全区招商引资联席会议机制,提升服务企业水平。

2. 深入推进改革创新,增强城区发展动力和活力

深入推进行政管理体制改革,拓展"四位一体"行政审批服务平台功能,规范和减少行政事业性收费。进一步做优做强国企,确保国有资产保值增值。稳妥推进事业单位人事制度改革。完善科技园区综合功能,加快集聚创新型企业,鼓励创新型、科技型和成长型中小企业发展。加大知识产权保护和服务力度。扎实推进品牌发展,深入开展"上海名牌"、"上海市著名商标"、"中国驰名商标"创建工作,推进"老字号"品牌发展。创新利用外资、内资方式,拓宽利用外资、内资领域,促进内外贸联动发展,鼓励支持有条件的企业积极开展对外投资合作。加强与国内外友好城市(区)的合作交流,继续做好对口支援和城乡结对帮扶工作。加快集聚高层次人才,落实市海外高层次人才引进计划和区现代服务业领军人才百人计划。加强社会事业重点领域紧缺人才培育,完善专家名人工作室建设。

3. 更加注重改善和保障民生,扎扎实实为民办实事

大力促进充分就业,深化"青年助业直通车"等品牌建设,确保困难家庭应届生 100%按期安置,加强残疾人就业援助,不断推进外来从业人员平等就业。加大创业扶持力度,推进集体协商机制建设。建立健全区域帮困联动机制,推动"支出型"贫困对象基本生活保障纳入政府救助体系。加强老年配餐中心、日托所、文化服务和便民服务设施建设。加大扶残助残工作力度。健全分层次、多渠道、成系统的住房保障体系,完善、推广旧区改造

动迁工作新机制。适当提高实物配租比例,规范稳妥做好首批经济适用房供应。加快实施旧住房综合改造,完成3000户老式住宅卫生设施改造。保持蔬菜等主副食品价格基本稳定。

4. 加快发展社会事业,提升公共服务水平和质量

深入推进"上海市创新教育实验区"建设。进一步夯实社区教育基础建设,优化社区教育师资队伍,推动国民教育体系与终身教育体系联动发展。加快组建"瑞金—卢湾区域医疗联合体"进程,启动区域临床辅助诊断中心建设,推进区域卫生信息平台建设。开展家庭责任制医生模式试点。进一步深化人口计生综合改革示范区建设,加强计划生育公共服务。完善体育公共服务体系,不断提高竞技体育水平。拓展体育舞蹈品牌影响力,深化排球赛事品牌建设,积极培育、开发、引进各类赛事资源。

5. 牢固树立群众观点,加强和创新社会管理

加快完善社区治理结构,加强居民委员会规范化建设,推进"名社工工作室"建设。加强社区设施建设和管理,建设社区生活服务中心。健全"五位一体"物业管理机制。强化矛盾排查工作,落实信访代理、信访终结等制度,完善大调解格局,推进人民调解社会化、职业化、专业化建设。完善社会治安防控体系,依法防范和打击各类违法犯罪活动。完善"两个实有"全覆盖管理长效机制。

6. 切实保障城市运行和公共安全,提升城区管理精细化长效化水平

全面强化消防、交通、生产、食品药品、特种设备等安全和产品质量监管。继续深入开展消防和安全生产大检查,确保查清隐患、整改到位。规范建筑市场,深化安全社区建设。加强市民群众急救、自救安全防范培训和演练。不断完善公共安全预防预警和应急管理体系。完善城区长效管理机制,加强市容绿化建设,建立城区管理执法联动机制,疏堵结合整治乱设摊、跨门营业,规范店招店牌管理。拓展网格化管理功能,推动城市管理多部门网络监控资源共建共享。

7. 加强资源节约集约利用,推进低碳城区建设

完善规划和土地管理工作机制,做好城市规划展示馆装修布展并对外开放。启动116街坊西块等项目动迁,全力实现127街坊等基地收尾,协调龙华东路917号等项目开工,抓好华丽家族俊庭等项目竣工,强化香港新世界花园等6个在建项目的进度跟踪,加快世博滨江地区功能开发。力争全年拆除各类旧房10万平方米,产出商业商务面积15万平方米。强化能耗监测,推广合同能源管理,进一步提高节能降耗水平。完善生活垃圾分类投放、收集、转运体系,深入实施第四轮环保三年行动计划。

8. 加快推进"智慧城区"建设,全面提高城区信息化水平

制定"智慧城区"建设三年行动计划,加强整体谋划和顶层设计,建立健全联席会议制度,推动政府、社会、市场资源整合。扩大无线热点覆盖范围,实施固定宽带网络光纤化改造,百兆家庭宽带接入能力覆盖率年内达到50%,实现下一代广电网络区域内全覆盖。推动电子商务应用发展和智能化园区建设。实施"数字城管"行动,扩大"空间地理基础数据平台"在城市建设管理多个专业化领域的深化应用。实施"数字惠民"行动,深化社区服务平台功能。深化电子政务建设,加强信息互通和共享,切实保障信息安全。

9. 着力推进文化发展,增强城区发展软实力

拓展公共文化服务功能,新建五里街道社区文化活动中心,继续做好公共文化资源配送服务,坚持举办"群星耀卢湾"等群文活动。培育文化品牌亮点,巩固提升淮海中路商业街等区域品牌,创新提升上海旅游节开幕大巡游等品牌活动,积极培育"夏季音乐节"等新品牌;加大文化底蕴挖掘力度,推进"城区记忆"工程;推进"石库门"文化品牌建设。积极发挥保留的 5 个世博城市志愿者服务站点作用,推动志愿者活动制度化、规范化,巩固提升世博文明建设成果。

（卢湾区发展和改革委员会）

6.4　徐 汇 区

一、徐汇区 2010 年国民经济和社会发展回顾

2010 年,徐汇区深入贯彻落实科学发展观,紧紧围绕市委市政府"五个确保"要求,全力推进办世博、促发展、惠民生、保稳定各项工作,全面完成了年初计划及"十一五"规划确定的主要目标任务。

1. 区域经济保持平稳较快发展

认真贯彻落实国家宏观调控政策,注重调结构、促转型,区域经济保持平稳较快发展。全年区增加值增长 8％,完成区级财政收入 90.4 亿元,比上年增长 15.1％。现代服务业稳健发展,实现营业收入 900.8 亿元,增长 14％。依托区域产业特色,推进"科技＋金融"融合发展,引进股权投资、融资租赁、黄金交易等各类金融及相关机构 17 家,引入资本超过 22 亿元。信息、专业、科技研发、金融四个主要行业营业收入占现代服务业 91.2％。工业生产快速复苏,总产值达 622 亿元,增长 28.1％。高新技术产业化重点领域总产出 544 亿元,其中电子信息制造业产值 198 亿元,增幅超过 38％。抓住世博商机,实施徐家汇商圈硬件改造和业态结构调整,开展世博商业系列活动,开发"徐家汇源"、历史风貌区旅游等特色线路,商旅文联动取得显著成效。社会消费品零售总额 352 亿元,增长 10.9％。围绕节能减排"十一五"规划目标,年内推进完成产业节能技改项目 90 项,产业结构调整项目 5 个,总节能量 1.4 万吨标准煤。

区域创新和联动发展取得一批新成果。聚焦国家、市重大产业化项目,实施高新技术产业化项目支持政策和操作办法。普华软件、万达信息等企业的 5 个国家重大专项落户徐汇区,对近 50 家科技骨干企业和中小企业落实区高新技术产业化专项配套扶持资金 1.4 亿元。14 家企业入选市科技小巨人(培育)企业,19 家企业入选市首批创新型企业。推进知识产权质押融资服务,加快版权保护联盟平台建设。重点功能区和项目建设大力推进。漕河泾国际商务中心项目进展顺利,上海普天科技园一期、上海聚科生物园桂林分园建成进入招商阶段。加快实施与上海交大战略合作协议,设立高级金融人才培训基地。支持龙华医院启动国家级中医药研究基地建设,上海医药临床研究中心土建工程继续推进。滨江地区上海航空器适航审定中心、上海国际航空服务中心等一批项目启动建设。

以企业服务、合作交流为重点的经济发展环境进一步优化。引进合同外资 9 亿美元,比上年增长 4.3％;吸引内资 110 亿元,增长 8.6％。新增 3M、麦当劳、乐斯福等 10 家地区总部,总量达到 64 家。发挥商务楼宇和园区动态信息系统平台作用,加强楼宇(园区)

招商和属地服务,全年税收超亿元楼宇达到 14 幢。国有资本和国有企业在产业结构调整、区域重点工程和民生项目推进中发挥积极作用,国有资产保值增值率达到 105%。加强对民营企业的融资担保扶持,新增 7000 万元的中小企业融资担保专项资金,六大融资平台累计发放贷款 14.8 亿元;为 100 家具有发展潜力且有上市意向的企业提供全过程服务。

2. 世博服务保障工作胜利完成

世博安保工作卓有成效。围绕"平安世博"目标,认真落实 27 类 133 项社会面防控任务。公安、综治、城管等部门单位和街道镇连续作战,有效发挥综治工作中心和综治工作站作用,加大对徐家汇商圈、学校周边、地下空间等重点区域、重点场所的联合整治和专项防范,落实对危险物品和部分人员的管控。在全区 30 个轨道交通站的 97 个出入口、577 个公交线路站点,居民小区和单位,区域内党政机关和企事业单位的干部职工、社区居民、团员青年等各类志愿者站岗执勤,确保世博期间没有发生影响重大的案件和安全事故。

城区市容环境整洁有序。全面完成以"七路二隧"、滨江公共开放空间一期等工程为重点的迎世博 600 天行动各项任务。启动宜山路综合整治工程和外环生态绿带防汛墙工程,基本完成天钥桥路综合改造、虹桥路等道路架空线入地工程。认真实施市容环境责任区制度,健全常态长效管理机制。调整优化交通组织,妥善应对上海南站持续大客流考验,确保重点区域交通顺畅。加大城市道路、绿化和公共设施的保洁养护力度,完善各类应急预案,及时处置防台防汛及城区运行突发情况。全年新辟公共绿地 30.7 公顷。空气质量优良率超过 85%。

世博接待和窗口服务热情周到。先后组织 1650 名各界代表参加沙特阿拉伯等 11 个国家馆日(国际组织荣誉日)活动,在世博园区举办 30 场徐汇区专场演出。发放"世博大礼包"33.2 万份,组织引导文明观博。切实做好世博安保部队签约共建和后勤保障。世博期间,全区共有 10 万余名文明志愿者和 79 个城市志愿服务站开展形式多样的志愿服务活动。

3. 民生保障和社会事业扎实推进

促进就业工作扎实开展。全年新增就业岗位 5.15 万个,帮助 490 名就业困难人员、140 户零就业家庭实现就业。城镇登记失业人数 20479 人,控制在市政府下达的指标数以内。注重以创业带动就业、以培训促进就业,加大对青年创业和见习培训的扶持,开发大学生就业岗位 3060 个,完成职业技能培训 5.8 万人次。

社会救助体系不断完善,发放最低生活保障、困难补助等各类帮困救助金 2.5 亿元。社会养老服务体系进一步完善,为 2.1 万名老年人提供居家养老服务,新增 500 张养老床位,新设 5 个老年人助餐服务点,为 104 名困难失智老人提供关爱服务。

住房保障体系建设全面推开。新开工保障性住房 98 万平方米。稳妥开展经济适用住房试点,1483 户参加选房,实际签约 1373 户。坚持应保尽保,新增廉租住房受益家庭 404 户,累计受益家庭 4006 户。积极组建公共租赁住房运营机构,加快推进田东佳苑项目建设,做好公共租赁住房试运营准备工作。继续实施旧区改造和旧住房综合改造,完成旧改面积 25 万平方米、平改坡综合改造 85 万平方米、家庭卫生设施改造 1500 户。

教育、卫生事业深入发展。全面实施素质教育,举办以学科建设促进教师发展的第四届学术节,推进光启创新基地建设。积极应对幼儿入园高峰,保障 3—6 岁幼儿享受优质的学前教育;通过委托管理、合作办学等途径优化组合教育资源,推进义务教育优质均衡发展;深化课程改革,加强高中内涵建设。校舍安全建设工程抓紧推进,14 个学校加固项目全部竣工。推进教育国际化,建立联合国教科文组织国际教育与可持续发展中心。加快社区教育信息化进程,积极建设学习型城区,被评为全国创建学习型家庭示范城区。深化医药卫生体制改革,在社区卫生服务中心全面推行全程诊疗一次收费服务模式,社区基本药品实现零差率。区公共卫生中心、市八医院门急诊大楼建成投入使用。为 7 万余名儿童接种了麻疹强化免疫疫苗。

文化、体育等其他各项事业协调发展。公共文化服务和文化遗产保护工作扎实推进。土山湾博物馆 6 月开馆以来参观人数超过 3.5 万人次,成为徐汇文化的新品牌。圆满完成第十四届市运会参赛办赛任务,取得奖牌数和总分全市第二的好成绩,成功举办 2010年飞镖世界杯赛等重大赛事。创建成全国残疾人社区康复示范区。

4. 公共安全和社会管理基础进一步夯实

全面加大防火及安全生产检查、宣传、整改力度。"11·15"特别重大火灾事故发生后,立即贯彻市委、市政府要求,成立徐汇区安全隐患排查工作领导小组,部署开展安全大检查。按照"条线指导、属地管理"原则,对区域内 1254 幢高层住宅、1188 幢高层非住宅建筑、1964 处地下空间、78 个在建工地和旧改基地、"城中村"以及公共聚集场所、易燃易爆单位开展地毯式防火及安全生产大检查、大整顿。明确责任制度,对存在安全隐患的单位责令立即整改,确保不留空白和盲点。加大对各单位和社区居民的消防安全宣传培训力度,提高市民群众消防安全意识和自防自救意识。在全市率先推行餐饮规范化建设和零售药店监督公示制度,倡导诚信经营,食品药品安全处于可控状态。

坚持以平安建设实事项目为载体,推进技防物防设施建设,平安社区、平安单位覆盖率达到 90%,平安建设长效机制进一步巩固。加强领导干部接待群众来访制度,加大初次信访办理和督查力度,有效减少重复信访,全区信访总量下降 19.9%。开展动迁信访积案专项治理,化解各类疑难信访矛盾 86 件。深化大调解工作格局,对 1.2 万余件各类矛盾纠纷进行了有效的调处。全面完成"五五普法",被评为首批全国法治城区创建活动先进集体。

社区建设和服务体系进一步完善。以社区"三个中心"为基础加快便民服务网络建设。社区事务受理服务中心继续推进"全区通办"试点。完成长桥社区卫生服务中心扩建工程,启动漕河泾社区卫生服务中心建设。天平、枫林、虹梅、华泾社区文化活动中心通过市级达标验收,全区居(村)委会综合文化活动室建设达标率超过 90%。探索推进徐汇公共服务一卡通项目,已在学校体育场馆向社区开放项目进行了试点。完成滨江地区部分街道行政区划调整。推进社区共治,居委会、专业社工和志愿者队伍建设有效加强。启动配置社区专职社会工作者(事业编制)实施方案,建立居民区党组织负责人和居委会成员津贴待遇的增长机制。

二、徐汇区 2011 年国民经济和社会发展展望

(一) 2011 年发展思路和主要目标

2011 年,徐汇区将以加快转变经济发展方式为主线,把创新驱动、转型发展贯彻落实到经济社会发展各方面和各环节,着力推进改革创新,着力加快结构调整,着力改善民生和加强社会建设,着力加强和改进城区管理,着力强化城区运行安全和生产安全保障,着力保持物价总水平基本稳定,努力为"十二五"开好局、起好步。

2011 年徐汇区国民经济和社会发展的主要预期目标为:区增加值比上年增长 8%;区级财政收入达到 98.6 亿元,增长 9%;现代服务业营业收入 1027 亿元,增长 14%;工业总产值 600 亿元,其中高技术工业产值占工业总产值比重 39%;社会消费品零售总额 387 亿元,增长 10%;新增就业岗位 3.15 万个,城镇登记失业率控制在 4.5% 以内;为 2.14 万名老年人提供居家养老服务,新增养老床位 500 张;新开工保障性住房 40 万平方米以上;单位增加值能耗达到市政府下达的节能控制目标;环境空气质量指数达到或优于二级的天数占全年天数大于 90%;新辟公共绿地 20 公顷,绿化覆盖率 27.4%。

(二) 2010 年国民经济和社会发展主要任务

1. 加快转变经济发展方式,推动区域经济平稳较快发展

进一步提升现代服务业在经济发展中的主导作用。围绕上海国际金融中心建设目标,着力打造徐汇科技金融、产业金融服务集聚的特色,重点发展股权投资、风险投资、私募基金等新型业态,发展金融服务外包和后台服务产业。加快培育发展战略性新兴产业,重点关注软件和信息服务业领域中的云计算、软件外包等新兴产业。加快汽车电子、物联网等电子信息制造、生物医药及新材料、新能源等产业发展。抓紧实施徐家汇商圈及衡山路、天钥桥路等商业特色街升级改造,优化交通和服务配套设施。开展全国旅游标准化试点工作,促进旅游业发展。

切实加强招商引资和企业服务工作。加快徐家汇中心、漕河泾国际商务中心等重点商务楼宇建设,新建各类楼宇面积 52 万平方米。大力发展总部经济,提升总部企业税收贡献,确保全年吸收合同外资 6 亿美元,吸引内资 120 亿元。深化国资国企改革,力争在服务区域发展、提升企业核心竞争力、完善法人治理结构等方面取得新突破。优化民营经济发展环境,加强上海市知识产权转让交易一门式服务平台、企业融资服务徐汇分中心及上海联交所中小企业产权交易试点配套服务,开展"投贷保联动"试点,促进创新创业型民营企业发展。

加大节能减排力度。加强全区能耗监测,推行合同能源管理,推进实施节能技改项目,力争全年节能量达到 6000 吨标准煤。以推行建筑节能、新能源利用为重点,继续推进国家可持续发展先进示范区创建,在徐家汇、滨江等地区建设低碳示范区。

2. 大力优化创新环境,推进区域创新体系建设

大力推进科技创新和成果转化。聚焦重点产业领域,细化落实高新技术产业化各项扶持政策。发挥市公共研发服务平台作用,加快推进生物研发外包、软件外包和徐汇版权服务联盟等平台建设,为企业提供专业服务。继续实施"新双百"工程,鼓励企业积极承担国家和市级重大高新技术产业化项目,形成若干具有自主知识产权的核心技术。推动科

技小巨人企业发展,拓展企业融资渠道,为科技企业上市提供积极支持。引导对接世博科技创新成果,主动承接世博科技示范应用和产业化重大项目,推动一批世博科技项目的应用推广。

不断完善区域创新和联动发展机制。全面落实部市合作和市区联动战略,实现与"四大"资源的合作共赢。深化与漕河泾开发区和上海仪电、上海航天的合作,推动开发区东区升级改造。积极支持枫林地区各大医院和中科院所属研究所的项目建设,推进市区联动项目"徐汇临床外包服务集群"发展。继续深化与民航华东局、市地产集团、市浦江办等单位合作,加快推进上海航空器适航审定中心、上海国际航空服务中心项目建设、滨江以及南站地区土地出让和招商引资。制定实施人才扶持政策,积极引进培养高层次创新创业人才和现代服务业、战略性新兴产业以及社会发展领域急需人才。

3. 有效提高"管建并举、管理为重"工作水平,把世博经验转化为城区管理常态长效机制

提升市容环境管理精细化、长效化水平。建立市政市容的投入保障机制,巩固"定人、定路、定责"管理制度。推进街面电子监控视频共享平台建设,增强城区运行信息管理和公共服务,提高市容环境监管和综合执法水平,5个街道创建成上海市容环境综合管理示范街道。积极推进垃圾减量化、无害化、资源化,加快垃圾分类收集试点,实现全年生活垃圾减量5%。全面完成第四轮环保三年行动计划,完善水环境设施建设,加强扬尘污染控制联动执法,工业企业污染物实现稳定达标排放。继续推进生态专项工程等绿化建设,全年新建公共绿地20公顷,实施绿地改造3公顷。

全力推进重大市政工程建设。全面完成轨道交通11、12号线动迁腾地工作。积极配合做好虹梅南路-金海路快速通道、铁路金山支线等项目前期准备工作。启动虹漕南路古北路连接工程和宜山路(桂林路-中山西路)拓宽工程,优化区域道路网络。加强重点区域设施建设。加快徐家汇综合交通优化方案设计并试点实施;继续推进龙华地区综合改造;启动滨江公共开放空间二期工程,与国盛集团合作推进滨江文化主题园区建设,配套完善滨江地区C单元市政道路网络建设。研究华泾地区市政道路、管网设施、河道整治、宅基地改造等一揽子推进计划,提升华泾城市化水平。围绕上海建设"智慧城市"目标,加快城区信息化基础设施建设,促进"三网融合"。

4. 切实保障和改善民生,健全社会保障体系

高度重视民生保障工作,扎实推进7方面22项民生项目,其中10项列入区政府实事项目。把稳定价格总水平放在更加突出的位置,切实关心居民群众日常生活,认真落实"米袋子、菜篮子"稳控措施,建立菜市场应急调控资金,保持市场价格基本稳定。

千方百计促进就业。建立重点企业服务网络和岗位信息库,完善公共就业服务体系,确保完成年度新增就业岗位和城镇登记失业人数控制指标。健全园区、校区、社区三级互动就业援助机制,深入推进充分就业社区创建。以职业教育集团为依托,做大职业培训产业和品牌,逐步建立提升职业技能的培训体系。

不断健全社会保障运行机制。加快推进区社会救助事务管理中心建设,完善社会救助"一口上下"信息系统功能,加强居民经济状况核对体系建设,实施核对与救助的联动。

深化社会救助分类施保,发挥市民综合帮扶和慈善等公益性组织作用,对"支出型贫困"群体实施综合帮扶。加快推动居家养老服务项目化、标准化、产业化,通过公益创投、招投标等形式,鼓励社会组织参与为老服务。进一步探索推进异地养老,全年新增养老床位 500张,新建老年人助餐服务点 4 个。

大力推进旧区改造和住房保障工作。启动乔家塘高家浜、罗秀路潘家塘等旧改地块15 块,改造面积 21.6 万平方米。加快住房保障体系建设。全年新开工保障性住房 40 万平方米以上。总结经济适用住房首批试点的运作经验,做好第二批经适房相应工作。推进廉租住房实物配租工作,进一步扩大廉租住房受益面。以田东佳苑试运营为契机,积极探索公共租赁住房房源建设筹措和使用管理机制,鼓励社会资本投资建设单位租赁住房。稳步实施旧住房综合改造,完成平改坡综合改造 85 万平方米。

5. 持续推动社会事业发展,提高基本公共服务均衡化水平

坚持教育优先发展战略。全面实施素质教育,深化课程改革,推进学生健康促进工程。统筹学前教育资源,积极应对幼儿入园高峰。加强义务教育,探索中小学联动发展的新模式。推动高中特色化发展,探索创新人才培养机制。推进中高职衔接的职业教育发展模式。加快教育基础设施建设,对 20 所中小学校实施校舍安全工程,完成位育中学新疆楼新建等工程。实施中小学创新实验室三年行动计划。以数字化学习型社区建设为重点,促进社区教育发展。

促进基本公共卫生服务均等化。稳妥推进医药卫生体制改革,充分发挥区域医疗资源优势,居民健康指标继续保持全市领先。完善社区卫生服务体系建设,实施基本药物制度,逐步推行家庭医生责任制,推进龙华、凌云社区卫生服务中心建设。以人才和学科为纽带加大对社区卫生服务的支持力度,提高社区卫生服务诊疗水平。完善医疗资源规划和配置,完成华泾镇 120 急救分中心建设,提高南部地区医疗服务能力。加快公共卫生应急体系建设,建成区突发卫生事件应急指挥系统和卫生数据中心。

积极推动文体事业发展。全面完成公共文化服务设施建设三年行动计划,居(村)委综合文化活动室力争实现 100% 达标。积极开展丰富多彩的群文活动,建立公共文化资源管理库和菜单式配送目录,按居民需求提供文化服务。启动区文化遗产保护三年行动计划,加大对文化遗存、优秀建筑和名人故居保护力度。广泛开展全民健身活动,构建全方位的健身指导、体质监测干预及服务网络。

6. 坚持把确保公共安全放在更加突出的位置,加强社会管理和社会稳定工作

以建设上海最安全城区之一为目标,提高突发事件的预警、发现和处置能力。严格落实安全生产责任制,健全安全隐患排查和联动执法机制,以"城中村"地区、高层建筑、地下空间、建筑工地、危险化学品、公众聚集场所、特种设备等为重点,加大对生产安全、消防安全、交通安全以及食品药品安全的督查整改,确保城区安全运行。加强应急保障体系建设,继续开展群众性应急自救互救培训,加大防灾减灾宣传教育和综合演练,提升城区风险长效管理水平。

健全维护稳定的政府管理和社会动员机制。启动实施新一轮平安实事项目。加强人防、物防、技防协调建设,建成街面、社区、单位等 6 个社会治安防控网,构建更加完善的治

安巡逻防控体系。完善综治工作中心平台和功能,在"两新"组织等单位设立综治工作室或综治工作联络员,健全基层综治工作网络。深化群防群治的社会动员机制,组织1.5万名世博平安志愿者继续开展常态、储备、应急志愿服务。健全社会舆情汇集和分析机制,在重大工程项目建设和重大政策制定前期实行社会稳定风险评估,从源头上预防和减少矛盾。加强对初次信访办理的评估考核,积极督办疑难、突出信访矛盾,完善大调解工作体系,健全信访维稳机制。

不断提高社区管理和服务水平。建成3个社区生活服务中心,社区事务受理服务中心全部实行"全年无休"工作制。推进居委会自治能力建设,支持居委会、业委会自治协商处理社区各类矛盾和事务。加快社工和志愿者队伍建设,培育和发展专业社工机构,积极开展社区志愿服务行动。探索建立区级公益组织孵化园,促进社会组织发展。深入开展和谐社区创建,实现市级和谐社区建设示范街道、居委会全覆盖。

(徐汇区发展和改革委员会)

6.5　长　宁　区

一、长宁区 2010 年国民经济和社会发展回顾

2010 年,全区坚持以科学发展观为统领,认真贯彻落实国家和市委、市政府的各项政策措施,紧紧围绕"四个走在前列"和"五个确保"的要求,一手抓世博,一手抓发展,同时积极谋划"十二五"规划,圆满完成了年初确定的各项主要目标和任务。

表 6－5－1　2010 年长宁区主要经济社会指标完成情况

指标名称	绝对数(亿元)	比上年增长(%)
区增加值	309.9	9.5
全区财政收入	172.8	17.3
其中:区级财政收入	72.1	14.5
社会消费品零售总额	209.5	12.8
固定资产投资	59.8	8.2
进出口总额(亿美元)	46.2	72.0
新增就业岗位(个)	36193	—

1. 世博保障服务各项任务圆满完成

"文明和谐西大门"创建工作取得良好成效,"虹桥大都市、苏河老印象、长宁新社区"城区形象焕然一新。深入开展"平安世博"专项整治行动,警察和志愿者形成合力,开展平安志愿服务 241.8 万余人次。广泛开展志愿服务活动,招募各类志愿者 5.6 万余名,建成志愿者服务站点 70 个。文明指数测评连续 4 次名列全市前茅。成功举办"社区重塑与城市发展"世博论坛。接待内外宾、港澳台侨及商务团组 439 个,深化拓展了长宁与海内外的友好合作交流。

2. 服务经济结构进一步优化

现代服务业实现较快发展,完成税收 64 亿元,比上年增长 27.4%,增速高于全区 7.3 个百分点;其中,专业服务业和现代物流业发展良好,增速分别达到 36.1% 和 46.1%。房地产业受国家调控和新建商品房减少影响,增速有所放缓,完成税收 45.8 亿元,增长 11.5%。商业在举办世博会和增加商业设施带动下,增长较快,完成税收 33.5 亿元,增长

19.3%。都市型工业和高新技术产业得到进一步调整和优化。

3. 社会事业加快发展

整合放大优质义务教育资源，延安初中、江五小学、愚一小学分别增设了新校区。社区卫生服务综合改革继续深化，中医特色预防保健服务体系不断完善，率先在全市推行"四医联动"基本医疗保障。缤谷文化休闲广场基本建成，成功举办"长宁，历史的钩沉——百幢经典老房子油画展"等艺术展览，延天绿地公共运动场竣工使用，"全民健身与世博同行"等群众文体活动蓬勃开展。

4. 民生工作取得新成效

新增就业岗位36193个，帮扶610名就业困难人员实现就业。实施社会救助46.2万人次，发放救助金1.07亿元。新增养老床位811张，新增居家养老服务对象1600人。加强市场秩序整顿和物价监管，加大对低收入困难家庭临时价格补助。完成全国第六次人口普查相关工作。安全生产、消防安全和社会治安等总体状况平稳可控，社会保持和谐稳定。

5. 虹桥涉外商务区引领作用突出

积极对接虹桥商务区和上海国际贸易中心建设，委托国际专业咨询机构、深化东虹桥地区规划研究，加快高品质经济楼宇建设，优化调整区域商业业态。虹桥涉外商务区对全区经济发展的引领作用突出，完成税收72.2亿元，比上年增长34.8%，高于全区税收增速14.7个百分点，占全区税收总量的45.2%，比上年提高了6个百分点。区域现代服务业集聚效应明显，税收占全区现代服务业税收总量的55.9%，尤其是信息服务业和金融业，占比分别达到73.7%和65.4%。

提升贸易核心功能，推进国别商品中心建设

根据上海国际贸易中心重要承载区建设和贸易核心功能提升的要求，2010年以来，长宁加强与有关方面的沟通和协调，积极推动法国、日本、意大利和美国等"国别商品中心"落地和建设，工作取得初步成效。法国商品中心已落户世贸商城并开始运行；日本商品中心落户虹桥机场1号航站楼；意大利商品中心和美国商品中心基本落户虹桥地区，具体选址工作正在推进中。

6. 经济楼宇建设和招商引资协调推进

经济楼宇建设有序推进。2010年，全区经济楼宇竣工项目12个，总建筑面积达46.9万平方米。新开工项目4个，总建筑面积达43.2万平方米。高品质经济楼宇建设，为长宁区招商引资提供了良好的载体支撑。2010年，全区共新设立各类企业2223家，比上年增长17.8%；引进"四有"企业344家，其中总部型企业6家。重点企业总体发展良好，完成税收89.4亿元，增长19.8%。楼宇经济发展加快，2010年全区税收"亿元楼"达到15幢。

二、长宁区2011年国民经济和社会发展展望

（一）2011年发展思路和主要预期指标

2011年是"十二五"规划开局年，长宁区将深入贯彻落实科学发展观，全面贯彻落实党的十七届五中全会和中央、市经济工作会议精神，按照市委、市政府和区委的决策部署，

围绕创新驱动、转型发展，着力推进改革创新，着力加快结构调整，着力改善民生和加强社会建设，着力加强和改进城市管理，着力强化城市运行安全和生产安全保障，着力促进物价基本稳定，确保 2011 年各项工作圆满完成。

2011 年长宁区国民经济和社会发展主要预期指标是：全区财政收入和区级财政收入比上年增长 10％左右。现代服务业税收增速高于全区 5 个百分点。经济楼宇竣工面积 35 万平方米左右。全面完成市政府下达的节能减排、促进就业等各项指标。

（二）2011 年国民经济和社会发展主要任务

1. 推进服务经济结构优化调整

一是提升贸易核心功能。继续推进"国别商品中心"功能性平台建设和投入，积极引进贸易龙头企业和大企业集团贸易部门，支持贸易服务专业机构做大做强。二是调整现代服务业产业发展导向，做强专业服务、信息服务和现代商贸等主导产业，加快发展金融服务、现代物流、会展旅游等贸易支撑行业，加快培育电子商务、文化创意、国际教育、医疗服务等新增长点。三是加快现代商业发展，推进长房国际、友谊商城等商业业态调整，优化西部商业布局，完善临空地区商业配套。四是严格贯彻落实国家宏观调控政策措施，推动房地产业内部结构优化。五是推进高新技术产业化，加快都市产业调整转型。

2. 促进社会事业协调发展

更加注重基础性和功能性社会事业协调发展，积极实施"西进"战略，优化社会事业布局，提高公共服务水平和质量。实施教师素质提升工程，积极推进现代职校体制改革，推进长威幼儿园、新光中学等项目建设。加快区中心医院改造升级，积极推进上海新虹桥国际医学中心（东区）规划落地。深化社区卫生服务综合改革，深化"中医进社区"工作，争创全国"中医治未病"示范区。广泛开展群众体育活动，加强竞技体育后备人才培养，加快推进延安中学综合体育馆、市三女中体育馆体教结合项目建设。

3. 推进民生持续改善

一是做好经济适用房、公共租赁住房、廉租住房和动迁安置房等建设工作，加快推进旧区改造、旧居住小区综合整治，进一步提升物业管理服务水平。二是加强就业和社会保障工作，多渠道扩大和促进就业，全面实施"四医联动"基本医疗保障，推进国家"老年友好型城区"创建工作。三是提升社区"三个中心"综合效能，推进社区事务受理服务中心标准化建设，提高社区卫生服务覆盖面，丰富社区文化活动内容。四是做好物价稳定工作，加强市场供应和价格监管，推进标准化菜市场建设和农副产品市场管理，落实低收入群体临时价格补助政策。

4. 积极推动文化繁荣发展

一是加快文化城区建设，协调推进虹桥国际舞蹈中心、虹桥国际艺术中心等功能性文化设施建设，加强历史文化风貌区、优秀历史建筑及非物质文化遗产保护。二是围绕纪念建党 90 周年，组织开展"凝聚力之歌"主题系列活动。三是提升"虹桥文化之秋"品牌，举办好旅游节、购物节、艺术节"三节合一"精品节庆活动及"荷花杯"舞蹈大赛和上海国际魔术节。四是制定实施相关扶持政策，设立文化发展基金，加快数字内容、文化会展、时尚创意产业等文化产业发展。

5. 推进创新创意产业发展

一是对接上海创建"国家自主创新示范区"工作,加快自主创新和科技成果产业化步伐。加大对国家 863 等重点项目服务力度,加强与上海无线通信中心和 NGB 国家网管中心合作,加快推进光纤宽带网、高速无线网、下一代广电网建设。二是深化区校、区企合作,推动东虹桥法律服务园有序运行,积极引进律师事务所等机构入驻。支持上海工程技术大学科技园建设,强化新兴信息技术研发、孵化功能。加快环东华大学时尚创意产业集聚区建设,承办好"上海创意周"系列活动。三是推进人才高地建设,制定落实促进人才集聚的政策措施,加快引进和培养高层次创新创业人才、领军人才及创新团队,解决好人才关注的居住、医疗和子女教育等实际问题。

6. 提升发展楼宇经济

2011 年预安排经济楼宇开工项目 5 个,总建筑面积 53 万平方米左右;在建项目 11 个,总建筑面积 134 万平方米左右;竣工项目 6 个,总建筑面积 35 万平方米左右。进一步深化楼宇"开竣工"与"招留增"协调推进机制,强化源头招商,树立"产业链招商"理念,积极引进符合区域产业发展导向的龙头企业、知名企业。深化"六个便利服务联盟"品牌建设,优化楼宇经济服务。强化租税联动,进一步提高楼宇税收产出率。

7. 打好重点区域发展"组合拳"

一是加快虹桥国际贸易中心核心片区建设,推进上海城三期、98 街坊等项目开工,加快尚嘉中心等标志性楼宇建设及国贸中心等一批老楼宇智能化、低碳化改造。二是加快环中山公园地区综合改造,积极推进曹家渡、凯德置地等地块项目建设,优化交通配套,营造便捷高效的购物环境。三是推进临空经济园区商居办融合发展,启动 15 街坊等核心地块项目建设,推动 10—3 等项目开工,启动苏河第一园等综合性体育休闲公园建设。四是联手虹桥商务区管委会等单位,推动虹桥机场东广场规划调整与开发建设。

8. 继续深化改革开放

一是推动新一轮国资布局结构调整,加快国资国企开放性、市场化重组,鼓励国资向低碳节能、新能源、新材料等新兴产业转移;加快区属优质企业上市步伐,推动产权多元化、资产证券化。二是加快投融资体制机制创新,发挥"虹桥资募港"平台作用,打造私募股权投融资产业链;发挥产业发展引导基金、小额贷款公司等作用,加强中小企业融资担保,鼓励支持中小企业改制上市。三是优化投资发展环境,促进非公有制企业和外商投资企业健康发展。四是鼓励区域企业到外省市拓展新市场,积极探索推进异地产业园区建设。

(长宁区发展和改革委员会)

6.6 静 安 区

一、静安区 2010 年国民经济和社会发展回顾

2010 年,静安区区域经济稳步发展,呈现良性增长和结构优化的良好态势。全年完成区增加值 173.9 亿元,比上年增长 10.4%。区级财政收入实现"十一五"翻一番目标,达 66 亿元,增长 17.1%。消费市场繁荣活跃,实现社会消费品零售总额 237.1 亿元,增长 10.7%。出口增速恢复到危机前水平,海关出口额 10.6 亿美元,增长 9.7%。投资稳步推进,完成全社会固定资产投资总额 85 亿元,增长 9.7%;外商直接投资 3.8 亿美元,好于年初预期。就业形势良好,新增就业岗位 29090 个,增长 7.5%;登记失业人数 6854 个,减少 4.4%。节能减排完成"十一五"目标任务。

1. 产业发展速度加快,经济结构继续优化调整

商贸流通业层次更加丰富。南京西路商圈"商业总部＋奢侈品零售展示＋快速时尚消费品＋餐饮娱乐"的互补式梯次构架加快形成,带动商贸流通业快速增长,2010 年商贸流通业实现税收 57.3 亿元,比上年增长 35.1%。专业服务业重回高速增长轨道。全年剔除金融业以后的专业服务业累计实现税收 47.6 亿元,比上年增长 33.4%,增幅比上年提高 23.7 个百分点。宾馆会展旅游业世博拉动显著。旅游市场受世博和人民币升值的共同拉动,国内游和出境游均出现消费热潮,尤其是暑期的叠加效应,旅游市场在三季度呈"井喷"态势。

2. 涉外税收领跑幅度加大,"亿元楼"数量创新高

外向型经济拉动明显,涉外税收迅速攀升。涉外税收比上年增长 31.6%,超过全区总税收增幅约 14 个百分点,其中一半以上的增量来自于涉外商业企业,特别是化妆品、奢侈品和节能产品。涉外经济主体地位进一步巩固,税收外向度达到 57%。楼宇经济支柱作用突出,"亿元楼"数量创新高。百幢重点跟踪楼宇共实现税收 118.8 亿元,比上年增长 11%。其中有 17 幢楼宇累计税收过亿,创历史新高,合计税收 101.3 亿元,占全区总税收 55.7%。

3. 固定资产投资稳步推进,基建投资速度加快

全年完成固定资产投资额 85 亿元,比上年增长 9.7%。从投资结构分析,增长点主要来自基本建设投资,其投资额达到 18.9 亿元,比上年增长 2 倍,占全部固定资产投资额的 22.2%;房地产投资速度有所减缓,投资额为 66.2 亿元,减少 7.1%。全区 24 个重大项目建设进展顺利。7 个竣工项目按期稳步推进,其中静安寺交通枢纽(公交枢纽部分)、愚园路地下通道、雕塑公园二期等已投入使用。华敏帝豪、曹家渡社区卫生中心也于年内

竣工。中央广场、嘉里中心二期等 8 个在建项目增大推进力度。

4. 引进外资量质齐升,对外贸易放量增长

引进外资形势逐步回暖,下半年协议外资额和合同外资额明显优于上半年。全年实现合同外资 6.4 亿美元,比上年增长 14.8%。从重点产业吸引外资来看,商贸流通业在中高档品牌持续投入的支撑下,继续保持着稳定的发展势头,专业服务业有多家全球知名品牌公司入驻静安。对外贸易异常活跃,美欧日市场出口逐月回升。全年海关出口 10.6 亿美元,比上年增长 9.7%;其中,出口美欧日三大市场的总量占区域出口总额的六成左右。

5. 以改善民生为重点的社会建设取得新进展

促进就业工作不断深化。着力完善青年创业绿色通道,实施创业助跑计划,成功扶持创业 406 人;挖掘社区服务岗位,健全就业困难人员托底安置机制;外来从业人员综合保险覆盖 64048 人。居民住房条件继续改善。落实廉租租金配租家庭 267 户,逐步提高实物配租比例,廉租住房受益面继续扩大;三林基地经济适用住房建设和供应筹备工作有序推进;旧住宅小区物业一体化管理基本实现全覆盖;稳步推进旧区改造。各项社会事业协调发展。加强科技成果在绿化市容、节能减排、社区服务等领域的推广应用;按计划推进教育部重点课题"提高中小学生学业效能"实证研究工作,基础教育优质均衡发展取得新进展;学习型城区建设深入开展,获得"全国学习型城区示范区"荣誉称号;着力打造"十分钟文化圈",社区文化建设进一步加强。

二、静安区 2011 年国民经济与社会发展展望

(一)2011 年发展思路和主要预期目标

2011 年是实施"十二五"规划的开局之年,也是静安发挥和放大世博后续效应、加快推进国际静安建设的重要一年。2011 年,静安将继续深入贯彻落实科学发展观,紧紧围绕上海发展大局,坚持创新驱动、转型发展,确保区域经济社会保持和谐稳定发展,为全面实现"十二五"规划发展目标奠定扎实基础。

表 6-6-1 2011 年静安区国民经济和社会发展的主要预期目标

主 要 指 标	2011 年预期目标
税收总收入	增长 8%
区级财政收入	增长 8%
社会消费品零售总额	增长 9%
海关进出口总额	增长 5%
实到外资额	3.2 亿美元
全社会固定资产投资额	与 2010 年完成数持平
万元 GDP 能耗	完成市政府下达目标
区级科技总投入	同比增幅高于当年区级财政经常性收入增幅
新增就业岗位数	20000 个
登记失业人数	7330 人以内

（二）2011 年国民经济和社会发展主要任务

1. 聚焦发展方式转变，保持区域经济平稳较快发展

推动产业结构优化升级。坚持国际化、高端化、集约化发展方向，加快构建以高附加值现代服务业为主体的产业结构，不断增强产业发展的竞争力和辐射力。以打造繁荣繁华的静安南京路国际商街为重点，继续加大知名品牌的引进和调整力度，着力引进富于创意、彰显文化、融入体验的商业服务新业态，完善商业布局、优化购物环境，巩固高端消费和时尚消费的优势地位。着力吸引总部型金融机构集聚静安，密切关注外资股权投资管理企业试点，积极构建金融服务业多样化发展格局。挖掘存量与拓展增量并举，协调发展房地产业。

做好招商服务工作。抓住新一轮全球资本转移和"后世博"发展带来的难得机遇，坚持招大引强选优与扶持中小企业发展、吸引外来投资与提升自主创新、招商引资与招才引智相结合，努力使招商服务工作成为优化区域产业结构、促进经济平稳较快发展的重要支撑。深化产业链招商模式，努力吸引行业带动性强、功能领先性大、发展后劲足的企业和机构入驻静安。

优化区域发展软环境，努力提升核心竞争力。积极落实服务企业的各项政策措施，进一步完善服务企业的领先模式，努力将静安打造成为上海"两高一少"（即行政效率最高、行政透明度最高、行政收费最少）建设的示范区。

2. 坚持管建并举，着力提升城区现代化建设和管理水平

强化城区常态长效管理。巩固和放大世博会所展示的城市管理经验和后续效应，加强区级城市维护项目管理，促进条块互动和执法联动，建立符合区情、科学有效、统一协调的区级城市维护项目综合管理体制。

稳步推进重大项目建设。按节点推进嘉里二期、大中里等项目建设，进一步提升静安南京路地区的功能和形象。扎实推进滨河现代服务业集聚区、曹家渡商业商务副中心和静安中部地区开发。强化市政基础设施建设，提高静安寺交通枢纽使用效能。

扎实做好节能环保工作。牢固树立绿色环保低碳理念，大力推进节能降耗，提高资源节约和综合利用水平。以建设资源节约型、环境友好型的低碳商业商务示范区为目标，坚持低能耗、低污染、高效益的产业发展导向，深化完善节能降耗工作机制。有效落实节能政策，积极推广合同能源管理，全力完成节能减排各项目标任务。

3. 全面加强公共安全管理，确保全区社会和谐稳定

全面夯实安全管理基础。以全力确保城区运行安全和生产安全为重点，加强对公共安全各领域的日常执法监督和监管，有效预防影响居民群众生命财产安全的公共安全事件。切实加大对建筑工地、地下空间、高层建筑等重点场所、重点领域、重点行业的安全隐患排查整治力度，着力健全安全隐患排查治理长效机制。

切实加强安全生产监管。着力构建"政府统一领导、部门依法监管、企业全面负责、群众参与监督、社会广泛支持"的安全生产工作格局，突出监管重点，强化工作合力，严格责任追究，完善监管体系，全面提升全区安全生产的监管能力。严格落实安全生产责任制，加大问责力度，切实把各项工作措施落到实处。

扎实做好消防安全工作。深入推进构筑社会消防安全"防火墙"工程,努力提升全区消防工作社会化水平,坚决防止重特大火灾事故的发生。要加快完善各类消防基础设施,切实提高消防设施能级。积极推进社区消防协管员、消防志愿者等队伍建设。

4. 更加注重以改善民生为重点的社会建设,着力提高人民群众生活水平

继续加大就业保障力度。深入实施积极的就业政策,多渠道扩大和促进就业。高度关注高校毕业生就业工作,全面落实各项创业扶持政策,完善青年创业绿色通道。健全就业困难人员托底安置机制,扎实推进充分就业社区创建。

扎实做好民政各项工作。积极打造现代民政事业发展的先行区、示范区。深入推进"支出型贫困"家庭综合帮扶工作,建立健全收入核对、支出评估、综合帮扶相衔接的救助工作机制。完善社会救助标准与物价上涨挂钩联动机制,保障低收入群体的基本生活需求。开展助老服务站点规范化建设,加强为老服务政策扶持。加强残疾人社会保障和服务体系建设。

着力提升住房保障水平。继续扩大廉租住房受益面,努力提高实物配租比例,实现廉租对象应保尽保。积极推进公共租赁住房改建工程,全力做好三林基地经济适用住房申请供应工作。努力实现旧住宅小区物业一体化长效常态管理,不断提高居民群众的满意度。

协调发展各类社会事业。推动区域技术创新、管理创新和服务创新,努力增强城区创新活力。深化教育教学改革,加强教师队伍建设,着力提高教育工作水平,深入推进教育优质均衡发展。推进公共卫生服务均等化,健全公共卫生体系,提高公共卫生服务能力。大力开展全民健身活动,加快"楼宇健身室"和"百姓健身屋"建设。

(静安区发展和改革委员会)

6.7 普 陀 区

一、普陀区 2010 年国民经济和社会发展回顾

2010 年,普陀区深入贯彻落实科学发展观,紧紧围绕市委、市政府"五个确保"的要求,扎实工作,砥砺前行,全力以赴保障上海世博会成功举办,圆满完成了年初确定的各项目标任务和"十一五"规划各项目标。全年实现区增加值 219 亿元,比上年增长 9.2%,第三产业增加值比重达到 70.7%。实现财政总收入 154.8 亿元,增长 22.8%;区级财政收入 52 亿元,增长 17.4%。新增就业岗位 25365 个,城镇登记失业人数 19617 人。新建绿地 30 万平方米。

1. 区域经济不断优化发展

2010 年,普陀区新的经济增长点不断涌现。现代服务业、批发零售业、科技产业税收占区级税收比重分别达到 21.7%、19.4% 和 17%。楼宇经济发展良好,30 幢重点楼宇单位面积税收达到 1160 元/平方米,"亿元楼"达到 6 座。以长风生态商务区为首的重点地区引进了施耐德、五芳斋、隆德芯等一批总部型、龙头型企业。金融业发展取得新突破,建立"长风金融港",集聚了 20 余家股权投资企业。长风生态商务区商办地块基本完成出让,米高梅国际娱乐中心结构封顶,一批已建成楼宇招商进展顺利,进入功能集聚的新阶段。中环商圈的人气持续攀升,"金中环"品牌逐渐形成,百联国际购物广场和农工商 118 广场等大型购物中心人流如织。长寿商圈的我格广场建成投入使用,芳汇广场和调频壹广场成功进行了业态调整。苏州河文化长廊建设有序推进,在世博会期间正式开通苏州河游船旅游,沿河旅游资源加快形成。上海西北物流园区保税物流中心、陆上货运交易中心的建成和上海跨国采购中心、西站综合交通枢纽等重大功能性项目的建设,为普陀实现新的发展注入新的活力。

2. 科技创新能力不断增强

加快建设天地软件园、华大科技园、武宁科技园等一批科技园区和科技公共服务平台,天地软件园逐步形成数字视频、动漫游戏设计、3G 应用开发等领域的特色,软件信息服务企业发展迅猛。加快华大科技园核心功能区建设步伐,同济大学科技园沪西园区开始运作。设立区级科技创新项目,71 家科技企业承接国家、市级各类科技专项计划 130 项。电科所、化工院、复星医药分别领衔的"智能电网终端"、"改性塑料"、"抗体药物"被认定为市级首批技术创新联盟。到 2010 年底,全区高新技术企业总数达到 114 家,市级科技小巨人企业 5 家、区级科技小巨人企业 17 家。

3. 基础设施项目建设有序推进

完成轨道交通 7 号线、11 号线各站点复位工程,配合推进轨道交通 13 号线本区站点建设。完成枣阳路、丹巴路、叶家宅路(安远路－新会路)辟通工程。完成桃浦路(区界－定边路)、金昌路区区对接道路辟通工程。新师大低标排水系统改建完成,大光复排水系统投入使用。市容环境建设和管理工作持续加强。苏州河(普陀段)两岸景观灯光建设成效明显,长风公园成功创建国家 4A 级景区,桃浦楔形绿地建成 3 万平方米,建民村绿地启动建设,桃浦体育公园(二期)建成。完成兰溪公园等 3 个公园的改造。节能减排工作扎实推进。完成 15 家高能耗、高污染企业淘汰工作。实施 18 个企业及部门设备技术改造项目。区第四轮环保三年行动计划进一步推进,完成 87 个环保工程项目。

4. 各项社会事业加快发展

加大教育事业投入力度。全面实施校安工程,全年共开工 22 所,完成 16 所。推进教育公建配套项目建设,万里城幼儿园投入使用,真光二中、万里东学校等顺利推进。医药卫生体制改革稳步实施,区中心医院通过上海市三级医院等级评审。顺利完成甲流疫苗、季流疫苗和麻疹强化免疫接种任务。市儿童医院、市妇幼保健中心和区妇婴保健院迁建项目整体开工。区图书馆新馆建成开放,与区少儿图书馆实现资源整合。“新上海人歌手大赛”等一批项目获第十二届上海国际艺术节“群文活动优秀项目奖”。建成 4 个公共运动场,成功举办 2010 年端午节城市龙舟国际邀请赛。全面完成第六次人口普查入户调查。

5. 民生改善工作扎实推进

就业促进工作扎实推进。启动建设“青年大学生创业孵化基地”等创新性项目。帮助成功创业 508 人,完成各类职业技能培训 17305 人。全面落实社会救助保障工作,成立居民经济状况核对中心。累计发放救助帮困资金 1.62 亿元,救助 45.6 万人次。落实新增养老床位 612 张,新建老年活动室 14 个,18423 位老人享受居家养老服务。住房保障体系建设不断加强。沪嘉北 A、李子园 A、金光二期等保障性住房项目加快建设。新落实廉租住房租金配租家庭 879 户,累计向 4877 户廉租家庭发放配租租金 3269 万元。完成 320 个老小区的“六小工程”环境改造。旧区改造工作力度加大,全面完成建民村地块动拆迁。社区公共服务设施建设不断加强,石泉社区事务受理服务中心对外开放,曹杨社区事务受理服务中心基本建成。本市首条跨区运行的镇域公交线长征 1 路 B 线开通。

二、普陀区 2011 年国民经济和社会发展展望

(一) 2011 年发展思路和主要预期目标

2011 年是“十二五”规划实施的开局年,是改革创新的突破年,也是国内外经济环境更加复杂多变的一年。普陀区将深入贯彻落实科学发展观,全面落实九届市委十四次全会和八届区委十四次全会精神,围绕建设“国际商贸功能重要承载区”的要求和“一心两轴三片区”的功能布局,以调整结构、提升功能、优化布局、改善民生为工作重点,全力促进区域经济社会发展,为“十二五”普陀发展开好局、起好步。

2011 年普陀区国民经济和社会发展的主要预期目标是:区增加值增长 9%,区级财政收入增长 8%,区属工业销售产值增长 3%,区属社会消费品零售额增长 7%,第三产业增加值比重达到 73%，海关进出口额增长 8%，现代服务业占区级税收比重达到 23.7%，财政性教育经费占财政一般预算比重提高到 15%，城镇登记失业人数控制在 19710 人以内，新增养老床位 500 张。

（二）2011 年国民经济和社会发展主要任务

1. 增强经济持续发展活力

加快重点地区开发建设，促进总部经济的集聚发展和城市面貌改善。开展有针对性的招商引资，发挥新建成商办楼宇的载体作用，积极引进跨国公司总部机构、行业龙头企业和高品质企业。聚焦发展现代服务业，加快形成以现代服务业为主的产业结构。延伸发展以长风金融港为基础的金融服务业，加快发展法律服务、会计服务等专业服务业和文化创意产业。依托保税物流中心和陆上货运交易中心，提升现代物流业发展水平。整合旅游资源，加强高星级宾馆建设，促进旅游业发展。加快构建现代商贸服务体系，提升发展商贸业。引进和建设国际贸易功能性平台和机构，加快建设跨国采购中心等功能项目。进一步优化中环、长寿等商圈的环境，完善商业配套，优化商业业态。积极促进汽车贸易、电子商务等商业新行业、新业态发展。努力推进有色金属交易市场成为该行业的电子交易中心和定价中心。培育发展科技产业，激励科技企业主动承接国家、市级各类科技专项计划和科技成果转化，加快形成以天地软件园为核心的信息产业集聚区。加强招商引资和服务经济工作，开展重点地区招商推介、机构招商、活动招商、平台招商和以商引商，提高利用外资质量。优化国有资产布局，推动国有企业、国有资产的改革重组。

2. 以项目为引领推进发展

把转型发展作为重大战略任务，通过着力推进"九个一批"，以转型求突破，以升级促发展，努力促进经济持续、良性发展。一是打造一批功能发展平台。提升现有功能平台的能级，推进已经落地功能平台的建设，还要引进和规划一批新的功能平台。二是引进、培育和服务一批优质企业。尽快形成区域经济发展新的增长点。三是建设和发展一批商务楼宇。努力提高楼宇的税收落地率，提高楼宇产出水平。四是促进一批科技园区、文化创意园区发展。五是推进一批前期规划。要围绕未来发展方向和重点地区开发建设的实际，积极开展一批重点区域的整体改造规划。六是整合一批国有企业。发挥国资在调整经济结构，加快重点地区建设中的重要作用。七是储备和出让一批土地。根据区域经济发展需要，在长风、真如、桃浦等地区储备和出让一批建设用地。八是建设一批重点市政项目。使重点商务区的交通更通畅、购物消费和组织商务活动更方便。九是攻克一批难点问题。创新工作思路，集中力量、集中财力，努力攻克久拖不决的难点问题。

3. 促进各项社会事业的内涵化建设

坚持教育优先发展。加快校安工程和重点项目建设，调整优化教育存量资源。深入推进素质教育，加强课程教学改革，实施学生创新素养培育行动计划。加强教师队伍建设，创新教育管理机制。推动医疗卫生事业全面发展。深入推进医药卫生体制改革，坚持政府主导，加大投入，完善补偿机制。积极探索公立医院改革，优化卫生资源配置。推进新一轮健康城区建设，完善健康促进社会支持体系。深化人口计生综合改革，加大生育关怀覆盖面。促进文化、体育事业发展。加大基层公共文化设施建设投入，推进文化设施退租还文。发挥苏州河文化艺术节、图书漂流、新上海人歌手大赛等区域特色文化品牌作用。加快体育人才培养和引进。加强国家级体育后备人才训练基地的规划工作。

4. 加大社会保障和民生改善工作力度

加强就业促进工作。通过创业带动就业,通过引进和发展企业增加用工需求,确保城镇失业人数控制在要求范围内。加强对青年大学生就业和创业的指导援助,继续推进"青年就业启航实训基地"项目。加强各类职业技能培训,储备一批适合不同人群的就业岗位。加强社会救助和社会福利工作。完善以政府托底保障与社会化帮困相结合的帮困救助机制。进一步推进社会救助规范化建设,确保社会救助资金安全运行。重点探索支出型贫困家庭的帮困机制,多渠道、多层次针对不同困难对象开展综合帮扶活动。推进恒盛鼎城、中远两湾城养老院、老年俱乐部建设,进一步完善十分钟为老服务圈。加强住房保障体系建设,努力解决群众住房困难和改善群众居住条件。坚持公开规范操作,切实保障动拆迁居民合法权益。加大保障性住房建设力度,全面推进经济适用住房轮候供应。进一步扩大廉租住房受益面,提高廉租住房实物配租比例。拓展"六小工程"实施范围和内涵,继续推进旧住房综合改造。

5. 进一步健全社会管理和服务体系

加强城区公共安全管理。推进城区公共安全体制机制建设,建立健全安全责任制的签约、检查、考核、责任追究和激励机制。严格落实安全管理各项制度。开展对建筑业的规范和整顿。加大安全生产、质量技监、食药监、消防安全和地下空间安全工作力度,健全突发公共事件应急机制,增强城区减灾、防灾、救灾能力。提升社区建设和管理水平,进一步推进社区事务受理服务中心规范化建设,提升社区生活服务中心服务功能。提高社区自治和服务功能,加强居委会办公用房和活动用房建设。加强社区工作队伍建设,加强居委会文化活动建设。继续发挥居委会等基层组织作用,加强帮教志愿者队伍建设。进一步探索和完善流动人口分层分类管理工作框架。建立重大事项社会稳定风险分析和评估机制,着力从源头上防范和应对可能产生的社会稳定风险。加强社会稳定工作的相关设施项目建设。

(普陀区发展和改革委员会)

6.8　闸 北 区

一、闸北区 2010 年国民经济和社会发展回顾

2010 年,闸北区深入贯彻落实科学发展观,着力转变经济发展方式,经济建设和社会事业全面发展,顺利完成了"十一五"规划目标以及年初确定的经济社会发展各项目标和任务。

1.　区域经济发展实现新突破

2010 年,闸北区经济总体保持健康快速发展态势。全年实现区增加值 114.1 亿元,比上年增长 14.7%。区级财政收入 46.3 亿元,增长 27.7%。实现第三产业收入 559.1 亿元,增长 14.5%。发展转型取得重要进展。闸北区获批成为国家服务业综合改革试点区域。服务经济快速发展,服务业实现区级税收 34.4 亿元,占区级财政收入比重为 74.3%。产业园区建设成绩显著。苏河湾地区城市设计顺利完成,1 街坊、41、42 街坊等地块成功出让。中国上海人力资源服务产业园区获批建设,集聚各类人才企业和培训机构 47 家。市北高新技术服务业园区 2010 年实现区级税收 4.8 亿元,比上年增加 50.2%。上海云计算产业基地成功落户闸北。

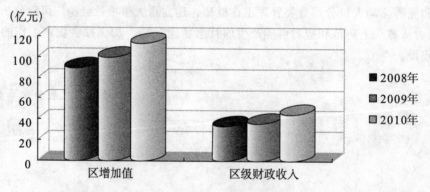

图 6—8—1　2008—2010 年闸北区增加值和区级财政收入情况

闸北区被列为国家服务业综合改革试点区域

2010 年 8 月,闸北区被列入国家服务业综合改革试点区域。闸北区服务业综合改革的总体目标是:依托市北高新技术服务业园区、人力资源服务产业园区、多媒体谷、上海大学科技园等重点产

业园区,集聚人力资源服务、金融服务、信息服务和科技服务等产业,区域服务业规模进一步扩大,服务经济质量和效益进一步提高,服务业成为区域经济发展的重要支撑,率先实现老工业基地的发展转型。到 2020 年,建成具有较高创新能力和核心竞争力的生产性服务业集聚发展示范区,成为国家级人力资源服务产业园区,成为国家高技术服务业基地,成为长三角区域企业服务平台,成为全国服务业改革先行先试区。通过开展服务业综合改革试点,闸北区将争取在服务业体制机制瓶颈各方面有所突破,营造有利于更为完善的服务业发展政策环境,为闸北"十二五"期间服务业的突破发展创造有利条件。

2. 招商引资与国资改革迈出新步伐

"引大引强"成效显著。全年引进内资 102.3 亿元,比上年增长 55.5%,引进内资注册资金 1000 万元以上的项目 137 个,注册资金 1 亿元以上的项目 18 个。引进合同外资 5.0 亿美元。引进上海新湖期货有限公司、盈科(上海)律师事务所、大公国际资信评估有限公司上海分公司等知名企业。全区企业地区总部已达 9 家。国资国企改革稳步推进。北方集团成功重组 ST 雅砻,成为闸北区首家国有上市公司。市北高新集团以市北开创为平台,积极注入优质资产,为成功借壳上市打好基础。加快国资国企"走出去"的步伐,北方集团启动泉州东海滩涂开发项目。上海市北高新(南通)科技城项目已正式启动。

3. 城区改造与建设取得新成绩

全面推广桥东二期新政试点经验,规范动迁管理。聚焦苏河湾地区重点动迁项目,2、3、4 街坊旧改土地储备进展有序。全区累计动迁居民 5037 户,旧区旧住房拆除面积 16.8 万平方米,其中二级旧里以下房屋拆除 12.1 万平方米。铁路上海站北广场综合交通枢纽、中环沪太路综合交通枢纽、中环共和新路综合交通枢纽相继竣工。完成河南北路、广中西路等一批道路改扩建工程。新建各类绿地 9.9 万平方米。实施走马塘、彭越浦局部防汛墙改造及西泗塘河道疏浚工程。

4. 各项社会事业全面推进

教育事业均衡发展。开展"关注整体,减负增效"等深化教学研究系列活动,教育科研领域取得丰硕成果。18 个"校安工程"校舍加固任务全部完成。彭浦十期 C 块配套幼儿园开工建设。文化体育活动日趋丰富。举办近百场世博文艺演出。海上文化中心顺利竣工。完成宋园茶艺馆等 3 家单位转企改制工作。新建 2 个社区公共运动场和 3 个社区健身点,更新 21 个社区健身苑点器材。卫生服务能力不断提高。以区中心医院为住院医师规范化培养基地,完成招生等各项工作。继续推进居民电子健康档案、区域卫生信息共享服务平台建设。完成 3 个社区卫生服务站点标准化建设。市北医院改扩建工程完工。

5. 民生保障力度不断加大

继续加大住房保障力度,全区新增廉租住房受益家庭 745 户。319 街坊等 5 个动迁配套商品房基地加快建设,其中 340 街坊新悦坊已竣工交付,彭浦十期 C 块二期 10 万平方米的经济适用房项目完成土地招标。全年完成旧住房综合改造 53 万平方米。促进就业工作切实开展。坚持创业带动就业,就业形势保持稳定,全区新增就业岗位 24720 个,城镇登记失业人员 20200 人,扶持成功创业 662 人,困难边缘群体就业 3108 人,"零就业"家庭保持动态为零。帮困救助工作全面推进。完善百户特困家庭个案帮扶计划,实施"世博关爱行动"。举办"慈善帮困联合捐"活动,捐款数额为历年之最。新增 5 个社区老年人助餐点和 10 个老年活动室。

6. 和谐社区建设成效显著

成功举办"城市历史文化建筑的功能再造"世博论坛。在全区范围内广泛开展世博城市文明志愿服务活动。临汾"世博人家"共接待来宾 201 批、5400 余人次。积极开展公益服务项目创投和招投标,全年共中标 12 个公益招投项目和 4 个创投项目。大宁路街道开展社区生活服务中心试点。启动社会治安顽症治理三年行动计划。

二、闸北区 2011 年国民经济和社会发展展望

(一) 2011 年国民经济和社会发展主要预期目标

2011 年,闸北区将继续深入贯彻落实科学发展观,按照"南高中繁北产业"的发展战略,围绕"提升、转型、创新、惠民"的发展主线,加快转变经济发展方式,加快发展服务经济,加快优化产业结构;进一步提升城市管理水平,改善城区生态环境;以富民惠民为出发点,促进社会事业蓬勃发展,不断提高人民生活水平,为努力实现"十二五"规划目标创造良好的开局。

2011 年闸北区国民经济和社会发展的主要预期目标是:完成区增加值 127.8 亿元以上,比上年增长 12%;完成区级财政收入 51.9 亿元,增长 12%。

(二) 2011 年国民经济和社会发展主要任务

1. 聚焦苏河湾开发,实施"南高中繁北产业"发展战略

聚焦苏河湾高端商务商业集聚区开发。组建区级机构,统筹苏河湾开发建设各项工作,发挥上海苏河湾投资控股有限公司在区域开发建设中的作用,加快形成政府统筹协调、企业主体参与的联动开发机制,引导支持产业项目向高端化、精品化发展。大力推进区域动拆迁工作,项目动迁。不断完善中国上海人力资源服务产业园区功能,完善商业配套。

提升大宁商业文化休闲服务业集聚区功能。按照建设上海市级商业中心的目标,积极推动上海大宁中心广场项目以及凯德置地大宁凯科广场项目的开工建设,整体推进原闸北体育场项目和大宁绿地地下空间的开发,加快万荣路第一机床厂改造。

加快生产性服务业集聚区建设。加快推进市北高新技术服务业园区建设,发挥上海云计算产业基地功能,加快中国网络电视台核心节点数据中心、腾讯上海云计算中心等一批重点项目建设。发挥上海多媒体谷国家数字媒体技术产业化基地的品牌效应,推动信息服务业、科技服务业集聚发展。继续推进上大科技园区延长校区整体改造。

2. 加快发展服务经济,促进产业结构转型升级

稳步推进国家服务业综合改革试点工作。以生产性服务业集聚发展示范区为目标,进一步完善重点产业和园区的发展规划,统筹协调各类资源,突破发展瓶颈,开展先行先试。细化落实试点方案,制定服务业扶持政策。建立试点工作的目标责任考核体系,加大试点工作的推进力度。

积极推进四大重点产业发展。大力发展生产性服务业。以人力资源服务业、金融及衍生服务业、信息服务业、科技服务业、文化创意产业为重点,壮大产业规模。提升发展商

突破产业发展瓶颈	• 促进区别土地资源集约利用，支持发展生产性服务业 • 构建产业载体资源信息平台，提高载体资源的利用效率 • 推进税收属地工作
统筹协调区域资源	• 突破人力资源、金融、信息等服务业的市场准入门槛 • 探索建立科学的生产性服务业统计指标体系 • 探索开展人力资源服务业标准化试点
加大财政扶持力度	• 设立服务业发展引导资金 • 设立中小企业贷款信用担保平台，拓宽融资渠道

图 6—8—2　国家服务业综合改革试点工作主要任务

业商贸服务业。推进苏河湾、大宁地区等重点商业中心建设，促进商业精品化、品牌化、多元化发展，进一步完善社区商业网络。深化发展交通物流服务业。以高铁建设运营为契机，积极发展铁路经济。吸引国内外大型采购企业入驻，提升物流产业能级。健康发展房产建筑业。强化监督管理，确保市场稳定。全年各类房屋开竣工各 80 万平米。

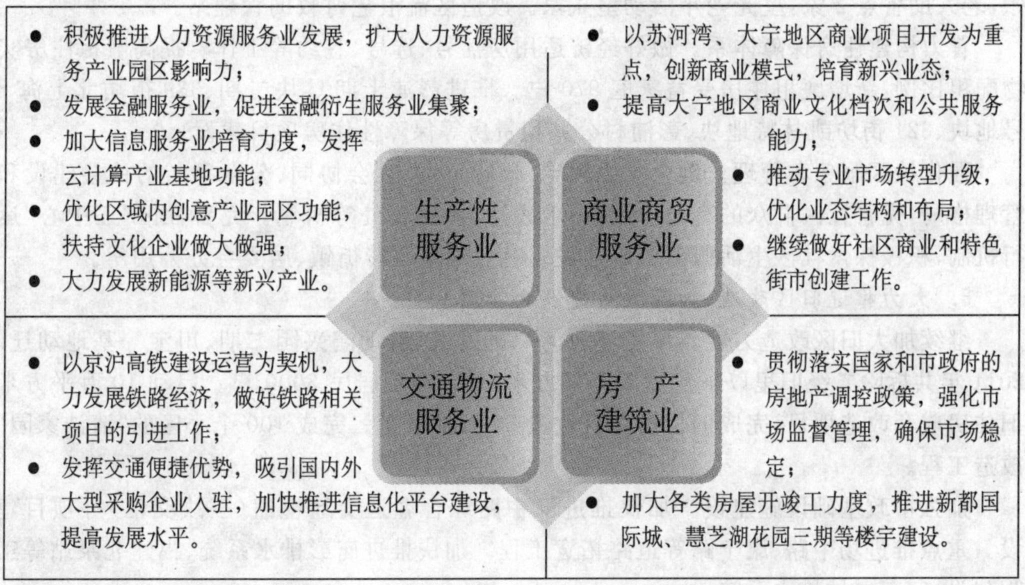

生产性服务业	商业商贸服务业
• 积极推进人力资源服务业发展，扩大人力资源服务产业园区影响力； • 发展金融服务业，促进金融衍生服务业集聚； • 加大信息服务业培育力度，发挥云计算产业基地功能； • 优化区域内创意产业园区功能，扶持文化企业做大做强； • 大力发展新能源等新兴产业。	• 以苏河湾、大宁地区商业项目开发为重点，创新商业模式，培育新兴业态； • 提高大宁地区商业文化档次和公共服务能力； • 推动专业市场转型升级，优化业态结构和布局； • 继续做好社区商业和特色街市创建工作。
交通物流服务业	房产建筑业
• 以京沪高铁建设运营为契机，大力发展铁路经济，做好铁路相关项目的引进工作； • 发挥交通便捷优势，吸引国内外大型采购企业入驻，加快推进信息化平台建设，提高发展水平。	• 贯彻落实国家和市政府的房地产调控政策，强化市场监督管理，确保市场稳定； • 加大各类房屋开竣工力度，推进新都国际城、慧芝湖花园三期等楼宇建设。

图 6—8—3　2011 年闸北区发展四大重点产业的主要任务

着力提高自主创新能力。积极培育高新技术产业化项目，新增高新技术成果转化项目达到 35 个。深化完善科技创新服务体系。建立人才培养基地，加大人才培育力度。

3. 加快社会事业建设，提高人民生活品质

不断提高教育发展水平。引导优秀教师向薄弱学校流动，促进校际间师资水平均衡。

确定 1－2 所高中学校为试点,鼓励各类学校自主办学,特色发展。完成 12 所中小学校舍加固任务,新建 2 所幼儿园。扎实开展全国科普示范城区的创建工作。

持续提升医疗服务质量。启动实施第三轮公共卫生体系建设行动计划。加强对全科医师规范化培养。扩大居民电子健康档案建设和应用。完成大宁路街道社区卫生服务中心迁建和精神卫生中心扩建工程,启动区中心医院二期建设。完善"治未病"预防保健服务长效管理机制,加快中医药事业的发展。

积极推进文体事业发展。深化公共文化服务体系建设,区图书馆分馆投入使用,海上文化中心开业并推出戏剧、舞蹈、音乐剧等一系列高品质的商业演出,加快商业演出、艺术培训等文化产业发展。全面启动闸北体育中心建设。

4. 全面落实民生工程,提高社会保障能力

实施积极有效的就业政策。强化社区就业服务功能,逐步实行调查失业率为主、登记失业率并行的失业监测和发布机制。采取政府购买服务和政府托底安置等多种方式,解决应届毕业生、就业困难人员和困难边缘群体就业。继续加强社区劳动人事争议基层调解网络建设。

全面增强社会保障能力。继续实施百户特困家庭个案帮扶计划。组建区居民经济状况核对中心。继续做好为老服务工作,切实提升居家养老服务水平,新增养老床位 200 张,老人助餐点 2 家,星光老年活动室 4 家。改造区流浪乞讨救助管理站。

着力构建住房保障体系。做好经济适用房摇号、选号、签约等工作。提高廉租住房实物配租比例,新增廉租住房受益家庭 970 户。推进彭浦十期 C 块二期、339 街坊北上海 8 号地块、321 街坊凯林特地块、彭浦村公共租赁房等保障性住房项目建设。

强化社区服务和管理。健全党委领导、政府负责、社会协同、公众参与的社会建设和管理格局,完善社区群众的利益协调、诉求表达、矛盾调处等机制。完善社区"三中心"运行机制,积极探索社区生活服务中心建设。有计划地改善街镇、居委会办公用房。

5. 大力推进旧区改造,加强城市建设和管理

继续加大旧区改造力度。聚焦苏河湾旧区改造,启动鸿兴园二期、川宝等基地动迁。2011 年共拆除二级旧里以下房屋 6 万平方米,累计动迁居民 3000 户。启动 10 万平方米旧住房成套改造项目,完成旧住房综合改造 50 万平方米。完成 100 个小区的"清洁家园"改造工程。

加强市政基础设施建设。加快推进汉中路综合客运交通枢纽(三线交汇)等项目建设。重点推进场中路、康宁路等道路拓宽工程。加快推进庙彭排水系统、福建北泵站等工程建设,完善区域排水系统。

强化城区市容管理。继续开展综合管理示范街道(镇)创建活动,争取再创建 1－2 个市容环境示范街道(镇)。大力推进生活垃圾减量化,实现人均生活垃圾处理量比 2010 年减少 5%。优化城市景观,加强苏河湾、大宁等地区景观灯光建设。

有效加强城市管理。加快把世博经验转化为城市管理长效机制,加强对城市管理顽症的综合治理。深化完善治安顽症"日、旬、月"打击整治模式,提升群众安全感。完善社区突发公共事件应急处置体系。强化重大建设工程的规范化管理。继续做好防灾减灾工作。

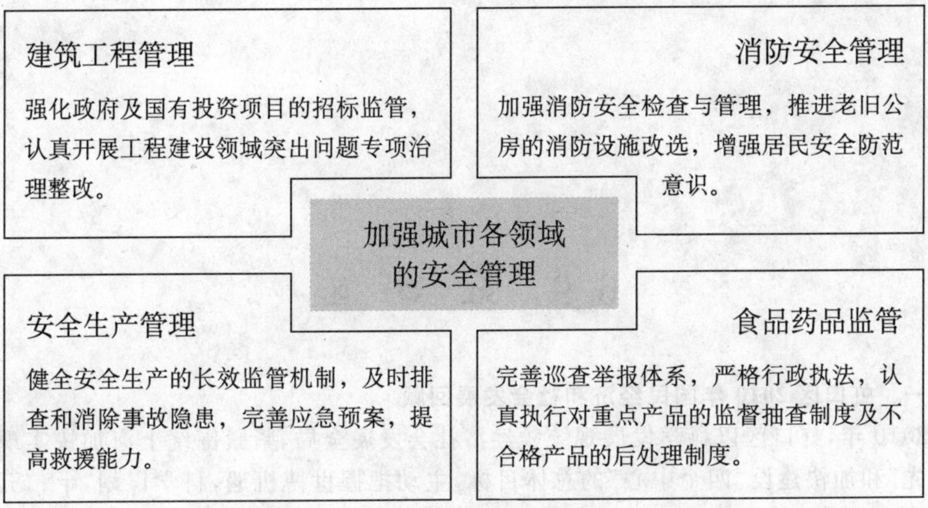

建筑工程管理	消防安全管理
强化政府及国有投资项目的招标监管,认真开展工程建设领域突出问题专项治理整改。	加强消防安全检查与管理,推进老旧公房的消防设施改造,增强居民安全防范意识。

加强城市各领域
的安全管理

安全生产管理	食品药品监管
健全安全生产的长效监管机制,及时排查和消除事故隐患,完善应急预案,提高救援能力。	完善巡查举报体系,严格行政执法,认真执行对重点产品的监督抽查制度及不合格产品的后处理制度。

图 6—8—4 城市各领域安全管理的主要任务

6.加强节能环保工作,不断改善城区生态环境

继续推进节能减排工作。全力推进区工商企业节能降耗,完善商业重点用能企业的能源统计体系。做好 2011 年度"两高一低"企业关、停和结构调整工作。继续推进污染减排,完成 3 家排污企业搬迁任务和 3 台燃煤锅炉清洁能源替代工作。

继续加强环境保护力度。全面完成第四轮环保三年行动计划。开展强制性清洁生产审核,确保二氧化硫、氮氧化物等主要污染物达标排放。强化危险废物、核与辐射等风险源单位管理,构建防控应急体系。开展交通噪声防治试点工作。深入推进绿色学校、绿色社区、安静小区等绿色创建活动。

加强重点生态项目建设。推进中兴绿地工程建设,大力发展居住区为主的专用绿地和以屋顶绿化为主的立体绿化。全年新建各类绿地 8 万平方米。加大河道治理与维护,推进重点河道整治、疏浚保洁和水系调整。

7.继续深化改革开放,激发区域发展活力

进一步加大招商引资力度。重点做好人力资源服务业、金融服务业、信息服务业等产业的招商引资,大力发展总部经济。加强与中介机构、相关行业协会、商会等机构的联系,运用市场化的手段进行招商。继续做好"百人团队联系百家企业"等工作。

不断增强企业发展活力。进一步推动市北开创公司"借壳"上市。探索经营者和专业技术人员的市场化选人用人制度。继续推进南通科技城、泉州东海湾等项目建设。加大政策支持力度,引导民企上市,完善中小企业金融服务体系。

推动各项社会事业改革。完善社会建设投入保障机制,鼓励多元化投入。继续深入推进教育、文化、卫生、体育等社会事业领域的改革。

(闸北区发展和改革委员会)

6.9 虹 口 区

一、虹口区 2010 年国民经济和社会发展回顾

2010 年,虹口区以科学发展观统领经济社会发展全局,紧紧围绕上海加快实现"四个率先"和加快建设"四个中心"的总体目标,主动把握世博机遇,科学谋划"十二五"发展,进一步巩固区域经济回升态势,为"十二五"期间实现全面协调可持续发展打下了坚实基础。

1. 区域经济平稳较快发展

2010 年,区域经济实现平稳较快增长,三级税收首次突破百亿,达到 102.7 亿元,比上年增长 14.8%,其中区级财政收入完成 48.4 亿元,增长 15.0%。市场消费稳步扩大,社会消费品零售总额达到 215.2 亿元,增长 12.2%。外资外贸逐步恢复,外商直接投资合同金额达到 7.1 亿美元,增长 131.1%,口岸进出口总额 26.9 亿美元,增长 24.3%。产业结构不断优化,航运服务业、知识服务业、商贸旅游文化休闲服务业和房地产业等四大主导产业实现区级税收 31.0 亿元,增长 23.2%,占全区区级税收的比重达到 77.8%,比上年提高 3.4 个百分点。创意产业集聚区经济贡献显著提升,全区市级创意产业集聚区达到 12 家,1933 老场坊、花园坊节能环保产业园被评为上海市首批示范创意产业集聚区,创意产业园区三级税收合计达到 4.5 亿元,增长 50%。

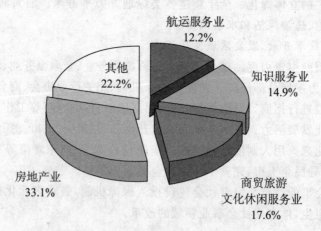

图 6—9—1 虹口区四大主导产业占区级税收比重

2. "一区一街一圈"建设深入推进

北外滩航运服务集聚区交通配套明显改善,区位优势进一步凸显,新建路隧道、外滩隧道全面建成,北外滩与陆家嘴、外滩的交通时间大幅缩短。四川北路商贸旅游文化休闲街商业设施加快集聚,虹口足球场综合交通枢纽结构封顶,三至酒店进入试运营。大柏树知识创新与服务贸易圈转型步伐加快,存量资源进一步航海,发展空间进一步拓展,数字出版、数字电视、数字内容等产业逐步形成规模。

表 6—9—1　"一区一街一圈"主要工作及成效

北外滩航运服务集聚区	航运政策逐步放开,克拉克森航运经纪(上海)有限公司等首批 9 家航运经纪公司在北外滩成立,填补了我国内地航运服务业领域的空白。 全区航运企业数量达到 3000 余家。
四川北路商贸旅游文化休闲街	成功举办上海酒节、上海旅游节四川北路欢乐节等系列活动。 上海酒类消费指数中心、上海酒文化展示中心、上海酒消费信息中心和上海国际酒业交易中心落户虹口。
大柏树知识创新与服务贸易圈	国家数字出版基地(虹口园区)正式挂牌成立,上海市数字电视公共服务平台建设加快推进。 成功举办首届"全国大学生数字创意创业大赛"。

3. 世博因素推动商业发展成果显著

世博期间,全区共接待游客 123 万人次,比上年增长 60%。旅游行业销售收入达到12.7 亿元,增长 70%以上。宾馆酒店客房平均出租率达到 85%以上。18 个世博特许产品销售网点实现销售额 33 亿元。邮轮旅游乘势而上,发展迅速。全年北外滩共接待邮轮(包括客班轮)190 余艘次,出入境邮轮游客超过 22 万人次,增长 48.6%;新增以邮轮旅游为主要业务的国际旅行社 2 家。社区商业取得新进展,消费环境不断完善。曲阳生活购物中心社区被评为第五批全国社区商业示范社区,凉城中星购物中心社区被评为市级社区商业示范社区。

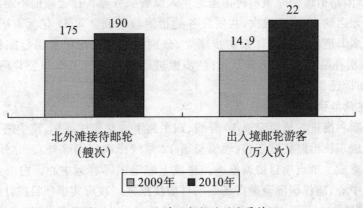

图 6—9—2　北外滩邮轮旅游发展情况

4. 节能环保工作取得积极成效

加强节能降耗管理,2010 年能耗总量增幅控制在 5％以内,单位增加值综合能耗下降率完成"十一五"目标。加快推进重点节能项目,落实节能措施,完成 30 家重点用能单位能源审计工作,推广使用高效节能照明产品 47 万余只,创建银叶级绿色旅游饭店 1 家。加强污染减排和环境保护,重点监管企业污染物稳定达标排放率达到 100％。全面完成第四轮环保三年行动计划 2010 年各项任务,圆满完成世博环境综合整治,对 4 台共 16 吨生活型燃煤锅炉实施清洁能源改造。全区新增公共绿地面积 12000 平方米,绿化覆盖率达到 20％。

5. 科技创新不断迈向深入

企业自主创新能力不断提高,高科技产业知识产权拥有量达到 1163 项。新认定上海市科技小巨人企业 1 家,上海市科技小巨人培育企业 4 家,虹口区 2010 年度科技小巨人企业 5 家。获国家和市科技型中小企业技术创新基金立项支持 25 项,国家和市专项资金资助 1325 万元,创"十一五"新高。截止到 2010 年底,全区国家、市、区级企业技术中心达到 28 家。

6. 社会事业协调发展

文化、教育设施不断完善,建成虹口区图书馆新馆,完成 6.6 万平方米中小学校舍安全建设。卫生应急处置能力进一步提高,圆满完成世博会医疗卫生保障工作。公共卫生服务和保障能力进一步加强,每万人口预防保健经费达到 50 万元,甲型 H1N1 和季节性流感疫苗接种达到 14.1 万人次,麻疹疫苗强化免疫接种 53018 人。社区卫生服务建设进一步深化,全年社区门诊减免政策惠及 447 万人次,减免金额达到 3130 万元。科普工作积极开展,以上海筹办和举办世博会为契机,有效开展"与院士一起看世博"等近 40 项科普专题活动,凉城新村街道被评为"上海市科普示范社区"。

7. 民生保障力度不断加大

继续开展抓创业促就业工作,全年扶持创业组织 1275 户,职业技能培训 25389 人次。新增就业岗位 30335 个,城镇登记失业人数控制在目标数以内。为老服务不断深化,新增养老床位 100 张,享受居家养老服务的老人总数累计达到 21095 人,新建标准化老年活动室 7 个,新增欧阳路街道和凉城新村街道老年人助餐服务点。社会救助不断加强,全年低保覆盖人数累计达到 23.2 万人次,共发放各类帮困救助资金 1.51 亿元。居住条件不断改善,分层次、多渠道住房保障体系初步建立,分别完成实物配租和租金配租 1032 户和836 户,发放廉租补贴资金 3161.6 万元;稳步推进经济适用房工作和公共租赁房前期准备工作;完成动拆迁 2017 户。

8. 城区建设加快推进

重大工程顺利推进。轨道交通 10 号线、四平路下立交建成通车,广中路下立交(南地道)试通车,完成东长治路拓宽工程(轨道交通 12 号线影响范围除外)。北外滩综合交通枢纽动迁全面完成。重点项目协调推进。建成上海港国际客运中心。白玉兰广场、上海国际航运服务中心、浦江国际金融广场等项目加快推进。政府实事项目按计划全面完成。全年实施百弄整治 14 万平方米、旧小区平改坡综合改造 10.2 万平方米,完成防汛墙改建

317米,完成四川北路(溧阳路－山阴路)新辟非机动车道等8项排堵保畅工程。

二、虹口区 **2011** 年国民经济和社会发展展望

(一) 2011 年发展思路和主要预期目标

2011 年,虹口区将继续深入贯彻落实科学发展观,全面贯彻党的十七届五中全会和中央经济工作会议精神,以科学发展为主题,以转型发展为主线,坚持航运功能定位,推动多元经济发展,加快旧区改造步伐。不断增强机遇意识、忧患意识、创新意识和开放意识,推进上海国际航运中心现代航运服务体系核心功能建设,加快发展以现代服务业为主的服务经济体系,不断提高城区建设和管理、公共服务和社会保障水平,使经济社会发展的成果惠及于民,确保"十二五"扎实起步。2011 年虹口区国民经济和社会发展计划主要目标如下:

表 6－9－2　2011 年虹口区国民经济和社会发展计划主要目标

指 标 名 称	预 期 目 标
区级财政收入	52.2 亿元
社会消费品零售总额	236.7 亿元
海关口岸进出口总额	15.2 亿美元
外商直接投资合同金额	4.1 亿美元
市级以上创新项目申报数	100 项
高新技术企业数	80 家
单位增加值能耗下降率	3.6%
主要污染物排放削减率	二氧化硫下降 1%
	氮氧化物下降 2%
	化学需氧量下降 1%
	氨氮下降 2%
新增就业岗位	24100 个
城镇登记失业人数	控制在 16900 人以内
享受居家养老服务的老人总数	22000 人
改造二级旧里以下居住房屋	10 万平方米
各类旧住房修缮整治面积	70 万平方米

(二) 2011 年国民经济和社会发展主要任务

1. 坚持改革创新、转型发展,保持经济平稳较快增长

坚持经济增长、结构调整和功能提升有机结合,为转变经济发展方式留出适当空间,区级财政收入预期达到 52.2 亿元,比上年增长 8%。

一是加大产业结构调整步伐。加快发展以现代服务业为主导、以战略性新兴产业为

亮点的现代产业体系,现代服务业区级税收增长 15% 左右。以重点产业为导向,加强企业引进与扶持,聚焦跨国型、总部型、品牌型、创新型企业和机构,加快发展航运服务业、金融服务业、信息服务业、现代商贸业、专业服务业、文化创意产业等现代服务业,稳步发展房地产业,培育发展节能环保服务业等战略性新兴产业。加强产业项目建设,发挥上海航运交易所、上海环境能源交易所等平台功能,继续大力推进国家级船员评估中心、全国示范性船舶交易市场和船舶交易信息平台、国家数字出版基地(虹口园区)、国家音乐产业基地音乐制作中心、上海酒节等建设,争取更多新兴领域重大项目落地。设立和引进产业基金、股权投资基金和风险投资基金,促进创新发展、产业升级和经济结构调整。以机制建设为保障,完善招商引资机制,结合新一轮市区财税体制改革,面向重点产业发展,调动各方积极性,大力吸引符合产业导向的优质企业入驻,加强市属下放企业服务。创新企业服务机制,探索政府引导和市场运作相结合,进一步解决民营企业和中小企业融资难、担保难等问题。以资源统筹为手段,优化利用楼宇资源,统筹促进交通、景观、商业、休闲等综合环境与楼宇品质同步提升,大力发展现代服务业集聚的楼宇经济。集约利用土地资源,以产业功能为导向,做好海门路 55 号等重点地块的出让,着力吸引品牌型、总部型商业地产商或企业入驻开发。

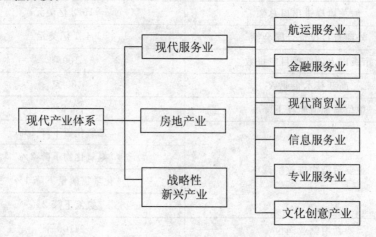

图 6-9-3 "十二五"期间虹口区现代产业体系结构图

二是加快提高开放创新水平。按照上海"四个中心"建设要求和中央商务区发展趋势,加快提高内外开放水平。不断增强国际航运、金融中心等核心功能,以北外滩航运服务集聚区为引领,以北外滩、四川北路楼宇密集区为依托,积极促进陆家嘴—外滩—北外滩金融区联动建设;争取在船舶管理等高端航运服务领域实现突破,加快航运经纪、船舶交易、航运金融衍生品交易等高端航运服务业发展,继续支持重点航运企业和功能性机构发展;争取在金融服务等领域实现突破,加快航运、金融、贸易融合发展;坚持引进来和走出去并举,提高利用外资水平,加快服务贸易发展。按照上海建设创新型城市的要求,加快提高科技创新水平。不断增强区域科技创新功能,以大柏树知识创新和服务贸易圈为引领,继续加大科技创新扶持力度,建立市区两级企业技术中心 5-6 家;继续增强数字出版、节能环保等功能性平台的集聚辐射能力,增强特色创新功能;继续加强知识产权保护,促进专利成果转化,推动知识产权抵押贷款等融资模式创新。

三是加快提升综合消费功能。把握扩大内需战略机遇,以市场需求为导向,加快培育消费新热点,社会消费品零售总额达到 236.7 亿元,比上年增长 10%。加快优化消费环境,按照国际化、时尚化定位,做好虹口足球场综合交通枢纽、中信广场、国客中心地下商业街等新增商业设施招商,促进商业品牌升级和业态多元发展,继续举办大型品牌节庆活动,注重文化资源的引进、挖掘和利用,加快提升四川北路、北外滩等地区的综合消费服务功能。加快商贸业转型步伐,加快引进和培育电子商务企业,支持传统商贸企业创新经营模式、扩大市场份额;支持钢铁等大宗商品交易市场发展,增强大宗商品交易和定价功能;启动运作上海国际酒业交易中心等功能性平台,积极发展酒类贸易。加快发展邮轮旅游,与国际邮轮旅行社合作,力争推出更多符合本地消费需求的出入境邮轮旅游产品,推动主题旅游发展,新增邮轮旅游业务旅行社 1—2 家。

2. 加快推进城市建设,提升城区管理水平

主动应对日趋紧张的资源环境约束,坚持"建管并举、重在管理",以重大工程、重点项目为抓手,不断完善城市形态和基础设施,以节能降耗、环境保护、信息化管理为抓手,推进常态长效管理机制建设,加快提升城区建设和管理水平。

一是加快重大工程和重点项目建设。继续推进轨道交通 12 号线区内站点建设。建成东方海港国际大厦、虹口足球场综合交通枢纽、城投控股大厦等项目,力争新外滩花苑 E 楼、轨道交通 10 号线天潼路站商办楼结构封顶,加快推进白玉兰广场、上海国际航运服务中心、浦江国际金融广场、中信泰富等项目建设,开工建设轨道交通 10 号线海伦路站地块综合开发等项目,推进停缓建项目建设。

二是加快资源节约型、环境友好型社会建设。加快节能减排长效机制建设,推进体制机制创新,增强全社会协同推进节能减排工作的合力。强化政府扶持资金的引导作用,修订《虹口区节能减排专项资金使用管理实施细则》。落实固定资产投资项目节能评估和审查制度,从源头杜绝能源浪费,提高资源利用率。加强生态环境和绿化市容建设,全面完成第四轮环保三年行动计划最后一年的各项目标任务,启动编制第五轮环保三年行动计划。

三是加强城区信息化应用和管理。完成空间地理信息系统二期、电子政务支撑系统二期项目建设,启动虹口区电子政务数据中心、电子政务资源服务平台、多级联动门户平台等项目建设。完善实有人口信息、法人信息、城市地理信息三大政务资源基础数据库。

3. 加大民生保障力度,切实加强社会建设

将改善民生作为加快城区转型发展的出发点和落脚点,以加强公共服务和社会保障为抓手,以落实好关系人民切身利益的实事项目为重点,切实解决群众实际需求,不断提高人民生活质量。

一是深化创业就业工作。不断提高创业服务的社会化、专业化水平,加强与各类金融机构的合作,拓宽创业融资渠道;制定创业实训补贴等政策,培育创业服务中介组织,提高创业成功率。不断增强就业服务的针对性和有效性,以市场需求为导向,根据青年人、就

业困难人员等不同群体的个性化就业需求,完善劳动力资源管理、分类指导服务、特殊人群帮扶等机制。

二是加强为老服务。规范居家养老服务,推进长效管理机制。鼓励支持社会力量投资兴办养老机构。深入开展"邻里助老进万家"活动,试点推进"科技养老"和"网上养老"。深化"晚霞心苑"老年人精神生活服务品牌建设。加强老年活动室建设和管理,新(改)建标准化老年活动室 5 家。

三是加快改善居住环境。全力推进旧区改造,完成虹镇老街 3、2、9、10 号地块动迁,实施 1、7 号地块动迁,推进北外滩第二层面的土地储备和改造;坚持"拆、改、留、修"多策并举,加强各类旧住房综合整治工作。着力加强住房保障,继续扩大廉租受益面,做到"应保尽保";全面细致做好经济适用房和公共租赁房各项工作;完成丰镇路 199 号和场中路 908 号保障性住房建设。

四是加快发展社会事业。促进各类教育均衡优质发展,全面推进素质教育,继续实施中小学校舍安全建设工程。提高医疗卫生服务水平,新建欧阳路街道社区卫生服务中心,继续落实社区卫生服务综合改革各项措施,逐步建立基于居民健康档案的区域性信息共享平台。大力发展文化体育事业,完成建党 90 周年大型群众歌咏活动、虹口区戏剧节等市区重大活动,发挥小品基地功能;完成虹口体育馆大修工程,加强区少体校"国家高水平体育后备人才基地"建设。

（虹口区发展和改革委员会）

6.10　杨　浦　区

一、杨浦区 2010 年国民经济和社会发展回顾

2010 年,杨浦区深入贯彻落实科学发展观,认真落实各项宏观调控政策,牢牢把握建设国家创新型试点城区的重要机遇,全力推进办世博、调结构、促改革、惠民生、保稳定各项工作,实现了市委提出的"五个确保",圆满完成全年各项目标任务。

1.　区域经济增速稳步加快,产业结构不断优化

全年完成区增加值 880 亿元,比上年增长 12%。完成税收收入 110 亿元,增长 17%;完成区级财政收入 50.1 亿元,增长 13.7%。固定资产投资总额 142.8 亿元,外贸进出口总额 6.7 亿美元,均与上年同期基本持平。实现社会消费品零售总额 239.5 亿元,增长 16.5%。产业结构不断优化。第二、三产业增加值比例为 22.7∶76.5(第二产业不含烟草业),第三产业占比较 2005 年上升 7.3 个百分点。其中,知识型生产性服务业占第三产业比重从 2005 年的 27.7% 上升到 2010 年的 34.0%。全区新引进各类企业 2948 户,比上年增长 12.6%,新引进各类企业注册资本金 79.2 亿元,增长 3.3%。其中,服务类企业分别占总量的 35.2%,注册资本金 500 万元以上企业 289 户。全年合同利用外资完成 11.0 亿美元,增长 76.41%。

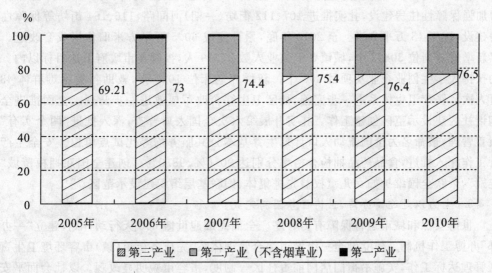

图 6-10-1　2005—2010 年杨浦区第三产业增加值占区增加值比重

2. 全面启动国家创新型试点城区建设，区域创新体系建设取得新进展

2010 年 1 月，国家科技部授予杨浦国家创新型试点城区。市政府出台杨浦国家创新型试点城区建设指导意见，将"支持杨浦国家创新型试点城区建设"纳入市"十二五"规划纲要，并纳入国家科技部与上海市"部市合作"框架协议。创新要素集聚效应明显。加强与美国旧金山湾区委员会的战略合作，其第一家海外分支机构——湾区投资咨询（上海）有限公司落户。国家设计和贸易促进中心揭牌成立，国家级海外高层次人才创新创业基地建设加快推进，集聚国家"千人计划"人才 35 名。新增科技企业 710 家，2 家企业新命名为市科技小巨人（培育）企业。发明专利申请量比上年增长 23％。金融创新服务科技创新取得新进展，在全市率先成立科技金融投贷联盟，成功发行"创智天地 2 号"等金融产品。引进华登、恒洲、金立方等约 18 亿元基金。华平和博士蛙 2 家企业成功上市。上海钢铁交易所、矿权交易所落户获批。全年各类融资渠道为科技企业及中小企业融资 500 余笔、约 46 亿元。

3. 加快推进城市建设与管理，城区功能和形象不断提升

基础设施建设加快推进。轨道交通 10 号线建成运营，12 号线开工建设。军工路越江隧道地面配套工程完工，军工路北段拓宽、四平路大连路下立交竣工通车。杨树浦路、五角场公交枢纽建成，新江湾城公交枢纽加快建设。长阳路杨树浦港桥、复兴岛运河桥改建工程开工。基本完成杭州路等 3 条道路辟通拓宽，启动长阳路等 3 条道路辟通拓宽前期动迁。完成五角场排水管网改造。节能减排工作深入推进，全年区域万元生产总值综合能耗下降 2.0％，"十一五"期间累计下降 23.8％。全面推进第四轮环保三年行动计划，二氧化硫排放总量下降至 350 吨以内，区域降尘量控制在 10 吨/平方公里·月以内，环境空气质量优良率达 90％。

4. 加快推进以民生为重点的社会建设，城区更加和谐安康

加快推进以平凉西块为重点的集中成片旧区改造，全区共拆旧房 7.7 万平方米。大力加强保障性住房建设，扎实推进 107、112 街坊（一期）河间路、116、154 街坊等保障性住房建设，竣工 48 万平方米。至 2010 年底，累计完成 60.5 万平方米旧住房成套改造。全年新增就业岗位 30422 个，城镇登记失业人数 27219 人，控制在市政府下达目标以内。成功扶持大学生创业企业及项目 206 个。新增养老床位 1020 张，救助各类困难群体 43.2 万人次。医疗卫生体系进一步完善，社区卫生综合改革成效进一步凸现。全面推进全国和谐社区建设示范区创建工作。扎实开展第六次全国人口普查，深入推进"两个实有"全覆盖管理，被命名为全国流动人口计划生育基本公共服务均等化试点单位。安全生产监管工作深入推进，食品药品抽检合格率分别达 90.6％、98.0％。创建全国双拥模范城"七连冠"，荣获全国维护妇女儿童权益先进集体、妇联基层组织建设示范区。

5. 全力以赴迎博办博，世博任务圆满完成

世博安保和城市运行保障有力有序。全面完成迎世博 600 天行动计划，建立"一办四部"办博工作机制。建立健全三级城市综合管理体系，完成各街道（镇）市容环境卫生责任区管理达标工作，实施沿街门店门前责任区等制度，市容市貌明显改观。以社会面平安保世博安全，落实城区四级世博安保责任。秦皇岛路"世博水门"等重要区域安检秩序维护和交通保障措施落实到位,水电气、通信、网络等基础设施运行正常。食品药品、医疗卫生、交通、生产、消防、特种设备、工矿商贸、地下空间等公共安全形势平稳可控。精心组织国际参展方进杨浦、"居委会自治家园"观摩点等活动。世博期间,共接待国内外贵宾和友好城区团组 100 余批,2650 名居民参与 12 场国家馆日和国际组织荣誉日活动,6 万余名干部职工、志愿者参与世博园区内外各类志愿服务。

二、杨浦区 2011 年国民经济和社会发展展望

(一) 2011 年发展思路和主要预期目标

2011 年是杨浦国家创新型试点城区建设的攻坚年,全区将继续坚持"三区联动"、创新驱动,紧紧抓住建设国家创新型试点城区这条主线,着力推动经济发展方式转变和经济结构调整,推进改革开放和体制机制创新,加强城市管理和民生保障,保持物价稳定、保障公共安全、保持社会和谐稳定,努力为全区"十二五"规划开好局、起好步。

2011 年杨浦区国民经济和社会发展的主要预期目标是:区财政收入比上年增长10%;固定资产投资总额增长 10%;社会消费品零售总额增长 12%;万元生产总值综合能耗下降率完成市下达指标;新增就业岗位完成市下达指标。

(二) 2011 年国民经济和社会发展主要任务

1. 深入推进国家创新型试点城区建设,创新驱动转型发展

认真落实市政府的指导意见,建立健全部市合作、市区联动工作机制。启动科研院所科技园建设,推进现代设计、钢铁物流、智能电网、物联网和云计算等产业技术创新战略联盟建设。以创智天地为重点,积极吸引美国创新企业和机构集聚杨浦。不断健全"创业苗圃—孵化器—加速器"创业服务体系,努力成为全国科技创业苗圃试点单位和全国大学生创业示范基地。积极实施市技术创新工程,聚焦重点产业领域,加强知识产权创造、应用和保护,积极培育市、区两级科技小巨人企业。全面推进国家级海外高层次人才创新创业基地建设,重点加大高端人才的引进力度、政策制度的创新力度和服务体系的建设进度。

2. 聚焦产业链拓展和新兴产业培育,优化调整产业结构

一是重点发展现代设计产业。加强环同济国家级研发设计服务特色产业基地和上海国家设计与贸易促进中心等的联动,大力发展时尚设计、软件设计、工业设计等新型设计业态。二是重点发展科技金融服务业。深化投贷联盟内涵,支持美国硅谷金融集团组建创业服务平台和合资银行。三是大力发展高新技术产业。推进上海软件和信息服务业基地、复旦软件园等建设和招商。四是培育发展战略性新兴产业。设立区级层面工作机制和专项资金,重点推进上海市云计算创新基地建设,积极争取物联网市级创新基地和智能电网市级示范应用基地落户。五是重点提升发展烟草、现代纺织、装备和设备制造、电子信息等制造业。推进现代服务外包集聚区、文化教育服务园区等项目建设和招商。六是加快发展现代商贸服务业。提升五角场商圈能级,大力发展电子商务等新兴业态,打造若干条特色商业街。认真贯彻落实中央和市关于房地产市场宏观调控各项政策,科学配置功能性房产和住宅性房产比重,打造品牌商务楼宇,不断完善保障性住房体系。

3. 加快五大功能区建设,进一步凸显城区功能形象

一是继续实施聚焦五角场战略。往南进一步拓展商业商务区范围,加快推进复旦大学管理学院等创智坊二期项目开工,推动创新服务中心等公共服务平台和配套设施建设。二是推进滨江发展带开发建设。开展规划优化和修编,完善滨江地区功能定位。探索建立"市区联手、政企合作"的联合开发机制,引进社会力量参与滨江开发建设。三是推进以环同济知识经济圈为代表的科技园区建设。促进中国—意大利设计创新中心功能落地,建设现代设计公共服务平台,努力打造上海"设计之都"的核心区域。四是完善大连路总部研发集聚区功能。发挥西门子、大陆集团、安莉芳等国际知名企业入驻的示范带动效应,继续引进一批跨国公司地区总部、投资公司、营运中心、销售中心等,不断优化商务配套服务环境。五是加快新江湾城国际化社区建设。制订国际化、智能化、生态化社区规划指标体系,依托新江湾城社区建设战略性新兴产业应用示范集聚区,加快基础性配套设施建设。

4. 更加重视民生改善和社会建设,切实解决好人民群众关心的问题

坚持把稳定物价放在更加突出的位置,认真落实国家和市相关要求,切实保障人民群众基本生活。大力推进旧区改造,不断完善动迁配套房、廉租住房、公共租赁住房和经济适用住房"四位一体"住房保障体系,动迁配套房竣工 30 万平方米,新开工 20 万平方米,筹措各类公共租赁住房 1000 套。着力促进就业,继续实施区大学生创业三年行动计划,深化完善创业者公共实训基地等平台功能,提高创业带动就业水平。积极提高社会管理服务水平,启动新一轮居委会办公用房达标建设三年行动计划,开展居委会信息化建设试点。创建"全国和谐社区示范区",推广社区事务受理服务中心"一口受理"。健全社会救助机制,探索社会救助与社区事务受理服务中心"一口受理"有效衔接。加快社区生活服务中心建设,启动社工督导培养五年计划。深入推进全国老年友好城区试点,新增养老床位 400 张。

5. 立足以改革促发展,积极推进社会事业协调发展

认真实施中长期教育改革和发展规划纲要,深化上海市基础教育创新试验区建设,实施青少年科技人才培养计划。加强办学体制改革,支持"上理工"联盟体等教育组团发展。建立杨浦国际教育交流中心,大力推进教育国际化。积极稳妥推进医药卫生体制改革,全面落实基本医疗保障、基本药物制度等五项改革,继续推动公立医院改革。积极实施第三轮公共卫生体系、健康城区建设三年行动计划,创建全国卫生区,提高突发公共卫生事件处置能力。深化社区卫生综合改革,探索实施家庭医生制度。健全公共文化体育服务体系,加强对区文化馆、社区文化活动中心绩效评估,创建国家二级档案馆,推进杨浦图书馆等公共文化设施建设。深化文化体制改革,完成经营性文化事业单位转企改制。实施区全民健身计划,实施杨浦体育场改造。

6. 坚持以人为本、安全为先、管理为重,全力提升城市建设管理水平

构建城市综合管理"大联动"格局,深化"条块结合、条条保障、属地管理"的城市管理体制机制。开展市容环境综合管理示范、达标街道(镇)创建活动,创建示范道路。强化城市运行安全和生产安全保障,巩固防火及安全生产大检查大整顿成果。聚焦消防、交通、生产、食品药品、特种设备、地下空间等公共安全重点领域,切实提高预防和处置突发事件的能力。积极创建"全国综合减灾示范社区",设立因灾临时安置点。加快重大市政基础设施建设,完成轨道交通 12 号线站本体土建施工,军工路隧道竣工,推进周家嘴路等越江隧道前期工作。完成长阳路杨树浦港桥和复兴岛运河桥道路工程,以及江浦路、双辽支路等 4 条道路辟通整治,启动翔殷路地下通道等项目建设。强化节能减排目标管理责任制,推广合同能源管理,加强中小学校和医疗机构节能考核管理。加强环境保护和生态建设,全面推进第四轮环保三年行动计划。加强大气环境治理和保护,推进燃煤设施清洁能源替代。创建无燃煤街道、安静小区、绿色小区,建成鞍山四村环境友好型社区。加强信息基础设施建设,推进平安城市、视频监控、政法信息、数字医疗等信息化项目。拓展城市网格化管理平台的查询统计、分析预警、图像展示等功能。

（杨浦区发展和改革委员会）

6.11　宝　山　区

一、宝山区 2010 年国民经济和社会发展回顾

2010 年以来，全区上下聚焦迎博办博工作，全力推进经济社会发展各项任务，完成了区六届人大六次会议确定的经济社会发展各项目标。全年完成区增加值 636.8 亿元，比上年增长 12.4%。地方财政收入 70.4 亿元，增长 12.2%。固定资产投资 292.4 亿元，增长 34.7%；社会消费品零售总额 330.4 亿元，增长 21.3%，城镇和农村居民家庭人均可支配收入分别增长 10.5%、11.1%。

1. 结构调整取得明显成效

重点地区转型升级。吴淞工业区整体转型工作启动。聚焦滨江带开发，吴淞口国际邮轮码头基本建成并顺利实现"首靠"。开展南大地区规划编制，综合整治工作实质性启动。启动罗店大型居住社区建设。轨道交通沿线仓储、堆场等低效用地调整进展加快。城市工业园区启动实施北部综合产业区开发。

现代服务业加速集聚发展。推进现代服务业集聚区、特色产业园和重点楼宇建设，初步形成软件和信息服务、动漫衍生等新兴服务业集聚发展格局。启动宝山万达广场等 19 个服务业载体建设，相继建成汽车·梦工厂等 17 个服务业载体。

先进制造业能级加快提升。上海海隆石油工业集团有限公司等成长为业内领军企业。上海发那科机器人有限公司项目建成投产，尔华杰机电装备制造有限公司等先进制造业项目进展良好，推动宝山工业园区太平洋机电等 15 个先进制造业项目集中开工。

节能减排稳步推进。实施十大节能改造工程，启动 15 个单位燃煤锅炉改造，完成 6 家企业清洁生产审核。对 60 个单位实施淘汰落后工艺、设备等产业结构调整关停转，节能量达 8 万吨标煤。

2. 城乡环境建设有序推进

城乡环境面貌实现新提升。迎世博 600 天环境整治任务胜利完成。落实城市综合管理长效机制，城乡环境显著改观。水环境治理取得成效，区域骨干河道整治率达到 65%，基本实现城镇污水纳管率 80% 的目标。统筹城乡建设实现新进展。推进闲置土地处置工作，扎实推进重大工程建设。宝安公路等市政基础设施项目按计划推进，区体育中心和图书馆等社会事业与民生项目顺利推进。新农村建设迈上新台阶。加强基础设施建设。完善经济相对困难村帮扶机制。研究农村宅基地置换试点工作。

3. 民生保障工作扎实开展

促进和扶持各类人员就业。创新工作模式,创建一门式创业服务站。区公共就业服务平台推荐就业 8 万多人次,对近 3 万人进行就业指导。加强社会保障和社会救助工作。落实新征用地人员社会保障 3230 人。切实做好外来从业人员社会保障,外来从业人员参加综合保险 25.7 万人。推进居民医保参保工作,年度参保缴费人数达 13.1 万。新增居家养老对象 2400 名。切实提高人民生活水平。有序推进旧房改造、廉租房配租、经济适用房申请等工作,切实改善居民住房条件。高度关注与人民生活息息相关的问题。规范菜市场规划布局,加强经营管理。有序开展世博主题活动。在落实各项世博服务安保工作的同时,举办多种形式的世博主题活动,提升宝山形象,丰富群众生活。推进社会事业协调发展。统筹城乡教育发展,成立 6 个初高中教育联建体,选派 27 名城区优秀教师赴农村支教。参演世博文艺互动取得圆满成功。加强对食品药品监管和重点传染病、流行性疾病的防控,强化疫情监测预警。初步建立农村医疗卫生服务体系,农村卫生综合服务功能进一步提升。全民健身活动蓬勃开展,不断提升竞技体育的综合实力。

4. 改革发展工作不断深化

各项改革稳步推进。继续深化行政审批制度改革,进一步完善投资项目行政审批方案,制定建设工程领域行政审批制度改革实施方案。梳理完善支持企业发展相关政策。建立健全宝山区促进产业发展专项资金管理联席会议制度,形成支持产业发展"1+9"政策体系。金融创新服务取得成效。成立宝山区金融业联合会,创建上海钢铁金融产业园,被列为上海市重点推进的生产性服务业功能区之一,着力形成金融资源和产业资源融合发展的良好格局。新批准筹建 2 家小额贷款公司,积极开展盛京银行和鄂尔多斯银行等村镇银行的筹建工作。

二、宝山区 2011 年国民经济和社会发展展望

(一) 2011 年发展思路和主要预期目标

2011 年,宝山区将按照科学发展观要求,深入贯彻落实党的十七届五中全会和中央经济工作会议精神,按照市委、市政府 2011 年工作部署,加快转变经济发展方式,把握发展机遇,调结构、促转型、稳物价、保民生、抓改革,切实做好"十二五"开局工作。

表 6—11—1　2011 年宝山区国民经济和社会发展主要预期目标

	序号	指 标 名 称	2011 年预期目标
经济发展	1	区增加值	增长 12%
	2	区地方财政收入	增长 12%
	3	全社会固定资产投资	增长 12%
	4	社会消费品零售总额	增长 12%
	5	第三产业增加值占全区增加值比重	增加 1 个百分点
	6	工业园区单位土地产出	提高 10%
	7	单位增加值综合能耗	下降 3%—4%

续表

	序号	指　标　名　称	2011 年预期目标
社会发展	1	城镇居民家庭人均可支配收入	10％
	2	农村居民家庭人均可支配收入	10％
	3	新增就业岗位	2.6 万个以上
	4	帮助成功创业	600 人
	5	城镇登记失业人数	控制在 3 万人以内
	6	城镇污水纳管率	85％
	7	新建绿地、林地	5800 亩

（二）2011 年国民经济和社会发展主要任务

1. 深入推进产业结构调整

实施新一轮产业结构调整三年行动计划。聚焦重点地区和重点行业，突破调整瓶颈。继续实施大项目带动。按照储备一批、开工一批、建成一批、提升一批的要求，抓好具有示范性、引领性和支撑性的重大项目建设，带动产业结构调整升级。重点引进和培育钢铁服务、节能环保、软件开发、电子商务及动漫衍生等领域具有较强市场竞争力的企业和项目。切实推进节能减排工作。加快淘汰落后产能，加强节能监察，分解落实节能减排目标。大力实施 12 个高耗能行业清洁生产，推行合同能源管理。节约标煤 2 万吨，单位增加值综合能耗下降 3％－4％。

2. 加快现代服务业发展

继续推进服务业载体建设。重点抓好邮轮港主体工程的收尾和开港筹备，做好开港第一年邮轮航班的停靠，加快相关衍生产业的发展。落实重大项目建设的时间节点，促进服务业载体功能完善，进一步提升区现代服务业发展规模和能级。确保宜家家居、日月光商业广场等 25 个重点项目启动建设，宝山万达广场等 16 个项目竣工开业。

3. 进一步提升制造业能级

力争在引进带动力强的先进制造业项目上取得突破，通过加强管理服务等措施提高土地产出率。继续推进重大项目建设，加快推进相宜本草等项目建设，中钢（上海）钢材等 20 个项目力争实现竣工投产。加大传统产业技术改造力度，计划完成技术改造投资 4 亿元，创建市级、区级企业技术中心 3－5 家，培育发展一批市级品牌企业。

4. 统筹城乡建设与发展

加大城乡基础设施建设力度。以滨江带功能开发带动区域功能型、枢纽型重大项目建设。重点实施或启动长江西路越江隧道及其配套道路江杨路、长江路综合改造工程，以及富长路、康宁路、宝钱公路等工程建设。大力提高生态宜居水平。深化吴淞工业区等重点地区整治与管理，全面完成第四轮环保三年行动计划各项任务。深化环境保护分区管理，着手第五轮环境保护与建设三年行动计划编制。扎实推进新农村建设。继续深化农村土地承包经营权流转工作。不断提高农村公共服务水平。

5. 着力解决民生问题

不断完善社会保障和社会救助体系。实施更加积极的就业政策。进一步提高公共就业服务水平，加大促进就业政策扶持力度。加强政策梳理，调整完善各项社会保障制度。全面实施新农保，将符合条件的农村居民纳入新农保，做到"应保尽保"。切实推进基本公共服务均等化。从改善民生出发，逐步完善符合区情、覆盖城乡、可持续的基本公共服务体系。加强住房保障工作。推进罗店、顾村大型居住社区基地和五块市属经济适用房基地开发建设工作，确保完成 2011 年上海市保障性住房开工、竣工计划。做好廉租房租金配租工作，启动实物配租工作。抓好各项民生保障工作。全力以赴保障农副产品供应，整顿和规范市场秩序。坚决贯彻执行国家《关于稳定消费价格总水平保障群众基本生活的通知》和新修订的《价格违法行为行政处罚规定》，着力解决人民群众最关心、最直接、最现实的民生价格问题。

6. 深化各项改革创新

推进各项改革。加强全社会固定资产投资管理，全面贯彻落实本市相关政策文件，在实践中进一步完善具体操作办法，提高行政效率。继续推进罗店小城镇改革试点工作。强化政策引导。实施《宝山区关于调结构、促转型支持产业发展财政专项资金若干意见》等"1＋9"政策，进一步完善全区支持产业发展专项资金的管理体系。加强企业服务。贯彻落实国家和上海市有。关扶持企业的各类政策，抓好政策落地和区级配套工作。吸引集聚新兴金融机构和金融服务类企业，继续协调推进村镇银行的组建，力争实现 2 家村镇银行筹备开业。

（宝山区发展和改革委员会）

6.12 闵 行 区

一、闵行区 2010 年国民经济和社会发展回顾

2010 年,闵行区积极应对国内外发展环境重大变化、自身发展转型和世博会举办等重大考验,围绕"保和谐,促发展,一切为了世博会"主线,坚定不移转变发展方式,全面推进结构优化调整,经济社会保持平稳健康发展势头。

1. 加快转变经济发展方式,经济运行质量和效益不断提升

经济增长速度明显回升。全年完成区增加值 1364.4 亿元,比上年增长 10.4%。实现财政总收入 379.4 亿元,增长 10.7%;区级财政收入 125.3 亿元,增长 13.6%。消费需求明显扩大,全年社会消费品零售总额、固定资产投资和出口商品总额分别达到 439.9 亿元、308.4 亿元和 170.9 亿美元。经济效益明显提高,全区规模以上工业利润达到 250.6 亿元,增长 43.6%。重点园区效益进一步提升。

表 6-12-1　2010 年闵行区国民经济和社会发展计划主要目标完成情况

指 标 名 称	全 年 完 成	
	指标值	增长(%)
区增加值(亿元)	1364.4	10.4
财政总收入(亿元)	379.4	10.7
区级财政收入(亿元)	125.3	13.6
城镇居民家庭人均可支配收入(元)	27400	9.7
农村居民家庭人均可支配收入(元)	17850	11
新增就业岗位(万个)	3.47	—
旧住房综合整治(万平方米)	325	—

2. 科技创新服务体系不断完善,节能减排工作取得新成就

科技创新创业环境不断优化。出台《关于推进百家企业改制上市的意见》。7 家企业在中小板、创业板上市,上市企业数和募集资金量位居全市前列。加快淘汰落后产能,完成 70 家企业产业结构调整,年节约综合能耗 9.7 万吨标准煤。加大节能技术改造力度和重点用能领域用能总量控制力度,组织实施 116 项节能技改工程。

表 6—12—2　2010 年闵行区科技创新工作进展情况

主要内容	进　展　情　况
科技主体培育	新增高新技术企业 88 家,累计达到 376 家
	新增 3 家市级工程技术研究中心,新增 15 家区级研发机构
	新增市科技小巨人企业 3 家,累计达到 16 家;新增市级"小巨人"培育企业 10 家,累计达到 38 家;新增区级"小巨人"培育企业 23 家,累计达到 87 家
	23 家企业被评为"上海市创新型企业",占全市的 12%
	新增 4 家上海市知识产权示范企业,累计达到 14 家,占全市的 14%
自主创新能力提升	获国家自然科学奖二等奖 1 项,获得国家科技进步二等奖 3 项;获市自然科学奖 7 项,获市技术进步奖 4 项,获市科技进步奖 22 项
科技扶持	获批市高新技术成果转化项目 56 项
	获批市重点新产品计划项目 38 项,市火炬计划项目 5 项
	38 个项目被确定为国家科技型中小企业技术创新基金项目,76 个项目被确定为上海市创新资金项目

3. 城市建设取得新进展,城市管理水平进一步提升

重大工程建设顺利推进。配合推进市重大工程建设,轨道交通 8 号线南延伸三期、嘉闵高架南延伸前期有序推进,虹桥综合交通枢纽新航站楼等项目动迁工作基本完成。城市管理水平不断提升。信息化建设稳步推进,成为上海首个 TD 网络建设及应用试点示范区。

4. 社会事业加快发展,公共服务能力进一步增强

教育事业加快发展。积极引进和扩大优质资源,促进教育均衡发展。医疗卫生工作稳步推进。以市第五人民医院和区中心医院为核心、社区卫生服务中心为基础的两大区域医疗卫生联合体顺利运行。文化体育事业不断进步。文化、体育设施建设不断完善,区文化公园、航天博物馆前期工作有序推进,区档案馆建成国家一级档案馆。

表 6—12—3　闵行区大力引进优质教育卫生资源

类　别	项　目
教育	华东师大基础教育园区开工建设,市二中学梅陇校区项目启动
	上海上师初级中学开学
	委托静安一中心小学管理新梅陇小学、黄浦区蓬莱路小学管理浦航小学、市八中学管理罗阳中学、福山教育集团管理福山实验学校、上海师范大学管理闵行实验幼儿园

类　别	项　目
卫　生	新虹桥国际医学中心引入华山医院临床中心和上海肿瘤医院医学中心获国家卫生部批准立项,公共保障中心等项目启动建设
	上海交通大学医学院附属仁济医院(南院)开工建设,复旦大学附属眼耳鼻喉科医院(东院)启动
	完成市第五人民医院改扩建(一期)工程、吴泾医院改扩建(一期)工程、区中心医院二期扩建完成中期建设

5. 着力保障和改善民生,人民生活水平进一步提高

就业促进和社会保障工作扎实推进。积极扩大就业,继续推进"暖冬行动"计划,新增就业岗位 3.5 万个。城乡居民最低生活保障实现应保尽保。建成 5 个残疾人阳光职业康复援助基地并投入使用。

6. 统筹城乡发展,新农村建设扎实推进

完成统筹城乡发展 8 大类、60 项重点工作。现代都市农业发展迅速。建设 2359 亩设施粮田。农村基础设施建设扎实推进。农民生活水平不断提高,约 2 万农民实现非农就业,新增征地镇保人员及农村富余劳动力就业岗位 8508 个。

二、闵行区 2011 年国民经济和社会发展展望

(一) 2011 年发展思路和主要预期目标

2011 年,闵行区将继续深入贯彻落实科学发展观,把加快经济发展方式转变放在更加突出的位置,围绕"全面调结构,深度城市化"发展主线,推动经济社会发展步入创新驱动、转型发展的轨道,把世博会带来的无形资源转化为推动新一轮发展的强劲动力,为实现"十二五"规划目标开好局、起好步。

2011 年闵行区国民经济和社会发展的主要预期目标是:区增加值比上年增长 8% 左右;财政收入比上年增长 8% 左右;城镇和农村居民家庭人均可支配收入均增长 10% 左右。

(二) 2011 年国民经济和社会发展主要任务

1. 深入推进结构调整

一是聚焦战略性新兴产业发展,充分发挥产业园区、产业基地、研发中心的集聚、带动和创新引领作用,实现产业有机对接、有效联动,推动产业规模化、组团式发展。二是聚焦现代新兴服务业、高端商务服务业和生产性服务业多业态共同发展,实现"十二五"期末第三产业增加值占生产总值比重达到.42%的目标,2011 年力争第三产业比重增加 1 个百分点以上。三是聚焦"一轴一带三大功能区",积极推进服务业集聚区和重大项目建设。加快虹桥商务区核心区、南虹桥商务区、南方商务区开发建设以及七宝生态商务区、莘庄商务区土地出让和项目引进。基本完成莘庄地铁站"上盖"项目交通枢纽区域动迁腾地工

程。加快建设新虹桥国际医学中心。启动华山医院临床医学中心和上海肿瘤医院医学中心项目。四是聚焦消费、投资与出口的协调发展。进一步提高消费水平,加快建设社区商业中心和星级宾馆酒店,力争建成莘庄"龙之梦"购物广场等商业载体。五是进一步提高投资水平。深化推进"大招商"机制,依靠区内企业品牌优势及大企业集团发展基础,调动发挥各级招商队伍的力量,努力吸引国内外重大项目落户,实现优质资源与优质项目的结合。六是进一步提高出口水平。注重培育大型外贸企业等优势出口主体,推进加工贸易转型升级,增强传统优势行业的持续出口能力,扶持高新技术产品出口。

2. 加强城市建设与管理

一是利用信息技术促进区域产业升级。以提升网络宽带化和应用智能化水平为核心,利用信息技术促进区域产业升级,加快推动信息技术与城市发展全面深入融合,提升城市功能和完善公共服务,建设以数字化、网络化、智能化为主要特征的"智慧闵行"。二是构建智能化城区管理体系。建设城市智能交通综合信息平台,促进区域交通资源的合理配置,提升城市道路交通智能化管理水平。建立集能源监管、能耗监测、环境管理等为重点的跨部门综合信息平台,构建数字化、智能化、系统化环境监管体系。建立智能化城市管理体系,整合现有城市管理信息资源,逐步实现"多网合一",提高城市管理和服务水平。三是强化安全生产监督管理。健全全过程监管网络,建立健全食品安全、重大危险源等监控体系。推进城市应急体系建设,制定和完善各类应急预案,建立集中、统一、高效的应急指挥系统,增强突发事件的应急处置能力。提高地震、灾害天气等自然灾害监测、预警和应对处置能力,加强物资储备、减灾队伍、消防体系和应对各类灾害载体建设。

3. 加快社会事业发展

一是坚持更加积极的就业政策。进一步完善政府促进就业的责任体系,充分发挥就业容量大的服务业和中小企业带动就业的作用,促进就业稳定。重点鼓励和支持青年及大学生等群体自主创业,推进创新创业园区建设和"千人助创计划"有效实施。稳步推进住房保障体系建设,加快建设动迁房、经济适用房、廉租房、公共租赁房,完善相关配套设施。二是不断完善养老服务体系。建立以政府为主导、社会共同参与,居家养老为主、社区养老为辅、机构养老为补充的多模式养老服务体系,满足老年人的多样化养老需求。推进浦江镇世博家园和梅陇镇等地区养老机构建设,优化区域布局,鼓励和扶持民办养老机构发展。

（闵行区发展和改革委员会）

6·13　嘉 定 区

一、嘉定区 2010 年国民经济和社会发展回顾

2010 年,嘉定区以科学发展观为指导,按照"五个确保"目标,积极落实"调结构、促转型、惠民生"要求,扎实推进各项工作,全面实现了区四届人大五次会议确定的主要计划目标,顺利完成了"十一五"规划主要任务。

1. 综合经济实力明显增强,转型基础更加稳固

经济总量和效益不断提升。全年完成区增加值 806.8 亿元,比上年增长 11.8%。完成财政总收入 267.6 亿元,增长 15.0%;地方财政收入 83 亿元,增长 22%。引进合同外资 5.9 亿美元,到位资金 5.2 亿美元。完成外贸出口额 78.4 亿美元,增长 24.9%。

产业结构调整进展顺利。全区三次产业结构比例为 0.5∶65∶34.5,第三产业占比较上年末提高 1.7 个百分点。完成规模以上工业产值 2296.9 亿元,增长 29.2%。汽车零部件产业完成产值 850.9 亿元,占规模以上工业产值比例达到 37%。文化信息产业完成营业收入 249.2 亿元,增长 49.1%。

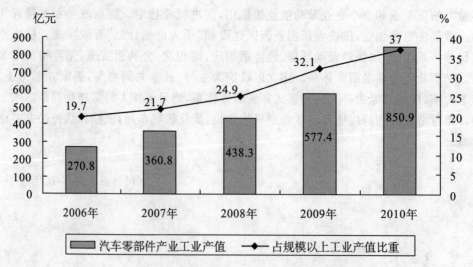

图 6—13—1　2006—2010 年嘉定区汽车零部件产业工业产值及增速

科技创新能力不断增强。科研院所总部集聚发展态势初步形成。上海物联网中心正

式成立并开工。华东计算机所等总部和产业化基地加快推进。战略性新兴产业加快培育。新能源汽车及关键零部件孵化基地有序推进。汽车城研发港等一批项目实质性启动。国际汽车城被确定为全国首个电动汽车国际示范区。物联网等示范应用工程正式启动。

嘉定区初步形成国家级科研院所"十所一中心一基地"集聚规模

立足科技创新和战略性新兴产业发展,嘉定加强科研院所回归和产业化基地建设,目前已初步形成了国家级科研院所"十所一中心一基地"的集聚规模,其中中科院微系统与信息技术研究所致力于上海物流网中心的建设,上海光学精密机械研究所致力于高功率激光元器件和空间激光与时频技术研发,另外还有中科院上海硅酸盐所、中科院上海技术物理所、上海激光等离子体研究所、华东计算所、中科院上海应用物理所、核工业第八研究所、中科院电动汽车研发中心、上海空间电子设备研究所。

国家级院所的集聚,使嘉定的自主创新能力得到有效提升。2010年,全区科技企业成功申报国家和上海市科技项目219个,同比增长7.3%,高新技术企业达到170家。

---

2. 世博带动效应有效发挥,城市风采得到展现

消费和旅游受到直接带动。全年完成社会消费品零售总额242.9亿元,比上年增长16.2%。成功举办"世博之旅　精彩嘉定"旅游宣传推介会,世博期间接待游客450万人次,增长42.8%。住宿业繁荣发展,星级宾馆及规模以上社会旅馆实现收入6.6亿元,增长76.3%。

城市管理水平进一步提升。城市网格化管理工作的体制和机制逐步理顺。建设施工安全管理进一步加强。轨道交通站点管理市场化模式和城市综合管理"大联勤"模式试点成功。公共交通网络进一步完善,完成轨道交通11号线和沪宁高铁公交配套,新辟公交线路8条,新增公交车86辆。

3. 重点区域建设不断加快,生态环境持续优化

固定资产投资再创新高。完成固定资产投资345亿元,比上年增长17.6%。房地产完成投资额178亿元,增长40.5%;新开工面积504.5万平方米,增长80.4%。保障性住房施工面积155.5万平方米。基础设施建设进一步加快,完成投资50亿元,增长15.5%。工业、社会事业投资保持稳定,分别完成96.6亿元和11亿元,与上年基本持平。

城市化建设全面推进。新城中心区基础设施和生态环境进一步完善。新建和续建道路38公里。四大景观工程完成绿化、景观、水系面积69.6万平方米。瑞金医院北院、交大附中嘉定分校、保利剧院等重点项目顺利开工。大型社区建设加快推进。江桥基地52万平方米保障性住房全面建设。南翔和城北基地新开工经济适用房68万平方米。

节能减排成效明显。全面完成万元增加值综合能耗五年累计下降20%的任务。全年共淘汰劣势企业229家、危化企业48家,节约标煤5.3万吨,腾出土地1839亩。第四轮环保三年行动计划深入实施,空气质量优良率达到92%。

4. 政府民生投入逐步加强,社会事业全面发展

政府支出进一步向民生倾斜。全区教育支出13.9亿元,增长18.6%。卫生支出4.9

亿元,其中卫生事业费 3.6 亿元,增长 7.9%。社会保障支出 12 亿元,增长 24.7%。

社会事业发展成效明显。新设安亭中学和上外嘉定实验高中 2 所区级实验性示范性高中。实现义务教育阶段农民工同住子女 100%享受免费义务教育。加快推进社区教育、成人教育和终身教育,被教育部命名为首批"全国数字化学习社区先行区"。深化社区卫生服务综合改革。完成 30 家新农合实时结算信息系统。区妇保院和南翔医院迁建工程进入全面安装阶段。成功举办"欢乐世博年"社区文化展演月活动等世博文化活动和第二届长三角城市龙舟邀请赛。

社会保障进一步健全。全区新增就业岗位 31034 个,城镇登记失业人数控制在市下达指标以内。户籍人员各类社会保障覆盖面达到 98.5%。农村养老金最低发放标准提高到每人每月 360 元。全区城镇和农村居民家庭人均可支配收入分别比上年增长 10.8%和 12%。

二、嘉定区 2011 年国民经济和社会发展展望

（一）2011 年发展思路和主要预期目标

2011 年,是"十二五"规划的起步之年,也是嘉定率先加快转变发展方式、全面推进城市化的关键之年。嘉定区将继续深入贯彻落实科学发展观,全面贯彻党的十七届五中全会、中央经济工作会议和市委九届十三次、十四次全会精神,按照区委四届十二次全会的要求,牢牢把握嘉定"十二五"发展主线,紧紧围绕"新城建设出好形象、产业转型全市率先、社会发展市郊领先"三大奋斗目标,把创新驱动、转型发展贯穿到经济社会发展各方面和各环节,增实力,惠民生,促和谐,上水平,确保"十二五"发展开好局、起好步。

2011 年嘉定区国民经济和社会发展的主要预期目标是:区增加值比上年增长 10%;规模以上工业产值增长 8%;商品销售总额增长 18%;战略性新兴产业增加值占比进一步提高;财政总收入增长 13%,地方财政收入增长 10%;固定资产投资完成 300 亿元以上;单位增加值综合能耗和主要污染物减排量完成市下达目标;城乡居民家庭人均可支配收入增长与经济增长保持同步;城镇登记失业人数控制在市下达指标以内。

（二）2011 年国民经济和社会发展主要任务

1. 积极发挥世博会后续效应,大力提升城市建设和管理水平

认真吸收和运用上海世博会城市建设和管理先进理念,突出低碳环保和可持续发展,以"一核两翼"建设为引领,不断改善城市生态环境,不断强化城市服务保障,不断创新城市管理模式,努力塑造生态宜居、高效安全的城市形象。

推动"一核两翼"快出形象。进一步优化新城中心区拓展区规划布局,加快重点区域土地储备和出让,全面建成四大生态景观工程。加快推进瑞金医院、保利剧院等功能性项目,加快一批五星级酒店落地开工。加快新老城联动发展,推动州桥老街、西门地区等重点区域改造开发,推进南门商务圈和北水湾重点项目建设。进一步完善汽车城综合配套功能,大力引进研发机构、总部经济和优质社会事业项目。加快南翔江桥地区功能转型,主动承接大虹桥商务区辐射,大力推进大型居住社区和银南翔文化商务区建设。

促进城乡统筹发展。进一步完善实施规划和资金平衡方案,有序开展宅基地置换工作。稳步推进新市镇规划建设,增强吸纳人口、发展产业、活跃市场功能,推动农民向新市

镇集中。不断强化农村资金、资产、资源管理,实施村级集体资产和农龄清理工作,扎实推进村级集体经济组织产权制度改革试点。

打造生态宜居城市环境。大力推广应用循环经济和资源节约的新技术、新工艺、新设备和新材料,深入推进产业、建筑等重点领域节能。积极推行垃圾分类处理和再利用,推进垃圾压缩中转站建设。全面完成第四轮环保三年行动计划各项任务,编制第五轮环保三年行动计划。继续加大淘汰落后产能、调整危化企业以及成片淘汰劣势企业工作力度。实施绿化三年行动计划,加快推进生态廊道、嘉宝片林和北郊湿地等项目建设。积极推进陈行水库引水工程。

全力确保城市公共安全。健全责任体系,完善管理方式,加强重点领域、重点行业的监管,确保城市安全运行。以全面整顿建筑市场为突破口,严肃整治虚假招标、违法转包和分包、无证作业、监理缺位等混乱现象。强化生产、交通、消防、食药品等领域安全监管,建立经常性、制度化的安全隐患排查机制。大力推进城市综合管理联勤工作,进一步扩大城市网格化管理的深度和广度。

2. 加快产业转型步伐,推动经济发展方式率先转变

坚持把结构调整作为转变经济发展方式的主攻方向,聚焦产业优势领域和重点区域,推动产业与城市融合发展,努力构建以现代服务业为重点、战略性新兴产业为引领、先进制造业为支撑的产业体系,为"十二五"率先转变经济发展方式奠定基础。

大力扶持培育,推进现代服务业快速发展。聚焦"一城"(新城主城区)"两轴"(沪宁发展轴和轨道交通 11 号线发展轴)重点区域,优化完善产业布局,着力发展生产性服务业、生活性服务业和公共性服务业,加快推进商业中心、商务楼宇、体育休闲、医疗保健、职业教育等功能性项目建设,加快形成产城融合发展态势。聚焦文化信息产业等重点领域,加快东方慧谷、金沙 3131、中广国际等重点园区建设。大力推进旅游景区建设,积极引进国际酒店管理品牌,开发休闲体验旅游产品,培育商务会展旅游市场。强化政策扶持和服务配套,吸引企业研发中心、销售中心、运营总部落户。搭建金融服务产业发展平台,加快企业上市步伐。

提升产业能级,抢占先进制造业发展高地。扩大汽车产业领先优势,积极推动大众汽车、中科申江、奇瑞等汽车整车及零部件重大项目建设。进一步加快国际汽车城研发港建设,加大汽车研发机构和人才集聚。加快上海国际汽车产品交易中心建设。加强与 F1 中国大奖赛的融合互动,举办 2011 上海汽车文化节。提升传统支柱产业能级,扶持和鼓励企业建立国家和市级技术中心。

依靠创新驱动,不断壮大科技城实力。加快战略性新兴产业发展,推动公共服务平台和重大项目建设,促进高新技术产业化。积极实施创新示范工程,加快电动汽车国际示范区建设。大力推进创新载体建设,完善上海张江高新技术产业开发区嘉定园拓区后的体制机制,加快推进新能源汽车及关键零部件企业孵化基地等产业化基地建设。

3. 保障和改善民生,切实提高人民生活水平

着眼于人民群众最关心、最直接、最现实的利益问题,把握民生需求新变化,大力发展社会事业,强化促进就业工作,完善社会保障体系,努力使全区人民共享改革发展成果。

提升公共服务水平。提高生均公用经费拨款标准,确保教育经费投入持续稳定增长。加快教育基础设施建设,新开办、迁建 10 所学校。加快学习型社会建设,创建全国数字化学习先进区。积极探索区级医疗机构与三级甲等医院技术合作联盟。进一步优化公共文化体育设施三级网络,加快嘉定体育综合馆和街镇体育设施建设。举办区第一届企业运动会、区第二届特奥运动会、社区文化展演月等活动。

切实加强民生保障。加大农副产品生产扶持力度,加快粮食和蔬菜基地、标准化菜市场等保障设施建设,进一步降低农副产品流通成本,确保粮食、蔬菜等主副食品供应充足、质量安全。推动符合条件人员转入"城保",完善"农保"退休人员养老金增长机制。完善医疗保险制度,稳步扩大医疗保险覆盖面。加快动迁配套商品房和大型居住社区等保障性住房建设。

强化促进就业和人才强区工作。坚持积极的就业政策,继续实施稳定岗位、职业培训、就业援助三项计划,多渠道扩大和促进就业。落实各项就业援助措施,重点帮助"零就业家庭"人员、"镇保"人员和动迁企业失业人员实现就业。不断健全劳动关系三方协调机制,加大欠薪、欠保和非法职业介绍等严重侵害劳动者权益行为的查处力度。继续推动海外高层次人才入选国家"千人计划"工作,完善优秀人才住房优惠政策。

4. 加强和创新社会管理,促进社会和谐稳定

针对城市化进程加快、来沪人员增加等新形势,探索创新社会管理工作模式,巩固社区创建成果,加强社会治安综合治理,努力营造和谐稳定的社会环境。

加强社区建设和管理。强化基层社区建设,积极探索镇管社区模式,进一步完善社区治理结构。在社区"三个中心"全覆盖的基础上,逐步建立社区生活服务中心。重点扶持面向社区群众的社会组织,鼓励社会组织承接部分社区服务工作。进一步理顺体制,加强住宅物业管理和业委会建设。

强化人口综合服务和管理。坚持"以证管人、以业管人、以房管人"的社会化人口服务管理模式,开展户籍人员居住地服务和管理试点工作。做好人口和计划生育工作,启动残疾人"阳光家园"建设,继续加快妇女儿童事业发展。

全力维护社会稳定。深化大调解工作格局,进一步畅通和拓宽矛盾纠纷化解渠道。加强对信访矛盾排查化解工作的督查,促进初次信访事项百分之百转送交办、受理告知和按期办结。大力推进平安建设实事项目,加强治安薄弱地区安全保障。

（嘉定区发展和改革委员会）

6.14　金　山　区

一、金山区 2010 年国民经济和社会发展回顾

2010 年,金山区紧紧围绕"解放思想、聚焦发展"的主基调,按照"转方式、调结构、谋发展、惠民生、促和谐"的工作要求,全力以赴推进各项工作,全区经济呈现恢复性、追赶式增长,社会发展保持和谐稳定,完成了年初确定的全年经济社会发展预期目标和任务,为"十二五"时期经济社会又好又快发展打下良好基础。

1. 经济呈现恢复性增长,运行质量和结构进一步优化

2010 年,实现区增加值 363.3 亿元,比上年增长 16.4%。其中第二产业实现增加值 222 亿元,增长 20.1%;第三产业实现增加值 130.1 亿元,增长 11.5%。全年完成财政总收入 96.9 亿元,比上年增长 20.9%;其中区级财政收入 30.8 亿元,增长 28.4%。

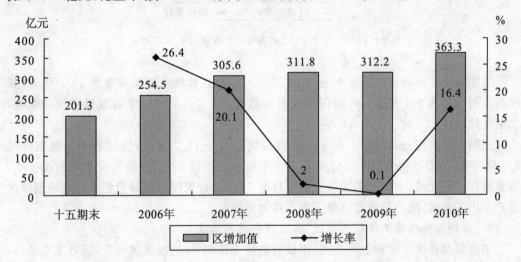

图 6—14—1　"十一五"期间金山区区增加值及增长率

规模以上工业和高新技术产业快速增长。全年工业总产值完成 1112.9 亿元,比上年增长 22%,其中规模以上工业企业实现产值 795.1 亿元,增长 35.9%。精细化工、汽车零部件、机械电子、食品加工、新型轻纺五大支柱产业实现产值 639.6 亿元,增长 35.9%,占全区规模以上工业产值的 80.4%,对经济的支撑作用日益增强。新能源、新材料、生物医药、海洋工程装备四大高新技术产业快速发展,全年实现产值 169.2 亿元,增长 36.4%,

占全区规模以上工业产值的 21.3%。

消费和投资保持较快增长势头。全年实现社会消费品零售总额 213.8 亿元,增长 16.9%。在世博效应的带动下,全区旅游业快速发展,实现旅游企业收入 8.5 亿元,增长 26.3%。百联金山购物中心等大型商贸项目相继投入使用。全年完成固定资产投资 113.9 亿元,增长 18.6%,其中工业性投资 71.2 亿元,增长 13.1%。

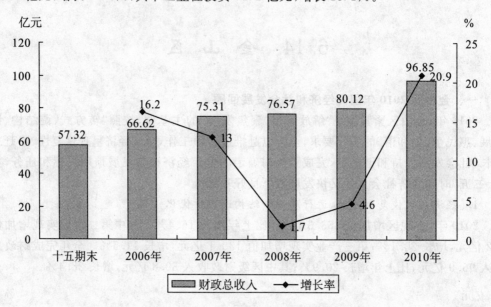

图 6—14—2 "十一五"期间金山区财政总收入及增速

节能减排和环境保护力度不断加大。2010 年,全区共投入环保资金达 13.4 亿元(其中财政资金投入 6.1 亿元),环境保护投资指数为 3.7%。全年化学需氧量减排 492 吨,二氧化硫减排 161 吨。

招商引资工作扎实推进。全年实现内资到位资金 74.3 亿元,合同利用外资累计达 2.7 亿美元,外资到位资金 1.3 亿美元。全年新开工项目 127 个,竣工投产项目 195 个,投资额在 1 亿元或 1000 万美元以上的项目有 79 个。首家国家级绿色创意印刷示范园区落户金山工业区,综合保税区申报工作正在加紧进行。

2. 世博服务保障工作顺利推进,各项任务圆满完成

坚决贯彻落实中央和上海市委、市政府各项工作部署,把握关键环节,抓好重点项目,为上海举办一届"成功、精彩、难忘"的世博会做出了应有贡献。认真组织世博会试运行观展工作,加强市场价格监管,加大世博特许产品、供博产品生产和质量安全监管力度,落实食品、药品、危险化学物品安全及地下空间监管措施,加强河口道口管控,健全完善市容环境管理、交通保障等工作机制,加大城市景观工程和道路建设,提升酒店、餐饮等行业窗口服务水平,大力开展世博宣传活动和各项世博主题文化活动,组织各类志愿者服务活动。

3. 城市建设稳步推进,城乡面貌极大改善

认真完成"十二五"各项规划的编制工作,明确构建"1158"城镇体系的总体目标。沪

杭专线金山北站配套工程等 5 项重大工程顺利完工,轨交 22 号线改建及配套项目建设、金山医院整体迁建等 9 项重大工程进展顺利。环境综合整治有效开展,进一步完善与上海石化、上海化学工业区环境风险应急联动机制,城区环境质量明显改善。

4. 积极开展各项民生工程,人民生活水平逐步提高

全年共完成 16 项民生工程,涉及社会保障、医疗卫生、环境建设等方面,切实提高了广大老百姓的生活水平。2010 年,全区新增就业岗位 25343 个,净增就业岗位 8247 个,登记失业人数 6474 人。共举办各类用工招聘会 88 场,帮助和扶持 381 家各类创业组织完成创业,完成职业技能培训 7185 人。社会保障覆盖面进一步扩大,城镇社会保险参保人数近 20 万人,农村居民社会保险覆盖率达 98%,城镇居民医疗保险基本实现全覆盖。城镇和农村居民家庭人均年可支配收入分别达到 26520 和 12495 元,比上年增长 11% 和 12%。金融机构居民储蓄余额达到 283.4 亿元,增长 18.4%。

5. 社会事业全面发展

完成中长期教育规划的编制工作,加强中小学课程建设,实施中小学校安工程,建立"一校一警"驻守制度,加强校园安全。继续深化社区卫生服务综合改革,加强区三、二级医院对口支援社区卫生服务工作,扎实推进新型农村合作医疗制度,有效应对各种传染病防控工作。成功举办"迎世博中农民画原创大赛"和"中国首届莲湘文化艺术节",积极开展各项世博主题文化活动。进一步完善以流动人口为重点的人口和计划生育综合管理机制,提高残疾人工作水平,顺利通过"全国残疾人工作示范城市"创建验收。连续 7 年成功举办世界沙滩排球巡回赛,组织参加第十四届上海市运动会,并取得良好成绩。

6. 新农村建设取得重大进展

全年共完成村庄改造 1792 户,对 742 户已建农村生活污水收集处理工程实施管理养护试点,大力实施国家农田水利重点县建设工程,加快推进设施粮田和菜田建设,积极做好服务世博特供农副产品基地建设。完善农村土地承包关系,全区 9 个镇及金山工业区已全部建立农村土地承包经营权流转服务中心。深入开展农村科学普及工作,实施"科普惠农兴村计划"和"千村万户"农村信息化培训普及工程。

二、金山区 2011 年国民经济和社会发展展望

(一)2011 年发展思路和主要目标

2011 年,金山区将继续深入贯彻落实科学发展观,全面贯彻党的十七届五中全会、中央经济工作会议和九届市委十三次、十四次全会精神以及三届区委十二次、十三次全会精神,以"创新驱动,转型发展"为主线,以区"十二五"规划为引领,围绕"保开局、促转型、惠民生"工作要求,坚持解放思想、聚焦发展,坚持"二三一"产业发展方针,注重产业结构调整,注重招商引资工作,注重提升城市建管水平,注重改善和保障民生,注重安全生产工作,注重加强政府自身建设,努力实现金山经济社会又好又快发展,为建设"创业金山、宜居金山、和谐金山"奠定坚实基础,以优异成绩迎接建党 90 周年。

2011 年金山区国民经济和社会发展计划主要预期目标如下:

表 6—14—1　　2011 年金山区国民经济和社会发展计划主要目标

指 标 名 称	预 期 目 标
区增加值	增长 15%
工业总产值	增长 15%
其中规模以上工业企业产值	增长 18%
财政总收入	增长 15%
其中区级地方财政收入	增长 15%
固定资产投资	150 亿元
其中工业性投资	90 亿元
合同利用外资	3 亿美元
社会消费品零售总额	增长 15%
城镇失业登记人数	控制在市政府下达的控制指标以内
新增就业岗位	2 万个
城镇和农村居民家庭人均年可支配收入	增长 10% 以上
环保投入相当于增加值比例	3% 左右
万元生产总值综合能耗	进一步下降
二氧化硫和化学需氧量（COD）排放量削减	完成市下达指标

（二）2011 年国民经济和社会发展主要任务

1. 以创新驱动、转型发展为主线，加快构建新型产业体系

坚持"二三一"的产业发展方针，继续做大做强第二产业。进一步优化产业布局，推进战略性新兴产业向重点园区集中，发挥产业集聚效应。巩固和发展支柱产业，不断提升产业能级，发挥其对全区经济发展的支撑作用。加快推进国家绿色创意印刷示范园区建设，推动综合保税区申报工作。加大淘汰落后产能力度，鼓励企业进行技术改造，把节能减排的压力转化为调整优化产业结构的动力。

坚定不移地发展生产性和生活性服务业。以产业基地为依托，以产城融合、服务配套为导向，加快推进重点产业基地的综合服务配套区建设，加快发展现代物流、商贸城、技术研发等生产性服务业。加快推进金山新城滨海功能区、枫泾国际商务区建设，优化全区的商业空间布局，健全商贸服务业业态规划管理机制，促进商贸服务业协调发展。全面提升金山旅游品质，精心打造"一核两线"，推动金山旅游业由观光型向观光休闲度假型转变。促进房地产行业健康发展。

继续坚持"聚焦廊下"战略，加快高效现代农业建设。以金山现代农业园区建设为契机，做好高效生态农业和农业休闲旅游两篇文章。加强农业基础设施建设。重点发展农业主导产业和继续扶持农业龙头企业，完善"公司＋基地＋农户"和"合作社＋家庭农场"

的经营模式。健全农产品质量安全监管体系。稳定农村土地承包关系,加强对农村集体资金、资产和资源的管理,保障农民的合法权益。

2. 以招商引资、服务企业为工作重点,不断提升产业发展能级

改进招商方式,逐步由招商引资向招商选资和产业招商转变,进一步突出先进制造业和现代服务业主题。改善投资发展环境,健全协调服务机制,为企业提供优质、高效的服务,努力营造"亲商、安商、富商"的良好环境。继续加强经济小区建设,完善经济小区考核体系和内部管理制度,推动经济小区规范有序发展。做好招商引资信息平台建设,建立签约项目信息库、重点项目信息库和客商咨询信息库。

3. 以管建并重、标本兼治为基本要求,全力提升城市管理水平

深入开展土地整理复垦工作,加大闲置土地盘活力度,继续实施农田水利重点县建设,推进农村危房危桥改造、环卫设施改造和陈旧泵闸翻建工程。促进城市信息化和网格化管理有机结合,强化交通安全监管,提高城市公共交通运行水平。确保完成第四轮环保三年行动计划和金山卫化工集中区域环境综合整治,加大环境监管和执法力度。抓好重大基础设施工程建设,完成轨道交通22号线及其配套项目建设,确保金山新城综合交通枢纽、金山一水厂二期工程、金山医院整体迁建工程按期竣工,按时推进省与市之间以及区与区之间对接道路工程,加快金山永久生活垃圾综合处理厂及其配套项目建设,推进新兴产业基地建设。

4. 以注重保障、改善民生为主要目标,促进社会和谐稳定

强化政府促进就业的主体责任,继续实施积极的促进就业政策。按照"保基本、广覆盖、有弹性、可持续"的原则,不断巩固和扩大各项基本社会保障覆盖面。有序推进"四位一体"的住房保障体系建设和朱泾镇棚户简屋改造试点工作,改善居民的生活居住质量。完善社会管理,完成村务公开和民主管理"难点村"治理工作,提高服务社区居民水平。继续做好计划生育工作,保持全区低生育水平,逐步提高人口素质。加强安全生产工作,进一步完善安全生产体制机制,严格落实安全生产责任制。加大对安全生产隐患的排查和整改,实现隐患排查治理制度化、长效化。完善公共安全应急管理水平、群体性事件的预防预警和应急处置体系建设,提高公共安全应急管理水平。广泛开展消防安全知识宣传和演练活动,提高全民防灾自救能力。

5. 以全面协调、统筹兼顾为根本方法,推动各项事业繁荣发展

继续推进教育改革和发展,合理配置教育资源,促进教育均衡发展。加大对民办学校、农民工学校的关心和扶持力度。大力发展职业教育和成人教育,完善终身教育体系,推进学习型社会建设。按时完成中小学校安工程。积极推进医药卫生体制改革,继续深化社区卫生综合改革,提高居民的基本医疗保障水平。启动新一轮医疗卫生人才建设工程。实施第三轮公共卫生三年行动计划,做好重大传染性疾病的防控工作。完善公共体育基础设施建设,协办好第十四届国际泳联世界锦标赛公开水域游泳比赛项目,继续承办好世界沙滩排球巡回赛上海金山公开赛。启动第二轮金山非物质文化遗产保护计划,做好金山历史文化资源的挖掘和保护工作。依法管理民族宗教事务,进一步做好侨务外事工作。

(金山区发展和改革委员会)

6.15 松 江 区

一、松江区 2010 年国民经济和社会发展回顾

2010 年,松江区全面贯彻落实科学发展观,加快转变经济发展方式,进一步加大经济结构调整力度,努力构建和谐社会,全力筹备和服务世博,成功摆脱了国际金融危机的不利影响,经济社会保持了良好发展势头,年初计划主要预期目标全面完成,"十一五"规划主要目标顺利实现。

1. 经济实现快速发展,产业结构进一步优化

经济总量持续增长。全年完成区增加值 900.5 亿元,比上年增长 15.8%。三次产业结构有所优化。全区实现第二产业增加值 613.5 亿元,比上年增长 18.2%;第三产业增加值 279.3 亿元,增长 11.3%。三次产业比重调整为 0.9∶68.1∶31。财政收入平稳增长。财政总收入 233.7 亿元,增长 11.5%;其中地方财政收入 77.3 亿元,增长 14.9%。

工业经济快速增长。全年完成工业总产值 4337.6 亿元,比上年增长 29.3%。工业增加值 584.0 亿元,增长 18.6%。全年实现工业利润 150 亿元,增长 56.6%。调整劣势企业 266 家,腾出土地 2826.5 亩。节能减排取得新进展,切实加强重点用能单位、排放大户管理,全年规模以上工业企业万元产值能耗比上年减少约 15%,全面完成"十一五"节能减排预期目标。

服务业加速发展。旅游产业快速发展,全年接待游客 802 万人次,比上年增长 49.6%。实现旅游收入 50.1 亿元,增长 52.8%。佘山国家旅游度假区功能性项目建设稳步推进。上海欢乐谷接待游客 221 万人次,占全区接待游客总数的 27.6%。辰山植物园建成开园,建成 3000 辆公共自行车租赁系统,旅游巴士开通。天马现代服务业集聚区等项目建设加快推进。松江新城国际生态商务区招商工作有序推进。全年销售新建商品房 182.1 万平方米,二手房交易量达 148 万平方米,实现房地产业税收 45.3 亿元,增长 22.1%,完成房地产投资 151.1 亿元,增长 11.4%。

现代农业发展扎实推进。积极发展家庭农场、专业合作社,推进农业产业化、规模化、组织化经营。休闲农业进一步拓展,全力推进泖田生态园项目的建设。区粮食储备基地建设有序推进。

2. 社会事业大力推进,民生工作持续改善

教育事业不断进步。积极引入优质资源,与上海外国语大学合作创办上海外国语大学松江外国语学校。松江一中创建市实验性示范性高中通过中期评审。农民工同住子女

义务教育三年行动计划全面完成。

公共卫生工作整体推进。完善绩效考核机制,强化控制医疗费用,门急诊均次费用121元,比上年减少6.2%。继续实行基本药品零差率和集中采购、统一配送、低进低出,全年近258万人次享受优惠,减少药费支出1680万元。

文化和体育事业有序开展。社区文化活动中心建设有序推进,全区已有6家建成使用,9家正在建设中。加快公共体育设施建设,全区已建成13个社区公共运动场、22个健身苑和424个健身点。

积极就业政策取得成效。新增就业岗位36888个,新办非正规就业组织94户。鼓励以创业带动就业,帮助652人成功创业。完成职业技能培训25713人。社会保障体系进一步完善。全区农保养老金、征地养老、镇保养老标准分别提高至359元/月、680元/月、743元/月。以土地换保障,1382名市重大工程项目涉地农民落实镇保。农村合作医疗投保率达到100%。外来从业人员综合保险覆盖数达到439773人。住房保障工作进一步加强。市大型居住社区泗泾、洞泾基地建设顺利推进。加快公共租赁住房建设,全区已累计建成131万平方米;廉租住房受益面进一步扩大,累计已有307户家庭享受廉租住房补贴。

二、松江区 2011 年国民经济和社会发展展望

（一）2011 年发展思路和主要预期目标

2011年是"十二五"规划的开局之年。2011年,松江区国民经济和社会发展的主要预期指标是:区增加值990亿元,比上年增长10%,其中第三产业增幅高于地区生产总值增幅。工业总产值4685亿元,增长8%。固定资产投资240亿元。社会消费品零售总额336亿元,增长15%。出口产品总额420亿美元,增长5%。合同外资4.5亿美元,实际到位资金4亿美元。财政总收入257亿元,增长10%,其中地方财政收入83.5亿元,增长8%。万元生产总值综合能耗和单位生产总值二氧化碳排放量进一步下降,环保投入相当于生产总值的3%。新增就业岗位3万个,城镇登记失业人数控制在市政府下达的指标以内。城乡居民家庭人均可支配收入超过人均地区生产总值增长。

（二）2011 年国民经济和社会发展主要任务

1. 进一步优化经济结构,促进经济发展方式转变

一是优化产业布局。加快完善全区产业发展规划和布局。推动沪松公路等沿线产业规划和布局的调整。研究制定促进产业发展的一系列配套政策。进一步完善重大战略性产业、重点园区和物流业规划布局,实现全区经济整体统筹布局。

二是促进二、三产业双轮驱动发展。进一步发展先进制造业。加大政策扶持力度,鼓励和引导食品、纺织服装等产业走新型工业化道路,提升产业能级和核心竞争力。加快淘汰落后产能,合理引导和推动产业梯度转移。加快发展新能源、新材料、生物等战略性新兴产业。推动上海松江工业园区向综合型经济技术开发区转型,推进松江出口加工区功能叠加。加快老工业小区整体改造和莘莘学子创业园功能提升。加大产业节能降耗工作力度。提升服务业质量。大力发展研发设计、总部经济、专业服务等服务业。继续推进漕河泾松江高科技园区等生产性服务业功能区建设。主动对接虹桥商务区,全面推进沪松

公路沿线整治和开发。积极打造上海西南物流综合园。推进天马现代服务业集聚区、松江新城国际生态商务区、泰晤士小镇和仓城胜强文化创意集聚区建设。深化佘山国家旅游度假区综合服务和配套功能。

三是发挥固定资产投资的拉动和引领作用。进一步加强城市基础设施建设，继续完善城市配套。加大二、三产业投入，鼓励产业资本加大对先进制造业和服务业的投资力度。有序推进基础性、公益性项目的建设，促进以改善民生为重点的社会事业发展。

四是增强自主创新能力。大力实施知识产权战略，着力提升企业自主创新能力。培育和扶持一批具有核心竞争力的创新型科技企业，加大高新技术企业和科技小巨人企业的培育力度。积极搭建创新平台，推进产学研合作，促进高新技术产业化。推进大学生创业孵化器和科技孵化中心建设，鼓励大学师生创新创业，推动科技成果就地转化。

2. 继续完善城市功能，不断提高城市管理水平

一是进一步推进城市建设。加快推进基础设施建设。继续协调推进金山铁路支线复线、50 万伏高压线等重大工程项目。加快松卫公路二期等区内道路建设，加快区与区连接道路建设。完善新城功能建设。完成松江新城南部区域综合交通规划。全面推进轨道交通 9 号线南延伸工程，完善沿线地区配套设施建设。加快老城改造步伐。全面推进仓城历史文化风貌区"一河一路一点"建设，实施府城云间路改造，开展泗泾下塘历史文化风貌区前期工作。大力提升城市信息化水平。制订信息基础设施建设规划，建成管理平台。有序推进电信网、广播电视网、互联网"三网融合"。启动"城市光网"建设，完成"无线城市"三年工作目标，提升城市综合信息服务能力。

二是加快推进生态环境建设。着力推进供水集约化。关闭、归并小昆山水厂服务区域镇级水厂。加强环境保护建设。强化源头污染控制，严把建设项目环评准入关，重视跟踪后评估。继续深入实施第四轮环保三年行动计划，着手制定第五轮环保三年行动计划。

三是全面提升城市管理水平。完善网格化管理常态长效机制，推进人口稠密地区城市综合管理大联动试点。围绕"科技防范示范城"创建目标，科学规划、稳步推进城市图像监控系统布局建设，建立全时段监控、全区域覆盖的城市科技防范体系。强化轨道交通 9 号线站区综合管理。继续实施"文明交通三年行动计划"，提升城市交通文明。

3. 着力改善社会民生保障，确保社会和谐稳定

一是促进社会事业全面发展。加快教育基础设施建设。推进梅家浜中学、洞泾初级中学、华亭小学、新桥新闵小学、洞泾第二幼儿园和车墩第二幼儿园建设。进一步优化卫生资源配置。加快推进区中心医院改扩建工程，完成泗泾医院迁建工程。发挥优质医疗资源的引领作用，积极推进市一医院南部三期建设。加快文化、体育等事业的发展。以文化传承与保护为重点，完善公共文化服务体系。加大文化队伍建设和优秀文化项目的培育力度，不断挖掘、传承和弘扬优秀传统文化。以争创全国科普示范区为动力，扎实提高全民科学素养。

二是推进就业和社会保障工作。着力促进就业稳定。深化更加积极的就业政策，加强职业培训和就业援助，千方百计扩大就业。强化劳动保障监察，维护劳动者合法权益，构建和谐的劳动关系。进一步完善各类保障。积极落实涉地农民社会保障。继续提高农

保基础养老金、征地养老生活费和丧葬补助费标准。进一步做好征地养老人员参加居民医保工作，提高征地养老人员抗大病风险能力。推进和完善新农保试点工作，实现"老农保"向"新农保"平稳过渡。继续扩大城镇职工基本社会保险、外来从业人员社会保险覆盖面，稳步推进综保转入城保。加快构建多层次多渠道的住房保障体系。进一步加快危旧房屋改造，推进大型居住社区及其配套建设。提高廉租住房实物配租比例。积极推进公共租赁住房、动迁安置房建设，新建公共租赁住房64万平方米。

三是提升社区建设和管理水平。进一步加强社区建设。健全社区管理服务网络，规范社区事务受理服务中心运行机制和管理体制，推进社区事务服务标准化建设，完善社区居民生活服务体系。保持社会安全和谐。深入持久开展安全生产和消防隐患排查治理，加强重点领域安全检查，严防重特大事故发生。提高突发公共事件的监测预警和应急处置能力。加强市民防灾自救知识的普及。

4. 深入推进改革开放，进一步增强可持续发展的动力

一是进一步深化各领域改革。推进财政管理体制改革。根据财力与事权相匹配的原则，进一步理顺区与街镇、园区财政管理体制。深化国资国企改革重组。进一步深化国企开放性、市场化整合重组。加快农村集体资产改革。借鉴新桥镇、中山街道集体资产改革经验，在有条件的地区进一步扩大集体资产改革范围，积极稳妥推进农村集体资产产权制度改革。积极推进教育改革。育人为本、促进终身发展，全面落实教育中长期改革和发展规划纲要。全面实施素质教育，促进学生全面发展。继续深化卫生综合改革。健全公共卫生服务体系、医疗服务体系、医疗保障体系和药品供应保障体系，提供均等化的基本医疗和基本公共卫生服务。

二是保持外向型经济和民营经济平稳发展。积极转变外贸发展方式，提高出口产品的竞争力和附加值。优化吸收外资结构，引导外资投向服务业、高新技术产业和先进制造业。鼓励加工贸易型企业向一般贸易方式转变。鼓励企业积极寻找外贸订单，大力开拓国际市场。积极引导企业内销，拉动内需市场。加大对企业进行境外投资、承包工程与劳务合作的支持力度。进一步鼓励支持民营经济发展。创新招商模式，整合招商资源，提高招商引资水平。创新服务方式，加大扶持力度，着力破解制约民营经济发展的市场准入、资金融通、自主创新、人才引进、项目审批等问题。完善中小企业金融服务体系。支持企业转型升级，推动企业改制上市，促进民营企业做强做大。

三是积极推动对内合作交流。进一步做好援藏、援疆、援滇工作。继续做好巴楚县、马关县、丘北县、定日县的对口支援工作，落实都江堰龙池镇灾后援建长效合作机制。积极融入长三角区域经济一体化发展格局，深化与国内外友好城市的经贸往来合作。

5. 全力做好"三农"工作，进一步统筹城乡发展

一是加快发展现代农业。完善和提高家庭农场经营模式。进一步健全家庭农场政策机制，延长合同期限，土地流转期限稳定在3—5年，形成较完善的考核管理制度。

二是进一步优化镇村生产生活环境。大力推进新市镇建设。进一步完善城乡规划体系，明确集镇发展规模，优化调整建设用地布局，合理配置集镇建设用地指标。深入推进小昆山镇全国小城镇发展改革试点。加强农村基础设施建设和公共服务。

　　三是不断增加农民收入。确保农民持续增收。继续推进农村富余劳动力非农就业，提高农民工资性收入。不断加强对家庭农场户等专业农民的生产技术指导和培训，促进农民经营性收入提高。完善土地承包经营权流转机制，稳定增长农民的财产性收入。进一步提高农民退休养老水平，提高农村合作医疗大病报销额度。

（松江区发展和改革委员会）

6.16　青　浦　区

一、2010 年青浦区国民经济和社会发展回顾

2010 年,青浦区深入贯彻落实科学发展观,按照"五个确保"目标要求,积极服务和保障世博,进一步巩固、增强经济回升向好势头,进一步加快调结构、促转型步伐,着力推进"一城两翼"建设、促进城乡一体化,着力改善民生、促进社会和谐,高质量谋划好"十二五"发展,完成了全年各项目标任务。

表 6－16－1　2010 年青浦区国民经济和社会发展主要目标完成情况

序号	指标名称	全年目标		全年完成	
		总量	增幅(%)	完成数	增幅(%)
1	区增加值(亿元)	573.8	10	589.7	13.1
2	♯第三产业增加值(亿元)	240.6	16	222	7.1
3	工业总产值(亿元)	1486	6	1633.7	16.5
4	♯规模以上工业总产值(亿元)	1150	6	1326.5	26.6
5	合同外资(亿美元)	5	—	7.5	
6	外方到位资金(亿美元)	4	—	5	
7	社会消费品零售总额(亿元)	245.1	18	250.6	20.6
8	全社会固定资产投资(亿元)	187.9	10	278	60.5
9	全口径财政收入(亿元)	180.5	10	188.7	15
10	♯区级财政收入(亿元)	52.6	8	59	21.1
11	万元地区增加值综合能耗(吨标准煤)	进一步下降		进一步下降	
12	化学需氧量排放量(万吨)	进一步下降		进一步下降	
13	新增就业岗位(个)	25100	—	30777	—
14	城镇居民家庭人均可支配收入(元)	持续稳定增长		25152	10.1
15	农村居民家庭人均可支配收入(元)	持续稳定增长		12936	11.6

1. 经济保持回升向好,结构调整不断深入

先进制造业加快发展。实现规模以上工业总产值 1326.5 亿元,比上年增长 26.6%。加快布局调整和结构优化,青浦工业园区分设后成立"一园三区",优化重组的 3 家公司明确承担不同功能,开发建设力度进一步加大,全年完成规模产值 655.8 亿元,比上年增长 27.3%。新增民营科技企业 100 家、市高新技术企业 33 家、市创新型企业 11 家、市科技小巨人(培育)企业 7 家,成功培育 2 家科技企业上市。企业加快运用新技术、新工艺提升产业能级。

现代服务业稳步推进。西虹桥、湖区等现代服务业集聚区的相关规划工作有序开展。市郊大型购物商圈集聚辐射效应进一步显现,服务业载体建设取得新成效,西郊国际农产品交易中心(一期)和展示中心投入运行,珠江创展、吉盛伟邦二期、意邦国际建材家居品牌中心、夏阳湖国际酒店等重大项目顺利推进。旅游业在世博效应的拉动下大幅增长,初步测算全区旅游收入 35 亿元,比上年增长 39.7%。

现代农业建设取得新进展。政策扶持力度进一步加大,农业生产经营产业化、组织化、品牌化、标准化程度进一步提高。加快对茭白、草莓、枇杷等资源的深度开发和高效利用,积极开展特色产品展示展销活动。继续推进"三一联动"发展,大力引导农家乐提升经营管理水平,成功举办捕捞节等农事节庆活动。

2. 积极服务和保障世博,相关工作扎实开展

全力服务保障世博,加强城市综合管理。强化组织领导,落实工作责任,深入推进"平安世博"行动。圆满完成淀山湖文化旅游艺术节暨区第三届运动会等重大节庆赛事活动的安全保卫工作。交通、消防、安全生产、食品药品管理工作力度进一步加大。有效提升城市管理水平,应急管理工作全面加强,社会总体保持和谐稳定。积极开展文明指数测评迎检,精心组织世博主题实践区系列活动。继续加强窗口服务管理,服务质量进一步提高。如期完成地铁 2 号线徐泾东站、嘉松公路绿化改造等迎世博工程。

3. "一城两翼"建设启动,项目推进有力有序

城镇规划建设步伐加快。整合重组西虹桥商务开发有限公司、淀山湖新城发展有限公司和湖区建设开发有限公司,启动"一城两翼"建设。淀山湖新城总体城市设计形成中期成果。西虹桥地区成功引入国家会展中心项目。湖区"梦上海"项目签署合作意向书,西郊淀山湖湿地修复和环湖生态带项目有序实施。金泽、练塘小城镇发展改革试点工作努力推进。轨道交通 20 号线(现 17 号线)选线专项规划获得市批准。

项目建设持续推进。积极推进重大基础设施项目建设,淀山湖大道、西大盈港桥建成通车,开工建设城中南北路和崧泽大道白改黑、朱枫公路四期、盈港路新改建等工程,稳步推进"断头路"贯通工程、川气东输青浦练塘门站建设和金泽天然气主干管工程。配合完成了沪常高速、嘉闵高架、崧泽高架推进建设任务,继续做好徐泾、华新大型社区建设各项工作。

4. 资源利用继续优化,生态环境不断改善

资源节约集约利用进一步加强。全力推进节能降耗,实施节能技改项目 13 个、产业结构调整项目 101 个。青浦工业园区热电节能减排标准化示范区被列为上海市第一批节

能和环保标准化示范试点项目。燕龙基再生资源利用有限公司废玻璃加工项目获得市循环经济专项资金支持,15 个项目获得区循环经济专项资金支持。积极实施"腾笼换鸟",闲置土地、闲置厂房盘活工作有序开展。

生态建设步伐加快。通过"国家卫生区"复审,青浦城市环境和形象进一步提升。积极落实国家环保模范城区创建相关整改工作,创模通过国家环保部核查验收。大力推动节水型社会试点工作。第四轮环保三年行动计划已完成 28 个项目。太湖流域水环境综合治理工作有序推进。水源地水质安全监管、工业企业环境管理和固体垃圾废弃物处置等工作进一步加强。

5. 民生工作落实有力,社会建设持续推进

就业和社会保障工作不断深入。落实各项就业促进政策,加大创业带动就业力度,继续推进充分就业社区建设,加大青年职业见习基地管理和职业技能培训力度。不断加大社会保障投入,进一步提高农保退休人员、征地养老人员、原乡镇办企业中原居民户口退休(职)人员、未参保老年农民及未参保自理口粮户老人的养老标准。年内落实实物配租房源 23 套,对新增符合条件的 60 户家庭实行了廉租住房租金补贴。创建全国残疾人工作示范城市示范区验收达标。

社会事业和民生改善工作力度进一步加大。加快实施教育现代化行动计划。朱家角中学被正式命名为"上海市实验性示范性高中"。"校舍安全"工程按期推进。年内实现农民工同住子女全部接受免费义务教育。推进社区卫生服务综合改革,深化全科团队和户籍制医生服务模式。中山医院青浦分院创建三级医院、朱家角人民医院迁建有序推进。成功举办区第三届运动会、淀山湖文化艺术节和世界华人龙舟邀请赛等活动。新开通 5 条公交线路。开展城区老小区物业管理服务达标建设,完成旧房成套改造 751 户,旧小区综合整治 431 户。

二、2011 年青浦区国民经济和社会发展展望

(一) 2011 年发展思路和主要预期目标

2011 年,青浦区将继续深入贯彻落实科学发展观,全面贯彻党的十七大、九届市委十三次、十四次全会和区委三届十四次、十五次全会精神,认真落实市委市政府"六个着力"的工作要求,以加快经济发展方式转变为主线,进一步优化产业结构,进一步推动"一城两翼"建设,全力保持经济平稳较快发展,切实保障和改善社会民生,为"十二五"规划顺利实施奠定坚实的基础。

2011 年青浦区国民经济和社会发展主要预期目标见表 6—16—2:

表 6—16—2　2011 年青浦区国民经济和社会发展主要预期目标

序号	指　标　名　称	目标值
1	区生产总值	增长 10%
2	规模以上工业总产值	增长 10%
3	合同外资	7.5 亿美元

序号	指　标　名　称	目标值
4	外方到位资金	5 亿美元
5	社会消费品零售总额	增长 16％
6	全社会固定资产投资	234 亿元
7	全口径财政收入	增长 12％
8	♯区级财政收入	增长 10％
9	万元地区生产总值综合能耗	进一步下降
10	主要污染物排放量削减率(二氧化硫、化学需氧量、氨氮、氮氧化物)	完成市下达目标
11	新增就业岗位	25100 个
12	城镇和农村居民家庭人均可支配收入	持续稳定增长

(二) 2011 年国民经济和社会发展主要任务

1. 进一步加快经济发展方式转变、加大产业结构优化升级力度

加快发展先进制造业。进一步深化"一园三区"功能定位,认真制订好相关发展规划和行动方案。进一步增强八大工业区块的承载能力,推进功能区域整合提升。不断推动战略性新兴产业和高新技术产业化发展,大力打造生物医药、新材料等市级高新技术产业化基地,注重加大传统产业的技改力度。积极加快东航技术研发应用中心、西电高压开关等重点项目建设。继续做好企业上市服务、扶持工作,争取培育一批新的上市企业。

加快发展现代服务业。大力发展生产性服务业,着力培育扶持专业服务、会务会展、文化创意等,推进华新生产性服务业功能区建设。加快上海淀山湖总部基地等总部经济载体建设。积极扶持"水都南岸"等文化创意产业园区建设。大力推进市郊大型购物商圈建设、湖区度假资源整合提升和旅游设施建设。确保国家会展中心项目开工建设,吉盛伟邦二期、意邦国际建材家居品牌中心、珠江创展国际商贸中心西区商业项目投入运营,力争"梦上海"项目落地。

加快发展现代农业。积极转变农业发展方式,不断提高农业综合生产能力。继续加强农业基础设施建设。支持产业化、组织化、品牌化、标准化生产经营,继续实施星级农民专业合作社评比活动,完善农产品质量安全工作体系。积极发展代耕代种、网上农田等新型经营模式。大力发展农业旅游,办好茭白节、渔业捕捞节、草莓节等农事节庆活动。

2. 以"一城两翼"建设为引领,加快构建新型城镇体系

加快推进新城建设。抓紧新城总体规划、控制性详细规划、专业规划和城市设计的编制优化工作。中片城区进一步提升城市形象和公共服务功能,推进老城区改造,推动现代商业办公项目建设;东片全力加快大型社区建设;西片启动综合性体育场馆等社会事业项目建设,促进人气聚集;工业片按照"产城一体、水城融合"要求,完善园区基础设施和环境,加大招商引资力度;滨湖片加强基础设施、环境设施建设,实施淀山湖大道延伸工程,加快水上宾馆和特色居住项目建设,加快古涧堂、四民会馆及尚都里等功能性项目建设。

加快推进两翼建设。积极参与部市合作,全力以赴确保国家会展中心项目开工,大力发展会展配套产业。加强与虹桥商务区、市中心道路体系的衔接,进一步引导重大功能性项目落地和社会事业资源合理布局。加强青西地区交通、给排水、电力、天然气、通讯等配套设施建设。稳步推进宅基地置换试点,进一步加快全区集镇建设步伐;用足用好建设用地增减挂钩政策,认真做好金泽、练塘小城镇发展改革试点各项工作。以村庄改造为抓手,加大农村环境整治和绿化建设力度,大力推进新农村建设。

3. 进一步加强保障和改善民生工作,积极构建和谐社会

继续实施积极的就业政策。加快构建创业促进就业长效机制,以夏阳青年创业园为平台积极推进创业见习工作。深入开展就业援助,不断完善公共就业服务,做好大学生、城乡就业困难人员、来沪人员就业服务工作。加快构筑"六位一体"的劳动争议大调解格局,积极推进工资集体协商制度,切实保障劳资双方的合法权益。

进一步完善社会保障体系。进一步做好新老农保政策的衔接。研究生态片林失地人员纳保问题,切实做好新征地人员的纳保工作。继续推进综合保险参保、征缴工作,不断扩大保障覆盖面。进一步健全完善住房保障体系,加快落实各项住房保障政策。着力推进徐泾北(华新拓展)基地、青浦新城一站等一批大型社区和配套商品房建设。完善日常廉租住房租赁补贴。全面开展经济适用住房工作。稳步推进公共租赁住房工作。推进集镇区的旧小区综合整治和旧住房改造。认真做好农民建房工作。

大力发展社会事业。全面推进教育现代化,加快城乡教育一体化进程。推进青少年活动中心、豫才学校等教育设施建设。加大引进市级优质教育资源的力度。完善医疗服务体系和公共卫生服务,实现公共卫生服务均等化。加快中山医院青浦分院创建三级医院步伐,推进区精神卫生中心、朱家角人民医院迁建工程。按照市统一部署,积极落实医改方案。加强科普创建,提升全国科普示范城区工作水平。积极做好崧泽文化博物馆建设前期工作。认真抓好非物质文化遗产项目的挖掘整理工作。广泛开展全民健身运动,办好世界华人龙舟邀请赛等体育精品赛事。

4. 坚持绿色低碳理念,不断增强可持续发展能力

坚持以工业领域和重点行业及重点用能单位为重心,深化建筑、交通、教育、卫生及商业等非工业领域节能降耗和循环经济工作。强化新建项目节能审查,开展前置性节能评估和审查。继续做好产业结构调整工作,进一步淘汰落后产能。稳步推进节水型社会建设。抓好闲置土地盘活,大力推动各工业开发区小型工业地块向生产性服务业功能区转型。巩固"创模"成果,全面完成第四轮环保三年行动计划,全力推进太湖流域水环境综合治理工程,推动第二水厂三期扩建、原水厂三期扩建、城镇污水处理厂污泥处置项目等工程项目如期完工。继续开展清洁生产审核工作。不断深化环境保护监督管理。

（青浦区发展和改革委员会）

6.17 奉 贤 区

一、奉贤区 2010 年国民经济和社会发展回顾

2010 年,奉贤区深入贯彻落实科学发展观,围绕"三区一基地"建设总目标,团结带领全区人民,坚定信心,拼搏奋进,努力做好各项工作,胜利完成了区三届人大六次会议和"十一五"规划确定的目标任务。全年实现区增加值 493.5 亿元,比上年增长 12.1%。财政收入 127.2 亿元,增长 19.5%;其中地方财政收入 40.4 亿元,增长 26.5%。规模以上工业企业总产值 1293.2 亿元,增长 17.8%。全社会固定资产投资总额 204.9 亿元,增长 25.8%。社会消费品零售总额 250.8 亿元,增长 17.7%。外贸直接出口总额 47 亿美元,增长 30.9%。

1. 着力转变经济发展方式

大力开展招商引资,一批重大项目相继落户。三一重工一期项目、莱士血液制品项目基本实现结构封顶,上海生物制品研究所项目成功签约。积极与国药集团、徐工集团等企业联系洽谈。全年实现内资实业型项目到位资金 76.3 亿元。实现合同外资 4.1 亿美元,到位资金 3 亿美元。开展企业大走访活动,帮助企业排忧解难。加强重大项目跟踪服务,完善项目审批绿色通道,促进产业项目尽快落地。加快完善园区基础设施,进一步提升管理服务水平,产业集聚加速形成。全力推进高新技术产业化,制定实施新材料等重点产业规划,成立上海奉贤生物医药产业基地院士工作站,全区共有高新技术企业 234 家,产值达 284 亿元。推动科技进步,申报市级以上科技项目 307 项、市级企业技术中心 4 家,申请专利 2022 件。加快推进企业上市,凯宝药业、柘中建设、超日太阳能成功上市,广电电气通过上市审核。扎实推进节能减排工作,设立重点区域产业结构调整专项资金,全区共淘汰劣势企业 65 家,预计万元生产总值综合能耗比"十五"末下降 20%。超额完成"十一五"期间污染物总量减排的控制目标。加快发展商业服务业,百联南桥购物中心二期建成开业。积极发展生产性服务业,成功申报"南郊生产性服务业功能区"。推动房地产市场健康发展。成功举办菜花节、风筝会、上海旅游节花车巡游进奉贤等活动。

2. 圆满完成世博工作任务

深入实施迎世博 600 天行动计划,在 8 次市文明指数综合测评中勇夺郊区县六连冠。做好结对参展国国家馆日等活动观众组织以及"世博大礼包"发放等工作。接待来自友好城市和对口支援地区代表团共 110 多批 3200 多人次。落实交通保障方案,方便市民观博。水、电、气、通讯等公共服务正常供应,城市运行平稳有序。抓好市容环境整治,进一步实施城市网格化管理,整治违法建筑 27 万平方米,市容市貌明显改善,顺利通过国家卫生区创建的技术评估。根据世博安保总体要求,强化安全生产监管,实施重大事项社会稳定风险分析和评估,有效排查调处各类矛盾纠纷,社会保持和谐稳定。

3. 加快推动城市化发展

完成南桥新城总体规划修编,同步开展控制性详细规划、专业专项规划编制和重点区域城市设计。完成"上海之鱼"项目一期湖面开挖,中小企业大厦、"两路一带"地下民防工程等开工建设。全力推动市大型居住社区奉贤南桥基地建设,145 万平方米动迁安置房基地全面开工。闵浦二桥公路桥顺利通车。轨道交通 5 号线奉贤段工作井开工建设,西渡站配套工程完成基础建设,望园路、金海湖等站点范围的管线搬迁开始实施。虹梅南路—金海路越江工程工作井全面建设。林海公路奉贤段基本建成,路网结构日趋完善,奉贤与中心城区和大浦东的道路交通联系更加紧密。金汇港南闸改造工程正式动工。推进西部污水厂扩建工程建设。铺设区级污水管网 23.7 公里,城镇污水处理率达到 83%。

4. 扎实推进新农村建设

制订实施《奉贤区推进社会主义新农村建设 2010—2012 年三年行动计划纲要》。农业生产喜获丰收。创建国家级水稻、蔬菜标准化示范区 2 个。新认定市级农业产业化龙头企业 2 家。新组建农民专业合作社 35 家,总数达到 285 家。新增"田头超市"市区销售店 3 家。奉贤黄桃获国家地理标志产品保护。农业要素交易所正式运营。稳定和完善农村土地承包关系工作全面完成,区、镇两级农村土地承包经营权流转管理服务中心挂牌成立。完成村庄规划编制。推进 6 个村重点受涝区域农田水系综合整治。整治宅前宅后河道 260 公里、黑臭河道 22 公里。完成 3174 户农村生活污水处理工程和 2816 户村庄改造任务。启动青村镇小城镇发展改革试点。

5. 切实改善民生

实施积极的就业政策,新增就业岗位 3.8 万个,城镇登记失业率控制在 4.3% 以内。城镇、农村居民家庭人均可支配收入分别达到 23938 元和 13180 元,比上年增长 10.3% 和 11.6%。全面实施安居工程,开工建设 5.9 万平方米保障性住房,完成 113 万平方米农民集资房、2.9 万平方米直管公房整修,居民居住条件进一步改善。完善社会保障制度,积极开展新型农村社会养老保险制度试点,农民养老金每人每月增加 60 元。农村合作医疗人均筹资水平达到 690 元,补偿水平进一步提高。认真落实社会救助政策,健全综合帮扶机制,救助覆盖面继续扩大。社会福利事业和老龄工作不断深化,全区养老床位达到 3839 张。

6. 大力发展社会事业

坚持教育优先发展,保证教育经费"三个增长"。全区义务教育入学率达到 100%,高中阶段教育入学率为 98.6%。师资队伍素质全面提高,教育教学质量稳步提升。曙光中学迁建工程实现主体结构封顶,中小学校舍安全工程有序推进。区中心医院迁建升级、奉城医院原地改建等工程顺利推进。加强疾病预防控制,各类传染病发病率保持历史较低水平。加强公共文化设施建设,实现社区文化活动中心、农村综合文化活动室和有线电视"户户通"全覆盖。弘扬地域特色"贤文化",做好"滚灯"、"吴歌"等非物质文化遗产的保护和传承工作。"唱响群文四季歌"等群众性文化活动蓬勃开展。建成社区公共运动场 2 个、农民健身工程 35 个,全区经常性体育锻炼人口占比达到 45%。

二、奉贤区 2011 年国民经济和社会发展展望

(一) 2010 年发展思路和主要预期目标

2011 年,奉贤区将全面贯彻党的十七大和十七届历次全会和九届市委十三次、十四次全会精神,以邓小平理论和"三个代表"重要思想为指导,深入贯彻落实科学发展观,牢牢抓住奉贤发展战略机遇期,以科学发展为主题,以创新驱动、转型发展为主线,围绕"三区一基地"建设总目标,着力推进新型工业化、新型城市化和城乡一体化,更加注重以改善民生为重点的社会建设,更加注重服务型政府建设,坚持改革创新,继续确保经济社会又好又快发展,努力实现"十二五"良好开局。

2011 年奉贤区国民经济和社会发展的主要预期目标如下:

表 6-17-1 2011 年奉贤区国民经济和社会发展计划主要目标

序号	指 标 名 称	单位	目标值	增幅(%)
1	三次产业增加值	亿元	558	13 以上
2	地方财政收入	亿元	45.2	12 以上
3	全社会固定资产投资	亿元	236	15
4	社会消费品零售总额	亿元	288	15
5	合同外资	亿美元	4.5	—
6	内资到位资金	亿元	90	—
7	第三产业增加值占三次产业增加值比重	%	32.3	—
8	规模以上工业企业总产值	亿元	1487	15
9	每十万人口专利申请数 *	件	270 左右	—
10	各类保障性住房新增供应 *	万平方米	163 左右	—
11	新增廉租房受益家庭 *	户	150	—
12	单位增加值综合能耗下降率	%	3.6 左右	—
13	环境空气质量优良率 *	%	92	—
14	公共交通分担率 *	%	13.9	—
15	百兆家庭宽带接入能力覆盖率 *	%	65	—
16	农业总产值	亿元	40.9	3
17	农村居民家庭人均可支配收入	元	14500	10 以上
18	城镇登记失业率	%	4.3 以内	—

注:1. 其中标注" * "为 2011 年新增指标。

2. 保障性住房新增供应包括:廉租住房 2 万平方米、经济适用房 4 万平方米、公共租赁房 4 万平方米和动迁安置房 153 万平方米(含大型居住区动迁房)。

（二）2011 年国民经济和社会发展主要任务

1. 加快转变发展方式，进一步提高经济发展质量和效益

牢牢把握上海深入推进"四个中心"建设的良好机遇，把结构调整作为转型发展的主攻方向，大力培育新兴产业，全力推进新型工业化，努力实现发展速度与效益的有机统一。一是把发展服务业放在更加突出的位置，按照"一核五区"现代服务业空间布局，加快南桥中小企业总部商务区、南郊生产性服务业集聚区等载体建设，积极培育金融后台服务、现代物流等生产性服务业，巩固提升住宿餐饮、批发零售等生活性服务业，努力形成以生产性服务业为主导、生活性服务业为配套的现代服务业发展格局。二是整合资源促集聚，努力实现产业园区转型升级。继续推行重大项目审批绿色通道，加强跟踪服务，促进项目早日建成投产。大力发展"6＋8"重点产业，争取实现规模以上工业企业总产值比上年增长15％。三是积极推动高新技术产业化，以科技创新驱动产业转型发展鼓励企业进行工艺流程改造、核心技术研发和自主品牌创建，力争新增高新技术企业 30 家、科技小巨人企业8 家。

2. 学习借鉴世博理念，大力推进新型城市化建设

学习世博会绿色、环保、低碳等理念，借鉴国内外先进的城市发展经验，积极探索"城市，让生活更美好"的新模式、新道路，努力提升城市化水平。一是高标准建设南桥新城，坚持"低碳、生态、智慧、宜居"的建设理念，实现新城控制性详细规划全覆盖，着重做好核心区城市设计。有序推进"上海之鱼"项目整体湖面开挖，加快中小企业大厦建设，实现区中心医院迁建工程竣工，抓紧做好南桥新城公共交通枢纽建设前期准备。全力以赴推进市大型居住社区奉贤南桥基地建设。二是着力推进重大工程建设，完善城市基础设施体系。有序推进轨道交通 5 号线奉贤段建设和虹梅南路—金海路越江工程建设。林海公路建成通车。积极做好 S3 公路、闵浦三桥建设和浦星公路拓宽的各项前期准备工作。加快实施海湾镇供水改造工程。继续推进污水管网建设和纳管工作，完成西部污水处理厂扩建工程。三是把世博经验转化为城市管理长效机制，完善城市管理的各项标准和规范，维护和提升世博期间形成的良好市容环境。建立完善城市公共安全体系，确保城市有序运行。

3. 坚持城乡统筹，加快社会主义新农村建设

按照"城乡规划布局一体化、基本公共服务均等化"的要求，加大工业反哺农业、城市支持农村力度，全面实施《奉贤区推进社会主义新农村建设 2010—2012 年三年行动计划纲要》，促进农村经济社会又好又快发展。一是深化农村改革创新，积极稳妥推进农民宅基地置换试点、农村集体建设用地流转试点和城乡建设用地增减挂钩试点。二是立足促进城乡公共服务均衡发展，着力完善农村基础设施和社会事业体系。三是大力发展都市高效生态农业，推进农业与二三产业深度融合，着力提高农业科技化、设施化、规模化、组织化程度。

4. 进一步加强社会建设，着力保障和改善民生

坚持以人为本，努力解决就业、保障、安居等关系人民群众切身利益的民生问题，大力发展社会事业，不断提高人民群众生活质量和幸福感，促进社会和谐安定。一是实施更加积极的就业政策,大力实施安居工程,积极应对物价上涨,进一步完善保障机制,努力改善人民生活。二是坚持教育优先发展,提升教育综合服务水平。健全公共卫生服务体系,促进居民健康素质进一步提高。大力发展文化体育等事业,丰富城乡群众精神生活。深入推进公共体育设施建设与管理,开展全民健身运动,促进市民身体素质提高。

5. 加强服务型政府建设,切实提高行政效能和服务水平

把服务型政府建设作为加强政府自身建设的重中之重,实现政府管理理念、管理体制和管理方式的转型,努力成为服务优良、程序规范、廉洁透明、办事高效、综合成本合理、人民群众满意的政府。一是抓住重点领域和关键环节,深化国资国企改革,积极研究探索开发区体制改革,做好与市财税体制改革对接工作,认真做好融资平台清理工作,探索新型融资方式。二是加快政府职能转变,健全企业走访长效机制。大力培育和扶持企业上市,力争实现3家企业上市。进一步完善便民服务体系,积极谋划建设集行政集中审批和市民公众服务功能于一体的区级行政服务中心。三是坚持依法行政,进一步规范政府行为。不断提高行政透明度,完善考核评价体系,健全监督机制。加强廉政建设和行政效能建设,进一步完善民主评议政风行风等制度,切实推进机关作风建设。

(奉贤区发展和改革委员会)

6.18　崇　明　县

一、崇明县 2010 年国民经济和社会发展回顾

2010 年,是崇明"十一五"规划实施的收官之年,是落实崇明生态岛建设纲要的第一年。上海长江隧桥建成通车后,崇明发展的内外部环境都发生了深刻变化。一年来,崇明县积极抓住新机遇,应对新挑战,按照市委、市政府的统一部署,一手抓生态岛建设,一手抓"十二五"规划编制,全县经济社会发展呈现良好态势。

1. 结构转型升级取得积极进展

综合经济实力持续增强。全县增加值自 2003 年以来连续 8 年保持两位数增长,总量接近 200 亿元。工、农业总产值分别达 376.4 亿元和 51.7 亿元。三次产业进一步融合发展,第一、二、三产业增加值占全县增加值的比例调整为 9.3∶56.1∶34.6。

高效生态农业在全市农业发展中的地位日益凸显。制定《崇明北部现代高效生态农业实验区总体规划》。推进建设北部垦区设施菜田、标准化鱼塘改造等项目。布局 3000 亩有机稻种植基地、300 亩水仙花基地。截至 2010 年底,全县基本农田保有量 110 万亩,占全市基本农田总量约 1/3;无公害、绿色、有机农产品认证面积占主要种植业面积比例达 60%;全县市级农业产业化重点企业达 3 家,县级农业产业化重点企业达 13 家,市县级示范合作社 29 家,辐射带动农户超 8 万户;已在市区开设崇明生态农产品专卖店、柜 88 家,崇明特色农产品在市区销售额超 4 亿元。

"一体两翼"工业格局基本形成,海洋装备产业成为支柱产业。"一体"即长兴海洋装备产业基地,"两翼"即崇明工业园区和上海富盛经济开发区。长兴海洋装备产业基地布局发展船舶及海洋工程配套业、生产性服务业功能区、高新技术产业集聚区和综合配套区四大功能区域;建成兴奔路、长涛路等 6 条道路;启动建设职工宿舍一期工程;长兴公共货运码头试运行。崇明工业园区二期 6、7、8 号地块腾地工作不断推进;建成中街山路东接工程、滨洪路南接工程;人民西路新建项目前期工作有序展开。上海富盛经济开发区推进南扩工程,拓宽新河路(新申路－新梅路),启动建设新薇路(新河路－崇明大道);开工建设"富景名城"配套商品房三期工程。

生态休闲旅游品牌逐步打响,新兴服务业开始培育。完成陈家镇现代服务业集聚区认定申报工作。确定长兴海洋装备产业基地、崇明工业园区、上海富盛经济开发区和陈家镇现代服务业集聚区内生产性服务业的产业重点和区域位置,4 个地区申报创建市级生产性服务业功能区。初步完成崇明工业园区总部经济园概念性规划方案。建成东平森林市民活动中心、东平森林养老中心。明珠湖地区,全面建成明珠湖花桥、景观平台、道路、停车场项目。完成西沙湿地二期改造。扩大全县旅游设施容量,建成南门农业旅游集散服务中心。新增餐位 1 万个,团队餐位总量达 2 万张左右。新增床位 1500 张,床位总量达 7000 张左右。新建 2 个大型土特产品超市。大巴车位增至 800 个,小车车位增至 4000 个。新建旅游公厕 20 个。完成重点景区旅游公厕、道路指引标志建设。

2. 城乡建设扎实推进

陈家镇、崇明新城、长兴镇三大重点城镇开发由基础性向功能性转变,新农村建设全面推进。社区建设有序展开,重要交通设施不断完善。崇启通道上海段工程进展顺利。全面完成石洞口、宝杨路码头改扩建工程。开通申崇 3、5、6 号和 3 号区间线等多条崇明至市区公交直达线。实施湄洲路(一江山路—鳌山路)拓宽改造工程。新建公交候车亭100 座

表 6-18-1   2010 年崇明县城乡建设主要情况

领 域	主要建设情况与成效
重点城镇	• 陈家镇。建成中滨路、东滩大道二期,开工建设东滩大道三期。推进水系、公园绿地等功能景观设施建设,开挖鸿雁河、琵鹭河、黄雀河。推进宅基地二期 B 块及三期、配套商品房二、三、四、五期项目建设。上海外国语大学贤达经济人文学院一期建成开学。自行车主题公园前期工作有序展开 • 崇明新城。建成新城公园、文化活动中心、证照服务中心、规划展示馆和运粮河(瀛洲路—崇明大道)景观工程。推进建设文化科技中心一期工程。金鳌山公寓、江海名都商品房结构封顶。启动建设 14 号地块综合商业项目 • 长兴镇。建成长兴综合受理中心。建设长兴凤凰商城二期工程。凤凰花苑商品房结构封顶。开工建设中船长兴二期动迁安置房基地项目。推进凤滨路综合改造三期工程。潘圆公路、南环路等道路建设全面铺开
东平、 新海镇	• 完成东风等部分区域自来水管网改造 • 建成东平、新海两镇社区文化活动中心和新海菜场 • 新建东平、新海两镇医疗急救分站 • 东平、新海两镇小区综合改造 20 万平方米
新农村、 社区	• 推进路桥、水利设施建设,完成乡村公路建设 155 公里、乡村公路防坍工程 70 公里、市县级河道危桥改造 36 座、村沟宅河整治 700 公里 • 实施 5000 个农户生活污水处理工程 • 在 144 个行政村种植四旁林 17.3 万株、庭院绿化 50 万株 • 建成为农综合服务站 42 个 • 实施申烨奶牛场和富民农场养猪场大型沼气示范工程 2 个、中小型生猪养殖户沼气工程 20 个 • 实现社区居委会达到示范创建数 25 个

3. 生态建设取得重大突破

崇明国家可持续发展实验区建设正式启动。发布和实施《崇明生态岛建设纲要》。崇

明创建国家级生态县通过市级考核验收,全县第四轮环保三年行动计划继续推进,节能减排全面完成市下达指标。

表 6－18－2　2010 年崇明县生态环境主要建设情况

主要领域	主要建设情况与成效
节能减排	• 制定《2010 年崇明县产业结构调整工作方案》,超额完成调整 40 家高污染、高能耗企业的目标任务,降耗折合标准煤 3.5 万吨,新腾地 1320 亩 • 成功申报全国可再生能源建筑应用示范县。57 万平方米居住小区、20 万平方米公共建筑按国家标准实施建筑节能,3 万平方米既有建筑实施节能改造 • 推广高效节能灯具 37 万只 • 在嘉仕久、运良锻造 2 家企业开展合同能源管理试点 • 华润大东、永利输送等 3 家企业开展节能技术改造 • 新河、堡镇污水处理厂试运行,推进建设明珠湖污水处理厂,陈家镇污水处理厂项目前期工作有序展开
水环境	• 推进建设城桥水厂,启动建设陈家镇水厂 • 完成鸽龙港北闸、鸽龙港南闸和界河水闸改建工程 • 实施堡镇港二期、白港综合整治工程
绿化市容	• 启动建设堡镇市民公园 • 乡镇绿化整治 14.3 公顷 • 基本建成崇明餐厨垃圾处置厂 • 在 9 个居住区、20 家单位实行生活垃圾分类投放,分类户数达 8654 户 • 拓展城市网格化管理系统,全县网格化管理覆盖总面积达 45 平方公里
电力、清洁能源	• 上海—长兴—崇明 220 千伏电网联网工程建成投运 • 出台《崇明北部垦区电网改造实施意见》,启动北部垦区电网改造工作 • 完成申报居民电表分时计价改造 • 完成 2 万千瓦长兴风电场和 2 万千瓦前卫风电场的土建、风机安装工作 • 完成 2.5 兆瓦竖新镇生物质发电项目前期工作

4. 各项社会事业全面进步

科技事业取得新发展。制定《崇明国家可持续发展实验区规划(2009—2014)》。开展国家可持续发展实验区建设工作,制定《陈家镇低碳国际生态实验社区建设导则》,在崇明现代农业园区进行低碳农业科技示范。组织申报各类国家级、市级科技项目 72 项。实施"科技支撑生态岛建设专项"。发挥崇明科技创新服务平台功能,受理申报各类科技项目 79 项。

教育事业取得新成绩。幼儿学前教育入园率达 98%,义务教育阶段入学率继续保持 100%,中考合格率达 96.4%。启用竖河职校旅游实训基地。完成 7.5 万平方米中小学校舍抗震加固与重建工程。为 3 所招收来沪务工人员子女为主的民办小学配备标准图书室和增配体育运动器材。

文化体育事业取得新进步。实施文化下乡"百千万"工程。维修改造金鳌山公园,启动崇明学宫学海堂修复工程。建成城桥镇、陈家镇社区文化活动中心。自行车赛使崇明正逐步成为一个具有国际影响力的专项体育赛事举办地之一。崇明县青少年游泳馆结构封顶。建成社区公共运动场 3 片、农民体育健身点 21 个。

- 承办世界顶级自行车赛事之一的国际自盟女子公路世界杯赛,刷新了中国乃至整个亚洲承办自行车顶级赛事的历史。
- 2010年世界杯赛的参赛运动员均是一流的选手,其中奥运选手占1/3。
- 赛事期间58家中央级媒体、境外媒体、外省市媒体和所有市级主流媒体共计101位记者及媒体人员来崇参与赛事报道。
- 观看文艺演出和领略国际赛事达10万人次。

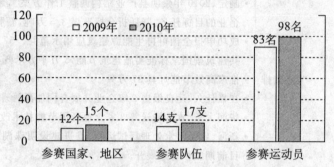

图 6—18—1　2010 年国际自盟女子公路世界杯赛(崇明站)参赛情况

医疗卫生事业取得新成效。新华医院崇明分院创建三级综合性医院工作全面推进,启动新华医院崇明分院改扩建工程。堡镇医院迁建工程基本完成。改造三星镇、新河镇、中兴镇社区卫生服务中心。稳步开展区域医疗服务联合体试点工作。

5. 人民生活持续改善

就业政策成效显现。全年新增就业 9311 人。累计职业培训 6946 人。扶持城乡居民自主创业 421 人。农民收入持续稳定增长,农村居民家庭人均可支配收入达 9527 元,比上年增长 11.3%。

社会保障水平继续提升。新增城镇居民医疗保险参保 5230 人、农村社会养老保险参保 6066 人,全县农村社会养老保险参保率达 99.0%。农村合作医疗保险参保率达

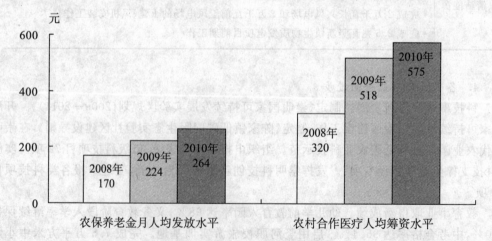

图 6—18—2　崇明县农保养老金月人均发放水平、农村合作医疗人均筹资水平

99.5％。不断加大财政投入力度,农保养老金月人均发放水平、农村合作医疗人均筹资水平较快提高。来沪从业人员综合保险参保人数达 74283 人。

社会救助体系进一步完善。社会救助"一口上下"机制进一步健全和完善。城乡低保实现应保尽保。为 4.5 万名退休和生活困难妇女免费提供妇科普查。为 1.1 万名老人提供居家养老服务,其中新增居家养老服务对象 2800 名。实施农村低收入户危旧房改造 2487 户。新增廉租房受益家庭 50 户。为就业困难残疾人提供就业援助,创建阳光职业康复援助基地 18 个。实现市民手机呼叫"120"实时定位。

二、崇明县 2011 年国民经济和社会发展展望

(一) 2011 年国民经济和社会发展主要预期目标

2011 年崇明县国民经济和社会发展主要预期目标见表 6-18-3:

表 6-18-3 2011 年崇明县国民经济和社会发展主要预期目标

指 标 名 称	目 标 值
全县增加值	增长 15％左右
县级财政收入	增长 10％以上
全社会固定资产投资总额	增长 20％以上
社会消费品零售总额	增长 15％以上
无公害、绿色、有机农产品认证面积占主要种植业面积比例(绿色和有机农产品认证比例)	62％左右(9.5％左右)
化肥/农药施用强度	控制在 385 公斤/公顷以内/控制在 12.5 公斤/公顷以内
环保投入占全县增加值比重	4％左右
节能减排指标 万元增加值综合能耗	下降 4％左右
工业和生活化学需氧量(COD)排放总量	控制在 8377 吨/年以内
二氧化硫(SO2)排放总量	控制在 2340 吨/年以内
农村居民家庭人均可支配收入	增长 10％以上
新增就业	9000 人左右

(二) 2010 年国民经济和社会发展主要任务

1. 进一步优化产业结构,推动经济平稳较快发展

继续推进高效生态农业发展。以把北部垦区建设成为崇明高效生态农业先行区为目标,推进建设北部垦区高效生态农业实验区,启动建设北六滧低碳农业示范园。建设设施菜田 9000 亩,种植绿肥 12 万亩,推广秸秆机械化还田 30 万亩次。完成 20 个农村中小型生猪养殖户沼气工程。认证有机农产品 1 只、绿色农产品 15 只、无公害农产品 15 只。

积极提升先进制造业能级。配合中船长兴二期工程建设。提升工业"一体两翼"发展

能级。加快长兴海洋装备产业基地发展,推进建设长凯路、兴代路,建设职工宿舍一期工程、跃进港景观绿化工程。稳步推进崇明工业园区建设,加强园区二期腾地工作,加快自仪七厂、嘉仕久二期等项目开工建设和投产进程。稳步推进上海富盛经济开发区南扩工程,建成"富景名城"三期配套商品房、新薇路(新河路—崇明大道)。

加快发展现代服务业。稳步推进长兴海洋装备产业基地生产性服务业功能区、陈家镇现代服务业集聚区筹备建设工作。启动建设崇明工业园区总部经济园项目。编制《崇明旅游发展总体规划》。启动建设东平国家森林公园二期核心区。明珠湖—西沙湿地申报创建国家 4A 级景区。

2. 突出重点,点面结合,推动城乡一体化建设

着力建设陈家镇。建设北陈公路中段、东滩大道三期、柳兰路二期等一批骨架道路和社区干道。开挖黄鹂河、云雀河等一批河道湖泊项目。加大绿地景观系统建设,建设实验生态社区 1 号、2 号、3 号、5 号公园。建设陈家镇配套商品房三、四、五期。启动建设自行车主题公园、能源管理中心。

稳步建设崇明新城。完善崇明新城中区交通网络,建成佘山岛路(乔松路—翠竹路)、崇州路(瀛洲路—崇明大道),开工建设宝岛路(瀛洲路—崇明大道)。建设文化科技中心一期工程。推进看守所、拘留所迁建工程和 21 号地块配套商品房项目建设。

加快建设长兴镇。建成凤凰商城二期工程。持续改善镇区面貌,完成凤滨路综合改造三期工程。推进潘圆公路改建工程。建设 76 万平方米配套商品房。配合推进江南技工学校等项目建设。

推进新农村、社区建设。继续推进农村道路建设和实施农村道路危桥改造。新建健身点 40 个、健身步道 2 条和一批百姓灯光球场。完成 5000 个农户生活污水处理工程和 6 个村庄改造。推进一批社区居委会实现示范、模范、和谐创建达标。

推进重要交通设施建设。继续配合推进崇启通道上海段工程建设。推进沪崇苏高速公路配套工程建设,建设向化公路(沪崇苏高速—北沿公路)、崇启通道两侧绿化带。建设完善南门水陆换乘中心申崇公交场站。延伸、新辟、调整公交线网 12 条,新建公交候车亭 50 座。

3. 强化节能减排,努力提升生态建设水平

大力推进节能降耗工作。制定 2011 年度崇明县产业结构调整方案,调整"二高一低"企业 20 家,降耗折合标煤 1 万吨。继续推进工业重点节能工程,实现节能 3200 吨标煤。改建、扩建的建筑执行建筑节能法律、法规中新建建筑的规定和民用建筑的节能强制性标准。完成既有建筑节能改造 3 万平方米。

加强清洁能源、电力建设。启动建设上海申能崇明燃气电厂及三岛天然气主干网工程,新建 220 千伏堡北输变电工程。完成 100 个低电压台区改造工程。建成投运 2 万千瓦长兴风电场、2 万千瓦前卫风电场和 4 万千瓦前卫风电场扩建工程。做好北沿风电场和青草沙风电场项目开工建设的准备工作。

加强水环境建设。提高供水集约化能力,启动建设东风西沙水库及崇明原水陆域管线工程,建成城桥水厂、陈家镇水厂,有序推进乡镇小水厂关闭归并工作。实施南横引河

东段、横沙创建河综合整治工程。建设陈家镇污水处理厂。

加强绿化市容建设。建设堡镇市民公园。新增乡镇公共绿地 80 万平方米。推进长江隧桥、沿江港口和旅游景点等八大重点区域景观工程建设。建成餐厨垃圾处置厂、横沙生活垃圾中转站。拓展覆盖三岛的城市网格化管理系统。

4. 加快以改善民生为重点的社会建设，促进社会和谐

推进科技事业发展。积极推进国家可持续发展实验区建设。开展全国科普示范县创建工作。继续做好国家级、市级科技项目申报工作。进一步拓展提高崇明科技创新服务平台的服务面和服务水平。继续加强大规格河蟹标准化安全生产技术研究、秸秆综合利用研究等一批农业科技成果的示范推广。

推进教育事业发展。在陈家镇、崇明新城、长兴镇三大重点城镇新建一批中小学、幼儿园。新建堡镇青少年活动中心。启动建设上海市工程技术管理学校长兴校区。继续推进中小学校安工程，完成中小学校舍抗震加固与重建工程 1.5 万平方米。对 2 万名来沪务工人员进行安全生产培训。

推进文化体育事业发展。继续实施文化下乡“百千万”工程。修复县级文物保护建筑，崇明学宫恢复原有建筑 800 平方米，启动重建明代演武厅。改造长兴、横沙、东平、新海四个乡镇有线电视网络。举办 2011 年国际自盟女子公路世界杯赛、崇明县第十五届运动会。建成社区公共运动场 3 片。

推进医疗卫生事业发展。推进新华医院崇明分院创建三级综合性医院工作。推进新华医院崇明分院改扩建工程，堡镇医院迁建工程竣工投用。继续提高农村合作医疗保障水平，农村合作医疗基本实现应保尽保，全面实施包括二级医疗机构在内的农村合作医疗实时结报，确保上海市规定的国家基本药物全部纳入农村合作医疗报销范围，农村合作医疗筹资水平达到人均 785 元。

进一步关注就业等社会民生问题。新增就业 9000 人，职业培训 5000 人。农保养老金月人均发放水平从 264 元提高到 370 元，老年农民养老补贴从每人每月 140 元提高到 195 元。为 4 万名特定对象妇女免费提供妇科普查。完成 1500 户农村低收入户危旧房综合改造和东平、新海两镇第二期小区综合改造。启动陈家镇、堡镇消防站迁建工程。

（崇明县发展和改革委员会）

第七部分

开发区发展篇

7.1　张江高科技园区

一、2010 年张江高科技园区发展基本情况

　　2010 年,张江高科技园区坚持功能优先,优化规划、强化优势、细化联动、凸显产业功能,全面推进投融资、人才、企业孵化、公共服务平台等集成服务创新,着力优化发展环境,完善扶持机制,保持了经济平稳快速发展。园区顺利通过"国家高新技术产业标准示范区(试点)"验收,并荣获国家工信部颁发的"十年中国芯"最佳产业园区奖。

　　1. 经济运行总体平稳快速增长

表 7—1—1　张江高科技园区 2010 年度主要指标完成情况

指标名称	税收 (亿元)	地方财政收入 (亿元)	工业总产值 (亿元)	合同外资 (亿美元)	实到外资 (亿美元)	内资注册资本 (亿元)	固定资产投资 (亿元)
全年完成数	110	34.2	577.5	10.5	7.3	87.4	131.6
比上年增长(%)	26.1	23.8	33.6	10.6	—22	347.4	58.9

　　一是经营总收入继续保持高位增长。全年实现经营总收入 1556.8 亿元,比上年增长 35.9%,继 2009 年总收入首次突破千亿元大关后,继续保持两位数增长。其中:工业企业经营总收入达 633 亿元,增长 45%。第三产业经营总收入达 870.5 亿元,增长 31.8%,占园区收入比重达到 56%,比上年提高 3.6 个百分点;其中,信息传输、计算机服务和软件业收入 437 亿元,增长 35.2%,科研技术服务收入达 100.6 亿元,增长 29%。

　　二是工业企业呈现快速增长。全年完成工业总产值 577.5 亿元,比上年增长 33.6%。主导产业中电子与信息产品制造业实现产值 227.3 亿元,增长 59%,其中环旭电子增长 68.1%,日月光封测增长 52.5%,宏力半导体增长 46%,中芯国际增长 33.4%。生物医药产品制造业完成产值 129.9 亿元,增长 21.4%,其中罗氏、勃林格殷格翰、葛兰素史克等企业分别增长 42%、79.7%、11.9%。园区工业产品出口交货值达 235.7 亿元,增长 40.5%。

　　三是税收收入首次突破百亿大关。全年完成税收收入 110 亿元,比上年增长 26.1%。完成地方财政收入 34.2 亿元,增长 23.8%。在园区重点骨干企业中,制造业企业环旭电子、罗氏制药、葛兰素史克、勃林格殷格翰等企业的税收分别增长 151.9%、

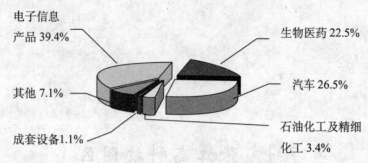

图 7—1—1 2010 年工业重点发展行业产值占园区工业总产值比重

55.2%、11.4%、148.4%；服务业企业中，IBM、宝信软件、中兴软件、思爱普等企业分别增长 24.7%、14.7%、194.7%、10.1%。

四是招商引资成效显著。2010 年，园区新增内资企业数达 563 家，吸引内资项目注册资本 87.4 亿元人民币，特别是注册资本达 66 亿元的上海华力微电子项目（12 英寸）落户，为未来园区集成电路产业快速增长提供了强大动力。吸引外资新设项目 97 个，吸引合同外资 10.5 亿美元，实到外资 7.2 亿美元。其中复宏汉霖生物、道康宁投资、泰凌微电子、驰众信息、云游天地等 5 家投资总额达 18480 万美元，合同外资达 9008 万美元。

2. 主导产业实现跨越发展

一是园区集成电路产业迎来了总体能级跃升的第二轮黄金发展期，2010 年实现营业收入 202.8 亿元，比上年增长 55.5%。晶圆代工实施新一轮扩张计划，国内龙头地位得到巩固；华力微电子 12 英寸项目进入设备安装、调试阶段；中芯国际实现 65nm 技术量产，提前完成 45nm 及 40nm 制程技术开发；本土 IC 设计公司加快实现从"中国制造"向"中国创造"转变。基带、射频、互动多媒体、图像传感等关键核心芯片领域全球竞争优势不断增强，特别是在手机芯片行业，以展讯、锐迪科、格科为代表的一批企业，已成为国际竞争对手不可忽视的力量。集成电路高端装备材料产业化打开新局面，盛美半导体自主研制的 12 英寸 45 纳米半导体单片清洗设备，正式销往韩国知名存储器厂商海力士；微电子装备自主研发的首台先进封装光刻机正式销往江阴长电先进封装投入使用；安集微电子研制的高端研磨液已实现量产，填补了国内空白。

二是生物医药产业进入以大品种药物规模扩张为标志的产业化收获期。全年实现营业总收入 197.1 亿元，比上年增长 18%。大品种创新药物实现规模化扩张，在现有产值过亿的 21 个品种基础上，有望形成 8 个超 5 亿规模量级的大品种。国际化新药研发取得明显进展，园区已报或将报国际临床研究的药物 48 个，成为我国以美国、欧盟为目标的国际新药研发注册最多的地区，已进入临床Ⅱ、Ⅲ期的药物达 9 个。高端医疗器械领域成绩斐然，美时医疗自主研制的高温超导射频线圈，打破国外垄断，荣获"2010 年度亚太医学成像年度创新产品奖"。

三是软件与文化创意产业步入新技术、新业态、新模式，催生新增长点。2010 年，软件产业实现营业总收入 134.3 亿元，比上年增长 33.8%。网络游戏产业不断发展壮大，原创动漫企业成长迅速，出现了一批如"超蛙战士"、"蘑菇点点"、"绿豆蛙"等市场反响较好的原创作品。以"电子阅读器"和"手机终端"为平台的数字内容产业链悄然形成,涵盖了手机出版、艺术典藏、数字报刊、电子图书等十大业务领域。电子商务企业发展势头良好。

四是新能源与节能环保产业打开高端产业化新局面。理想能源自主研制的薄膜太阳能电池核心设备 LPCVD 设备初步投产。林洋启动光伏并网逆变器、储能、太阳能电池片及光伏组件三大项目,在全球率先打造由单一企业全部自主运行、独一无二的、自成体系的产业链模式。益科博能源的"模块式太阳阵聚焦系统"在上海世博会上得到展示,部分示范项目已在上海、三亚两地建成运行。

3. 科技创新取得新突破

一是创新成果不断显现。2010 年,园区新开发科研项目 12163 个,比上年增长 27.1%;完成科研项目 6914 个,增长 58.5%;共申请专利 4595 项,专利授权 1806 项,其中国际专利 90 项;申请商标 733 个,注册 470 个;申请软件著作权 752 项,得到授权 584 项;申请集成电路布图设计 89 项,得到授权 53 项。上海中医药大学的"中药质量控制综合评价技术创新及其应用"和中国商用飞机上海飞机设计研究院的"高可靠先进液压系统新技术及其在现代军机、民机和航天器中的应用"成果,获得国家科技进步奖二等奖。上海中药创新研究中心的"具有重要生理活化的复杂糖缀合物的化学合成"成果,获得国家自然科学奖二等奖。华虹世博门票芯片荣获第五届"中国芯"最佳市场表现奖。

二是高科技企业队伍不断壮大。至 2010 年底,园区拥有经认定的高新技术企业 333 家,比上年净增 27 家,占全市的 11%。经认定的技术先进型服务企业 97 家,占全市的 44%。园区共有上海市知识产权示范企业 8 家,上海市专利示范企业 10 家,上海市专利试点企业 21 家。

三是科技金融不断融合。积极推进园区企业改制及资本市场上市,10 年间已完成改制企业近 20 家,6 家已报证监会备案,6 家上市成功,新三板企业 3 家完成改制。大力推进知识产权质押融资试点,已成功操作了博阳生物和健能隆医药以发明专利权质押融资,申石软件和唯智信息以软件著作权质押融资等 4 笔知识产权质押融资案例。充分发挥张江担保中心的作用,已累计担保超过 10 亿元,在保 6 亿元。与上海银行开展"千人计划"绿色通道,已放款 4 家。

四是人才建设不断推进。积极推进张江海外高层次人才创新创业基地建设。盛美半导体、展讯通信、易狄欧电子等企业 21 人入选国家"千人计划",占全市总入选人数的 13.2%;其中,创业类 18 人,占全市创业类的 60%。加大人才培养基地建设力度,研究生培养基地联合培养 532 名,为园区企业提供了人才支撑。

二、2011 年张江高科技园区发展展望

(一) 2011 年发展思路和主要预期目标

2011 年,张江园区将继续围绕"新张江、新跨越",以加快转变经济发展方式、功能提升为主线,以科技创新为重要支撑,以推进高新技术产业化为目标,以建设资源节约型、环境友好型园区为重要着力点,以改革为强大动力,全面推进功能优化、区域联动、资源整合、产业升级,确保园区"十二五"规划的顺利启动。

2011 年张江高科技园区经济发展主要预期目标是:经营总收入达到 1870 亿元,比上年增长 20%;工业总产值达到 705 亿元,增长 22%;税收收入达到 135 亿元,增长 22%;地方财政收入 42 亿元,增长 23%;合同外资 9 亿美元,与上年基本持平;内资注册资本 90 亿元;固定资产投资额 115 亿元。

(二) 2011 年发展主要任务

1. 大力推进高新技术产业化,努力提升产业能级

加大电子信息制造业、软件和信息服务业和生物医药等方面研发力度。重点推进华力、昌硕、复星医药张江产业园等重点项目建设,支持软件园、国信安等产业基地产业化。培育发展战略性新兴产业,积极引进国家级、功能性产业化项目。发挥国家重大科技专项的引领支撑作用,实施产业创新发展工程。加强财税金融政策支持,推动高技术产业做强做大。

2. 全面加强对内对外合作,努力抓好战略招商工作

坚持把握国际产业技术变革趋势和张江的自身优势,围绕产业高端发展,有针对性地开展战略招商,突出引资和引智并举,内资和外资并重。积极吸引龙头企业、高成长性企业和总部机构。注重招商资源向战略性新兴产业的转移。

3. 加强规划统筹,努力完善园区城市综合功能

按照"一次规划,分期实施,滚动发展,逐步完善"的方针,进一步编制和完善园区产业布局规划、城区布局规划、交通布局规划和土地总量控制规划。以规划推进产业结合和布局,推进核心基地、配套产业和生活功能的整体规划、共同提升。引导区域开发合理有序,确保资源在空间形态上的合理配置。加快区域硬环境建设,进一步增强园区公共服务功能,推进园区交通、通信、供电等基础设施一体化和网络化发展。面构建快速、高效、全覆盖园区信息高速公路,优化投资环境。

4. 加强创新驱动,努力提高科技创新能力

坚持自主创新、重点跨越、支撑发展和引领未来的方针,发挥企业孵化器和加速器的作用;发挥企业家和科技领军人才在科技创新中的作用;发挥政策扶持企业创新和科研成果产业化的作用以及发挥知识产权法律的作用。增强共性、核心技术突破能力,促进科技成果向现实生产力转化。

5. 强化政策聚焦,努力深化综合配套改革

根据"十二五"规划,结合园区实际,积极完善和实施相关科技产业政策;加快改革和完善行政审批环节和程序;坚持金融和科技的结合,坚持先行先试;进一步探索在园区经济运行机制和制度安排上有新的突破。

(张江高科技园区管理委员会)

7.2　上海综合保税区

一、2010年上海综合保税区发展基本情况

2010年,上海综合保税区紧紧围绕市委、市政府一系列重大决策部署,以"三个导向"为指导,以功能创新为驱动,突破瓶颈制约,推进转型发展,全面完成年初确定的各项目标任务,保持了区域经济实现快速发展的良好势头。

1. 主导产业发展良好,区域经济重回快速增长轨道

随着国际国内经济形势的好转和综合保税区各项"促增长"政策措施的落实见效,区内投资企业经营情况全面向好,主要经济指标呈现出30%左右的平均增幅。2010年上海综合保税区完成税务部门税收311.2亿元,比上年增长25.7%。贸易、物流、加工三大主导产业实现快速发展。贸易业在外需回升和内需启动的拉动下,完成商品销售额7939亿元,增长41.6%。物流业在功能拓展和通关效率提升的促进下,完成物流企业经营收入(含分拨企业分拨货值)3342亿元,增长31.1%,其中物流业务营业收入597元,增长68.2%。加工业加快产业功能升级和产品结构调整,完成工业产值708亿元,增长29.9%,其中高技术产业产值占62%。

2. 贸易便利化不断提升,贸易和航运枢纽功能进一步显现

不断推进国际贸易和国际航运功能建设,积极推动海关、检验检疫等政府职能部门开展贸易便利化举措的创新试点,先后引进海关事务服务中心、全国海关预归类上海分中心、检验检疫产品国家级实验室、进口机电产品审批专线、上海药品检验所及上海医疗机械检测中心,营造更加良好的贸易便利化环境。2010年上海综合保税区完成进出口总额806亿美元,增长42%,占全市进出口总额21.8%,其中进口额已占全市32.8%。洋山港和外高桥港合计完成集装箱吞吐量2509.5万标箱,增长17.3%,占上海港集装箱吞吐总量的86.3%,推动上海港首次超越新加坡跃居世界第一大港。

3. 先行先试深入推进,四大功能实现重大突破

一是启动运作融资租赁业务,9家融资租赁公司与综保区管委会签订《战略合作备忘录》,5架飞机项目和1艘远洋方便旗船舶项目率先实现试点运作。二是启动国际贸易结算中心外汇管理试点,共8家试点企业开设了"国际贸易结算中心专用外汇账户",其中7家企业已陆续开始试单。三是启动期货保税交割试点。12月24日,期货保税交割业务启动仪式在上海期货交易所举行,位于洋山保税港区的两家指定期货保税交割仓库同时揭牌。四是水水中转集拼功能取得突破。在2009年试点基础上,经过协调推动,上海集

拼仓储物流有限公司于 3 月在洋山保税港区正式启动水水中转集拼业务运作,相继开拓了厦门、南京、大连、重庆、武汉等 8 个口岸的集货渠道。

4. 招商引资顺利推进,产业转型升级取得积极进展

加大招商引资工作力度,突出产业重点和发展导向,进一步推动产业转型升级,吸引了众多中外投资客商注册落户。2010 年上海综合保税区共新增注册企业 388 家,比上年增长 31.5%,其中外资企业 110 家,增长 22.2%。吸引内资企业注册资本 120.5 亿元,合同外资 7.3 亿美元。洋山保税港区呈现跨国公司亚太分拨配送中心、供应链管理中心、大宗商品货物集散中心及大型航运企业的集聚趋势。外高桥保税区大力推进跨国公司业务整合,积极发展以营运中心为载体的实体性总部经济。浦东机场综合保税区积极引进融资租赁、航运物流、航空维修等方面的投资项目。

5. 投资环境加快完善,浦东机场综合保税区正式封关运作

继续加快开发建设步伐,不断完善市政基础设施配套,有效推进产业投资进程。2010 年上海综合保税区固定资产投资额达到 35 亿元,中国金融大厦、微电子园区开发、洋山二号卡口配套等重点项目进展顺利。浦东机场综合保税区一期 1.6 平方公里按规划完成基础设施建设、海关隔离设施建设、监管设施建设和配套设施建设,于 4 月 2 日顺利通过国家十部委组成的联合验收组的正式验收,于 9 月 28 日实现第一单货物顺利通关,启动正式运营。

二、2011 年上海综合保税区发展展望

(一) 2011 年发展思路和主要预期目标

2011 年,上海综合保税区将深入贯彻落实科学发展观,全面贯彻落实中央和市委市政府工作部署,以功能创新、联动发展为主线,以企业需求、难点问题、项目运作为导向,不断深化先行先试,大力调整产业结构,切实抓好招商引资,加强"三港三区"联动与合作,努力推动综合保税区实现创新驱动、转型发展,争取成为上海建设国际航运中心的核心功能区、国际贸易中心的重要平台和国际金融中心的重要突破点。

2011 年上海综合保税区经济发展主要预期目标是:各项主要经济指标的平均增长率达到 15%;商品销售额达到 9000 亿元,物流企业经营收入 3800 亿元,其中物流业务营业收入 670 亿元,航运及航运服务收入 680 亿元,工业总产值 735 亿元,进出口贸易额 900 亿美元,税务部门税收 355 亿元。

(二) 2011 年发展主要任务

1. 着力推进功能创新,坚持改革突破,提升区域综合竞争力

以功能创新为抓手,将经济发展方式由要素驱动为主逐步转向创新驱动,着力培育综合保税区的特色功能和核心竞争力,探索向具有一流国际水准和竞争力的自由贸易区转型发展。

深化功能拓展,扩大试点效应。一是深化国际贸易结算中心试点。适应跨国公司集团内部整合需求,进一步加大国际贸易结算中心试点和培育力度,在协调解决外汇、税收相关政策及企业运作问题的基础上,继续争取国家外汇总局支持,逐步展开第二批企业试点工作。二是推动融资租赁多元化发展。进一步明确完善相关配套政策和操作模式,加

快 SPV 行业准入、船舶海事所有权登记、飞机发动机抵押登记等制约问题的创新突破,推动融资租赁向多机多船、大型设备、非银行系融资租赁、经营性租赁等多元化业务功能拓展。三是推进期货保税交割试点运作。围绕期货保税交割仓库的业务运作和规模拓展,完善保税交割配套环境,推动洋山保税港区建成全国首家期货保税交割物流基地。吸引一批有色金属类贸易运营商入驻区内,促进物流、商流、资金流和信息流等多方资源的集聚,打造全国有色金属类大宗商品集散平台。四是拓展水水中转集拼功能。将南北沿海、中部沿江各主要港口纳入水水中转国内网络,形成完整的水水中转港口布局。巩固扩大上海周边经济腹地的稳定货源,保证中转货物本地集拼货源。进一步降低水水中转成本,深化集拼项目与船公司的合作。

加大创新力度,实现率先突破。一是培育国际贸易技术服务中心功能。进一步延伸加工贸易产业链,积极开展高端产品维修、检测、研发、数据处理、软件设计等高技术含量、高附加值的服务贸易增值业务,促进加工贸易向国际贸易技术服务中心转型升级。二是推动离岸账户政策落地。进一步细化落实国务院 19 号文件精神,推动区内企业设立离岸帐户等相关政策落地,在外汇管理等方面争取区内企业有限离岸地位。三是深化保税货物延展运作。通过监管流程再造,完善电子网络监管等措施,推动洋山保税港区、机场综合保税区国内非保税货物入区与保税货物配合进行保税延展物流运作。四是探索国际中转集拼功能。推动洋山保税港区和浦东机场综合保税区开展国际中转集拼业务,在继续完善优化航线、班轮密度、港口费率等客观条件的基础上,以确保严密监管和高效运作为前提,进一步探索监管模式创新,建立既保证监管又符合国际物流惯例的国际中转集拼监管模式,打通国际中转集拼业务流程。

2. 着力完善联动机制,深化联动模式,构建一体化发展新格局

以联动发展为根本,加大统筹全局、协调各方的力度,全面推进三区联动、区港联动以及区内外联动,进一步增强资源配置和管理调控能力,更好地发挥"三港三区"联动发展综合优势。

启动区港联动发展操作性研究。把口岸功能和保税功能有机结合,研究区港一体化联动发展的监管模式、业务流程、功能政策、产业分工以及相关的空间布局、配套建设等,提出机场综保区二期封关可行性研究方案。

推进"三区"的统一立法和管理。把握"三区"立法的推进节奏,充分做好前期调研和起草准备工作,争取年底前后正式进入市人大立法程序。继续推进相关职能部门在综合保税区形成统一、集中的管理机构,对企业实现管理和服务的协调一致,进一步提高行政效率,方便企业办事。

推动开发主体实现战略联合。推动同盛集团、临港集团、外高桥集团和现代产业公司等区内开发主体合资组建上海综合保税区联合发展公司,形成以资产、资本为纽带的合作共赢模式。

加强区内外联动发展。加强与周边街镇、非保税产业区、物流园区的联动与合作,推动扩大保税区管委会周边区域管理范围,促进区内外融合发展,增强综合保税区的辐射力。

3. 着力强化招商引资，形成集聚效应，加快主导产业转型升级

以招商引资为中心，大力宣传综合保税区的口岸资源优势、保税政策优势、联动发展优势以及优惠扶持政策，积极引进符合产业发展的实体性项目，做大优势功能，培育新兴产业，实现转型发展。

围绕产业和产业链招商。根据主导产业及产业链配套关系，开展主题招商。进一步巩固航运物流基础功能，推动物流与贸易、金融有机结合，发展为国际贸易服务的供应链管理中心和第三方物流企业，完善包括保税物流增值服务、航运服务在内的保税物流产业链。做大做强国际贸易产业，提升外高桥国际贸易示范区的产业能级，依托专业贸易平台，集聚高能级贸易主体，打造进口贸易基地和进口贸易服务基地。加强面向世界的高端制造业发展，培育新型技术贸易服务业，推动制造业从出口加工向离岸研发、服务外包等方面转型升级。

围绕园区功能特点招商。根据各区域开发建设进度和功能特点，按照不同产业、不同企业的需求实施招商引资"一对一"策略。洋山保税港区重点引进跨国公司面向亚太的分拨配送中心、面向国内的进口分销基地、第三方物流枢纽型企业和重点航运企业。外高桥保税区重点推进实体性总部经济发展，引导以营运中心、采购配送中心、供应链管理中心、结算中心、订单中心、价格发现中心、技术维修中心为核心内容的地区总部在外高桥集聚。机场综合保税区重点发展融资租赁，引进空运保税分拨中心、出口和中转集拼中心。

围绕龙头企业和重大项目招商。进一步提高招商引资工作的主动性和针对性，制订并实施国际贸易商计划，建立中介机构招商体系，积极引进关联度大、带动性强的龙头企业和重大功能性项目，通过充分发挥龙头企业的示范带动效应，推动相关功能和运作模式改革创新，吸引更多关联企业、配套企业集聚，逐步形成新的产业集群。

4. 着力推进形态开发，加快环境建设，不断完善综合配套功能

以规划建设为先导，全力以赴推进市政设施建设、综合配套建设和生态环境建设，把产业发展与城市功能的完善结合起来，进一步提升综合配套服务能力，努力营造更为良好的投资环境。

科学统筹三区土地规划开发。结合 2011 年全市总体规划修编工作，力争将"三港三区"规划研究成果落实到空间布局。洋山保税港区以推动规划后评估成果落地为抓手，做好陆域控制性详规调整工作，为产业区进一步发展争取适度空间。外高桥保税区以土地二次开发利用为切入点，积极创新突破规划土地政策上的瓶颈制约，深化土地集约高效利用，加快推进产业转型升级步伐。浦东机场综合保税区结合启动运作情况开展周边土地调查和规划研究，为机场保税区二期封关做好土地规划前期研究工作。

做好洋山保税港区扩区准备工作。争取国务院尽快批复同意洋山保税港区扩区方案，加快道路、围网等配套设施建设，确保一次性通过国家验收，力争年内完成扩区工作。

加快推进市政设施建设。以"配套先行、功能完善"为目标，围绕区域不同需求，按"新建一批、储备一批"的原则，加快推进以洋山医疗保健中心为代表的财力投资项目建设，完善市政公用管线配套，优化区域公共交通网络布置，改善区域投资环境。新建机场综保区、调整完善洋山及外高桥区域的交通指引系统，构建完善的综合保税区大交通引导

系统。

协调推进综合配套建设。推动轨道交通 16 号线、18 号线有关规划建议方案落地,协调推进外高桥港华路、港电路拓宽改造,进一步深化轨道交通 10 号线外高桥保税区终点站的综合开发研究,协调落实机场综保区周边路网建设。加快中国金融大厦、青年服务中心等项目建设,进一步完善区域商务配套环境。

大力推进各项环保绿色创建工作。实质性推进国家生态工业示范园区建设,年底前外高桥保税区全面达到国家生态工业示范园区指标体系要求。开展 ISO14000 创建试点工作,争取年中通过国家级论证审核。加强区域环境"污染源"、"风险源"管理,将区域环境监测范围覆盖"三区",开展洋山保税港区、机场综合保税区规划环评编制工作,并于年底前通过专家评审。

（上海综合保税区管理委员会）

7.3　金桥出口加工区

一、2010年金桥出口加工区发展基本情况

2010年，金桥出口加工区坚持以科学发展观为统领，正确把握金桥在浦东新区"7＋1"新的生产力布局中的使命责任，加快"创新驱动、功能提升"步伐，继续坚持先进制造业和生产性服务业"两轮驱动、融合发展"方针，实施"优二进三、转型发展"，积极落实推进高新技术产业化和战略性新兴产业发展战略，统筹协调开发区南北联动、整体发展，开发区各项经济建设实现又好又快发展。

1.　经济运行总体呈现良好势头

2010年，金桥出口加工区在保持经济持续健康增长的基础上着力转变经济发展方式，经济运行总体呈现良好势头，各项经济指标实现较快增长，达到"十一五"期间最好水平。开发区销售收入完成3234.2亿元，比上年增长21.8％；利润总额完成298.5亿元，增长63.4％；工业总产值首次突破口两千亿元大关，达到2097.3亿元，增长29.2％；税金总额达到252.4亿元，增长53.2％；地方税收完成83.8亿元，增长24％；地方财政收入完成21.2亿元，增长25％。招商引资形势良好。引进合同外资7.4亿美元，实到外资达到3.9亿美元，引进内资注册资本16.4亿元。工业出口交货值完成393.9亿元，增长23.5％。

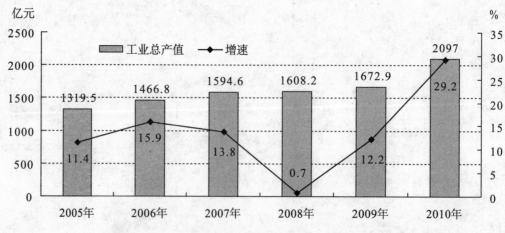

图7—3—1　"十一五"期间金桥出口加工区工业总产值及增速

2. 支柱产业支撑作用明显

2010 年开发区工业总产值完成 2097.3 亿元,占浦东新区工业总产值的 24.7%,占全市比重为 6.8%。开发区支柱产业支撑作用明显,汽车制造、电子信息、家用电器、食品医药四大重点发展行业共实现产值 1864.9 亿元,比上年增长 30%,占园区工业产值的 88.9%。

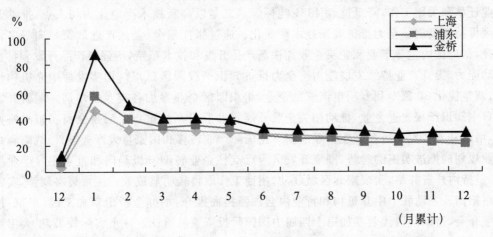

图 7-3-2　上海、浦东、金桥工业总产值增长速度(2009.12-2010.12)

　　其中,以上海通用汽车、沃尔沃、联合汽车电子为代表的汽车产业实现产值 979.6 亿元,比上年增长 43.4%,行业规模和发展速度居园区重点发展行业之首。以上海惠普、贝尔、华虹、西门子移动等代表的电子信息产业实现产值 538.4 亿元,增长 17.6%。该行业受金融危机冲击最大,2008、2009 年发展跌到历史最低点,都处于负增长。2010 年在国家加大 3G 等通信产业投入等利好政策激励下,整个行业走出低谷,第三、四季度已实现近20% 的增长。以上海日立、惠而浦等为代表的现代家电产业实现产值 236.3 亿元,增速达25.6%,受"家电下乡"、"以旧换新"等消费政策带动,该产业产值增速从第二季度以来基本保持 20% 左右。以英特儿乳品和申美饮料为代表的食品和生物产业实现产值 110.6亿元,增长 6.0%。

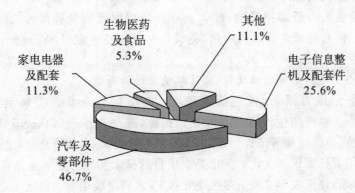

图 7-3-3　工业重点发展行业产值占金桥工业总产值的比重(2010 年底)

3. 加大结构调整和投资促进力度，转型升级实现新跨越

一是以产业结构调整为关键点，推动开发区转变发展方式。积极推进节能降耗，产业结构调整。坚决淘汰"高能耗、高污染、高危险、低效益"劣势产业和落后生产能力，整合生产要素，拓展高新技术产业、生产性服务业的发展空间，年内确保完成三洋杰电池等 10 家企业迁移和关闭工作，降低能耗 4384 吨标煤。二是以高新技术产业化为切入点，推动开发区可持续发展。全力推进高新技术产业化。通过张江基金、新区产业政策导向等多种途径，帮助区内主导产业和龙头企业加快新产品开发和技术革新，增强新产品开发和科技推动能力，提升产业持续发展能力。全力推进知识产权园区试点。切实发挥中介机构作用，调整优化 30 家专利专项申请资助企业，组织园区企业参加各类专题培训。调研开发区自主知识产权先进企业，推动相关企业开展代办股份系统试点。三是全面实施战略招商，增强开发区发展后劲。积极顺应新一轮国际产业转移和国家重大产业振兴、战略新兴产业规划的推进实施的趋势，围绕开发区重点支柱企业转型升级趋向和重点主导产业项目，坚持内外资并举，实现南北区域联动，招商工作取得较明显成效。注重策略调整，实施战略招商。主动联手中介机构和行业协会加强招商推介，举办金桥出口加工区（东京）招商推介会，组织园区代表参加第十四届中国国际投资贸易洽谈。注重实际效果，扩大招商宣传。举办金桥出口加工区经济发展情况说明会，集中宣传推介"一区二园"投资环境与资源优势，包括日月光等 29 家国内外知名企业的项目签订了投资落户协议。

4. 抓住完善机制和载体创新关键，服务企业取得新实效

措施得力，强化服务，不断完善企业服务机制。坚持以"工作重心下移，贴近企业实际，了解企业需求"为原则，定期联系走访企业和组织开展政策讲座、专业知识培训、银企座谈会、投融资洽谈会、老总沙龙等活动，及时了解企业生产经营状况、实际需求及存在问题，帮助企业解决难题。改进海关业务操作流程，积极推进"分批进出区、集中报关"通关模式，试行核销联网申报和无纸化核销核算、保税物流企业备案制等，提高保税物流业务效能。加强与各工业园区开发公司、企业协会、科协等社团组织的沟通协调，建立健全联通政府、企业、中介机构的信息沟通平台。健全对口联系开发区重点企业制度，启用开发区投资服务中心，主动为进区企业提供投资促进、政策咨询等全方位服务。借助专业机构做好开发区人力资源供需状况调研，联合新区人才交流中心举办开发区落户企业人力资源招聘会，加大企业岗位招聘投放量和推介力，切实帮助企业缓解用工难。针对特殊监管区内中微、英联等一批重点企业开展"一企一策"等精细化和个性化服务。

5. 推进生态创建和基础设施建设，园区环境呈现新面貌

一是以生态创建为抓手，营造低碳环境。突出重点企业的引领示范。实施对 ISO14000 审核企业和清洁生产审核企业奖励措施，进一步推进区内企业 ISO14000 认证、清洁生产审核、节能减排等工作。以 20 家重点企业为试点，推进企业环境年报试点工作，培育企业环境责任意识和文化。突出亮点项目的探索实践。进一步完善企业可持续发展生态评比体系，评选表彰 8 家五星级企业和 15 家四星级企业。制定生态俱乐部活动计划和主题。增加"电子废弃物管理技术国内外最新发展"及"低碳经济与生态工业的最

新发展"等专栏,拓展金桥生态工业园区信息平台。推进百家企业宣传站建设,深入宣传创建工作和环保理念。突出主题活动的氛围营造。召开园区创建工作推进大会,结合"4·22"世界地球日和"6·5"世界环境日活动,开展"低碳制造、绿色生活"等创建国家生态工业示范园区系列主题活动,进一步扩大创建工作的影响力。二是以配套建设为重点,优化发展环境。继续促进完善海关监管区"大通关"环境,建立完善电子审批管理系统、海关联网监管系统和出口加工区智能化管理信息平台,充分利用信息技术等现代化手段,实现加工区监管的科学化、规范化和信息化。协调水、电、热、气、通信等部门,为落户企业的在建工程做好各类前期市政配套工作,确保企业能最快开工建设和顺利竣工。

二、2011 年金桥出口加工区发展展望

（一）2011 年发展思路和主要预期目标

2011 年,金桥开发区将积极贯彻落实市委、市政府"创新驱动、转型发展"方针,进一步深化"优二进三"发展战略,抓住全球产业布局调整的机遇,积极承接全球高端产业转移;抓住国家产业振兴及上海市高新技术产业化的发展机遇,全面启动新能源汽车基地、信息通信（ICT）产业创新基地、生产性服务业基地、新能源产业基地、航空配套产业基地和环保节能产业基地等"六大基地"建设,努力发展服务外包、工业设计、网络文化和地区总部等四大新兴产业,促进产业能级快速提升。探索促进开发区发展的新模式、新机制与新措施,努力把金桥建设成为主导产业集聚发展、优质企业集群发展、要素资源集成发展、绿色低碳集约发展的先进制造业核心功能区、生产性服务业集聚区和战略性新兴产业先行区,开创开发区经济发展新局面。

2011 年金桥出口加工区发展的主要预期目标是:工业总产值比上年增长 10％左右,财政总收入和地方财政收入增长 12％左右,第三产业营业收入增长 20％左右。

（二）2011 年发展主要任务

1. 着力打造"五项机制",在真抓实干中加快南北联动

一是打造开发区发展联动机制。探索建立开发区内各工业园区、重点企业参与开发区发展的民主决策机制,广泛听取和吸纳各工业园区、重点企业对开发区发展的意见建议,努力提高开发区重大决策的民主性、科学性、针对性和有效性,积极促进开发区内各产业园区、开发园区和国际社区的融合发展。二是打造开发区工作联动机制。调整完善开发区管理体制,通过健全管委会与各工业园区及开发公司之间的工作衔接与信息通报制度,建立由职能处室、各园区开发公司、新区业务主管部门参加的经济运行月度工作例会制度,逐步形成和不断深化推进开发区南北区域"规划、项目、政策、资本、统计、分析"的多方联动,努力实现开发区经济的跨越式发展。三是打造开发区招商联动机制。建立健全管委会"一体化招商"领导体系和开发区"一区二园"联动招商工作机制,切实发挥管委会"统一决策、整体运筹、协调推进"开发区联动招商的核心作用,充分调动各工业园区开发公司各有所长的招商积极性和创造性,切实形成开发区联动招商的组合优势。四是打造开发区审批联动机制。优化工作流程,提高审批办事效率和办事质量。完善规划信息平台,实现"一区二园"规划信息互通共享,不断提高管理效能。增强项目审批透明度,做到项目公开、办事程序公开,主动接受社会各界监督。

2. 整合区域招商资源,全面推进战略招商

一是对照新区"十二五"服务业"3＋2＋4"、制造业"三大三新一优化"的产业发展体系,进一步深化突出金桥产业发展重点的战略招商工作方案,加强与国内外投资机构的战略合作、投资合作关系,加大与国内外具有影响力的咨询机构、专业服务机构合作力度,重点吸引符合金桥产业发展方向、有利金桥主导产业发展、促进产业链不断完善的战略性、高价值项目与企业,不断抢占发展先机。二是坚持"扩大引资总量与突出重点并重"原则,潜心研究全球、全国、全市产业转移动态,找准战略招商结合点。发挥各类办事(中介)机构作用,采取委托代理招商、专业招商、产业招商、企业招商等多种方式,不断提高战略招商质量。发挥园区大企业集聚优势,促进企业在金桥扩大投资和延伸产业链,不断扩大战略招商效果。发挥金桥集团公司引领优势、南汇工业园区招商一中心平台优势和空港各工业园区产业特色优势,建立合作交流机制,不断创新战略招商方法。三是整合各工业园区优势资源,按照"走出去、请进来"要求,加强金桥品牌的整体包装和联合推介,精心组织和策划开发区大型集中招商活动,建立企业招商活动信息库并落实专人定期跟踪服务,不断打响战略招商品牌。四是紧盯产业链关键环节和位居行业前列、具有重大影响的企业,坚持内外资并举,新设企业和增资扩资并重,不断提升战略招商水平。其中,金桥南区和北区主要以汽车产业、ICT 产业以及研发中心、地区总部、服务外包等生产性服务业为招商重点;南汇工业园区主要以投资规模大、技术领先、在国内同行业中具有重大影响力的新能源产业集聚为招商重点;空港工业园区主要以突出园区发展定位的商飞配套、节能环保等产业为招商重点;川沙工业园区主要以建设黄金珠宝创意园等为招商重点。

3. 围绕产业发展目标,全面推进结构调整

一是按照"十二五"期间金桥将加速形成凸现开发区战略特色的"442"产业布局的目标,从各工业园区的实际和特点出发,将"两轮驱动、二元融合"确立为金桥下一步产业发展的定位,紧紧抓住当今世界经济新一波梯度转移的机遇,集聚发展现代生产性服务业,并形成与兄弟开发区错位发展、优势互补的态势。二是深化"优二进三"战略,促进产业梯度转移,高质量推进南部各工业园区发展,不断扩大高端先进制造业规模。坚持有限资源向科技含量高、财税贡献多的大项目、好项目倾斜,疏理园区标准厂房内的租赁企业,对明显不适应开发区发展的企业,通过回购置换、联手合作、指导提升等途径,逐步推进"腾笼换鸟";对符合开发区产业导向的优质项目,优先安排落地,促使企业早日建成投产;对有发展潜力的区内老厂房,通过改造盘活资源焕发新机。进一步推进国家级新型工业化ICT 产业示范基地申报创建工作,继续重视推进知识产权保护示范园区创建工作。三是优化"一区二园"规划布局,及时整合完善原有规划,进一步推进土地集约利用,提升土地使用价值,提高规划编制的科学性和可行性。

4. 完善园区服务体系,全面推进自主创新

一是服务园区企业自主创新。从金桥实际出发聚焦国家战略和高端环节、应用集成和终端带动、前沿边缘交叉领域,鼓励企业引进新设备和新工艺,提高技术装备水平,延伸前后生产配套,拉长产业链,走集约型、内涵式发展的技术改造新路。引导企业把传统项目向多元化、高科技方向建设发展,提高企业市场竞争力。二是服务产业发展政策研究。

深化研究开发区新一轮财政扶持经济发展的政策措施,为"十二五"发展开好局。进一步完善管委会投资促进各项扶持、服务企业和项目的政策性措施。三是服务金桥南区功能拓展。着重研究海关监管区运行功能拓展和优化开发建设机制的思路,研究海关、商检为企业提供优质便利措施的可行性,研究补充扩大为企业生产经营提供外包服务的方向,促使海关监管区形成完整的产业链和产业集聚效应,提升主导产业,促进整体经济升级。

5. 加强项目跟踪服务,全面推进开发建设

一是改革项目审批流程,缩短审批用时,提高审批质量。试点设立南片项目受理点,方便园区和企业,提高审批效率。采取提前介入、主动协调、及时指导等方法,为项目选址、入户、建设等提供全方位服务,变被动审批为主动服务。倾力打造9万平方米航空物流集聚中心的政策平台、信息平台和服务平台,为祝桥空港工业区早日形成千亿能级的航空配套产业链、打造国家级民用航空产业基地奠定基础。二是跟踪项目落户全程,对项目洽谈、开工建设、投产达效等全程督导服务。建立项目引进沟通协调机制,健全工作例会和项目推进专人负责制度,确保项目早落地,早开工,早产出。对在建项目加强沟通联系,促其早日竣工投产;对已落实土地指标、正在办理手续、准备开工建设的项目,抓紧办理各项手续,争取早日开工建设;对正在办理招拍挂手续的项目,密切跟踪,确保企业顺利摘牌。三是落实项目走访日程,抓住"跟踪调度、动态调查、理性分析"3个关键环节,认真做好企业生产经营情况定期走访、分析、监测和预警。充分利用服务窗口等资源,建立项目跟踪服务和沟通协调机制,保持与投资落户大企业的经常性沟通联络,及时掌握企业投资新意向和主动帮助企业化解疑难,促进企业在大金桥范围内继续扩大投资,推动开发区经济平稳持续发展。

6. 巩固生态创建成果,全面推进循环经济

一是巩固国家生态工业示范园区品牌创建成果,加强生态创建工作长效机制研究,形成生态发展新思路,促进开发区可持续发展。围绕工艺尾水和冷却排放水等水质状况、可利用范围、利用途径、成本核算及盈亏平衡、政策瓶颈及可协调性、企业间水资源梯级利用运作模式等内容展开可行性方案研究,进一步推进开发区企业间的水资源梯级利用。二是完善生态信息服务、再生资源公共服务、环境监测等平台,促进企业之间废物交换、产业共生和废弃物的资源化利用。通过生态信息服务平台,对重点行业生态产业链提供专业服务,形成一个内外互动、生产高效的企业生态化转型模型。利用再生资源公共服务平台,规范园区工业废弃物收集、处理和处置。通过环境监测平台对园区环境空气质量实行24小时自动化监测,适实公布园区空气质量数据,接受社会监督。

(上海金桥出口加工区管理委员会)

7.4　临港产业区

一、2010 年临港产业区发展基本情况

2010 年，临港产业区认真贯彻落实中央精神和市委、市政府各项工作要求，结合"十二五"规划编制，以科学发展观统领产业区开发建设大局，顺利完成年度各项任务。

1．经济增长稳中有升，临港开发效应进一步体现

2010 年，临港产业区完成工业总产值 351.1 亿元，比上年增长 40.7％。固定资产投资 104.5 亿元，增长 4.4％。引进产业投资总额 100.8 亿元，与上年持平。产业开发效应进一步体现，全年完成税收收入 29.5 亿元，增长 35.1％；其中，装备产业区完成 9.7 亿元，增长 46.8％。临港浦东四镇辐射效应明显，芦潮港镇税收增长 33.1％，泥城镇增长 32.9％，书院镇增长 38.3％，万祥镇增长 28.8％。

临港产业区综合发展指数位列全市第六

结合产业发展、资源利用、创新发展、投资环境 4 个指数，11 个分项指数以及 68 个单项评价指标，2010 年临港产业区在全市各开发区中综合发展指数位列第六，显示了在产业发展规模、速度、效益以及土地节约集约利用、节能节水、环境保护、投资环境等方面的实力。

2．招商项目再超百亿，产业集群规模效应不断显现

2010 年，临港产业区完成招商引资落地项目总投资 100.8 亿元。其中，内资 97.5 亿元，主导地位突出，占投资总额的 96.7％；外资 3.3 亿元。大项目拉动作用显著，投资总额 5000 万元以上的项目占产业项目总数的 45％。民营资本异军突起，投资总额达 53.7 亿元，临港产业由国有资本占据绝对比重逐渐转向国有民营外资共同发展。产业区全年完成工业总产值 351.1 亿元，比上年净增 101.5 亿元。其中，装备产业区完成工业产值 264 亿元，增长 49.5％。沪临重工等 7 家企业投产，新增产值 11.3 亿元。

积极引进龙头型项目，做大做强做长产业链。新能源装备领域，国内首台自主设计二代改进型核电百万千瓦级蒸汽发生器、3.6 兆瓦大型海上风机下线，全国最长的适用于 3.6 兆瓦的风电叶片研制完成并正式投产；新引进华锐风电等整机及配套项目。海洋工程装备领域，外高桥造船海洋工程项目开始试生产；新引进天合石油钻采设备、顺达海洋工程项目。船舶关键件领域，沪临重工二期工程正式开工，阿特拉斯·科普柯项目投产。汽车及零部件领域，新引进西德克精密拉伸件等零部件配套企业。大型工程机械领域，埃筑博工程机械项目工厂正式落成；三一重工一期项目预计 2011 年底前全面投产。战略性

新兴产业领域,引进映瑞光电 LED、立昌环保设备等项目。物流基地建设方面,日陆危险品仓库投入运营,普菲斯冷链仓储项目即将竣工,厦门建发、中储股份项目动工。截至2010 年底,临港产业区主导产业集聚度达到 74.8%,高新技术产业化产值率达到 70%。

3. 百亿投资顺利落地,基础设施建设加快推进

2010 年,临港产业区投入建设项目共 220 个,其中重装备产业区项目 59 个,投资50.9 亿元;奉贤园区项目 13 个,投资 7.5 亿元;物流园区 14 个,投资 7.2 亿元。产业投资成为主导,项目达 130 个,完成投资共 66.4 亿元,占固定资产投资比重的 63.5%。奉贤园区迅速崛起,年度投资 7.5 亿元,增长 79%,成为产业区投资增长最快的区域。重点基础设施建设加快推进。两港大道西延伸段竣工通车。东港区公用码头一期海域部分进入桩基施工、陆域部分正式开工。大芦线项目 19 个标段全线开工。仓储转运区市政道路及雨污水泵站全面完工。奉贤园区新杨公路及一、二期市政基础设施完成年度投资计划;内河港池、重装备区一、二期水系整治工程按计划推进。临港大道配合轨道交通 11 号线同步实施。临港四镇社区道路及产业区道路路网系统基本成形。

4. 分城区建设稳步推进,动迁安置工作平稳有序

着力完善临港各镇新社区基础设施及配套设施体系,积极推进中小学、幼儿园、文化教育中心、文化公园、活动中心、产业公寓等配套设施建设,加快推进社区周边道路、管网、水系等基础设施建设。新增动迁安置房销售 1746 套,面积 15.5 万平方米,新增安置人口 1527 户,5054 人。截至 2010 年底,临港地区动迁安置率达到 99%。开展有针对性的用工培训,有序推进劳动就业工作,年内完成职业技能培训 175 人,新增就业岗位 8027 个。

二、2011 年临港产业区发展展望

(一) 2011 年发展思路和主要预期目标

2011 年,临港产业区开发建设将全力破解发展难题,在拓展产业领域上下功夫,在发展内涵上求创新。按照国家、上海加快推进战略性新兴产业和高新技术产业化的总体要求,坚持"创新驱动、转型发展"主战略,落实"生产、生活、生态"三生融合发展理念,积极构建产业区核心竞争力,大力引进高端装备制造业和战略性新兴产业领域的重大项目和重大工程,着重拓展产业领域、着重推进招商引资和项目建设、着重突破发展短板、着重推动镇域经济发展、着重打造服务型政府,全力打造临港产业区开发建设新优势,推进"国家新型工业化产业示范基地"建设取得新成就。

2011 年临港产业区发展主要预期目标是"三个 100":即完成固定资产投资总额 100亿元,工业总产值比上年净增 100 亿元,招商引资落地项目总投资 100 亿元。

"三生"融合将成临港产业区发展新亮点

"十二五"期间,临港产业区将更加注重生产功能、生活功能、生态功能的有机结合,以建设先进制造业和战略性新兴产业为基础,以生活生态为支撑,进一步完善基础设施建设和综合配套功能,建设生产、生活、生态相互促进,集先进制造、现代物流、研发设计、创业投资、舒适生活、绿色生态等多功能为一体的产业园区。

（二）2011 年发展主要任务

1. 着重拓展产业领域、强化自主创新，不断提升产业能级

加快推进高端产业集聚，积极培育发展战略性新兴产业。依托现有产业基础，继续引进高端装备制造业的龙头型、整机型项目，延伸拓展高附加值产业链，积极推动落地企业制造、研发、结算等多功能一体化发展，逐步形成"大企业带动、小企业配套"的发展模式，促进产业集聚。加快引进节能环保、新一代信息技术、民用航空等战略性新兴产业项目，着力培育新的经济增长点。

大力推进自主创新，着力提升产业核心竞争力。把增强企业自主创新能力作为培育发展战略性新兴产业、推进高新技术产业化的中心环节，充分发挥企业作为创新主体的作用，加快构建以企业为主体、市场为导向、产学研相结合的技术创新体系，发挥科技引领和人才支撑作用，不断提高产业核心竞争力。加强产学研合作，积极引进和创建企业科研中心、工程技术中心等研发机构，形成企业研发设计、制造装配一体化运作的产业技术创新基地，进一步提升产业附加值和整体竞争力。加快推进航运人才培训基地以及装备产业实训基地、国际船员培训中心项目落地，形成以技术工人为主体的人才培训体系。加快推进国际人才自由港前期筹建工作。

2. 创新工作思路，着重推进招商引资和项目建设

创新招商机制，加大战略招商力度。坚持"联合大集团、引进大项目、建设大基地"的招商思路，全方位挖掘招商引资潜力，整合现有资源，形成招商合力。注重产业链招商，依托原有产业基础，加大对国企、民企、外企高端制造业项目的招商引资力度，以产业多元化拓展和产业链延伸为着力点，突出抓好战略招商和专业招商。以"创新驱动，活力临港"为主题，举办大型招商推介会。充分发挥开发主体、临港各镇的招商主体作用，创新招商机制，探索实施招商引资考核奖励制度。创新营销机制，加大宣传推介力度，围绕打造"开放、品质、活力、国际化"的园区品牌形象，全力开展产业区品牌营销工作，加大宣传力度，丰富宣传形式和主题，提升影响力和知名度。

创新推进机制，加大项目建设力度。坚持项目优先原则，强化项目跟踪服务和督查督办，建立健全项目管理责任体系，推动签约项目尽快落地，落地项目尽快开工、开工项目尽快投产。加强前期协调和建设程序审批服务，完善信息平台建设，实现数据共享。

3. 着重突破发展短板，营造具有临港特色的综合配套环境

紧紧围绕"生产、生活、生态"三生融合发展理念，全力突破人才、配套、交通三大发展短板，积极推进产业区配套环境建设。结合 11 号线（南段）临港北站建设，研究启动临港产业区核心服务中心一期建设，为产业区提供生产性商业商务、国际采购、会议展览等配套功能和产品交流营销平台。着力完善重装备产业及物流园区片区服务中心建设，加强住宿、商业、文化、娱乐等生活配套设施建设；加快推进临港各镇区开发，加强人才公寓、成套住宅、商业服务等配套项目建设。加快推进重大基础设施建设，积极推进东港区 2 万吨级公共口岸码头建设，进一步完善重装备区道路、水系、变电站等配套设施建设，促进奉贤园区市政道路、水系工程等基础设施尽快形成体系。推进公交场站设施建设，优化公交线路配置，为产业区生产生活提供良好的公共交通保障；积极推进已建成基础设施移交

工作。

营造具有临港特色的生态环境。结合现有河道、瓜果林地、基本农田,研究制定具体操作方案,打造具有临港特色的生态景观。加强随塘林带、东滩湿地保护,利用海堤内已有的芦苇湿地、河岸滩地,建设生态保育带。加快推进芦潮港桃花公园、奉贤分区公共绿化等一批生态绿化项目工程建设。完成友谊河等河道疏浚工程。结合航道建设,积极引进高品质经营性项目和社会公益项目,推动结构绿地生态建设,创新"产-研"模式,研究建设集河道景观、研发、休闲于一体的生态设施。着力推动临港低碳实践区建设,以上海电气临港基地及周边 20 平方公里为核心,发展低碳装备,加强能效管理,加快推进节能示范项目建设。

4. 加强区镇联动,着重推动镇域经济发展

加快推进分城区建设。结合各镇资源条件和发展定位,加快推进社区服务中心建设。研究完善商业发展规划,积极推动泥城生活广场、书院海天广场、芦潮港滨河商业街一期、万祥三灶港商业水街等大型社区商业项目年内开工建设,推动临港产业区职工家园、泥城社区医院等配套项目加快建设,不断完善居住、商业、文化、医疗、教育等配套功能,推动形成生态宜居、独具特色、风格各异的新城区。结合奉贤园区建设需求,适时启动四团新社区总规编制、城市发展策划等相关工作。建立健全临港五镇与产业区联动发展协调机制,确保各镇按照产业区的总体目标协调发展、错位发展。

稳妥推进动迁安置和劳动就业工作。进一步研究完善动迁安置工作机制,确保动迁安置工作平稳有序。继续推进临港各镇动迁安置基地建设,稳妥做好动迁安置房配售工作。健全完善产业区就业服务体系,切实解决好动迁农民的就业培训。

5. 转变工作机制,着重打造服务型政府

完善组织管理机制。结合产业发展需要,加强政策梳理,着力完善招商引资机制、土地储备机制、项目推动机制、资金管理平衡机制、联动发展机制和内部管理机制。依据《上海市临港产业区管理办法》,进一步完善"市区联手"工作协调机制,积极对接浦东新区、奉贤区"十二五"发展规划,加强沟通协调,在征地动迁、重大产业项目布局、社会事业项目引进、基础设施项目安排等方面建立长效机制,有力推进产业区开发建设。

创新行政审批方式。进一步清理和规范行政审批事项,以制度建设为根本,建立完善工作目标责任制、服务承诺制等相关制度,切实提高审批效率。强化服务职能,建立有利于推动产业发展的评估和考核指标体系。建立完善制度化、常规化的企业沟通机制,根据入驻企业的发展需求,搭建政府服务平台、技术创新服务平台、投融资服务平台和人才服务平台,出台有针对性的个性化政策,用于扶持企业发展。

(上海临港产业区管理委员会)

7.5　陆家嘴金融贸易区

一、2010 年陆家嘴金融贸易区发展基本情况

2010 年,陆家嘴金融贸易区按照"发展经济与结构调整并重,城市建设与功能提升兼顾"的原则,积极推进招商引资、综合环境配套和重点建设"十大项目",在经济发展、规划建设、城市功能建设等方面取得了明显的成效。

1. 创新方法,突出重点,实现区域经济可持续发展

金融航运机构不断集聚。2010 年,金融航运机构不断集聚。区域内中外资金融机构达 592 家和航运机构 1000 余家,其中银行类机构 191 家,证券类机构 251 家,保险公司 69 家,其他金融机构 149 家。全年引进中外资金融类机构 141 个,注册资金折合人民币约 215 亿元。其中,保险金融类机构 6 家,银行和非银行金融机构 1 家,证券公司及分公司 16 家,中外资股权投资公司 82 个。中银消费金融公司、中融人寿保险股份有限公司、纽银梅隆西部基金管理有限公司等一批中外知名的金融企业落户陆家嘴。注重引进航运服务机构,将知识密集程度高、利润贡献度大、辐射面广、国际影响力强的航运服务业企业引入陆家嘴。富春港务股份有限公司、大新华码头管理有限公司、汇丰船舶服务有限公司、上海东方航空国际旅游运输有限公司入驻陆家嘴。

招商引资卓有成效。全年累计吸引合同外资和实到外资总额分别达到 15.7 亿和 14 亿美元;引进内资项目注册资金 105.1 亿元;完成税收 344.4 亿元,比上年增长 12.6%;完成固定资产投资 165.8 亿元。上海世茂实业投资、国元股权投资、中国金融信息大厦、中金再生资源、上海环境集团等一批大项目落户陆家嘴。

2. 紧抓规划,推动建设,金融城空间容量继续扩大

重点工程项目建设进展顺利。双辉大厦、证大喜马拉雅艺术中心、嘉里中心、新国际博览中心 6－8 期工程等 4 项工程完工。上海中心、塘东总部基地、世纪大都会等项目建设有序推进。上海国际金融中心、中国金融信息大厦、SN1 地块等项目总体进展顺利。

市政基础设施建设计划顺利完成。完成峨山路、南洋泾路拓宽工程、锦康路新建工程。完成二层连廊一期工程中明珠环与东方浮庭项目的建设。初步完成陆家嘴金融城核心区地下空间开发项目的方案设计。明珠环与东方浮庭在世博会前实现对外开放,有效缓解交通拥堵,实现人车分流,为小陆家嘴地区增添了一道新的景观。

3. 立足需求,重抓实事,城市高端功能培育有成效

开展金融城综合配套项目建设。从解决陆家嘴"出行难"、"就餐难"等实际问题出发,

确立抓好金融城环境优化配套"十大"项目,积极推进并取得初步成效。实现小陆家嘴区域内 16 条街坊道路标准化管理。完成海洋水族馆出租车候车点港湾式改造。利用震旦大厦、正大广场、96 广场等 LED 实现了金融信息的发布。开展陆家嘴金融城文化建设,成功举办"环金融城千人长跑"活动,举办区域内 8 家楼宇参赛的登高接力赛,举办《印象·大师——现代主义的光芒》画展。

二、2011 年陆家嘴金融贸易区发展展望

2011 年,围绕将陆家嘴金融贸易区建设成为上海核心中央商务区的重要组成部分,上海国际金融中心建设的核心区域,具有重要影响的高端航运服务集聚区的目标,继续以金融城建设"十大项目"为抓手,努力实现金融贸易区经济发展有后劲、规划建设有作为、城市建设有内涵。2011 年,陆家嘴金融贸易区将力争吸引内资 150 亿元,比上年增长 114.3%;吸引合同外资 21 亿美元,增长 33.8%;吸引实到外资 15.5 亿美元,增长 10.7%;实现税收 377.7 亿元,增长 11.2%;地方财政 123.0 亿元,增长 9.7%;固定资产投资 170.0 亿元,增长 13.3%。围绕上述目标任务,将着力从以下方面做好工作:

1. 加快转变经济发展方式,进一步增强区域经济发展活力

完善财政扶持体系。按照"调结构,促转型"的要求,不断完善财政扶持政策体系,鼓励财政扶持向重点功能性机构倾斜。推动软件园政策、楼宇招商激励政策、中介奖励政策等政策的落实。积极根据招商引资情况和工作需要研究新政策,并加强数据分析,服务好区域经济发展宏观和微观两个层面的运行,不断发挥财政扶持在区域经济发展中的政策效应。

完善企业服务,储备招商资源。加强企业需求调研,及时反映企业的政策诉求。广泛联系企业,加大服务力度,协调解决企业发展中的困难和问题。充分盘活辖区存量资源。发挥统一招商的合力优势,加大投入,通过购买、租赁等手段,储备一批楼宇资源,解决陆家嘴功能区域招商引资空间资源不足的难题,满足一批优质企业和部分中小贸易企业、专业服务机构的办公需要。

2. 突出金融航运产业互补,进一步提升区域核心竞争力

围绕重点项目,提升产业功能。在金融机构招商方面,紧紧围绕十大金融重点招商项目,特别是加大对新兴资产管理机构、支付结算类机构等新型金融机构的招商力度,重点关注法律、会计、行业类协会等其他金融服务企业,不断提高金融机构集聚的能级和水平,进一步健全金融机构体系和金融产业链条,提升金融产业功能。在航运机构招商方面,重点引进具有国际影响力的高端航运服务企业,争取波罗的海航运交易所等 2—3 家国际重点航运机构在陆家嘴设立代表处,提升陆家嘴的航运产业能级。做好航运经纪在浦东的试点运行,提升航运服务功能。积极推进金融航运产业联动,支持航运金融、船舶融资租赁等业务的发展。

拓展招商渠道,加强产业招商。围绕最新的金融航运业务和重点金融航运机构的发展计划,开展有针对性的招商引资。建立广泛的中介招商网络。加强银行、保险、证券、期货、基金等金融同业公会合作,发挥上海船级社、船东协会等行业协会及其他中介组织在企业集聚和人才集聚方面的作用。积极拓展境外招商渠道,前往金融航运较为发达的欧、

美、新加坡、香港等国家和地区,开展专题宣传推介活动,吸引国际知名金融航运机构到陆家嘴投资。

建立金融航运机构服务体系。以金融、航运机构数据库为基础,按照行业、功能和税收产出等情况,建立企业分类服务机制,力争做到户管企业服务全覆盖。设立管委会的金融航运服务窗口,负责政策受理等相关工作,使陆家嘴区域金融航运项目的招商引资与企业服务工作更加紧密,提高项目落地的效率。

以平台建设为重点,增强区域软实力。搭建政府机构合作交流平台,加大聚焦陆家嘴的力度,落实金融航运政策,推动"两个中心"建设。构建人才培养平台,完善"陆家嘴人才金港"运作机制,深化政产学研合作关系,服务金融企业和金融人才。推进创建国家级和市级海外高层次人才创新创业基地工作,落实"千人计划",吸引更多的海外高管回国发展,落户陆家嘴金融城。搭建行业交流新平台。按银行、保险、基金、股权投资、资产管理等小行业搭建金融高管交流平台。

3. 加快重大基础设施建设,推进金融城的深度城市化

围绕"两个中心"建设做好区域规划梳理调整。重点建设塘东总部基地和竹园公园商贸地块,沿杨高路形成商务走廊,作为小陆家嘴中央商务区功能的延伸,以及沿江和周边地区功能的衔接。根据区域发展的实际需要,继续编制区域内控制性详细规划和修建性详细规划,开展区域内已经批准的规划的局部调整工作。

加快城市基础设施建设。围绕 2011 年着力推进的重点项目,加强对重点项目建设前期和过程中市政道路配套的研究。积极推进灵山路辟通工程,福山路拓宽工程的前期筹备与调研工作,争取在年内实现工程启动建设。在完善陆家嘴金融城核心区地下空间开发项目建设与管理体制的基础上,确保启动工程建设。确保二层连廊一期世纪天桥项目跨世纪大道段与跨银城中路段建成。启动二层连廊二期世纪连廊项目的开工建设,争取在年内完成主体结构施工。

着力推进重点工程建设。2011 年,区域内在建项目(含十二五重点项目)共 26 个,占地面积 41 万平方米,地上建筑面积 224 万平方米;预计年内竣工项目 10 个,占地面积 17万平方米,总建筑面积 119 万平方米;计划开工项目 15 个,占地面积 24 万平方米。确保区域内重点项目按计划推进建设。积极协调上海国金中心、船厂地块项目、新国际博览中心展馆、招商银行上海大厦等 10 多项工程顺利完成竣工验收并投入使用。抓好上海国际金融中心、中国金融信息大厦、大唐盛世花园四期办公楼、路发广场等 10 项未开工项目的前期手续办理,按期开工建设。抓好区域内重大商办楼宇的建设。在抓好金融贸易区审批的项目同时,积极沟通联系项目单位,及时了解项目进展情况,掌握全区域重大商办楼宇建设信息。利用首席联络员制度、绿色通道等制度,通过定期现场踏勘,加强对建设单位的指导和服务。在建设中根据市场需求对经营业态根据市场需求进行调整。督促建设单位做好市场调研,促进项目顺利建设。

做好商业配套建设工作。在 2010 年陆家嘴金融城环境配套优化十大工程所包含的11 项商业设施新建项目顺利启动的基础上,抓紧推动已进入建设前期审批阶段的项目,并力争年内完成 X0-1 地块富城路花园石桥路拾步街段酒吧街改建,B6-7 地块丰和路

陆家嘴西路转角餐饮广场改建,X0－1地块北滨江商业设施增建,X4－3地块汤臣一品南侧市政用地商业设施新建,B3－3地块招商银行西侧绿地成衣街新建等5个项目共8519平方米商业设施的建设工作,适时启动招商工作。对于个别建设规模大,社会影响度高的项目,充分发挥管委会的协调职能,确保工程顺利实施,在项目建设的前期、中期与后期,加强与项目周边企事业单位的沟通,妥善解决可能存在的问题,为项目的顺利实施保驾护航。

4. 依托城市品牌营销理念,提升金融城功能高端化

打造"知识陆家嘴",实现城市内蕴"智慧化"。一是依托第一财经的专业化团队,创办面向机构投资者、具有国际影响力的《陆家嘴金融城》财经杂志,提升陆家嘴作为上海国际金融中心核心功能区的影响力。二是举办或引入行业及著名企业的重要活动,宣传陆家嘴的投资环境,不断提升陆家嘴的吸引力和知名度。例如,举办"国际金融中心人才峰会"、"区域金融中心建设市长论坛"、"国际航运中心论坛"、"亚洲海事金融论坛"等论坛,开展"金融城年度风云人物"评选等活动,宣传陆家嘴金融城国际形象。

打造"文化陆家嘴",实现城市形象"品牌化"。在完成2010年文化策略项目调研的基础上,实施若干个文化策略项目,推动大型美术馆项目和金融博物馆项目落户南北滨江,完成选址并签约。立足对外宣传,形成多角度、全方位立体宣传态势,及时报道陆家嘴区域发展成就,向国内外推广陆家嘴金融城品牌。

实现城市功能"便捷化"。开通金融城1号线,解决白领上班"最后一公里"的行车难问题。设立多个金融城临时便携式早餐点,解决"白领吃饭难"的问题。继续做好商业配套达标工作。年内实现49幢楼宇必备业态全覆盖,再创6幢达标楼宇和3幢示范楼宇,并不断根据楼宇职业人群的需求,改善金融城环境综合配套的标准。开展丰富多彩的楼宇活动,提高楼宇对金融城的归属感和参与度。探索建立楼宇业主联谊会、入驻重点企业CEO联席例会,形成以协会为轴心,楼宇业主、楼宇物业、入驻企业等构成的全面立体的联系网络,开展"一条龙"人性化服务。

（陆家嘴金融贸易区管理委员会）

7.6 漕河泾新兴技术开发区

一、2010 年漕河泾新兴技术开发区发展基本情况

2010 年,漕河泾新兴技术开发区坚持以科学发展观为统领,加快创新驱动和功能提升步伐,开发区建设稳步推进,实现经济持续稳定增长。2010 年,漕河泾开发区获批工信部的"国家新型工业化产业示范基地"。在商务部国家级经济技术开发区的投资环境综合评价体系中,漕河泾开发区位列第八,其中发展与效率指数蝉联第一。在首次开展的上海市 56 家开发区综合评价中,漕河泾开发区综合发展总指数排名第一。

1. 主要经济指标完成良好

2010 年,漕河泾新兴技术开发区实现销售收入 2188.9 亿元,比上年增长 14.1%;其中第三产业收入 809.7 亿元,增长 40.4%,三产占比上升至 36.9%。工业总产值 1253.1 亿元,与上年持平。地区增加值(GDP)670.3 亿元,增长 15.8%;其中工业增加值 360.9 亿元,增长 0.2%;第三产业增加值 308.5 亿元,增长 40.5%。税收收入 57.9 亿元,增长 23.3%。进出口总额 180.3 亿美元,增长 1.9%。

表 7-6-1 2010 年漕河泾开发区主要经济指标完成情况表

经济指标名称	计量单位	2010 年	比上年增长(%)
地区增加值	亿元	670.3	15.8
其中:工业增加值	亿元	360.9	0.2
其中:第三产业增加值	亿元	308.5	40.5
销售收入	亿元	2188.9	14.0
其中:第三产业收入	亿元	809.7	40.4
其中:外商投资企业	亿元	1673.3	6.4
工业总产值(现价)	亿元	1253.1	持平
其中:外商投资企业	亿元	1110.2	-1.3
税收收入	亿元	57.9	23.3
其中:外商投资企业	亿元	40.0	21.2
出口总额	亿美元	127.3	-7.0
进口总额	亿美元	52.9	32.6

2. 招商项目质量显著提升

2010 年,漕河泾开发区着力实施"大招商"战略,统筹本部、浦江、松江、海宁、盐城等区域,发挥联动效应,加快引进高品质项目,"一五一"产业格局进一步形成(即电子信息支柱产业,已形成的新材料、生物医药、航空航天和正在形成中的汽车研发配套、环保新能源五大重点产业,以及现代服务业支撑产业)。

表 7—6—2　2010 年漕河泾开发区各高新技术产业门类主要经济指标完成情况表

产业分类	企业数(家)	总产值(亿元)	销售收入(亿元)	利润总额(亿元)	出口总额(亿美元)	期末人数(万人)
总计	1308	1253.1	2189	100.9	127.3	14.6
电子信息	404	947.4	1246.0	46.3	110.9	6.5
生物医药技术	81	17.6	68.1	7.0	1.0	0.5
新材料能源及化工	74	72.9	93.2	4.9	1.3	0.6
电子器件及数字电子	236	28.2	77.8	4.1	2.4	0.9
仪表仪器及专用设备	123	43.8	155.8	10.9	0.6	1.4
航天航空	13	50.2	20.2	2.6	0.0	0.6
汽车	128	79.0	115.0	7.0	10.6	0.9
其他	249	14.0	412.9	18.1	0.5	3.3

本部区域全年新引进项目 362 个,其中外资项目 49 个;新批准设立外商投资企业 32 家,新增合同外资 2.5 亿美元。新引进 20 个国内外重大项目,项目质量显著提升。如:沃尔玛、甲骨文软件、富士康科技、泰森集团、泰克科技、泰科电子、标致雪铁龙、思科视频技术、柯惠等世界 500 强企业 9 家;美光半导体、英维思科技、艾利、都富集团、捷普科技等美国 500 强企业 5 家;以及研祥智能、金煤集团、瀚洋船舶、华创证券、上海市知识产权交易中心、淘米网络等国内知名企业 6 家。

7—6—3　2010 年漕河泾开发区外商投资情况表

		累　计		
		企业数(个)	总投资(亿美元)	占总数(%)
国别和地区	美　国	165	11.7	16.1
	中国香港	154	7.4	10.2
	日　本	84	2.1	2.9
	中国台湾	62	2.7	3.7
	英国(包括英属地)	89	14.2	19.5

| | | 累　　　计 | | |
		企业数(个)	总投资(亿美元)	占总数(%)
国别和地区	新加坡	30	7.7	10.6
	欧洲其他地区	73	20.0	27.5
	北美其他地区	11	2.0	2.8
	东南亚其他地区	19	0.2	0.3
	澳　洲	4	0.1	0.1
	其　他	106	4.7	6.4
性质	合资企业	110	15.0	20.6
	合作企业	4	0.2	0.3
	独资企业	683	57.6	79.1
类型	生产型项目	511	58.6	80.4
	非生产型项目	286	14.3	19.6
总　　计		797	72.8	100

浦江高科技园全年新引进项目 50 个,新增内资注册资本 1.5 亿元,外资注册资本 1.8 亿美元,项目注册率及科技含量均有提升。目前国内唯一以建筑智能化为主业的上市公司延华智能、世界 500 强百事公司亚洲研发中心等一大批优质项目落户浦江。截至 2010 年底,浦江高科技园累计引进注册企业 154 家,总投资额 17.7 亿美元,园区先进制造业占闵行区工业比重已达 23%。

松江高科技园新引进欧亚电气、联合路桥工程、海希工业通讯设备等近 70 个项目。海宁分区启动后第一年即取得招商突破,成功引进宝捷机电、蓝晶科技、永大电气、丰源集团等多家高科技企业。其中,由法国博旭瓦集团投资的宝捷公司成为海宁首家纯欧美外资高科技企业,也是海宁首家采用度身定制模式的项目。

3. 规划建设扎实推进

2010 年,漕河泾开发区本部区域总建设面积 75 万平方米,其中:新开工项目 4 个,面积 25.1 万平方米;续建项目 2 个,面积 13 万平方米;竣工项目 3 个,面积 37.1 万平方米。国际商务中心和现代服务业集聚区总部区两项目被列为上海市重大工程。现代服务业集聚区总部区项目已通过“LEED 美国能源与环境设计先锋”评价体系的认证,6 幢办公楼中 3 幢获得金奖,3 幢获得银奖。浦江高科技园 F 地块三期 3 标项目竣工交房。新开工项目包括:F 地块三期 4 标和联星河疏浚项目。在建项目地铁广场一期项目所有单体完成结构验收,并分别荣获市、区优质结构奖和迎世博观摩工地。

4. 创新创业服务体系加快完善

一是完善“双创基地”建设。截至 2010 年底,孵化联盟共有 7 家成员单位,在孵企业

360 家。大学生创业创新园入驻企业 82 家，入驻率 100％，被认定为"大学生科技创业见习基地"，并成为中国青年创业国际计划（YBC）上海服务站，累计引进科技苗圃项目 50个，其中 39 个项目成功转化，转化率 78％。浦江双创园累计引进企业 100 家。开发区软件园获评"2009－2010 中国软件和信息服务业年度优秀服务机构"，成为上海唯一获此殊荣的软件园区。

二是加强"双创超市"建设。初步形成包括企业辅导、项目申报、人事人才、企业融资、国际合作等 16 个服务模块约 600 项服务的"双创服务超市"，涵盖了从预孵化企业、在孵企业、加速企业到规模企业等各个发展阶段的企业。以获批上海市科技企业加速器建设试点单位为抓手，完善拟上市重点企业服务平台，围绕高成长企业提供全方位增值服务。截至 2010 年底，申报入驻加速器的企业 20 家，年销售额超过 6 亿元，销售和利润增长率均超过 30％。成立松江创新创业园，进一步拓展延伸双创服务。

三是优化开发区投融资环境，多渠道帮助中小企业解决融资难问题。中小企业融资平台贷款规模增至 1 亿元，8 家企业获批信用贷款 2660 万元。与上海银监局、徐汇区政府等联合主办"送金融服务进园区"活动，45 个项目签约，授信金额 33 亿元。协调多家银行为 8 家企业提供贷款 6525 万元。与专业机构合作，对拟上市重点企业开展个性化辅导服务，开发区现有拟上市企业 38 家。

四是依托大张江资金，加强开发区自主创新能力和环境建设。专项资金重点支持高科技项目引进、生态工业园建设、创新创业培训服务、中介咨询服务、中小企业融资平台及大学生创业园建设。2010 年度共申报项目 19 个，获批市级资金 3983.5 万元。其中，松江高科技园首次参与，获批 612 万元。

五是大力推动高新技术企业、技术先进型服务企业以及软件和信息技术服务重点出口企业认定工作。至 2010 年底，漕河泾开发区内经认定的高新技术企业 238 家，占全市总数的 7.6％。经认定的技术先进型服务企业 17 家，占全市总数的 8％。经认定的软件和信息技术服务重点出口企业 4 家，占全市总数的 17％。

六是推进公共设备和技术共享服务平台建设。汇集中国上海测试中心、微特检测、航空无线电电子研究所、大唐移动等企业资源，仪器共享服务平台加盟单位增至 17 家，共享仪器增至 282 台，服务次数 1626 次，服务金额 965 万元，有效地提高了仪器设备利用效率，降低了中小企业研发成本。

七是积极争取政府资金支持，全面推进服务外包示范区和知识产权试点园区建设。推荐龙旗、理光等 14 家企业申报录用人才培训费和国际认证费等专项资金 364 万元。先后培训软件测试工程师、嵌入式软件工程师等各类服务外包人才 656 人次，认证考试通过率 78.3％。09 年区内企业专利申请量 1072 项，比上年增加 56.5％，累计专利申请量4756 件。落实 2009 年度知识产权重点企业专项资助，完成知识产权信息服务平台建设，为区内企业提供良好的知识产权保护环境。

5. 投资服务环境日臻完善

一是进一步加强区区合作，为企业发展创造良好的服务环境。开展政策咨询讲座、警企座谈会。推动医疗服务进园区，共建医疗保健平台。与徐汇区政府、虹梅街道共建开发区实验小学,解决区内企业员工子女上学问题。围绕宣传世博,开展以节能减排、低碳环保为主题的系列活动。围绕产业发展组织各类研讨会和论坛,如 2010 中国汽车安全系统技术与应用高峰论坛、汽车电子关键芯片产业链高层论坛、中国民营科技企业发展高峰论坛、新能源产业发展高峰论坛等。充分利用公共服务平台进一步为企业提供服务,帮助区内企业解决在人才引进、融资发展、扩建选址、政策落实、户口、劳资纠纷、设备通关、商检质检、政务咨询等方面的困难。启动"漕河泾开发区服务平台"筹建工作。

二是按照"一带、三圈、五点"开发区商业布局规划,进一步完善园区配套项目建设。对密集度较高的小区配备银行、便利店、咖啡店等必备业态,对集聚区总部区等重点小区进行延伸业态配备,初步形成商业配套集聚的规模效应。绿洲商务会所二期实现整体开业,会所经营服务功能得到进一步完善和扩展。开发区"一卡通"扩展至 55 个商业网点联网运行。

三是整合各方资源,加快建设人才高地。人力资源公司继续做好人事代理、人员派遣、猎头服务、企业登记代理和人才培训等多元服务,新拓展人事快递、人事调解等特色服务。在复旦、交大等各高校举办校园招聘活动 11 场,区内 554 家企事业单位踊跃参会,推出 1874 个招聘岗位,取得良好社会反响。开发区人才网 7 月改版以来,访问量超过 150 万人次,网上招聘会点击量超过 23 万人次。启动"国家级海外高层次人才创新创业基地"筹建工作,区内 6 人入选国家"千人计划"创新创业人才,新推荐 2 人申报国家"千人计划",另推荐 8 人申报市"千人计划"。全面建设"漕河泾开发区双创培训服务平台",漕河泾双创大讲堂共举办 56 场培训活动,累计 657 家企业、3016 人次参加。与交大联手打造"漕河泾开发区高级金融人才培训基地",开展 2 次金融专题讲座,全力打造漕河泾开发区金融人才集聚高地。

四是继续大力开展"三大园区"建设。双优园区建设方面,编制完成《国家生态工业示范园区建设规划》;大力开展节能环保宣传工作,集中完成一批低碳、节能、环保建设项目;积极落实《环境改进两年行动计划》项目,完成蒲汇塘、上澳塘和高门泾等河道整治,完成电梯、玻璃镀膜、LED 灯等一批节能改进项目。数字园区建设方面,持续做好 ERP 维护工作,完成开发区门户网及人才网改版;加强园区网络基础设施建设,开通公共区域无线覆盖,新一代城市光网覆盖基本到位,完成 31 幢楼宇光纤进楼到户的接入;加快推进平安园区建设,完成区内 17 个路口、75 根车道高清智能监控系统建设;开展智能停车引导系统和办公大楼智能化建设。国际园区建设方面,以世博会为契机,进一步加强与国际姐妹园区交流,加强与以色列、加拿大、乌克兰的技术转移与创新合作,"中俄乌科技园"已有10 个项目入驻创业中心;华美达新园酒店 9 月升级全新开业,保华万丽五星级酒店建设项目进展顺利,将为国际园区提供高端服务配套。

6. 扎实推进"走出去"工作

一是借力世博,全力做好品牌宣传推广。2010 年开发区累计接待中外来宾 240 多批、3600 人次,其中世博来宾 140 多批、2000 余人,为进一步扩大国际交流打下基础。二是扎实推进"走出去"战略,加强与国内外兄弟园区联络交流。至 2010 年底,开发区共有国内外友好园区 41 家,其中国外 16 家,国内 25 家。为加强友好园区间的人才交流,新制订了交流挂职人员接待方案,从工作、生活、学习等方面为挂职人员提供便利服务。三是以产业转移促进中心商务部上海基地为平台,切实推进项目合作。2010年共有24个项目落户中西部,投资额共计156.7亿元;达成先期意向项目31个,投资额38.4亿元。项目辐射省市和涵盖领域更为广泛。四是紧密合作,共建海宁分区。海宁分区的成立是漕河泾开发区实现走出上海的第一步。启动一年来,公司派出的工作人员不畏艰难,扎实有效推进各项工作,实现了招商引资的"开门红"。

二、2011年漕河泾开发区发展展望

2011年,漕河泾开发区将继续坚持"创新驱动、转型发展",以科学发展为主题,以加快转变经济发展方式为主线,以获批国家新型工业化产业示范基地为契机,以创建国家生态工业示范园区为抓手,以增强开发区自主创新能力和国际竞争力为重点,全面推进本部区域、浦江高科技园、松江高科技园及海宁、盐城分区的建设,切实加强安全生产,继续写好"产业、环境、创新"三篇文章,进一步"优二进三",推进二、三产业和内外资并举、融合发展。全年重点做好以下七个方面工作:

1. 推进平安园区建设

将安全生产贯穿始终,牢固树立"安全第一"观念,坚持预防为主,以消防安全、工程建设安全为重点,强化安全责任,加强监督检查,开展宣传教育,加强队伍建设,完善管理系统,全面抓好安全生产、治安保卫、消防安全、经济安全、信息安全、交通安全、食品卫生安全、防汛防台、稳定和保密等各项安全工作,切实推进平安园区建设,为开发区经济平稳较快发展创造安全、稳定、有序、和谐的环境。

2. 提升园区服务水平

服务是漕河泾开发区的核心竞争力,也是漕河泾开发区价值和品牌的展现。2011年,要继续提升服务理念,整合服务资源,完善服务机制,创新服务手段;继续完善政务服务、商务服务、双创服务、人才服务、综合服务;继续坚持"客户至上,追求卓越",坚持"以企业为本"的服务宗旨,构建具有漕河泾开发区特色的"大服务"体系,重点通过园区管理中心平台引入政府服务资源,通过企业协会平台调动区内企业服务资源,通过探索成立客户服务中心平台集成市场服务资源,综合提升漕河泾开发区服务水平。

3. 促进产业优化升级

随着"走出去"战略的推进,漕河泾开发区已初步形成本部及浦江、松江"一中心、两片区"以及海宁、盐城两个分区的发展格局,园区间联动发展态势初步显现,本部对其他分园区的招商协调、支持力度应当进一步增强。2011年要进一步整合资源,发挥联动效应,在"漕河泾开发区"品牌统领下,全面实施"大招商"战略,加快促进漕河泾开发区产业优化升级。

4. 推进园区开发建设

2011年,漕河泾开发区建设工作要以园区规划设计为抓手,统筹协调各分园区,研究建立覆盖"一中心、两片区"的"大建设"工作机制,对各园区建设项目进行把关,同时抓好开发区土地储备,为新一轮发展打好基础,增添后劲。

5. 完善综合投资环境

建设"双优园区、数字园区、国际园区"已走过了 10 个年头,园区整体环境得到较大提升。2011 年,漕河泾开发区要根据发展实际情况,进一步充实、丰富"三大园区"建设内涵,不断完善园区综合投资环境。

6. 提升区域创新能力

2011 年,要以建立"国际孵化中心"为抓手,继续深化创新创业服务体系,重点在完善"双创基地"和"双创超市"建设、加快人才高地建设、推动企业上市等方面取得新突破,进一步把双创工作做实、做好、做出特色。

7. 发挥品牌联动效应

漕河泾开发区近年实施"走出去"战略,已拓展到市内五个区块和长三角两个分区。2011 年,漕河泾开发区要在前阶段工作基础上,进一步推进"走出去"战略,充分发挥开发区品牌联动效应。

（上海市漕河泾新兴技术开发区发展总公司）

7.7　市北高新技术服务业园区

一、2010 年市北高新技术服务业园区发展基本情况

2010 年,上海市北高新技术服务业园区坚持以科学发展观为指导,围绕"跳出闸北看市北,立足全市看市北"的主线,凸显"转型发展"这一主题,聚焦"加快科技化步伐,打造国际化园区"发展战略,园区发展呈现出可喜的新成绩。

1. 经济总量大幅提升,综合实力明显增强

以生产性服务业功能区建设为抓手,不断提升服务水平,优化投资环境,经济总量大幅提升。园区第三产业主营业务收入 493.9 亿元,排名全市开发区第三位。税收总额 22.5 亿元,其中区级税收 4.8 亿元。生产性服务业收入 447.1 亿元。新增就业岗位 1270 个。

2. 产业体系基本形成,结构调整不断优化

通过规划形态转型、服务功能转型,着力推进产业结构转型,在全市率先形成了以发展生产性服务业为主导的优质企业集群。2010 年,园区继续坚持引大引优引强战略,先后引进和通汽车投资有限公司、特易购企业管理(上海)有限公司、威世(中国)投资有限公司 3 家地区总部,引进企业 224 家,其中内资企业 192 家,外资企业 32 家。引进内资 9.5 亿元,注册资金 1000 万元以上项目 15 个,其中注册资金 1 亿元以上的项目 3 个。引进合同外资 8033 万美元,注册资金 100 万美元以上项目 9 个。精心搭建云计算、国产基础软件、金融后台服务业三大平台,吸引了微软(中国)、中国网络电视台、上海超级计算中心、"甲骨文"、戴尔、腾讯、阿里巴巴等国内外领先的云计算应用企业、中科软、达梦数据库、东方通泰等一批国产基础软件企业以及仲利国际租赁、大公信用评估、思高方达等金融后台服务业企业。截至 2010 年末,园区生产性服务业比重已超过 80%。

上海市云计算产业基地落户市北高新园区

2010 年 8 月 17 日,上海市闸北区市北高新技术服务业园区作为上海首个市云计算产业基地正式挂牌,上海"云海计划"正式启动,计划 3 年内实现上海在云计算领域"十百千"发展目标,加快推动上海市高新技术产业化。到 2012 年,上海将培育 10 家销售额超亿元的云计算技术与服务企业,建成 10 个面向城市管理、产业发展等领域的云计算应用示范平台;并且推动 100 家软件和信息服务业企业向"云服务"企业转型;同时带动全市信息服务业新增经营收入 1000 亿元,培养和引进 1000 名云计算产业高端人才。

---

3. 开发建设持续推进,生态环境显著提升

2010年,园区继续推进东部区域的土地储备工作,累计完成土地储备约950亩左右。完成寿阳路、平型关路市政道路的腾地工作,基本完成江场路市政道路动迁腾地工作。启动园区西部区域5号地块(中铁·中环时代广场)、7号地块(数据港大厦)等开工建设,完成12号地块竣工,祥腾财富广场交付使用,总开工面积19.6万平方米,总竣工面积13.8万平方米。以创建国家生态工业示范园区为抓手,大力推进节能环保技术的运用,相继通过了ISO9000和ISO14000两个体系的双认证,提升了楼宇品质,降低了园区企业运营成本,优化了园区整体环境。从提升园区总体品质和服务功能角度出发,统筹设计建设了集绿化、水景、花卉、雕塑和泛光照明等元素为一体的景观,精心推进以商业设施、会所、健身房、会务中心、咖啡吧、简餐厅、植物园等内容为一体的配套设施建设,园区环境质量显著提升。

4. 服务体系不断完善,服务功能日益凸显

2010年,市北高新园区继续实施"服务增值战略",针对不同类型的企业,深化重点企业培育方案、服务拓展方案、高管对接方案和增税服务方案,促进优质企业持续发展。一是完善科技创新服务体系建设。与上海大学搭建技术转移平台,积极推进产、学、研一体化。成功申报上海市知识产权试点园区。二是积极加大对科技型中小企业的扶持力度。成立园区科协,为园区科技企业的服务工作搭建专项服务平台。完善企业孵化器建设,年内共计完成41家企业入孵,使孵化服务成为企业服务新亮点。三是完善园区配套服务体系建设。完善商业、餐饮网点建设工作,结合园区服务满意度调查中反映的突出问题,增设便利店、大众化餐饮等经营场所,并结合轨道交通7号线的开通,调整并增设班车运营。与市金融办合作开展拟上市公司金融辅导,组织中韩、中美、中瑞企业洽谈交流会,使更多的业界企业得到有效的业务交流。四是继续企业开业指导培训、"中秋啤酒节"企业联谊等特色活动,企业服务工作得到企业、行业和社会的高度肯定。

5. 品牌影响不断增强,"走出去"战略迈出实质性步伐

启动实施"品牌发展战略",制定品牌战略三年行动计划,园区品牌建设逐渐从分散型向集中型转变,形成强大助推力。上海国产基础软件产业基地、上海市云计算产业基地、上海企业文化建设示范基地、上海市知识产权试点园区、上海市品牌园区等一大批上海市的"金子招牌"落户园区,园区成为中国浦东干部学院现场教学点,品牌实力得到进一步提升。积极实施"走出去"战略,与江苏省南通市港闸区政府合作开发5.2平方公里的市北高新(南通)科技城项目,加快产业梯度转移步伐,主动融入长三角一体化进程,成为首批长三角园区共建联盟成员单位。积极开展对外合作交流,与台北内湖科技园区缔结友好园区,合作之路越走越宽广。

积极参与长三角一体化进程上海市北高新（南通）科技城项目正式启动

2010 年 8 月 24 日,上海市北高新（南通）科技城项目签约仪式在江苏省南通市隆重举行。上海市北高新（南通）科技城位于南通市港闸区,总规划面积约为 5.2 平方公里,总投资超过 350 亿元。该项目是集"功能、产业、品牌"三大核心于一体,融合"以人为本、绿色生态、现代都市"三大理念,践行"市北绽放、耀眼南通"的总体构想的综合开发项目,致力于建设融高端制造业集聚区、生产业服务业示范区和区域总部经济集成区于一体的国际化、生态型、综合性科技产业新兴城和宜居创业商务城。该项目计划于 2015 年底前完成基础设施和公用设施建设,2018 年底将全面建成。

二、2011 年市北高新技术服务业园区发展展望

（一）2011 年发展思路和主要预期目标

2011 年,市北高新园区将以上海"四个中心"和闸北服务业综合改革试点区建设为契机,以"加快科技化步伐、打造国际化园区"为主线,围绕"做强功能、做深内涵、做大产业"的目标,着力提高自主创新能力,着力发展总部经济,着力提升服务核心竞争力,加快园区转型步伐,走产业集聚、资源整合、结构优化的创新之路,加速产业、资本、技术、人才等要素的集聚,积极营造创新创业环境,全面提升园区软实力,努力为区域经济和上海"创新驱动、转型发展"做出新的贡献。

2011 年市北高新园区发展的主要预期目标是:确保园区经济持续发展,区级税收保持比上年增长 30％以上,园区第三产业营业收入继续在全市开发区中保持领先。

（二）2011 年发展主要任务

1. 立足发展全局,认真落实园区"十二五"规划落实

一是分解目标任务。抓紧细化深化园区"十二五"规划的任务目标,分解到部门,落实到责任人,确保规划落到实处。二是完善推进方案。结合园区发展实际,深入调查研究,提出切实可行的推进方案,注重针对性、科学性和可操作性,明确具体措施和时间节点,确保各项工作按规划要求稳步推进。

2. 聚焦重点产业,继续保持园区经济总量稳步增长

牢牢抓住云计算、国产基础软件、金融后台服务 3 个产业平台,围绕"出功能、出效益、出形象"的目标,高起点推进招商引资工作。重点提升云计算产业基地功能。一是加快推进微软（中国）和上海数据港"云计算应用孵化中心"建设,加强双方合作,推动项目健康发展。二是重点做好云计算产业的成果转化示范项目,扎实推进市北高新集团"办公云"的试点工作,积极参与闸北"健康云"项目,加快推进云计算应用展示平台和海量视频存储展示平台等项目。三是实现 20 个上海数据港集装箱式数据中心"云积木"的投产运营。四是做好腾讯数据中心项目扩容并启动三期项目建设。五是深化与中国电信上海分公司的战略合作,加强协调,加快推进数字地产合作、绿色数据中心联合实验室等项目建设。

3. 提升服务能级,不断提供超越企业期望值的服务

一是深入研究并创新服务体制机制,使企业服务成为园区整体经济效益提升和产业聚集亮点凸显的有效抓手之一。二是重点强化企业服务和培育的个案,使园区的优质企业持续产生高效益,成为园区主导产业的亮点。三是继续实施包括产业联盟、金融服务、

企业培训等特色服务项目,使园区服务体系更加完善,服务能级进一步提升。四是强化孵化器运作,使更多科技型中小企业在园区得到悉心培育,提高存活率和毕业率,加快园区科技化发展进程。五是健全园区科技金融服务体系,探索成立园区小额贷款公司和创业投资基金。

4. 加快开发建设,形成"一区一城"联动发展新模式

以长三角园区共建示范园区建设为抓手,形成"一区一城"的功能布局,即市北高新区和南通科技城,扩大市北高新在长三角地区的影响力,为推进长三角一体化建设作出贡献。东部区域基本完成土地收储工作,完成江场路、平型关路、寿阳路三条市政道路的建设工程,启动东部规划道路建设,启动 8 号地块保障性住房开工建设,启动实施 13 号、14 号等地块的土地上市工作。西部区域完成 7 号地块数据港大厦的建设工程,完成 5 号地块中铁·中环时代广场的建设工程,完成江场西路拓宽整治工程。高起点规划建设市北高新(南通)科技城。继续推进动拆迁工作和地上构置物的迁移,6 月 20 日前全面完成非居(企业)搬迁。在完成市政道路、绿化景观、水系调整设计的基础上全面启动科技城的基础设施建设。启动科技城招商引资工作,年内储备 2—3 个产业用地企业引进项目。

5. 打造生态园区,营造人文、生态、和谐的园区环境

重点抓好国家生态工业示范园区创建工作,以高科技产业为基础、高新技术研发和技术创新为主导、高附加值现代服务业为支撑,以园区的产业生态化和管理信息化为主线,促进园区产业结构优化、产业能级提升,实现产业低碳化发展。进一步提高土地集聚效应,实现土地资源高效利用。推进节能和二氧化碳减排,实现水资源的高效利用。强化生态格局的环境风险控制能力,2011 年初步建成生态园区的运行机制和框架。

6. 推进信息化建设,提升园区"智能化"水平

结合云计算产业基地发展,推进"智慧园区"建设,打造"两化融合"示范区。一是进一步加强网络基础设施建设,基本实现园区公共区域无线网络全覆盖。二是建设对园区主要道路交通进行实时监控并进行改进、优化的智能化交通管理系统,在主要道路、楼宇实施智能停车引导系统,加强园区路网交通改造,进一步改善园区交通状况。三是进一步完善园区智能化运行监控系统,对园区建设、运行、安全及突发事件等进行实时监控。四是提升改进园区门户网站及呼叫中心,加强互动服务,推进"一卡通"信息化服务平台的完善和应用。五是建设园区中小企业信息化系统公共服务平台,提高园区企业信息化应用水平。

(市北高新技术服务业园区管理委员会)

7.8　闵行经济技术开发区

一、2010 年闵行经济技术开发区发展基本情况

2010 年，闵行经济技术开发区积极贯彻落实科学发展观，按照"优化闵行，开拓临港，发展闵联"的总体发展战略，扎实推进，积极开拓，开发区各项工作得到有力推进。全年完成销售收入 445 亿元，比上年增长 13.8%；实现利润 49.1 亿元，增长 12.1%；实缴税金 36.9 亿元；关税 11.4 亿元，人均劳动生产率达 103.9 万元，每平方公里工业用地销售收入 185.4 亿元（按实际使用中工业用地 2.4 平方公里计算），总体保持了开发区平稳发展。

表 7—8—1　闵行经济技术开发区 2010 年度主要经济指标

指标名称	2010 年（亿元）	2009 年（亿元）	同比增减（%）
销售收入	445	391	13.8
企业利润	49	43.8	12.1
上缴税收	36.9	38.2	−3.6
产值能耗	0.0804 吨标煤/万元	0.0906 吨标煤/万元	−8.8
产值水耗	1.271 立方米/万元	1.767 立方米/万元	−25.5

1. 招商引资与项目储备工作有新进展

2010 年，开发区企业完成投资总额 48673.8 万美元，吸引合同外资 7704.2 万美元，实到外资 8003.1 万美元。闵行园区轨道交通转向架项目正式开工建设，英格索兰、圣戈班磨料磨具项目继续利用空置厂房继续扩大。三菱电梯扩建项目、博朗扩建项目、不凡帝新厂房扩建项目、强生中国液体车间扩建项目等一系列优势项目正式竣工投产，为开发区下一步发展增添后劲。截至 2010 年底，开发区累计回购厂房 27.6 万平方米，累计回购土地 97.7 万平方米，土地利用率达到 139%。土地资源的高利用率，为开发区产业结构优化、调整创造了良好条件。

闵行经济技术开发区临港园区继续以招商引资为工作重点，坚持"内资外资并举、国有民营并重"的指导方针，保持了良好势头，完成全年招商引资数量和金额指标，引进新项目两个，一是华锐风电项目，该企业年新增风电装机容量为国内第一、全球第三。项目一期总投资 9.6 亿元，预计投产后年销售收入约 35 亿元。二是杰奥船舶空调项目，拥有船

用制冷机组的核心技术,计划投资约 4000 万元,年产值可达 1 亿元。两项目为园区发电和输变电设备以及船用设备产业增添了新生力量,使园区逐渐呈现产业集聚的势头。

华锐风电科技(集团)股份有限公司上海临港风电产业基地项目正式签约

8 月 27 日,华锐风电科技(集团)股份有限公司上海临港风电产业基地项目签约仪式在上海东郊宾馆举行。此次落户在上海闵行经济技术开发区临港园区的华锐集团上海临港风电产业基地项目,总投资达 30 亿元人民币。建成后,该基地将成为具有核心竞争力的大功率海上风电机组规模化总装、试验及培训一体化基地,产品主要以 5 兆瓦、6 兆瓦及 10 兆瓦以上大型风电机组为主。

---

2. 节能降耗和环保工作继续推进

开发区完善了创建生态工业示范园区的工作重点和工作目标,提前顺利通过国家商务部、科技部和环保局三部委的创建规划评审。完成了开发区创建"节水型工业园区"定量考评指标,荣获"上海市节水园区"称号。积极开展节能降耗宣传培训,推动开发区企业节能技术改造,促进开发区循环经济发展,规范园区建设项目的环境评价和审批,加强开发区环境检测,推进园区环境共建工作,发布了 2010 年度环境公报。经过努力,开发区的总体产值能耗和产值水耗水平呈下降趋势,降幅分别为 8.8％和 25.5％。

3. 园区综合管理和服务工作进一步加强

2011 年开发区积极跟踪新出台的政策,争取使相关企业受益,协调开发区企业在运行中的困难,参与组织完成了年度外资企业的年检工作。规划、审批、核准了上海恒瑞医药公司实验楼、TC－29 厂房工程等 5 个建设项目,总投资额为 7252 万元。还审批了圣戈班磨料磨具公司金刚石线锯高速生产线、恒瑞医药公司吸入剂车间扩大产能等 6 个在已有厂房内增设生产线的项目,总投资额为 3433 万元。

二、2011 年闵行经济技术开发区发展展望

(一) 2011 年发展思路和主要预期目标

2011 年是"十二五"规划的开局之年,也是开发区的结构调整之年。宏观经济形势仍不能保持盲目乐观,开发区将认清形势,顺应变化,坚定信心,真抓实干,通过艰苦努力和不断创新,将工作带出新局面,提升新水平。按照"优化闵行、开拓临港、发展闵联"的战略,进一步解放思想,扎实工作,以实现闵行园区优化发展,临港园区积极发展,闵联公司与开发区同步发展。

2011 年开发区的主要目标是销售收入、企业利润和上缴税收保持稳定增长,产值能耗和水耗继续保持下降趋势。

(二) 2011 年发展重点工作措施

1. 融入"大招商"格局

一是进一步强化政策联动。充分运用国家和地方出台的相关政策文件,尤其是闵行区、浦东新区高新技术产业发展专项资金、研发中心奖励政策、高新技术企业认定的税收优惠等一系列政策,依托地方政府资源,为园区高新技术产业和企业发展创造更为有利的条件。

二要进一步加强项目联动。创新招商思路,拓展招商途径,密切与闵行区、浦东新区

相关部门的合作和联系,实现招商资源信息共享,并在地方政府的积极支持下,推动重大项目的落地。

三是进一步加强土地资源联动。破解闵行园区土地资源的瓶颈。与马桥镇共同做好马桥地块的招商引资等工作;加强与江川街道、沧源科技园、闵行老工业基地等的合作,实现项目对接、资源互补。同时扩大区财政专项扶持资金的使用范围,积极把资金扶持和项目引进有机结合,通过土地、厂房贴补等方式,加大园区优质项目引进的支持力度。

四是加强与产业区、临港集团等的融合联动。主动适应浦东新区和临港产业区的管理体制和运行机制的新变化,实现资源共享。同时,加强闵行园区和临港园区在招商引资中的工作联动,使两个园区的项目引进互相支持、互相促进、各得其所。

2. 优化调整园区管理体制

根据公共管理社会化、园区经营企业化的特点,依托地区政府支持,逐步推动园区社会性事务的属地化管理。一是园区党建纳入地区管理。按照“大党建”的工作原则,积极稳妥地将园区党建等工作纳入地区管理范畴,并使机制不断完善,水平不断提高。二是全面梳理调整园区社会管理职能。积极争取地区政府的支持,依托政府行政资源,实现园区管理机制市场化和政府公共服务的有效对接,逐步实现园区社会性事务的“属地化”管理。三是建立健全园区服务联席会议制度。整合各方资源,协同各方力量,加强协调沟通,更好地做好服务企业的各项工作,更好地促进产业发展。

3. 全面提升园区和公司信息化水平

要进一步加强园区信息化建设,以提高园区信息能力为主线,完善基础设施,推进智能化、网络化管理,到 2013 年基本建成“数字开发区”,完善服务功能。加强公司信息化管理,通过信息化手段,完善企业内部管理流程,优化各项管理制度的运作,提高工作效率、管理效能和规范化程度。

（上海闵行经济技术开发区、上海闵行联合发展有限公司）

第八部分

附　　录

8.1 全国及各省（直辖市、自治区）生产总值

2010 年完成及 2011 年、"十二五"规划目标

	2010 年增速（%）	2011 年预期目标（%）	"十二五"规划目标（%）
全 国	10.3	8 左右	7
北 京	10.2	8	8
天 津	17.4	12	12
河 北	12.2	9 左右	8.5
山 西	13.9	12	13
内蒙古	14.9	13	12
辽 宁	14.1	11	11
吉 林	13.7	11 以上	11 以上
黑龙江	12.6	12 以上	总量比 2010 年翻一番
上 海	9.9	8 左右	8 左右
江 苏	12.6	10	10 左右
浙 江	11.8	9 左右	8
安 徽	14.5	10 以上	10 以上
福 建	13.8	12	10 以上
江 西	14	12 左右	11 以上
山 东	12.5	10 左右	9 左右
河 南	12.2	高于全国 1—2 个百分点	高于全国 2 个百分点
湖 北	14.8	10	10 以上
湖 南	14.5	10 以上	10 以上
广 东	12.2	9 左右	8
广 西	14.2	10	10

续表

	2010 年增速（%）	2011 年预期目标（%）	"十二五"规划目标（%）
海　南	15.8	13 左右	13 左右
重　庆	17.1	13.5	12.5
四　川	15.1	12	12 以上
贵　州	12.8	13	12 以上
云　南	12.3	10 以上	10 以上
西　藏	12.3	12 以上	12
陕　西	14.5	12	12
甘　肃	11.7	12	12 以上
青　海	15.3	12	12
宁　夏	13.4	12	12
新　疆	10.6	10 以上	12 以上

8.2 2010 年出台的重要政策文件目录汇编

第一部分 综合经济篇

1. 财政政策

序号	名 称	文 号	查 询 地 址
1	关于本市进一步深化完善"十二五"期间市与区县财税管理体制改革的若干意见	沪府〔2010〕79 号	http://www. czj. sh. gov. cn/zcfg/zcfj/
2	关于进一步规范和完善本市区（县）财政扶持政策的意见	沪财预〔2010〕69 号	http://www. czj. sh. gov. cn/zcfg/zcfj/
3	关于本市进一步规范和完善罚没收入收缴管理的实施意见	沪府办〔2010〕81 号	http://www. czj. sh. gov. cn/zcfg/zcfj/
4	上海市市本级国有资本经营预算试行办法	沪财企〔2010〕65 号	http://www. czj. sh. gov. cn/zcfg/zcfj/
5	上海市企业国有资本经营收益收缴管理试行办法	沪府发〔2010〕33 号	http://www. czj. sh. gov. cn/zcfg/zcfj/
6	上海市市级行政单位国有资产管理暂行办法	沪财行〔2010〕62 号	http://www. czj. sh. gov. cn/zcfg/zcfj/
7	上海市市级事业单位国有资产管理暂行办法	沪财教〔2010〕76 号	http://www. czj. sh. gov. cn/zcfg/zcfj/
8	关于进一步做好本市财政信息公开工作的指导意见	沪财办〔2010〕22 号	http://www. czj. sh. gov. cn/zcfg/zcfj/
9	上海市市级财政专项资金评审管理暂行办法	沪财预〔2010〕113 号	http://www. czj. sh. gov. cn/zcfg/zcfj/

续表

序号	名　称	文　号	查　询　地　址
10	关于进一步促进本市注册会计师行业加快发展的实施意见	沪府办发〔2010〕38 号	http://www.czj.sh.gov.cn/zcfg/zcfj/
11	关于市级财政专项资金实施注册会计师审计制度的暂行办法	沪财企〔2010〕69 号	http://www.czj.sh.gov.cn/zcfg/zcfj/
12	上海市市级事业单位年度财务会计报表和部门决算报表注册会计师审计暂行办法	沪财会〔2010〕76 号	http://www.czj.sh.gov.cn/zcfg/zcfj/
13	关于建立事业单位经营性收支报备报送制度的通知	沪财预〔2010〕117 号	http://www.czj.sh.gov.cn/zcfg/zcfj/
14	上海市政府采购信息管理平台一期推广应用方案	沪纪〔2010〕105 号	http://www.czj.sh.gov.cn/zcfg/zcfj/

2. 国际金融中心建设相关政策

序号	名　称	文　号	查　询　地　址
1	《关于上海市融资性担保公司管理试行办法的通知》	沪府发〔2010〕31 号	http://www.shanghai.gov.cn
2	《关于促进本市跨经贸以人民币结算及相关业务发展的意见》	沪府办〔2010〕33 号	http://www.shanghai.gov.cn
3	《关于推进本市中小企业上市工作的实施意见》	沪府办〔2010〕36 号	http://www.shanghai.gov.cn
4	关于印发《上海市金融支持文化产业发展繁荣的实施意见》的通知	沪金融办通〔2010〕24 号	http://www.shanghai.gov.cn
5	关于印发《关于促进本市小额贷款公司发展的若干意见（2010 年修订版）》的通知	沪金融办通〔2010〕26 号	http://www.shanghai.gov.cn
6	关于印发《关于本市开展外商投资股权投资企业试点工作的实施办法》的通知	沪金融办通〔2010〕38 号	http://www.shanghai.gov.cn

3．国际航运中心建设相关政策

序号	名　　称	文　　号	查　询　地　址
1	中华人民共和国船舶油污损害民事责任保险实施办法	交通运输部令2010年第3号	http://jtj. sh. gov. cn/infopub/xxgkml/zcgd/ghzc/index. htmlinfo_0015.html
2	中华人民共和国船舶识别号管理规定	交通运输部令2010年第4号	http://jtj. sh. gov. cn/infopub/xxgkml/zcgd/ghzc/index. htmlinfo_0014.html
3	关于公布无船承运业务经营者运价备案实施办法的公告	交通运输部令2010年第40号	http://jtj. sh. gov. cn/infopub/xxgkml/zcgd/ghzc/index. htmlinfo_0022.html
4	关于做好《港口经营管理规定》实施工作的通知	交水发〔2010〕46号	http://jtj. sh. gov. cn/infopub/xxgkml/zcgd/ghzc/index. htmlinfo_0008.html
5	关于发布《船舶交易管理规定》的通知	交水发〔2010〕120号	http://jtj. sh. gov. cn/infopub/xxgkml/zcgd/ghzc/index. htmlinfo_0021.html
6	关于试行无船承运业务经营者保证金责任保险的通知	交水发〔2010〕533号	http://jtj. sh. gov. cn/infopub/xxgkml/zcgd/ghzc/index. htmlinfo_0020.html
7	关于加快推进交通电子口岸建设的指导意见	交水发〔2010〕670号	http://www. mot. gov. cn/zizhan/siju/shuiyunsi/xinxihuajianshe/guanliwenjian/201011/t20101125_870516.html
8	财政部 交通运输部关于印发《长江干线船型标准化补贴资金管理办法》的通知	财建〔2010〕46号	http://www. mot. gov. cn/zizhan/siju/shuiyunsi/hangyunguanli/guoneihangyun/guanliwenjian/201003/t20100325668684.html
9	关于开展期货保税交割业务试点的通知	上期交办字〔2010〕355号	http://www. shfe. com. cn/docview/docview_11233593.htm
10	市交通港口局、市建设交通委、市公安局关于促进本市甩挂运输发展有关事项的通知	沪交货〔2010〕361号	http://www. jt. sh. cn/infopub/zxzfxx/info_100830110026.html

4. 科技政策

序号	名　　称	文　号	查　询　地　址
1	上海市科学技术进步条例（2010 年 9 月 17 日上海市十三届人民代表大会常务委员会第二十一次会议修订）		http://sh. eastday. com/qtmt/20100920/u1a802575. html
2	中共上海市委、上海市人民政府印发《上海市中长期人才发展规划纲要(2010—2020 年)》的通知	沪委发〔2010〕4 号	http://www. shanghai. gov. cn/shanghai/node2314/node2315/node17239/node18078/userobject21ai437599. html
3	上海市人民政府贯彻国务院关于进一步促进中小企业发展若干意见的实施意见	沪府发〔2010〕11 号	http://www. shanghai. gov. cn/shanghai/node2314/node2319/node10800/node11407/node24462/userobject26ai22090. html
4	上海市人民政府关于进一步加快上海中医药事业发展的意见	沪府发〔2010〕22 号	http://www. shanghai. gov. cn/shanghai/node2314/node2319/node10800/node11407/node24462/userobject26ai22937. html
5	上海市引进人才申办本市常住户口试行办法	沪府发〔2010〕28 号	http://www. shanghai. gov. cn/shanghai/node2314/node2319/node10800/node11407/node24462/userobject26ai23100. html
6	上海市创业投资引导基金管理暂行办法	沪府发〔2010〕37 号	http://www. shanghai. gov. cn/shanghai/node2314/node2319/node10800/node11407/node24462/userobject26ai23738. html
7	关于鼓励和促进科技创业的实施意见	沪府办发〔2010〕15 号	http://www. shanghai. gov. cn/shanghai/node2314/node2319/node10800/node11408/node24194/userobject26ai22161. html

续表

序号	名　称	文　号	查 询 地 址
8	关于加强金融服务促进本市经济转型和结构调整的若干意见	沪府办发〔2010〕32 号	http://www. shanghai. gov. cn/shanghai/node2314/node2319/node10800/node11408/node24194/userobject26ai23099.html
9	关于推进上海市创新型企业建设的工作方案	沪科合〔2010〕16 号	http://www. stcsm. gov. cn/structure/wsbs/qtsx/shcxx/blyj_zwzy1502285_1. htm
10	上海市重点实验室评估实施规则	沪科〔2010〕306 号	http://www. stcsm. gov. cn/structure/xxgk/zcfg/gfxwj_info_zwzy1503012_1. htm
11	上海市科技创业孵化器考核与补贴试行方案	沪科〔2010〕339 号	http://www. stcsm. gov. cn/structure/xxgk/zcfg/gfxwj_info_zwzy1502800_1. htm
12	现代农业产业技术体系（上海）建设实施方案	沪农委〔2010〕115 号	http://www. shanghai. gov. cn/shanghai/node2314/node2319/node12344/userobject26ai22567.html
13	上海市振兴工业软件专项行动方案（2010—2012 年）	沪经信软〔2010〕117 号	http://www. shanghai. gov. cn/shanghai/node2314/node2319/node12344/userobject26ai21639.html
14	上海推进物联网产业发展行动方案（2010—2012 年）	沪经信办〔2010〕162 号	http://www. sheitc. gov. cn/she-itc/jsp/zfxxgk/ghjh—1. jsp? num=30—26&id=35073&chs=1

第二部分　产业发展篇

1. 证券业

序号	名　称	文　号	查 询 地 址
1	证券期货业反洗钱工作实施办法	证监会令第 68 号	http://www. csrc. gov. cn/pub/zjhpublic/G00306201/201009/t20100906_184458. htm? key-words=

序号	名　　称	文　号	查　询　地　址
2	关于修改《证券发行与承销管理办法》的决定	证监会令第 69 号	http://www. csrc. gov. cn/pub/zjhpublic/G00306201/201010/t20101012 _ 185412. htm? keywords=
3	关于开展证券公司融资融券业务试点工作的指导意见	证 监 会 公 告 [2010]3 号	http://www. csrc. gov. cn/pub/zjhpublic/G00306201/201001/t20100122 _ 175838. htm? keywords=
4	关于建立股指期货投资者适当性制度的规定（试行）	证 监 会 公 告 [2010]4 号	http://www. csrc. gov. cn/pub/zjhpublic/G00306201/201002/t20100208 _ 176724. htm? keywords=
5	关于证券市场交易结算资金监控系统有关事项的公告	证 监 会 公 告 [2010]6 号	http://www. csrc. gov. cn/pub/zjhpublic/G00306201/201002/t20100224 _ 177344. htm? keywords=
6	关于进一步做好创业板推荐工作的指引	证 监 会 公 告 [2010]8 号	http://www. csrc. gov. cn/pub/zjhpublic/G00306201/201003/t20100319 _ 178584. htm? keywords=
7	关于加强证券经纪业务管理的规定	证 监 会 公 告 [2010]12 号	http://www. csrc. gov. cn/pub/zjhpublic/G00306201/201004/t20100416 _ 179385. htm? keywords=
8	上市公司现场检查办法	证 监 会 公 告 [2010]13 号	http://www. csrc. gov. cn/pub/zjhpublic/G00306201/201004/t20100420 _ 179471. htm? keywords=
9	证券投资基金参与股指期货交易指引	证 监 会 公 告 [2010]13 号	http://www. csrc. gov. cn/pub/zjhpublic/G00306201/201004/t20100423 _ 179684. htm? keywords=

序号	名　称	文　号	查　询　地　址
10	证券公司参与股指期货交易指引	证监会公告[2010]14号	http://www.csrc.gov.cn/pub/zjhpublic/G00306201/201004/t20100423_179685.htm?keywords=
11	关于修改《证券公司分类监管规定》的决定	证监会公告[2010]17号	http://www.csrc.gov.cn/pub/zjhpublic/G00306201/201005/t20100518_180631.htm?keywords=
12	关于修改《关于加强上市证券公司监管的规定》的决定	证监会公告[2010]20号	http://www.csrc.gov.cn/pub/zjhpublic/G00306201/201007/t20100702_182150.htm?keywords=
13	关于深化新股发行体制改革的指导意见	证监会公告[2010]26号	http://www.csrc.gov.cn/pub/zjhpublic/G00306201/201010/t20101012_185410.htm?keywords=
14	证券投资顾问业务暂行规定	证监会公告[2010]27号	http://www.csrc.gov.cn/pub/zjhpublic/G00306201/201010/t20101019_185679.htm?keywords=
15	发布证券研究报告暂行规定	证监会公告[2010]28号	http://www.csrc.gov.cn/pub/zjhpublic/G00306201/201010/t20101019_185680.htm?keywords=
16	律师事务所证券法律业务执业规则(试行)	证监会、司法部公告[2010]33号	http://www.csrc.gov.cn/pub/zjhpublic/G00306201/201012/t20101222_189007.htm?keywords=
17	律师事务所证券投资基金法律业务执业细则(试行)	证监会、司法部公告[2010]34号	http://www.csrc.gov.cn/pub/zjhpublic/G00306201/201012/t20101222_189011.htm?keywords=

2. 保险业

序号	名　　称	文　号	查　询　地　址
1	关于加强上海市保险公司与保险中介机构从业人员继续教育管理工作相关事项的通知	沪保监发〔2010〕16 号	http://shanghai.circ.gov.cn/
2	关于做好分红险业务满期给付工作的指导意见	沪保监发〔2010〕53 号	http://shanghai.circ.gov.cn/
3	关于实施上海保险业矛盾纠纷排查化解情况报告制度的通知	沪保监发〔2010〕95 号	http://shanghai.circ.gov.cn/

3. 住房保障和房地产相关政策

序号	名　　称	文　号	查　询　地　址
1	上海市人民政府关于批转市住房保障房屋管理局等六部门制订的《本市发展公共租赁住房的实施意见》的通知	沪府发〔2010〕32 号	www.shfg.gov.cn 政策法规专栏
2	上海市住房保障和房屋管理局关于印发《上海市经济适用住房申请、供应和售后管理实施细则》的通知	沪房管保〔2010〕348 号	www.shfg.gov.cn 政策法规专栏
3	市政府批转关于进一步加强本市房地产市场调控加快推进住房保障工作若干意见的通知	沪府发〔2010〕34 号	www.shfg.gov.cn 政策法规专栏

第三部分　城市发展篇

1. 城乡建设和交通相关政策

序号	名　　称	文　号	查　询　地　址
1	上海市建筑节能条例		www.spcsc.sh.cn
2	上海市建设工程行政审批管理程序改革方案	沪府办发〔2010〕46 号	www.shanghai.gov.cn
3	市政府关于修改上海市建设工程文明施工管理规定的决定	市政府令第 48 号	www.shanghai.gov.cn

续表

序号	名　称	文　号	查　询　地　址
4	上海市人民政府关于批转市建设交通委等三部门制订的《上海市市级城市维护项目管理暂行办法》的通知	沪府〔2010〕76号	www.shanghai.gov.cn
5	关于加强本市建设工程监理管理的若干规定	沪建交〔2010〕623号	http://jsjtw.sh.gov.cn 信息公开/行业管理栏目
6	上海市高速公路电子不停车收费管理规定	沪建交〔2010〕768号	http://jsjtw.sh.gov.cn 信息公开/行业管理栏目
7	上海市收费高速公路运行管理规定(试行)	沪建交（2010）1111号	http://jsjtw.sh.gov.cn 信息公开/行业管理栏目

2. 食品药品监管相关政策

序号	名　称	文　号	查　询　地　址
1	上海市食品药品监督管理局药品监督行政处罚简易程序若干规定	沪食药监法〔2010〕311号	www.shfda.gov.cn
2	上海市食品安全企业标准备案办法	沪食药监法〔2010〕453号	www.shfda.gov.cn
3	上海市定制式口腔义齿生产质量管理实施细则	沪食药监法〔2010〕775号	www.shfda.gov.cn
4	上海市食品药品监督管理局加强基本药物质量监督管理的规定	沪食药监流通〔2010〕813号	www.shfda.gov.cn
5	上海市食品药品局行政处罚裁量适用规定	沪食药监法〔2010〕776号	www.shfda.gov.cn

第四部分　改革开放篇

国资相关政策

序号	名　称	文　号	查　询　地　址
1	关于印发《试点企业董事会年度工作报告实施意见(试行)》的通知	沪国资委董监事〔2010〕28号	http://www.shgzw.gov.cn/gzw/main?main_colid=22&top_id=2&main_artid=10421

续表

序号	名　称	文　号	查　询　地　址
2	关于规范市国资委出资企业对外捐赠管理有关事项的通知	沪国资委评价〔2010〕34 号	http://www. shgzw. gov. cn/gzw/main? main_colid＝22＆top_id＝2＆main_artid＝10420
3	关于印发《关于进一步加强市管国有企业监事会工作的指导意见(试行)》的通知	沪国资委董监事〔2010〕39 号	http://www. shgzw. gov. cn/gzw/main? main_colid＝22＆top_id＝2＆main_artid＝10427
4	关于全面实施出资企业国有资产评估管理办法调整试点的通知	沪国资委评估〔2010〕80 号	http://www. shgzw. gov. cn/gzw/main? main_colid＝22＆top_id＝2＆main_artid＝10430
5	关于印发《关于加强市国资委出资企业资金管理的意见》的通知	沪国资委评价〔2010〕111 号	http://www. shgzw. gov. cn/gzw/main? main_colid＝22＆top_id＝2＆main_artid＝10431
6	关于进一步加强本市国有控股股东所持上市公司股份管理的通知	沪国资委产权〔2010〕119 号	http://www. shgzw. gov. cn/gzw/main? main_colid＝22＆top_id＝2＆main_artid＝10433
7	关于下发《市国资委安全生产管理系统实施方案》的通知	沪国资委综合(2010)368 号	http://www. shgzw. gov. cn/gzw/main? main_colid＝22＆top_id＝2＆main_artid＝15184
8	关于印发《董事会试点企业治理指引》的通知	沪国资委董监事〔2010〕431 号	http://www. shgzw. gov. cn/gzw/main? main_colid＝22＆top_id＝2＆main_artid＝16445

第五部分　社会发展篇

公共交通相关政策

序号	名　称	文　号	查　询　地　址
1	《上海市公共汽车和电车客运管理条例》		http://www. jt. sh. cn/infopub/xxgkml/zcgd/
2	《上海市公共汽车和电车客运从业人员培训管理规定(试行)》	沪交客〔2010〕504 号	http://www. jt. sh. cn/infopub/xxgkml/zcgd/
3	《上海市公共汽车和电车车辆营运证管理规定》	沪交客〔2010〕505 号	http://www. jt. sh. cn/infopub/xxgkml/zcgd/

序号	名　称	文　号	查　询　地　址
4	《上海市公共汽车和电车乘坐规则》	沪交客[2010]539号	http://www. jt. sh. cn/infopub/xxgkml/zcgd/
5	《上海市轨道交通乘客守则》	沪交法[2010]458号	http://www. jt. sh. cn/infopub/xxgkml/zcgd/
6	《上海市轨道交通运营安全事故处置暂行规定》	沪交安[2010]541号	http://www. jt. sh. cn/infopub/xxgkml/zcgd/
7	《上海市公共换乘停车场(库)运营管理规定》	沪交货[2010]149号	http://www. jt. sh. cn/infopub/xxgkml/zcgd/

图书在版编目(CIP)数据

2011 年上海市国民经济和社会发展报告/上海市发展
和改革委员会编. —上海:上海社会科学院出版社,2011
ISBN 978-7-80745-861-6

I. ①2... II. ①上... III. ①区域经济发展—研究
报告—上海市—2011②社会发展—研究报告—上海市—
2011 IV. ①F127.51

中国版本图书馆 CIP 数据核字(2011)第 099229 号

2011 年上海市国民经济和社会发展报告

编　　者:上海市发展和改革委员会
责任编辑:赵玉琴
责任编辑:闵　敏
出版发行:上海社会科学院出版社
　　　　　上海淮海中路 622 弄 7 号　电话 63875741　邮编 200020
　　　　　http://www.sassp.com　E-mail:sassp@sass.org.cn
经　　销:新华书店
印　　刷:上海展强印刷有限公司
开　　本:787×1092 毫米　1/16
印　　张:27
插　　页:1
字　　数:623 千字
版　　次:2011 年 6 月第 1 版　2011 年 6 月第 1 次印刷

ISBN 978-7-80745-861-6/F·165　定价: 60.00 元